Porto inseguro

TANA FRENCH

Porto inseguro

Tradução de Waldéa Barcellos

Título original
BROKEN HARBOUR

Copyright © Tana French, 2012
O direito de Tana French ser identificada como autora desta obra foi assegurado por ela em concordância com o Copyright, Designs and Patents Act 1988.

Todos os direitos reservados. Nenhuma parte desta obra pode ser reproduzida ou transmitida por qualquer forma ou meio eletrônico ou mecânico, inclusive fotocópia, gravação ou sistema de armazenagem e recuperação de informação, sem a permissão escrita do editor.

Todos os personagens neste livro são fictícios e qualquer semelhança com pessoas reais, vivas ou não, é mera coincidência.

Direitos para a língua portuguesa reservados
com exclusividade para o Brasil à
EDITORA ROCCO LTDA.
Av. Presidente Wilson, 231 – 8º andar
20030-021 – Rio de Janeiro – RJ
Tel.: (21) 3525-2000 – Fax: (21) 3525-2001
rocco@rocco.com.br / www.rocco.com.br

Printed in Brazil/Impresso no Brasil

CIP-Brasil. Catalogação na fonte.
Sindicato Nacional dos Editores de Livros, RJ.

F94p

French, Tana
    Porto inseguro / Tana French; tradução de Waldéa Barcellos. – Rio de Janeiro: Rocco, 2014.

Tradução de: Broken Harbour
ISBN 978-85-325-2894-0

    1. Romance irlandês. I. Barcellos, Waldéa, 1951-. II. Título.

13-07956
                                              CDD–828.99153
                                              CDU–821.111(415)-3

O texto deste livro obedece às normas
do Acordo Ortográfico da Língua Portuguesa.

Para Darley, mágico e cavalheiro

AGRADECIMENTOS

Devo tremendos agradecimentos a um monte de pessoas: Ciara Considine na Hachette Books Ireland, Sue Fletcher na Hodder & Stoughton e Josh Kendall na Viking, por serem o tipo de editor que todo escritor sonha em ter; Breda Purdue, Ruth Shern, Ciara Doorley e todos na Hachette Books Ireland; Swati Gamble, Emma Knight, Jaime Frost e todos na Hodder & Stoughton; Clare Ferraro, Ben Petrone, Meghan Fallon e todos na Viking; as fantásticas fadas madrinhas na Darley Anderson Agency, especialmente Maddie, Rosanna, Zoe, Kasia, Sophie e Clare; Steve Fisher, da Agency for the Performing Arts; Rachel Burd, pelo copidesque com olhos de detetive para captar cada detalhe; o dr. Fearghas Ó Cochláin, por responder perguntas que provavelmente o levaram a ser incluído em algum tipo de lista; Alex French, pelas questões de informática, tanto no texto como fora dele; David Walsh, que é responsável por todos os aspectos corretos do procedimento policial e nenhum dos incorretos; Oonagh "Sandbox" Montague, Ann-Marie Hardiman, Kendra Harpster, Catherine Farrell, Dee Roycroft, Mary Kelly, Susan Collins e Cheryl Steckel, pelos risos, conversas, cervejas, abraços e um monte de outras coisas boas; David Ryan, ✦𝍦☐ ☉☺︎♎︎♏︎ ☐♏︎ ☐♦︎ ♦︎𝍦♓︎♦︎ ♓︎■ ♐︎♓︎■♑︎♎︎♓︎■♑︎♦︎; meus pais, Elena Hvostoff-Lombardi (sem cuja ajuda este livro teria sido terminado por volta de 2015) e David French; e, como sempre e sob mais aspectos do que posso enumerar, meu marido, Anthony Breatnach.

1

Vamos esclarecer um ponto: eu era o homem perfeito para esse caso. Você ficaria espantado com a quantidade de colegas meus que teriam fugido correndo, se lhes fosse permitido escolher – e eu pude escolher, pelo menos no início. Uns dois ou três chegaram a dizer no meu nariz: *Antes você do que eu, cara*. Isso não me perturbou, nem por um segundo. Tudo o que senti foi pena deles.

Alguns policiais não são loucos por casos de alta exposição, casos em que muita coisa esteja envolvida – um monte de bobagens na imprensa, dizem, e muitas consequências indesejáveis, se não houver uma solução. Eu não me entrego a esse tipo de negativismo. Quem aplica sua energia em imaginar qual seria o perigo da queda já está caindo. Eu me concentro nos aspectos positivos, e aspectos positivos não faltam. Você pode fingir que é superior a esse tipo de coisa, mas todo mundo sabe que são os grandes casos que geram as grandes promoções. Dê-me as manchetes e pode ficar com seus esfaqueamentos de traficantes. Se não aguenta a pressão, continue a trabalhar fardado.

Alguns dos meus colegas não conseguem lidar com crianças, o que até dá para entender. Só que, desculpe a pergunta, se você não tem como encarar homicídios cruéis, exatamente o que está fazendo na Divisão de Homicídios? Aposto que a equipe de fiscalização de Direitos Autorais adoraria ter alguém sensível como você por lá. Já tratei de casos com bebês, afogamentos, estupros seguidos de assassinato e uma decapitação por arma de fogo que deixou pedaços de cérebro grudados por toda parte nas paredes; e durmo muito bem, desde que o serviço seja feito. Alguém tem de fazer. Se for eu, pelo menos sei que está sendo feito direito.

Porque – vamos esclarecer mais um ponto, já que estamos falando nisso – sou muito bom no que faço. Ainda acredito nisso. Estou na Divisão de Homicídios há dez anos e, durante sete deles, desde que me firmei, tive o melhor índice de solução de casos por aqui. Este ano, caí para o segundo lugar, mas o cara que está em primeiro ganhou uma sequência de casos fáceis, crimes domésticos em que o suspeito praticamente punha sozinho as algemas nos pulsos e se oferecia de bandeja. Eu fiquei com os difíceis, aquele trabalho estafante de drogado-contra-drogado em que ninguém viu nada. E mesmo assim tive sucesso. Se nosso superintendente tivesse a menor dúvida, uma única que fosse, ele poderia ter me tirado do caso a qualquer instante. Isso ele não fez.

É o que estou tentando lhe dizer. Esse caso deveria ter se desenrolado com perfeição. Deveria ter ido parar nos livros como um exemplo esplêndido de como fazer tudo certo. Segundo todos os procedimentos, deveria ter sido o caso ideal.

No momento em que ele chegou, só pelo barulho eu soube que era dos grandes. Todos nós soubemos. O homicídio comum vem direto para a sala dos investigadores e vai para o próximo da escala; ou, se ele não estiver presente, para quem estiver por ali. Só os casos grandes, os casos delicados que exigem atenção especial, passam pelo chefe para que ele possa designar o encarregado. Por isso, quando o superintendente O'Kelly espiou pela porta da sala dos investigadores, apontou para mim, dizendo "Kennedy, à minha sala", e desapareceu, todos nós soubemos.

Tirei o paletó da cadeira e o vesti. Meus batimentos cardíacos se aceleraram. Fazia um bom tempo, tempo demais, que um desses casos não chegava às minhas mãos.

– Não saia daí – disse eu a Richie, meu parceiro.

– Uuuui – gritou Quigley, de sua mesa, fingindo estar apavorado e abanando a mão gorducha. – O Campeão está de novo encrencado? Achei que isso não fosse acontecer nunca.

– Assista de camarote, meu velho. – Ajeitei minha gravata. Quigley estava agindo como uma garotinha despeitada porque ele era o próximo na escala. Se não fosse tão incompetente, O'Kelly poderia ter deixado o caso para ele.

– Que foi que você fez?

– Comi sua irmã. Mas não me esqueci da fronha.

Os caras deram risinhos de deboche, o que fez Quigley franzir os lábios como uma velhota.

– Não tem graça nenhuma.

– Acertei em cheio?

Richie estava boquiaberto e quase saltava da cadeira de tanta curiosidade. Tirei o pente do bolso e o passei depressa pelo cabelo.

– Estou bem?

– Puxa-saco – disse Quigley, emburrado. Não lhe dei atenção.

– Está – respondeu Richie. – Está ótimo. O quê...?

– Não saia daí – repeti e fui ver O'Kelly.

Minha segunda dica: ele estava em pé por trás da mesa, as mãos nos bolsos da calça, movimentando-se para a frente e para trás sem sair do lugar. O caso tinha acionado tanta adrenalina que ele não conseguia caber na cadeira.

– Você não se apressou.

– Desculpe, senhor.

Ele ficou onde estava, chupando o ar entre os dentes e relendo a folha de atendimento em cima da mesa.

– Como está o caso Mullen?

Eu tinha passado as últimas semanas organizando um processo para a Promotoria Pública sobre um daqueles casos traiçoeiros de traficantes, certificando-me de que o sacana não encontrasse uma única brecha por onde escapar. Alguns detetives acham que seu trabalho termina no instante em que é feita a acusação formal, mas eu levo para o lado pessoal se um dos meus peixes escapar do anzol, o que raramente conseguem.

– Pronto para entregar. Mais ou menos.

– Outro não poderia terminar isso?

– Sem nenhum problema.

Ele fez que sim e continuou a ler. O'Kelly gosta que você pergunte. É uma demonstração de que você sabe que ele é o chefe... e, como ele de fato é meu chefe, não tenho a menor dificuldade de rolar para lá ou para cá como um cachorrinho obediente, se isso ajudar as coisas a transcorrerem com tranquilidade.

– Chegou alguma coisa, senhor?

– Você conhece Brianstown?

– Nunca ouvi falar.

– Eu também nunca tinha ouvido falar. É um desses lugares novos, subindo pelo litoral, depois de Balbriggan. Antigamente chamava-se Broken Bay, alguma coisa desse tipo.

– Broken Harbour – disse eu. – É. Conheço Broken Harbour.

– Agora chama-se Brianstown. E hoje de noite o país inteiro já terá ouvido falar do lugar.

– E o caso é grave.

O'Kelly pôs a palma pesada da mão sobre a folha de atendimento, como se a estivesse prendendo na mesa.

– Marido, mulher e dois filhos esfaqueados, dentro de casa. A mulher foi levada para o hospital. Estado crítico. Os outros morreram.

Por um instante, deixamos essa informação se acomodar, escutando os pequenos tremores que ela transmitia pelo ar.

– Como fomos informados?

– Foi a irmã da mulher. Elas se falam todos os dias de manhã, mas hoje não conseguiu se comunicar, e isso a deixou tão preocupada que ela pegou o carro e foi até Brianstown. O carro na entrada, as luzes acesas mesmo sendo dia claro, ninguém atende à porta, ela liga para a polícia. Eles arrombam a porta e que surpresa!

– Quem esteve lá?

– Só os policiais fardados. Deram uma olhada e calcularam que estava fora da sua alçada. Ligaram direto para cá.

– Maravilha – disse eu. Tem muito palerma por aí que teria passado horas bancando o detetive e simplesmente destruindo todas as possibilidades de se resolver o caso, antes de admitir a derrota e chamar quem entende do assunto. Parecia que, por sorte, tínhamos topado com um par de cérebros em funcionamento.

– Quero você nesse caso. Vai poder pegar?

– Seria uma honra.

– Se não puder largar tudo o mais, diga agora, e eu o passo para Flaherty. Isso aqui tem prioridade.

Flaherty é o cara com os casos fáceis e a taxa mais alta de sucesso.

– Não vai ser necessário, senhor. Posso pegar o caso.

– Ótimo – disse O'Kelly, mas sem entregar a folha de atendimento. Ele a inclinou diante da luz e a inspecionou, esfregando um polegar ao longo do maxilar. – E Curran? Tem capacidade para isso?

O jovem Richie estava na divisão fazia exatamente duas semanas. Muitos dos caras não gostam de treinar os novatos. E eu treino. Se você conhece seu trabalho, tem a responsabilidade de passar adiante esse conhecimento.

– Ele terá – afirmei.

– Posso enfiá-lo em qualquer canto por um tempo, para lhe dar alguém que saiba o que está fazendo.

– Se Curran não aguenta pressão, talvez seja bom descobrir isso agora. – Eu não queria alguém que soubesse o que está fazendo. A vantagem de lidar com novatos é que se poupa muito trabalho. Todos nós que já somos experientes temos nosso próprio jeito de fazer as coisas, e panela em que muitos mexem... Já um novato, se você souber manejá-lo, vai atrapalhar muito menos do que outro profissional experiente. Eu não podia ficar perdendo tempo com cerimônias, não nesse caso.

– Você seria o chefe, de qualquer modo.

– Pode confiar em mim, senhor. Curran é capaz.

– É um risco.

Os principiantes passam mais ou menos o primeiro ano como um período de experiência. Não é nada oficial, mas isso não torna a questão menos séria. Se Richie cometesse um erro logo de cara, sob holofotes tão fortes, era melhor ele começar logo a limpar sua mesa.

— Ele vai se sair bem. Vou me certificar disso.

— Não apenas por Curran — disse O'Kelly. — Há quanto tempo você não pega um caso importante?

Ele estava com os olhos em mim, pequenos e penetrantes. Meu último caso de alta exposição deu errado. Não por culpa minha. Fui enganado por alguém que eu considerava meu amigo, largado na pior e deixado para lá. Mesmo assim, as pessoas se lembram.

— Quase dois anos.

— Isso mesmo. Resolva este caso e você estará retomando sua carreira. — Ele deixou implícita a outra parte, como uma possibilidade densa e pesada sobre a mesa entre nós.

— Vou resolvê-lo.

— Foi o que pensei — disse O'Kelly, fazendo que sim e me entregando a folha de atendimento.

— Obrigado, senhor. Não o desapontarei.

— Cooper e a Polícia Técnica estão a caminho. — Cooper é o legista. — Você vai precisar de uma equipe. Vou pedir à Unidade de Comando um grupo da reserva de pessoal. Seis bastam, por enquanto?

— Parece que sim. Se eu precisar de mais, aviso.

— E, pelo amor de Deus, trate de dar um jeito na roupa de Curran — acrescentou O'Kelly, quando eu estava saindo.

— Falei com ele semana passada.

— Fale de novo. Que droga de casaco com *capuz* era aquele que ele estava usando ontem?

— Já consegui que parasse de usar tênis. É preciso ir passo a passo.

— Se ele quiser ficar nesse caso, é melhor dar uns passos gigantescos antes de entrar em cena. A mídia vai ficar em cima como moscas na merda. Pelo menos, faça com que não tire o casaco, que esconda o conjunto de moletom ou seja lá o que for com que ele resolveu nos brindar hoje.

— Tenho uma gravata de reserva na minha mesa. Ele vai estar apresentável. — O'Kelly resmungou algum comentário ácido sobre um porco de smoking.

Na volta para a sala dos investigadores, passei os olhos pela folha de atendimento. Era só o que O'Kelly já tinha me dito. As vítimas eram Patrick Spain, sua mulher, Jennifer, e seus filhos, Emma e Jack. A irmã que tinha ligado para a polícia era Fiona Rafferty. Abaixo do seu nome, o atendente tinha acrescentado um aviso com letras maiúsculas: OBS.: POLICIAL ADVERTE QUE A USUÁRIA ESTÁ HISTÉRICA.

* * *

Richie tinha se levantado do seu lugar e estava passando de um pé para o outro como se tivesse molas nos joelhos.

— E aí...?

— Pegue suas coisas. Vamos sair.

— Eu não falei? — disse Quigley para Richie.

Richie lançou-lhe um olhar arregalado, de total inocência.

— Falou? Desculpa, cara, eu não estava prestando atenção. Outros assuntos na cabeça, sabe o que estou querendo dizer?

Vesti o casaco e comecei a verificar minha pasta.

— Parece que vocês dois estavam tendo uma conversa fascinante aqui. Querem me contar?

— Não era nada — respondeu Richie, depressa. — Só um bate-papo.

— Eu só estava informando aqui a Richie — disse-me Quigley, com ar de ofendido — que não era bom sinal o chefe chamar só você lá dentro. Passar para você a informação pelas costas de Richie. O que isso diz sobre a posição dele na divisão? Achei que ele podia querer pensar um pouquinho nisso.

Quigley adora pregar peças nos novatos, da mesma forma que adora se debruçar só um pouco demais sobre os suspeitos. Todos nós já agimos assim, mas ele extrai mais prazer disso do que a maioria. Geralmente, porém, ele tem inteligência bastante para deixar meus parceiros em paz. De algum modo, Richie devia tê-lo irritado.

— Ele vai ter muito em que pensar daqui em diante. Não vai poder ser perturbado por bobagens sem sentido. Detetive Curran, podemos sair?

— *Ora, ora* — disse Quigley, baixando a cabeça sobre a papada dupla. — Não se prendam por mim.

— Isso eu não faço nunca, amigo. — Por trás da mesa, tirei a gravata da gaveta direto para o bolso do meu casaco. Não havia necessidade de dar munição para Quigley. — Pronto, detetive Curran? Vamos indo.

— Nos vemos — disse Quigley para Richie, com certa antipatia, quando íamos saindo. Richie jogou-lhe um beijo, mas não era para eu ver, e eu não vi.

Estávamos em outubro. Uma manhã de terça-feira densa, fria e cinzenta, opressiva e prometendo tempestade, como se fosse março. Peguei meu BMW preferido da frota à disposição — oficialmente é por ordem de chegada, mas na prática nenhum garoto da Divisão de Violência Doméstica vai chegar nem perto do melhor veículo da Homicídios. Desse modo, o banco permanece onde eu gosto que esteja, e o piso não fica cheio de embalagens descartadas de hambúrgueres. Eu teria apostado que ainda poderia chegar a Broken Harbour de olhos fechados, mas esse não era o tipo de dia para descobrir que eu estava errado. Por isso, configurei o GPS. Ele não sabia onde ficava Broken Harbour. Só quis ir a Brianstown.

Richie tinha passado suas duas primeiras semanas na divisão, ajudando-me a elaborar o processo sobre o caso Mullen e a reinterrogar uma testemunha ou outra. Essa era a primeira ação da Homicídios que ele presenciava, e estava quase estourando de empolgação, mas conseguiu se conter até sairmos. E então não aguentou mais:

— Nós estamos num caso?

— Estamos.

— Que tipo de caso?

— Homicídio. — Parei num sinal vermelho, apanhei a gravata e a passei para ele. Estávamos com sorte: ele estava usando camisa, mesmo que fosse uma camisa branca, barata, de tecido tão ralo que dava para eu ver a pele onde ele deveria ter tido pelos no peito; e uma calça cinza que teria sido quase perfeita se não estivesse um número maior do que o certo para ele. — Ponha a gravata.

Ele olhou para ela como se nunca tivesse visto uma antes.

— É para eu pôr?

— É.

Por um instante, achei que teria de parar o carro e ajudá-lo. Era provável que a última vez que ele tinha usado gravata tivesse sido no dia da crisma — mas no final ele conseguiu, mais ou menos. Ele baixou o para-sol e se olhou no espelho.

— Estou nos trinques, né?

— Está melhor que antes — disse eu. O'Kelly tinha razão: a gravata não fazia a menor diferença. Era uma boa gravata, de seda, marrom-avermelhada com uma lista sutil na trama, mas algumas pessoas podem usar roupas boas, e algumas simplesmente não conseguem. Richie tem 1,75m no máximo, cotovelos salientes, pernas magras e ombros estreitos. Dá a impressão de estar com 14 anos, mas seu registro diz que está com 31. E pode me chamar de preconceituoso, mas, depois de um olhar de relance, eu poderia ter lhe dito de que tipo de bairro ele saiu. Está tudo ali: o cabelo curto demais e sem cor, as feições afiladas, o jeito de andar elástico, inquieto, como se ele, com um olho, estivesse atento para não cair em alguma encrenca e, com o outro, estivesse procurando encontrar alguma coisa destrancada. Nele, a gravata simplesmente parecia surrupiada.

Ele esfregou um dedo nela, para sentir o tecido.

— Coisa fina. Eu a devolvo.

— Fique com ela. E compre algumas, quando tiver oportunidade.

Ele olhou de relance para mim; e, por um segundo, achei que fosse dizer alguma coisa, mas se conteve.

– Valeu – disse ele, então.

Tínhamos chegado ao cais e estávamos nos dirigindo para a M1. O vento soprava com violência do mar pelo Liffey acima, forçando os pedestres a enfrentá-lo com a cabeça baixa. Quando o trânsito engarrafou – algum panaca numa 4 X 4 que não tinha percebido, ou não se importou em perceber, que não conseguiria atravessar o cruzamento –, peguei meu BlackBerry e mandei uma mensagem de texto para minha irmã Geraldine. *Geri, favor URGENTE. Vc pode apanhar Dina no trabalho o mais rápido possível? Se ela reclamar por perder horas de trabalho, diga que eu cubro a diferença. Não se preocupe. Ela está bem, ao que eu saiba, mas deveria ficar com você uns dias. Ligo mais tarde. Obrigado.* O chefe estava certo: eu talvez tivesse umas duas horas antes que a mídia tomasse conta de Broken Harbour, e vice-versa. Dina é a caçula. Geri e eu ainda cuidamos dela. Quando ela ouvisse a história, precisaria estar em algum lugar seguro.

Richie fingiu que não viu a mensagem de texto, o que foi bom, e preferiu olhar para o GPS.

– Fora da cidade, é?

– Brianstown. Já ouviu falar?

Ele fez que não.

– Com um nome desses, tem que ser um desses projetos novos.

– Certo. Subindo pelo litoral. Antigamente havia um povoado chamado Broken Harbour, mas parece que fizeram uma incorporação por lá. – O panaca na 4 X 4 tinha conseguido desobstruir o caminho, e o trânsito voltou a fluir. Uma das vantagens da recessão: agora que metade dos carros está fora das ruas, aqueles de nós que ainda têm algum lugar aonde ir conseguem realmente chegar ao destino. – Diga aí. Qual foi a pior coisa que você já viu no serviço?

– Trabalhei no trânsito séculos antes de ir para a Divisão de Veículos Automotivos – disse ele, dando de ombros. – Vi situações bem ruins. Acidentes.

Todos acham isso. Tenho certeza de que eu também achava, no passado remoto.

– Não, meu filho. Você não viu. Isso só me diz como você é inocente. É claro que não tem nenhuma graça ver uma criança com a cabeça partida ao meio porque algum imbecil entrou numa curva em excesso de velocidade, mas não dá para comparar com a visão de uma criança com a cabeça destroçada porque algum canalha deliberadamente bateu com ela numa parede até a criança parar de respirar. Até agora, você só viu o que o azar pode fazer às pessoas. Está prestes a dar uma boa olhada, pela primeira vez, no que as pessoas podem fazer umas às outras. Acredite em mim: não é a mesma coisa.

– É com uma criança? – perguntou Richie. – Aonde estamos indo?

– Uma família. Pai, mãe e dois filhos. A mulher talvez sobreviva. Os outros se foram.

As mãos dele ficaram paralisadas sobre os joelhos. Era a primeira vez que eu o via totalmente imóvel.

– Ai, meu Deus. Crianças de que idade?

– Ainda não sabemos.

– Que aconteceu com eles?

– Parece que foram esfaqueados. Em casa, provavelmente em algum momento na noite de ontem.

– Que horror. É um horror só. – O rosto de Richie estava retesado numa careta.

– É mesmo – comentei. – E, quando chegarmos ao local, você precisa já ter superado isso. Regra número 1, e essa você pode escrever: nada de emoção na cena do crime. Conte até dez, reze um terço, faça piadas nojentas, faça o que precisar fazer. Se quiser umas dicas sobre como lidar, peça agora.

– Já estou bem.

– É melhor que esteja mesmo. A irmã da mulher está lá, e ela não está interessada no quanto você se importa. Ela só precisa saber que você está no controle da situação.

– Eu estou no controle da situação.

– Muito bem. Dê uma lida.

Passei-lhe a folha de atendimento e lhe dei trinta segundos para passar os olhos nela. Seu rosto mudou quando ele se concentrou. Ele parecia mais velho e mais inteligente.

– Quando chegarmos lá – disse eu, assim que terminou o tempo –, qual é a primeira pergunta que você vai fazer aos policiais?

– A arma. Ela foi encontrada no local?

– Por que não: "Algum sinal de arrombamento?"

– Alguém poderia forjar esses sinais.

– Não vamos começar com rodeios. Com "alguém", você quer dizer Patrick ou Jennifer Spain.

O estremecimento foi tão leve que eu poderia ter deixado de notá-lo, se não estivesse esperando por ele.

– Qualquer um que tivesse acesso. Um parente ou colega. Alguém para quem eles abrissem a porta.

– Mas não era nisso que você estava pensando, certo? Você estava pensando no casal Spain.

— É, acho que sim.

— Essas coisas acontecem, meu filho. Não adianta fingir que não. O fato de ter sobrevivido deixa Jennifer Spain bem no primeiro plano. Por outro lado, quando a coisa se desenrola desse jeito, geralmente é o pai. Uma mulher acaba com os filhos e consigo mesma. Um homem ataca a família inteira. Seja como for, porém, eles geralmente não se dão ao trabalho de forjar sinais de arrombamento. Estão muito além de se importar com esse tipo de coisa.

— Mesmo assim, calculo que possamos chegar a essa conclusão por nós mesmos, quando o pessoal da Polícia Técnica der um laudo. Não vamos aceitar a opinião dos policiais fardados. Mas, quanto à arma, eu ia querer saber dela logo de uma vez.

— Muito bem. Então essa é a primeira pergunta para os policiais, certo? E qual é a primeira pergunta que você vai querer fazer à irmã?

— Se alguém tinha alguma coisa contra Jennifer Spain. Ou contra Patrick Spain.

— Bem, é claro que isso nós vamos perguntar a todos os que encontrarmos. O que você vai querer perguntar especificamente a Fiona Rafferty?

Ele abanou a cabeça.

— Não sabe? Por mim, eu estaria muito interessado em saber o que ela está fazendo lá.

— Aqui diz... — Richie levantou a folha de atendimento. — "As duas conversavam todos os dias. Ela não conseguiu se comunicar."

— E então? Pense na hora, Richie. Digamos que normalmente elas conversem às nove, assim que os maridos saem para trabalhar e as crianças, para a escola...

— Ou assim que elas mesmas estejam no trabalho. Elas poderiam trabalhar fora.

— Jennifer Spain não trabalhava, ou o problema da sua irmã teria sido "ela não está no trabalho", não "eu não consegui me comunicar". Quer dizer que Fiona liga para Jennifer por volta das nove, talvez até mesmo às oito e meia, porque até essa hora elas ainda estariam ocupadas com o início do dia. E às 10:36 — toquei de leve na folha de atendimento — ela já está em Brianstown, ligando para a polícia. Não sei onde Fiona Rafferty mora, nem onde ela trabalha, mas sei que Brianstown fica a uma boa hora de distância de praticamente qualquer lugar. Em outras palavras, quando Jennifer se atrasa uma hora para seu bate-papo de manhã... e estamos falando de uma hora no *máximo*, poderia ser muito menos... Fiona entra em pânico o suficiente para largar tudo e se mandar para esse fim de mundo. A meu ver, isso está muito parecido com uma reação exagerada. Não posso falar por você, amigo, mas eu adoraria saber o que a deixou tão nervosa.

— Talvez ela não estivesse a uma hora de distância. Vai ver que mora ali do lado e só foi dar uma olhada para ver o que tinha acontecido.

— Então por que foi de carro? Se ela está longe demais para ir a pé, está longe o suficiente para sua ida até a casa parecer estranha. E aqui entra a Regra número 2: quando o comportamento de alguma pessoa é estranho, isso é um presentinho para você, e você não vai largá-lo enquanto não conseguir desembrulhá-lo. Não estamos cuidando de Veículos Automotivos, Richie. Neste trabalho, não se diz: "Ah, é verdade, talvez não seja importante, naquele dia ela só estava meio esquisita, vamos deixar para lá." Nunca se diz nada semelhante.

Fez-se o tipo de silêncio que indica que a conversa ainda não terminou.

— Sou um bom detetive — disse Richie, finalmente.

— Tenho certeza de que você vai ser um detetive excelente um dia. Mas, neste exato momento, você ainda precisa aprender praticamente tudo.

— Quer eu use gravata, quer não.

— Você não tem 15 anos, cara. Vestir-se como um assaltante não faz de você uma ameaça intrépida ao Sistema. Só faz com que pareça um bobão.

Richie passou o dedo pelo tecido ralo da frente da camisa.

— Sei que o pessoal da Homicídios geralmente não tem a mesma origem que eu — disse ele, escolhendo as palavras com cuidado. — Todos os outros vêm do campo, não é? Ou de professores. Não sou o que qualquer um espera. Entendo isso.

Seus olhos, refletidos no espelho retrovisor, eram verdes e inexpressivos.

— Não importa de onde você tenha vindo. Não há nada que você possa fazer para mudar esse aspecto. Portanto, não gaste energia pensando nisso. O que importa é aonde você quer ir. E isso, amigo, é algo que você *pode* controlar.

— Eu sei. Estou aqui, não estou?

— E minha função é ajudá-lo a avançar mais. Uma das formas para assumir o controle de aonde se vai chegar consiste em agir como se já se estivesse lá. Está me entendendo? — Pareceu que ele não estava. — Vamos encarar assim. Por que você acha que estou dirigindo um BMW?

— Achei que você gostou do carro — disse Richie, dando de ombros.

Tirei uma das mãos do volante para apontar um dedo para ele.

— Você achou que meu ego gostou do carro, é o que você quer dizer. Não se engane: não é tão simples assim. Não estamos indo atrás de gente que pratica furtos em lojas, Richie. Os assassinos são os maiorais nessa história. O que eles fazem tem muita importância. Se chegamos ao local do crime num Toyota 95 em péssimo estado, parece um desrespeito. Como se nós achássemos que as vítimas não merecem o melhor. Isso irrita as pessoas. É assim que você quer começar?

— Não.

— Não mesmo. E ainda por cima, um Toyota velho e em péssimo estado faz com que pareçamos uns fracassados. Isso faz diferença, cara. Não só para meu ego. Se os culpados nos virem como uns fracassados, eles vão se sentir mais fodões, o que vai tornar mais difícil para nós a tarefa de apanhá-los. Se os inocentes nos virem como fracassados, eles vão calcular que nunca resolveremos esse caso, então por que iriam se dar ao trabalho de tentar nos ajudar? E, se *nós* mesmos virmos uns fracassados cada vez que nos olharmos no espelho, o que você acha que acontece com nossas chances de sucesso?

— Imagino que elas caiam.

— Acertou na mosca. Se você quiser ter sucesso, Richie, não pode chegar já com cheiro de fracasso. Está entendendo o que eu quero dizer?

Ele tocou o nó na gravata nova.

— Basicamente, vestir-me melhor.

— Só que não é básico, meu filho. Não há nada de básico nisso. As regras existem por um motivo. Antes que você as desrespeite, talvez queira pensar um pouco sobre qual pode ser esse motivo.

Entrei na M1 e acelerei, deixando o BMW fazer o que ele sabe fazer. Richie olhou de relance para o velocímetro, mas sem olhar eu sabia que estava exatamente no limite, nem um único quilômetro a mais, e ele permaneceu de boca fechada. Era provável que estivesse pensando em como eu sou um chato de galocha. Muita gente tem essa opinião. Todos são adolescentes, em termos mentais, se não em termos físicos. Somente os adolescentes acham ruim o que é chato. Os adultos, homens e mulheres que já viram um pouco da vida, sabem que o que é chato é uma dádiva de Deus. A vida tem de reserva para nós emoções mais do que suficientes, prontas para nos atingir quando não estamos atentos, sem que precisemos contribuir para a dramaticidade. Se Richie ainda não sabia disso, ele estava prestes a descobrir.

Sou grande partidário do desenvolvimento. Se você quiser, pode culpar os incorporadores imobiliários e seus banqueiros e políticos obedientes por esta recessão; mas a verdade é que, se não fosse por eles terem pensado grande, nós nunca teríamos saído da recessão anterior. Eu sempre vou preferir ver um prédio de apartamentos, todo movimentado com gente que sai para trabalhar todos os dias de manhã e mantém o país em atividade, para depois voltar para o belo cantinho que conquistou, a ver um campo que não faz bem nenhum a ninguém a não ser a um par de vacas. Os lugares, como as pessoas, são como os tubarões: se pararem de se mexer, eles morrem. Mas todo mundo tem um lugar que gosta de pensar que nunca vai mudar.

Eu conhecia Broken Harbour como a palma da minha mão, quando eu era um garotinho magricela, de cabelo cortado em casa e jeans remendados. Hoje em dia, as crianças crescem passando férias em locais ensolarados. Quando a economia estava em alta, duas semanas na Costa del Sol era o mínimo que esperavam. Mas eu tenho 42 anos, e nossa geração tinha expectativas mais modestas. Alguns dias na praia no mar da Irlanda, num trailer alugado, já deixavam a gente em posição de liderança.

Naquela época, Broken Harbour era um fim de mundo. Umas dez casas esparsas, cheias de famílias com o sobrenome Whelan ou Lynch, que estavam ali desde o início da evolução, uma loja chamada Lynch's e um pub chamado Whelan's; e um punhado de vagas para trailers, apenas a uma corrida de pés descalços por dunas de areia escorregadia e entre moitas de capim de dunas até o trecho de praia de cor creme. Passávamos duas semanas lá todos os meses de junho, num trailer enferrujado com quatro beliches que meu pai reservava com um ano de antecedência. Geri e eu ficávamos com os beliches de cima; Dina não tinha como escapar do de baixo, diante do dos meus pais. Geri escolhia primeiro porque era a mais velha, mas sempre queria o lado que dava para a terra, para poder ver os pôneis no campo atrás de nós. Isso significava que todos os dias eu acordava com a visão das linhas brancas de espuma do mar e aves pernaltas correndo pela areia, tudo isso cintilando à luz da manhã.

Nós três já estávamos lá fora ao amanhecer, com uma fatia de pão com açúcar em cada mão. Passávamos o dia inteiro brincando de pirata com as crianças dos outros trailers, ganhávamos sardas e nossa pele descascava com o sal, o vento e uma ou outra hora de sol. Na hora do chá, minha mãe fritava ovos e salsichas num fogareiro de acampamento, e depois meu pai nos mandava até o Lynch's para comprar sorvete. Quando voltávamos, encontrávamos nossa mãe sentada no seu colo, com a cabeça encostada na curva do seu pescoço, olhando para a água, com um sorriso sonhador. Ele enrolava o cabelo dela na mão livre, para que não fosse soprado para dentro do sorvete. Eu esperava o ano inteiro para vê-los daquele jeito.

Assim que saí com o BMW da estrada principal, comecei a me lembrar do trajeto, como sabia que me lembraria, apenas um esboço desbotado no fundo da memória. Passamos por um grupo de árvores – agora mais altas –, à esquerda naquela curva no muro de pedra. No entanto, bem onde a água deveria ter aparecido diante dos nossos olhos, do alto de um pequeno morro relvado, o condomínio investiu contra nós, surgindo do nada, e fechou nosso caminho como uma barricada: fileiras de telhados de ardósia e frontões brancos que se estendiam pelo que pareciam quilômetros, nos dois sentidos, por trás de uma muralha alta, de tijolos de concreto. O cartaz na entrada dizia, em letras floreadas do tamanho da minha cabeça: BEM-VINDOS A OCEAN VIEW, BRIANSTOWN. UM NOVO CONCEITO DE MORADIA DE ALTO NÍVEL. VENHAM CONHECER RESIDÊNCIAS DE LUXO. Alguém tinha pixado sobre o cartaz uma enorme genitália masculina em vermelho.

À primeira vista, Ocean View parecia de bastante bom gosto: grandes casas em centro de terreno que lhe davam algo de substancial em troca de seu dinheiro, faixas de gramados bem cuidados, postes com placas em estilo graciosamente antigo indicando o caminho para a CRECHE DAS PEQUENAS PÉROLAS e para o CENTRO DE CONVIVÊNCIA DOS DIAMANTES. Com um segundo olhar, a grama mostrava estar precisando de capina, e havia falhas nos caminhos para pedestres. Com um terceiro olhar, via-se que havia algo de errado.

As casas eram parecidas demais. Mesmo naquelas em que um cartaz triunfal em vermelho e azul berrava VENDIDA, ninguém tinha pintado a porta da frente de uma cor horrível, posto vasos com flores no peitoril das janelas ou jogado brinquedos de plástico no gramado. Havia uns poucos carros estacionados, mas a maior parte das entradas de carro estava vazia; e não de um jeito que indicasse que todos estavam fora, promovendo o progresso. Dava para se olhar diretamente através de três de cada quatro casas, para ver janelas sem cortinas e nesgas de céu cinzento. Uma garota atarracada num anoraque vermelho ia empurrando um carrinho por um caminho de pedestres, com o vento tentando arrancar seu cabelo. Ela e seu bebê de cara de lua poderiam ter sido as únicas pessoas num raio de quilômetros.

– Meu Deus – disse Richie. Naquele silêncio, sua voz saiu tão alta que nós dois nos sobressaltamos. – A cidade dos amaldiçoados.

A folha de atendimento dizia Rampa Ocean View, nº 9, o que teria feito mais sentido se o mar da Irlanda fosse um oceano, ou mesmo se ele estivesse visível, mas creio que as pessoas tiram o máximo daquilo que têm. O GPS estava chegando ao seu limite: ele nos levou pela avenida Ocean View e nos deixou sem saída no Arvoredo Ocean View – o que fechou a trifeta por não haver nenhuma árvore à vista –, e nos informou: "Você chegou ao seu destino. Até logo."

Fiz meia-volta e comecei a procurar. À medida que nos enfurnávamos no condomínio, as casas iam ficando mais incompletas, como se estivéssemos retrocedendo num filme. Logo elas não passavam de grupos aleatórios de paredes e andaimes, com um ou outro buraco vazio no lugar de uma janela. Onde estava faltando a fachada da casa, os aposentos estavam coalhados de escadas quebradas, pedaços de canos, sacos de cimento se estragando. Cada vez que virávamos uma esquina, eu esperava ver um enxame de operários trabalhando, mas o máximo que conseguimos ver foi uma escavadeira amarela em mau estado num lote vazio, adernando em meio à lama revirada e montes esparsos de terra.

Ninguém morava ali. Tentei rumar de volta para a direção da entrada, mas o condomínio tinha sido construído como um daqueles antigos labirintos feitos de sebes, só com ruas sem saída e curvas fechadas; e quase de imediato nos perdemos. Uma pequena fisgada de pânico me atingiu. Jamais gostei de me sentir desorientado.

Parei num cruzamento – por reflexo: não era como se alguém fosse passar veloz diante de mim – e no silêncio onde tinha estado o barulho do motor, ouvimos o retumbar profundo do mar. E então a cabeça de Richie se ergueu.

– Que foi isso?

Era um grito curto, rasgado, esganiçado, que se repetia sem parar, tão regular que parecia mecânico. Ele se espalhava por cima da lama e do concreto e reverberava em paredes inacabadas, até dar a impressão de que poderia estar vindo de qualquer parte ou de toda parte. Até onde eu pudesse dizer, esse grito e o mar eram os únicos sons no condomínio.

– Aposto que é a irmã – disse eu.

Ele me olhou como se achasse que eu estava só querendo ver sua reação.

– É uma *raposa* ou outro bicho. Atropelado, talvez.

– E aqui estava eu pensando que você era o cara superexperiente que sabia o quanto isso ia ser terrível. Você vai precisar se preparar, Richie. Sério.

Baixei o vidro da janela e acompanhei o som. Os ecos me desviaram algumas vezes, mas nós soubemos quando vimos. Um lado da Rampa Ocean View era impecável, casas brancas com janelas salientes, geminadas duas a duas, certinhas como dominós; o outro lado era só andaimes e entulho. Entre os dominós, por cima do muro do condomínio, moviam-se tiras de mar cinzento. Algumas casas tinham um carro ou dois na frente, mas uma tinha três: um Volvo branco, *hatchback*, que não poderia ser mais família, um Fiat Seicento amarelo que já tinha visto melhores dias e um carro da polícia. Havia fita branca e azul, de isolamento do local do crime, ao longo do muro baixo do jardim.

Acredito em tudo o que disse a Richie: nesse serviço, tudo importa, até seu jeito de abrir a porta do carro. Muito antes de eu dizer a primeira palavra a uma testemunha ou a um suspeito, ele precisa saber que Mick Kennedy está ali e que eu tenho total controle sobre o caso. Parte disso é sorte – sou alto, não sou careca e meu cabelo ainda está 99% castanho-escuro, tenho uma aparência razoável, se eu mesmo posso dizer isso, e todos esses aspectos ajudam – mas o restante resulta de muito treinamento e dedicação. Mantive a velocidade até o último segundo, freei forte, saí do carro com minha pasta num movimento ágil e me dirigi para a casa num ritmo rápido e eficiente. Richie aprenderia a não ficar para trás.

Um dos policiais estava agachado, de modo desajeitado, junto ao carro, afagando alguém no banco traseiro, que era obviamente a fonte dos gritos. O outro estava andando para lá e para cá diante do portão, depressa demais, com as mãos unidas nas costas. O ar tinha um cheiro fresco, agradável e salgado: mar e campos. Ali fora estava mais frio do que em Dublin. O vento zunia meio desanimado através dos andaimes e de vigas expostas.

O cara que andava de um lado para outro era da minha idade, com uma pança e um ar atordoado. Estava evidente que ele tinha passado vinte anos na polícia sem ver nada semelhante a isso e que tinha esperado passar outros vinte.

– Soldado Wall – disse ele. – Ali junto do carro está o soldado Mallon.

Richie estava estendendo a mão. Era como se eu estivesse com um cachorrinho.

– Sargento detetive Kennedy e soldado detetive Curran – disse eu, antes que ele começasse a camaradagem com eles. – Vocês entraram na casa?

– Só quando chegamos. Assim que pudemos, saímos e ligamos para vocês.

– Ótimo. Diga-me exatamente o que fizeram, desde que entraram até a saída.

Os olhos do policial voltaram-se para a casa, como se ele mal pudesse acreditar que era o mesmo lugar ao qual tinha chegado apenas algumas horas antes.

– Fomos chamados para uma visita de verificação. A irmã da moradora estava preocupada. Chegamos ao local pouco depois das onze horas e tentamos estabelecer contato com os moradores, tocando a campainha e chamando por telefone, mas não obtivemos resposta. Não vimos sinais de arrombamento; mas, quando olhamos pela janela da frente, vimos que as luzes no térreo estavam acesas e que a sala de estar parecia um pouco desarrumada. As paredes...

– Daqui a um minuto, vamos ver a desarrumação. Prossiga. – Nunca deixe ninguém descrever os detalhes antes de você entrar no local, ou você verá o que eles viram.

– Certo. – O policial piscou os olhos e retomou o relato. – Não importa. Tentamos dar a volta pelos fundos da casa, mas vocês mesmos podem ver, claro. Nem uma criança conseguiria passar por ali. – Ele tinha razão: a distância entre as casas era apenas suficiente para o muro lateral. – Achamos que a desarrumação e a preocupação da irmã justificavam o arrombamento da porta da frente. Encontramos...

Ele estava passando seu peso de um pé para o outro, tentando se posicionar de um modo que pudesse ver a casa, como se ela fosse um animal enroscado, pronto para dar um bote a qualquer instante.

– Entramos na sala de estar, não encontramos nada de importância, a desarrumação, mas... Passamos então para a cozinha, onde encontramos um homem e uma mulher no piso. Os dois esfaqueados, ao que parece. Um ferimento, no rosto da mulher, estava nitidamente visível para mim e para o soldado Mallon. Parecia ser de faca. Ele...

— Os legistas vão decidir isso. O que vocês fizeram então?

— Achamos que os dois estavam mortos. Tínhamos certeza. Havia muito sangue. Montes de... — Ele fez gestos vagos na direção do próprio corpo, um movimento aleatório de picadas. Existe um motivo pelo qual alguns caras permanecem no serviço policial fardado. — O soldado Mallon verificou o pulso deles assim mesmo, só para se certificar. A mulher estava bem encostada no homem, como que enrodilhada junto dele. Tinha pousado a cabeça no seu braço, como se estivesse dormindo... Quando verificou, o soldado Mallon sentiu sua pulsação. Foi o maior choque da sua vida. Nós não esperávamos... Ele só conseguiu acreditar quando aproximou a cabeça e ouviu a respiração da mulher. Foi aí que chamamos a ambulância.

— E enquanto esperavam?

— O soldado Mallon ficou com a mulher. Falando com ela. Ela estava inconsciente, mas... só lhe dizendo que estava tudo bem, que nós éramos da polícia, que uma ambulância estava vindo e que ela aguentasse firme... Eu subi a escada. Nos quartos dos fundos... Tem duas criancinhas lá, detetive. Um menino e uma menina, cada um em sua cama. Tentei o procedimento de reanimação. Eles estão... estavam frios, rígidos, mas tentei assim mesmo. Depois do que tinha acontecido com a mãe, achei que, nunca se sabe, talvez eles ainda pudessem... — Ele esfregou as mãos na frente da túnica, de modo inconsciente, como se estivesse tentando limpar dali a sensação. Não lhe dei uma bronca por destruir provas: ele tinha apenas feito o que lhe ocorreu naturalmente. — Não adiantou. Quando tive certeza, voltei ao soldado Mallon na cozinha e nós ligamos para vocês e tudo o mais.

— A mulher voltou a si? Disse alguma coisa? — perguntei.

Ele fez que não.

— Ela não se mexeu. Não parávamos de pensar que ela tinha acabado de morrer nas nossas mãos, precisávamos verificar o tempo todo para ver se ela ainda... — Ele limpou as mãos novamente.

— Temos alguém no hospital com ela?

— Ligamos para a delegacia, para que mandassem alguém. Talvez um de nós devesse ter ido com ela, mas com o local do crime a ser protegido e a irmã... ela estava... Sem dúvida, vocês estão ouvindo.

— Vocês lhe deram a notícia — disse eu. Sempre que posso, eu mesmo comunico o ocorrido. Pode-se dizer muita coisa a partir da primeira reação. O policial procurou se defender.

– Antes de entrar, nós lhe dissemos para não sair de onde estava, mas não tínhamos ninguém para ficar com ela. Ela esperou um bom tempo, mas aí entrou na casa. Nós estávamos com a vítima, esperando por vocês. A irmã apareceu à porta da cozinha antes que percebêssemos. Ela começou a berrar. Consegui levá-la para fora de novo, mas ela se debatia... Tive de contar para ela, detetive. Foi o único jeito de impedi-la de tentar entrar outra vez, sem algemá-la.

– Certo. Não vamos chorar sobre o leite derramado. E depois?

– Fiquei aqui fora com a irmã. O soldado Mallon esperou com a vítima até a ambulância chegar. E então ele saiu da casa.

– Sem fazer uma busca?

– Quando ele saiu para ficar com a irmã, eu voltei lá dentro. O soldado Mallon está todo coberto de sangue. Ele não quis espalhá-lo pela casa. Realizei uma busca básica de segurança, só para confirmar que não havia ninguém no local. Ninguém vivo, quer dizer. Deixamos a busca profunda para vocês e a Polícia Técnica.

– Isso é o que eu gosto de ouvir. – Levantei uma sobrancelha para Richie. Ele estava prestando atenção.

– Vocês encontraram uma arma? – perguntou ele, prontamente.

O policial fez que não.

– Mas ela pode estar lá dentro. Por baixo do corpo do homem ou... em qualquer lugar. Como eu disse, nós procuramos não interferir no local além do necessário.

– E algum bilhete?

Mais um gesto negativo.

Indiquei com a cabeça o veículo da polícia.

– E como vai a irmã?

– Nós tentamos acalmá-la um pouco, a intervalos, mas cada vez que... – O policial lançou um olhar transtornado por cima do ombro, para o carro. – Os socorristas queriam lhe dar um sedativo, mas ela recusou. Nós podemos pedir que voltem, se...

– Continuem tentando acalmá-la. Não a quero sedada, se for possível, não enquanto não tivermos falado com ela. Agora vamos dar uma olhada no local. O restante da equipe está a caminho. Se o legista chegar, pode deixá-lo esperar aqui, mas certifique-se de que o pessoal do necrotério e da Perícia permaneçam afastados até nós podermos conversar com a irmã. Basta que ela os veja para surtar de verdade. Além disso, mantenham a irmã onde está, mantenham os vizinhos onde estão. E, se por acaso alguém se aproximar, mantenham-no também onde estiver. Entendido?

– Perfeito – disse o policial. Ele teria dançado a dança da galinha para mim, se eu tivesse mandado, tamanho era seu alívio por alguém estar tirando essa missão das suas mãos. Dava para eu ver que ele estava louco para chegar ao seu bar e derrubar um uísque duplo, de um gole só.

Eu não queria estar em nenhum outro lugar, a não ser dentro daquela casa.

– Luvas – disse eu a Richie. – Sapatilhas de proteção. – Eu já estava tirando as minhas do bolso. Ele se atrapalhou procurando as suas, e nós começamos a subir pela entrada de carros. O longo estouro seguido do silêncio do mar investiu contra nós direto, como boas-vindas ou como um desafio. Atrás de nós, aqueles gritos ainda continuavam como marteladas.

2

Nós não ficamos donos da cena do crime. O acesso a ela é proibido, mesmo para nós, enquanto a Polícia Técnica não a liberar. Até então, sempre há outras coisas que precisam ser feitas – testemunhas a inquirir, parentes que devem ser informados – e você faz essas coisas, consulta o relógio a cada trinta segundos e se força a não dar atenção à atração feroz que se propaga detrás do cordão de isolamento. Aqui era diferente. Os policiais fardados e os socorristas já tinham pisado em cada centímetro da casa dos Spain. Com uma olhada rápida, Richie e eu não íamos piorar em nada a situação.

Era conveniente. Se Richie não conseguisse aguentar a parte difícil, seria bom descobrir isso sem uma plateia. Mas era mais do que isso. Quando se tem a oportunidade de ver um local de crime desse modo, você a aproveita. O que espera por você ali é o próprio crime, cada segundo gritante dele, encurralado e preservado para você dentro do âmbar. Não importa que alguém tenha feito uma limpeza, ocultado provas, tentado forjar um suicídio: o âmbar também preserva tudo isso. Uma vez que o procedimento normal comece, isso se perde para sempre. Tudo o que resta é seu próprio pessoal invadindo a cena como um enxame, ocupados em demolir, para obter cada impressão, cada pegada, cada fibra. Essa oportunidade parecia uma dádiva nesse caso em que eu mais precisava dela. Como um bom presságio. Passei meu telefone para o modo silencioso. Muita gente ia querer entrar em contato comigo dali em diante. Todos poderiam esperar até eu ter percorrido o local do crime.

A porta da casa estava aberta alguns centímetros, balançando levemente quando a brisa a atingia. Inteira, ela parecia ser de carvalho maciço; mas, onde os policiais a tinham lascado ao arrancar a fechadura, dava para ver a porcaria do pó de aglomerado por baixo. Era provável que tivesse sido necessário apenas um empurrão. Pela fenda: um tapete geométrico branco e preto, muito estiloso, com um preço compatível.

– Essa é só uma passada preliminar – disse eu a Richie. – A parte séria pode esperar até o pessoal da Polícia Técnica terminar de registrar o local. Por ora, não tocamos em nada, tentamos não pisar em nada, tentamos não respirar em nada. Vamos só ter uma noção básica daquilo com que estamos lidando e saímos. Pronto?

Ele fez que sim. Abri a porta, empurrando-a com a ponta de um dedo pela borda lascada.

Meu primeiro pensamento foi o de que, se o soldado fulano de tal chamava isso de desarrumação, ele devia ter algum tipo de TOC. A entrada era pouco iluminada e perfeita: um espelho reluzente, casacos bem organizados no cabide, cheiro de aromatizante de ambientes com fragrância de limão. As paredes estavam limpas. Numa delas havia uma aquarela, um quadro verde e tranquilo, com vacas.

Meu segundo pensamento: os Spain tinham um sistema de alarme. O painel era moderno e elegante, discretamente escondido por trás da porta. A luz de DESLIGADO brilhava num amarelo sólido.

Então vi o buraco na parede. Alguém tinha posto a mesa do telefone diante dele, mas ele era grande o suficiente para uma meia-lua recortada ainda aparecer. Foi nesse instante que senti: a vibração fina como uma agulha, começando nas têmporas e descendo pelos ossos até meus tímpanos. Alguns detetives a sentem na nuca; alguns, nos pelos dos braços. Conheço um pobre coitado que a sente na bexiga, o que pode ser inconveniente. Mas todos os bons detetives a sentem em algum lugar. Ela me pega nos ossos do crânio. Pode chamar do que você quiser – desvio de conduta, transtorno psicológico, o animal dentro de nós, o mal, se você acreditar nisso –, é aquilo que passamos a vida perseguindo. Nem todo treinamento do mundo lhe dará esse aviso, quando você chega perto. Ou você sente ou não.

Olhei rápido para Richie: ele estava com uma careta, lambendo os lábios, como um animal que tivesse provado alguma coisa estragada. Ele a sentia na boca, o que precisaria aprender a disfarçar, mas pelo menos a sentia.

À nossa esquerda, havia uma porta entreaberta: sala de estar. Bem à frente, a escada e a cozinha.

Alguém tinha se esforçado para decorar a sala de estar. Sofás de couro marrom, mesinha de centro elegante de vidro com cromado, uma parede pintada de amarelo-manteiga por um desses motivos que só mulheres e decoradores compreendem. Para dar a impressão de estar habitada, havia uma boa televisão grande, um Wii, uma coleção de aparelhinhos brilhantes, uma pequena estante para livros em brochura, outra para DVDs e jogos, velas e fotos de gente loura na cornija da lareira a gás. Deveria ter parecido uma sala acolhedora, mas a umidade tinha levantado o assoalho e manchado uma parede; e era difícil livrar-se do pé-direito baixo, associado às proporções simplesmente erradas. Eles derrotavam todo o carinho da decoração e faziam a sala parecer apertada e escura, um lugar em que ninguém poderia se sentir bem por muito tempo.

Cortinas quase fechadas, só a brecha pela qual os policiais tinham olhado. Abajures de pé acesos. Não importava o que tivesse acontecido, tinha acontecido de noite, ou alguém queria que eu acreditasse nisso.

Acima da lareira a gás, havia mais um buraco na parede, mais ou menos do tamanho de um prato. Havia um maior junto do sofá. Canos e fios emaranhados apareciam parcialmente no escuro ali dentro.

Ao meu lado, Richie estava tentando se controlar ao máximo, mas deu para eu perceber que um joelho tremia. Ele queria acabar logo com os momentos difíceis.

– Cozinha – disse eu.

Era difícil acreditar que o mesmo cara que tinha projetado a sala de estar tivesse bolado esse aposento. Era uma cozinha-com-sala-de-jantar-com-espaço-para-brincar, que se estendia de um lado a outro dos fundos da casa e era em sua maior parte envidraçada. Lá fora o dia ainda estava cinzento, mas a luminosidade nesse ambiente era total e ofuscante o suficiente para fazê-lo piscar, com um ar limpo e claro que lhe dizia que o mar estava muito perto. Nunca pude entender por que se supõe ser uma vantagem que seus vizinhos possam verificar o que você está comendo no café da manhã – em qualquer circunstância, prefiro a privacidade de cortinas vazadas, estejam na moda ou não – mas aquela luz quase fez com que eu compreendesse.

Por trás do jardinzinho bem cuidado, havia mais duas fileiras de casas em construção, que se aglomeravam agressivas e feias contra o céu, com uma longa faixa de plástico panejando forte a partir de uma viga descoberta. Atrás delas, ficava o muro do condomínio, e depois, à medida que o terreno ia descendo, através dos ângulos sem acabamento de madeira e concreto, lá estava ela, a visão pela qual meus olhos estavam esperando o dia inteiro, desde que eu tinha ouvido minha própria voz dizer *Broken Harbour*. A curva arredondada da baía, perfeita como o C da sua mão; com os morros baixos arrematando cada extremidade; a areia macia e cinzenta, o capim das dunas curvando-se com o vento limpo, as pequenas aves espalhadas ao longo da beira da água. E o mar, brabo hoje, erguendo-se para mim, verde e vigoroso. O peso do que estava na cozinha conosco inclinava o mundo, fazia a água subir violenta como se fosse se abater sobre nós através de todo aquele vidro brilhante.

O mesmo cuidado que tinha tentado modernizar a sala de estar se voltara para tornar esse aposento alegre e acolhedor. Mesa comprida de madeira clara, cadeiras amarelas como girassóis; um computador numa escrivaninha de madeira pintada de amarelo para combinar; brinquedos coloridos de plástico, pufes, uma lousa. Havia desenhos a lápis de cera emoldurados nas paredes. O local estava bem arrumado, especialmente por ser ali que crianças brincavam. Alguém tinha organizado as coisas, quando os quatro chegaram ao limiar de seu último dia. Tinham conseguido chegar até esse ponto.

O aposento era o sonho de um corretor de imóveis, só que era impossível imaginar que qualquer pessoa viesse um dia a morar ali. Alguma luta frenética tinha derrubado a mesa, jogando uma ponta contra a janela, onde ela rachou uma enorme estrela na vidraça. Mais buracos nas paredes: um no alto acima da mesa, um grande por trás de um castelo de Lego derrubado. Um pufe tinha sido estourado, derramando minúsculas bolinhas brancas por toda parte; um monte de livros de cozinha abertos se espalhava pelo chão; estilhaços de vidro cintilavam no lugar onde uma moldura de quadro tinha sido destroçada. Havia sangue por toda parte: leques de respingos subindo pelas paredes, rastros desencontrados de gotas e pegadas cruzando-se sobre o piso de cerâmica, borrões largos nas janelas, manchas grossas empapadas no tecido amarelo das cadeiras. A alguns centímetros dos meus pés estava a metade rasgada de uma tabela de medir altura, com um pé de feijão com folhas grandes e o desenho de uma criança que subia por ele, e a inscrição *Emma 17/06/09* quase escondida pelo vermelho coagulado.

Patrick Spain estava na outra ponta do aposento, no que tinha sido a área de lazer das crianças, entre os pufes, lápis de cera e livros ilustrados. Estava de pijama – paletó azul-marinho e calça listrada de azul-marinho e branco, toda marcada com crostas escuras. Estava de bruços no chão, com um braço por baixo, o outro esticado acima da cabeça, como se até no último segundo ele estivesse tentando rastejar. Sua cabeça estava na nossa direção: talvez tentando alcançar os filhos, não se sabe por que motivo. Tinha sido um homem louro, alto, de ombros largos. A compleição indicava que podia ter jogado rúgbi, sabe-se lá quando, agora relaxado. Teria sido preciso ser muito forte, estar com muita raiva ou ser muito maluco para enfrentá-lo. O sangue tinha se tornado pegajoso e escuro numa poça que se espalhava por baixo do seu peito. Havia borrões por toda a volta, com um incrível emaranhado de rastros lambuzados, impressões palmares, marcas de sangue arrastado; uma confusão de pegadas saía daquela bagunça e vinha na nossa direção, acabando por desaparecer no meio do caminho, como se os donos das pegadas tivessem simplesmente se evaporado.

À sua esquerda, a poça de sangue se espalhava mais larga e mais espessa, com um brilho forte. Teríamos de verificar com os policiais fardados, mas era um bom palpite que era ali que eles tinham encontrado Jennifer Spain. Ou ela havia se arrastado até ali para morrer aconchegada ao marido, ou ele havia permanecido junto dela depois de terminar o serviço; ou alguém havia deixado que eles ficassem juntos pela última vez.

Fiquei no portal mais tempo do que era necessário. Demora-se um pouco para conseguir apreender uma cena como aquela, na primeira vez. Seu mundo interior se fecha diante do mundo exterior, como uma proteção. Seus olhos estão bem abertos, mas tudo o que chega à sua mente são rasgos vermelhos e uma mensagem de erro. Ninguém estava nos observando. Richie podia demorar o tempo que fosse preciso. Tratei de não olhar para ele.

Uma rajada de vento atingiu os fundos da casa, entrando direto, sem parar, por alguma fresta, inundando-nos como água gelada.

– *Meu Deus* – disse Richie. A rajada lhe causara um sobressalto, e ele estava um pouco mais pálido do que de costume, mas a voz estava bem firme. Até o momento, estava se saindo bem. – Sente só isso. Do que foi feito esse barraco? De papel higiênico?

– Não reclame. Quanto mais finas as paredes, mais provável que os vizinhos tenham ouvido alguma coisa.

– Se houver vizinhos.

– Vamos torcer para que haja. Pronto para seguir adiante?

Ele fez que sim. Deixamos Patrick Spain em sua cozinha iluminada, com as finas correntes de vento turbilhonando ao seu redor, e subimos a escada.

O andar superior estava escuro. Abri minha pasta e peguei a lanterna. Os policiais fardados tinham provavelmente tocado em tudo com suas mãozorras gordas, mas, mesmo assim, nunca se toca em interruptores de luz. Alguma outra pessoa poderia ter querido que aquela lâmpada ficasse acesa ou apagada. Direcionei a lanterna e com a ponta do pé empurrei a porta mais próxima.

Em algum ponto a mensagem tinha sido truncada, porque ninguém tinha esfaqueado Jack Spain. Depois do horror do sangue coagulado lá embaixo, esse quarto era quase repousante. Não havia sangue. Nada tinha sido quebrado nem arrancado do lugar. Jack Spain tinha o nariz arrebitado e cabelo louro, deixado crescer em cachos. Estava deitado de costas, com os braços estendidos acima da cabeça, o rosto voltado para o teto, como se tivesse adormecido de cansaço depois de um longo dia de futebol. Você quase teria pensado em tentar escutar sua respiração, só que algum aspecto no seu rosto já lhe dizia outra coisa. Ele apresentava aquela calma secreta que só crianças mortas têm, pálpebras finas como papel, bem fechadas, como as de bebês antes de nascer, como se, quando o mundo se torna assassino, elas se voltassem para dentro e para trás, de volta àquele primeiro lugar seguro.

Richie emitiu um barulhinho, como um gato engasgado com uma bola de pelo. Passei a lanterna pelo quarto, para lhe dar tempo de se recuperar. Havia duas ou três rachaduras nas paredes, mas nenhum buraco, a menos que estivessem escondidos por trás dos pôsteres. Jack tinha sido torcedor do Manchester United.

– Você tem filhos? – perguntei.
– Não. Ainda não.

Ele estava mantendo a voz baixa, como se ainda pudesse acordar Jack Spain, ou fazer com que tivesse sonhos ruins.

– Eu também não. Em dias como esse, até que é bom. Filhos amolecem o coração da gente. Você tem um detetive que é durão que só ele, que consegue assistir a uma autópsia e depois pedir um bife malpassado no almoço. Aí a mulher dele dá cria, e de repente ele perde o controle, se uma vítima tiver menos de 18 anos. Já vi isso acontecer um monte de vezes. E cada vez agradeço a Deus a existência de anticoncepcionais.

Direcionei a lanterna de volta para a cama. Minha irmã Geri tem filhos, e eu passo tempo suficiente com eles para poder ter um palpite da idade aproximada de Jack Spain: em torno de 4, talvez 3 anos, se tivesse sido uma criança grande. O edredom estava afastado onde o policial tinha tentado em vão fazer sua ressuscitação: pijama vermelho arregaçado, caixa torácica delicada por baixo. Eu podia até mesmo ver a reentrância onde a ressuscitação, ou eu esperava que tivesse sido a ressuscitação, tinha quebrado uma costela ou duas. Havia um roxo em torno da boca.

– Asfixiado? – perguntou Richie.

Ele estava se esforçando muito para manter a voz sob controle.

– Vamos ter que esperar pelo laudo da autópsia, mas parece possível. Se for isso, é uma indicação que aponta para os pais. A maior parte das vezes, eles escolhem algum método delicado. Se for essa a palavra que estou procurando.

Eu ainda não estava olhando para ele, mas senti que ele se retesava para não se encolher instintivamente.

– Vamos procurar a menina – disse eu.

Também ali não havia buracos nas paredes, nenhum sinal de luta. O policial, quando desistiu, tinha puxado o edredom cor-de-rosa de Emma Spain de volta para cobri-la – protegendo seu corpo porque ela era menina. Emma tinha o mesmo nariz arrebitado do irmão, mas seus cachos eram de um louro-avermelhado, e seu rosto era coberto de sardas, que sobressaíam em contraste com o branco-azulado por baixo. Ela era a mais velha, 6, 7 anos. A boca estava um pouco aberta, e eu pude ver a falha de onde um incisivo tinha caído. O quarto era rosa-choque, cheio de babados e franzidos. A cama estava lotada de travesseiros bordados, gatinhos e cachorrinhos de olhos enormes, olhando assustados para nós. Surgindo da escuridão à luz da lanterna, ao lado daquele rostinho vazio, eles pareciam abutres.

Só olhei para Richie quando estávamos de volta no patamar.

– Percebeu algo de estranho nos dois quartos? – perguntei, então.

Mesmo àquela luz, ele dava a impressão de estar com um caso grave de intoxicação alimentar. Precisou engolir em seco duas vezes antes de conseguir responder.

— Nenhum sangue.

— Isso mesmo. — Abri a porta do banheiro com um empurrãozinho da lanterna. Toalhas bem combinadas, brinquedos de banheira de plástico, os xampus e sabonetes em gel de costume, a louça, de um branco cintilante. Se alguém tivesse se lavado ali dentro, tinha sabido os cuidados a tomar. — Vamos dizer à Polícia Técnica para usar luminol nesse piso, procurando indícios, mas, a menos que estejamos deixando de ver alguma coisa, ou foi mais de um assassino, ou ele atacou as crianças primeiro. Ninguém saiu daquela lambança — indiquei a cozinha com a cabeça — e tocou em qualquer coisa aqui em cima.

— Está parecendo um crime doméstico, não está? — disse Richie.

— Como assim?

— Se eu sou um psicopata que quer dar fim a uma família inteira, não vou começar pelas crianças. E se um dos pais ouve alguma coisa, vem ver como estão enquanto eu ainda estou ocupado com elas? De repente, o pai e a mãe estão em cima de mim, acabando comigo. Não: eu vou esperar até todo mundo estar dormindo e então começo apagando as ameaças maiores. O único motivo para começar por aqui — sua boca estremeceu, mas ele conseguiu se controlar — é se eu sei que não vão me interromper. Isso quer dizer o pai ou a mãe.

— Certo. Está longe de ser uma conclusão definitiva, mas à primeira vista é a impressão que se tem. Você percebeu a outra coisa que aponta na mesma direção?

Ele fez que não.

— A porta da frente — disse eu — tem duas fechaduras, uma Chubb e uma Yale. E, antes que os policiais a arrombassem, as duas estavam trancadas. A porta não foi simplesmente fechada por alguém que a puxou ao sair. Ela estava trancada a chave. E eu não vi nenhuma janela aberta ou quebrada. Portanto, se alguém conseguiu entrar, vindo de fora, ou se os Spain abriram a porta para essa pessoa, como foi que ela conseguiu sair de novo? Mais uma vez, não é definitivo: uma das janelas poderia estar destrancada, as chaves podem ter sido levadas, um amigo ou colega de trabalho poderia ter cópias. Vamos ter que verificar tudo isso. Mas é uma indicação. Por outro lado... — Apontei com a lanterna: mais um buraco, talvez do tamanho de um livro em brochura, pouco acima do rodapé no patamar da escada. — Como as paredes poderiam acabar estragadas desse jeito?

— Uma briga. Depois das... — Richie esfregou a mão na boca. — Depois das crianças, ou elas teriam acordado. Para mim está parecendo que alguém lutou para valer.

– É provável que sim, mas não foi isso que estragou as paredes. Desanuvie sua cabeça e pense de novo. Esse estrago não foi feito ontem à noite. Quer me dizer por quê?

Aos poucos, o ar de inexperiente começou a dar lugar àquela concentração que eu tinha visto no carro.

– Não tem sangue em volta dos buracos – disse Richie, depois de um instante. – E nenhum caco de gesso por baixo. Nem mesmo poeira. Alguém limpou.

– Você tem razão. É possível que o assassino ou os assassinos tenham se demorado por aqui para dar uma boa passada de aspirador, por motivos só deles. Mas, a menos que encontremos alguma coisa que nos diga que isso aconteceu, a explicação mais provável é os buracos terem sido feitos pelo menos uns dois dias atrás, talvez muito mais que isso. Alguma ideia sobre como eles podem ter surgido?

Ele tinha uma aparência melhor, agora que estava trabalhando.

– Problemas estruturais? Umidade, afundamento do solo, quem sabe alguém trabalhando em defeitos na fiação... Tem umidade na sala de estar... Você viu as tábuas corridas, é, e a mancha na parede? E a casa toda está cheia de rachaduras. Não seria surpresa para mim se a fiação estivesse toda estragada também. Esse condomínio inteiro é um lixo.

– Pode ser. Vamos mandar um fiscal de obras vir aqui dar uma olhada. Mas vamos ser francos, seria preciso um eletricista muito chinfrim para deixar o lugar nesse estado. Alguma outra explicação que lhe ocorra?

Richie estalou a língua nos dentes e olhou demoradamente para o buraco com um ar pensativo.

– Se eu deixasse correr a imaginação, diria que alguém estava procurando alguma coisa.

– É o que eu diria também. Isso poderia significar armas ou valores, mas geralmente são nossos velhos amigos: drogas ou dinheiro. Vamos pedir que a Polícia Técnica verifique se há resíduos de drogas.

– Mas – disse Richie, apontando com o queixo para a porta do quarto de Emma. – E os filhos? Os pais estavam guardando alguma coisa que podia matá-los? Com os *filhos* na casa?

– Achei que os Spain estivessem no primeiro lugar da sua lista de suspeitos.

– É diferente. As pessoas perdem o controle, fazem loucuras. Pode acontecer com qualquer um. Um quilo de heroína debaixo do papel de parede, onde seus filhos poderiam encontrar? Isso não acontece.

Um rangido lá embaixo, e nós dois giramos nos calcanhares, mas era só a porta da frente, atingida por um sopro de vento.

— Ora, meu filho. Já vi isso mais de cem vezes. Aposto que você também.

— Não com gente desse tipo.

— Eu não teria imaginado que você fosse esnobe — disse eu, erguendo as sobrancelhas.

— Não, não estou falando de classe. Estou querendo dizer que esse pessoal *se esforçou*. Olhe bem para a casa: tudo está certo, está me entendendo? Tudo está limpo, até lá embaixo por trás do vaso sanitário está limpo. Tudo combina. Até os temperos na prateleira da cozinha estão na validade, todos em que pude ver a data. Essa família tentou fazer tudo *certo*. Mexer com coisa duvidosa... Simplesmente não parece ser o estilo deles.

— Neste exato momento, não parece, não. Mas lembre-se de que, neste exato momento, não sabemos praticamente nada sobre essas pessoas. Eles mantinham a casa bem arrumada, pelo menos de vez em quando, e foram assassinados. Vou lhe dizer que o segundo fato significa muito mais que o primeiro. Qualquer um sabe usar aspirador. Nem todo mundo acaba assassinado.

Richie, que Deus abençoe seu coração inocente, estava me lançando um olhar de puro ceticismo, temperado com um toque de indignação moral.

— Montes de vítimas de homicídio nunca fizeram nada de perigoso na vida.

— Algumas não fizeram, não. Mas montes? Richie, meu amigo, vou lhe contar o segredo sujo sobre sua nova função. Essa é a parte que você nunca viu em entrevistas nem em documentários, porque costumamos guardar para nós mesmos. A maioria das vítimas saiu procurando exatamente o que acabou acontecendo.

Ele começou a abrir a boca.

— É claro que não as crianças — prossegui. — As crianças não são o que estamos examinando aqui. Mas gente adulta... Se você tentar vender heroína no território de outro canalha, ou se resolve se casar com o Príncipe Encantado depois que ele a deixou internada na UTI quatro vezes seguidas, ou se esfaqueia um cara porque o irmão dele esfaqueou seu amigo que tinha esfaqueado o primo dele, então, me perdoe se estou sendo politicamente incorreto, mas você está pedindo que aconteça exatamente o que vai acabar acontecendo com você. Sei que não é isso o que nos ensinam no curso para detetives, mas aqui fora, no mundo real, cara, você ficaria surpreso com a raridade com que o homicídio precisa invadir a vida das pessoas. Em 99% dos casos, ele chega porque as pessoas abrem a porta e o convidam para entrar.

Richie mudou de posição sem sair do lugar — a corrente de ar estava subindo pela escada e turbilhonando nos nossos tornozelos, chocalhando a maçaneta da porta do quarto de Emma.

– Não vejo como alguém poderia pedir que uma coisa dessas acontecesse.

– Nem eu, pelo menos ainda não. Mas, se os Spain estivessem vivendo como a família Walton, quem fez os buracos nas paredes? E por que eles simplesmente não chamaram alguém para consertar o lugar... a menos que não quisessem que ninguém soubesse com que tipo de coisa eles estavam envolvidos? Ou com o que pelo menos um deles estava envolvido.

Ele deu de ombros.

– Você está certo – disse eu. – Esse caso poderia ser aquele 1%. Vamos manter a mente aberta. E se ele for, esse é mais um motivo pelo qual não podemos errar.

O quarto de Patrick e Jennifer Spain era perfeito para uma fotografia, exatamente como o resto da casa. Tinha sido decorado com um estampado florido em tons de rosa, creme e dourado, para simular um ar antiquado. Nada de sangue, nem sinais de luta, nem um cisco de pó em parte alguma. Um buraco pequeno, no encontro da parede com o teto, acima da cama.

Duas coisas chamavam a atenção. A primeira: o edredom e os lençóis estavam amarrotados e afastados, como se alguém tivesse acabado de sair da cama, de um salto. O resto da casa dizia que aquela cama não ficava muito tempo sem ser feita. Pelo menos um deles já estava pronto para dormir, quando a história começou.

A segunda: as mesinhas de cabeceira. Cada uma tinha um pequeno abajur com a cúpula creme com franjas. Os dois abajures estavam desligados. Na mesinha mais distante, havia uns dois potes de aparência feminina, creme facial ou coisa que o valha, um celular cor-de-rosa e um livro de capa rosa e título com letras desencontradas. A mais próxima estava lotada de aparelhos: o que pareciam ser dois walkie-talkies brancos e dois celulares prateados, todos em seus carregadores, com mais três carregadores vazios, todos prateados. Não entendi direito onde se encaixavam os walkie-talkies, mas as únicas pessoas que têm cinco celulares são corretores da bolsa extremamente bem-sucedidos e traficantes de drogas. E o lugar não me parecia a morada de um corretor de valores. Por um segundo, achei que as coisas estavam começando a ganhar sentido.

– Meu Deus – disse Richie, então, erguendo as sobrancelhas. – Eles exageravam um pouco, você não acha?

– Como assim?

– As babás eletrônicas. – Com a cabeça, ele indicou a mesinha de Patrick.

– É isso o que aqueles aparelhos são?

– É. Minha irmã tem filhos. Os brancos, é por eles que se escuta. Os que parecem um telefone são monitores de vídeo. Para ver a criança dormindo.

— No estilo *Big Brother*. — Passei a luz da lanterna pelos aparelhos: os brancos, ligados, com a tela levemente iluminada; os prateados, desligados. — Quantos as pessoas costumam ter? Um para cada filho?

— Não posso falar da maioria. Minha irmã tem três filhos e só uma babá eletrônica, que fica no quarto do bebê, para quando ele está dormindo. Quando as meninas eram pequenas, ela usava só o áudio, como aqueles ali — os walkie-talkies — mas o menor foi prematuro, e ela comprou o monitor com vídeo, para ficar de olho nele.

— Quer dizer que os Spain eram do tipo superprotetor. Uma babá em cada quarto. — Onde eu deveria tê-las visto. Era uma coisa Richie ficar perturbado com o todo da cena e não perceber detalhes; mas eu não era nenhuma virgenzinha.

Richie fez que não.

— Mas por quê? Eles já eram grandes o suficiente para vir chamar a mãe se precisassem dela. E não estamos falando de uma mansão enorme. Se eles se machucassem, ela ouviria os gritos.

— Você reconheceria as outras metades desses aparelhos se as visse? — perguntei.

— É provável que sim.

— Ótimo. Então vamos descobrir onde estão.

Na cômoda cor-de-rosa de Emma, havia uma peça branca redonda, como um rádio-relógio, que, segundo Richie, era um terminal de áudio.

— Ela é um pouco grandinha para isso, mas os pais podiam ter sono pesado; queriam ter certeza de ouvir se ela chamasse...

O outro terminal de áudio estava na cômoda de Jack. Nenhum sinal das câmeras de vídeo. Não antes de voltarmos outra vez para o patamar.

— Vamos querer que a Polícia Técnica verifique o sótão, para o caso de quem quer que estivesse procurando... — Nesse instante, direcionei a lanterna para o teto e parei de falar.

O alçapão de acesso ao sótão estava ali, sim. Estava aberto para um negrume — a luz bateu na tampa, apoiada em alguma coisa, e num trecho de viga exposta do telhado lá no alto. Alguém tinha pregado tela de galinheiro para tapar a abertura daqui de baixo mesmo, sem se preocupar muito com a estética: bordas irregulares de arame, grandes cabeças de prego se projetando em ângulos violentos. No outro canto do patamar, bem alto na parede, havia um objeto prateado e instalado precariamente, que eu soube que era uma câmera de vídeo, sem que Richie me dissesse. A câmera estava apontada direto para o alçapão.

— Que merda é essa?! — exclamei.

— Ratazanas? Os buracos...

– Ninguém põe câmeras para *vigiar* ratos. Você deixa o alçapão fechado e chama a desratização.

– Então o que pode ser?

– Não sei. Uma armadilha, quem sabe, para o caso de quem quer que tivesse rebentado as paredes voltasse para um segundo round. A Polícia Técnica vai precisar ter muito cuidado aqui em cima. – Segurei a lanterna no alto e a virei para lá e para cá, tentando vislumbrar o que havia no sótão. Caixas de papelão, uma mala preta empoeirada. – Vamos ver se as outras câmeras nos dão alguma pista.

A segunda câmera estava na sala de estar, numa mesinha de vidro e cromados ao lado do sofá. Ela mirava o buraco acima da lareira, e uma luzinha vermelha indicava que estava ligada. A terceira tinha rolado para um canto da cozinha, onde estava cercada por bolinhas do enchimento do pufe e apontava para o chão; mas ainda estava na tomada. Tinha estado em funcionamento. Havia um monitor meio abaixo do fogão elétrico – eu o tinha registrado na primeira vez, achei que fosse um telefone – e outro debaixo da mesa da cozinha. Nenhum sinal do último, ou das outras duas câmeras.

– Vamos avisar ao pessoal da Perícia, para que eles fiquem de olho. Alguma outra coisa que você queira ver antes que eles entrem?

Richie pareceu indeciso.

– Não é uma pegadinha, filho.

– Ah, bom. Então, não. Tudo bem por mim.

– Por mim também. Vamos.

Mais uma rajada de vento sacudiu a casa, e dessa vez nós dois nos sobressaltamos. Eu teria feito muito esforço para não deixar o jovem Richie ver isso, mas aquele lugar estava começando a me dar nos nervos. Não eram as crianças, nem o sangue – como já disse, consigo lidar com tudo isso, sem problema. Alguma coisa nos buracos na parede, talvez, ou nas câmeras de olhar fixo; ou em todas aquelas vidraças, todos aqueles esqueletos de casas olhando direto ali para dentro, como animais famintos em volta do calor de uma fogueira. Tratei de me lembrar de já ter lidado com cenas piores, sem sequer começar a transpirar; mas aquele leve bruxuleio que percorria os ossos do meu crânio me dizia: *Isso aqui é diferente.*

3

Um segredinho nada romântico: metade do trabalho de um detetive da Homicídios está na sua capacidade administrativa. Quem está em treinamento imagina o lobo solitário que penetra na selva, seguindo palpites misteriosos; mas, na prática, os caras sem traquejo para lidar com outros acabam em Operações Secretas. Até mesmo uma pequena investigação – e essa aqui não ia ser pequena – envolve estagiários da reserva de pessoal, relações públicas, a Polícia Técnica, o médico-legista, enfim, todo mundo e mais alguém; e você precisa se certificar de que a qualquer dado momento todos o mantenham informado dos últimos desdobramentos, que ninguém esteja atrapalhando ninguém e todos estejam cumprindo o plano maior que você determinou, porque no fundo a responsabilidade é mesmo só sua. Aquele silêncio de câmera lenta, ali dentro do âmbar, estava terminado. No instante em que puséssemos os pés fora da casa, antes mesmo que parássemos de andar sem ruído, já estava na hora de começar a manobrar as pessoas.

Cooper, o médico-legista, estava do lado de fora do portão, com os dedos tamborilando na pasta e não parecendo satisfeito. Não que ele tivesse parecido satisfeito em outra circunstância. Nos seus melhores momentos, Cooper é um cretininho pessimista, e ele nunca está nos seus melhores momentos perto de mim. Nunca fiz nada que o prejudicasse; mas, por algum motivo lá só dele, Cooper não gosta de mim. E quando um panaca arrogante como Cooper não gosta de você, ele vai fundo. Basta um erro de digitação num formulário de solicitação para ele devolver o formulário e me fazer começar de novo. E nem pensar em pedir pressa para nada. Minhas coisas esperam sua vez, sejam elas urgentes ou não.

– Detetive Kennedy – disse ele, abrindo as narinas como se eu cheirasse mal. – Posso perguntar se dou a impressão de ser um vagabundo?

– De modo algum. Dr. Cooper, apresento-lhe o detetive Curran, meu parceiro. – Cooper não deu atenção a Richie.

– É um alívio saber isso. Nesse caso, por que estou aqui sem fazer nada?

Ele deve ter passado o tempo de espera, bolando essa pergunta.

– Peço desculpas – disse eu. – Deve ter havido algum mal-entendido. É claro que eu nunca o faria perder tempo. Vamos deixá-lo à vontade.

Cooper lançou-me um olhar fulminante com a mensagem de que não estava engolindo aquela.

— Nossa única esperança é que vocês tenham conseguido não contaminar demais a cena do crime — disse ele, passando bruscamente por mim, puxando as luvas ainda mais e entrando na casa.

Por enquanto nenhum sinal dos estagiários. Um dos soldados fardados ainda estava sem saber o que fazer, em torno do carro e da irmã. O outro estava no alto da rua, conversando com um punhado de gente entre duas caminhonetes brancas.

— Polícia Técnica, pessoal do necrotério — disse eu a Richie. — Que fazemos agora?

Assim que saímos, ele tinha recomeçado os movimentos nervosos: virando a cabeça para lá e para cá para verificar a rua, o céu, as outras casas, tamborilando com os dois dedos nas coxas. Minha pergunta o interrompeu.

— Mandar a Perícia entrar?

— Claro, mas o que você está planejando fazer enquanto eles trabalham? Se ficarmos à toa, perguntando como as coisas estão se desenrolando, só vamos desperdiçar o tempo deles e o nosso.

Richie fez que sim.

— Se a decisão fosse minha, ia falar com a irmã.

— Não ia querer ver se Jenny Spain pode nos dizer alguma coisa?

— Calculei que vai demorar um pouco até ela poder falar com a gente. Mesmo que...

— Mesmo que ela sobreviva. É provável que você tenha razão, mas não podemos nos descuidar desse lado. Precisamos estar sempre informados.

Eu já estava discando meu telefone. O sinal ali era como se estivéssemos na Mongólia Exterior. Foi preciso seguir até o fim da rua, longe das casas, para eu pegar um sinal... e, mesmo assim, só depois de um monte de ligações, consegui falar com o médico que tinha internado Jennifer Spain e convencê-lo de que eu não era um repórter. Ele parecia jovem e terrivelmente cansado.

— Ela ainda está viva, de qualquer modo, mas não posso garantir nada. Está agora em cirurgia. Se resistir a isso, vamos ter uma ideia melhor.

Bati no viva-voz para Richie poder ouvir essa parte.

— Pode me dar uma descrição dos ferimentos?

— Só a examinei rapidamente. Não posso ter certeza...

O vento do mar levou embora a voz dele. Richie e eu precisamos nos curvar mais para perto do telefone.

— Estou só querendo uma visão geral preliminar. Nosso médico-legista vai examiná-la mais tarde, não importa o que aconteça. Por ora, tudo o que preciso é de uma ideia geral: se ela levou um tiro, foi estrangulada, se afogou. Diga aí.

Suspiro.

— Vocês entendem que não é nada definitivo. Eu poderia estar errado.

— Entendemos.

— OK. Basicamente, ela teve sorte de chegar até aqui. Está com quatro lesões abdominais, que me parecem facadas, mas quem vai determinar isso é o médico-legista. Duas delas são fundas, mas não devem ter atingido nenhum dos órgãos e artérias principais, porque ela teria morrido da hemorragia antes de chegar aqui. Houve outro ferimento, na bochecha direita, parece um golpe de faca, que entrou direto na boca. Se ela resistir, vai precisar de uma quantidade considerável de cirurgias plásticas. Ela sofreu também algum trauma de um objeto rombudo na parte posterior do crânio. A radiografia mostrou uma fratura capilar e um hematoma subdural, mas uma avaliação dos seus reflexos nos diz que há uma chance razoável de ela ter escapado sem lesão cerebral. Mais uma vez, ela teve muita sorte. — E provavelmente essa era a última vez que alguém usaria a palavra "sorte" associada a Jennifer Spain.

— Mais alguma coisa? — perguntei.

Deu para ouvi-lo engolindo alguma coisa, talvez café, e reprimindo um enorme bocejo.

— Desculpe, mas pode haver lesões sem importância. Não procurei por nada desse tipo. Minha prioridade era conseguir levá-la para a cirurgia antes que a perdêssemos. E o sangue pode ter encoberto alguns cortes e contusões. Mas nada de importante.

— Algum indício de violência sexual?

— Como eu disse, essa não era nossa prioridade. Sem qualquer garantia, posso dizer que não vi nada que apontasse nesse sentido.

— Que roupa ela estava usando?

Um instante de silêncio, enquanto ele se perguntava se tinha entendido tudo errado e eu era algum tipo específico de tarado.

— Pijama amarelo. Só isso.

— Deve haver um policial no hospital. Gostaria que pusesse o pijama num saco de papel e o entregasse a ele. Se for possível, anote o nome das pessoas que tocaram nele.

Eu já tinha somado mais dois pontos para Jennifer Spain ser uma vítima. Mulheres não destroem o próprio rosto, e com toda a certeza não se matam de pijama. Elas usam o melhor vestido, dedicam tempo a passar o rímel e escolhem um método que elas acham — e quase sempre estão enganadas — que as deixará tranquilas e graciosas, com toda a dor expurgada, sem restar nada a não ser uma paz fria e pálida. Em algum lugar do que resta da sua mente em colapso, elas acham que ser encontrada com uma aparência que não seja a melhor possível vai perturbá-las. A maioria dos suicidas não acredita de verdade que a morte seja o fim do caminho. Pode ser que nenhum de nós acredite.

– Já lhe demos o pijama. Vou fazer a lista assim que tiver um tempo.

– Ela recuperou a consciência em algum momento?

– Não. Como eu disse, existe uma chance razoável de que nunca a recupere. Só depois da cirurgia vamos saber mais alguma coisa.

– Se ela resistir, quando acha que poderíamos falar com ela?

Suspiro.

– Fique à vontade para dar um palpite. Com lesões na cabeça, não se pode prever nada.

– Obrigado, doutor. Peço que me informe imediatamente se ocorrer alguma mudança.

– Farei o que estiver ao meu alcance. Se me dá licença, eu preciso...

E ele se foi. Fiz uma ligação rápida para Bernadette, a administradora da divisão, para ela saber que eu precisava que alguém começasse a levantar os dados financeiros e os registros telefônicos dos Spain, e que fizesse isso com urgência. Eu estava desligando quando meu telefone vibrou: três novas mensagens de voz, de ligações que não tinham entrado com aquela merda de sinal fraco. O'Kelly, me informando que tinha conseguido mais dois estagiários para mim; um contato na imprensa, implorando por um furo que dessa vez ele não ia conseguir; e Geri. Só chegaram trechos da mensagem: "... não posso, Mick... passando mal de cinco em cinco minutos... não dá para sair de casa, nem mesmo para... tudo bem? Me liga quando..."

– *Merda* – disse eu, antes de conseguir me controlar. Dina trabalha no centro, numa delicatéssen. Tentei calcular quantas horas se passariam até eu conseguir chegar a qualquer lugar perto do centro; e qual era a probabilidade de todas essas horas transcorrerem sem que alguém ligasse um rádio perto dela.

Richie inclinou a cabeça, querendo saber.

– Não foi nada – disse eu. Não fazia sentido ligar para Dina... ela detesta telefones... e não havia mais ninguém para quem eu pudesse ligar. Respirei rápido e empurrei a questão para o fundo da minha mente. – Vamos. Já deixamos o pessoal da Polícia Técnica esperar demais.

Richie concordou. Guardei meu celular, e nos dirigimos para o alto da rua para falar com os homens de branco.

O chefe tinha se esforçado por mim. Conseguiu que a Polícia Técnica mandasse Larry Boyle, com um fotógrafo e um perito desenhista, além de mais uns dois ou três a reboque. Boyle é uma figurinha esquisita, redonda e de cara achatada que dá a impressão de ter um quarto em casa lotado de revistas assustadoras, arrumadas perfeitamente em ordem alfabética, mas ele é impecável no trabalho com uma cena de crime e é o melhor que temos para analisar respingos de sangue. Eu ia precisar desses dois talentos.

— Bem, já não é sem *tempo* – disse-me Larry. Ele já estava com seu macacão branco de capuz, com as luvas e sapatilhas penduradas na mão. — Quem é esse aí?

— Meu novo parceiro, Richie Curran. Richie, esse é Larry Boyle, da Polícia Técnica. Seja simpático com ele. Nós gostamos dele.

— Pare de rasgar seda até saber se vou ter alguma utilidade para você – disse Larry, agitando a mão para mim. — O que temos lá dentro?

— Pai e dois filhos, mortos. Levaram a mãe para o hospital. As crianças estão no andar de cima, e parece que foram asfixiadas; os adultos estavam no andar de baixo, e parece esfaqueamento. Tem sangue espirrado para manter você feliz por semanas.

— Maravilha.

— Não diga que nunca fiz nada por você. Além do de costume, estou procurando qualquer coisa que você possa me dizer sobre a sequência dos acontecimentos: quem foi atacado primeiro, onde, quanta movimentação aconteceu depois, como a briga pode ter sido. Até onde pudemos ver, não há sangue no andar de cima, o que poderia ser significativo. Dá para você confirmar para nós?

— Por mim, nenhum problema. Mais algum pedido especial?

— Tinha alguma coisa muito estranha acontecendo na casa, e estou falando de muito antes da noite passada. Vimos um monte de buracos nas paredes, e não temos nenhuma pista de quem os fez ou por que motivo. Se você encontrar para nós qualquer indicação, impressões digitais, qualquer coisa, terá minha eterna gratidão. Também vimos um monte de babás eletrônicas: pelo menos duas de áudio e cinco com vídeo, pelos carregadores na mesinha de cabeceira, mas pode ser que tenha mais. Ainda não sabemos para que elas serviam, e só localizamos três câmeras: no patamar de cima, na mesinha de canto da sala de estar, no piso da cozinha. Gostaria de ter fotos de todas elas onde estão. E precisamos encontrar as outras duas câmeras, ou não importa quantas sejam. O mesmo vale para os receptores: temos dois carregando, dois no piso da cozinha, de modo que ainda falta um.

— Humm — murmurou Larry, deliciado. — Muito interessante. Graças a Deus que você existe, Campeão. Mais uma overdose num conjugado, e acho que eu ia morrer de tédio.

— Na verdade, estou achando que isso aqui pode ter alguma coisa a ver com drogas. Nada de definitivo, mas eu adoraria saber se há drogas nessa casa, ou se houve.

— Ai, meu Deus, drogas, *de novo*, não. Vamos tirar amostras de tudo que pareça promissor, mas para mim será um prazer se o resultado for negativo.

— Vou precisar dos celulares deles, qualquer documento financeiro que vocês encontrem. Tem um computador na cozinha que precisa ser examinado. E dá uma boa olhada no sótão para mim, OK? Não subimos lá, mas seja lá o que fosse estranho na casa estava de algum modo ligado ao sótão. Você vai ver o que estou querendo dizer.

— Agora, sim – disse Larry, satisfeito. – Adoro um toque bizarro. Podemos?

— Aquela ali, no carro da polícia local, é irmã da mulher ferida. Nós estamos indo ter uma conversa com ela. Dá para vocês esperarem mais um instante, até a gente tirá-la de perto? Não quero que ela veja você e seu pessoal entrando; só para ela não se descontrolar.

— Eu tenho esse efeito sobre as mulheres. Nenhum problema, vamos ficar por aqui até você nos dar um sinal. Divirtam-se, rapazes. – Ele deu adeus, balançando as sapatilhas.

— Ele não vai continuar tão animado depois que entrar na casa – disse Richie, severo, enquanto voltávamos pela rua na direção da irmã.

— Pior que ele vai, meu filho. Vai, sim.

Não sinto pena de ninguém que cruze meu caminho por intermédio do trabalho. É bom ter pena: ela lhe proporciona um enorme barato sobre como você é uma pessoa maravilhosa, mas não faz nenhum bem às pessoas que são alvo de sua pena. No instante em que você começa a se derreter a respeito daquilo que atingiu essas pessoas, você perde o foco. Torna-se fraco. Quando você se dá conta, não consegue sair da cama de manhã porque não tem condições de ir trabalhar. E eu tenho dificuldade para ver como isso pode ser benéfico para qualquer um. Direciono minha energia para a tarefa de produzir respostas, não abraços e chocolate quente.

Se eu fosse sentir pena de alguém, seria das famílias das vítimas. Como eu disse a Richie, 99% das vítimas não têm de que se queixar: elas receberam exatamente o que estavam procurando. As famílias, porém, mais ou menos numa proporção igual, nunca pediram nada que se assemelhasse a esse inferno. Não engulo a ideia de que é culpa da mamãe, se o filhinho se transformou num traficante drogado, pé de chinelo, idiota o suficiente para roubar do seu próprio fornecedor. Pode até ser que ela não o tenha ajudado exatamente a cair na real; mas minha infância também me deixou com uns problemas, e eu não acabei levando dois tiros na nuca de um chefão de drogas enfurecido, certo? Passei uns dois anos fazendo terapia, para me certificar de que aqueles problemas não iam me impedir de avançar; e, enquanto isso, fui seguindo com as coisas, porque agora sou adulto e isso significa que minha vida é responsabilidade minha. Se eu aparecer um dia de manhã com a cara destroçada a tiros, a culpa é só minha. E à minha família, por nenhuma boa razão neste mundo, restaria catar os estilhaços.

Tomo o máximo de cuidado quando lido com as famílias. Nada tem o poder da compaixão, para lhe dar uma rasteira.

Quando saiu de casa naquela manhã, era provável que Fiona Rafferty estivesse com uma boa aparência. Eu mesmo prefiro as mais altas e muito mais arrumadas; mas aqueles jeans desbotados continham um belo par de pernas, e seu cabelo era bonito e lustroso, mesmo que ela não se tivesse dado ao trabalho de alisá-lo ou tingi-lo com algum tom mais chamativo do que aquela cor de burro quando foge. Mas agora ela estava um horror. O rosto estava vermelho e inchado, coberto com grandes faixas de muco e rímel. De tanto chorar, seus olhos estavam pequenos, como os de um porco. E ela havia enxugado o rosto nas mangas do casaco vermelho acolchoado. De qualquer modo, havia parado de gritar; pelo menos, por enquanto.

O policial fardado também começava a dar a impressão de estar à beira de um ataque de nervos.

– Precisamos dar uma palavrinha com a srta. Rafferty. Por que você não entra em contato com sua delegacia e pede que mandem alguém para cá para levá-la ao hospital, quando a gente terminar? – Ele concordou em silêncio e se afastou. Ouvi o suspiro de alívio.

Richie se ajoelhou num joelho só, ao lado do carro.

– Srta. Rafferty? – disse ele, com delicadeza. O garoto tinha tato. Talvez um pouco de tato demais: seu joelho estava direto num buraco de lama, e ele ia passar o resto do dia parecendo que tinha tropeçado e caído, mas deu a impressão de não ter percebido.

Fiona Rafferty levantou a cabeça, devagar e indecisa. Parecia cega.

– Sinto muito pelo que lhe aconteceu.

Daí a um instante, ela abaixou um pouco o queixo, um gesto ínfimo.

– Alguma coisa que a gente possa fazer? Quer água?

– Preciso ligar para minha mãe. Como vou... Ai, meu Deus, as *crianças*. Não posso contar para ela...

– Estamos providenciando alguém para acompanhá-la ao hospital. Eles vão dizer à sua mãe para se encontrar com você lá, e vão ajudá-la a falar com ela.

Ela não me ouviu. Seu pensamento já tinha se desviado e batido em outro obstáculo.

– Jenny está bem? Ela vai ficar bem, certo?

– Esperamos que sim. Nós lhe passaremos qualquer informação que nos chegue.

— A ambulância... eles não me deixaram ir com ela. Eu preciso estar *junto dela*. E se ela... eu preciso...

— Eu sei – disse Richie. – Mas os médicos estão cuidando dela. Aqueles caras sabem o que estão fazendo. Sua presença só iria atrapalhar. Não é isso o que você quer, certo?

Ela balançou forte a cabeça de um lado para outro: não.

— Não. E seja como for, nós precisamos da sua ajuda aqui. Precisamos lhe fazer umas perguntas. Acha que agora já poderia responder?

Ela ficou boquiaberta, ofegante.

— *Não*. Perguntas? Meu Deus, não posso... Quero ir para casa. *Quero ver minha mãe. Meu Deus*, quero...

Ela estava à beira de entrar em colapso de novo. Vi Richie começar a se afastar, levantando as mãos num gesto tranquilizador. Antes que ele a perdesse, falei em tom tranquilizador.

— Srta. Rafferty, se precisar ir para casa um pouco e voltar mais tarde, não vamos impedi-la. A escolha é sua. Mas, para cada minuto que perdermos, nossa chance de encontrar a pessoa que fez isso vai se reduzindo mais. Provas são destruídas; a memória das testemunhas fica nublada; talvez o assassino se afaste ainda mais. Acho que deveria saber isso antes de tomar sua decisão.

Os olhos de Fiona pareciam estar recuperando o foco.

— Se eu... Vocês poderiam perdê-lo? Se eu voltar mais tarde, ele poderia ter *sumido*?

Tirei Richie da sua linha de visão, com um puxão forte no ombro, e me debrucei na porta do carro.

— Isso mesmo. Como eu disse, a escolha é sua, mas eu pessoalmente não ia querer conviver com isso.

Seu rosto se contorceu; e, por um instante, achei que a perdera, mas ela mordeu a bochecha por dentro e conseguiu se controlar.

— OK. OK. Eu posso... OK. É só... Pode me dar dois minutos para eu fumar um cigarro? Depois, eu respondo a tudo o que vocês quiserem saber.

— Acho que essa é a decisão certa nesse caso. Fique à vontade, srta. Rafferty. Estamos à sua disposição.

Ela se esforçou para sair do carro – desajeitada, como alguém que se levanta pela primeira vez depois de uma cirurgia – e atravessou cambaleante a rua, entre os esqueletos de casa. Fiquei de olho nela. Ela encontrou uma mureta inacabada para se sentar e conseguiu acender o cigarro.

Estava mais ou menos de costas para nós. Fiz um sinal de OK para Larry. Ele acenou animado e veio bamboleando na direção da casa, calçando as luvas, com os outros atrás.

A droga da jaqueta de Richie não era feita para o clima fora da cidade. Ele estava pulando sem parar, com as mãos nas axilas, tentando dar a impressão de não estar congelado.

— Você estava a ponto de mandá-la para casa — disse eu, mantendo a voz baixa. — Não estava?

Ele virou a cabeça num reflexo, espantado e desconfiado.

— Estava, sim. Calculei...

— Você não calcula nada. Não quando diz respeito a uma coisa desse tipo. Deixar uma testemunha escapar é minha decisão, não sua. Está me entendendo?

— Parecia que ela estava a um passo de se descontrolar.

— E daí? Isso não é motivo para deixá-la ir embora, detetive Curran. É um motivo para fazer com que ela recupere o controle. Você quase jogou fora uma entrevista que não podemos nos dar ao luxo de perder.

— Eu estava tentando *não* jogar nada fora. Melhor fazer a entrevista daqui a algumas horas do que deixar a mulher tão perturbada que ela só voltasse a entrar em contato com a gente amanhã.

— Não é assim que funciona. Se você precisa que uma testemunha fale, trate de descobrir um jeito para ela falar, ponto final. Você não a manda para *casa* para tomar uma droga de chá com biscoito e voltar quando bem entender.

— Achei que a escolha devia ser dela. Afinal, ela acabou de perder...

— Você me viu algemar a garota? Dê-lhe todas as escolhas possíveis. Só trate de se certificar que ela escolha aquilo que você quer. Regras números 3, 4, 5 e mais uma dúzia: neste trabalho não se vai com a corrente. Você faz a corrente ir com *você*. Estou sendo claro?

— Está — disse Richie, daí a um instante. — Peço desculpas, detetive... senhor.

É provável que naquele instante ele estivesse me odiando, mas isso eu podia aguentar. Não me importa que meus novatos levem fotos minhas para casa para usar como alvos de dardos, desde que, quando o caso termina, eles não tenham causado nenhum dano, ao caso ou a suas carreiras.

— Não vai acontecer outra vez. Certo?

— Não. Quer dizer, certo, você está com a razão. Não vai acontecer.

— Ótimo. Então vamos fazer a tal entrevista.

Richie enfiou o queixo na gola da jaqueta e olhou para Fiona Rafferty, cheio de dúvidas. Ela estava largada na mureta, com a cabeça quase entre os joelhos, um cigarro esquecido na mão. Àquela distância, ela parecia algum objeto descartado, só um monte de pano vermelho amarrotado, jogado de qualquer modo no entulho.

— Acha que ela vai aguentar?

— Não faço ideia. Não é problema nosso, desde que ela tenha o seu colapso nervoso fora da nossa presença. Agora, vamos.

Atravessei a rua, sem olhar para trás para ver se ele me acompanhava. Depois de um instante, ouvi o rangido dos sapatos na terra e no cascalho, vindo apressados atrás de mim.

Fiona estava só um pouco mais controlada: de vez em quando ainda era atingida por um arrepio, mas as mãos tinham parado de tremer e ela já limpara o rímel do rosto, apesar de ter feito isso com a frente da camisa. Tratei de tirá-la dali para dentro de uma das casas inacabadas, saindo do vento forte e do que quer que Larry e seus colegas fossem fazer em seguida. Procurei uma boa pilha de blocos de concreto para ela se sentar e lhe dei mais um cigarro. Eu não fumo, nunca fumei, mas tenho um maço na minha pasta. Os fumantes são como qualquer outro dependente, o melhor modo para trazê-los para seu lado é com a moeda que usam. Sentei-me junto dela nos tijolos. Richie encontrou um peitoril de janela, perto do meu ombro, onde pudesse observar, aprender e fazer anotações, sem chamar muita atenção. Não era a situação ideal para uma entrevista, mas já estive em situações piores.

— Agora — disse eu, quando ela acendeu o cigarro. — Mais alguma coisa que a gente possa providenciar? Mais um pulôver? Um copo d'água?

Fiona tinha os olhos fixos no cigarro, indo e vindo com ele entre os dedos e dando nele pequenas tragadas rápidas. Todos os músculos do seu corpo estavam retesados; no final do dia, ela ia se sentir como se tivesse corrido uma maratona.

— Estou bem. Podemos terminar logo com isso? Por favor?

— Sem problemas, srta. Rafferty. Nós compreendemos. Por que não começa me falando de Jennifer?

— Jenny. Ela não gosta de Jennifer... diz que parece afetado, ou coisa parecida... Sempre foi Jenny. Desde que éramos pequenas.

— Quem é a mais velha?

— Ela. Estou com 27; ela, com 29.

Eu tinha imaginado Fiona mais nova que isso. Em parte pelo físico. Ela era mais para pequena, magra, com o rosto pontudo e feições delicadas, irregulares, por baixo de toda a sujeira. Mas em parte eram as roupas, toda aquela desarrumação típica de estudante. Quando eu era rapaz, as garotas costumavam se vestir assim, mesmo depois da faculdade; mas nos dias de hoje em sua maioria elas se apresentam melhor. A julgar pela casa, eu me dispunha a apostar que Jenny tinha se esforçado mais que isso.

— Em que ela trabalha?

— Relações públicas. Quer dizer, trabalhava, até Jack nascer. Desde então, fica em casa com os filhos.

— Parabéns para ela. Ela não sente falta do trabalho?

Algo que poderia ter sido um gesto negativo, com a cabeça, mas Fiona estava tão retesada que pareceu mais um espasmo.

— Acho que não. Ela gostava do trabalho, mas não é toda ambiciosa, nem nada. E sabia que não poderia voltar a trabalhar se eles tivessem mais um bebê. Pagando a creche para os dois, ela estaria trabalhando por, tipo, 20 euros por semana. Mesmo assim, eles quiseram ter Jack.

— Algum problema no trabalho? Alguém com quem ela não se desse?

— Não. As colegas na empresa para mim pareciam umas nojentinhas: todos aqueles comentários desdenhosos se uma delas não renovasse o bronzeado artificial por alguns dias; e, quando Jenny estava grávida, elas a chamavam de *Titanic* e diziam que ela devia entrar numa *dieta*, pelo amor de Deus. Mas Jenny achava que não era tão ruim assim. Ela... Jenny não gosta de fincar o pé, sabe? Prefere dançar conforme a música. Sempre acha... — Um sopro por entre os dentes, como se uma dor física a tivesse atingido. — Ela sempre acha que tudo vai acabar dando certo.

— E Patrick? Como ele se dá com as pessoas? — Não os deixe parar, mantenha-os pulando de um tópico para outro. Não lhes dê tempo de olhar para baixo. Se eles caírem, pode ser que você não consiga voltar a pô-los em pé.

De modo brusco, ela voltou o rosto na minha direção, arregalando os olhos inchados, de um azul-acinzentado.

— Pat é... Meu Deus, vocês não acham que foi *ele*! Pat nunca, ele *nunca ia*...

— Eu sei. Diga-me...

— *Como* você sabe?

— Srta. Rafferty — disse eu, com um tom severo na voz. — Imagino que queira nos ajudar, certo?

— *É claro que eu*...

— Ótimo. Então, é preciso que se concentre nas perguntas que estamos fazendo. Quanto mais rápido tivermos algumas respostas, mais rápido vamos poder lhe dar respostas. OK?'

Fiona olhou ao redor com um ar desvairado, como se aquela sala fosse desaparecer a qualquer instante e ela fosse acordar. Era de concreto aparente e reboco mal aplicado, com umas duas vigas de madeira encostadas numa parede como se a estivessem sustentando. Uma pilha de balaustradas de imitação de carvalho, cobertas com uma espessa camada de sujeira, copinhos de isopor achatados no chão, um agasalho azul enlameado, enrolado num canto: parecia um sítio arqueológico, imobilizado no momento em que os moradores deixaram tudo para trás e fugiram, de algum desastre natural ou de alguma força invasora. Fiona não estava vendo o lugar agora, mas ele ia ficar gravado em sua mente pelo resto da vida. Esse é mais um dos pequenos brindes que um homicídio atira sobre as famílias: muito depois de perder a nitidez do rosto da vítima ou de se esquecer das últimas palavras que ela lhe disse, você se lembrará de cada detalhe daquele lugar de pesadelo em que essa coisa fincou as garras na sua vida.

— Srta. Rafferty – disse eu. – Não podemos perder tempo.

— É mesmo. Estou bem. – Ela apagou o cigarro nos blocos de concreto e ficou olhando para a guimba como se ela tivesse se materializado na sua mão, vinda do nada. Richie inclinou-se para a frente, oferecendo um copinho de isopor.

— Aqui – disse ele, baixinho. Fiona fez que sim, com um gesto trêmulo. Pôs o cigarro ali dentro e ficou segurando o copinho, agarrando-o com as duas mãos.

— E então como Patrick é?

— Ele é um *amor*. – Um lampejo de desafio nos olhos injetados. Por trás dos destroços, havia bastante teimosia. – Nós nos conhecemos a vida inteira. Somos todos de Monkstown, sempre andamos com a mesma turma desde que éramos adolescentes. Ele e Jenny, os dois estão juntos desde os 16 anos.

— Que tipo de relacionamento eles tinham?

— Eles eram loucos um pelo outro. Nós do resto da turma achávamos o máximo quando saíamos com alguém por mais do que algumas semanas, mas Pat e Jenny eram... – Fiona respirou fundo e jogou a cabeça para trás, olhando para o céu cinzento, através do vazio do poço da escada e das vigas dispostas a esmo. – Eles reconheceram de cara o que sentiam. Aquilo fazia com que parecessem mais velhos, adultos. O resto da turma estava só experimentando, só de brincadeira, sabe? O que Pat e Jenny tinham era de verdade. Era amor de verdade.

O amor de verdade já matou mais gente do que praticamente qualquer outra coisa que eu possa imaginar.

— Quando eles ficaram noivos?

— Quando estavam com 19 anos. No Dia dos Namorados.

— É bem cedo para hoje em dia. O que seus pais acharam?

— Eles adoraram! Eles gostam muito de Pat também. Só disseram para eles esperarem até terminar a faculdade. E Pat e Jenny concordaram com isso. Eles se casaram quando estavam com 22 anos. Jenny disse que não fazia sentido adiar mais. Não era provável que fossem mudar de ideia.

— E como o casamento funcionou?

— Funcionou que foi uma *maravilha*. Pat, o jeito com que ele trata Jenny... Ele ainda vibra quando descobre alguma coisa que ela quer e mal pode esperar para comprar a tal coisa para ela. Quando eu era adolescente, eu *rezava* pedindo para encontrar alguém que me amasse como Pat ama Jenny. OK?

Demora muito para o uso do presente ser deixado para trás. Minha mãe morreu quando eu era adolescente, mas de vez em quando Dina ainda fala no perfume que mamãe *usa* ou no sabor de sorvete que ela *prefere*. Geri fica louca com isso.

— Nenhuma discussão? Em treze anos? — perguntei, procurando moderar o ceticismo.

— Não foi isso o que eu disse. Todo mundo tem discussões. Mas as deles não são importantes.

— E eles discutem sobre o quê?

Fiona agora estava olhando para mim, com uma leve camada de cautela se solidificando por cima de tudo o mais.

— O mesmo que qualquer casal. Tipo, quando a gente era adolescente, Pat ficava chateado se algum outro cara se interessasse por Jenny. Ou quando eles estavam juntando dinheiro para comprar a casa, Pat queria sair de férias e Jenny achava que tudo devia ir para a poupança. Mas eles sempre resolvem tudo. Como eu disse, nada de importante.

Dinheiro: a única coisa que mata mais do que o amor.

— Em que Patrick trabalha?

— Recrutamento de pessoal... Ele trabalhava para a Nolan and Roberts, que contrata pessoal para o setor financeiro. Foi dispensado em fevereiro.

— Algum motivo específico?

Os ombros de Fiona estavam começando a se retesar de novo.

— Não foi nada que ele fez. Eles dispensaram algumas pessoas ao mesmo tempo, não foi só ele. As empresas do setor financeiro não estão exatamente passando por uma época de recrutar pessoal, sabia? A recessão...

— Ele teve algum problema no trabalho? Alguma animosidade quando saiu?

— *Não!* O senhor não para de tentar fazer parecer que... que Pat e Jenny têm todos esses *inimigos* por toda parte, que eles vivem *brigando*. Eles não são assim.

Ela estava recuada, para longe de mim, com o copinho como um escudo nas mãos crispadas.

— É justamente desse tipo de informação que estou precisando — disse eu, apaziguador. — Não conheço Pat e Jenny; só estou tentando fazer uma ideia deles.

— Eles são uns *amores*. As pessoas gostam deles. Eles se amam. E amam os filhos, OK? Será que isso é suficiente para vocês fazerem uma *ideia*?

Na realidade, aquilo não me dava nenhuma ideia de nada, mas era óbvio que era o máximo que eu ia conseguir.

– Claro que sim, e agradeço. A família de Patrick ainda mora em Monkstown?

– Os pais morreram. O pai, quando éramos adolescentes. A mãe, há alguns anos. Ele tem um irmão mais novo, Ian, que está em Chicago. Ligue para Ian. Pergunte sobre Pat e Jenny. Ele vai lhe dizer exatamente o mesmo que eu.

– Tenho certeza de que sim. Pat e Jenny tinham alguma coisa de valor na casa? Dinheiro, joias, qualquer coisa desse tipo?

Os ombros de Fiona relaxaram um pouco, enquanto ela pensava.

– O anel de noivado de Jenny... Pat pagou alguns milhares de euros por ele. E um anel de esmeralda que nossa avó deixou para Emma. E Pat tem um computador. Bem novo, comprado com o dinheiro da rescisão. Pode ser que valha alguma coisa... Tudo isso, tudo ainda está lá? Ou foi levado?

– Vamos verificar. Só isso de valores?

– Eles não *têm* nada de valioso. Tinham um utilitário esportivo grande, mas tiveram que devolver. Não conseguiam pagar as prestações. E acho que as roupas de Jenny... ela gastava uma nota em roupa, até Pat perder o emprego. Mas quem ia fazer *isso* por um punhado de roupas de segunda mão?

Há pessoas que fariam aquilo por muito menos, mas tive a sensação de que não era essa a situação que estávamos examinando.

– Quando foi a última vez que você os viu?

Ela precisou pensar para responder.

– Eu me encontrei com Jenny em Dublin, para um café. No último verão, talvez há três ou quatro meses. Não vejo Pat há séculos. Acho que foi em abril. Meu Deus, não sei como acabou demorando tanto...

– E as crianças?

– Em abril, junto com Pat. Estive aqui no aniversário da Emma... Ela estava fazendo 6 anos.

– Percebeu alguma coisa fora do normal?

– Tipo *o quê*?

Cabeça para cima, queixo projetado, direto na defensiva.

– Qualquer coisa – disse eu. – Um convidado que parecesse deslocado. Alguma conversa *estranha*.

– Não. Não houve nada de *estranho*. Havia um grupo de crianças da turma de Emma, e Jenny alugou um castelo pula-pula... Ai, meu Deus, Emma e Jack... Os dois. Tem *certeza* de que os dois...? Será que um deles não está só ferido, só...?

– Srta. Rafferty – disse eu, com meu melhor tom delicado, porém firme –, tenho certeza de que eles não estão apenas feridos. Nós vamos mantê-la informada prontamente se houver qualquer mudança, mas neste exato momento preciso que me acompanhe. Cada segundo faz diferença, lembra?

Fiona tampou a boca com a mão e engoliu em seco.

– Lembro.

– Muito bem. – Estendi-lhe mais um cigarro e acionei o isqueiro. – Quando foi a última vez que falou com Jenny?

– Ontem de manhã. – Ela não precisou pensar para responder. – Ligo para ela todos os dias às oito e meia da manhã, assim que chego ao trabalho. Tomamos nosso café e como que marcamos o ponto, só por uns minutos. Como uma forma de começar o dia, sabe?

– Parece legal. Como ela estava ontem?

– *Normal!* Ela estava perfeitamente *normal*! Não houve nada, juro por Deus. Já repassei a conversa, e não houve *nada*...

– Tenho certeza de que não houve – disse eu, tranquilizador. – Sobre o que vocês falaram?

– Coisas do dia a dia, não sei. Uma das garotas que moram comigo vai se apresentar com sua banda. Contei isso para Jenny. Ela me disse que estava procurando na internet por um estegossauro de brinquedo, porque Jack tinha trazido para casa um amiguinho do maternal na sexta-feira e os dois saíram para caçar um estegossauro no jardim... Ela parecia *bem*. Perfeitamente *bem*.

– Ela teria lhe dito se houvesse alguma coisa errada?

– É, acho que sim. Teria. Tenho certeza de que ela teria.

O que não me transmitiu nenhuma certeza.

– Vocês duas são unidas?

– Somos só nós duas. – Ela ouviu o que tinha dito e percebeu que aquela não era uma resposta. – É. Somos unidas. Quer dizer, éramos mais unidas quando éramos mais jovens, adolescentes. Depois, mais ou menos seguimos em direções diferentes. E não é tão fácil agora que Jenny está morando tão longe.

– Isso há quanto tempo?

– Eles compraram isso aqui, tipo, há três anos. – Dois mil e seis, no auge do boom imobiliário. Não importa o que tivessem pago, hoje a casa está valendo a metade. – Na época não tinha nada por aqui, só campos. Eles compraram na planta. Pensei que tinham ficado malucos, mas Jenny estava felicíssima. Estava tão empolgada... sua própria casa... – A boca de Fiona se contorceu, mas ela voltou a se controlar. – Eles se mudaram para cá talvez um ano depois. Assim que a casa ficou pronta.

– E você? Mora onde? – perguntei.

– Em Dublin. Ranelagh.

– Disse que dividia um apartamento?

– Divido. Eu e mais duas.

– Trabalha em quê?

– Sou fotógrafa. Estou tentando organizar uma exposição; mas enquanto isso trabalho no Studio Pierre. Sabe? Pierre, que apareceu naquele programa de televisão sobre casamentos da elite na Irlanda? A maior parte do tempo faço as fotos de bebês. Ou se Keith, Pierre, tiver dois casamentos no mesmo dia, eu faço um.

– Ia fotografar bebês hoje de manhã?

Ela precisou se esforçar para lembrar. Era alguma coisa tão distante...

– Não. Eu estava selecionando fotos, as que tinha feito na semana passada. A mãe vem hoje apanhar o álbum.

– A que horas saiu do trabalho?

– Mais ou menos às 8:45. Um dos rapazes disse que organizava o álbum para mim.

– Onde fica o Studio Pierre?

– Junto do Phoenix Park.

No mínimo a uma hora de Broken Harbour, no trânsito da manhã e naquele carrinho de merda.

– Você andava preocupada com Jenny?

Aquele não silencioso, como um choque elétrico na cabeça.

– Tem certeza? É muito transtorno vir tão longe só porque alguém não atende o telefone.

Um dar de ombros tenso. Fiona equilibrou o copinho de isopor com cuidado ao seu lado e bateu a cinza do cigarro.

– Quis me certificar de que ela estava bem.

– Por que não estaria?

– Porque nós *sempre* conversamos. Todos os dias, há anos. E eu estava certa, não é mesmo? Ela não estava bem.

Seu queixo começou a tremer. Aproximei-me para lhe entregar um lenço de papel e não me afastei.

– Srta. Rafferty – disse eu. – Nós dois sabemos que isso não é tudo. Ninguém sai do trabalho, corre o risco de irritar um cliente e dirige por uma hora inteira, só porque ficou sem contato com a irmã por 45 minutos. Seria possível supor que sua irmã tivesse ido dormir com enxaqueca, que tivesse perdido o telefone, que as crianças estivessem de cama, gripadas, ou qualquer uma entre centenas de razões, todas elas mais prováveis do que o que aconteceu. Em vez disso, você simplesmente concluiu que alguma coisa estava errada. E precisa me dizer por quê.

Fiona mordeu o lábio inferior. O ar fedia a fumaça de cigarro e lã chamuscada. Ela deixara cair cinza em brasa no casaco em algum momento ali dentro... e dela vinha um cheiro forte e desagradável de umidade, que saía com o hálito e através dos poros. Fato interessante da linha de frente: a dor brutal tem cheiro de folhas rasgadas e galhos lascados, um berro verde e cortante.

– Não foi nada – disse ela, por fim. – Faz séculos... meses. Eu praticamente tinha me esquecido, até...

Fiquei esperando.

– Foi só que... ela me ligou uma vez de noite. Disse que alguém tinha estado na casa.

Senti Richie ficar alerta junto do meu ombro, como um cão terrier pronto para correr atrás de seu brinquedo.

– Ela informou à polícia? – perguntei.

Fiona apagou bem o cigarro e deixou cair a guimba no copinho.

– Não foi assim. Não havia nada a informar. Tipo, não havia um janela quebrada, fechadura arrombada, nada semelhante. E nada foi levado.

– Então o que a fez pensar que alguém tinha entrado na casa?

De novo, o dar de ombros, ainda mais tenso dessa vez. A cabeça estava mais baixa.

– Ela só achou. Não sei por quê.

– Isso poderia ser importante, srta. Rafferty – disse eu, deixando o lado firme dominar a delicadeza. – O que ela disse, exatamente?

Fiona respirou fundo, resfolegando, e empurrou o cabelo para trás da orelha.

– OK. OK. Foi assim, Jenny me liga e de cara me pergunta se eu fiz uma cópia da chave da casa deles. No inverno do ano passado, fiquei com as chaves deles uns dois *segundos*. Jenny e Pat levaram as crianças para passar uma semana nas ilhas Canárias, e eles queriam ter certeza de que alguém poderia entrar lá na eventualidade de um incêndio ou sei lá o quê. E eu respondo que não, claro que não...

– E você fez? – perguntou Richie. – Fez uma cópia? – Ele conseguiu parecer somente interessado, sem o menor sinal de acusação. O que foi bom. Significava que eu não teria de lhe dar uma bronca, ou pelo menos não uma bronca federal por ele falar fora de hora.

– Não! Por que eu ia fazer uma coisa dessas?

De imediato ela se empertigou. Richie deu de ombros, com um sorrisinho de desculpas.

– Só para confirmar. Eu preciso perguntar, sabe?

– É, imagino que sim – disse Fiona, voltando a relaxar.

– E ninguém poderia ter feito cópias naquela semana? As chaves não ficaram onde suas colegas de apartamento pudessem tê-las apanhado? Ou alguém no trabalho... nada desse tipo? Como eu disse, a gente tem que perguntar.

— Elas ficaram no meu chaveiro. Não estavam num *cofre* nem nada desse tipo. Quando estou no trabalho, minhas chaves estão na minha bolsa. Quando estou em casa, ficam num gancho na cozinha. Mas não é como se alguém soubesse de onde elas eram, mesmo que se importassem em saber. Acho que nem mesmo contei para ninguém que eu *estava* com elas.

De qualquer modo, suas colegas de apartamento e companheiros de trabalho iam ter de bater um bom papo conosco, isso para não mencionar a verificação de antecedentes.

— Vamos voltar para a conversa ao telefone – disse eu. – Você disse a Jenny que não tinha copiado as chaves...

— Disse, e Jenny respondeu que alguém tinha as chaves e que eu era a única pessoa a quem eles as entregaram. Levo tipo meia hora para convencê-la de que não faço a menor ideia do que ela está falando e de que ela pelo menos precisa me contar o que houve. Finalmente ela diz que passou a tarde inteira fora com as crianças, fazendo compras ou sei lá o quê, e, quando voltou, alguém tinha estado na casa. – Fiona tinha começado a rasgar o lenço de papel em pedacinhos, flocos brancos caindo sobre o vermelho do casaco. Tinha as mãos pequenas, de dedos finos, com unhas roídas. – Pergunto para ela como ela sabe, e de cara ela não quer dizer. Mas eu finalmente consigo que ela me diga: as cortinas estão puxadas de um jeito totalmente errado, e ela deu por falta de meia embalagem de presunto e da caneta que mantém junto da geladeira para fazer listas de compras. Eu digo "Você só pode estar brincando", e ela quase desliga o telefone na minha cara. Então eu tento acalmá-la. E assim que ela para de reclamar de mim, vejo que está realmente assustada, sabe? Realmente *apavorada*. E Jenny não é covarde.

Essa era uma das razões para eu ter repreendido Richie daquele jeito por tentar adiar essa entrevista. Se você consegue que alguém fale logo depois que seu mundo caiu, ele não consegue parar de falar. Espere o dia seguinte, e ele já terá começado a reconstruir suas defesas reduzidas a pó – as pessoas trabalham depressa quando o risco é muito alto. Mas é só pegar a pessoa logo depois que o cogumelo atômico começa a se desdobrar, e ela conta tudo, desde suas preferências em pornografia até o apelido secreto do seu chefe.

— É natural – disse eu. – Essa situação seria bastante perturbadora.

— Eram *fatias de presunto e uma caneta*! Se tivessem sumido todas as suas joias, ou metade das roupas de baixo ou coisa semelhante, tudo bem, certo, pode perder o controle. Mas esse tipo de coisa... Eu disse para ela: "Tudo bem, vamos supor que, de algum modo, alguém, por algum motivo estranho, tenha entrado aí, não se trata exatamente de Hannibal Lecter, certo?"

Fiz uma pergunta antes que ela se desse conta do que tinha acabado de dizer.

— Qual foi a reação de Jenny?

— Ficou uma fera comigo de novo. Disse que o problema de verdade não era o que ele tinha *feito;* era tudo de que ela não podia ter certeza. Tipo, se ele tivesse estado nos quartos das crianças, remexido nas coisas delas... Jenny disse que, se tivesse dinheiro, jogaria fora tudo que era das crianças e começaria do zero, só por segurança. O que ele tinha tocado... Ela disse que, de repente, tudo parecia fora do lugar, só uns dois centímetros, ou dava a impressão de estar sujo. Como ele entrou. *Por que* entrou... Isso estava realmente perturbando minha irmã. Ela não parava de perguntar: "Por que nós? O que ele queria de nós? Nós parecemos um alvo? Como?"

Fiona estremeceu, um espasmo repentino que quase a fez dobrar ao meio.

— Boa pergunta – disse eu, descontraído. – Eles têm um sistema de alarme. Você sabe se naquele dia estava ligado?

Ela fez que não.

— Eu perguntei, e Jenny disse que não. Ela não costumava se preocupar, não durante o dia. Acho que eles ligavam o alarme de noite, quando iam dormir; mas isso era porque os adolescentes das redondezas dão festas e fazem de tudo nas casas vazias. Às vezes, podem ficar bem fora de controle. Jenny disse que o condomínio ficava praticamente sem vida durante o dia. Bem, isso vocês mesmos podem ver. E até então ela não tinha se preocupado. Mas disse que ia começar. "Se você tem as cópias, é melhor não usá-las", foi o que ela disse para mim. "Porque estou mudando o código do alarme neste exato momento. E, de agora em diante, ele fica ligado, noite e dia, ponto final." Como eu disse, ela estava realmente apavorada.

Só que, quando os policiais fardados arrombaram a porta e nós quatro entramos para pisar em toda a preciosa casa de Jenny, o alarme estava desligado. A explicação óbvia era que, se alguém tinha entrado, vindo de fora, os Spain tinham aberto a porta eles mesmos. Que Jenny, por mais apavorada que estivesse, não tinha medo dessa pessoa.

— Ela trocou as fechaduras?

— Isso eu perguntei também. Se ela ia fazer isso. Ela mudou de ideia algumas vezes, mas, no fim, disse que não, provavelmente não. A troca ia custar uns duzentos euros, e o orçamento não ia dar para isso. O alarme seria suficiente. Ela disse que não se importava tanto assim se ele tentasse entrar de novo. Quase preferia que tentasse. Que, pelo menos, assim *eles* teriam certeza. Eu lhe disse: ela não é covarde.

— Onde Pat estava nesse dia? Isso foi antes de ele ser dispensado?

— Não, foi depois. Ele tinha ido a Athlone, para uma entrevista de emprego. Foi na época em que eles ainda tinham os dois carros.

— O que ele achou dessa possível invasão de domicílio?

— Não sei. Ela não me disse. Para ser franca, achei que ela não contou para ele. Ela estava mantendo a voz bem baixa ao telefone. Podia ser só porque as crianças estavam dormindo, mas numa casa desse tamanho? E ela não parava de dizer "eu": "*eu* vou trocar o código do alarme", "não dá para *eu* encaixar isso no orçamento", "*eu* resolvo o assunto com o cara se o apanhar". Não dizia "nós".

E lá estava ela mais uma vez: a coisinha fora de lugar, o presente para o qual eu tinha dito a Richie que se mantivesse alerta.

— Por que ela não quis contar a Pat? Essa não deveria ser a primeira coisa a fazer, se ela acreditava que tinha havido uma invasão?

Mais um dar de ombros. O queixo de Fiona estava enfiado para baixo, no peito.

— Porque ela não queria preocupar Pat, acho. Ele já estava sobrecarregado. Achei provável que fosse por isso também que ela não pensou em trocar as fechaduras. Isso ela não ia poder fazer sem Pat saber.

— Você não achou meio estranha essa decisão? Até mesmo arriscada? Se alguém tinha invadido o domicílio dele, ele não tinha o direito de saber?

— Pode ser, sei lá, mas, na verdade, eu achei que ninguém tinha *entrado* mesmo lá. Quer dizer, qual é a explicação mais simples? Pat pegou a caneta e comeu a droga do presunto; e uma das crianças desarrumou as cortinas. Ou será que eles tiveram a visita de um ladrão fantasma que atravessava paredes e quis comer um sanduíche?

Sua voz estava ficando tensa, na defensiva.

— Você disse isso a Jenny?

— Disse, mais ou menos. Só piorou as coisas. Ela mergulhou em toda uma história sobre como a caneta era do hotel onde eles tinham passado a lua de mel e, por isso, era especial e Pat sabia que não podia tirá-la do lugar. E ela sabia exatamente a quantidade de presunto na embalagem...

— Ela é o tipo de pessoa que saberia esse tipo de coisa?

Fiona demorou um instante para responder, como se doesse.

— Desse tipo, sim. Acho. Jenny... gosta de fazer tudo direito. Por isso, quando saiu do trabalho, assumiu o compromisso de ser uma boa mãe que não trabalha fora, sabe? A casa era impecável. Ela preparava toda a comida das crianças com produtos orgânicos. Tinha uns DVDs para fazer exercício todos os dias, para recuperar a forma... Exatamente o que ela tinha na geladeira? É, acho que ela poderia saber.

— De que hotel era a caneta, você sabe? — perguntou Richie.

— Golden Bay Resort, nas Maldivas... — Ela voltou a levantar a cabeça e fixou o olhar nele. — Você acha mesmo...? Você acha que alguém realmente pegou a caneta? Você acha que essa é a pessoa que, que... acha que ela voltou e...

Sua voz estava começando a se descontrolar de modo perigoso.

– Quando foi esse incidente, srta. Rafferty? – perguntei, antes que ela pudesse escapar.

Ela me lançou um olhar desvairado, apertou com força a bola do lenço de papel esfarrapado e voltou a se controlar.

– Uns três meses atrás?

– Em julho.

– Ou poderia ter sido antes. De qualquer modo, foi no verão.

Um lembrete para mim mesmo: verificar os registros telefônicos de ligações de Jenny à noite para Fiona e verificar as datas de qualquer denúncia de pessoas com atitudes suspeitas em Ocean View.

– E, desde aquela época, eles não tiveram mais esse tipo de problema?

Fiona respirou rápido, e eu ouvi o ruído dolorido de sua garganta se fechando.

– Pode ter acontecido de novo. Eu não ia saber. Jenny não teria me contado nada, não depois daquela primeira vez. – Sua voz tinha começado a oscilar. – Eu lhe disse para se controlar. Parar de falar bobagem. Achei...

Ela emitiu um som como o de um cachorrinho que levou um chute, tapou a boca com as mãos e começou a chorar forte de novo. Levei um tempo para descobrir o que ela estava dizendo, através do lenço de papel e do choro.

– Achei que ela estava ficando louca – dizia ela, ofegante, sem parar. – Achei que estava perdendo o contato com a realidade. Ai, meu Deus, achei que ela estava louca.

4

Era praticamente só isso o que íamos conseguir tirar de Fiona naquele dia. Acalmá-la teria levado muito mais tempo do que o que podíamos dedicar. O policial fardado de reforço tinha chegado. Disse-lhe para pegar nomes e telefones: da família, amigos, locais de trabalho, colegas de trabalho, remontando ao tempo em que Fiona, Jenny e Pat ainda usavam fraldas; que levasse Fiona ao hospital e se certificasse de que ela não abrisse a boca nas proximidades da imprensa. E então nós a entregamos a ele. Ela ainda estava chorando.

Eu já estava com meu celular na mão e fazendo uma ligação antes mesmo de lhes darmos as costas. Teria sido mais simples usar o rádio, mas hoje em dia muitos jornalistas e muita gente suspeita têm como explorar as comunicações de rádio. Peguei Richie pelo cotovelo e o levei comigo rua abaixo. O vento ainda estava vindo do mar, largo e fresco, desfazendo o cabelo de Richie em tufos. Senti o gosto de sal na boca. Onde deveria ter havido caminhos, havia trilhas finas de terra batida na grama alta.

Bernadette me transferiu para o policial que estava no hospital com Jenny Spain. Ele tinha mais ou menos uns 12 anos de polícia, era de algum lugar no interior e era do tipo sistemático, exatamente do que eu precisava. Dei-lhe as ordens: assim que Jennifer Spain saísse da cirurgia, se conseguisse sobreviver, ela precisava ir para um quarto particular, e ele devia ficar de guarda à porta desse quarto, como um rottweiler. Ninguém ia entrar no quarto sem mostrar a identificação, ninguém ia entrar desacompanhado, e a família não ia entrar de modo algum.

— A irmã da vítima está indo para aí a qualquer momento, e a mãe delas vai aparecer mais cedo ou mais tarde. Elas não entram no quarto. — Richie estava parado ali, roendo a unha de um polegar, a cabeça inclinada sobre o telefone, mas isso fez com que ele levantasse o olhar para mim, de relance. — Se elas quiserem uma explicação, e elas vão querer, você não vai dizer que essas ordens são minhas. Você pede desculpas, diz que é o procedimento padrão e que não tem autorização para desrespeitá-lo. E continua repetindo a mesma coisa até elas desistirem. E trate de arrumar uma cadeira confortável, filho. Pode ser que você fique aí um bom tempo. — E desliguei.

Richie olhou para mim, com os olhos semicerrados por causa da claridade.

– Você acha que foi exagero? – perguntei. Ele deu de ombros.

– Se for verdade o que a irmã disse, sobre a invasão, é mesmo bastante arrepiante.

– Você acha que é por isso que estou impondo segurança máxima? Porque a história da irmã é *arrepiante*?

Ele recuou, erguendo as mãos, e percebi que eu tinha levantado a voz.

– Só quis dizer...

– No que me diz respeito, companheiro, não existe nada que seja arrepiante. Arrepiante é coisa para crianças em festa de Halloween. Estou me certificando de que tudo está sob controle. Imagine como nós pareceríamos idiotas se alguém entrasse na maior moleza no hospital e terminasse o serviço? Quer explicar isso para a imprensa? Ou, por sinal, quer se explicar para nosso chefe se a primeira página do jornal amanhã for um close dos ferimentos de Jenny Spain?

– Não.

– Não. Eu também não. E se for preciso um pouco de exagero para evitar que isso aconteça, tudo bem por mim. Agora vamos entrar na casa antes que esse vento terrível congele seus ovinhos, OK?

Richie ficou calado até começarmos a subir pela entrada de carros da casa dos Spain. Só então, falou, cauteloso.

– A família.

– Que tem a família?

– Você não quer que eles a vejam?

– Não, não quero. Você detectou a única informação real e importante que Fiona nos transmitiu, junto com todos os detalhes *arrepiantes*?

– Ela esteve com as chaves – disse ele, a contragosto.

– Isso mesmo. Ela esteve com as chaves.

– Ela está destroçada. Pode ser que eu seja um babaca, mas me pareceu verdadeiro.

– Pode ser que sim, pode ser que não. Tudo o que sei é que ela esteve com as chaves.

– "Eles são maravilhosos, eles se amam, eles amam os filhos..." Ela falava como se eles ainda estivessem vivos.

– E daí? Se ela pode simular o resto, pode simular isso também. E seu relacionamento com a irmã não era tão simples quanto ela está tentando fazer parecer. Ainda vamos passar muito tempo com Fiona Rafferty.

– Certo – disse Richie; mas, quando abri a porta, ele não avançou, hesitando ali no capacho da entrada, esfregando a nuca.

– Que foi? – perguntei, tratando de tirar o tom cortante da voz.
– A outra coisa que ela disse.
– Que coisa?
– Um castelo pula-pula não é barato. Minha irmã quis alugar um para a primeira comunhão da minha sobrinha. Uns duzentos euros.
– O que você está querendo dizer?
– A situação financeira deles. Em fevereiro, Patrick foi dispensado, certo? Em abril, eles ainda estão com bastante grana para alugar um castelo pula-pula para a festa de aniversário de Emma. E em algum momento em julho estão apertados demais para trocar as fechaduras, mesmo com Jenny achando que alguém entrou na casa.
– E daí? O dinheiro da rescisão de Patrick estava acabando.
– É, é provável. E é isso o que eu quero dizer. Estava acabando mais rápido do que deveria. Uma boa quantidade de conhecidos meus perdeu o emprego. Todos os que estavam no mesmo lugar havia alguns anos receberam o suficiente para mantê-los por um bom tempo, se fossem cuidadosos.
– Em que você está pensando? Jogo? Drogas? Extorsão? – Entre os maus costumes deste país, a bebida bate todos esses de longe, mas a bebida não limpa sua conta bancária a zero em apenas alguns meses.

Richie deu de ombros.

– É, pode ser. Ou pode ser que eles simplesmente continuaram a gastar como se ele ainda estivesse recebendo. Uns conhecidos meus fizeram isso também.
– É a sua geração. A geração de Pat e Jenny. Nunca foram duros; não conheceram este país na pobreza. Por isso não conseguiam imaginar o que era, mesmo quando estava começando a acontecer bem diante do seu nariz. É bom ser assim... muito melhor do que a minha geração. Metade de nós poderia estar montada na nota e ainda se sentiria paranoica por ter dois pares de sapatos, para o caso de acabar largado e desamparado. Mas essa atitude tem seu aspecto negativo.

Dentro da casa, o pessoal da Polícia Técnica estava trabalhando tranquilamente. Alguém gritou uma pergunta que terminava com "... Tem alguma de reserva?" e Larry respondeu, animado: "Claro que tenho, olha no meu..."

– Pat Spain não estava esperando ficar sem dinheiro – disse Richie, concordando comigo. – Se fosse assim, ele não teria esbanjado aquela nota no castelo pula-pula. Ou ele tinha certeza total de que teria um emprego antes do fim do verão, ou tinha alguma outra forma de ganhar dinheiro. Se ele começasse a se dar conta de que isso não ia acontecer e a grana estivesse terminando... – Ele estendeu um dedo para tocar na borda quebrada da porta, mas recolheu a mão a tempo. – É uma pressão muito séria para um homem, saber que não tem como cuidar da família.

– Quer dizer que você ainda está apostando em Patrick – disse eu.

– Não estou apostando em ninguém – disse Richie – enquanto não souber o que o dr. Cooper acha. Só estou pensando.

– Ótimo. Patrick é mesmo o favorito; mas ainda faltam muitos obstáculos, ainda há muito espaço para um azarão aparecer e ganhar o páreo. Por isso, a próxima coisa que vamos fazer é ver se conseguimos que alguém reduza as alternativas. Sugiro começarmos com um bate-papo rápido com Cooper, antes que ele vá embora; depois vamos ver se os vizinhos têm alguma coisa boa para nós. Quando tivermos terminado com eles, Larry e sua turma animada deveriam estar em condições de nos dar algum tipo de informação melhor e já teriam liberado o andar superior o suficiente para a gente poder fuçar um pouco, tentando captar alguma pista do motivo pelo qual o dinheiro poderia estar indo embora. Que lhe parece?

Ele fez que sim.

– Boa, a sacação do castelo pula-pula – disse eu, dando-lhe um tapinha no ombro. – Agora vamos ver de que modo Cooper pode influenciar as probabilidades.

A casa estava totalmente diferente. Aquele silêncio de quilômetros de profundidade tinha desaparecido, dissipado como nevoeiro, e a atmosfera estava iluminada, vibrando com trabalho seguro e eficiente. Dois da turma de Larry estavam trabalhando, de modo metódico, para processar o sangue espirrado, um deles pondo cotonetes em tubos de ensaio enquanto o outro tirava fotos numa Polaroid para identificar exatamente de onde vinha cada cotonete. Uma garota magricela, com um nariz desproporcional, ia de um lado para outro, com uma câmera de vídeo; o responsável pelo mapeamento estava assoviando entre os dentes enquanto fazia esboços. Todos trabalhavam num ritmo constante que indicava que ficariam por ali muito tempo.

Larry estava na cozinha, agachado sobre um punhado de identificadores de provas amarelos.

– Que *lambança* – disse ele, com prazer, quando nos viu. – Vamos ficar aqui *para sempre*. Vocês entraram nesta cozinha, quando vieram aqui antes?

– Paramos à porta – respondi. – Mas os policiais fardados entraram, sim.

– É claro que entraram. Não os deixe ir para casa sem nos dar impressões das pegadas, para a gente trabalhar por eliminação. – Ele se levantou, com a mão pressionando a região lombar. – Ai, puxa, estou ficando velho para este trabalho. Cooper está lá em cima, com as crianças, se vocês quiserem falar com ele.

– Não vamos interrompê-lo. Algum sinal da arma?

– Nada – disse Larry, fazendo que não.

– E um bilhete?

– Serve "ovos, chá, gel para banho"? Porque, fora isso, nada. Mas, se estão pensando nesse cara aqui – um gesto de cabeça na direção de Patrick –, vocês sabem tanto quanto eu, muitos homens não escrevem. Caras fortes, calados, até o fim.

Alguém tinha virado Patrick de costas. Ele era branco, com a boca frouxa, mas a gente acaba aprendendo a ver além da primeira impressão. Tinha sido um homem bonito, de queixo quadrado e sobrancelhas retas, o tipo que as garotas procuram.

– Ainda não sabemos o que estamos pensando. Encontraram alguma coisa aberta? Uma porta dos fundos, uma janela?

– Por enquanto, não. A segurança não era fraca, sabia? Trancas boas nas janelas, vidraças duplas, fechadura de respeito na porta dos fundos... não do tipo que se pode abrir com um cartão de crédito. Não estou tentando fazer o trabalho de vocês no seu lugar, longe de mim, mas só estou dizendo que essa não era a casa mais fácil de ser arrombada, principalmente sem deixar vestígios.

Larry também estava apostando em Patrick.

– Falando em chaves, me informe se encontrar alguma. Deveríamos ter pelo menos três conjuntos. E fique alerta para uma caneta com os dizeres "Golden Bay Resort". Não largue...

Cooper vinha andando com cuidado pelo corredor, como se o lugar estivesse sujo, com seu termômetro numa das mãos e a maleta na outra.

– Detetive Kennedy – disse ele, com resignação, como se tivesse esperado contra todas as probabilidades que eu, de algum modo, tivesse sumido do caso. – Detetive Curran.

– Dr. Cooper – disse eu. – Espero não estar interrompendo.

– Acabo de completar meus exames preliminares. Agora os corpos podem ser removidos.

– Pode nos fornecer alguma informação nova? – Uma das coisas que me irritam em relação a Cooper é que, quando ele está por perto, eu acabo falando como ele.

Cooper exibiu sua maleta e ergueu as sobrancelhas para Larry, que respondeu, animado:

– Pode deixar isso aí junto da porta da cozinha. Não tem nada de interesse por lá.

Cooper pôs a maleta com delicadeza no chão e se curvou para guardar o termômetro.

— As duas crianças parecem ter sido sufocadas — disse ele. Senti que o nervosismo de Richie subia um grau, junto do meu ombro. — É um diagnóstico praticamente impossível de fazer em termos definitivos, mas a ausência de quaisquer ferimentos evidentes ou de sinais de envenenamento leva-me a concluir que a causa da morte foi a privação de oxigênio. E eles não apresentam nenhum indício de estrangulamento, nenhuma marca de constrição do pescoço por algum laço e nada da congestão e hemorragia das conjuntivas geralmente associadas ao estrangulamento manual. A Polícia Técnica vai precisar examinar os travesseiros em busca de sinais de saliva ou muco que indiquem que eles foram pressionados sobre o rosto das vítimas. — Cooper olhou de relance para Larry, que fez para ele um sinal de positivo. — Apesar de que, considerando-se que os travesseiros em questão estavam nas camas das vítimas, a presença de fluidos corporais dificilmente constituiria prova incontestável de que tenham sido a arma usada. Durante a autópsia, que terá início amanhã de manhã às seis em ponto, tentarei reduzir ainda mais os possíveis mecanismos da morte.

— Algum sinal de violência sexual? — Richie deu um salto como se eu lhe tivesse dado um choque elétrico. Os olhos de Cooper se desviaram do meu ombro para Richie, por um segundo, desdenhosos e achando graça.

— Num exame preliminar — disse ele —, não há sinais de violência sexual, seja recente, seja crônica. Naturalmente vou examinar essa possibilidade de modo mais exaustivo durante a autópsia.

— Naturalmente — disse eu. — E essa vítima aqui? Tem alguma coisa para nós?

Cooper tirou uma folha de papel da maleta e esperou, inspecionando-a, até Richie e eu nos aproximarmos. No papel estavam impressos dois contornos de um corpo masculino genérico, de frente e de costas. O primeiro estava salpicado com um código Morse preciso e terrível de traços e pontos feitos a caneta vermelha.

— O adulto do sexo masculino — disse Cooper — recebeu quatro ferimentos no tórax, do que parece ser uma arma branca simples. Um — ele mostrou uma linha vermelha horizontal mais ou menos a meia altura no lado esquerdo do tórax do desenho — é um ferimento de corte relativamente raso: a lâmina atingiu uma costela perto do eixo vertical do corpo e deslizou para fora ao longo do osso por uns quinze centímetros, mas parece que não penetrou mais que isso. Embora esse ferimento pudesse ter causado um sangramento considerável, ele não teria sido fatal, mesmo sem tratamento médico.

Ele moveu o dedo mais para o alto, para as três manchas em forma de folha que formavam mais ou menos um arco, desde abaixo da clavícula esquerda do desenho, descendo até o centro do seu tórax.

– As outras lesões importantes são ferimentos penetrantes, também de uma arma branca simples. Esta aqui penetrou entre as costelas esquerdas, esta atingiu o esterno e esta entrou nos tecidos moles à beira do esterno. Enquanto não terminar a autópsia, é claro que não posso determinar a profundidade ou a trajetória de cada uma, nem descobrir o dano causado; mas, a menos que o agressor fosse de uma força excepcional, é improvável que o golpe direto no esterno tenha feito mais do que tirar uma lasca do osso. Acho que podemos supor com segurança que a lesão que provocou a morte seja a do primeiro ou a do terceiro ferimento.

O flash do fotógrafo disparou, deixando para trás uma imagem diante dos meus olhos: garatujas de sangue nas paredes, brilhantes e se contorcendo. Por um segundo, tive certeza de que estava sentindo o cheiro do sangue.

– Algum ferimento defensivo?

Cooper indicou os espirros vermelhos nos braços do desenho.

– Temos um corte raso, de uns sete centímetros, na palma da mão direita, e um mais profundo no músculo do antebraço esquerdo. Eu arriscaria o palpite de que esse ferimento é a fonte de grande parte do sangue no local. Ele teria provocado forte sangramento. A vítima também apresenta uma série de ferimentos menos importantes: pequenos talhos, arranhões e contusões nos dois antebraços, que são condizentes com uma briga.

Patrick poderia ter estado em qualquer dos dois lados dessa briga; e o corte na palma da mão poderia significar uma coisa ou a outra: um ferimento defensivo, ou a mão que escorrega e se corta na lâmina enquanto ele dava golpes com a faca.

– Os ferimentos a faca poderiam ter sido infligidos por ele mesmo?

Cooper ergueu as sobrancelhas, como se eu fosse uma criança retardada que, de algum modo, tivesse conseguido dizer alguma coisa interessante.

– Tem razão, detetive Kennedy: essa possibilidade realmente existe. É claro que exigiria uma força de vontade considerável; mas, sim, é possível. O corte raso poderia ter sido uma lesão de hesitação: uma tentativa preliminar, seguida dos ferimentos verdadeiros, mais profundos. Esse padrão de comportamento é bastante comum em suicidas que cortam os pulsos. Não vejo motivo para ele não ocorrer em outros métodos também. Supondo-se que a vítima fosse destra, do que deveríamos nos certificar antes de começar a levantar hipóteses, o posicionamento dos ferimentos no lado esquerdo do corpo seria condizente com golpes infligidos por ele mesmo.

Aos poucos, o estranho invasor de Fiona e Richie estava saindo do páreo, desaparecendo lá atrás no horizonte. Ainda não tinha sumido totalmente, mas Patrick Spain estava no primeiro lugar e vindo veloz pela reta de chegada. Era isso o que eu vinha calculando o tempo todo, mas percebi, nem sei bem vinda de onde, uma pequena fisgada de decepção. Nós, da Homicídios, somos caçadores. Queremos levar para casa um leão albino que conseguimos rastrear na selva escura e sibilante; não um gatinho doméstico contaminado pela raiva. E por baixo de tudo isso, ainda havia em mim um lado fraco que vinha sentindo alguma coisa semelhante a compaixão por Pat Spain. Como Richie disse, o cara tinha se esforçado.

– Pode nos dizer a hora da morte?

– Como sempre – disse Cooper, encolhendo os ombros –, na melhor das hipóteses, essa é uma estimativa, e a demora para eu conseguir examinar os corpos não contribui para a precisão. No entanto, o fato de que o termostato da casa está programado para manter a temperatura a 21° é uma vantagem. Sinto-me seguro para afirmar que nenhuma das três vítimas morreu antes das três da manhã, nem depois das cinco, com uma probabilidade maior de ter sido mais para o início desse período.

– Alguma indicação de quem morreu antes?

Cooper respondeu, separando as sílabas como se estivesse falando com um mentecapto.

– Eles morreram entre as três e as cinco da manhã. Se os indícios tivessem me proporcionado mais detalhes, eu os teria mencionado.

Não há um único caso em que Cooper, só pelo prazer, não desfaça de mim diante das pessoas com quem preciso trabalhar. Mais cedo ou mais tarde, vou descobrir que tipo de queixa posso abrir contra ele para fazer com que me deixe em paz; mas até agora, e ele sabe disso, deixei passar porque, nos momentos que ele escolhe para fazer isso, eu estou com preocupações maiores na cabeça.

– Tenho certeza de que teria mencionado – disse eu. – E a arma? Pode nos dizer alguma coisa sobre ela?

– Uma arma branca simples. Como eu já disse. – Cooper estava novamente curvado sobre sua maleta, guardando a folha de papel. Nem se incomodou de me lançar o olhar fulminante de costume.

– E é neste ponto – disse Larry – que chega a nossa vez, *se* o dr. Cooper não se importar, é claro. – Cooper fez um aceno generoso. Ele e Larry se dão bem, não sei como. – Venha aqui, Campeão. Veja o que minha amiguinha Maureen encontrou, só para você. Ou melhor, o que ela não encontrou.

A garota com a câmera de vídeo e o narigão saiu da frente das gavetas da cozinha e apontou. Todas as gavetas tinham dispositivos complicados para não serem abertas por crianças, e eu pude ver por quê: na gaveta superior havia um elegante estojo moldado, com as palavras Cuisine Bleu escritas em letras ornamentadas de um lado a outro na parte interna da tampa. Ele era para cinco facas. Quatro estavam no lugar, desde uma faca comprida para trinchar, até uma coisinha minúscula, mais curta que minha mão: reluzentes, afiadíssimas, perversas. Estava faltando a segunda maior.

– Essa gaveta estava aberta – disse Larry. – Foi assim que as vimos tão cedo.

– E nenhum sinal da quinta faca – disse eu.

Negativas de todos os lados.

Cooper estava ocupado, tirando as luvas com delicadeza, dedo a dedo.

– Dr. Cooper, poderia dar uma olhada e nos dizer se essa faca poderia ser compatível com os ferimentos da vítima?

– Uma opinião bem embasada – respondeu ele, sem se virar – exigiria um exame meticuloso dos ferimentos, tanto em termos superficiais como em corte transversal, de preferência com a lâmina em questão disponível para ser comparada. Estou dando a impressão de ter realizado um exame desses?

Quando eu era adolescente, teria perdido as estribeiras com Cooper todas as vezes, mas agora consigo me controlar e nem morto quero lhe dar essa satisfação.

– Se, de algum modo, o doutor puder excluir a possibilidade de ter sido essa faca, pelo tamanho da lâmina, talvez, ou pela forma do cabo, nesse caso precisamos saber agora, antes que eu mande uma dúzia de caras da reserva de pessoal sair numa busca inútil.

Cooper deu um suspiro e lançou um olhar de meio segundo para o estojo.

– Não vejo motivo para excluí-la de cogitação.

– Perfeito. Larry, podemos levar uma das outras facas para mostrar à equipe de busca o que estamos procurando?

– Fique à vontade. O que acha desta aqui? Pelo estojo, é basicamente igual à que você está procurando, só menor. – Larry pegou a faca do meio e colocou-a com destreza num saco plástico de provas para me entregar. – Quero a faca de volta quando você terminar.

– Pode deixar. Dr. Cooper, pode me dar uma ideia da distância que a vítima poderia ter percorrido depois que recebeu os ferimentos? Por quanto tempo ele poderia ter permanecido em pé?

Mais uma vez, Cooper me lançou seu olho de peixe morto.

– Menos que um minuto. Ou talvez algumas horas. Uns dois metros ou uns 800 metros. Fique à vontade para escolher, detetive Kennedy, pois receio não ser capaz de lhe dar o tipo de resposta que deseja. São tantas as variáveis envolvidas que fica difícil dar um palpite inteligente; e, não importa o que você talvez fizesse no meu lugar, eu me recuso a dar palpites à toa.

– Se está querendo saber se a vítima poderia ter se livrado da arma, Campeão – disse Larry, solícito –, posso lhe dizer que ele não saiu pela frente, de modo algum. Não há uma gota de sangue no hall, nem na porta da frente. As solas dos sapatos dele estão *ensanguentadas,* da mesma forma que suas mãos, e ele precisaria se firmar de algum modo, não precisaria, à medida que fosse ficando mais fraco? – Cooper encolheu os ombros. – Ah, precisaria. Além do mais, olhe em volta. O camarada estava parecendo um aspersor. Ele teria deixado manchas *por toda parte,* para não falar num lindo rastro do tipo de Hansel e Gretel. Não: uma vez iniciada a ação, esse cara não passou para a frente da casa, nem subiu ao andar de cima.

– Certo – disse eu. – Se essa faca aparecer, me avisem de imediato. Por enquanto, vou parar de atrapalhar. Valeu, pessoal.

O flash disparou novamente. Dessa vez, ele deixou a silhueta de Patrick Spain marcada diante dos meus olhos: de um branco ofuscante, os braços muito abertos como se estivesse saltando para interceptar outro jogador, ou como se estivesse caindo.

– Quer dizer – comentou Richie, enquanto descíamos pela entrada de carros. – No final, parece que não foi um assunto doméstico.

– Não é tão simples assim, filhão. Patrick Spain poderia ter saído para o jardim dos fundos, talvez até mesmo pulado o muro... Ou ele poderia simplesmente ter aberto uma janela e atirado aquela faca à maior distância possível. E lembre-se. Patrick não é o único suspeito aqui. Não se esqueça de Jenny Spain. Cooper ainda não a examinou. Pelo que sabemos, ela bem poderia ter saído da casa, escondido a faca, voltado e se aconchegado direitinho ao lado do marido. Isso tudo poderia ser um pacto de suicídio, ou ela poderia ter estado protegendo Patrick. Ela bem parece ser do tipo que passaria seus últimos minutos de vida tentando proteger a reputação da família. Ou isso poderia ser trabalho dela, do início ao fim.

O Fiat amarelo não estava lá. Fiona estava rumando para o hospital, para tentar ver Jenny. Torci para o policial fardado estar dirigindo, para evitar que uma de suas crises de choro não acabasse levando seu carro a abraçar uma árvore. O que tínhamos, sim, era um punhado de carros novos, lá no fim da rua junto do furgão do necrotério. Poderiam ter sido repórteres ou moradores que os policiais estavam mantendo afastados da cena, mas eu podia apostar que se tratava da minha reserva de pessoal. Fui na direção deles.

— E pense no seguinte — disse eu. — Um cara de fora não ia entrar ali desarmado, com a esperança de ter a oportunidade de vasculhar as gavetas da cozinha e encontrar alguma coisa que servisse. Ele traria sua própria arma.

— Vai ver que trouxe e depois viu aquelas facas e calculou que se sairia melhor com alguma coisa que não apontasse para ele. Ou vai ver que ele não estava planejando matar ninguém. Ou ainda pode ser que aquela faca não seja a arma, e ele só a surrupiou para desviar nossa atenção.

— Pode ser. E essa é uma razão pela qual precisamos encontrá-la rápido. Para ter certeza de que ela não nos levará pela pista errada. Quer me dar outra razão?

— Antes que se livrem dela — disse Richie.

— Certo. Digamos que isso aqui veio de fora. Nosso homem, ou mulher, provavelmente jogou a arma na água ontem de noite, se ele tiver algum juízo. Mas, se por qualquer motivo, ele for burro demais para ter pensado nisso, toda esta nossa atividade deve lhe dar uma dica de que talvez seja uma boa ideia não ter uma faca ensanguentada largada por aí. Se ele a descartou em algum lugar no condomínio, nós queremos apanhá-lo quando ele voltar à procura dela. Se ele a levou para casa, nós queremos apanhá-lo jogando-a fora. Tudo isso, supondo-se que ele esteja na área, é óbvio.

Duas gaivotas saíram voando de repente de um monte de entulho, aos gritos, e a cabeça de Richie girou de repente.

— Ele não encontrou os Spain por acaso. Esse não é o tipo de lugar pelo qual alguém poderia simplesmente estar passando e de repente se dar conta de um grupo de vítimas do seu agrado.

— Não — respondi. — Não é mesmo esse tipo de lugar. Se o assassino não estiver morto, ou não for morador, ele veio aqui sabendo o que ia encontrar.

A reserva de pessoal tinha mandado sete caras e uma garota, todos quase chegando aos 30 anos, parados junto dos carros, tentando dar uma impressão de atenção, eficiência e disposição para qualquer coisa. Quando viram que íamos nos aproximando, eles se empertigaram, ajeitaram os casacos, o mais alto jogou fora um cigarro.

— O que você está planejando com isso? — perguntei, apontando para a guimba. Sua expressão era de não estar entendendo nada.

— Você ia deixar o cigarro ali, não ia? No chão, para a Perícia encontrar, arquivar e despachar para o teste de DNA. Qual era sua aspiração? Chegar ao primeiro lugar da nossa lista de suspeitos ou da lista de desperdiçadores de tempo?

Ele pegou rápido a guimba e a enfiou de volta no maço. E foi com essa rapidez que todos os oito foram avisados. Enquanto estiver numa investigação minha, você não pisa na bola. O Homem de Marlboro estava vermelho, mas alguém tinha de levar uma bronca pelo bem da equipe.

– Muito melhor. Sou o detetive Kennedy, e esse é o detetive Curran. – Não perguntei o nome deles. Não havia tempo para apertos de mão e cortesias. E eu acabaria me esquecendo de qualquer modo. Não tomo conhecimento dos sanduíches preferidos dos meus estagiários, nem do aniversário dos seus filhos. Acompanho o que estão fazendo e se estão trabalhando direito. – Vocês vão receber instruções completas; mas por enquanto só precisam saber do seguinte: estamos procurando uma faca da marca Cuisine Bleu, com uma lâmina curva de 15 cm, cabo plástico preto, parte de um conjunto, muito parecida com esta aqui, mas ligeiramente maior. – Exibi o saco plástico de provas. – Todos vocês têm câmera no celular? Tirem uma foto para se lembrarem exatamente do que estão procurando. Apaguem a foto antes de sair da cena hoje à noite. Não se esqueçam.

Eles sacaram os celulares e passaram o saco plástico de um para outro, segurando-o como se ele fosse de bolhas de sabão.

– A faca que descrevi é um bom palpite para a arma do crime, mas neste tipo de jogo não temos nenhuma garantia. Por isso, se vocês toparem com outra faca, ali no meio do mato, pelo amor de Deus, não sigam felizes em frente só porque ela não se encaixa na descrição. Precisamos também estar alertas para roupas ensanguentadas, pegadas, chaves e qualquer outra coisa que possa remotamente parecer estar fora do lugar. Se vocês encontrarem qualquer coisa que tenha potencial, o que vão fazer?

Fiz um sinal para o Homem de Marlboro... Se você rebaixar o status de alguém, sempre lhe dê a chance de se recuperar.

– Não toque o objeto. Não o deixe abandonado. Ligue para o pessoal da Perícia para vir fotografá-lo e ensacá-lo.

– Isso mesmo. E liguem para mim também. Qualquer coisa que vocês encontrem, eu quero ver. O detetive Curran e eu vamos entrevistar os vizinhos. Vocês vão precisar do número dos nossos celulares e vice-versa. Por enquanto, vamos manter esse caso fora do rádio. O sinal aqui é uma merda. Se não conseguirem ligar, enviem mensagem de texto. Não deixem mensagem de voz. Todos entenderam?

Mais adiante na rua, nossa primeira repórter tinha se instalado encostada nuns andaimes pitorescos e estava fazendo uma transmissão ao vivo enquanto tentava segurar o casaco soprado pelo vento. Dentro de uma hora ou duas, haveria algumas dezenas de outros como ela. Muitos não pensariam duas vezes antes de invadir o correio de voz de um detetive.

Compartilhamos nossos telefones.

– Logo, outros virão se juntar a nós nas buscas – disse eu – e, quando chegarem, vou ter outras funções para vocês, mas precisamos começar a agir agora. A partir dos fundos da casa, comecem do muro do jardim, espalhem-se, tomando cuidado para não deixar lacunas entre as áreas de busca. Vocês sabem o que fazer. Podem ir.

A casa geminada que compartilhava uma parede com a casa dos Spain estava vazia – permanentemente vazia, sem nada na sala da frente a não ser uma bola de jornal amassado e uma teia de aranha de alto nível arquitetônico –, o que era uma droga. Os sinais mais próximos de vida humana estavam a duas portas de distância, no outro lado da rua, no número 5: o gramado estava morto, mas havia cortinas de renda nas janelas e uma bicicleta de criança caída de lado na entrada de carros.

Um movimento por trás da renda, quando fomos nos aproximando. Alguém tinha estado nos observando.

A mulher que atendeu à porta era pesada, com uma cara achatada, cheia de suspeita, e o cabelo escuro, puxado para trás num rabo de cavalo fino. Estava usando um agasalho de capuz, cor-de-rosa, grande demais para ela, legging cinza, pequena demais, o que não lhe caía bem, e muito bronzeado falso que, de algum modo, não conseguia impedir que ela parecesse de certo modo descorada.

– Pois não?

– Polícia – disse eu, mostrando-lhe minha identificação. – Podemos entrar para uma palavrinha?

Ela olhou para a identificação como se minha fotografia não estivesse à altura dos seus padrões.

– Saí mais cedo e perguntei àqueles guardas o que estava acontecendo. Eles me mandaram voltar para dentro de casa. Eu tenho o direito de andar na minha própria rua. Vocês não podem me proibir.

Aquilo ia ser mesmo uma moleza...

– Entendi – disse eu. – Se a senhora quiser deixar o local a qualquer momento, eles não a impedirão.

– Melhor mesmo que não. E eu não estava querendo *deixar o local*, de qualquer modo. Só queria saber o que foi que aconteceu.

– Houve um crime. Gostaríamos de trocar umas palavras com a senhora.

Seus olhos passaram direto por mim e Richie para a atividade lá fora; e a curiosidade derrotou a desconfiança. Geralmente é o que ocorre. Ela recuou para nos dar passagem.

A casa tinha começado exatamente igual à dos Spain, mas não tinha ficado igual. O hall estava mais estreito por conta das pilhas de trecos no chão. O tornozelo de Richie bateu na roda de um carrinho de bebê, e ele reprimiu uma exclamação pouco profissional. A sala de estar estava aquecida demais e bagunçada, com um papel de parede pesado e um cheiro forte de sopa e de roupa molhada. Um garoto parrudo dos seus 10 anos estava no chão, de boca aberta, debruçado sobre algum jogo do tipo PlayStation que obviamente era classificado para maiores de 18 anos.

— Ele não foi à escola porque está doente — disse a mulher, com os braços cruzados, na defensiva.

— Sorte nossa — disse eu, indicando o menino, que não fez caso de nós e continuou apertando os botões. — Pode ser que ele nos ajude. Sou o detetive Kennedy e esse é o detetive Curran. E a senhora... ?

— Sinéad Gogan. Sra. Sinéad Gogan. Jayden, desliga esse troço. — Seu sotaque era de algum bairro meio violento da periferia de Dublin.

— Sra. Gogan — disse eu, sentando-me no sofá florido e procurando meu caderno —, a senhora conhece bem seus vizinhos?

Ela virou a cabeça bruscamente na direção da casa dos Spain.

— Aqueles?

— Sim, a família Spain.

Richie tinha me acompanhado e se sentado no sofá. Os olhos pequenos e espertos de Sinéad Gogan passaram por nós, mas depois de um segundo ela encolheu os ombros e se instalou numa poltrona.

— Nós nos cumprimentamos. Mas não fizemos amizade.

— Você disse que ela era uma vaca esnobe — disse Jayden, sem perder uma oportunidade de fazer explodir mortos-vivos.

— Cala essa boca — disse a mãe, lançando-lhe um olhar furioso, que ele não viu.

— Se não?

— Você já sabe.

— Ela é uma vaca esnobe? — perguntei.

— Eu nunca disse isso. Vi uma ambulância lá. O que houve?

— Houve um crime. Pode me dizer alguma coisa sobre os Spain?

— Alguém levou um tiro? — quis saber Jayden. O garoto conseguia ser multitarefa.

— Não. O que os Spain têm de esnobe?

— Nada. — Ela deu de ombros. — Eles são legais.

Richie coçou o lado do nariz com a caneta.

— Sério? — perguntou ele, um pouco hesitante. — Porque... quer dizer... não sei de nada. Não conheci esse pessoal, mas a casa me pareceu bem besta. Sempre dá para ver quando as pessoas se acham superiores.

— Precisava ter visto antes. O utilitário enorme ali fora; o cara lavando e dando polimento todos os fins de semana, se exibindo. Mas não durou, não é mesmo?

Sinéad ainda estava jogada na poltrona, com os braços cruzados e as pernas grossas bem separadas, mas a satisfação estava começando a expulsar o mau humor da sua voz. Normalmente, eu não deixaria um novato fazer perguntas no primeiro dia em campo, mas a atitude de Richie era boa, e seu sotaque estava nos levando mais adiante do que o meu levaria. Deixei que prosseguisse.

— Nem tanto motivo para sair se exibindo agora – concordou ele.

— O que não impede. Ainda se acham os maiorais. Jayden disse alguma coisa para a pequena...

— Chamei ela de idiota – disse Jayden.

— ... e a mulher veio aqui, dando a maior importância, como as crianças não estavam se dando bem, se não havia um jeito de fazer com que *cooperassem*. Tipo, falsa, sabe o que quero dizer? Fingindo ser toda boazinha. Respondi que criança é assim mesmo; aprenda a lidar com isso. Ela não gostou. Agora mantém a princesinha longe da gente. Como se não fôssemos bons o suficiente para eles. Ela tem é inveja.

— Do quê? – perguntei.

Sinéad me lançou um olhar ácido.

— De nós. De mim. — Eu não podia pensar numa única razão pela qual Jenny Spain teria sentido inveja dessas pessoas, mas parecia que isso não vinha ao caso. Era provável que nossa Sinéad achasse que não tinha sido convidada para a despedida de solteira de Beyoncé porque Beyoncé tinha inveja dela.

— Certo – disse eu. – Quando foi isso, exatamente?

— Na primavera. Abril, pode ser. Por quê? Ela está dizendo que Jayden fez alguma coisa contra eles? Porque ele nunca...

Metade dela, pesada e ameaçadora, já estava saindo da poltrona.

— Não, não, não – disse eu, em tom tranquilizador. – Quando foi a última vez que viu os Spain?

Depois de um instante, ela decidiu que acreditava em mim e voltou a se recostar.

— De falar, foi dessa vez. Eu os vejo por aí, mas não tenho nada a dizer a eles, não depois daquele dia. Vi a mulher entrar na casa com as crianças ontem de tarde.

— A que horas?

— Mais ou menos às 4:45, acho. Imagino que ela tivesse ido apanhar a pequena na escola e fazer umas compras. Estava com umas duas sacolas plásticas. Parecia ótima. O gurizinho estava tendo um chilique porque queria batatas fritas. Mimado.

— A senhora e seu marido estavam em casa ontem de noite? – perguntei.

— Estávamos. Onde poderíamos estar? Não há lugar nenhum aonde ir. O bar mais próximo fica na cidade, a quase vinte quilômetros daqui. — Era presumível que tanto Whelan's como Lynch's estivessem por baixo do concreto e dos andaimes agora, demolidos para abrir espaço para novas versões reluzentes que ainda não tinham se concretizado. Por um segundo senti o cheiro do almoço de domingo no Whelan's: nuggets de frango e batatas congeladas fritas em óleo quentíssimo, fumaça de cigarros, refrigerante de maçã. — Ir tão longe e depois não poder beber porque é preciso dirigir de volta para casa... nenhum ônibus vem para este lado. De que adianta?

— A senhora ouviu alguma coisa fora do comum?

Mais um olhar furioso, esse com atitude mais hostil, como se eu a tivesse acusado de alguma coisa, e ela estivesse pensando em me fuzilar.

— O que nós teríamos ouvido?

Jayden de repente deu um risinho.

— Você ouviu alguma coisa, Jayden?

— Tipo o quê, *berros?* — perguntou Jayden. Ele até se virou para nós.

— Você ouviu berros?

Careta de irritação.

— Não. — Mais cedo ou mais tarde, algum outro detetive ia topar com Jayden num contexto totalmente diferente.

— Então o que vocês ouviram? Qualquer coisa poderia nos ajudar.

O rosto de Sinéad ainda tinha aquele ar, hostilidade mesclada com algum tipo de desconfiança.

— Não ouvimos nada. Estávamos com a TV ligada.

— É — disse Jayden. — Nada. Alguma coisa na tela explodiu. — *Merda* — disse ele, voltando a mergulhar no jogo.

— E seu marido, sra. Gogan? — perguntei.

— Ele também não ouviu nada.

— Daria para nós confirmarmos com ele?

— Ele saiu.

— A que horas deve voltar?

— O que aconteceu? — perguntou ela, dando de ombros.

— A senhora pode nos dizer se viu alguém entrar ou sair da casa dos Spain recentemente?

A boca de Sinéad se crispou.

— Não sou de ficar espiando meus vizinhos — retrucou ela, irritada, o que significava que ela espiava, como se eu tivesse alguma dúvida.

— Tenho certeza de que não espia — disse eu. — Mas não se trata de espiar. A senhora não é cega nem surda. Não dá para deixar de ver se pessoas passam para lá e para cá ou de ouvir os automóveis. Quantas casas estão ocupadas nesta rua?

– Quatro. Nós, eles e duas lá na outra ponta. E daí?

– E daí que, se a senhora vir alguém nesta ponta, não pode deixar de saber que as pessoas estão aqui procurando os Spain. Então, eles receberam alguma visita ultimamente?

Ela revirou os olhos.

– Se receberam, eu não vi. Está bem?

– Não têm tantos amigos quanto pensam – disse Richie, com um sorrisinho zombeteiro.

Sinéad retribuiu o sorriso.

– Isso mesmo.

Ele se inclinou para a frente.

– Será que alguém se dá ao trabalho de vir tão longe fazer uma visita? – perguntou ele em tom de confidência.

– Agora não. Quando nos mudamos, eles recebiam amigos nos domingos: gente do mesmo tipo que eles, que chegavam em seus utilitários enormes e tudo o mais, e se pavoneavam com garrafas de vinho. Umas latinhas não eram boas o suficiente para eles. Costumavam fazer churrascos. Exibicionismo, mais uma vez.

– Hoje em dia não?

O sorrisinho se alargou.

– Não depois que ele perdeu o emprego. Eles fizeram uma festa de aniversário para uma das crianças na primavera, mas essa foi a última vez que eu vi alguém entrar lá. Mas, como eu disse, não sou de ficar vigiando. É só uma comprovação, não é?

– É, sim. Diga-me uma coisa. Vocês tiveram algum problema com camundongos, ratos, qualquer coisa desse tipo?

Isso atraiu a atenção de Jayden. Ele até apertou a tecla de Pause.

– Meu Deus! Eles foram *comidos* por ratos?

– Não – disse eu.

– Ahhh – suspirou ele, decepcionado, mas continuou a prestar atenção em nós. O garoto era assustador. Tinha olhos neutros, incolores, como uma lula.

– Nunca tivemos ratos – respondeu a mãe. – Não seria uma surpresa, do jeito que o esgoto é neste lugar, mas não. Pelo menos, ainda não.

– Então não é legal morar aqui, não? – perguntou Richie.

– É o fim do mundo – disse Jayden.

– É? Por quê?

Jayden deu de ombros.

— Vocês deram uma olhada no lugar? – perguntou Sinéad.

— Me parece legal – disse Richie, surpreso. – Boas residências, muito espaço, sua casa está muito bem decorada...

— É, foi o que pensamos. Parecia maravilhoso na planta. Peraí...

Ela se levantou da poltrona com um resmungo e se curvou (eu bem que poderia ter dispensado aquele panorama) para remexer a bagunça numa mesinha ao lado do sofá. Revistas de celebridades, açúcar derramado, uma babá eletrônica, metade de um pãozinho de salsicha num prato engordurado.

— Pronto – disse ela, empurrando um folheto nas mãos de Richie. – Era isso o que a gente achava que estava comprando.

A capa do folheto trazia as palavras OCEAN VIEW, nos mesmos tipos elaborados do cartaz do lado de fora do condomínio, acima de uma foto de um casal risonho, abraçado a duas crianças modelo diante de uma casa branca como a neve e de ondas de um azul mediterrâneo. No interior, vinham as opções: quatro quartos, cinco quartos, centro de terreno, duplex, o que se desejasse, todas elas tão perfeitas que quase reluziam, e tão bem trabalhadas no Photoshop que mal se podia ver que eram maquetes. As casas tinham nomes: a Diamante era de cinco quartos, em centro de terreno, com garagem; a Topázio era uma duplex com dois quartos; a Esmeralda, a Pérola e as demais ficavam em algum ponto intermediário. Parecia que estávamos na Safira. Mais textos em tipos rebuscados elogiavam em tom sedutor a praia, a creche, o centro de convivência, uma loja na esquina, um playground, "um refúgio independente, com todas as vantagens da última palavra em estilo luxuoso de vida, à sua porta".

Devia ter parecido muito atraente. Como eu já disse, outras pessoas podem se deliciar em agir com esnobismo diante de novos empreendimentos imobiliários, se quiserem, mas eu os adoro. Eles me parecem positivos, como grandes apostas para o futuro. Por algum motivo, porém, talvez porque eu tivesse visto o que havia lá fora, esse folheto me pareceu o que Richie teria chamado de arrepiante.

Sinéad fincou um dedo gordo no folheto.

— Foi isso o que nos prometeram. Tudo isso. Está no contrato e tudo o mais.

— E não foi isso o que receberam? – perguntou Richie.

— Parece que foi? – disse ela, bufando. Richie deu de ombros.

— Ainda não está terminado. Podia ficar uma beleza quando terminarem.

— Só que não *vão* terminar nada. Com a recessão, as pessoas pararam de comprar, e os construtores pararam a construção. Um dia de manhã, já há alguns meses, nós saímos, e eles tinham sumido. Tudo, escavadeiras e tudo o mais. Nunca mais voltaram.

– Meu Deus – disse Richie, abanando a cabeça de um lado para o outro.

– Meu Deus, mesmo. Nosso banheiro daqui de baixo não funciona, mas o bombeiro que fez a instalação se recusa a vir consertar porque nunca recebeu pelo serviço. Todo mundo diz que a gente devia entrar com um processo para exigir indenização, mas contra quem?

– Os construtores? – sugeri.

Ela me deu novamente aquele olhar inexpressivo, como se estivesse pensando em me dar um soco por ser tão burro.

– Até parece... nós chegamos a pensar nisso. Não conseguimos encontrar ninguém. Eles começaram a desligar na nossa cara. Agora trocaram o número do telefone. Até à polícia nós fomos. Vocês disseram que nosso banheiro não era um assunto de *polícia*.

Richie levantou o folheto para atrair a atenção dela de volta.

– E toda essa história, creche e tudo o mais?

– Isso – disse Sinéad, contraindo a boca, revoltada, o que a deixou ainda mais feia. – Só aí no folheto é que se vai encontrar. Nós reclamamos da falta da creche um monte de vezes. Aquela era uma das razões para comprar aqui, e no final, nada? Acabaram abrindo uma. Um mês depois ela fechou, porque só tinham cinco crianças frequentando. Onde deveria ser o playground, parece até que a gente está em Bagdá. As crianças arriscam a vida se forem brincar lá. O centro de convivência nem chegou a ser construído. Nós nos queixamos disso também. Eles instalaram uma bicicleta ergométrica numa casa vazia e disseram "pronto". A bicicleta foi roubada.

– E a loja?

Um bufo sem humor.

– Ah, fala sério. Para comprar leite, preciso andar oito quilômetros até o posto de gasolina na rodovia. Nós não temos *luz na rua*. Morro de medo de sair sozinha depois que escurece. Pode ter algum estuprador ou sei lá o quê, por aí. Tem um bando de estrangeiros alugando uma casa na Travessa Ocean View. E se alguma coisa me acontecer, vocês viriam até aqui tomar alguma providência? Meu marido ligou para vocês faz uns meses, quando uma turma de desocupados deu uma festa numa casa do outro lado da rua. Vocês só apareceram aqui de manhã. Nossa casa podia já estar incendiada se dependesse de vocês.

Em outras palavras, extrair qualquer informação de Sinéad ia sempre ser um prazer e tanto.

– A senhora sabe se os Spain estavam tendo problemas semelhantes? Com a empresa imobiliária, com festas do outro lado da rua, com qualquer um?

– Eu não poderia saber – disse ela, dando de ombros. – Como eu disse, não éramos amigos, sabe o que estou querendo dizer? Afinal, o que aconteceu com eles? Morreram, ou o que foi?

Dentro de pouco tempo, os rapazes do necrotério iam sair trazendo os corpos.

– Talvez Jayden devesse esperar em outro aposento.

– Não faz diferença – disse Sinéad, de olho nele. – Ele vai ficar escutando atrás da porta. – Jayden concordou.

– Houve um ataque violento. Não estou autorizado a dar detalhes, mas o crime em questão é homicídio.

– Meu Deus – sussurrou Sinéad, oscilando para a frente. Sua boca continuava aberta, úmida e voraz. – Quem morreu?

– Não podemos lhe dar essa informação.

– Ele atacou ela, foi isso?

Jayden tinha deixado para lá seu jogo. Na tela, um morto-vivo estava congelado, despencando de pernas e braços abertos, com fragmentos da sua cabeça explodindo por toda parte.

– A senhora tem algum motivo para acreditar que ele pudesse atacar a mulher?

Aquele tremor cauteloso das pálpebras. Ela se deixou cair de volta na poltrona e cruzou os braços de novo.

– Eu estava só perguntando.

– Se tem, sra. Gogan, precisa nos dizer.

– Não sei de nada e não quero saber.

Conversa fiada, mas eu conheço esse tipo de teimosia espessa, encrespada: quanto mais eu pressionasse, mais sólida ela se tornaria.

– Certo – disse eu. – Nos últimos meses, a senhora viu no condomínio alguém que não reconhecesse?

Jayden deu um risinho agudo, cortante.

– Nunca vejo nada, quase nunca – disse Sinéad. – E de qualquer modo eu não reconheceria a maioria deles. Por aqui, a gente não é de fazer amiguinhos. Tenho meus próprios amigos. Não preciso depender de vizinhos.

Tradução: nem pagando, seria possível conseguir que os vizinhos aturassem os Gogan. Vai ver que todos eles sentiam inveja.

– Então, a senhora viu alguma pessoa que parecesse deslocada? Qualquer um que a deixasse preocupada por algum motivo?

– Só os estrangeiros na Travessa. São dezenas morando naquela casa. Eu diria que todos ilegais. Vocês não vão verificar isso também, não é?

– Vamos passar essa informação para o departamento correto. Alguém veio bater à sua porta? Talvez vendendo alguma coisa? Pedindo para verificar os encanamentos ou a fiação?

– Fala sério. Como se alguém se importasse com a nossa fiação... *Meu Deus!* – Sinéad se empertigou num sobressalto. – Foi, tipo, algum maníaco que invadiu a casa? Como naquele programa na TV? Tipo um assassino *em série*?

De repente, ela pareceu ganhar vida. O medo tinha expulsado a falta de expressão do seu rosto.

– Não podemos dar detalhes de... – comecei a dizer.

– Porque, se for isso, é melhor me dizer *agora,* certo? Não vou ficar esperando que algum filho da puta desequilibrado entre aqui e nos torture. Vocês iam só ficar aí parados, assistindo, sem fazer nada...

Foi a primeira emoção verdadeira que ela deixou transparecer. As crianças mortas na casa vizinha: nada mais que material para fofoca, não mais reais do que algum programa de TV, até o exato momento em que o perigo se torna pessoal.

– Posso lhe garantir que não ficaremos parados, assistindo.

– Não me desrespeite. Vou ligar para a rádio. Vou, sim. Vou ligar para o programa do Joe Duffy...

E nós passaríamos o resto dessa investigação tentando avançar em meio à histeria de um ciclone da mídia sobre como os policiais não se importam com o cidadão comum. Já passei por isso. Tem-se a impressão de que alguém está usando uma máquina de atirar bolas de tênis para disparar cachorrinhos esfaimados em cima de você. Antes que eu conseguisse pensar em alguma coisa tranquilizadora, Richie inclinou-se para a frente e falou com sinceridade.

– Sra. Gogan, a senhora tem todo o direito de estar preocupada. É claro, a senhora é mãe.

– Isso mesmo. Tenho que pensar nos meus filhos. Não vou...

– Foi um pedófilo? – quis saber Jayden. – O que ele fez com eles?

Eu estava começando a entender por que Sinéad não fazia caso do filho.

– Agora, a senhora sabe que tem um monte de coisas que não podemos lhe contar – disse Richie –, mas eu não posso deixar uma mãe toda preocupada. Por isso, confio em que a senhora não passe isso adiante. Posso confiar?

Quase o interrompi ali mesmo, mas ele estava conduzindo bem a conversa até ali. E Sinéad estava se acalmando, com seu ar ávido voltando à superfície, por baixo do medo.

– É. Está bem.

– Vou lhe dizer o seguinte – disse Richie, inclinando-se mais para perto dela. – A senhora não tem do que ter medo. Se houver alguém perigoso por aí, e estou só dizendo *se,* nós estamos fazendo tudo o que é necessário a respeito. – Ele fez uma pausa para causar impacto e mexeu as sobrancelhas com uma expressão significativa. – A senhora está me entendendo?

Um silêncio confuso.

– Estou – disse Sinéad, por fim. – É claro.

— É claro que está. Agora lembre-se: nem uma palavra.
— Eu nunca diria — declarou ela, com formalidade.

Era óbvio que ela contaria a todo mundo que conhecia, mas não tinha nada para contar. Ela precisaria se ater a um ar presunçoso e a dicas obscuras sobre informações secretas que não podia compartilhar. Foi um truque esperto. Richie subiu no meu conceito.

— E a senhora agora já não está preocupada, certo? Agora que sabe.
— Ah, não. Estou bem.

Da babá eletrônica veio um berro furioso.

— Puta que pariu — exclamou Jayden, apertando a tecla Play e aumentando o volume dos mortos-vivos.

— O neném acordou — disse Sinéad, sem se mexer. — Preciso ir.

— Mais alguma coisa que a senhora possa nos dizer sobre os Spain? Qualquer coisa?

Outro encolher de ombros. O rosto neutro não mudou, mas alguma coisa tremeluziu nos olhos. Iríamos voltar a falar com os Gogan.

— E por falar em arrepiante... — disse eu a Richie, enquanto descíamos pela entrada de carros. — Deu uma olhada naquele garoto?

— É — disse Richie. Ele passou um dedo pela orelha e olhou de volta por cima do ombro para a casa dos Gogan. — Tem alguma coisa que ele não está dizendo.

— Ele? A mãe, com certeza. Mas o menino?
— Sem a menor dúvida.
— Certo. Quando voltarmos a eles, você faz uma tentativa com o garoto.
— É? Eu mesmo?
— Você fez um bom trabalho ali dentro. Pense num bom modo de abordagem. — Enfiei o caderno no bolso. — Enquanto isso, a que outras pessoas podemos fazer perguntas sobre os Spain?

Richie voltou-se para me encarar.

— Sabe de uma coisa? — disse ele. — Não faço a menor ideia. Normalmente, eu diria para irmos falar com os familiares, os vizinhos, os amigos das vítimas, as pessoas com quem trabalham, os caras do bar onde ele bebe, as pessoas que os viram por último. Mas os dois estão desempregados. Não há nenhum bar para ele frequentar. Ninguém os visita, nem mesmo os parentes, não quando uma visita significa percorrer toda essa distância. Poderiam ter se passado semanas desde a última vez em que alguém realmente os viu, exceto talvez no portão da escola. E os vizinhos são *isso* aí.

Com um movimento brusco, ele jogou a cabeça para trás. Jayden estava grudado na janela da sala de estar, com o controle numa das mãos, a boca ainda aberta. Ele viu que eu o flagrei nos observando, mas nem piscou.

— Pobres coitados — disse Richie, baixinho. — Eles não tinham ninguém.

5

Os vizinhos das duas casas na outra ponta da rua estavam fora, no trabalho ou onde quer que fosse. Cooper tinha ido embora, presumivelmente fora ao hospital para dar uma olhada no que tivesse restado de Jenny Spain. O furgão do necrotério não estava mais lá: os corpos estariam sendo levados para o mesmo hospital, para aguardar sua vez de receber a atenção de Cooper, apenas a um andar ou dois de distância de Jenny, se ela tivesse sobrevivido até o momento.

A equipe da Perícia ainda estava dando duro. Larry acenou para mim de lá da cozinha.

— Venha cá, meu jovem. Dê uma olhada nisso.

"Isso" eram os receptores das babás eletrônicas, cinco deles, perfeitamente organizados em sacos de plástico transparente, sobre o balcão da cozinha, todos cobertos com pó para extração de impressões digitais.

— Encontrei o quinto naquele canto ali, debaixo de um monte de livros infantis — disse Larry, em triunfo. — Vossa Senhoria quer câmeras de vídeo; Vossa Senhoria consegue câmeras de vídeo. E são das boas, ainda por cima. Não sou especialista em equipamentos para bebês, mas eu diria que esses são dos melhores. Eles fazem imagens panorâmicas, fazem zoom, imagens coloridas durante o dia e preto e branco num infravermelho automático no escuro. É provável que façam ovos *pochés* de manhã... — Ele fez passar dois dedos ao longo da fila de monitores, estalando a língua com satisfação. Apanhou um e apertou a tecla de ligar, através do saco plástico.

— Adivinhe o que é isso. Vamos, dê um palpite.

A tela se iluminou em preto e branco: cilindros e retângulos cinzentos de cada lado, ciscos de poeira branca flutuando no ar, um trecho amorfo de escuridão pairando no meio.

— *A bolha assassina*? — sugeri.

— Era isso o que eu mesmo estava pensando. Mas aí Declan... aquele ali é o Declan, cumprimente as pessoas simpáticas, Declan... percebeu que esse armário aqui estava só um pouquinho aberto e olhou lá dentro. Adivinha o que ele descobriu.

Larry escancarou o armário com um gesto floreado.

— Olha, olha só. — Um círculo de luzes vermelhas agressivas nos atingiu por um segundo, depois foi se apagando e desapareceu. A câmera estava grudada no interior da porta do armário com o que parecia ser um rolo inteiro de fita adesiva profissional. As caixas de cereais e as latas de ervilhas tinham sido afastadas para os lados das prateleiras. Atrás delas, alguém tinha aberto um buraco do tamanho de um prato na parede.

— Que é que é isso? — comecei.

— Calma, não se precipite! Antes de dizer qualquer coisa, dê uma olhada nisso aqui.

Mais um monitor. Os mesmos tons monocromáticos, meio desfocados: vigas inclinadas, latas de tinta, algum emaranhado mecânico, todo pontiagudo, que não consegui entender.

— O sótão?

— Exatamente. E essa coisa no chão? É uma *armadilha*. Uma armadilha para algum bicho. Também não é uma coisinha engraçadinha para pegar camundongos. Não sou um cara especializado em selva, e não poderia dizer, mas minha impressão é que esse treco poderia conter um *puma*.

— Tem alguma isca no treco? — perguntou Richie.

— Gostei desse cara — disse Larry, para mim. — Rapaz esperto, vai direto ao cerne da questão. Esse menino vai longe. Não, detetive Curran, infelizmente nada de isca, por isso não temos como adivinhar o que eles estavam tentando pegar. Tem um buraco no beiral, pelo qual alguma criatura poderia ter entrado... Agora, Campeão, não se empolgue. Não estamos falando de gente. Talvez uma raposa em dieta conseguisse, com esforço, se espremer para passar ali, mas nada que exigisse uma armadilha para *urso*. Examinamos o sótão em busca de pegadas e excremento, para ver se conseguíamos uma pista por esse lado, mas lá não há nada maior do que titica de aranha. Se havia um predador na casa das vítimas, era um predador muito, muito *discreto*.

— Temos impressões?

— Por Deus, sim, dezenas de impressões. Digitais em todas as câmeras e na armadilha, bem como naquela geringonça sobre o alçapão do sótão. Mas o jovem Gerry aqui diz, e não passem isso adiante, que numa olhada muito preliminar não há por que acreditar que elas não sejam compatíveis com as da vítima... esta vítima aqui, é claro, não as crianças. O mesmo para as pegadas no sótão: um adulto do sexo masculino, com o mesmo número de sapato desse cara.

— E os buracos nas paredes? Alguma coisa em torno deles?

— Mais uma vez, impressões aos baldes. Você não estava brincando quando disse que ia nos manter ocupados, não é mesmo? Muitas, a julgar pelo tamanho, eram das crianças, querendo descobrir alguma coisa. A maior parte das outras, Gerry diz a mesma coisa: não há por que acreditar que não sejam da vítima. Mas ele precisa levar tudo para o laboratório para confirmar. Cá entre nós, eu diria que as próprias vítimas fizeram os buracos... que eles não têm nada a ver com o que aconteceu na noite passada.

– Olhe bem para este lugar, Larry – disse eu. – Sou um cara do tipo organizado, mas minha casa não tem essa aparência perfeita desde o dia em que me mudei. Esse pessoal tinha mais do que orgulho da casa. Eles enfileiravam os frascos de xampu. Dou-lhe 50 euros se você encontrar um cisco de pó. Por que se dar a todo esse trabalho para manter a casa primorosamente arrumada e sair abrindo buracos nas paredes? E, se você precisa abrir buracos, por que não consertá-los? Ou pelo menos cobri-los?

– As pessoas são malucas – disse Larry. Ele estava perdendo o interesse. Ele quer saber o que aconteceu, não o porquê. – Todas elas. Você já devia saber isso, Campeão. Só estou dizendo que, *se* alguém de fora fez esses buracos, parece que as paredes foram limpas depois ou que ele usou luvas.

– Mais alguma coisa em torno dos buracos? Sangue, resíduos de drogas, qualquer coisa?

Larry fez que não.

– Nada de sangue, nem dentro nem em volta dos buracos; exceto onde os buracos estavam na trajetória dos respingos de sangue dessa lambança aqui. Não encontramos nenhum resíduo de drogas, mas, se você achar que talvez não o tenhamos percebido, posso trazer aqui um cão farejador.

– Por enquanto não é necessário, a menos que surja alguma coisa que realmente indique essa possibilidade. E aqui dentro, no sangue? Alguma impressão que possa não ter sido das vítimas?

– Você já *olhou* para este lugar? Há quanto tempo você acha que estamos aqui? Faça-me essa pergunta de novo daqui a *uma semana*. Veja com seus próprios olhos. Aqui há pegadas de sangue suficientes para a banda de música do Drácula, mas aposto com você que a maioria é dos policiais fardados e dos socorristas, com seus grandes pés desajeitados. Só podemos ter a esperança de que algumas pegadas do *crime* em si tenham secado o suficiente para manter a forma mesmo depois de tanta andança por cima delas. O mesmo vale para as impressões de mãos: temos um monte delas, mas se resta alguma com valor não se pode adivinhar.

Ele estava no seu elemento. Larry adora complicações e adora reclamar.

– E se existe alguém que pode recuperá-las, é você, Lar. Algum sinal dos telefones das vítimas?

– Seu desejo é uma ordem. O celular dela estava na mesinha de cabeceira do seu lado. O dele estava na mesa do hall. E nós pegamos como prova o telefone fixo só pela diversão. Pegamos o computador também.

— Maravilha — disse eu. — Mande tudo para o pessoal de Crimes da Informática. E as chaves?

— Um chaveiro completo na bolsa dela, na mesa do hall: duas chaves da porta da frente, uma da dos fundos, chave do carro. Outro chaveiro completo no bolso do casaco do marido. Um conjunto de reserva para a casa na gaveta da mesa do hall. Nenhuma caneta do Golden Bay Resort, não até agora, mas vamos mantê-lo informado.

— Valeu, Larry. Vamos dar uma inspecionada lá em cima, se não houver problema.

— E cá estava eu preocupado com esse ser mais um caso enfadonho, de overdose — disse Larry, feliz, enquanto saíamos. — Valeu, Campeão. Fico lhe devendo uma.

O quarto do casal Spain estava com um dourado aconchegante, enevoado, reluzente. As cortinas ficam fechadas contra o olhar de vizinhos intrometidos e repórteres com lentes zoom. Mas o pessoal do Larry tinha deixado as luzes acesas para nós, quando terminou de extrair as impressões digitais dos interruptores. O ar tinha aquele indefinível cheiro íntimo de um lugar habitado: um levíssimo toque de xampu, loção para após a barba, pele.

Havia um armário embutido ao longo de uma parede e duas cômodas de cor creme nos cantos, daquele tipo de bordas com arabescos nas quais alguém trabalhou com lixa para lhes dar um ar antigo e interessante. Em cima da cômoda no lado de Jenny, havia três fotos emolduradas de 20 X 25 centímetros. Duas eram de bebês vermelhos e amarrotados; e a do meio era uma foto de casamento tirada na escadaria de algum elegante hotel no campo. Patrick, de smoking com uma gravata cor-de-rosa e uma rosa cor-de-rosa na lapela. Jenny, num vestido justo com uma cauda que se espalhava pela escada abaixo deles, um buquê de rosas cor-de-rosa, muita madeira escura, feixes de luz atravessando a janela trabalhada no patamar. Jenny era bonita, ou tinha sido. De estatura média, um belo corpo esguio, com o cabelo comprido que ela tinha alisado, tingido de louro e torcido em algum tipo de forma complicada no alto da cabeça. Na época, Patrick estava em melhor forma, com o peito largo e sem barriga. Ele estava com um braço em torno de Jenny, e os dois exibiam largos sorrisos.

— Vamos começar pelas cômodas — disse eu, e me encaminhei para a de Jenny. Se nesse casal um deles tinha segredos escondidos, era ela. O mundo seria um lugar diferente, muito mais difícil para a polícia, e com muito mais maridos abençoados pelo desconhecimento, se as mulheres simplesmente jogassem as coisas fora.

A gaveta superior continha principalmente maquiagem, uma embalagem de anticoncepcionais (a pílula de segunda-feira não estava lá, Jennifer estava em dia) e uma caixa de joias de veludo azul. Ela gostava de joias, de tudo desde bijuteria barata até algumas peças de bom gosto que me pareceram bastante valiosas. Minha ex-mulher gostava de pedras preciosas – entendo alguma coisa de quilates. O anel de esmeralda que Fiona tinha mencionado ainda estava ali, numa caixinha preta em péssimo estado, esperando que Emma crescesse.

– Olha só isso – disse eu.

Richie olhou de relance de lá do outro lado da gaveta de roupa de baixo de Patrick. Ele estava trabalhando depressa e de modo organizado, sacudindo rapidamente cada cueca e a jogando numa pilha no chão.

– Quer dizer que não foi roubo – disse ele.

– É provável que não. De qualquer maneira, nada profissional. Se as coisas dessem errado, um amador poderia ficar apavorado e fugir correndo, mas um profissional, ou um cobrador de alguma dívida, não iria embora sem levar o que veio buscar.

– Um amador não se encaixa. Como dissemos antes, isso aqui não foi ao acaso.

– É mesmo. Você pode me oferecer alguma hipótese que chegue a cobrir o que conseguimos até agora?

Richie desenrolava pares de meias e as jogava na pilha, organizando suas ideias.

– O intruso que Jenny mencionou – disse ele, daí a um instante. – Digamos que ele descobre um jeito de entrar de novo, quem sabe mais de uma vez. A própria Fiona disse que Jenny não lhe teria contado.

Nenhuma camisinha clandestina no fundo da caixa de joias; nenhuma embalagem de tranquilizantes escondida no meio dos pincéis de maquiagem.

– Mas Jenny disse a Fiona que ia começar a usar o alarme. Como o cara passou por isso?

– Na primeira vez, ele passou pelas fechaduras. Parece que Patrick achava que o cara entrava pelo sótão. Ele talvez tivesse razão. Subindo pela casa vizinha, quem sabe?

– Se Larry e sua equipe tivessem encontrado um ponto de acesso no sótão, eles teriam nos dito. E você ouviu o que disseram. Eles procuraram.

Richie começou a dobrar meias e cuecas e a guardá-las na gaveta com cuidado. Geralmente não nos damos ao trabalho de deixar tudo perfeito. Eu não saberia dizer se ele estava pensando em Jenny ter de voltar a esse lugar – o que, tendo em vista a possibilidade de alguém comprá-lo, era de fato uma possibilidade – ou em Fiona ter de esvaziar a casa. Fosse como fosse, a empatia era algo que ele ia precisar vigiar.

— OK — disse ele —, então pode ser que nosso cara tenha passado pelo sistema de alarme. Pode ser que esse seja o trabalho dele. Pode até mesmo ser assim que ele escolheu os Spain: instalou o sistema, ficou fascinado por eles...

— O sistema veio com a casa, segundo o folheto. Ele já estava aqui antes que eles chegassem. Pode descartar o instalador, meu velho. — A gaveta de roupa de baixo de Jenny era dividida de modo organizado em peças sexy para ocasiões especiais, peças brancas para exercícios e o que supus serem as roupas do dia a dia, cor-de-rosa e brancas com babadinhos. Nada fora do convencional, nada de brinquedinhos. Parecia que os Spain tinham sido um casal perfeitamente tradicional. — Mas vamos supor, só por um instante, que nosso cara tenha descoberto um jeito de entrar. E depois?

— Ele começa a ficar mais audacioso, abre aqueles buracos nas paredes. Com isso, já não há como impedir Patrick de descobrir. Pode ser que Patrick tenha a mesma opinião de Jenny: ele quer saber que história é essa. Preferiria apanhar o cara a impedir que ele entre ou a espantá-lo daqui. Por isso, ele instala o sistema de vigilância nos locais onde sabe, ou acha que sabe, que o cara esteve.

— Então, aquilo no sótão é uma armadilha para um homem. Para pegar o cara com a boca na botija e mantê-lo por lá até nós chegarmos.

— Ou até Patrick ter acabado com ele — disse Richie. — Depende.

Ergui as sobrancelhas.

— Você tem uma mente pervertida, meu filho. Isso é bom. Só não deixe que ela o domine.

— Se alguém deixasse sua mulher apavorada, ameaçasse seus filhos... — Richie sacudiu uma calça cáqui. Em comparação com seu traseiro magricela, ela pareceu enorme, como se tivesse pertencido a um super-herói. — Você talvez se dispusesse a fazer algum estrago.

— É coerente, bastante. Dá para aceitar. — Fechei a gaveta das roupas de baixo de Jenny. — Exceto por um aspecto: por quê?

— Você está querendo dizer por que esse cara estaria atrás dos Spain, isso?

— Por que ele faria qualquer uma das coisas que fez? Estamos falando de meses de assédio, completados com o homicídio múltiplo. Por que escolher essa família? Por que invadir a casa e não fazer nada pior do que comer fatias de presunto? Por que invadir de novo e abrir buracos nas paredes? Por que passar daí para o homicídio? Por que correr o risco de começar pelas crianças? Por que sufocá-las e esfaquear os adultos? Por que tudo isso?

Richie catou uma moeda de 50 centavos do bolso traseiro da calça e deu de ombros. Fez isso como se fosse um adolescente, com os ombros saltando junto das orelhas.

— Vai ver que não é bom da cabeça.

Parei o que estava fazendo.

— É isso o que você está planejando escrever no arquivo que vai para a Promotoria Pública. "Não sei. Vai ver que ele não é bom da cabeça?"

Richie enrubesceu, mas não recuou.

— Não sei como os médicos chamam, mas você sabe o que estou querendo dizer.

— Na realidade, meu filho, não sei, não. "Não ser bom da cabeça" não é uma razão. Para começar, é algo que tem uma enorme variedade de apresentações, em sua maioria não violentas; e cada uma delas tem algum tipo de lógica, mesmo que não faça sentido para você ou para mim. Ninguém massacra uma família porque, ei, hoje não estou bom da cabeça.

— Você me pediu uma hipótese que cobrisse o que temos. Essa foi a melhor que me ocorreu.

— Uma hipótese embasada em "porque ele não é bom da cabeça" não é uma hipótese. É uma saída barata. E demonstra um raciocínio preguiçoso. Espero mais que isso de você, detetive.

Virei-me de costas para ele e voltei ao trabalho com as gavetas, mas eu podia sentir que ele estava ali atrás de mim, sem se mexer.

— Desembucha.

— O que eu disse àquela mulher Gogan. Que ela não precisava se preocupar com algum tipo de maníaco. Eu só queria impedir que ela ligasse para todos os programas de televisão, mas a verdade é que ela tem o direito de estar apavorada. Não sei que palavra você quer que eu use, mas, se esse cara não for bom da cabeça, ninguém precisa se meter em encrenca. Ele é a própria encrenca.

Fechei a gaveta, encostei-me na cômoda e enfiei as mãos nos bolsos.

— Houve um filósofo, alguns séculos atrás, que disse que você sempre deveria escolher a solução mais simples. E ele não estava falando da resposta fácil. Estava se referindo à solução que envolvesse o acréscimo de menos fatores àquilo que você já tem nas mãos. O mínimo de suposições e conjecturas, o mínimo de desconhecidos que pudessem ter por acaso surgido do nada no meio da ação. Está entendendo aonde quero chegar?

— Você acha que não houve nenhum invasor — disse Richie.

— Errado. Acho que o que temos nas mãos são Patrick e Jennifer Spain, e qualquer solução que os envolva exige menos acréscimos de fora do que uma solução que não os envolva. O que aconteceu aqui veio de um de dois lugares: de dentro ou de fora da casa. Não estou dizendo que não houve um invasor. Estou dizendo que, mesmo que o assassino tenha vindo de fora, a solução mais simples é que o *motivo* veio de dentro.

— Peraí — disse Richie. — Você disse que ainda havia espaço para um azarão. E aquela coisa no alçapão do sótão. Você disse que podia ser para pegar o cara que fez os buracos. O que...?

Dei um suspiro.

— Quando eu disse *azarão,* estava falando no cara que emprestou dinheiro para Patrick Spain gastar no jogo. O cara com quem Jenny estava pulando a cerca. Fiona Rafferty. Eu não estava falando de uma droga de Freddy Krueger. Está entendendo a diferença?

— Estou — disse Richie. Sua voz estava neutra, mas a tensão no queixo mostrava que estava começando a se irritar. — Estou entendendo.

— Sei que esse caso parece... qual foi a palavra que você usou? ... *arrepiante*. Sei que é o tipo de coisa que não deixa a imaginação descansar. Ainda maior motivo para você fincar os pés no chão. A solução mais provável nesse caso ainda é a que era quando vínhamos chegando de carro: um homicídio-suicídio de rotina.

— Aquilo — disse Richie, apontando para o buraco acima da cama —, aquilo não é de rotina. Só para *começar*.

— Como você sabe? Vai ver que todo o tempo livre estava começando a dar nos nervos de Patrick Spain, e ele resolveu se dedicar a algumas melhorias na casa. Ou pode ser que haja alguma coisa errada com a parte elétrica, exatamente como você sugeriu, e ele tenha tentado consertar sem pagar um eletricista. Isso também explicaria por que o alarme não estava ligado. Pode ser que os Spain tivessem um rato afinal de contas, que o apanharam e deixaram a armadilha montada para o caso de seus companheiros virem farejar por ali. Pode ser que esses buracos cresçam de tamanho cada vez que um carro passe pela casa, e eles quisessem o vídeo para levar ao tribunal quando processassem os construtores. Pelo que sabemos, tudo o que há de estranho nesse caso inteiro deriva de construção atamancada.

— É isso mesmo o que você acha? Falando sério?

— O que eu acho, Richie, meu amigo, é que a imaginação é uma coisa perigosa. Regra número 6, ou sei lá qual é o número em que estamos agora: atenha-se à boa solução enfadonha, que exigir menos imaginação, e você se sairá bem.

E voltei a remexer nas camisetas de Jenny Spain. Reconheci algumas etiquetas. Ela tinha o mesmo gosto da minha ex-mulher. Depois de um minuto, Richie abanou a cabeça, girou a moeda de 50 centavos no tampo da cômoda e começou a dobrar a calça cáqui de Patrick. Nós nos deixamos em paz por um tempo.

O segredo pelo qual eu vinha esperando estava no fundo da gaveta de baixo de Jenny, e era um objeto enfiado na manga de um cardigã de cashmere cor-de-rosa. Quando sacudi a manga, alguma coisa saiu ricocheteando pelo carpete espesso: alguma coisa pequena e dura, bem embrulhada num lenço de papel.

– Richie – disse eu, mas ele já tinha largado um pulôver e estava vindo olhar.

Era um broche redondo, do tipo de metal barato que se pode comprar em bancas nas ruas, se você sentir o impulso de usar uma folha de maconha ou o nome de uma banda. A tinta nele estava desgastada e apagada em certos lugares, mas de início ele tinha sido azul-claro. De um lado havia um sorridente sol amarelo; do outro, alguma coisa que poderia ter sido um balão de ar quente ou talvez uma pipa. No meio, estava escrito em letras amarelas, alegres: EU VOU À JOJO's!

– O que você acha disso?

– Me parece de rotina – respondeu Richie, com um olhar impassível.

– A mim também, mas o lugar onde estava não. Só entre nós, você pode me dar uma razão de rotina para isso?

– Pode ser que uma das crianças o tenha escondido ali. Algumas crianças gostam de esconder coisas.

– Pode ser. – Virei o broche na palma da mão. Havia duas faixas estreitas de ferrugem no alfinete, onde ele havia passado tempo demais preso no mesmo pedaço de pano. – Queria saber o que ele é, de qualquer modo. "JoJo's" lhe diz alguma coisa?

Ele fez que não.

– Um bar? Um restaurante? Uma creche?

– Poderia ser. Nunca ouvi falar, mas já poderia estar fechado há muito tempo. Isso não me parece novo. Ou talvez seja nas Maldivas, ou em algum lugar onde eles passaram férias. Mas não entendo por que Jenny Spain precisaria esconder alguma coisa desse tipo. Alguma coisa cara, sim, eu imaginaria ser presente de um amante, mas isso?

– Se ela acordar...

– Nós lhe perguntamos qual é a história. O que não quer dizer que ela vá nos contar.

Embrulhei o broche de volta no seu lenço de papel e apanhei um saco de provas. De cima da cômoda, Jenny sorria para mim, aconchegada na curva do braço de Patrick. Debaixo do cabelo arrumado e por trás de todas as camadas de maquiagem, ela era absurdamente jovem. O ar simples e radiante de triunfo no seu rosto me dizia que, na sua cabeça, o que viria depois daquilo tudo não passava de um clarão dourado. *E viveram felizes para sempre.*

* * *

O humor de Cooper tinha melhorado, provavelmente porque esse caso se situava no extremo da escala do catastrófico. Ele me ligou do hospital assim que terminou de dar uma olhada em Jenny Spain. Àquela altura, Richie e eu tínhamos passado para o guarda-roupa do casal, que continha mais das mesmas coisas. Principalmente, não roupas de marca, mas o que estava no auge da moda e em grande quantidade. Jenny tinha três pares de botas Uggs; nada de drogas, nada de dinheiro, nada comprometedor. Numa velha lata de biscoitos na prateleira superior de Patrick, havia um punhado de hastes murchas; um pedaço de madeira desgastada pelo mar, com tinta verde descascada; uma quantidade de seixos, conchas desbotadas. Presentes das crianças, recolhidos em passeios na praia para dar as boas-vindas ao papai quando chegasse.

– Detetive Kennedy – disse Cooper. – Você vai gostar de saber que a vítima restante continua entre nós.

– Dr. Cooper – disse eu, acionando o viva-voz e segurando o BlackBerry entre mim e Richie, que baixou um punhado de gravatas, muitas Hugo Boss, para escutar. – Obrigado por entrar em contato. Como ela está?

– Seu estado ainda é crítico, mas seu médico acha que ela tem uma excelente chance de sobreviver. – Fiz um *Sim!* mudo para Richie, que respondeu com uma careta indiferente. A sobrevivência de Jenny Spain seria boa para nós, não tanto para ela. – Eu diria que concordo com ele, embora os pacientes vivos não sejam bem minha especialidade.

– Pode nos dizer alguma coisa sobre seus ferimentos?

Fez-se uma pausa enquanto Cooper se perguntava se deveria me fazer esperar pelo laudo oficial, mas o bom humor se manteve.

– Ela sofreu uma série de ferimentos, dos quais alguns são importantes. Um corte que foi do malar direito ao canto direito da boca. Uma lesão penetrante que começa no esterno e desliza de lado para dentro do seio direito. Uma lesão penetrante logo abaixo da parte inferior da omoplata direita. Uma lesão penetrante no abdômen, logo à direita do umbigo. Há também uma série de cortes menores no rosto, pescoço, tórax e braços, que serão detalhados e diagramados no meu laudo. A arma foi uma lâmina simples ou mais de uma, condizente com a que foi usada para esfaquear Patrick Spain.

Quando alguém destrói o rosto de uma mulher, especialmente de uma mulher que é jovem e bonita, é quase sempre pessoal. Com o canto do olho, vi aquele sorriso e aquelas rosas cor-de-rosa, e me virei de costas para eles.

– Ela também foi atingida na nuca, logo à esquerda do eixo vertical, com um objeto pesado, cuja superfície de contato era aproximadamente do tamanho e forma de uma bola de golfe. Há contusões recentes tanto nos pulsos como nos antebraços; as formas e as posições são compatíveis com a contenção forçada durante um confronto. Não há sinal de violência sexual, e ela não teve relações sexuais recentemente.

Alguém tinha atacado Jenny Spain para valer.

– Que tipo de força seria necessário que o agressor (ou agressores) tivesse?

– A julgar pelas bordas das lesões, a lâmina parecia ser extremamente afiada, o que significa que não teria sido necessária nenhuma força especial para infligir as lesões cortantes e perfurantes. Para a lesão traumática por objeto contundente, isso dependeria da natureza da arma. Se ela foi infligida com uma bola de golfe real, na mão do agressor, por exemplo, teria sido necessária uma força considerável; enquanto, se foi infligida, digamos, por uma bola de golfe enfiada na ponta de uma meia comprida, a velocidade substituiria a força, o que significa que uma criança poderia ter causado a lesão. As contusões nos pulsos sugerem que, na realidade, não foi uma criança. Os dedos do agressor escorregaram durante a briga, tornando impossível que eu avaliasse o tamanho das mãos que sujeitaram a sra. Spain, mas posso dizer que não pertenciam a uma criança pequena.

– Existe alguma possibilidade de essas lesões terem sido infligidas por ela mesma? – Verifique e confira tudo, mesmo aquilo que parecer óbvio, ou algum advogado de defesa fará isso no seu lugar.

– Seria necessário que ela fosse extremamente talentosa em sua tentativa de suicídio – disse Cooper, novamente usando sua voz de Encantador de Retardados – para se esfaquear abaixo da omoplata, atingir a si mesma na nuca e depois, na fração de segundo antes de cair inconsciente, esconder as duas armas de modo tão meticuloso que elas não fossem descobertas no mínimo por algumas horas. Como não temos nenhuma prova de que a sra. Spain seja contorcionista e mágica profissional, podemos provavelmente excluir a possibilidade de ela mesma ter infligido os golpes.

– Provavelmente? Ou definitivamente?

– Se duvida de mim, detetive Kennedy – respondeu Cooper, com afabilidade –, fique à vontade para tentar você mesmo. – E desligou.

Richie estava pensando, concentrado, esfregando um dedo atrás da orelha, como um cachorro se coçando.

– E isso tira Jenny de qualquer cogitação – disse ele.

Enfiei o telefone de volta no bolso do paletó.

– Mas não Fiona. E se ela quisesse atingir Jenny, pelo motivo que fosse, bem poderia ter atacado o rosto. Ser a feiosa poderia ter feito um bom estrago ao longo de uma vida inteira. Adeus, irmãzona, caixão lacrado, acabou-se a queridinha da família.

Ele examinou a fotografia do casamento.

– Na realidade, Jenny não é mais bonita. É só mais bem cuidada.

— O resultado é o mesmo. Quando as duas saíam juntas para ir a uma boate, aposto que posso lhe dizer quem recebia todas as atenções masculinas e quem era o prêmio de consolação.

— Mas isso aí foi o casamento da Jenny. Podia ser que ela não fosse assim no dia a dia.

— Aposto que era, sim. Tem mais maquiagem naquela gaveta do que Fiona usou a vida inteira; e só uma peça de roupa de Jenny custa mais do que a soma de tudo o que Fiona está usando. E Fiona sabia disso. Lembra aquele comentário sobre as roupas caras de Jenny? Jenny atrai os olhares. Fiona, não. Só isso. E já que estamos falando em atenção masculina, pense no seguinte: Fiona assumiu uma atitude muito, muito protetora para com Patrick. Ela disse que eles três se conheciam havia muito tempo. Eu gostaria de saber um pouco mais sobre essa história. Já vi triângulos amorosos mais estranhos que esse nesta vida.

Richie concordou em silêncio, ainda examinando a foto.

— Fiona é bem pequena. Acha que ela poderia ter matado um cara do tamanho do Patrick?

— Com uma arma afiada e o elemento surpresa? Sim, acho provável que conseguisse. Não estou dizendo que ela esteja no primeiro lugar da minha lista, mas ainda não podemos riscar o nome dela.

Fiona subiu mais um lugar ou dois na lista, quando voltamos à busca. Escondida no fundo do guarda-roupa de Patrick, por trás da sapateira, estava a arca do tesouro: uma robusta caixa de arquivo cinza. Longe dos olhos – porque não combinava com a decoração –, mas não longe do pensamento: eles tinham guardado ali três anos de praticamente tudo, tudo bem arquivado em perfeita ordem. Senti vontade de dar um beijo na caixa. Se eu precisasse escolher somente uma perspectiva da vida de uma vítima, escolheria o aspecto financeiro antes de qualquer coisa. As pessoas envolvem suas mensagens de correio eletrônico, suas amizades e até mesmo seus diários com múltiplas camadas de cascata, mas o extrato do seu cartão de crédito não mente jamais.

Todo aquele material seria levado para nossa base, para nós podermos nos familiarizar melhor com ele, mas eu queria uma visão panorâmica imediata. Nós nos sentamos na cama – com Richie hesitando um segundo, como se ele pudesse contaminá-la, ou talvez, o oposto – e espalhamos os papéis.

Os documentos importantes estavam em primeiro lugar: quatro certidões de nascimento, quatro passaportes, a certidão de casamento. Eles tinham um seguro de vida, atualizado, que quitava a hipoteca, se qualquer um dos dois morresse. Tinha havido outra apólice, de duzentos mil euros para Patrick e cem mil para Jenny, mas essa tinha vencido durante o verão. O testamento deles deixava tudo um para o outro; se os dois morressem, tudo iria para

Fiona, inclusive a guarda das crianças. Tem muita gente por aí que ia adorar receber umas centenas de milhares de euros e uma casa nova; e que adoraria ainda mais se isso tudo viesse sem duas crianças.

E então chegamos às finanças, e Fiona Rafferty despencou tão fundo na lista que mal dava para vê-la. Os Spain tinham mantido as coisas simples, tudo entrando e saindo de uma conta conjunta única, o que era uma vantagem para nós. E, exatamente como haviam calculado, eles não tinham onde cair mortos. O antigo emprego de Patrick lhe pagara um valor bem razoável como rescisão; mas desde então as únicas entradas de dinheiro foram o seguro-desemprego e o benefício para as crianças. E eles não pararam de gastar. Ao longo de fevereiro, março e abril, o dinheiro não parou de sair da conta no mesmo ritmo de sempre. Em maio, eles tinham começado a reduzir despesas. Em agosto, a família inteira já estava vivendo com menos dinheiro do que eu gasto.

Reduziram pouco demais, tarde demais. A hipoteca estava atrasada havia três meses, e tinham chegado duas cartas da instituição financeira – algum tipo de escritório com o nome de "HomeTime", que fazia pensar no Velho Oeste –, a segunda bem mais desagradável que a primeira. Em junho, os Spain tinham trocado seus celulares de conta por celulares pré-pagos, e tinham praticamente parado de ligar para as pessoas. Os recibos de créditos carregados nos telefones ao longo de quatro meses estavam presos com um clipe, mal chegavam ao que uma adolescente gastaria numa semana. No final de julho, o utilitário esportivo tinha voltado para o lugar de onde veio. Eles estavam com um mês de atraso nas prestações do Volvo, com quatro meses de atraso no cartão de crédito e 50 euros de atraso na conta de energia elétrica. Quanto a seu último extrato, na conta corrente havia € 314,57. Se os Spain tivessem estado metidos em qualquer coisa suspeita, ou eles eram muito incompetentes, ou eram muito, mas muito bons.

Mesmo quando começaram a segurar as despesas, eles ainda tinham mantido a banda larga sem fio. Eu precisava fazer com que a divisão de Crimes da Informática marcasse aquele computador com todos os sinais de urgente. Patrick e Jenny podiam não ter tido ninguém de carne e osso, mas eles tinham a internet inteira com quem conversar, e algumas pessoas dizem no ciberespaço o que não contariam a seus melhores amigos.

De certo modo, era provável que se pudesse dizer que eles estavam duros mesmo antes de Patrick perder o emprego. Ele ganhava bem, mas seu cartão de crédito tinha um limite de seis mil euros e passava a maior do tempo com o limite estourado. Havia um monte de despesas de centenas de euros na Brown Thomas, na Debenhams, alguns websites com nomes femininos vagamente conhecidos – e depois havia os dois financiamentos de carros e a hipoteca. Mas só os inocentes acham que estar duro está relacionado a quanto você ganha e a quanto você deve. Pergunte a qualquer economista: estar duro vem de como você se sente. A dificuldade de obter crédito não aconteceu porque as pessoas um dia acordaram mais pobres do que tinham sido no dia anterior. Ela aconteceu porque as pessoas acordaram apavoradas.

Em janeiro, quando Jenny gastou € 270 num website chamado Shoe 2 You, os Spain estavam indo simplesmente muito bem. Em julho, quando ela estava assustada demais para trocar as fechaduras para se proteger de um intruso, eles já estavam totalmente quebrados.

Algumas pessoas são atingidas por uma onda gigante, se agarram com unhas e dentes e não se soltam. Elas mantêm o foco no lado positivo, sem parar de visualizar um caminho para superar aquilo tudo, até que esse caminho se abra diante delas. Outras não conseguem. O fato de estarem quebradas pode levar as pessoas a lugares que elas nunca teriam imaginado. Ele pode ir empurrando discretamente um cidadão cumpridor das leis na direção daquele precipício cuja borda está se esboroando, onde uns dez tipos de crimes parecem estar apenas a um passo de distância. É uma situação que pode corroer toda uma vida de compostura branda e pacífica, até que só restem dentes, garras e terror. Quase dava para sentir o fedor do medo, desagradável como algas em decomposição, que subia do espaço escuro no fundo do armário, onde os Spain mantinham seus monstros bem trancados.

— Parece que talvez não precisemos correr atrás da história da irmã, no final das contas — disse eu.

Richie passou um polegar pelos extratos bancários outra vez e foi parar naquela última página, entristecedora.

— Meu Deus — disse ele, sacudindo a cabeça.

— Um cara 100%, com mulher e filhos, bom emprego, conseguiu a casa e a vida como queria. De repente, do nada, tudo começa a desmoronar em volta dele. Perde o emprego, perde o carro, está perdendo a casa... Ao que se saiba, Jenny poderia estar planejando deixá-lo agora, que ele não estava sendo o provedor, e levar os filhos com ela. Essa poderia ter sido a gota d'água.

— Tudo em menos de um ano — disse Richie. Ele pôs os extratos bancários em cima da cama ao lado das cartas da HomeTime, segurando-os entre as pontas dos dedos, como se fossem radioativos. — É, isso poderia ter detonado tudo, poderia mesmo.

— Mas ainda estamos lidando com muitas suposições. Se os rapazes de Larry não encontrarem nenhuma prova de alguém de fora; e se a arma aparecer em algum lugar acessível; e se Jenny Spain não acordar e não nos der uma história muito plausível sobre como outra pessoa, que não seu marido, fez tudo isso... Esse caso poderia estar encerrado muito mais depressa do que estivemos pensando.

Foi aí que meu telefone tocou outra vez.

– E aqui vamos nós – disse eu, retirando-o do fundo do bolso. – Quer apostar quanto que essa ligação é de um dos estagiários para dizer que encontraram a arma, bem pertinho?

Era o Homem de Marlboro, e ele estava tão empolgado que sua voz ficou rachada como a de um adolescente.

– Senhor – disse ele. – O senhor precisa vir ver isso aqui.

Ele estava na alameda Ocean View, as duas fileiras de casas – não dava para chamá-la de rua exatamente – entre a Rampa Ocean View e a água. Os outros estagiários, como animais curiosos, esticavam a cabeça por buracos nas paredes, enquanto íamos passando. O Homem de Marlboro acenou para nós de uma janela de primeiro andar.

A construção da casa tinha conseguido chegar até as paredes e o teto, blocos cinzentos cobertos de um emaranhado de trepadeiras verdes. O jardim da frente tinha ervas daninhas e tojos até a altura do peito de um homem, cobrindo a entrada de carros e entrando pelo vão da porta. Precisamos entrar subindo por andaimes enferrujados, sacudindo trepadeiras dos nossos pés e jogando o corpo através de um buraco de janela.

– Eu não tinha certeza se... – disse o Homem de Marlboro. – Quer dizer, sei que o senhor está ocupado, mas o senhor disse para ligar se a gente encontrasse qualquer coisa que pudesse ser interessante. E isso...

Com muito cuidado e com bastante tempo à disposição, alguém tinha transformado o andar superior da casa em sua própria toca. Um saco de dormir, um daqueles de respeito, destinados a expedições quase profissionais na mata, com um pedaço tosco de concreto servindo de peso na parte inferior. Lona plástica de boa espessura, presa com tachas para cobrir as aberturas das janelas e não deixar o vento entrar. Três garrafas de dois litros de água, bem enfileiradas, encostadas numa parede. Um recipiente de plástico transparente em que só cabiam um bastão do desodorante Right Guard, um sabonete, uma toalhinha, uma escova de dentes e um tubo de creme dental. Uma pá e uma escova num canto limpo: nada de teias de aranha por aqui. Uma sacola de supermercado com mais um pedaço de concreto, duas garrafas vazias da bebida esportiva Lucozade, embalagens esmagadas de chocolate e uma casca de pão de sanduíche saindo de um pedaço de alumínio amassado. Um daqueles capuzes de plástico para chuva que as velhas usam, pendurado num prego numa viga. E um binóculo preto, pousado no saco de dormir ao lado de seu estojo em péssimo estado.

Não parecia ser de alta qualidade, mas a verdade é que não tinha necessidade de ser. As aberturas das janelas dos fundos tinham uma visão perfeita para a linda cozinha envidraçada dos Spain, ali embaixo, a uma distância talvez de nove a doze metros. Larry e sua turma estavam conversando sobre alguma coisa ligada a um dos pufes.

— Meu Deus do céu — disse Richie, baixinho.

Eu não disse nada. Estava com tanta raiva que tudo o que teria saído de mim seria um rugido. Cada detalhe que eu conhecia sobre esse caso tinha subido às alturas, virado de cabeça para baixo e se abatido com toda a força em cima de mim. Isso aqui não era o posto de vigia de algum assassino contratado para reaver dinheiro ou drogas — um profissional teria limpado tudo antes de cumprir sua missão. Nós nunca teríamos sabido da sua passagem por ali. Isso aqui era o cara que "não era bom da cabeça" de Richie, alguém que chegava trazendo toda a sua própria encrenca.

Afinal de contas, Patrick Spain era aquele caso único entre cem. Tinha feito tudo direito. Casou-se com a namorada da adolescência. Os dois tiveram dois filhos saudáveis. Ele comprou uma bela casa e se matava de trabalhar para pagar o financiamento e deixá-la cheia e cintilante com todos aqueles objetos que a transformariam na casa perfeita. Ele tinha feito exatamente tudo que se esperava que fizesse. E então chegou esse merdinha, com seu binóculo barato, e reduziu a cinzas cada átomo do que Patrick tinha construído, deixando para Patrick nada, a não ser a culpa.

O Homem de Marlboro olhava ansioso para mim, preocupado com a possibilidade de ter feito outra besteira.

— Ora, ora, ora — disse eu, com frieza. — Parece que Patrick está saindo da nossa mira.

— Isso aqui é como o posto de um atirador de elite — disse Richie.

— É exatamente como o posto de um atirador de elite. Muito bem: todos para fora. Detetive, ligue para seus colegas e diga para eles voltarem para a cena do crime. Diga-lhes para agir com descontração, não como se qualquer coisa importante tivesse acontecido. Mas tratem de ir *agora*.

Richie ergueu as sobrancelhas. O Homem de Marlboro abriu a boca, mas alguma coisa no meu rosto fez com que voltasse a fechá-la.

— Pode ser que esse cara esteja nos observando neste exato momento — disse eu. — Essa é a única coisa que sabemos a respeito dele, não é? Ele gosta de vigiar. Posso garantir que ele esteve por aí a manhã inteira, esperando para ver se gostávamos do seu trabalhinho.

Fileiras de casas parcialmente construídas, à esquerda, à direita e em frente, unidas com seus olhares fixos em nós. A praia às nossas costas, só dunas de areia e grandes moitas de capim sibilante; os morros em cada extremidade, com os amontoados de rochas pontudas nos sopés. Ele poderia ter se escondido em qualquer canto. Para cada lado que olhava, eu tinha a sensação de uma mira voltada para minha testa.

– Toda essa atividade pode tê-lo assustado, fazendo com que recuasse por um tempo. Se estivermos com sorte, ele pode não ter visto que descobrimos este lugar. Mas ele vai voltar. E, quando aparecer, nós queremos que imagine que seu pequeno esconderijo ainda é seguro. Porque, na primeira chance que tiver, ele vai precisar vir aqui em cima: para aquilo. – Com a cabeça, mostrei a visão de Larry e sua equipe, movimentando-se na cozinha iluminada. – Aposto até meu último centavo nisso: ele não vai conseguir ficar longe daqui.

6

Sob todos os aspectos, o assassinato é o caos. Nossa função é, no fundo, simples: nós nos postamos contra isso, defendendo a ordem.

Lembro-me deste país na época em que eu era criança. Íamos à igreja, a família jantava à mesa, e nunca teria passado pela cabeça de um adolescente mandar um adulto ir se foder. Havia muita coisa ruim naquela época, não estou me esquecendo, mas todos nós sabíamos exatamente onde estávamos pisando, e não desrespeitávamos as regras por algum motivo insignificante. Se isso lhe está parecendo alguma ninharia, se parece chato, antiquado ou nem um pouco maneiro, pense no seguinte: as pessoas sorriam para desconhecidos, cumprimentavam os vizinhos, deixavam as portas destrancadas e ajudavam velhinhas a carregar bolsas de compras – e o índice de homicídios beirava o zero.

Em algum momento desde aquela época, nós começamos a nos tornar feras. O lado selvagem permeia o ar como um vírus, e está se espalhando. Basta olhar para as matilhas de adolescentes que perambulam pelas propriedades do centro decadente das cidades, irracionais e desenfreados como babuínos, à procura de alguma coisa ou alguém para destruir. Olhem para os executivos afastando grávidas aos empurrões para conseguir se sentar no trem, usando seus utilitários 4 X 4 para forçar carros menores a sair da frente, esfogueados e indignados quando o mundo tem a audácia de contradizê-los. Observem os adolescentes tendo ataques de gritos e batendo os pés, quando, pelo menos dessa vez, não conseguem alguma coisa no mesmo segundo em que a desejam. Tudo o que nos impede de nos tornarmos animais está se desfazendo, sendo levado de enxurrada como areia, indo embora e desaparecendo.

O último passo para nos tornarmos feras é o homicídio. Nossa função é ficar entre esse passo e você. Quando mais ninguém se dispõe a falar, nós dizemos: *Aqui há regras. Há limites. Há fronteiras que não saem do lugar.*

Não sou nem um pouco dado a fantasias, mas, em noites em que me pergunto se meu dia fez algum sentido, penso no seguinte: a primeira coisa que nós fizemos, quando começamos a nos tornar humanos, foi riscar uma linha de um lado a outro da porta da caverna e dizer: *A natureza indomável fica lá fora*. O que eu faço é o que os primeiros homens faziam. Eles construíam muralhas para proteção contra o mar. Combatiam os lobos para proteger o fogo do lar.

Reuni todo mundo na sala de estar dos Spain – ela era pequena demais, mas eu nunca ia permitir esse nosso bate-papo naquela cozinha-aquário. Os estagiários se agruparam, ombro a ombro, procurando não pisar no tapete nem roçar na tela da televisão, como se os Spain ainda precisassem de convidados com boas maneiras. Eu lhes disse o que havia por trás do muro do jardim. Alguém da Perícia deu um assobio longo e baixo.

– Olhe só, Campeão – disse Larry, confortavelmente instalado no sofá. – Veja bem, não estou questionando o que você disse. Nós dois sabemos que eu não faria isso. Mas não existe a possibilidade de que se trate de algum cara sem-teto que só descobriu um lugar aconchegante para se abrigar por um tempo?

– Com o binóculo, um saco de dormir dos caros e tudo o mais? Não, Lar, não há a menor chance. Aquele posto foi instalado por uma razão: para alguém poder espionar os Spain.

– E ele não é um sem-teto – disse Richie. – Ou melhor, se for, ele tem um lugar onde pode se lavar e lavar o saco de dormir. Não havia mau cheiro.

Dei uma ordem ao estagiário que estava mais perto.

– Entre em contato com a Companhia de Cães para que eles enviem imediatamente um cão de habilidades gerais para cá. Diga que se trata de um suspeito de homicídio e que precisamos do melhor cão rastreador que eles tiverem. – Ele fez que sim e foi recuando para o hall já tirando o celular do bolso. – Enquanto esse cão não tiver a oportunidade de sentir o cheiro do suspeito, ninguém mais entra naquela casa. Vocês todos – disse eu, me dirigindo aos estagiários – podem retomar a busca pela arma, mas desta vez mantenham-se bem longe daquele esconderijo. Saiam aqui pela frente, deem a volta pelos lados da casa e sigam o atalho para a praia. Quando o adestrador chegar, mando uma mensagem de texto para todos, e vocês todos voltarão correndo. Vou precisar de algum caos do lado de fora, aqui na frente: pessoas correndo, gritando, chegando com os faróis altos e a sirene tocando, reunindo-se em grupos para olhar para alguma coisa – criem todo o impacto que quiserem. Então escolham um santo, ou seja lá no que for que vocês acreditem, e façam uma prece para que, se nosso cara estiver vigiando, a bagunça o atraia para a frente para ver o que está acontecendo.

Richie estava encostado numa parede com as mãos nos bolsos.

– Pelo menos, ele deixou o binóculo para trás – disse ele. – Se quiser ver o que está acontecendo, não vai poder ficar só olhando de longe. Vai precisar vir para a frente, chegar perto.

— Nada nos garante que ele não tenha outro binóculo, mas vamos torcer. Se ele chegar perto o suficiente, nós até podemos conseguir pôr as mãos nele, apesar de que talvez isso seja pedir demais. Todo este condomínio é um labirinto. Ele tem esconderijos em quantidade suficiente para aguentar meses a fio. Nesse meio-tempo, o cão vai até o posto, fareja o saco de dormir (o adestrador pode trazer o saco para baixo, se não conseguir que o cão suba lá) e começa a trabalhar. Só um cara da Perícia sobe lá com eles, *com a máxima discrição*, faz um vídeo, tira impressões digitais e vai embora. Tudo o mais pode esperar.

— Gerry — disse Larry, apontando para um rapaz alto e magricela, que reconheceu seu chamado. — A impressão digital mais rápida do Ocidente.

— Ótimo, Gerry. Se conseguir impressões, você vai direto para o laboratório fazer o que sabe fazer. Todos os outros vamos manter a atividade aqui na frente pelo tempo que você precisar, e depois voltamos ao que estávamos fazendo antes. Temos até as seis em ponto. Nessa hora, vamos deixar a área. Qualquer um que esteja trabalhando dentro da casa pode continuar, mas o pessoal de fora precisa dar a impressão de ter levantado acampamento e ido embora passar a noite em casa. Quero que nosso homem acredite que a barra está limpa de verdade.

As sobrancelhas de Larry tinham subido tanto que praticamente estavam tocando na sua careca. Era um risco apostar todo o trabalho da noite contra essa única chance — as recordações de testemunhas podem mudar, mesmo da noite para o dia, chuvaradas podem lavar sangue e cheiros, marés podem carregar para o mar, para sempre, armas jogadas ou roupas ensanguentadas. E correr riscos não é meu jeito de trabalhar, mas esse caso não era como a maioria.

— Assim que escurecer — disse eu —, nós nos deslocamos.

— Você está supondo que o cão não o encontrará — salientou Larry. — Você acha que esse cara sabe o que está fazendo?

Vi que os estagiários se mexiam, à medida que essa ideia os atingia com uma onda de alerta.

— É o que pretendemos descobrir — disse eu. — É provável que não, ou ele teria deixado tudo limpo, mas não vou correr riscos. O pôr do sol é em torno das sete e meia, pode ser que um pouco mais tarde. Por volta das oito ou das oito e meia, assim que não pudermos ser vistos, o detetive Curran e eu vamos nos dirigir para aquele posto, onde passaremos a noite. — Captei o olhar de Richie, e ele concordou em silêncio. — Enquanto isso, dois detetives vão patrulhar o condomínio, repito, sem chamar atenção, alertas para qualquer atividade, principalmente qualquer atividade que se dirija para cá. Alguém se interessa?

Todos os estagiários levantaram a mão. Escolhi o Homem de Marlboro – ele tinha feito por onde – e um garoto que parecia tão jovem que uma noite sem dormir não o deixaria imprestável pelo resto da semana.

– Não se esqueçam de que ele poderia vir tanto de dentro como de fora do condomínio. Poderia estar se escondendo numa casa em ruínas, ou poderia morar aqui, e foi assim que escolheu os Spain para seu alvo. Se virem qualquer coisa interessante, liguem imediatamente para mim. Continuem sem usar o rádio. Precisamos supor que esse cara entenda de aparelhagem de vigilância, tanto que possua um escâner de frequências de rádio. Se alguém parecer promissor, tratem de segui-lo se puderem, mas sua prioridade máxima é certificar-se de que ele não veja vocês. Se vocês tiverem a menor impressão de que ele percebeu sua presença, recuem imediatamente e me avisem. Entendido? – Eles fizeram que sim, e eu prossegui. – Também vou precisar que uma dupla da Polícia Técnica passe a noite aqui.

– Não conte comigo – disse Larry. – Você sabe todo o amor que tenho por você, Campeão, mas já tenho um compromisso hoje e estou velho demais para toda essa atividade a noite inteira, no bom sentido, é claro.

– Nenhum problema. Tenho certeza de que alguém gostaria de receber umas horas extras, certo? – Larry fingiu que deixava o queixo cair até o peito. É que tenho uma reputação de não autorizar horas extras. Parte da equipe da Polícia Técnica concordou. – Vocês podem trazer sacos de dormir e podem se revezar em cochilos na sala de estar, se quiserem. Só preciso que haja algum tipo de atividade visível permanente. Tragam coisas do carro e as levem de volta; tirem amostras de coisas na cozinha; levem seu laptop para lá e ponham na tela algum gráfico que pareça profissional... Sua função é manter nosso suspeito tão interessado que ele não resista à tentação de subir até o posto, apanhar o binóculo e verificar o que vocês estão fazendo.

– Iscas – disse Gerry, o especialista em digitais.

– Isso mesmo. Temos iscas, rastreadores, caçadores, e só nos resta torcer para que nosso suspeito caia na armadilha. Vamos tirar duas horas entre as seis e o anoitecer. Comam alguma coisa; voltem à base se precisarem marcar o ponto; apanhem qualquer coisa que vão querer para a campana. Por enquanto, podem voltar ao que estavam fazendo. Obrigado, meninos e meninas.

Eles foram se dispersando – dois da Perícia, jogando uma moeda para ver quem ganharia as horas extras, dois ou três estagiários estavam tentando me impressionar ou se impressionar uns aos outros, fazendo anotações. Os andaimes tinham deixado marcas de ferrugem na manga do meu sobretudo. Puxei um lenço de papel do bolso e me dirigi para a cozinha para umedecê-lo.

Richie foi atrás.

— Se quiser comer alguma coisa, pode pegar o carro e procurar aquele posto de gasolina que a tal da Gogan mencionou.

— Não é preciso – disse ele, fazendo que não.

— Ótimo. E tudo bem com hoje à noite?

— Tudo. Sem problema.

— Às seis, nós voltamos para a base, passamos as informações para o chefe, apanhamos qualquer coisa que precisarmos, nos encontramos de novo e voltamos para cá. – Se Richie e eu conseguíssemos chegar à cidade bem cedo, e se a reunião com o chefe não se estendesse muito, haveria uma chance mínima de que eu tivesse tempo para apanhar Dina no trabalho e a pôr num táxi para ela ir para a casa de Geri. – Fique à vontade para solicitar horas extras, se quiser. Eu mesmo não vou fazê-lo.

— Por que não?

— Não sou favorável a horas extras. – Os rapazes de Larry tinham fechado a água e tirado o copo do sifão da pia, para a eventualidade de nosso suspeito ter se lavado; mas um restinho de filete ainda saiu pela torneira. Eu o peguei no lenço de papel e esfreguei minha manga.

— Isso eu ouvi. Mas por quê?

— Não sou babá, nem garçom. Não cobro por hora. E não sou algum tipo de político à procura de um jeito de receber três vezes pelo mesmo trabalho. Recebo meu salário para cumprir minha função, não importa o que isso signifique.

Richie não fez nenhum comentário.

— Você tem quase certeza de que esse cara está nos vigiando, não tem? – disse ele.

— Pelo contrário, é provável que ele esteja a quilômetros daqui, no trabalho, se ele tem um emprego e se teve a frieza de comparecer hoje. Mas, como eu disse a Larry, não quero correr riscos.

Pelo canto do olho, vi um movimento rápido, alguma coisa branca. Eu já estava de frente para as janelas, preparado para investir contra a porta dos fundos, antes de me dar conta de que tinha me mexido. Um dos rapazes da Perícia estava lá fora no jardim, agachado numa laje de pedra, colhendo amostras.

Richie deixou que essa minha reação falasse por si mesma, enquanto eu me endireitava e enfiava o lenço de papel na pasta. Só então ele falou.

— Pode ser que "certeza" não seja a palavra correta. Mas você acha que ele está.

A enorme mancha de Rorschach no piso, ali onde o casal Spain tinha sido encontrado, estava ficando escura, se solidificando nas bordas. Acima dela, as janelas ricocheteavam a luz da tarde cinzenta, de um lado para outro, lançando reflexos deslocados, inclinados: remoinhos de folhas, uma nesga de muro, o mergulho vertiginoso de uma ave em contraste com as nuvens.

– É – disse eu. – Acho. Acho que ele está olhando.

E isso nos deixou com o resto da tarde pela frente, a caminho daquela noite. Os enxames da mídia tinham começado a aparecer – mais tarde do que eu tinha calculado. Estava evidente que seus equipamentos de GPS não se entenderam com o lugar mais do que o meu. E lá estavam eles, cumprindo seu papel, debruçando-se sobre a fita de isolamento para tirar fotos das idas e vindas do pessoal da perícia, fazendo relatos ao vivo com o máximo de circunspeção na voz. Na minha opinião, a mídia é um mal necessário: ela vive do animal que existe em nós, pondo na primeira página iscas com sangue de segunda mão para as hienas farejarem; mas a mídia costuma ter sua utilidade, e isso ocorre com frequência suficiente para você querer se manter nas suas boas graças. Chequei meu cabelo no espelho do banheiro dos Spain e saí para fazer uma declaração. Por um segundo, cheguei a pensar em mandar Richie. A ideia de que Dina ouvisse minha voz falando sobre Broken Harbour fez uma onda de azia queimar meu peito.

Ali fora estavam uns trinta deles, de tudo, desde jornais tradicionais a sensacionalistas, de canais de televisão de abrangência nacional à estação de rádio local. Fui tão sucinto e monótono quanto pude, na esperança improvável de que eles só me citassem, em vez de usar a gravação em si. E me certifiquei de que ficassem com a impressão de que todos os quatro membros da família Spain estavam mortos, mortinhos da silva. Meu suspeito sem dúvida ia assistir aos noticiários, e eu queria que ele se sentisse satisfeito e seguro, nenhuma testemunha viva, o crime perfeito, que ele desse a si mesmo parabéns por ser tão bem-sucedido e viesse até ali para dar mais uma olhadinha em sua obra digna de um prêmio.

A equipe de busca e o adestrador de cães não demoraram para chegar, o que significou que tínhamos um elenco bem numeroso para a cena no jardim da frente – a tal mulher Gogan e seu filho pararam de fingir que não estavam olhando e espiavam direto com a porta aberta. Os repórteres praticamente arrebentaram a fita de isolamento, tentando ver o que estava acontecendo, o que considerei um bom sinal. Abaixei-me como que para examinar alguma coisa imaginária no hall, junto com o resto da equipe, gritei algum jargão sem sentido pela porta afora, desci e subi pelo caminho de entrada para ir apanhar coisas no carro. Precisei recorrer a toda a minha força de vontade para não esquadrinhar a confusão de casas em busca de um movimento mínimo, um faiscar de luz refletida em lentes, mas não levantei os olhos nem uma vez.

O cão era um pastor-alemão musculoso e reluzente, que captou o cheiro do saco de dormir num átimo, seguiu-o até o fim da rua e o perdeu. Pedi que o adestrador fizesse o cão percorrer a casa – se nosso suspeito estava observando, eu precisava que ele achasse que foi para isso que tínhamos chamado o cão. Em seguida, mandei a equipe de busca assumir a tarefa de encontrar a arma e despachei os estagiários para outras atribuições. Vão à escola de Emma – depressa, antes que eles encerrem o expediente –, falem com a professora, com os colegas e seus pais. Vão à escola maternal de Jack e façam a mesma coisa. Entrem em todas as lojas perto das escolas, descubram onde Jenny pegou aquelas bolsas de compras que Sinéad Gogan viu, descubram se alguém foi visto seguindo Jenny, descubram se alguém tem imagens gravadas em câmeras de segurança. Vão ao hospital onde Jenny está sendo tratada, falem com qualquer parente que apareça por lá, descubram e rastreiem qualquer parente que não tenha aparecido, certifiquem-se de que todos eles saibam que precisam ficar calados e manter distância da mídia. Vão a todos os hospitais num raio de cem quilômetros, perguntem pelo número de ferimentos de faca na noite de ontem e torçam para nosso suspeito ter se cortado na briga. Liguem para a base e descubram se os Spain chamaram a polícia alguma vez nos seis últimos meses. Liguem para a polícia de Chicago e façam com que eles mandem alguém dar a notícia para o irmão de Pat, Ian. Procurem cada pessoa que mora neste fim de mundo e façam todo tipo de ameaça, até mesmo a de detenção, se contarem para a imprensa qualquer coisa que não contem primeiro para nós. Descubram se viram os Spain; se viram qualquer coisa estranha; se viram absolutamente qualquer coisa.

Richie e eu voltamos para a busca na casa. O clima era diferente, agora que os Spain tinham se transformado naquele quase mito, raro como um pássaro oculto de voz melodiosa que ninguém mais vê com vida: vítimas genuínas, inocentes até os ossos. Tínhamos estado procurando o que eles teriam feito de errado. Agora procurávamos pela coisa que eles nunca poderiam ter suspeitado que estivessem fazendo errado. Os recibos que indicariam quem lhes vendia mantimentos, gasolina, roupas das crianças; os cartões de aniversário que nos diriam quem tinha vindo à festa de Emma; o folheto com a relação das pessoas que tinham comparecido a uma reunião de moradores. Estávamos procurando o chamariz colorido que tinha fisgado alguma coisa simiesca e com garras, que a tinha feito segui-los quando vieram para casa.

O primeiro estagiário a nos ligar de volta foi o que despachei para o maternal de Jack.

– Jack Spain não frequentava essa escola, senhor – disse ele.

Tínhamos tirado o número de uma lista, escrita numa letra feminina, bem redonda, presa acima da mesinha do telefone: médico, posto policial, trabalho – riscado –, escola E, maternal J.

– Nunca frequentou?

– Só frequentou até junho, quando fecharam para o verão. Ele estava na lista de matrículas para este ano; mas em agosto Jennifer Spain ligou e cancelou sua vaga. Ela disse que ia preferir ficar com ele em casa. A administradora da escola acha que o problema foi dinheiro.

Richie inclinou-se mais para perto do telefone. Ainda estávamos sentados na cama do casal Spain, cada vez nos enfurnando mais na papelada.

– James, oi, aqui é Richie Curran. Você pegou o nome de qualquer garoto que fosse amigo de Jack?

– Peguei. Especialmente três coleguinhas.

– Muito bem – disse eu. – Agora vá falar com eles e com os pais. Depois, ligue de volta.

– Dá para você perguntar para os pais quando viram Jack pela última vez? – disse Richie. – E quando foi a última vez que eles trouxeram as crianças até a casa dos Spain para brincar?

– Deixa comigo. Volto a ligar o mais rápido possível.

– Isso mesmo. – E desliguei. – Qual foi o motivo da pergunta?

– Fiona disse que, quando falou com Jenny ontem de manhã, Jenny lhe disse alguma coisa sobre Jack trazer um coleguinha do maternal para casa. Mas, se Jack não estava no maternal...

– Ela podia ter se referido a um amiguinho que ele fez no ano passado.

– Mas não foi isso o que pareceu, certo? Pode ter sido um mal-entendido; mas, como você disse, qualquer coisa que não se encaixe. Não entendo por que Fiona teria mentido para nós sobre isso, ou por que Jenny teria mentido para Fiona, mas...

Mas, se qualquer uma das duas tivesse mentido, seria bom ter conhecimento disso.

– Fiona podia ter inventado a história – disse eu – porque ela e Jenny tiveram uma briga horrorosa ontem de manhã e ela está se sentindo culpada. Jenny podia tê-la inventado porque não queria que Fiona soubesse a que ponto eles estavam quebrados. Regra número 7, acho que é nesse número que estamos: todo mundo mente, Richie. Assassinos, testemunhas, transeuntes, vítimas. Todo mundo.

Os outros estagiários foram ligando, um a um. Segundo os rapazes de Chicago, a reação de Ian Spain foi "perfeita" – a mistura padrão de choque e tristeza, nada que despertasse suspeita. Ian disse que ele e Pat não andavam trocando muitos e-mails, mas que Pat não tinha mencionado nenhuma perseguição, nenhum confronto, ninguém que o estivesse preocupando. Jenny praticamente não tinha mais familiares do que ele – sua mãe tinha aparecido no hospital, e havia uns primos em Liverpool, mas só isso. A reação da mãe também tinha sido perfeita, completa com um acompanhamento quase histérico por não poder ter acesso a Jenny. No final, o estagiário tinha conseguido obter uma declaração simples, se é que tinha algum valor: Jenny e a mãe não tinham muita intimidade, e a sra. Rafferty sabia menos que Fiona sobre a vida que os Spain levavam. O estagiário tentou sugerir que ela fosse para casa, mas ela e Fiona armaram acampamento no hospital, o que pelo menos queria dizer que nós sabíamos onde encontrá-las.

Emma realmente frequentava a escola primária, onde os professores disseram que ela era uma boa menina, de uma boa família: simpática, bem-comportada, que gostava de agradar, nenhum gênio, mas bem capaz de acompanhar a turma. O estagiário pegou uma lista de professores e amigos. Nenhum ferimento suspeito por arma branca nas emergências de hospitais próximos; nenhuma ligação para a polícia por parte dos Spain. A pesquisa de porta em porta não tinha revelado nada: das cerca de 250 residências, 50 ou 60 mostravam sinais de ocupação oficial, talvez na metade dessas houvesse alguém em casa, e ninguém nessas duas dúzias sabia grande coisa sobre os Spain. Nenhuma dessas pessoas achava que tinha visto ou ouvido nada de estranho, mas elas não podiam ter certeza porque sempre havia o pessoal que vinha ali para dirigir em alta velocidade carros furtados; sempre havia os adolescentes meio desvairados que rondavam as ruas desertas, armando fogueiras e procurando coisas para destruir.

Descobriu-se que as compras de Jenny tinham sido feitas no supermercado na cidadezinha de tamanho razoável mais próxima, onde, por volta das quatro da tarde do dia anterior, ela havia comprado leite, carne moída, batatas fritas e alguns outros itens dos quais a garota da caixa não se lembrava – a loja estava cooperando na busca da cópia do recibo e das imagens da câmera de segurança. Jenny tinha parecido estar bem, disse a garota, apressada e um pouco nervosa, mas gentil. Ninguém tinha conversado com a família, ninguém os tinha acompanhado quando saíram, pelo menos não que a garota tivesse visto. Ela só se lembrava deles porque Jack não parava de pular no carrinho, cantando; e, enquanto ela passava as compras no cartão, ele lhe havia dito que ia se fantasiar como um bicho grande e assustador para o Halloween.

A busca descobriu pequenas coisas, despojos deixados pela maré baixa. Álbuns de fotografias, cadernetas de endereços, cartões com parabéns aos

Spain pelo noivado, pelo casamento, pelos filhos; recibos de um dentista, de um médico, de um farmacêutico. Todos os nomes e todos os telefones foram para meu caderno. Aos poucos, a lista de interrogações ia ficando mais curta, e a lista de possíveis pontos de contato ia se encompridando.

O pessoal de Crimes da Informática ligou para mim no fim da tarde, para dizer que eles tinham dado uma olhada preliminar no que eu lhes havia enviado. Estávamos no quarto de Emma: eu estava revirando sua mochila da escola (um monte de desenhos de lápis de cera em tons de cor-de-rosa, HOJE EU SOU UMA PRINCESA, escrito em maiúsculas cuidadosas e hesitantes). Richie estava agachado no chão, folheando os contos de fadas na estante da menina. Sem ela ali e com a cama desfeita – os rapazes do necrotério a enrolaram nos lençóis e levaram tudo junto, para a eventualidade de que nosso suspeito tivesse deixado pelos ou fibras enquanto fazia o que fez –, o quarto estava tão vazio que sugava todo o fôlego da gente, como se ela tivesse sido levada havia um milênio, e ninguém mais tivesse entrado ali desde então.

O técnico chamava-se Kieran, Cian ou coisa que o valha. Era jovem, falava depressa e estava gostando do serviço. Estava claro que aquilo era muito mais parecido com o que ele imaginava fazer quando foi contratado do que ficar pesquisando discos rígidos em busca de pornografia infantil, ou fosse lá o que fosse que geralmente fazia no seu dia a dia. Nada digno de atenção nos telefones, e nada de interessante nas babás eletrônicas, mas o computador era outra história. Alguém tinha feito uma limpeza nele.

— Então não vou ligar a máquina e destruir todas as horas de acessos nos arquivos, certo? Além do mais, ao que eu saiba, alguém pode ter instalado um dispositivo que apague tudo quando ele for ligado. Por isso, a primeira coisa que eu faço é uma cópia do disco rígido.

Passei o celular para viva-voz. Muito acima de nós, circulava o zumbido insistente e desagradável de um helicóptero, baixo demais. Era a imprensa. Um dos estagiários teria de descobrir de quem se tratava e avisar para que eles não retransmitissem imagens do esconderijo.

— Ligo o disco copiado na minha própria máquina e procuro o histórico do navegador. Se houver qualquer coisa boa no computador, é ali que você vai encontrá-la. Só que esse computador *não tem* histórico de navegação. Tipo, nada. Nem uma página.

— Quer dizer que eles só usavam a internet para mandar e-mail. — Eu sabia que estava errado: havia as compras de Jenny online.

— *Bzzt*, valeu a tentativa. Ninguém usa a internet só para e-mail. Até minha *avó* conseguiu descobrir sozinha um site de fãs do Val Doonican, e ela só tem um computador, porque eu lhe dei um para ela não ficar deprimida quando meu avô morreu. É possível configurar o navegador para apagar seu histórico todas as vezes que você sair, mas a maioria das pessoas não faz isso. Essa configuração a gente vê em computadores públicos, lan houses, coisa desse tipo. Não em computadores domésticos. De qualquer forma, verifiquei. E não, o navegador não está configurado para limpar o histórico. Por isso, fui olhar qualquer atividade de limpeza no histórico da navegação e nos arquivos temporários. E lá estava: às 4:08 da manhã de hoje, alguém deletou manualmente tudo isso.

Richie, ainda ajoelhado no chão, olhou nos meus olhos. Tínhamos ficado tão concentrados no posto de vigilância e na invasão que não tinha nos ocorrido que nosso suspeito pudesse ter meios mais sutis de ir e vir, passagens menos visíveis que lhe permitiam perambular pela vida dos Spain. Precisei me conter para não olhar por cima do ombro, para me certificar de que nada estava me vigiando de dentro do guarda-roupa de Emma.

— Bom trabalho — disse eu. Mas o técnico não tinha parado.

— Agora, eu quero saber o que mais esse cara fez enquanto estava mexendo nas coisas ali dentro, certo? Por isso, inicio uma varredura em busca de qualquer outra coisa que tenha sido deletada mais ou menos na mesma hora. E adivinhe o que aparece? O arquivo inteiro do Outlook. Detonado. Às 4:11 da madrugada.

Richie estava com o caderno apoiado na cama e fazia anotações.

— Esse é o e-mail deles?

— É, sim. *Todos* os e-mails deles. Tipo tudo que eles um dia enviaram e receberam. Os endereços de e-mail também.

— Mais alguma coisa foi deletada?

— Não, só isso. Tem um monte de outras coisas no computador: o básico, como fotos, documentos e música. Mas nenhum desses arquivos foi acessado ou modificado nas últimas 24 horas. O seu suspeito entrou aí, foi direto atacar tudo que estivesse ligado a atividades online e saiu.

— Nosso "suspeito"? — disse eu. — Você tem certeza de que os próprios donos não fizeram isso?

— Nenhuma chance — disse Kieran ou Cian, bufando com desdém.

— Por que não?

— Porque eles não são exatamente o que se pode chamar de gênios da informática. Sabe o que está nesse computador, bem direto na área de trabalho? Um arquivo chamado, isso eu não ia conseguir inventar, "Senhas". Nesse arquivo estão, vocês não vão acreditar, *todas* as senhas dessas pessoas. De e-mail, transações bancárias online, tudo. Mas essa ainda não é a melhor parte. Eles usavam a mesma senha para um monte de coisas, com uma quantidade de fóruns, para o eBay, para o próprio computador: "EmmaJack." De cara isso me causou uma impressão ruim, mas sou partidário de dar às pessoas algum crédito. Então antes de começar a bater com a cabeça no teclado, ligo para Larry e pergunto se os donos do computador têm pirralhos e como eles se chamam. Ele responde... preparem-se para essa... Emma e Jack.

— Vai ver que eles acharam que, se o computador fosse roubado, seria por alguém que não soubesse o nome dos filhos, e não conseguiria nem ligar a máquina e ler o tal arquivo para começo de conversa.

O técnico deu um suspiro vigoroso que dizia que ele tinha acabado de me relegar à mesma categoria dos Spain.

— Hum, nada disso. Minha namorada se chama Adrienne, e eu arrancaria meus próprios olhos antes de usar o nome dela como senha para *qualquer coisa*, porque sigo *normas*. Pode acreditar em mim. Qualquer um sem noção o suficiente para usar como senha a droga do *nome* dos filhos mal consegue limpar a própria bunda, muito menos limpar um disco rígido. Foi outra pessoa.

— Outra pessoa com conhecimento de informática.

— Bem, com algum conhecimento, sim. Seja como for, mais do que os donos. Não precisamos estar falando de um profissional, mas de alguém que sabia mexer na máquina.

— Quanto tempo teria demorado?

— A coisa toda? Não muito tempo. Ele desligou o computador às 4:17. Entrou e saiu em menos de dez minutos.

— Esse cara teria sabido que você ia descobrir o que ele tinha feito? — perguntou Richie. — Ou será que ele pensou que estava apagando seu rastro?

O técnico fez um barulhinho evasivo.

— Depende. Muita gente lá fora acha que nós somos um bando de selvagens caipiras com um cérebro que mal chega para encontrar o botão de ligar o computador. E uma boa quantidade de caras conhece informática o suficiente para acabar na merda, especialmente se estiver com pressa, o que imagino que fosse o caso do seu suspeito, certo? Se ele quisesse mesmo excluir aqueles arquivos totalmente ou se estivesse determinado a não deixar pistas, para que eu nunca soubesse que alguém tinha tocado no computador, existem meios para isso, programas específicos para deletar, mas é uma tarefa que leva mais tempo e exige mais inteligência. Seu suspeito estava com falta de um ou da outra, ou dos dois. Numa visão geral, eu apostaria que ele sabia que a gente teria condição de detectar o que ele fez.

Mesmo assim, ele foi em frente e fez. Tinha de haver alguma coisa importantíssima no computador.

— Diga que você tem como recuperar esses arquivos — disse eu.

— Em parte, sim, é provável. A questão é quanto. Temos programas de recuperação que vou tentar usar, mas, se esse suspeito gravou por cima dos arquivos deletados algumas vezes, que é o que eu teria feito, no lugar dele, nesse caso os arquivos vão estar meio truncados. As porcarias já se corrompem facilmente, só pelo uso normal; acrescente uma tentativa mal-intencionada de apagá-los, e nós podemos terminar com nada mais que uma sopa de dados. Mas deixem comigo.

Parecia que ele estava louco para mergulhar no serviço.

– Faça o que puder – sugeri. – Vamos torcer por você.

– Não precisa. Se eu não conseguir derrotar algum amador de meia-tigela com seu botão de "delete", é melhor eu pendurar as chuteiras de uma vez e procurar uma vaga no inferno do suporte técnico. Vou conseguir alguma coisa para vocês. Confiem em mim.

– "Amador de meia-tigela" – disse Richie, quando guardei meu celular. Ele ainda estava de joelhos, no chão, distraído, passando um dedo por um porta-retrato na estante: Fiona e um cara de cabelo castanho solto, segurando no colo Emma bem pequena, escondida no volumoso vestido de renda do batizado, todos os três sorrindo. – Mas ele conseguiu passar pela senha para iniciar o computador.

– É verdade – disse eu. – Ou o computador já estava ligado quando ele chegou, no meio da noite, ou ele sabia o nome das crianças.

– *Campeão* – disse Larry, todo alegre, afastando-se das janelas da cozinha, quando nos viu chegar ao vão da porta. – Era exatamente em você que eu estava pensando. Venha cá e traga esse rapaz junto. Vocês vão ficar muito, muito satisfeitos comigo.

– Bem que eu queria ficar satisfeito com alguma coisa agora. O que você tem para nós?

– O que o faria achar que ganhou o dia?

– Direto ao assunto, Lar. Não estou com energia para tentar adivinhar. O que você conseguiu com sua magia?

– Nada de magia na história. Foi só a antiquada boa sorte. Você sabe que seus policiais fardados invadiram a cena como uma manada de búfalos na estação da monta?

Agitei um dedo para ele, fazendo que não.

– Os policiais fardados *não são meus*, meu caro. Se eu tivesse policiais fardados, eles passariam sorrateiros, na ponta dos pés, pelas cenas de crimes. Você nunca saberia que eles tinham estado ali.

– Bem, nesse caso, eu soube direitinho que eles tinham estado aqui. É claro que eles precisavam salvar a vida de uma vítima; mas, vou te contar, parece que eles se *espojaram* no chão, ou sei lá o quê. Seja como for, achei que íamos precisar de um milagre para conseguir qualquer coisa que não viesse de uma bota de borracha enorme e pesada. Mas de algum modo, acredite você ou não, eles conseguiram não destruir toda a cena. Meus garotos encontraram impressões palmares. Três. No sangue.

— Vocês são umas *pérolas* – disse eu. Dois ou três técnicos agradeceram, com um gesto de cabeça. Seu ritmo estava começando a se desacelerar. Estavam chegando ao final do trabalho, reduzindo a marcha para se certificarem de não ter deixado passar nada. Todos pareciam cansados.

— Não se precipite – disse Larry. – Essa não é a parte principal. Detesto precisar lhe dar essa informação, mas seu suspeito usava luvas.

— *Merda* – disse eu. Hoje em dia, mesmo o criminoso mais debiloide sabe que deve usar luvas, mas a gente sempre torce para haver uma exceção, aquele cara tão descontrolado pelo impulso que todas as outras ideias fogem da sua cabeça.

— Trate de não se queixar, você aí. Pelo menos, encontramos provas de que outra pessoa esteve na casa ontem de noite. E aqui estava eu pensando que isso teria algum valor.

— Tem muito valor. – A lembrança de mim mesmo no quarto de Pat, jogando levianamente toda a culpa nos ombros dele, me atingiu com um choque de repulsa. – As luvas não contam ponto contra você, Lar. Mantenho o que disse: você é uma pérola.

— Bem, é claro que sou. Venha cá e dê uma olhada.

A primeira impressão era de uma palma e cinco pontas de dedos, à altura do ombro, numa das janelas de vidro blindado que davam para o jardim dos fundos.

— Está vendo a textura, aqueles pontinhos? – perguntou Larry. – É couro. Mãos grandes, também. Não se tratava de nenhum tampinha.

A segunda estava em volta da borda superior da estante das crianças, como se nosso suspeito tivesse tentado se agarrar ali para recuperar o equilíbrio. A terceira era uma impressão plana na tinta amarela da mesa do computador, ao lado do leve contorno do lugar onde a torre ficava, como se ele tivesse pousado a mão ali enquanto lia tranquilamente o que estava na tela.

— E nós descemos exatamente para lhe fazer essa pergunta. O computador. Vocês chegaram a tirar alguma impressão dele, antes de mandá-lo para o laboratório?

— Nós tentamos. Qualquer um imaginaria que um teclado fosse a superfície dos sonhos para impressões digitais, certo? Como estariam enganados. As pessoas não usam a ponta do dedo inteira para tocar na tecla... só uma fração minúscula da superfície, e além disso a tecla é atingida um monte de vezes, a ângulos ligeiramente diferentes... É como alguém pegar um papel e imprimir cem palavras diferentes, uma por cima da outra, e depois imaginar que nós possamos descobrir de que frase elas saíram. O mais seguro é o mouse... conseguimos duas ou três parciais que talvez sejam úteis. Fora isso, nada de tamanho ou nitidez suficientes para ser usado num tribunal.

— E sangue? Especificamente no teclado ou no mouse?

Larry fez que não.

— Havia alguns respingos no monitor, umas duas gotas do lado do teclado. Mas nenhum borrão nas teclas ou no mouse. Ninguém os usou com sangue nos dedos, se é isso o que você quer saber.

— Então parece que o computador veio antes dos assassinatos... pelo menos antes dos adultos. É muita frieza que o cara tem, se ficou sentado aqui remexendo no histórico deles na internet enquanto eles dormiam lá em cima.

— O computador não veio necessariamente antes do resto — disse Richie. — As luvas eram de couro. Deviam estar duras, especialmente se estivessem ensanguentadas. Pode ser que ele não conseguisse digitar com elas e as tirou. Elas tinham mantido seus dedos longe do sangue...

A maioria dos novatos nas primeiras saídas fica de boca fechada e concorda em silêncio com tudo o que digo. Em geral é assim mesmo que deve ser; mas, de vez em quando, ao ver outros parceiros discutirem e rebaterem teorias para lá e para cá, chamando-se mutuamente de todos os matizes de imbecil, sinto uma fisgada de alguma coisa que poderia ser solidão. Trabalhar com Richie estava começando a ser bom.

— Quer dizer que ele ficou ali remexendo no histórico da internet de Pat e Jenny enquanto os dois se esvaíam a menos de um metro e meio dele — disse eu. — Seja como for, é muita frieza.

— Ei, pessoal? — disse Larry, acenando para nós. — Estão lembrados de mim? Lembram-se de como eu disse que as impressões de mãos não eram o mais importante?

— Gosto de deixar a sobremesa por último — disse eu. — Quando você se dispuser, Larry, nós adoraríamos saber da melhor parte.

Ele pegou cada um de nós por um cotovelo e fez com que nos virássemos para a grande faixa de sangue em coagulação.

— Aqui é onde a vítima do sexo masculino estava, certo? De bruços, a cabeça na direção da porta do hall, os pés para o lado da janela. De acordo com os seus búfalos, a mulher estava à esquerda, deitada sobre o lado esquerdo do corpo, de frente para ele, encostada nele, com a cabeça pousada no braço do marido. E, a menos de meio metro de onde teriam estado as costas dela, temos *isso aqui*.

Ele apontou para o chão, para a confusão de sangue, no estilo de Jackson Pollock, que se irradiava em torno da poça.

— Uma pegada?

— Na realidade, umas *duzentas* pegadas, que Deus nos ajude. Mas dá uma olhada nesta aqui.

Richie e eu nos curvamos mais perto. A pegada era tão leve que eu mal a conseguia ver em contraste com o desenho marmorizado do piso, mas Larry e seus rapazes veem coisas que todos nós não vemos.

— Esta aqui é especial — disse Larry. — É uma pegada do tênis esquerdo de um homem, tamanho 44 ou 45, deixada no sangue. E agora ouçam isso: ela não pertence a nenhum dos dois policiais fardados, nem pertence a nenhum dos dois socorristas. Tem *gente* que tem a inteligência de usar capas de proteção para sapatos. E também não pertence a nenhuma das duas vítimas.

Ele estava tão satisfeito que parecia que seu macacão ia estourar. Tinha todo o direito de estar feliz.

— Larry — disse eu —, acho que eu te amo.

— Pode entrar na fila. Mas não quero que vocês esperem demais disso aqui. Para começar, é só uma meia pegada. Um dos seus búfalos desfez a outra metade. E por outro lado, a menos que seu suspeito seja um perfeito idiota, esses tênis já estão no fundo do mar da Irlanda. Mas, *se* vocês conseguirem pôr a mão nele, é aqui que entra a sorte. A pegada é perfeita. Eu não poderia ter tirado uma melhor. Quando levarmos as fotos para o laboratório, vamos poder lhe dizer o tamanho e, se vocês nos derem tempo, é muito possível que tenhamos a marca e o modelo. Encontrem o sapato verdadeiro, e eu lhes dou o resultado da comparação no prazo de um minuto.

— Valeu, Larry. Você estava certo, como sempre. Essa descoberta é importante.

Eu tinha olhado nos olhos de Richie e comecei a me dirigir para a porta, mas Larry me pegou pelo braço.

— Eu por acaso disse que tinha terminado? Agora, isso é só uma impressão preliminar, Campeão. Você sabe como funciona. Não diga que eu disse nada, ou teremos que nos divorciar. Mas você disse que queria qualquer coisa que pudéssemos lhe dar sobre como a briga poderia ter sido.

— E eu não digo sempre? Todas as contribuições são aceitas com gratidão.

— Parece que a briga ficou restrita a este aposento, exatamente como você pensou. Aqui dentro, porém, ela foi acirrada. Ocupou toda a largura da cozinha... Bem, isso vocês podem ver por si mesmos, só pela destruição causada, mas estou me referindo à parte que se seguiu ao início das facadas. Temos um pufe lá naquele canto que foi rasgado por uma faca ensanguentada; temos uma grande área de respingos de sangue na parede deste lado, acima da mesa; e contamos no mínimo nove espirros separados entre um ponto e o outro. — Larry apontou e os espirros de sangue de repente saltaram da parede na minha direção, nítidos como se fossem de tinta. – É provável que alguns desses sejam provenientes do braço da vítima masculina. Você ouviu o que Cooper disse, ele estava sangrando por toda parte. Se movimentou o braço para se defender, ele fez o sangue esguichar. E é provável que alguns espirros tenham vindo do cara que tinha a arma na mão. Seja como for, entre eles dois, houve muita movimentação mesmo. E os respingos estão a alturas diferentes, ângulos diferentes. Seu suspeito estava apunhalando, enquanto as vítimas reagiam, enquanto estavam no chão...

O ombro de Richie teve um sobressalto. Ele tentou disfarçar coçando-o, como se tivesse sido picado por algum inseto.

– Na realidade, é uma grande vantagem – disse Larry, quase com delicadeza. – Quanto mais suja a briga, mais provas são deixadas para trás: impressões, cabelos, fibras... Prefiro sempre uma cena de crime bem ensanguentada.

Indiquei a porta que dava para o corredor.

– E para aquele lado? Eles chegaram a se aproximar?

– Parece que não – disse Larry, com um gesto negativo. – Nadica de nada a menos de um metro e meio daquela porta: nenhum sangue espirrado, nenhuma pegada ensanguentada, a não ser as dos policiais fardados e dos socorristas. Nada fora do lugar. Tudo como Deus e os decoradores pretendiam.

– Eles tinham um telefone aqui dentro? Sem fio, quem sabe?

– Se tinham, não o encontramos.

– Percebeu aonde quero chegar? – perguntei a Richie.

– Percebi. O fixo está lá na mesa no hall.

– Certo. Por que Patrick ou Jennifer não foram ligar para o 999, ou pelo menos não tentaram ir? Como o cara conseguiu conter os dois ao mesmo tempo?

Richie deu de ombros. Seus olhos ainda estavam percorrendo a parede dos fundos, de um espirrado de sangue para outro.

– Você ouviu o que aquela tal de Gogan disse. Nós não temos uma reputação tão boa assim aqui no condomínio. Eles podem ter calculado que não fazia sentido.

A imagem forte passava na parede interna do meu crânio: Pat e Jenny Spain, imersos até o pescoço naquele terror, acreditando que estávamos longe demais e que éramos indiferentes demais para valer a pena ligar para nós, que todas as proteções do mundo os tinham abandonado; que eram só eles dois, com a escuridão e o mar rugindo por todos os lados, só eles dois contra um homem com uma faca numa das mãos e a morte dos seus filhos na outra. A julgar pela tensão que surgiu no queixo de Richie, ele estava visualizando a mesma coisa.

– Outra possibilidade é a de dois confrontos separados. Nosso suspeito faz o que fez no andar de cima, e então Pat ou Jenny acorda e o ouve quando ele está de saída. Pat parece mais plausível. Seria menos provável que Jenny saísse para investigar sozinha. Ele vai atrás, alcança o cara aqui na cozinha, tenta não desgrudar dele. Isso explicaria a arma de oportunidade e a extensão da luta: nosso suspeito está tentando se livrar de um cara grande, forte e furioso. A briga acorda Jenny; mas quando ela chega aqui, o suspeito já derrubou Pat, o que o deixa livre para lidar com ela. Tudo isso poderia ter sido muito rápido. Não leva muito tempo para fazer esse tipo de lambança, não quando está envolvida alguma arma branca.

– Isso faria das crianças os alvos principais – disse Richie.

– De qualquer modo, é o que está parecendo. Os assassinatos das crianças são organizados e limpos. Lá havia algum tipo de plano, e tudo correu de acordo com esse plano. A questão com os adultos foi uma confusão sangrenta e descontrolada, que facilmente poderia ter terminado de outro modo. Ou bem ele estava planejando não dar de cara com os adultos de modo algum; ou ele tinha um plano para eles também, e alguma coisa não deu certo. De uma forma ou de outra, ele começou com as crianças. Isso me diz que provavelmente elas eram sua prioridade.

– Ou então – disse Richie – poderia ser o contrário. – Seus olhos tinham se afastado de mim outra vez, voltando para o caos. – Os adultos eram o alvo principal, ou pelo menos um deles era, e essa sangueira toda também fazia parte do plano. Era isso o que ele queria. As crianças eram só alguma coisa da qual ele precisava se livrar, para que elas não acordassem e não atrapalhassem a farra.

Com delicadeza, Larry tinha enfiado um dedo por dentro do capuz e estava coçando o lugar onde deveria estar o contorno do seu cabelo. Ele estava ficando entediado com todo aquela blá-blá-blá psicológico.

– Não importa onde ele tenha começado, eu diria que ele terminou saindo pela porta dos fundos, não pela frente. O hall está limpo; a entrada de carros, também. Mas nós encontramos três manchas de sangue nas pedras do calçamento do jardim dos fundos. – Ele acenou para que fôssemos até a janela e apontou: tiras bem colocadas de fita amarela, uma imediatamente do lado de fora da porta, duas junto da borda da grama. – A superfície é irregular, por isso não vamos poder lhes dizer que tipo de manchas. Poderiam ser pegadas, ou marcas deixadas no lugar em que um objeto ensanguentado caiu no chão. Poderiam também ser gotículas que de algum modo ficaram borradas, como se ele estivesse sangrando e depois pisasse no sangue. Uma das crianças poderia ter ralado o joelho dias atrás, ao que se saiba nesse estágio. Só podemos dizer que elas estão lá.

— Então ele tem uma chave da porta dos fundos – disse eu.

– Isso ou um teletransportador. E nós descobrimos mais uma coisa no jardim que eu achei que você poderia querer saber. Com essa armadilha no sótão e tudo o mais.

Larry remexeu os dedos na direção de um de seus rapazes, que pegou um saco de provas de uma pilha e o exibiu.

– Se não for do seu interesse – disse ele –, nós simplesmente o jogamos fora. Troço mais nojento.

Era um tordo, ou a maior parte de um. Sua cabeça tinha sido arrancada, uns dois dias antes. Umas coisas descoradas se remexiam no buraco escuro rasgado.

– É do nosso interesse – disse eu. – Alguma possibilidade de vocês descobrirem o que o matou?

– Não é minha área mesmo, mas um dos caras lá do laboratório gosta de atividades na natureza nos fins de semana. Sai de mocassim para rastrear texugos, ou sei lá o quê. Vou ver o que ele diz.

Richie estava se debruçando para olhar mais de perto para o passarinho: garras minúsculas retesadas, farelos de terra grudados nas plumas coloridas do peito. Ele estava começando a cheirar mal, mas Richie pareceu não se dar conta disso.

– A maioria das criaturas, se o matasse, o comeria. Gatos, raposas, qualquer bicho desse tipo: eles teriam tirado as entranhas. Eles não matam só por matar.

– Eu não teria imaginado que você fosse do tipo conhecedor do mato – disse Larry, arqueando uma sobrancelha.

– Não sou mesmo – respondeu Richie, dando de ombros. – É que me designaram por um tempo para o campo, em Galway. Aprendi umas coisinhas ouvindo o que o pessoal de lá dizia.

– Em frente, então, Crocodilo Dundee. O que tiraria a cabeça de um tordo e deixaria o resto?

– Vison, quem sabe? A marta comum?

– Ou um ser humano – disse eu. Não foi na armadilha no sótão que pensei, no instante em que vi o que restava daquele tordo. Foi em Emma e Jack, saindo aos pulos para brincar no jardim um dia de manhã cedo e encontrando aquilo, no meio da grama e do orvalho. Daquele esconderijo, alguém teria uma visão perfeita. – São esses que matam por matar, o tempo todo.

Às 17:40, nós já estávamos repassando a área de brinquedos, e a luz do lado de fora das janelas da cozinha começava a se esfriar com o anoitecer.

— Dá para você terminar por aqui? – disse eu a Richie. Ele olhou para mim, sem fazer perguntas.

— Nenhum problema.

— Volto daqui a quinze minutos. Esteja pronto para retornarmos à base.
— Levantei-me. Meus joelhos deram um tranco e estalaram, eu estava ficando muito velho para esse trabalho. E deixei Richie ali agachado, revirando livros ilustrados e estojos plásticos de lápis de cera, cercado pelos respingos de sangue que já não tinham utilidade para Larry e sua equipe. Quando saí, meu pé derrubou algum tipo de bichinho de pelúcia azul, que deu um riso muito agudo e começou a cantar. Sua cantilena fina, doce e mecânica me acompanhou pelo hall e porta afora.

À medida que o dia ia sumindo, o condomínio começava a ganhar vida. A mídia tinha levantado acampamento e ido embora, levando junto seu helicóptero, mas, na casa em que tínhamos conversado com Fiona Rafferty, um grupo de meninos pequenos estava correndo de um lado para outro, balançando nos andaimes e fingindo empurrar uns aos outros das janelas altas, silhuetas escuras dançando em contraste com o céu de fogo. No final da rua, um aglomerado de adolescentes estava relaxando, jogados num muro em volta de um jardim coberto de mato, nem mesmo fingindo não estar fumando, bebendo ou olhando para mim. Em algum lugar, alguém estava dando voltas furiosas numa moto grande sem silencioso; ainda mais longe, um rap bombava sem trégua. Pássaros em mergulho entravam e saíam de vãos vazios de janelas, e, à margem da rua, alguma coisa fugiu apressada numa pilha de tijolos e arame farpado, provocando uma minúscula avalanche de poeira.

A entrada dos fundos do condomínio era composta de dois enormes pilares de pedra. Sua abertura dava para uma faixa de capim alto e ondulante que tinha se adensado no lugar onde o portão deveria estar. O capim sussurrava num tom tranquilizador e se agarrava aos meus tornozelos, puxando-me para trás, enquanto eu descia pela encosta suave na direção das dunas.

A equipe de busca estava na linha da maré, revirando algas e os buracos borbulhantes onde os búzios se enterravam. Um a um, eles se endireitaram, quando me viram chegar.

— Tiveram sorte?

Eles me mostraram sua carga de sacos de provas, como crianças friorentas que voltam cansadas para casa com o que encontraram ao final de um longo dia de alguma gincana grotesca. Pontas de cigarro, latas de sidra, camisinhas usadas, fones de ouvido quebrados, camisetas rasgadas, embalagens de alimentos, sapatos velhos. Cada casa vazia tinha tido alguma coisa a oferecer; cada casa vazia tinha sido reivindicada e colonizada por alguém – crianças procurando um lugar onde pudessem se desafiar; casais procurando privacidade ou emoção; adolescentes procurando alguma coisa para destruir; seres procurando um lugar para procriar e se desenvolver: camundongos, ratos, pássaros, ervas daninhas, pequenos insetos diligentes. A natureza não permite que nada fique vazio, não deixa que nada se perca. No instante em que os pedreiros, os incorporadores e os corretores de imóveis saíram dali, outras criaturas tinham começado a ocupar o espaço.

Algumas das descobertas valiam a pena: duas armas brancas — um canivete quebrado, provavelmente pequeno demais para ser nossa arma, e uma faca de lâmina escamoteável, que poderia ter sido interessante, só que metade estava tomada pela ferrugem —, três chaves de porta que precisariam ser comparadas com as fechaduras dos Spain, um cachecol com uma marca escura e dura que talvez se revelasse ser sangue.

— Bons achados — disse eu. — Entreguem tudo a Boyle, da Polícia Técnica, e vão para casa. Amanhã de manhã, às oito em ponto, retomem de onde pararam. A essa hora estarei acompanhando as autópsias, mas virei para cá assim que puder. Obrigado, senhoras e senhores. Bom trabalho.

Eles foram subindo com esforço pelas dunas rumo ao condomínio, descalçando luvas e esfregando o pescoço dolorido. Fiquei onde estava. A equipe suporia que eu estava tirando um momento tranquilo para pensar no caso, calculando a matemática sinistra das probabilidades, ou permitindo que rostos pequenos e mortos tivessem oportunidade para invadir minha cabeça. Se nosso suspeito estivesse me vigiando, ele calcularia a mesma coisa. Mas eu não estava. Eu tinha designado esses dez minutos na programação do dia inteiro, para me testar diante daquela praia.

Mantive-me de costas para o condomínio, toda aquela esperança bombardeada, naquele lugar onde antes havia maiôs coloridos esvoaçando em varais improvisados entre trailers. A lua nasceu cedo, pálida contra o pano de fundo do céu pálido, bruxuleando por trás de nuvens finas e esfumadas. Abaixo dela, o mar estava cinzento, incansável, insistente. Aves marinhas tomavam posse da linha da maré, agora que a equipe de buscas tinha ido embora. Fiquei ali parado, imóvel; e depois de alguns minutos elas me esqueceram e voltaram a roçar a água procurando alimento, seus gritos altos e límpidos como o vento em rochas corroídas. Uma vez, quando o guincho de uma ave noturna bem do lado de fora da janela do trailer fez com que Dina acordasse assustada, minha mãe citou Shakespeare para ela: *Não tenha medo; a ilha é cheia de ruídos: sons e doces árias que dão prazer e não ferem.*

O vento estava se tornando cortante e frio. Levantei a gola do casaco e enfiei as mãos nos bolsos. A última vez em que tinha posto os pés naquela praia, eu estava com 15 anos. Mal começava a me barbear a sério; estava me acostumando a uma envergadura recém-adquirida; fazia uma semana que tinha saído com alguém pela primeira vez – uma garota dourada de Newry chamada Amelia, que ria de todas as minhas piadas e tinha o sabor de morangos. Naquela época, eu era diferente: elétrico e descuidado, com o corpo se lançando de cabeça diante de qualquer oportunidade de uma risada ou de um desafio; com tanto ímpeto que poderia atravessar muralhas de pedra. Quando nós, os garotos, fazíamos queda de braço para impressionar as garotas, eu enfrentei o grande Dean Gorry e o derrotei três vezes seguidas, muito embora ele fosse duas vezes maior que eu, porque era esse o tamanho da minha vontade de que Amelia batesse palmas para mim.

Olhei por cima da água, para longe, para a noite que estava chegando com a maré, e não senti nada. A praia parecia alguma coisa que eu tinha visto num filme antigo, num passado remoto. Aquele garoto esquentado parecia personagem de algum livro que eu tinha lido e dado para os outros na infância. Só que, em algum lugar, bem dentro da minha coluna e no fundo da palma das minhas mãos, alguma coisa zumbia, como um som baixo demais para se ouvir, como um aviso, como uma corda de violoncelo, quando um diapasão atinge o tom perfeito para despertá-la.

7

E é claro, a *droga* é que Dina estava esperando por mim.

A primeira coisa que você percebe na minha irmã caçula, Dina, é que ela tem aquele tipo de beleza que, quando ela entra em algum lugar, faz as pessoas, tanto homens como mulheres, se esquecerem do que estavam fazendo. Ela parece um daqueles antigos esboços de fadas, feitos a bico de pena: leve como uma bailarina, com uma pele que nunca se bronzeia, lábios claros e carnudos, e enormes olhos azuis. Ela anda como se estivesse flutuando uns dois centímetros acima do chão. Um pintor com quem ela costumava sair disse-lhe uma vez que ela era uma "autêntica pré-rafaelista", o que teria sido mais engraçadinho se ele não lhe tivesse dado um pontapé na bunda duas semanas depois. Não que isso tivesse sido uma surpresa. A segunda coisa que chama a atenção em Dina é que ela é totalmente biruta. Vários terapeutas e psiquiatras fizeram diagnósticos diferentes ao longo dos anos, mas, resumindo, Dina não sabe lidar com a vida. A vida exige um talento que ela jamais chegou a dominar. Ela pode fingir que o domina por meses a fio, às vezes até por um ano, mas o esforço exige concentração, como se estivesse andando na corda bamba, e no final ela sempre oscila e despenca. Nessa hora, ela larga a porcaria do emprego atual na lanchonete; a porcaria do seu namorado atual a dispensa – homens que gostam de mulheres vulneráveis adoram Dina, até o instante em que ela lhes mostra o que vulnerável de fato significa – e então ela aparece à minha porta ou à porta de Geri, normalmente a alguma hora absurda da madrugada, sem conseguir explicar nada.

Naquela noite, para deixar de se tornar previsível, ela preferiu aparecer no meu local de trabalho. Nossa base é no castelo de Dublin; e, como se trata de uma atração turística – construções de 800 anos que defenderam esta cidade, de uma forma ou de outra – qualquer um pode vir pela rua e entrar ali. Richie e eu estávamos atravessando o calçamento de pedras redondas na direção da nossa base, a passo acelerado, e eu estava organizando mentalmente os fatos para apresentá-los a O'Kelly, quando um fiapo de escuridão se destacou do canto sombreado junto de um muro e investiu contra nós. Richie e eu nos sobressaltamos.

— *Mikey* — disse Dina, num tom baixo e feroz, os dedos apertando meu pulso como arames. — Você tem que vir me apanhar *agora*. Todo mundo fica empurrando.

Na última vez que nos vimos, talvez um mês antes, ela usava o cabelo comprido em cascata e algum tipo de vestido florido, ondulante. Desde então, tinha adotado o estilo *grunge:* tingido o cabelo de um preto lustroso e cortado num corte de melindrosa – a franja parecendo ter sido picotada por ela mesma – e estava usando um cardigã cinza, esfarrapado e grande demais, por cima de um vestidinho branco e botas de motoqueiro. É sempre um mau sinal quando Dina muda de aparência. Eu poderia ter me dado uma surra por passar tanto tempo sem verificar.

Afastei-a de Richie, que estava tentando catar o queixo caído na calçada. Ele me deu a impressão de estar me vendo de um ângulo totalmente novo.

— Pronto, meu bem. O que houve?

— Não dá, Mikey. Estou sentindo coisas no meu cabelo. Sabe? O vento soprando e arranhando no meio do cabelo? Dói e não para de doer. Não consigo encontrar o, não o interruptor, o botão para fazer ele parar.

Meu estômago transformou-se numa pedra pesada.

— Pronto – disse eu. – Pronto. Você está precisando ficar na minha casa por um tempo, é isso?

— A gente precisa ir. Você tem que ouvir.

— Nós vamos, querida. Só espera aqui um segundo, OK? – Eu a fui desviando para a escada de entrada de uma das alas do castelo, fechada à noite depois de sua cota diária de turistas. – Fica aqui sentada para mim.

— *Por quê*? Aonde você vai?

Ela estava prestes a entrar em pânico.

— Logo ali – disse eu, apontando. – Preciso me livrar do meu parceiro, para nós dois podermos ir para casa. Vou levar dois segundos.

— Não quero seu parceiro. Mikey, não vai ter lugar. Como vamos nos espremer?

— Isso mesmo. Eu também não quero que ele venha junto. Só vou dizer que ele pode seguir em frente sozinho, e depois nós dois vamos embora. – Fiz com que ela se sentasse na escada. – Está bem?

Dina encolheu os joelhos e escondeu a boca na dobra do cotovelo.

— Está bem – disse, com a voz abafada. – Volta logo, OK?

Richie estava fingindo que verificava suas mensagens de texto para me dar alguma privacidade. Fiquei de olho em Dina.

— Presta atenção, Richie. Pode ser que eu não consiga voltar esta noite. Você ainda se dispõe a ficar lá?

Dava para eu ver as interrogações pululando na sua cabeça, mas ele sabia quando devia se manter calado.

– Claro.

– Ótimo. Escolha um estagiário ou uma, se você quiser como é mesmo o nome dela? Ele ou ela pode cobrar hora extra, embora você possa tentar transmitir a mensagem de que dispensar o pagamento talvez seja uma atitude mais benéfica para a carreira. Se acontecer qualquer coisa por lá, você me liga *imediatamente*. Não importa que considere sem importância, não importa que ache que pode resolver o assunto, você me liga. Entendeu?

– Entendi.

– Na realidade, se não acontecer nada, você me liga de qualquer maneira, só para eu saber que estou a par de tudo. De hora em hora, a cada hora. Se eu não atender, você continua ligando até que eu atenda. Entendeu?

– Entendi.

– Diga ao chefe que tive uma emergência, mas nada com que se preocupar. Tudo vai estar sob controle, e eu estarei de volta ao trabalho amanhã de manhã no mais tardar. Passe para ele o que houve hoje durante o dia e nossos planos para a noite. Dá para você fazer isso?

– É provável que eu consiga, sim.

A torção no canto da boca de Richie disse que ele não tinha gostado da pergunta; mas seu ego não estava na minha lista de prioridades naquela hora.

– Nada de "provável", meu filho. Trate de conseguir. Diga a ele que os estagiários já têm tarefas para amanhã; da mesma forma que a equipe de busca. E vamos precisar de mergulhadores para começar a trabalhar naquela baía o mais rápido possível. Assim que tiver terminado com ele, comece a se mexer. Você vai precisar de comida, bons agasalhos, uma caixa de cápsulas de cafeína (não adianta tomar café, porque você não vai querer precisar urinar de meia em meia hora) e um par de óculos de visão térmica. Precisamos supor que esse cara tenha algum tipo de equipamento para ver no escuro, e não quero que ele o apanhe de surpresa. E verifique sua arma. – A maioria de nós percorre a carreira inteira sem jamais tirar a arma do coldre. Alguns consideram isso uma permissão para serem desleixados.

– Sei. Já fiquei de campana algumas vezes – disse Richie, num tom suficientemente neutro que não me permitiu saber se ele estava ou não me mandando para aquele lugar. – Então nos vemos aqui, amanhã de manhã?

Dina estava ficando inquieta, roendo fios da manga do casaco.

– Não – disse eu. – Não aqui. Vou tentar chegar a Brianstown em algum momento da noite, mas isso pode acontecer ou não. Se eu não conseguir, me encontro com você no hospital para as autópsias. Às seis da manhã, e, pelo amor de Deus, não se atrase ou nós vamos passar todo o resto da manhã tentando apaziguar Cooper.

– Sem problema. – Richie guardou o celular no bolso. – De repente a gente se vê por lá. Se não, vamos ter que nos esforçar ao máximo para não meter os pés pelas mãos.

– Não metam os pés pelas mãos.

– Não vamos meter – disse Richie, mais manso. Quase pareceu que ele estava tentando me tranquilizar. – Boa sorte.

Ele me deu um cumprimento de cabeça e se dirigiu para a porta da base. Era esperto o suficiente para saber que não devia olhar para trás.

– *Mikey* – disse Dina, com a voz chiada, agarrando um pedaço das costas do meu casaco. – Podemos *ir*?

Levei uma fração de segundo olhando para cima, vendo o céu que escurecia, e lancei uma prece forte e urgente para qualquer coisa que estivesse lá no alto: *que meu suspeito tenha mais comedimento do que eu atribuo a ele. Que ele não vá correndo cair nos braços de Richie. Faça-o esperar por mim.*

– Vamos – disse eu, pondo a mão no ombro de Dina. Ela se grudou ao meu lado, toda cotovelos pontudos e respiração ofegante, como um bichinho assustado. – Vamos.

A primeira coisa que se precisa fazer com Dina em dias como este é levá-la para dentro de casa. Grande parte do que parece loucura é, na realidade, apenas tensão, um terror amorfo, que vai crescendo à medida que é jogado de um lado para outro em correntes, e que se engancha em tudo que passa por ali. Dina acaba paralisada pela imensidão e imprevisibilidade do mundo, parecendo um animal de rapina apanhado numa armadilha a céu aberto. Leve-a para algum espaço fechado conhecido, sem nenhum estranho, sem ruídos altos nem movimentos súbitos, e ela se acalma, chegando a ter longos períodos de lucidez, enquanto vocês dois esperam passar a crise. Dina foi um dos fatores que tive em mente quando estava comprando meu apartamento, depois que minha ex-mulher e eu vendemos nossa casa. Escolhemos uma hora boa para nossa separação, ou pelo menos é isso o que não paro de dizer a mim mesmo. O mercado imobiliário estava em ascensão, e o que me coube na partilha pagou a entrada de um apartamento de dois quartos no quarto andar no Financial Services Centre. Ele é bem central para eu poder ir a pé para o trabalho, elegante o suficiente para eu me sentir um pouco menos fracassado por meu casamento não ter dado certo, e num andar alto o bastante para Dina não ficar apavorada com o barulho da rua.

– *Ah, graças a Deus, já estava na hora* – disse ela, com uma forte sensação de alívio, quando abri a porta do apartamento. Ela passou direto por mim e se encostou na parede junto da porta, de olhos fechados, respirando fundo. – Mike, preciso de uma toalha de banho, tudo bem?

Peguei uma toalha. Ela largou a bolsa no chão, entrou no banheiro e bateu a porta atrás de si.

Numa crise grave, é possível Dina ficar no chuveiro a noite inteira, desde que a água quente não acabe e ela saiba que você está do outro lado da porta. Ela diz que se sente melhor com água porque a água esvazia sua mente, que vive lotada com tantos tipos de piração que eu nem mesmo saberia por onde começar. Assim que ouvi o barulho da água e de Dina começando a cantarolar, fechei a porta da sala de estar e liguei para Geri.

Detesto dar esse telefonema, mais do que detesto qualquer outra coisa no mundo. Geri tem três filhos, de 10, 11 e 15 anos, um emprego como contadora na empresa de design de interiores de sua melhor amiga, e um marido que ela vê muito pouco. Todos eles precisam dela. Nenhuma pessoa viva precisa de nada de mim, a não ser Dina, Geri e meu pai; e o que Geri mais precisa é que eu não dê esse telefonema. Eu me esforço ao máximo para não dar. Fazia anos que eu não a deixava na mão.

– Mick! 'Peraí um instante, enquanto eu ligo a máquina de lavar. – Batida da tampa, clicar de teclas, zumbido mecânico. – Pronto. Está tudo bem? Você recebeu minha mensagem?

– Recebi, sim. Geri...

– Andrea! Eu vi o que você fez! Devolva isso agora para ele, ou eu vou deixar que ele fique com o seu. E isso você não vai querer, não é? Não vai mesmo.

– *Geri*. Presta atenção. Dina está entrando em parafuso. Estou com ela aqui em casa. Ela agora está no chuveiro, mas eu tenho coisas que preciso fazer. Posso deixar Dina aí com você?

– Ai, meu Deus... – Ouvi Geri suspirar. Ela é nossa otimista: ainda tem esperança, depois de vinte anos dessa história, de que cada vez será a última, que um dia de manhã Dina vai acordar curada. – Ai, meu Deus, a coitadinha. Eu ficaria com ela, mas não nesta noite. Talvez daqui a dois dias, se ela ainda estiver...

– Não posso esperar dois dias, Geri. Estou num caso importante. Vou trabalhar turnos de 18 horas nos próximos dias, e não é como se eu pudesse levá-la para o trabalho comigo.

– Ah, Mick, *não posso*. Sheila está com uma virose, era isso o que eu ia lhe dizer, ela acabou de passar a virose para o pai. Os dois ficaram acordados a noite inteira, vomitando, quando não era um, era o outro. E eu acho que Colm e Andrea vão estar na mesma situação a qualquer minuto. Estou morta de tanto limpar, lavar e ferver o dia inteiro, e parece que vou fazer o mesmo hoje de noite. Não tenho como cuidar de Dina também. Não tenho.

Os episódios de Dina podem ter qualquer duração entre três dias e duas semanas. Mantenho parte das minhas férias anuais reservada para uma eventualidade, e O'Kelly não faz perguntas, mas isso não ia funcionar dessa vez.

– E nosso pai. Só por uma vez? Ele não poderia...?

Geri deixou o silêncio pesar. Quando eu era criança, nosso pai era magro e empertigado, dado a afirmações nítidas, categóricas, sem espaço para contestação. *As mulheres podem gostar de um homem que bebe, mas elas nunca o respeitam. Não existe mau humor que o ar puro e o exercício não corrijam. Sempre pague uma dívida antes do vencimento, e nunca lhe faltará crédito.* Ele conseguia consertar qualquer coisa, plantar qualquer coisa, cozinhar, limpar e passar a ferro como um profissional, se fosse necessário. A morte de nossa mãe arrasou com ele. Ele ainda mora na casa em Terenure onde nós crescemos. Geri e eu nos revezamos em lhe fazer visitas nos fins de semana, para limpar o banheiro, pôr sete refeições balanceadas no freezer e verificar se a TV e o telefone ainda estão funcionando. O papel de parede da cozinha é o de espirais psicodélicas laranja que nossa mãe escolheu na década de 1970. No meu quarto, meus livros escolares estão lá, muito manuseados e cobertos de teias de aranha na estante que meu pai fez para mim. Entre na sala de estar e lhe faça alguma pergunta. Depois de alguns segundos, ele desvia os olhos da televisão, olha para você e diz "Filho, que bom ver você", e volta a assistir a novelas australianas, com o som desligado. Às vezes, quando fica inquieto, ele consegue se desgrudar do sofá para dar algumas voltas no jardim dos fundos, arrastando os pés, de chinelos.

– Geri, por favor. É só por esta noite. Ela vai dormir o dia inteiro amanhã, e eu espero já estar com tudo isso resolvido amanhã à noite. Por favor.

– Eu faria se pudesse, Mick. Não que eu esteja ocupada demais, você sabe que não me importo com isso... – Os ruídos de fundo tinham diminuído: Geri tinha se afastado das crianças para ficar mais à vontade. Eu a imaginei na sala de jantar, cheia de pulôveres coloridos e trabalhos de casa, arrumando um fio louro que tinha se soltado do seu cuidadoso penteado semanal. Nós dois sabíamos que eu não teria sugerido nosso pai se não estivesse em desespero. – Mas você sabe como ela fica se você não estiver com ela o tempo todo. E eu tenho que cuidar de Sheila e Phil... O que eu ia fazer se um deles começasse a passar mal no meio da noite? Deixar que eles simplesmente limpassem a própria sujeira? Ou deixar Dina e fazer com que ela começasse a se queixar, acordando a casa inteira?

Relaxei meus ombros contra a parede e passei a mão pelo rosto. Meu apartamento parecia abafado, impregnado com o cheiro forte de imitação de limão dos produtos químicos que a faxineira usa.

– É, eu sei. Não se preocupe.

– Mick. Se nós não temos condições de cuidar... talvez devêssemos pensar em algum lugar que tenha condições.

– Não – disse eu. Minha voz saiu com asperezа suficiente para eu me encolher, mas a cantilena de Dina não parou. – Vou dar um jeito. Vai dar tudo certo.

– E você? Você consegue que alguém o substitua?

– Lá não funciona assim. Vou ver o que faço.

– Ai, Mick, me desculpa. Me desculpa mesmo. Assim que eles melhorarem um pouco...

– Tudo bem. Diga aos dois que perguntei por eles, e você trate de não pegar esse treco deles. Logo nos falamos.

Um berro distante, de fúria, em algum lugar lá na casa de Geri.

– Andrea! O que foi que eu lhe disse? ... Claro, Mick, Dina até poderia estar melhor amanhã de manhã, não é? Nunca se sabe.

– Ela poderia, sim. Vamos torcer para isso. – Dina deu um gritinho, e o chuveiro foi desligado: a água quente tinha acabado. – Preciso ir. Cuide-se direito. – E eu já estava com o celular bem guardado e picando legumes organizadamente na cozinha, quando a porta do banheiro se abriu.

Fiz para mim um refogado de carne com legumes para jantar. Dina não estava com fome. O banho de chuveiro tinha conseguido acalmá-la. Estava enrodilhada no sofá, com uma camiseta e calça de moletom que tinha apanhado no meu guarda-roupa, com o olhar perdido e ar sonhador enquanto esfregava uma toalha no cabelo.

– Psiu – disse ela, quando comecei a perguntar delicadamente como tinha sido seu dia. – Não fala. Escuta. Não é lindo?

Tudo o que eu conseguia ouvir eram os resmungos do trânsito, quatro andares abaixo dali, e o barulhinho sintetizado da música que o casal do andar de cima toca todas as noites para fazer seu bebê dormir. Imaginei que parecesse tranquilo, a seu próprio modo; e, depois de um dia tentando acompanhar cada fio naquele emaranhado de conversas, foi bom cozinhar e comer em silêncio. Eu teria gostado de ouvir as notícias, para ver como os repórteres estavam relatando a história, mas isso estava fora de cogitação.

Depois de jantar, fiz café, muito café. O barulho dos grãos sendo moídos instigou em Dina outro tipo de nervosismo: ela começou a andar descalça, inquieta, dando voltas pela sala de estar, tirando livros das estantes e os folheando para depois devolvê-los aos lugares errados.

– Você pretendia sair hoje à noite? – perguntou-me ela, de costas para mim. – Como um encontro, ou coisa parecida?

— Hoje é terça-feira. Ninguém sai num encontro às terças.

— Puxa, Mikey, vê se arruma um pouco de espontaneidade. Sair, fora do fim de semana. Soltar a franga.

Servi para mim uma caneca de café, forte como um café-expresso, e me dirigi para minha poltrona.

— Acho que não sou do tipo espontâneo.

— Bem, isso quer dizer que você sai para encontros nos fins de semana? Tipo, você tem namorada?

— Acho que não chamo ninguém de namorada desde que eu tinha 20 anos. Adultos têm parceiros.

Dina fingiu que enfiava dois dedos na garganta, com efeitos sonoros.

— Gays de meia-idade em 1995 tinham parceiros. Você está saindo com alguém? Está trepando com alguém? Está usando seu equipamento para dar prazer a alguém? Está...

— *Não*, Dina, não estou. Até faz pouco tempo, eu estava com uma pessoa, mas nós terminamos. Não estou com planos de voltar à função por um tempo. OK?

— Eu não sabia – disse Dina, com a voz muito mais baixa. – Desculpa. – Ela foi se deixando cair sobre um braço do sofá. – Você ainda fala com Laura? – perguntou um instante depois.

— Às vezes. – Ouvir o nome de Laura fez a sala ficar impregnada com seu perfume, forte e doce. Tomei um bom gole do café para tirar o perfume do meu nariz.

— Vocês dois vão voltar?

— Não. Ela está saindo com alguém. Um médico. Estou esperando que ela me ligue qualquer dia desses para dizer que ficaram noivos.

— Ah – disse Dina, decepcionada. – Eu gosto da Laura.

— Eu também. Por isso me casei com ela.

— Por que você se divorciou dela, então?

— Eu não me divorciei dela. Ela se divorciou de mim. – Laura e eu sempre agimos de modo civilizado, dizendo às pessoas que o rompimento foi por vontade mútua, sem culpa de nenhum lado, que nós fomos crescendo em direções diferentes e toda aquela cascata sem sentido, de costume, mas eu estava cansado demais.

— Verdade? Por quê?

— Porque sim. Não estou com energia para isso hoje, Dina.

— Não importa – disse Dina, revirando os olhos. Ela se deixou escorregar do sofá e entrou na cozinha, onde a ouvi abrindo portas. – Por que você não tem nada para comer? Estou morrendo de fome.

— Tem muita coisa para comer. A geladeira está cheia. Posso fazer um refogado de carne para você. Ou pode pegar um ensopado de cordeiro no freezer. Ou, se você quiser alguma coisa mais leve, pode comer mingau. Ou...

— Eca, por favor. Não estou falando desse tipo de comida. Que se danem os cinco grupos de alimentos e o blá-blá-blá dos antioxidantes. 'Tou querendo sorvete, ou um daqueles hambúrgueres vagabundos que a gente esquenta no micro-ondas. — Uma porta de armário foi fechada com violência, e ela voltou para a sala segurando uma barra de granola com o braço esticado. — *Granola?* Você é o quê? Uma garotinha?

— Você não é obrigada a comer isso.

Ela deu de ombros, jogou-se de novo no sofá e começou a mordiscar um canto da barra, fazendo uma careta como se estivesse se envenenando.

— Quando você estava com Laura, você era feliz. Era meio estranho porque você não é do tipo de pessoa naturalmente feliz. Por isso, eu não estava acostumada a ver você daquele jeito. Realmente demorei um tempo para sacar o que estava acontecendo. Mas era legal.

— Era, sim — concordei.

Laura tem o mesmo tipo de beleza bem cuidada, realçada, fruto de trabalho duro, que Jennifer Spain tinha. Ela estava de dieta por todo o tempo em que a conheci, menos nos aniversários e no Natal. Retoca seu bronzeado falso de três em três dias, alisa o cabelo todas as manhãs da sua vida e nunca sai de casa sem uma maquiagem completa. Sei que alguns homens gostam que as mulheres se deixem ficar como a natureza as fez, ou que pelo menos finjam que deixam; mas a valentia com que Laura combatia a natureza mano a mano era uma das muitas coisas que eu adorava nela. Eu acordava quinze ou vinte minutos mais cedo de manhã, para poder passar esse tempo assistindo a Laura se aprontar. Mesmo nos dias em que estava atrasada, deixando cair coisas e resmungando xingamentos, para mim aquela era a cena mais repousante que a vida tinha a oferecer, como ficar olhando um gato organizar o mundo ao se lamber. Sempre me pareceu provável que uma garota daquele tipo, uma garota que se esforçava tanto para ser o que deveria ser, fosse querer o que deveria querer: flores, joias, uma boa casa, férias em locais ensolarados e um homem que a amasse e se dedicasse a cuidar dela pelo resto da vida. Garotas como Fiona Rafferty são perfeitos mistérios para mim. Não consigo imaginar por onde se começaria a tentar entendê-las, e isso me deixa nervoso. Com Laura, minha opinião era a de que eu tinha uma chance de fazê-la feliz. Foi uma idiotice minha ser apanhado de surpresa quando ela, com quem eu me sentia seguro exatamente por esse motivo, acabou revelando querer precisamente o que se espera que as mulheres queiram.

— Foi por minha causa? — perguntou Dina, sem olhar para mim. — Que Laura largou você?

— Não — respondi de imediato. E era verdade. Laura descobriu o caso de Dina logo no início, mais ou menos como seria de esperar. Ela nem uma vez disse ou insinuou, acho mesmo que nem lhe passou pela cabeça, que Dina não era responsabilidade minha, que eu deveria manter sua loucura fora da nossa casa. Quando eu vinha dormir tarde, nas noites em que Dina finalmente adormecia no nosso quarto de hóspedes, Laura me fazia cafuné. E só.

— Ninguém quer lidar com esse tipo de merda — disse Dina. — *Eu* não quero lidar com esse tipo de merda.

— Pode ser que algumas mulheres não queiram. Não são mulheres com quem eu me casaria.

Ela bufou, zombando.

— Eu disse que *gostava* de Laura. Não disse que achava que ela era uma *santa*. Você acha que sou assim tão burra? *Sei* que ela não queria uma vadia maluca aparecendo à sua porta, estragando a semana inteira. Daquela vez, velas, música, vinho, vocês dois com o cabelo despenteado? Ela deve ter odiado a minha sombra.

— Ela não odiou. Nunca.

— Você não ia me contar se ela odiasse. Por que outro motivo ela ia largar você? Laura era louca por você. E não foi como se fosse culpa sua: você não batia nela nem a agredia com palavras. Eu sei como você a tratava, como alguma espécie de princesa. Você teria comprado a lua para ela. *Ou ela ou eu*, foi o que ela disse? *Quero minha vida de volta, trate de tirar essa pirada daqui de casa?*

Ela estava começando a se retesar, com as costas pressionadas no braço do sofá. Nos seus olhos, um lampejo de medo.

— Laura me deixou porque quer ter filhos.

Dina parou no meio de uma respiração e ficou me olhando, boquiaberta.

— Que droga, Mikey. Você não pode ter filhos?

— Não sei. Não tentamos.

— E então...?

— Não quero ter filhos. Nunca tive vontade.

Dina pensou nisso em silêncio, chupando a barra de granola, distraída.

— Podia ser que Laura ficasse mais calma se tivesse filhos — disse ela daí a algum tempo.

— Pode ser. Espero que ela tenha a oportunidade de descobrir. Mas não ia ser comigo nunca. Laura sabia disso quando se casou comigo. Fiz questão de que ela soubesse. Nunca a enganei.

— Por que você não quer filhos?

— Algumas pessoas não querem. Isso não faz de mim um anormal.

— Não chamei você de anormal. Chamei? Só perguntei por quê.

— Não sou favorável a que detetives da Homicídios tenham filhos. Os filhos deixam seu coração mole. Você não consegue aguentar a pressão e acaba fazendo merda no trabalho e provavelmente na cabeça dos filhos também. Não dá para ter os dois. Prefiro ficar com o trabalho.

— Minha nossa, quanta besteira! Ninguém deixa de ter filhos porque não é *favorável* a isso. Você sempre põe toda a culpa no trabalho. É tão *chato*, você não faz ideia. Por que não quer ter filhos?

— Não *ponho a culpa* no meu trabalho. Levo a sério o que faço. Se isso é chato, peço desculpas.

Dina revirou os olhos e deu um enorme suspiro de falsa paciência.

— Certo — disse ela, desacelerando para que o idiota conseguisse alcançar seu raciocínio. — Aposto tudo o que tenho, que não é nada, mas é isso aí. Aposto que toda a sua divisão não é submetida a *esterilização* no primeiro dia de trabalho. Você trabalha com gente que tem filhos. Eles têm exatamente a mesma função que você. Não podem deixar assassinos escapar o tempo todo, ou já teriam sido demitidos. Certo? Estou certa?

— Alguns dos meus colegas têm família, sim.

— Então por que você não quer ter filhos?

O café estava começando a fazer efeito. O apartamento parecia pequeno e feio, agressivo com a luz artificial. O impulso de sair dali, começar a voltar a alta velocidade para Broken Harbour, quase me ejetou da poltrona.

— Porque o risco é grande demais. É tão monstruoso que, só de pensar nele, me dá vontade de vomitar. É por isso.

— O risco — disse Dina, depois de um instante de silêncio. Ela virou a embalagem de granola pelo avesso com cuidado e examinou a superfície brilhante. — Não do trabalho. Você está falando de mim. De que eles saíssem como eu.

— Não é com você que me preocupo.

— Então com quem é?

— Comigo mesmo.

Dina olhava para mim, a lâmpada refletindo pequenas chamas gêmeas naqueles olhos azuis leitosos, inescrutáveis.

— Você seria um bom pai.

— Acho provável que sim. Mas "provável" não basta. Porque, se nós dois estivéssemos errados e eu acabasse me revelando um péssimo pai, e daí? Não haveria absolutamente *nada* que eu pudesse fazer. Quando você descobre, já é tarde demais: os filhos estão ali, e você não pode mandá-los de volta. Tudo o que pode fazer é continuar a destruí-los, dia após dia, e assistir enquanto esses bebês perfeitos se transformam em destroços diante dos seus olhos. Não posso fazer isso, Dina. Ou não sou tolo o suficiente, ou não tenho coragem suficiente, mas não posso assumir esse risco.

– Está dando tudo certo com Geri.

– Geri está se saindo muito bem – disse eu. Geri é alegre, despreocupada; nasceu para ser mãe. Depois que cada um dos seus filhos nasceu, eu liguei para ela todos os dias durante um ano. De campana, fazendo interrogatórios, brigando com Laura: todas as outras coisas neste mundo ficavam suspensas para aquele telefonema... para eu me certificar de que ela estava bem. Um dia, ela me pareceu rouca e com a voz tão contida que eu fiz Phil sair do trabalho para ver como ela estava. Ela estava resfriada e obviamente achou que eu deveria me sentir um idiota, mas eu não me senti. Melhor prevenir, sempre.

– Eu quero ter filhos um dia – disse Dina. Ela fez uma bola com a embalagem, jogou-a mais ou menos na direção da lata de lixo e errou. – Aposto que você acha essa ideia o fim.

Pensar que ela pudesse se apresentar grávida da próxima vez fez congelar meu couro cabeludo.

– Você não precisa da minha permissão.

– Mas é o que você acha, de qualquer modo.

– Como vai o Fabio? – perguntei.

– O nome dele é Francesco. Acho que não vai funcionar. Não sei.

– Para mim, seria uma boa ideia esperar para ter filhos quando você estiver com alguém com quem possa contar. Pode me chamar de antiquado.

– Você está pensando na possibilidade de eu pirar. Na possibilidade de eu estar com um bebezinho de 3 semanas e minha cabeça começar a pipocar. Alguém deveria estar junto para me vigiar.

– Não foi isso o que eu disse.

Dina esticou as pernas no sofá e inspecionou o esmalte nas unhas dos pés, que era de um azul-claro perolado.

– Posso dizer quando vai acontecer, sabia? Você quer saber como é?

Eu não quero saber nunca de nada sobre o funcionamento interno da cabeça de Dina.

– Como é? – perguntei.

– As coisas começam a parecer erradas. – Um olhar de relance na minha direção, escondido por trás do cabelo. – Tipo, eu tiro a blusa de noite e deixo que caia no chão, e ela faz um *plop*, como uma pedra caindo num laguinho. Ou então, uma vez eu estava voltando a pé do trabalho para casa; e, cada vez que minhas botas batiam no chão, elas *guinchavam*, como um camundongo numa ratoeira. Era horrível. No final, tive de me sentar na calçada e tirar as botas, para ter certeza de que não havia um camundongo preso ali dentro. Eu sabia que não havia, não sou idiota, mas só para me certificar. Naquele instante, descobri o que estava acontecendo. Mesmo assim, precisei pegar um táxi para ir para casa. Não conseguia suportar ouvir aquele barulho, o tempo todo. Parecia que o bichinho estava *agonizante*.

– Dina. Você precisa procurar alguém a respeito disso. Assim que acontecer.

– Mas eu procuro alguém, sim. Hoje eu estava no trabalho e abri um dos freezers grandes para apanhar mais *bagels*, e ele crepitou, como um fogo, como se ali dentro houvesse um incêndio numa floresta. Por isso, eu saí e vim procurar você.

– O que é ótimo. Estou feliz por você ter me procurado. Mas estou falando de um profissional.

– Médicos – disse Dina, com desprezo. – Já perdi a conta. E de que eles adiantaram esse tempo todo?

Ela estava viva, o que representava muito para mim e que eu achava que deveria pelo menos representar alguma coisa para ela, mas, antes que eu pudesse ressaltar esse ponto, meu celular tocou. Enquanto o pegava, olhei no relógio: nove em ponto, grande Richie.

– Kennedy – disse eu, levantando-me e me afastando de Dina.

– Estamos no local – disse Richie, tão baixo que precisei grudar minha orelha no telefone. – Nenhum movimento.

– Os técnicos e os estagiários estão fazendo o que têm que fazer?

– Estão.

– Algum problema? Topou com alguém no caminho? Qualquer coisa que eu deva saber?

– Não. Está tudo bem.

– Então nos falamos daqui a uma hora, ou antes, se acontecer qualquer coisa. Boa sorte.

Desliguei. Dina estava dando um nó apertado na toalha e me lançando um olhar cortante através da cortina de cabelo lustroso.

– Quem era?

– Trabalho. – Guardei o celular no bolso interno. A cabeça de Dina tem cantos paranoicos. Não quis que ela escondesse meu telefone para eu não poder discutir seu caso com hospitais imaginários; ou, melhor ainda, não quis que ela atendesse e dissesse a Richie que sabia o que ele estava aprontando e esperava que ele morresse de câncer.

– Achei que você estava de folga.

– Estou. Mais ou menos.

— E "mais ou menos" deve querer dizer o quê?

Suas mãos estavam começando a se retesar na toalha.

— Quer dizer – respondi, mantendo a voz relaxada – que às vezes as pessoas precisam me perguntar alguma coisa. Na Homicídios, não existe nada que se possa chamar de "folga". A ligação foi do meu parceiro. É provável que ele ligue mais algumas vezes durante a noite.

— Por quê?

Peguei minha caneca de café e fui à cozinha enchê-la outra vez.

— Você o viu. Ele é novato. Antes de tomar qualquer decisão importante, ele precisa me consultar.

— Decisão importante sobre o quê?

— Qualquer coisa.

Dina começou a usar a unha do polegar para cutucar uma casca de ferida no dorso da outra mão, com raspadas curtas e fortes.

— Hoje de tarde, tinha alguém ouvindo rádio – disse ela. – Lá no trabalho.

Puta merda.

— E daí?

— Daí que dizia que havia um corpo e a polícia estava considerando a morte suspeita. Dizia que era em Broken Harbour. Tinha um cara falando, um policial. Parecia você.

E então o freezer tinha começado a fazer barulhos de incêndio na floresta.

— Certo – disse eu, com cuidado, voltando a me sentar na poltrona.

Ela começou a coçar com mais força.

— Não *faça* isso. Não me *faça* isso!

— Fazer o quê?

— Essa cara, essa cara de policial de merda. Falando como se eu fosse alguma testemunha idiota com quem você faz seus joguinhos porque eu ficaria intimidada demais para abrir a boca. Você não me intimida. Entendeu?

Discutir não fazia sentido.

— Entendi – disse eu, calmamente. – Não vou tentar intimidar você.

— Então para de rodeios e me *conta*.

— Você sabe que não posso falar sobre o trabalho. Não é pessoal.

— *Meu Deus*, de que modo isso não é pessoal? Sou sua irmã. O que pode ser mais pessoal que *isso*?

Ela estava fincada no canto do sofá, com os pés dispostos como se estivesse pronta para investir contra mim de um salto, o que era improvável, mas não impossível.

— É verdade. O que eu quis dizer é que não estou escondendo nada de você, pessoalmente. Preciso ser discreto com todo mundo.

Dina mordeu a parte de trás do antebraço, olhando para mim como se eu fosse seu inimigo, os olhos semicerrados, acesos com a astúcia fria de um animal.

— Tudo bem – disse ela. – Então vamos só assistir ao noticiário.

Eu vinha torcendo para essa ideia não lhe ocorrer.

— Achei que você estava gostando da tranquilidade daqui de casa.

— Se uma coisa é pública o suficiente para a droga do país inteiro ver, é claro que não pode ser confidencial demais para eu ver. Certo? Tendo em vista que não é nada *pessoal*.

— Pelo amor de Deus, Dina. Passei o dia inteiro no trabalho. A última coisa que quero fazer é assistir a coisas do trabalho na TV.

— Então me diga que *merda* está acontecendo. Se não, vou ligar a televisão e você vai precisar me conter se quiser me impedir. É isso o que você quer?

— Está bem – disse eu, pondo as mãos para o alto. – OK. Vou lhe contar a história, se você me fizer o favor de se acalmar. Isso quer dizer que você precisa parar de morder seu braço.

— O braço é meu. Por que você haveria de se importar?

— Não consigo me concentrar enquanto você está fazendo isso. E enquanto eu não conseguir me concentrar, não vou poder lhe dizer o que está acontecendo. A decisão é sua.

Ela me lançou um olhar de desafio, mostrou os dentes brancos e pequenos e deu mais uma mordida, forte; mas, como não reagi, ela limpou o braço na camiseta e se sentou em cima das mãos.

— Pronto. Está feliz?

— Não era só um corpo. Era uma família de quatro. Estavam morando lá em Broken Harbour, que agora se chama Brianstown. Alguém invadiu a casa deles ontem de noite.

— Como ele matou as pessoas?

— Só vamos saber depois da autópsia. Parece que usou uma faca.

Dina ficou olhando para o nada, sem se mexer, sem mesmo respirar, enquanto refletia.

— Brianstown – disse ela, por fim, distraída. – Que droga de nome mais cretino. Quem quer que tenha sugerido um nome desses devia enfiar a cabeça debaixo de um cortador de grama e ficar com ela ali. Você tem certeza?

— Do nome?

— Não! Minha nossa! *Dos mortos*.

Esfreguei a articulação do meu queixo para tirar um pouco da tensão.

– Tenho. Tenho certeza.

Ela estava focalizando os olhos novamente: eles estavam voltados para mim, sem piscar.

– Você tem certeza porque está trabalhando nisso.

Não respondi.

– Você disse que não queria ver isso no noticiário porque tinha trabalhado o dia inteiro no caso. Foi o que você disse.

– Cuidar de um caso de homicídio é trabalho. Qualquer caso de homicídio. É o que eu *faço*.

– Blá-blá-blá, seja o que for, você está trabalhando *nesse* caso de homicídio. Certo?

– Que diferença faz?

– Faz diferença porque, se você me disser, eu deixo você mudar de assunto.

– É, estou nesse caso. Eu e mais um monte de detetives.

– Hum – disse Dina. Ela jogou a toalha mais ou menos na direção da porta do banheiro e começou de novo a dar voltas na sala, círculos automáticos, vigorosos. Eu quase podia ouvir o zumbido da coisa que mora dentro dela começando a aumentar, um gemido fino de mosquito.

– E agora nós mudamos de assunto.

– Certo – disse Dina. Ela pegou um elefantinho de pedra-sabão que Laura e eu tínhamos trazido de férias no Quênia num ano. Apertou-o com força e examinou com interesse as marcas vermelhas deixadas na palma da mão. – Eu estava pensando antes. Enquanto esperava você chegar. Quero mudar meu apartamento.

– Ótimo – disse eu. – Podemos começar a procurar online agora mesmo.

– O apartamento de Dina é um muquifo. Com a ajuda que eu dou, ela teria como pagar o aluguel de um lugar razoável, mas ela diz que prédios de apartamentos construídos para locação lhe dão vontade de bater com a cabeça nas paredes. Por isso, ela sempre acaba em alguma casa decrépita do período georgiano, que tenha sido reformada e dividida em conjugados na década de 1960, partilhando o banheiro com algum fracassado cabeludo que se diz músico e precisa ser constantemente lembrado de que ela tem um irmão na polícia.

– Não – disse Dina. – *Presta atenção*, pelo amor de Deus. Quero mudar *o* apartamento, tipo mudar ele mesmo. Detesto tudo lá porque me dá coceira. Já tentei trocar, fui conversar com as garotas do andar de cima, para pedir que trocassem comigo, quer dizer, é claro que ele não vai dar coceira na parte de dentro do cotovelo delas, nem subir pelas suas unhas como acontece comigo. Não estou falando de insetos, você devia dar uma olhada para ver como tudo está limpo. Acho que é a droga da estampa do carpete. Eu disse para elas, mas aquelas vacas não quiseram me ouvir. Ficaram ali de boca aberta, como uns peixes idiotas; será que elas têm peixes de estimação? Então, já que eu não posso sair, preciso mudar as coisas, quero trocar os aposentos. Acho que derrubamos paredes antes, mas não me lembro. Mikey, você se lembra? Você derrubou?

 Richie ligou a cada hora, exatamente como combinado, para me dizer que mais nada tinha acontecido. Às vezes, Dina me deixava responder ao primeiro toque, ficava roendo um dedo enquanto eu falava e esperava que eu desligasse antes de entrar em marcha mais acelerada. *Quem era, o que ele queria, o que você lhe disse a meu respeito...?* Às vezes eu precisava ouvir Richie ligar duas ou três vezes, deixando o telefone tocar até parar, enquanto ela dava voltas mais rápidas e falava mais alto para abafar o som do telefone, até se sentir exausta e se deixar cair no sofá ou no carpete, e eu poder atender a ligação. À uma da manhã, ela arrancou o telefone da minha mão, com a voz subindo ao tom de um berro, quando eu ia atender. *Você não liga a mínima, estou tentando lhe dizer uma coisa, tentando falar com você, não me deixe de lado para falar com quem quer que seja, trate de me escutar, escutar, escutar...*

 Pouco depois das três, ela adormeceu no sofá no meio de uma frase, toda enroscada como uma bola, com a cabeça enfurnada entre as almofadas. Estava com a barra da minha camiseta enrolada num punho fechado e chupava o tecido.

 Peguei o edredom do quarto de hóspedes e a cobri com ele. Reduzi então as luzes, peguei uma caneca de café frio e me sentei à mesa de jantar, jogando paciência no meu celular. Ao longe, lá embaixo, um caminhão emitia bipes ritmados, enquanto dava marcha a ré; mais adiante no corredor uma porta bateu com violência, com o som abafado pelo carpete espesso. Dina sussurrou dormindo. Choveu por um tempo, um leve chiado e um tamborilar nas janelas, que foi sumindo até restar o silêncio.

 Eu estava com 15, Geri com 16 e Dina com quase 6 anos quando nossa mãe se matou. Desde minhas lembranças mais remotas, parte de mim sempre tinha estado esperando que um dia isso acontecesse. Com a astúcia que socorre as pessoas cuja mente se reduziu a um único desejo, ela escolheu o único dia em que não estávamos prevendo nada. O ano inteiro, nós cuidávamos dela com dedicação integral, meu pai, Geri e eu: vigiando-a como agentes secretos em busca dos primeiros sinais, forçando-a a comer quando ela não queria sair da cama, escondendo os analgésicos nos dias em que ela perambulava pela casa como um fantasma, segurando sua mão a noite inteira quando ela não conseguia parar de chorar; com a cara alegre e deslavada de vigaristas, mentindo para vizinhos, parentes, qualquer um que perguntasse. Mas, por duas semanas no verão, todos nós cinco ficávamos livres. Havia alguma coisa em Broken Harbour – o ar, a mudança de ambiente, a pura determinação de não destruir nossas férias – que transformava minha mãe numa garota risonha que erguia a palma das mãos para o sol, hesitante e surpresa, como se não conseguisse acreditar em sua ternura ao lhe tocar a pele. Ela disputava corridas conosco na areia, beijava a nuca do meu pai quando estava passando protetor solar nele. Durante aquelas duas semanas, nós não contávamos as facas afiadas nem nos púnhamos sentados na cama de repente ao mais ínfimo ruído noturno, porque ela estava feliz.

No verão em que eu estava com 15 anos, ela estava mais feliz do que nunca. Só fui saber o motivo depois. Ela esperou até a última noite das nossas férias para entrar mar adentro.

Até aquela noite, Dina era um pedacinho de gente levada e birrenta, sempre prestes a explodir em risos agudos e esfuziantes, e sempre capaz de fazer você também cair na risada. Depois, os médicos nos avisaram para que ficássemos atentos para "consequências emocionais". Se fosse hoje em dia, ela teria sido atirada imediatamente em algum tipo de terapia, provavelmente todos nós teríamos; mas isso aconteceu na década de 1980, e este país ainda acreditava que a terapia era para gente rica que precisava de um bom pontapé no traseiro. Nós ficamos atentos. Éramos bons nisso. De início nós a vigiávamos 24 horas por dia, todos os dias da semana, revezando-nos à cabeceira de Dina enquanto ela se debatia e murmurava dormindo – mas ela não parecia estar pior do que eu ou Geri, e decididamente estava bem melhor do que nosso pai. Ela chupava o polegar, chorava o tempo todo. Demorou muito para ela chegar a voltar ao normal, até onde pudéssemos ver. No dia em que ela me acordou jogando uma toalha molhada nas minhas costas e fugiu rindo aos gritos, Geri acendeu uma vela para a Virgem Abençoada, dando graças por Dina estar de volta.

Eu acendi uma também. Eu me agarrava ao lado positivo das coisas com a maior força possível e dizia a mim mesmo que acreditava naquilo. Mas sabia que uma noite como aquela não desaparece simplesmente. Eu estava certo. Aquela noite infiltrou-se no fundo do ponto mais fraco de Dina e ficou ali, enrodilhada, esperando sua vez, anos a fio. Quando estava forte o suficiente, ela se mexeu, despertou e veio abrindo o caminho até a superfície, devorando tudo.

Nós nunca deixamos Dina sozinha durante um episódio. Algumas vezes, ela, de algum modo, se desviou do caminho antes de chegar à minha casa ou à de Geri; ela já nos chegou machucada, totalmente fora do ar com cocaína, uma vez com um trecho de quase três centímetros de cabelo arrancado pelas raízes. A cada vez, Geri e eu tentávamos descobrir o que tinha acontecido, mas nunca esperávamos que ela nos contasse.

Pensei em ligar dizendo que estava passando mal. Quase liguei. Já estava com o telefone na mão, pronto para chamar a sala dos detetives e lhes dizer que tinha apanhado uma virose horrível da minha sobrinha e que outra pessoa teria que assumir o caso até eu poder dar um passo fora do banheiro. O que me impediu não foi o mergulho instantâneo que isso significaria para minha carreira, apesar do que todo mundo que eu conheço teria pensado. Foi a imagem de Pat e Jenny Spain, lutando até a morte sozinhos, porque acreditavam que nós os tínhamos abandonado. Eu não poderia encontrar um jeito de conviver com uma atitude que tornasse isso uma verdade.

A alguns minutos para as quatro da manhã, entrei no meu quarto, mudei meu celular para o modo silencioso e fiquei olhando para a tela até ela se iluminar com o nome de Richie. Mais uma vez, nada. Ele estava começando a parecer sonolento.

— Se não houver nenhum movimento até as cinco, pode começar a levantar acampamento. Diga para esse cara e para os outros estagiários tirarem umas horas de sono e voltar a se apresentar ao meio-dia. Você consegue dar mais algumas horas sem dormir, certo?

— Sem problema. Ainda tenho umas cápsulas de cafeína. — Houve um momento de silêncio, enquanto ele procurava o melhor jeito de perguntar. — Então nos vemos no hospital? Ou...?

— Nos vemos, meu velho. Às seis em ponto. Peça para esse cara aí te deixar lá no caminho de casa. E trate de tomar algum café da manhã, porque, quando começarmos a nos mexer, não vamos poder parar para um chá com torradas. Até logo.

Tomei banho, fiz a barba, peguei roupas limpas e comi uma cumbuca de musli, rapidamente e fazendo o mínimo possível de ruído. Depois escrevi um bilhete para Dina: *Bom-dia, gatinha – precisei ir trabalhar, mas volto assim que puder. Enquanto isso, coma qualquer coisa que encontrar na cozinha, leia/assista/ escute o que encontrar nas estantes, use o chuveiro. A casa é sua. Ligue para mim ou para Geri a qualquer hora, se você tiver qualquer tipo de problema ou se estiver com vontade de falar. M.*

Deixei o bilhete em cima da mesinha de centro, sobre uma toalha limpa e outra barra de granola. Nada de chaves: passei muito tempo pensando nisso, mas no final tudo se resumia a uma escolha entre o risco de que o apartamento pegasse fogo enquanto ela estivesse ali dentro e o risco de que ela saísse perambulando por alguma rua sórdida e topasse com a pessoa errada. Não era uma boa semana para eu confiar ou bem na sorte ou bem na humanidade. Mas, se eu estiver acuado só com essas duas opções, sempre vou preferir a sorte.

Dina mexeu-se no sofá; e por um instante fiquei paralisado. Mas ela só suspirou e aconchegou melhor a cabeça nas almofadas. Um braço magro estava pendurado para fora do edredom, branco como leite, com marcas leves e perfeitas dos semicírculos vermelhos das dentadas. Afofei o edredom para cobri-lo. Depois, vesti meu sobretudo, saí sorrateiro do apartamento e fechei a porta atrás de mim.

8

Eram 5:45, e Richie estava esperando do lado de fora do hospital. Normalmente, eu teria enviado um dos policiais fardados – oficialmente só estávamos ali para identificar os corpos, e tenho modos mais produtivos para gastar meu tempo –, mas esse era o primeiro caso de Richie, e ele precisava assistir à autópsia. Se não o fizesse, a história se espalharia. Uma vantagem era que Cooper gosta que assistam ao seu trabalho; e, se Richie conseguisse cair nas boas graças de Cooper, teríamos uma chance de saltar etapas, se necessário.

Ainda estava escuro. Só havia aquele raleamento da escuridão gelada antes da alvorada que esgota as últimas forças dos seus ossos, e o frio estava cortante. A luz da entrada do hospital era de um branco hesitante, sem calor. Richie estava encostado na grade, com um copo de papel tamanho família em cada mão, chutando de um pé para o outro uma bola amassada de papel-alumínio. Estava descorado e com os olhos inchados, mas estava acordado e usava uma camisa limpa – tão barata quanto a do dia anterior, mas dei-lhe pontos por ter chegado a pensar nisso. Ele até estava usando minha gravata.

– E aí? – disse ele, me entregando um dos copos. – Achei que você fosse querer isso. Só que o gosto é de lavagem. Cantina do hospital.

– Obrigado – disse eu. – Acho que quero, sim. – De qualquer modo, era café. – Como foi a noite?

– Teria sido melhor – disse ele, dando de ombros –, se nosso suspeito tivesse dado as caras.

– Paciência, meu filho. Roma não se fez num dia.

Ele deu de ombros outra vez, voltado para o papel-alumínio, que estava chutando com mais força. Percebi que ele teria querido estar com o suspeito nas mãos, para me entregá-lo hoje de manhã cedo, todo costurado e pronto para entrar no forno, a presa para provar que ele era um homem.

– Mas, seja como for, o pessoal da Polícia Técnica conseguiu fazer muita coisa – disse ele.

– Ótimo. – Encostei-me na grade ao seu lado e tentei tomar o café. O menor sinal de um bocejo, e Cooper me chutaria porta afora. – E como se saíram os estagiários em patrulha?

— Muito bem, acho. Eles pegaram alguns carros entrando no condomínio, mas todas as placas revelaram ser de endereços de Ocean View: só pessoas que estavam voltando para casa. Um grupo de adolescentes se reuniu numa casa na outra ponta da rua, com umas garrafas, tocando música alto. Por volta das duas e meia, havia um carro dando voltas, devagar, mas era só uma mulher dirigindo e estava com um bebê chorando no banco traseiro. Por isso, os rapazes calcularam que ela estava tentando fazer o bebê dormir. Foi só isso.

— Você se sente tranquilo para afirmar que, se alguém suspeito estivesse rondando por lá, eles o teriam detectado?

— Só não o veriam, se ele tivesse realmente muita sorte. É, eu diria que sim.

— Nada de imprensa?

Richie fez que não.

— Achei que eles fossem tentar os vizinhos, mas nada.

— Vai ver que foram procurar entes queridos para atormentar, matérias mais suculentas. Parece que o departamento de relações públicas está conseguindo algum controle sobre eles, pelo menos por enquanto. Dei uma olhada rápida nos jornais matutinos: nada que já não soubéssemos, e nada sobre Jenny Spain estar viva. Só que não vamos conseguir guardar esse segredo por muito tempo. Precisamos pôr as mãos nesse cara depressa. — Todas as primeiras páginas exibiam uma manchete em letras garrafais e uma foto dos anjinhos louros, Emma e Jack. Tínhamos uma semana, duas no máximo, para pegar esse cara antes de nos transformarmos em incompetentes inúteis e o chefe ficar uma arara.

Richie começou a responder, mas um bocejo o interrompeu.

— Conseguiu dormir um pouco? – perguntei.

— Nada. Nós falamos em nos revezar, mas essa vida longe da cidade é de uma barulheira danada. Sabia disso? Todo mundo elogia a tranquilidade e o silêncio, mas é pura cascata. Tem o mar, depois tipo uns cem morcegos fazendo bagunça e camundongos ou algum outro bicho correndo para lá e para cá pelas casas. E depois alguma coisa foi dar um passeio pela rua, parecia um tanque, avançando pelo meio das plantas. Tentei ver o que era com os óculos especiais, mas ele tinha enveredado entre as casas antes de eu conseguir apanhar os óculos. Era alguma coisa grande, de qualquer modo.

— Muito assustadora para você?

Richie me deu um sorriso irônico, de lado.

— Consegui não me borrar todo. Mesmo que tudo estivesse em silêncio, eu queria ficar acordado. Para o caso de...

— Comigo teria sido igual. Como você está?

— Estou bem. Um pouco pelas tabelas, claro, mas não vou desmaiar no meio da autópsia ou coisa parecida.

— Se a gente conseguir umas duas horas de sono para você em algum período do dia, acha que aguenta mais uma noite?

— Um pouco mais disso — ele inclinou o café — e sem dúvida que aguento. O mesmo que ontem de noite, certo?

— Não — disse eu. — Uma das definições da insanidade é fazer a mesma coisa repetidamente e esperar que ela dê resultados diferentes. Se nosso suspeito conseguiu resistir à isca ontem de noite, poderá resistir hoje também. Precisamos de uma isca melhor.

Richie voltou a cabeça na minha direção.

— É mesmo? Achei que a nossa era bastante razoável. Mais uma noite ou duas, e eu diria que o pegaríamos.

Levantei meu copo para ele.

— Obrigado pelo voto de confiança. Mas a verdade é que não avaliei bem esse nosso cara. Ele não está interessado em nós. Alguns deles não conseguem ficar longe da polícia. Eles se intrometem na investigação de todas as formas que encontram. Não se consegue dar meia-volta sem tropeçar no sr. Solícito. Nosso cara não é assim, ou ele já estaria nas nossas mãos. Ele não liga a mínima para o que a gente faz, nem para o que a Polícia Técnica faz. Mas você sabe no que ele está *muito* interessado, não sabe?

— Nos Spain?

— Ganhou dez pontos. Nos Spain.

— Nós não temos os Spain, mas, quer dizer, Jenny, sim, mas...

— Mesmo que Jenny pudesse nos dar uma mão, quero mantê-la escondida pelo tempo que for possível. É verdade. Mas o que realmente temos é como é mesmo o nome dela, daquela estagiária? Como ela se chama?

— Oates. Detetive Janine Oates.

— Ela mesma. Pode ser que você não tenha percebido, mas, de alguma distância, no contexto certo, é muito provável que a detetive Oates passasse por Fiona Rafferty. A mesma altura, mesma compleição física, mesmo cabelo. O da detetive Oates é bem mais arrumado, felizmente, mas tenho certeza de que ela poderia desarrumá-lo um pouco se nós lhe pedíssemos. Arrume um casaco acolchoado vermelho para ela e pronto! Não que elas sejam realmente iguaizinhas, mas, para poder distinguir, você vai precisar olhar direito e, para isso, vai precisar de um bom posto de observação e do seu binóculo.

— Nós todos saímos às seis outra vez — disse Richie. — Ela chega de carro. Nós temos um Fiat amarelo na frota, certo?

— Não tenho certeza; mas, se não tivermos, é só uma viatura levá-la até a casa. Ela entra e passa a noite fazendo o que achar que Fiona Rafferty faria, do modo mais óbvio possível: andando de um lado para outro, com ar perturbado e as cortinas abertas, dando uma lida nos papéis de Pat e Jenny, esse tipo de coisa. E nós esperamos.

Richie bebeu seu café, com uma careta inconsciente a cada gole, pensando no assunto.

– Você acha que ele sabe quem Fiona é?

– Acho que existe uma boa chance de que ele saiba, sim. Lembre-se, não sabemos onde foi que ele entrou em contato com os Spain. Poderia ter sido em algum lugar que também envolvesse Fiona. Mesmo que não fosse, pode ser que ela não tenha estado lá há alguns meses, mas, ao que seja do nosso conhecimento, ele está vigiando a família há muito mais tempo.

No horizonte, o contorno dos montes baixos estava começando a ganhar vulto, ainda mais escuro que a escuridão por trás deles. Em algum lugar, mais além, a primeira claridade estava subindo pela areia em Broken Harbour, se infiltrando em todas aquelas casas vazias, entrando na mais vazia de todas. Eram 5:55.

– Você alguma vez presenciou uma autópsia?

Richie fez que não.

– Para tudo existe uma primeira vez – disse ele.

– Existe, sim, mas não costuma ser desse tipo. Essa vai ser terrível. Você deveria estar presente, mas se você realmente achar que não dá, é agora que precisa falar. Posso dizer que você precisou ir dormir depois da noite em claro.

Ele amassou seu copo de papel e o atirou na lata de lixo, com um movimento rápido e curto do pulso.

– Vamos – disse ele.

O necrotério ficava no porão do hospital. Era pequeno e de pé-direito baixo, com sujeira e provavelmente coisas piores entranhadas no rejunte entre os ladrilhos. O ar era gelado e úmido, totalmente parado.

– Detetives – disse Cooper, observando Richie com um leve menosprezo antecipado. Cooper talvez esteja com 50 anos, mas à luz fria, em contraste com azulejos brancos e metal, ele parecia velhíssimo: grisalho e murcho, como um alienígena acabado de sair de algum tipo de alucinação, com as sondas prontas para uso. – Que bom vê-los. Vamos começar, creio eu, com o adulto do sexo masculino: primeiro os mais velhos. – Atrás dele, seu assistente, corpulento e de olhar impassível, puxou uma gaveta, com um rangido estridente e horrível. Percebi que Richie endireitava os ombros ao meu lado, um sobressalto mínimo.

Eles romperam os lacres do saco mortuário e abriram o zíper para revelar Pat Spain em seu pijama duro de sangue. Tiraram fotografias dele, vestido e nu, tiraram amostras de sangue e impressões digitais, curvaram-se bem perto enquanto beliscavam sua pele com uma pinça e cortavam suas unhas para o exame de DNA. Depois, o assistente girou a bandeja de instrumentos para junto do cotovelo de Cooper.

As autópsias são brutais. Essa é a parte que sempre pega os novatos de surpresa: eles esperam delicadeza, bisturis minúsculos e cortes precisos. Em vez disso, veem facas de pão manejadas com pressa para abrir cortes descuidados, a pele afastada da carne como papel grudento. Cooper no trabalho parece mais um açougueiro que um cirurgião. Ele não precisa tomar cuidado para minimizar cicatrizes; nem prender a respiração enquanto se certifica de que não vai picar uma artéria. A carne na qual trabalha já não é preciosa. Quando Cooper acabou com um corpo, ninguém vai precisar daquele corpo nunca mais.

Richie saiu-se bem. Ele não se encolheu quando a tesoura de poda abriu as costelas de Pat, nem quando Cooper dobrou o rosto de Pat para baixo sobre si mesmo, nem quando o crânio foi serrado, emitindo um cheiro acre e penetrante de osso queimado. Quando o assistente jogou o fígado na balança, o ruído deu-lhe um sobressalto, mas foi só isso.

Cooper se movimentava com destreza e eficiência, ditando para o microfone suspenso e não fazendo caso de nós. Pat tinha comido um sanduíche de queijo e batatas fritas, três ou quatro horas antes de morrer. Indícios de gordura em suas artérias e em torno do fígado mostravam que ele deveria comer menos batatas fritas e fazer mais exercício, mas no todo ele estava em boa forma: nenhum sinal de doença, nenhuma anormalidade, uma fratura antiga na clavícula e orelhas espessas que poderiam decorrer de lesões do rúgbi.

– Cicatrizes de um homem saudável – disse eu, baixinho, a Richie.

Finalmente Cooper endireitou-se, esticando as costas, e se voltou para nós.

– Resumindo – informou-nos ele, com satisfação –, minha afirmação preliminar na cena do crime estava correta. Como vocês devem se lembrar, eu propus que a causa da morte teria sido este ferimento – ele tocou com o bisturi no corte no meio do tórax de Pat Spain – ou este outro. – Uma cutucada no talho abaixo da clavícula de Pat. – Na realidade, qualquer um dos dois era potencialmente fatal. No primeiro, a lâmina resvalou na parte central do esterno e atingiu a veia pulmonar.

Ele afastou a pele de Pat, segurando com delicadeza a aba de pele entre o polegar e o indicador, enquanto apontava com o bisturi, para se certificar de que tanto Richie quanto eu víssemos exatamente do que ele estava falando.

— Se não tivesse havido nenhum outro ferimento, nem tratamento médico algum, essa lesão teria resultado na morte no prazo de aproximadamente vinte minutos, à medida que o sangue da vítima fosse escoando para a cavidade torácica. O que realmente aconteceu, porém, foi que essa sequência de acontecimentos foi interrompida.

Ele deixou a pele cair de volta para o lugar e estendeu a mão para erguer a aba de pele abaixo da clavícula.

— É esse o ferimento que se revelou fatal. A lâmina penetrou entre a terceira e a quarta costela, na linha medioclavicular, causando uma laceração de um centímetro no ventrículo direito do coração. A perda de sangue teria sido rápida e extensa. A queda na pressão sanguínea teria levado à inconsciência no prazo de quinze ou vinte segundos, e à morte talvez dois minutos depois. A causa da morte foi hemorragia interna.

Portanto, não havia como Pat ter sido a pessoa que se livrou das armas; não que eu imaginasse que ele tivesse sido, não mais. Cooper jogou seu bisturi na bandeja de instrumentos e fez um sinal de cabeça para o assistente, que estava enfiando a linha numa agulha grossa e curva, enquanto cantarolava baixinho.

— E a classificação da morte?

Cooper deu um suspiro.

— Entendo que vocês no momento acreditem que uma quinta pessoa estivesse presente na casa no momento das mortes.

— É o que as provas nos dizem.

— Hum — disse Cooper. Ele espanou do jaleco para o chão alguma coisa impensável. — E tenho certeza de que isso o leva a supor que essa vítima — um gesto de cabeça na direção de Pat Spain — tenha sido vítima de homicídio. Infelizmente, alguns de nós não têm direito ao luxo de fazer suposições. Todos os ferimentos são condizentes com uma agressão por terceiros ou pela própria vítima. A classificação da morte seria como homicídio ou suicídio: indeterminada.

Algum advogado de defesa ia adorar saber disso.

— Então, vamos deixar essa parte em branco na papelada por enquanto e voltar a esse ponto quando tivermos mais provas. Se o laboratório encontrar DNA por baixo das unhas...

Cooper inclinou-se para o microfone suspenso e falou, sem se dar ao trabalho de olhar para mim.

— Classificação da morte: indeterminada. — Aquele sorrisinho irônico passou por mim e chegou a Richie. — Anime-se, detetive Kennedy. Duvido que haja qualquer ambiguidade quanto à classificação da morte do próximo corpo.

Emma Spain saiu da sua gaveta, com os lençóis dobrados com perfeição em torno dela como uma mortalha. Richie estremeceu, junto do meu ombro, e eu ouvi o ruído rápido, quando ele começou a coçar a parte de dentro de um bolso. Emma tinha se enrolado, toda aconchegada, naqueles mesmos lençóis, duas noites antes, com um beijo de boa-noite. Se Richie começasse a pensar desse modo, eu ia ter um novo parceiro antes do Natal. Mudei de posição, encostando-me no seu cotovelo, e pigarreei. Cooper lançou-me um olhar determinado, do outro lado daquela pequena forma branca. Mas Richie entendeu a mensagem e ficou imóvel. O assistente desdobrou os lençóis.

Conheço detetives que aprendem o truque de desfocar os olhos durante as partes difíceis das autópsias. Cooper viola cadáveres de crianças em busca de sinais de violação; e o policial que investiga o caso mantém o olhar atento, enquanto não vê nada a não ser um borrão. Eu observo. Sem piscar. Às vítimas não foi dada a escolha de suportar ou não o que lhes foi feito. Em comparação com elas, já estou bastante protegido, sem reivindicar o direito de ser delicado demais até mesmo para suportar olhar.

Emma foi pior do que Patrick, não só por ser tão jovem, mas por estar tão incólume. Pode parecer o contrário, mas quanto piores as lesões, mais fácil a autópsia. Quando chega um corpo transformado em alguma coisa que poderia ter saído de um abatedouro, a incisão em Y e o estalo desagradável quando a parte superior do crânio se solta não têm tanto impacto assim. As lesões dão à sua parte policial algo em que focar a atenção: elas transformam a vítima de ser humano num espécime, composto de perguntas urgentes e pistas recentes. Emma era só uma menininha, pés descalços com solas macias e nariz arrebitado cheio de sardas, o umbigo saliente onde a blusa do pijama tinha escorregado para cima. Você teria jurado que ela só não estava viva por um triz; que, se ao menos soubesse as palavras certas para dizer no seu ouvido, o ponto certo a ser tocado, você poderia tê-la acordado. O que Cooper estava prestes a lhe fazer, em nosso nome, era dez vezes mais brutal do que qualquer coisa que seu assassino tivesse feito.

O assistente tirou os sacos de papel que tinham sido amarrados sobre suas mãos para preservar provas, e Cooper se debruçou com uma espátula para raspar suas unhas.

— Ah — disse ele, de repente. — Interessante. — Ele estendeu a mão para pegar a pinça, fez um movimento meticuloso na mão direita da menina e se endireitou segurando a pinça no alto. — Estes estavam entre o dedo indicador e o médio.

Quatro fios de cabelo, finos e claros. Um homem louro agachado junto da cama cor-de-rosa, provida de babados, aquela menininha lutando...

— DNA — disse eu. — Isso aí é suficiente para se tentar obter o DNA?

Cooper lançou-me um sorriso quase imperceptível.

– Controle seu entusiasmo, detetive. É claro que será necessária uma comparação através do microscópio, mas, se formos julgar pela cor e pela textura, parece ser extremamente provável que esses fios de cabelo sejam da própria vítima. – Ele os pôs num saquinho de provas, sacou sua caneta-tinteiro e se curvou para escrever alguma coisa na etiqueta. – Supondo-se que as provas corroborem a teoria preliminar de sufocação, eu levantaria a hipótese de que as mãos da menina ficaram presas de cada lado da cabeça pelo travesseiro, ou outra arma; e que, sem conseguir dar unhadas no agressor, ela tenha puxado seu próprio cabelo em seus últimos momentos de consciência.

Foi nesse instante que Richie saiu. Pelo menos, ele conseguiu não dar um soco na parede nem vomitar no chão. Ele só deu meia-volta, saiu e fechou a porta ao passar.

O assistente deu um risinho de deboche. Cooper lançou um olhar longo e gélido na direção da porta.

– Peço desculpas em nome do detetive Curran – disse eu.

Ele transferiu o olhar para mim.

– Não estou acostumado a ter minhas autópsias interrompidas sem algum motivo excelente – disse ele. – Você, ou seu colega, tem um motivo excelente?

E lá se foi a chance de Richie cair nas boas graças de Cooper. E esse era o menor de nossos problemas. Quaisquer que fossem os insultos com que Quigley estivera brindando Richie na sala dos detetives, eles não seriam nada em comparação com o que ele poderia esperar a partir de agora, se não voltasse direto para o necrotério e acabasse de assistir a tudo aquilo. Nesse caso, estávamos falando de algum apelido para toda a vida. Era provável que Cooper não espalhasse a novidade – ele gosta de ser superior a fofocas –, mas o brilho no olhar do assistente avisava que ele mal podia esperar.

Fiquei calado enquanto Cooper prosseguia com o exame externo do corpo. Nada de surpresas desagradáveis por ali, ainda bem. Emma tinha a altura um pouco acima da média para os 6 anos de idade; seu peso estava na média; era saudável segundo todos os critérios que Cooper pôde verificar. Não havia fraturas curadas, não havia marcas nem cicatrizes de queimaduras, nada dos rastros medonhos de violência física ou sexual. Seus dentes eram limpos e saudáveis, sem obturações. As unhas, limpas e aparadas. O cabelo tinha sido cortado não fazia muito tempo. Emma tinha passado sua curta vida sendo bem cuidada.

Nos olhos, nenhuma hemorragia conjuntival; nem equimoses nos lábios onde alguma coisa tivesse sido pressionada sobre sua boca; nada que pudesse nos dar uma pista do que tinha sido feito com ela. Então Cooper, com sua lanterninha fina, iluminou o interior da boca de Emma, como se fosse seu pediatra.

— Hum. — Ele mais uma vez estendeu a mão para apanhar a pinça, inclinou a cabeça de Emma ainda mais para trás e manobrou a pinça até o fundo da garganta da menina.

— Se eu bem me lembro — disse ele —, a cama da vítima tinha uma série de almofadas ornamentais, bordadas com animais antropomórficos em lã multicolorida.

Gatinhos e cachorrinhos, de olhos bem abertos à luz da lanterna.

— Correto — confirmei.

Cooper puxou a pinça da boca, com um floreio.

— Nesse caso — disse ele — creio que temos provas da causa da morte.

Um fiapo de lã. Estava encharcado e escuro; mas, quando secasse, seria rosa pink. Pensei nas orelhas empinadas do gatinho, na língua pendurada do cachorrinho.

— Como você viu — disse Cooper —, a sufocação costuma deixar tão poucos sinais que se torna impossível diagnosticá-la definitivamente. Nesse caso, porém, se essa lã condisser com a lã usada nos travesseiros, não terei dificuldade em afirmar que a vítima foi sufocada com um dos travesseiros de sua cama. A Polícia Técnica poderá ser capaz de identificar qual foi a arma específica. A menina morreu de anóxia ou de parada cardíaca decorrente de anóxia. A classificação da morte é homicídio.

Ele pôs o pedaço de lã num saco de provas. Quando o lacrou, balançou a cabeça com um breve sorriso de satisfação.

O exame interno não acrescentou nada de novo: uma menina saudável, nada que indicasse que ela um dia tivesse estado doente ou tivesse sido ferida. O conteúdo do estômago de Emma era uma refeição parcialmente digerida de carne moída, purê de batata, legumes e frutas: purê recheado com carne e salada de frutas de sobremesa, ingerida cerca de oito horas antes da morte. Os Spain pareciam ser do tipo que adota o jantar em família, e eu me perguntei por que Pat e Emma não tinham feito a mesma refeição naquela noite, mas esse era um detalhe pequeno o suficiente para ficar sem explicação para sempre. Um estômago enjoado que não conseguiu aceitar a ideia do purê; uma criança a quem se dá a refeição que ela não aceitou na hora do almoço. O homicídio significa que pequenas coisas acabam sendo levadas de roldão, perdidas para sempre na enxurrada daquele tsunami vermelho.

— Dr. Cooper — disse eu, quando o assistente começou a costurá-la —, posso ter dois minutos para ir buscar o detetive Curran? Ele vai querer assistir ao resto disso.

Cooper descalçou as luvas ensanguentadas.

— Não sei o que lhe dá essa impressão. O detetive Curran teve toda a oportunidade de assistir ao *resto disso,* como você diz. Parece que ele se sente superior a essas atividades de rotina.

— O detetive Curran veio para cá direto de uma campana que durou a noite inteira. Deve ter precisado sair por alguma necessidade fisiológica, e não quis voltar a interromper seu trabalho, entrando novamente. Não creio que ele deva sofrer punição por ter passado doze horas diretas trabalhando.

Cooper lançou-me um olhar de nojo que me dizia que eu pelo menos podia ter apresentado alguma desculpa mais criativa.

— Em tese, as entranhas do detetive Curran não são problema meu.

Ele se virou para jogar as luvas na lata de lixo hospitalar. O barulho da tampa se fechando dizia que a conversa estava encerrada.

— O detetive Curran — disse eu, sem me abalar — vai querer presenciar a autópsia de Jack Spain. E para mim é importante que ele a presencie. Estou disposto a dar o máximo de mim para que essa investigação obtenha tudo o que for necessário e gostaria de pensar que todos os envolvidos agirão da mesma forma.

Cooper voltou-se para mim, sem pressa, e me lançou um olhar de tubarão.

— Só por curiosidade — disse ele —, deixe-me lhe perguntar se você está tentando me dizer como conduzir minhas autópsias.

— Não — respondi eu, com delicadeza, sem piscar. — Só estou lhe dizendo como eu conduzo minhas investigações.

Sua boca estava mais enrugada que um maracujá, mas no final ele deu de ombros.

— Pretendo passar os próximos quinze minutos ditando minhas anotações sobre Emma Spain. Passarei então para Jack Spain. Quem estiver no recinto quando eu começar o processo poderá permanecer. Quem não estiver presente àquela altura trate de evitar entrar para não perturbar mais uma autópsia.

Havia o entendimento mútuo de que eu pagaria por isso, mais cedo ou mais tarde.

— Obrigado, doutor. Agradeço sinceramente.

— Pode acreditar em mim, detetive, você não tem motivo algum para me agradecer. Não planejo me desviar um centímetro que seja de minha rotina habitual, seja por você, seja pelo detetive Curran. Sendo esse o caso, sinto que devo lhe informar que minha rotina não inclui bate-papos entre autópsias. — Com isso, ele virou as costas para mim e voltou a falar direto para o microfone suspenso.

Quando eu estava saindo, pelas costas de Cooper, encarei o assistente e lhe mostrei o dedo do meio. Ele tentou aparentar uma perplexidade inocente, o que não combinou em nada com ele, mas continuei a encará-lo até ele piscar os olhos. Se essa história se espalhasse, ele sabia onde eu viria procurar sua origem.

A geada ainda estava na grama, mas a claridade tinha chegado a um cinza-claro perolado: a manhã. O hospital começava a despertar para o dia. Duas velhas com seus melhores casacos estavam se apoiando mutuamente para subir a escada, falando alto sobre um assunto que eu preferia não ter ouvido, e um rapaz de roupão estava encostado junto da porta, fumando um cigarro.

Richie estava sentado numa mureta perto da entrada, olhando para a ponta dos sapatos, com as mãos enfiadas no fundo do bolso do paletó. Era, na realidade, um paletó bastante razoável, cinza, de bom corte. Ele conseguia fazer com que parecesse ser de brim.

Ele não levantou os olhos quando minha sombra o cobriu.

– Desculpa.

– Não há por que pedir desculpas. Não a mim.

– Ele terminou?

– Terminou com Emma. Está prestes a passar para Jack.

– Meu Deus – disse Richie, baixinho, para o céu. Não pude distinguir se estava rezando ou praguejando.

– As crianças são um inferno. Não tem como evitar. Todos fingimos que não é um problema; mas a verdade é que cada um de nós fica arrasado, todas as vezes. Nisso, você não está sozinho.

– Eu tinha certeza de que ia conseguir. Certeza total.

– E essa é a atitude correta. Sempre com o pensamento positivo. Nesse jogo, o que mata você são as dúvidas.

– Nunca me descontrolei desse jeito. Juro. Na cena do crime, mesmo. Eu estava *ótimo*. Nenhum problema.

– É, você estava muito bem mesmo. Mas a cena do crime é diferente. A primeira imagem é ruim, e depois o pior já passou. Ela não fica voltando à sua mente.

Vi seu pomo de adão dar um pulo quando ele engoliu.

– Vai ver que não fui feito para esse trabalho – disse ele, um momento depois.

As palavras deram a impressão de sair machucando sua garganta.

– Tem certeza de que quer ser?

– É tudo o que sempre quis. Desde que era pequeno. Vi um programa na televisão, um documentário, não lixo inventado. – Um olhar de soslaio para mim, para ver se eu estava achando graça dele. – Algum caso antigo, de uma garota que foi morta no interior. O detetive estava falando sobre como o caso foi resolvido. Achei que ele era o camarada mais inteligente que eu tinha visto na vida, sabe? Muito mais inteligente do que professores de faculdade e gente desse tipo, porque ele conseguia *fazer* coisas. Coisas que tinham importância. Só pensei... *É isso. Eu quero fazer isso.*

– E agora você está aprendendo a fazer isso. Como eu lhe disse ontem, leva tempo. Você não pode esperar dominar tudo no primeiro dia.

– É – disse Richie. – Ou vai ver que o Quigley tem razão e eu devia voltar correndo para a Divisão de Veículos Automotivos e passar mais um pouco de tempo prendendo meus primos.

– Era isso o que ele estava lhe dizendo ontem? Quando eu estava na sala do chefe?

Richie passou a mão pelo cabelo.

– Não importa – disse ele, cansado. – Não dou a mínima para o que Quigley diz. Só me incomodo se ele estiver com a razão.

Espanei a poeira de um trecho do muro e me sentei ao seu lado.

– Richie, meu filho. Deixe-me lhe fazer uma pergunta.

Ele virou a cabeça para mim. Estava novamente com aquela cara de intoxicação alimentar. Corri o risco de ele vomitar no meu terno.

– Aposto que você sabe que eu tenho o mais alto índice de solução de casos da divisão, não?

– Sei. Quando entrei, já sabia. Quando o chefe disse que eu ia trabalhar com você, fiquei feliz.

– E agora que teve a oportunidade de me ver trabalhar, de onde você acha que vem esse índice de solução de casos?

Richie pareceu constrangido. Estava claro que ele se tinha feito essa mesma pergunta e não tinha conseguido chegar a uma resposta.

– Será que é porque eu sou o cara mais inteligente da equipe de detetives?

Ele fez alguma coisa entre um dar de ombros e uma contorção.

– Como eu poderia saber?

– Em outras palavras: não. Será que é porque eu sou algum tipo de menino prodígio paranormal, como se vê na TV?

– Como eu disse. Eu não...

– Você não saberia dizer. Certo. Então, vou responder por você: meu cérebro e meus instintos não são melhores do que os de nenhum outro.

– Eu não disse que eram.

À luz fraca da manhã, seu rosto parecia contraído e ansioso, desesperadamente jovem.

– Sei que você não disse. Mas é verdade do mesmo jeito. Não sou nenhum gênio. Eu teria gostado de ser. Por um tempo, quando comecei, eu tinha certeza de que era especial. Não tinha a menor dúvida.

Richie estava me olhando, desconfiado, tentando descobrir se estava levando uma bronca ou não.

– Quando...? – perguntou ele.

– Quando eu descobri que não era nada de especial?

– É. Acho que é isso.

Os morros estavam escondidos na névoa, só trechos de verde apareciam e sumiam. Não havia como dizer onde a terra terminava e o céu começava.

– É provável que tenha descoberto muito mais tarde do que devia – disse eu. – Não houve um momento que se destaque. Digamos simplesmente que fiquei mais velho e mais sábio, e que isso se tornou óbvio. Cometi alguns erros que não deveria ter cometido; deixei passar coisas que o menino prodígio teria detectado. Acima de tudo, trabalhei com uns dois caras ao longo desse período que eram de verdade o que eu queria ser. E acabou que sou esperto apenas o suficiente para ver a diferença quando ela está bem diante do meu nariz. Esperto o suficiente para ver como não sou esperto, acho.

Richie não disse nada, mas estava prestando atenção. Aquele ar de alerta estava se intensificando no seu rosto, expulsando tudo o mais. Ele quase estava parecendo ser um policial de novo.

– Foi uma surpresa desagradável descobrir que eu não era nem um pouco especial. Mas, como eu já disse, você trabalha com o que tem. Se não fizer isso, é melhor você comprar um bilhete só de ida para o fracasso.

– Então, o índice de solução de casos...?

– O índice de solução de casos... Meu índice é o que é por dois motivos: porque eu me mato de trabalhar e porque eu mantenho o controle. Controlo as situações, as testemunhas, os suspeitos e, principalmente, controlo a mim mesmo. Se você for bastante bom nisso, poderá contrabalançar praticamente qualquer outra coisa. Se não for, Richie, se você perder o controle, aí não é tão importante o gênio que você possa ser: é melhor voltar para casa. Esqueça a gravata, esqueça as técnicas de interrogatório, esqueça todas as outras coisas sobre as quais falamos nessas duas semanas. Elas são apenas sintomas. Se você for fundo, descobrirá que cada coisinha que eu disse se resume em manter o controle. Está entendendo o que estou lhe dizendo?

A boca de Richie estava começando a se fixar numa linha firme, que era o que eu queria ver.

– Eu tenho controle, senhor. Foi só que o Cooper me pegou desprevenido. Só isso.

– Trate de não ficar desprevenido.

Ele mordeu a parte interna da bochecha.

– É. Tem razão. Não vai acontecer de novo.

— Eu achava mesmo que não ia acontecer. — Dei-lhe um tapa rápido no ombro. — Concentre-se no aspecto positivo aqui, Richie. Há uma probabilidade razoável de que esta seja a pior maneira de você passar uma manhã; e você ainda está de pé. E se, com só três semanas no serviço, você já descobriu que não é um prodígio, considere-se um cara de sorte.

— Pode ser.

— Acredite em mim. Você tem todo o resto da sua carreira para acertar o passo com seus objetivos. É uma dádiva, meu amigo. Não a jogue fora.

A cota diária de acidentes estava começando a entrar no hospital: um cara de macacão apertando um pano ensanguentado por cima da mão; uma garota com o rosto magro e tenso, carregando um bebê já grandinho, com ar atordoado. O relógio de Cooper estava avançando, mas aquilo ali precisava vir de Richie, não de mim.

— Será que um dia eu vou conseguir me livrar dessa vergonha na divisão?

— Não se preocupe com isso. Deixe comigo.

Ele me encarou de frente, pela primeira vez desde que eu tinha saído.

— Não quero que você fique cuidando de mim. Não sou um adolescente. Posso lutar por mim mesmo.

— Você é meu parceiro. É minha função lutar junto.

Isso o surpreendeu. Vi que alguma coisa mudava na sua expressão à medida que ele absorvia a ideia. Daí a um instante, ele concordou.

— Será que eu ainda...? Quer dizer, o dr. Cooper vai permitir que eu volte?

Olhei no meu relógio.

— Se nos apressarmos, sim.

— Certo — disse Richie. Ele deu um longo suspiro, passou as mãos pelo cabelo e se levantou. — Vamos.

— Parabéns. E, Richie?

— Sim?

— Não se deixe afetar por isso. Foi só um tropecinho de nada. Você tem tudo para ser um detetive da Homicídios.

— Seja como for, vou me esforçar ao máximo — disse ele, concordando. — Obrigado, detetive Kennedy. Obrigado. — Ele então endireitou a gravata, e nós dois voltamos a entrar no hospital, ombro a ombro.

Richie sobreviveu à autópsia de Jack. Não foi fácil: Cooper não se apressou, certificando-se de que víssemos bem cada detalhe. E, se Richie tivesse desviado o olhar uma vez sequer, estaria queimado. Ele não desviou o olhar. Assistiu firme, sem se mexer, mal chegando a piscar. Jack tinha sido um menino saudável, bem alimentado, grande para a idade; cheio de energia, a julgar pelas cascas de ferida nos joelhos e cotovelos. Tinha comido purê recheado e salada de frutas mais ou menos na mesma hora em que Emma. Vestígios por trás das orelhas demonstravam que tinha tomado banho e se contorcido demais para o xampu ser enxaguado direito. Depois tinha ido dormir, e altas horas da noite alguém o matou – presumivelmente com um travesseiro, mas dessa vez não havia como ter certeza. Ele não apresentava lesões defensivas, mas Cooper fez questão de salientar que isso não significava nada: ele podia ter passado desta para melhor enquanto dormia, ou podia ter berrado durante seus últimos segundos, direto no travesseiro que o fez parar de se debater. O rosto de Richie estava encovado em torno da boca e do nariz, como se ele tivesse emagrecido cinco quilos desde que entramos no necrotério.

Quando saímos dali, estava na hora do almoço, não que qualquer um de nós dois tivesse vontade de comer. A névoa tinha se dissipado, mas ainda estava escuro como ao amanhecer; o céu pesado com nuvens frias e, no horizonte, os morros eram de um verde esfumaçado, carrancudo. O movimento do hospital tinha sido retomado: pessoas entrando e saindo, uma ambulância descarregando um rapaz em traje de motociclista de couro, com uma perna num ângulo errado; um grupo de garotas de uniforme cirúrgico que não conseguia parar de rir com alguma coisa no celular de uma delas.

– Você conseguiu, detetive. Parabéns.

Richie fez um barulho rouco, um misto de tosse e ânsia de vômito, e eu tirei meu casaco da frente; mas ele passou a mão pela boca e se controlou.

– É, mas foi por pouco.

– Você está pensando que, na próxima vez que tiver chance de dormir, vai precisar de umas duas doses de uísque antes. Não beba. A última coisa que você quer é ter sonhos e não conseguir acordar.

– Meu Deus – disse Richie, baixinho, não para mim.

– Concentre-se no objetivo. A melhor parte vai ser no dia em que nosso suspeito for condenado à prisão perpétua, graças a nós termos cumprido cada requisito o tempo todo.

– Isso, se nós o pegarmos. Se não...

– Nada de "se". Não é assim que eu funciono. Ele está na nossa mão.

Richie ainda estava com o olhar perdido. Eu me acomodei de novo na mureta e saquei meu celular, para permitir que ele respirasse fundo algumas vezes.

– Vamos saber das novidades – disse eu, enquanto o telefone tocava. – Ver o que está acontecendo no mundo lá fora. – E ele acordou e veio se sentar ao meu lado.

Liguei primeiro para a base: O'Kelly ia querer um relatório completo e atualizado, além de uma chance de me mandar parar de perder tempo e tratar de prender alguém, duas coisas que eu podia muito bem lhe dar; e eu também queria informações atualizadas. A equipe de buscas conseguiu uma pequena quantidade de haxixe, escondida, um barbeador feminino e uma forma de bolo. A equipe de mergulhadores encontrou uma bicicleta muito enferrujada e uma pilha de entulho de construção. Eles ainda estavam trabalhando, mas as correntes eram tão fortes que eles não tinham muita esperança de que qualquer coisa menor tivesse ficado no mesmo lugar por mais de uma hora ou duas. Bernadette tinha reservado para nós uma sala de coordenação – uma das boas, com muitas mesas e um quadro branco de tamanho razoável, além de equipamento para reprodução de videocassetes e DVDs, para que alguém pudesse assistir às imagens de câmeras de circuito fechado e aos filmes que os Spain tinham em casa. Dois ou três estagiários já estavam arrumando o local, cobrindo as paredes com fotografias da cena do crime, mapas, listas, organizando um revezamento para atender a um telefone exclusivo para denúncias. Os outros estavam em campo, iniciando o longo processo de conversar com qualquer pessoa que um dia tivesse cruzado o caminho dos Spain. Um deles conseguiu rastrear os coleguinhas de Jack do maternal. Em sua maioria, ninguém tinha notícia dos Spain desde junho, quando a escola fechou para o verão. Uma mãe disse que Jack tinha vindo à sua casa umas duas vezes desde aquela época, para brincar com seu filho, mas, em algum momento em agosto, Jenny tinha parado de ligar de volta para ela. A mulher disse mais alguma coisa sobre isso não ser nada característico de Jenny.

– Portanto – disse eu, quando desliguei –, uma das irmãs está mentindo: Fiona ou Jenny, a escolha é sua. Boa sacação. E, do verão em diante, Jenny estava agindo de forma estranha no que se referia aos amiguinhos de Jack. Isso precisa de uma explicação.

Richie estava com um ar mais saudável, agora que tinha alguma coisa em que se concentrar.

– Pode ser que essa mulher tenha feito alguma coisa que deixou Jenny irritada. Só isso.

– Ou talvez Jenny simplesmente estivesse constrangida por reconhecer que precisou tirar Jack do maternal. Mas poderia ter havido outra coisa que a tivesse perturbado. Pode ser que o marido dessa mulher fosse um pouco amistoso demais, ou alguém no maternal talvez tivesse feito alguma coisa que assustou Jack, e Jenny não tivesse certeza de como agir... Precisamos descobrir, de um jeito ou de outro. Lembre-se da Regra número 2, ou seja lá qual for o número: todo comportamento estranho é um presente, só para nós.

Eu estava ligando para minha central de mensagens quando o celular tocou. Era o mago da informática, Kieran ou fosse lá o que fosse, e ele já estava falando antes de eu me identificar.

— Então, estou aqui, tentando recuperar o histórico de navegação, ver o que pode ser tão importante que alguém fosse querer apagar. Até agora, vou ser franco, estou meio decepcionado.

— Peraí – disse eu. Não havia ninguém por perto. Passei o celular para viva-voz. – Pode falar.

— Consegui um punhado de URLs ou de URLs parciais, mas estamos falando de eBay, de grupos de discussão de mamães e filhinhos, dois ou três grupos de esportes, um fórum de jardinagem e decoração e algum site de venda de lingerie. O que foi interessante para mim, mas não ajudou muito sua investigação. Eu estava esperando, sabe, tipo uma operação de contrabando, uma quadrilha de lutas entre cães, alguma coisa desse tipo. Não consigo ver nenhuma razão pela qual seu "suspeito" ia querer deletar o tamanho do sutiã da vítima. – Ele parecia mais intrigado que decepcionado.

— O tamanho do sutiã, pode ser que não. Mas os fóruns são outra história. Algum sinal de que os Spain estivessem com problemas no ciberespaço? Alguém que eles tenham deixado furioso, alguém que os estivesse atormentando?

— Como eu iria saber? Mesmo quando acerto com um site, não tenho como saber o que eles *faziam* por lá. Cada fórum tem tipo alguns milhares de membros, no mínimo. Mesmo que se suponha que as vítimas fossem membros, e não ficassem só na moita, não sei quem eu deveria procurar.

— Eles tinham um arquivo com todas as senhas, não tinham? – disse Richie. – Você não pode usar esse arquivo?

Kieran estava começando a perder a paciência com esses idiotas não iniciados. Ele tinha um limite baixo para a chateação.

— Usar como? Usar as senhas para acessar todos os nomes de usuário em cada website no mundo inteiro, até conseguir entrar em algum? Eles não puseram os nomes que usavam nos fóruns no arquivo de senhas. Metade do tempo, eles nem puseram o nome do website, só as iniciais, ou qualquer coisa. Tipo, eu tenho aqui uma linha que diz "WW – Emmajack", mas não faço a menor ideia se WW representa os Weight Watchers ou o World of Warcraft, nem sei que nome de usuário eles usaram em qualquer site que estamos mencionando. Consegui saber seu nome no eBay porque, na página de feedback, apareceram algumas ocorrências de "jenny-esfuziante", tentei acessar com esse nome e pronto, já estava lá dentro. Caso vocês queiram saber, só roupas infantis e sombra para olhos. Mas não houve nada semelhante em nenhum outro site, ou pelo menos não por enquanto.

Richie tinha apanhado o caderno e estava escrevendo.

— Procure em todos os sites por uma "jenny-esfuziante" ou por alguma variante disso, "esfuziante-jenny", esse tipo de coisa. Se eles não foram espertos com as senhas, é provável que não tenham sido com os nomes de usuário.

Quase deu para eu ouvir Kieran revirando os olhos.

– Hum, é, isso já tinha me ocorrido. Ainda não encontrei nenhuma outra "jenny-esfuziante", mas vamos continuar procurando. Alguma chance de pegar os nomes de usuários com a vítima? Ia nos poupar um tempão.

– Ela ainda está inconsciente – disse eu. – Nosso suspeito limpou esse histórico por um motivo. Estou imaginando que ele pudesse estar perseguindo Pat ou Jenny online. Dê uma olhada nas postagens dos últimos dias em cada fórum. Se tiver acontecido qualquer assunto dramático nesse período, não deveria ser difícil encontrar.

– Quem, *eu? Fala sério.* Pegue algum garoto de *8* anos por aí e o faça ficar lendo fóruns até as células do seu cérebro cometerem suicídio coletivo. Ou, quem sabe, um chimpanzé.

– Você viu o espaço que este caso está recebendo na mídia, meu filho? Precisamos dos nossos talentos maiores e mais inteligentes, a cada passo. Nada de chimpanzés aqui. – Kieran deu um suspiro longo e exasperado, mas não discutiu. – Para começar, concentre-se na última semana. Se precisarmos nos aprofundar, é o que faremos.

– Nós quem, cara-pálida? Veja só, sem querer ser espertinho, mas lembre-se de que eu provavelmente vou encontrar mais sites à medida que o software de recuperação for produzindo resultados. Se suas vítimas entravam num monte de fóruns diferentes, meu pessoal e eu podemos verificar tudo rápido ou podemos verificar em profundidade. A escolha é sua.

– Rápido deveria servir para os painéis de esportes, a menos que você detecte alguma coisa importante. Dê só uma passada superficial em busca de algum drama recente. Nos fóruns de mamães e filhos e de jardinagem e decoração, vá mais fundo. Tanto online como offline, são as mulheres que falam.

Kieran deu um gemido.

– Eu estava com medo de você dizer isso. O fórum das mamães está como um final dos tempos. Está tendo algum tipo de guerra nuclear sobre o "choro controlado". Eu poderia ter vivido a vida inteira perfeitamente bem sem descobrir o que isso significa.

– Como dizem, colega, aprender nunca é demais. Suporte tudo com um sorriso. Você está procurando por uma mãe que não trabalha fora, com formação em relações públicas, uma filha de 6 anos, um filho de 3, com o pagamento da hipoteca atrasado, marido que ficou desempregado em fevereiro e todo um cenário de problemas financeiros. Ou vamos partir desse pressuposto. Poderíamos estar muito equivocados, mas por enquanto vamos trabalhar com isso.

Richie levantou os olhos do caderno.

— Que você está querendo dizer?

— No mundo online, Jenny poderia ter tido sete filhos, uma corretora de valores e uma mansão na região dos Hamptons. Ela poderia estar morando numa comunidade hippie em Goa. As pessoas mentem na web. Sem dúvida isso não é nenhuma surpresa.

— Mentem descaradamente – concordou Kieran. – O tempo todo.

Richie lançou um olhar de ceticismo.

— Em sites de encontros, sim, mentem. Aumentam a altura, cortam fora alguns quilos, dão a si mesmas um Jaguar ou um doutorado. Isso significa que você pode ter acesso à seção de luxo. Mas mentir para um monte de outras mulheres que você nunca vai conhecer pessoalmente? Qual é o ganho nisso?

Kieran respondeu, com menosprezo.

— Sou eu quem pergunta, cara-pálida. Sua mulher já esteve alguma vez online?

— Se você não suporta sua própria vida – disse eu –, hoje em dia, é só entrar online e conseguir uma vida nova. Se todo mundo com quem você fala acredita que você é um grande astro do rock, eles vão tratá-lo como um astro do rock. E se é assim que todos o tratam, então é assim que você se sente. Quando se vai ao fundo da questão, de que modo isso é assim tão diferente de ser um grande astro do rock, pelo menos parte do tempo?

O ar de ceticismo tinha aumentado.

— Porque você *não é* uma droga de astro do rock. Você ainda é o Fulaninho de Tal do setor de contabilidade. Você ainda está sentado no seu apartamento de quarto e sala em Blanchardstown, comendo um lanchinho de biscoitos, mesmo que o mundo pense que está tomando champanhe num hotel de cinco estrelas em Mônaco.

— Sim e não, Richie. Os seres humanos não são tão simples assim. A vida seria muito mais direta, se tudo o que importasse fosse o que se é realmente, mas nós somos animais sociais. O que os outros pensam que somos, o que *você* acredita que é: isso também importa. Isso faz diferença.

— No fundo – disse Kieran, animado –, as pessoas contam mentiras para impressionar umas às outras. Nada de novo ali. Elas fazem isso no mundo de carne e osso desde sempre. O ciberespaço só facilita as coisas.

— Esses fóruns poderiam ter sido o lugar em que Jenny escapava de tudo o que estava errado na sua vida. Ela poderia ter sido qualquer pessoa lá fora.

Richie fez que não, mas sua atitude tinha passado da descrença para a perplexidade.

— Então, quer que eu procure o quê? – perguntou Kieran.

— Fique alerta para qualquer uma que se encaixe na situação dela; mas, se ninguém combinar, isso não quer dizer que ela não esteja lá. Procure qualquer uma que tenha tido problemas sérios com outra integrante do grupo, qualquer uma que mencione perseguição ou assédio, tanto online como aqui fora, qualquer uma que mencione perseguição ou assédio ao marido ou ao filho. Se descobrir qualquer coisa interessante, ligue para nós. Alguma sorte com os e-mails?

Batidas de teclas ao fundo.

– Até agora, só um monte de fragmentos. Peguei uma mensagem de alguém que se chama Fi, ainda em março, querendo saber se Emma tinha o estojo completo da *Dora, a aventureira*; e tenho alguém na casa enviando um currículo para um emprego em recrutamento em junho, mas fora isso é o spam de sempre. A menos que "Como enlouquecer de prazer sua parceira" seja algum tipo de código secreto, não conseguimos nada.

– Então continue procurando – disse eu.

– Fica frio – disse Kieran. – Como você falou, o cara não apagou o computador só para mostrar como era maluco. Mais cedo ou mais tarde, alguma coisa vai aparecer. – Ele desligou.

– Sentada lá longe, naquele fim de mundo, fingindo-se de estrela do rock para pessoas que você nunca vai conhecer – comentou Richie, em voz baixa. – Até que ponto chega a solidão das pessoas?

Desliguei o viva-voz enquanto conferia minhas mensagens de voz, só para qualquer eventualidade. Richie captou minha intenção e foi se afastando de mim, sem se levantar da mureta, concentrando-se no seu caderno, como se o endereço residencial do assassino estivesse ali em algum lugar. Eu tinha cinco mensagens. A primeira era de O'Kelly, bem cedinho, querendo saber onde eu estava, por que Richie não tinha conseguido atrair nosso suspeito na noite passada, se ele estava usando algum traje que não fosse um agasalho de corrida brilhoso e se eu não queria mudar de ideia e neste caso formar parceria com um detetive da Homicídios de verdade. A segunda era de Geri, pedindo desculpas ainda mais uma vez pela noite passada e esperando que estivesse tudo certo no trabalho e que Dina estivesse se sentindo melhor: "E presta atenção, Mick, se ela ainda não estiver ótima, posso ficar com ela esta noite, sem problema. Sheila está se recuperando, e Phil está quase bom. Ele só passou mal uma vez desde a meia-noite. Por isso, é só você trazer Dina para nossa casa, assim que puder. Estou falando sério, agora." Tentei não imaginar se Dina já teria acordado e o que teria achado de estar trancada dentro de casa.

A terceira mensagem era de Larry. Ele e seus rapazes tinham passado pelo computador as impressões digitais tiradas do posto de vigia. Não conseguiram nada, nosso homem não estava no sistema. A quarta era de O'Kelly de novo: a mesma mensagem de antes, dessa vez com o acréscimo de xingamentos. A quinta tinha entrado apenas vinte minutos antes. Era de algum médico do hospital. Jenny Spain estava acordada.

Um dos motivos pelos quais gosto do trabalho na Homicídios é que as vítimas, em geral, estão mortas. É óbvio que os parentes e amigos estão vivos, mas nós podemos nos livrar deles, passando-os para a divisão de Apoio a Vítimas, depois de uma entrevista ou duas, a menos que sejam suspeitos; e, nesse caso, conversar com eles não tem exatamente o mesmo efeito que passar sua mente por um triturador. Não é meu costume compartilhar isso com as pessoas, para que elas não me considerem um depravado, ou pior, um fracote; mas, em qualquer circunstância, prefiro uma criança morta a uma criança se debulhando de chorar, enquanto você tenta fazer com que ela lhe conte o que o homem mau fez em seguida. Vítimas mortas não aparecem chorando, do lado de fora da base da Divisão de Homicídios, implorando por alguma resposta; você nunca precisa incentivá-las a reviver cada momento horroroso e nunca precisa se preocupar com o que vai acontecer com a vida delas, se você não conseguir resolver o caso. Elas ficam lá no necrotério, a anos-luz de qualquer coisa que eu possa fazer de certo ou de errado, e me deixam livre para me concentrar nas pessoas que as mandaram para lá.

O que estou querendo dizer é que ir ver Jenny Spain no hospital era, no que dizia respeito ao trabalho, meu pior pesadelo tornado realidade. Parte de mim vinha rezando para que recebêssemos aquele outro telefonema, o que diria que Jenny tinha partido sem jamais recuperar a consciência, que sua dor tinha tido um limite.

A cabeça de Richie estava voltada para mim, e eu percebi que minha mão estava crispada em torno do celular.

— Alguma notícia, é?

— Parece que finalmente podemos pedir aqueles nomes de usuários a Jenny Spain. Ela acordou. Vamos subir.

O médico do lado de fora do quarto de Jenny era louro e magricela, fazendo muito esforço para parecer mais velho, o cabelo repartido como se fosse de meia-idade e uma barba incipiente. Atrás dele, o policial fardado à porta — talvez por eu estar cansado, todos pareciam ter em torno de 12 anos — deu uma olhada para mim e Richie e adotou a posição de sentido, com o queixo recolhido.

Exibi minha identificação.

— Detetive Kennedy. Ela ainda está acordada?

O médico examinou com cuidado a identidade, o que foi bom.

— Está, sim. Mas duvido que você consiga muito tempo com ela. Está sob o efeito de analgésicos fortíssimos; e o mero fato de ter sofrido lesões nessa escala já deixa a pessoa esgotada. Eu diria que ela vai adormecer logo.

— Mas ela está fora de perigo?

Ele encolheu os ombros.

— Não se pode garantir. Seu prognóstico é melhor do que umas duas horas atrás, e nós estamos otimistas, embora com cautela, quanto às suas funções neurológicas. Mas ainda há um enorme risco de infecção. Teremos uma ideia melhor dentro de alguns dias.

— Ela disse alguma coisa?

— Você tem conhecimento do ferimento no rosto, certo? É muito difícil para ela falar. Ela disse a uma enfermeira que estava com sede. E me perguntou quem eu era. Também disse "Está doendo", duas ou três vezes, antes de aumentarmos a dose dos analgésicos. Só isso.

O policial fardado deveria estar lá dentro com ela, para a eventualidade de alguma mudança, mas eu lhe dera ordens de montar guarda à porta, e por Deus era isso o que ele estava fazendo. Senti vontade de me dar uns bons tapas por não ter usado um detetive de verdade, com um cérebro operante, em vez daquele robô adolescente.

— Ela sabe? – perguntou Richie. – O que houve com a família?

O médico fez que não.

— Não ao que eu possa dizer. Estou supondo que houve alguma amnésia retrógrada. É bastante comum depois de alguma lesão na cabeça, costuma ser temporária, mas novamente não se pode garantir.

— E você não lhe contou, certo?

— Achei que vocês talvez quisessem fazer isso, vocês mesmos. E ela não perguntou. Ela... bem, vocês vão ver o que estou querendo dizer. Ela não está em grande forma.

Ele vinha mantendo a voz baixa; e, quando disse essas palavras, seus olhos passaram por cima do meu ombro. Até aquele momento, eu não tinha me dado conta dela: uma mulher, dormindo numa cadeira de plástico duro encostada na parede do corredor, segurando no colo uma bolsa grande e florida, e com a cabeça caída num ângulo doloroso. Não parecia ter 12 anos. Parecia ter no mínimo 100: o cabelo caindo do coque, o rosto inchado e desbotado de tanto chorar e da exaustão. Mas não poderia ter mais de 70 anos. Eu a reconheci dos álbuns de fotografias dos Spain: a mãe de Jenny.

Os estagiários tinham tomado uma declaração dela no dia anterior. Nós teríamos de voltar a falar com ela, mais cedo ou mais tarde, mas naquele momento já havia agonia mais do que suficiente nos aguardando dentro do quarto de Jenny, sem que precisássemos acumular mais no corredor.

— Obrigado — disse eu, com a voz bem mais baixa. — Se houver qualquer mudança, peço que nos mantenha informados.

Entregamos nossas identidades ao robô, que as examinou de todos os ângulos mais ou menos por uma semana. A sra. Rafferty mexeu os pés e gemeu dormindo, e eu quase afastei da minha frente o policial fardado, com uma ombrada; mas por sorte ele escolheu aquele instante para decidir que éramos realmente detetives.

— Senhor — disse ele, com desenvoltura, entregando-nos as identidades e afastando-se da porta. Com isso, nós nos encontramos dentro do quarto de Jenny Spain.

Ninguém jamais poderia ter imaginado que aquela era a loura maravilhosa que cintilava nas fotos do casamento. Seus olhos estavam fechados, as pálpebras, roxas e inchadas. O cabelo, espalhado no travesseiro a partir de uma larga atadura branca, estava lambido e escurecido, com uma cor de um castanho-acinzentado, por dias sem ser lavado. Alguém tinha tentado tirar o sangue dele, mas ainda havia cachos grudados, mechas com pontas duras, afiadas. Um curativo de gaze, preso de qualquer jeito por tiras de esparadrapo, cobria sua bochecha direita. As mãos, pequenas e finas, como as de Fiona, estavam relaxadas sobre as ondas do cobertor azul-claro; com um tubo estreito entrando numa grande equimose manchada. Suas unhas estavam perfeitas, lixadas em arcos delicados e pintadas de um bege rosado suave, com exceção de duas ou três que tinham sido arrancadas até o sabugo. Mais tubos saíam do seu nariz, subiam para passar por trás das orelhas e desciam sinuosos pelo seu peito. Em toda a sua volta, máquinas emitiam bipes, bolsas transparentes gotejavam, metais refletiam a luz.

Richie fechou a porta ao passar, e ela abriu os olhos.

Ficou olhando, atordoada e entorpecida, tentando calcular se éramos de verdade. Estava a uma distância insondável, sob o efeito dos analgésicos.

— Sra. Spain — disse eu, com a voz mansa, mas mesmo assim ela se encolheu, com as mãos se erguendo, defensivas. — Sou o detetive Michael Kennedy, e esse é o detetive Richard Curran. A senhora poderia falar conosco alguns minutos?

Devagar, os olhos de Jenny focalizaram os meus. Ela murmurou. A voz saiu espessa e coagulada, através do ferimento e do curativo.

— Aconteceu alguma coisa.

— Sim. Lamento dizer que sim. — Virei uma cadeira para o lado da cama e me sentei. Do outro lado, Richie fez o mesmo.

— O que aconteceu?

— A senhora foi agredida, em sua casa, há duas noites. Sofreu ferimentos graves, mas os médicos cuidaram de tudo e dizem que vai se recuperar. Consegue se lembrar de alguma coisa dessa agressão?

– Agressão. – Ela estava lutando para vir à tona, chegar à superfície através do enorme peso das drogas que se abatiam sobre sua mente. – Não. Como... o quê... – E então seus olhos ganharam vida, acendendo-se num azul incandescente de puro terror. – *Meus filhinhos. Pat.*

Todos os músculos do meu corpo queriam me atirar porta afora.

– Sinto muito.

– *Não.* Eles estão... onde...

Ela estava lutando para se sentar na cama. Estava fraca demais para conseguir isso, mas não fraca demais para arrebentar alguns pontos na tentativa.

– Sinto muito mesmo – disse eu, outra vez. Pus a mão em torno do seu ombro e fiz pressão para baixo, com a máxima delicadeza possível. – Não houve nada que pudéssemos fazer.

O instante que vem depois dessas palavras tem um milhão de formas. Vi pessoas soltando uivos até perderem a voz; vi outros que ficaram paralisados como se tivessem esperança de que aquilo passasse direto por eles, seguisse em frente e destruísse a caixa torácica de outra pessoa, se eles simplesmente conseguissem ficar imóveis o suficiente. Já os contive para que não batessem com a cabeça em paredes, na tentativa de derrubar a dor. Jenny Spain estava para além de qualquer uma dessas reações. Tinha gasto todas as suas defesas duas noites antes. Não lhe sobrava energia para isso. Ela se deixou cair de volta na fronha gasta e chorou, direto e em silêncio, sem parar.

Seu rosto estava vermelho e deformado, mas ela não fez menção de cobri-lo. Richie debruçou-se e pôs a mão sobre a dela, a que não estava com o acesso intravenoso, e ela se agarrou à mão dele até as articulações ficarem brancas. Atrás dela, uma máquina emitia bipes, leves e regulares. Concentrei-me em contar os bipes, e como desejei ter trazido água, chicletes, balas de hortelã, qualquer coisa que me permitisse engolir.

Depois de um bom tempo, o choro foi se esgotando, e Jenny ficou ali deitada, imóvel, com os olhos vermelhos, nublados, fixos na tinta que estava se descascando da parede.

– Sra. Spain – disse eu –, vamos fazer tudo o que pudermos.

Ela não olhou para mim. Veio aquele sussurro espesso, esfarrapado.

– Tem certeza? Você mesmo os viu?

– Lamento, mas temos certeza.

– Seus filhinhos não sofreram, sra. Spain – disse Richie, com delicadeza. – Eles nem souberam o que estava acontecendo.

Sua boca começou a tremer. Falei rápido, antes que ela voltasse a perder o controle.

– Sra. Spain, consegue nos dizer o que se lembra daquela noite?

– Não sei – disse ela, fazendo que não.

— Certo. Nós entendemos. A senhora poderia tentar pensar um pouco, ver se alguma coisa volta à sua mente?

— Não... Não tem nada. Não consigo...

Ela estava começando a se retesar, com a mão apertando de novo a de Richie.

— Sem problema. Qual é a última coisa de que se lembra?

Jenny ficou com um olhar vazio; e, por um momento, achei que sua atenção tivesse se dispersado, mas então ela respondeu, sussurrando:

— O banho das crianças. Emma lavou a cabeça de Jack. Caiu xampu nos olhos dele. Ele ia começar a chorar. Pat... as mãos nas mangas do vestido de Emma, como se o vestido estivesse dançando, para fazer Jack rir...

— Bom – disse eu, e Richie deu à sua mão um aperto de incentivo. – Ótimo. Qualquer coisinha poderia nos ajudar. E depois do banho das crianças...?

— Não sei. Não sei. A primeira coisa foi aqui, aquele médico...

— Tudo bem. Pode ser que volte a se lembrar. Enquanto isso, pode me dizer se alguém a andou incomodando, ao longo dos últimos meses? Qualquer pessoa que a tenha preocupado? Talvez alguém que a senhora conhecia estivesse agindo de modo um pouco estranho, ou talvez a senhora tenha visto alguém por perto que a deixou nervosa?

— Ninguém. Nada. Tudo estava *bem*.

— Sua irmã, Fiona, mencionou uma invasão do seu domicílio durante o verão. Pode nos falar a respeito disso?

A cabeça de Jenny mudou de posição no travesseiro, como se alguma coisa estivesse doendo.

— Aquilo não foi nada. Nada de importante.

— Fiona deu a impressão de que foi bastante importante na ocasião.

— Fiona é exagerada. Naquele dia, eu estava só estressada. Fiquei preocupada sem motivo.

Os olhos de Richie, do outro lado da cama, encontraram os meus. De algum modo, Jenny estava conseguindo mentir.

— Há uma quantidade de buracos nas paredes da sua casa. Eles estão relacionados à invasão?

— *Não*. Esses são... Não são nada. São só um tipo de faça-você-mesmo.

— Sra. Spain – disse Richie. – Tem certeza disso?

— Tenho. Certeza absoluta.

Através de todo o enevoamento da medicação e das lesões, alguma coisa no seu rosto faiscou, densa e dura como aço. Lembrei-me do que Fiona tinha dito: *Jenny não é covarde*.

— Faça-você-mesmo de que tipo? – perguntei.

Nós esperamos, mas os olhos de Jenny tinham voltado a se nublar. Sua respiração estava tão leve que eu mal podia ver seu tórax subir e descer.

– Cansada – murmurou ela.

Pensei em Kieran e sua busca por nomes de usuários, mas não haveria como essa mulher conseguir encontrar esses dados nos destroços da sua cabeça.

– Mais algumas perguntas – disse eu, com delicadeza – e vamos deixá-la descansar. Uma senhora chamada Aisling Rooney, cujo filho Karl era amigo de Jack no maternal, mencionou que tentou entrar em contato durante o verão, mas que a senhora parou de ligar de volta. Está lembrada disso?

– Aisling. Sim.

– Por que a senhora não ligou de volta para ela?

Um dar de ombros, pouco mais do que um tremor, mas doeu.

– Simplesmente não liguei.

– A senhora tinha tido problemas com ela? Com qualquer pessoa daquela família?

– Não. Eles são legais. Só me esqueci de ligar para ela.

Mais uma vez, aquele cintilar de aço. Fingi que não percebi e passei adiante.

– A senhora disse à sua irmã, Fiona, que Jack tinha trazido um amiguinho do maternal para casa na semana passada?

Depois de um longo silêncio, Jenny fez que sim. Seu queixo tinha começado a tremer.

– Ele trouxe mesmo?

Ela fez que não. Seus olhos e sua boca estavam bem fechados.

– Pode me dizer por que disse a Fiona que ele tinha trazido?

Lágrimas vazaram para o rosto de Jenny. Ela conseguiu dizer um "deveria ter..." antes de um soluço a atravessar como um soco.

– Tão cansada... por favor...

Ela afastou a mão de Richie e cobriu o rosto com o braço.

– Vamos deixá-la descansar. Vamos mandar alguém da Divisão de Apoio a Vítimas para conversar com a senhora, está bem?

Jenny fez que não, arquejando. Havia sangue seco nas dobras das suas articulações.

– Não. Por favor... não... só... sozinha.

– Garanto que eles são bons. Sei que nada vai melhorar a situação, mas eles podem ajudá-la a atravessar esse pedaço. Já ajudaram muita gente que sofreu esse tipo de perda. Quer dar uma oportunidade a eles?

– Não... – Ela conseguiu recuperar o fôlego, num arquejo fundo e trêmulo. Daí a um instante, perguntou, atordoada: – Que foi? – Os analgésicos estavam de novo encobrindo sua cabeça.

— Não importa – disse Richie, em tom brando. – Quer que lhe tragamos alguma coisa?

— Eu não...

Seus olhos se fecharam. O sono estava começando a dominá-la, o que era o melhor para ela.

— Nós voltamos quando a senhora estiver se sentindo melhor. Por enquanto, vamos deixar nossos cartões aqui. Caso se lembre de qualquer coisa, absolutamente qualquer coisa, por favor ligue para um de nós dois.

Jenny emitiu um som entre um gemido e um soluço. Já estava dormindo, com as lágrimas escorrendo pelo rosto. Pusemos os cartões na mesinha de cabeceira e saímos.

Ali fora, no corredor, tudo estava na mesma: o policial fardado ainda estava em posição de sentido, e a mãe de Jenny ainda dormia na cadeira. Sua cabeça tinha caído para um lado, e seus dedos apertavam menos a bolsa, contraindo-se na alça gasta. Com a voz mais baixa possível, mandei o policial fardado entrar no quarto; e fomos andando o mais rápido possível, até virar uma esquina, para só então eu parar para guardar meu caderno.

— Aquilo ali foi interessante, não? – disse Richie. Ele parecia amortecido, mas não abalado: os vivos não o afetavam. Uma vez que aquela sua empatia tivesse aonde ser direcionada, por ele estava tudo bem. Se eu estivesse à procura de um parceiro permanente, nós teríamos sido perfeitos um para o outro. – Muita mentira, para apenas alguns minutos.

— Quer dizer que você percebeu. Elas podem vir ou podem não vir ao caso. Como eu lhe disse, todo mundo mente, mas vamos precisar descobrir. Vamos voltar a falar com Jenny. – Precisei tentar três vezes para enfiar meu caderno no bolso do casaco. Dei um pouco as costas para Richie para disfarçar.

Ele não saiu do lugar, olhando para mim com os olhos semicerrados.

— Tudo bem com você?

— Estou bem. Por que pergunta?

— Você parece um pouco... – Ele balançou a mão. – Foi bem difícil ali dentro. Achei que talvez...

— Por que você não começa a supor que qualquer coisa que você aguente eu também possa aguentar? Aquilo ali não foi difícil. Foi só mais um dia no serviço, como você vai saber assim que ganhar um pouco mais de experiência. E, mesmo que tivesse sido difícil pra caramba, eu ainda estaria bem. Aquele papo que tivemos mais cedo, Richie, sobre o controle. Será que ele ainda não entrou na sua cabeça?

Ele recuou, e eu me dei conta de que meu tom tinha sido um pouco mais agressivo do que eu queria.

— Só fiz uma pergunta.

Levou um segundo para cair a ficha: ele realmente só tinha feito uma pergunta. Não estava sondando em busca de pontos fracos, nem tentando equilibrar as coisas depois do incidente na autópsia. Só estava cuidando do seu parceiro.

— E eu agradeço — disse eu, com menos aspereza. — Desculpe a resposta grosseira. E com você? Tudo bem?

— Estou ótimo, sim. — Ele flexionou a mão e se encolheu. Pude ver marcas roxas e fundas onde Jenny tinha fincado as unhas. Richie olhou de relance para trás. — A mãe. Nós vamos... Quando vamos permitir que ela entre?

Segui pelo corredor, na direção da escada de saída.

— Quando ela quiser, desde que seja sob supervisão. Vou ligar para o policial de guarda para passar essa informação.

— E Fiona?

— O mesmo vale para ela. É muito bem-vinda, desde que não se incomode de ter companhia. Pode ser que as duas consigam ajudar Jenny a recuperar um pouco o controle, conseguir tirar dela mais do que nós conseguimos.

Richie acompanhava meu ritmo e não disse nada, mas eu estava começando a sacar seus silêncios.

— Você acha que eu deveria me concentrar no modo pelo qual elas podem ajudar Jenny, não no modo pelo qual elas podem ajudar a nós. E você acha que eu deveria tê-las deixado entrar ontem.

— Ela está passando por um inferno. Elas são sua *família*.

Comecei a descer a escada depressa.

— Isso mesmo, meu filho. Na mosca. Elas são sua *família*, o que significa que não temos nenhuma esperança de entender a dinâmica que funciona ali. Pelo menos, não por enquanto. Não sei que efeito duas horas com a mamãe e a mana teriam tido sobre a história de Jenny, e não quis descobrir. Pode ser que a mãe goste de explorar a culpa dos outros e faça com que Jenny se sinta ainda pior por não ter feito caso do intruso; e, quando Jenny fala com a gente, ela talvez omita o fato de que ele entrou na casa mais algumas vezes nesse período. Pode ser que Fiona a avise de que estamos pensando em Pat; e, quando chegarmos a Jenny, ela simplesmente se recuse a falar conosco. E não se esqueça: Fiona pode não ser a primeira na lista de suspeitos, mas ela não está excluída, não enquanto não descobrirmos como nosso suspeito escolheu os Spain. E ela ainda é a pessoa que teria herdado, se Jenny tivesse morrido. Por mais que a vítima precise de um abraço, eu não vou deixar a herdeira conversar com ela antes de mim.

— Acho — disse Richie. Ao pé da escada, ele se afastou para um lado para deixar passar uma enfermeira que empurrava um carrinho cheio de tubos plásticos enrolados e metal reluzente, e ficar olhando enquanto ela seguia ruidosa pelo corredor. – Vai ver que você tem razão.

– Você acha que sou um filho da mãe insensível, não acha?

– Não me cabe julgar – respondeu ele, dando de ombros.

– Pode ser que eu seja. Depende da definição que se use. Porque, veja bem, Richie, para mim, um filho da mãe insensível é alguém que conseguisse olhar nos olhos de Jenny Spain e lhe dizer: *Desculpe, senhora, não vamos conseguir pegar a pessoa que chacinou sua família, porque eu estava muito ocupado me certificando de que todo mundo gostasse de mim, nos vemos por aí,* e então ir para casa tranquilão, para um bom jantar e uma ótima noite de sono. Isso é uma coisa que não consigo fazer. Portanto, se no caminho eu precisar cometer alguns pequenos atos de frieza, para me certificar de que uma coisa dessas não aconteça, que assim seja. – As portas da saída abriram-se com um tremor violento, e uma rajada de ar frio e encharcado nos envolveu. Suguei o máximo que pude para encher meus pulmões.

– Vamos falar com o policial fardado agora – disse Richie. – Antes que a mãe acorde.

Sob a luz pesada e cinzenta, Richie estava com uma aparência horrível, os olhos injetados, o rosto abatido e macilento. Se não fossem as roupas mais ou menos razoáveis, o pessoal da segurança teria imaginado que ele era um drogado. O rapaz estava exausto. Eram quase três da tarde. Faltavam cinco horas para nosso turno da noite começar.

– Fique à vontade – disse eu. – Ligue para ele. – A expressão de Richie me disse que eu estava com um aspecto tão ruim quanto o dele. Cada vez que eu respirava, o ar ainda vinha impregnado de desinfetante e sangue, como se a atmosfera do hospital tivesse se fechado em torno de mim e se infiltrado nos meus poros. Quase desejei ser um fumante. – E depois podemos sair deste lugar. Hora de ir para casa.

9

Deixei Richie diante de casa, uma construção geminada bege, em Crumlin. A pintura em mau estado indicava que era alugada; as motocicletas acorrentadas à grade diziam que ele a dividia com dois ou três colegas.

– Trate de dormir – sugeri. – E lembre-se do que eu disse: nada de bebida. Precisamos estar em perfeita forma para hoje à noite. Nos encontramos do lado de fora da base, faltando quinze para as sete. – Quando ele pôs a chave na porta, vi sua cabeça cair para a frente como se não lhe restasse nenhuma energia para mantê-la erguida.

Dina não tinha me ligado. Eu vinha tentando encarar isso como um sinal de que ela estava tranquila, lendo ou vendo televisão, ou talvez ainda dormindo; mas eu sabia que ela não me ligaria mesmo que estivesse subindo pelas paredes. Quando está bem, Dina responde a mensagens de texto e a uma ou outra ligação; mas, quando não está, ela não confia no celular o suficiente para tocar nele. Quanto mais perto de casa eu chegava, mais aquele silêncio parecia se tornar denso e instável, um nevoeiro acre que eu precisava atravessar com esforço para poder alcançar minha porta.

Dina estava sentada em posição de ioga no piso da sala de estar, com meus livros espalhados ao redor como se um furacão os tivesse arrancado das estantes, rasgando uma folha de *Moby Dick*. Ela olhou direto nos meus olhos, jogou a folha numa pilha à sua frente, atirou o volume de Melville, que atingiu com estrondo a parede do outro lado, e estendeu a mão para pegar outro livro.

– Que *porra* você... – Larguei minha pasta e agarrei o livro da sua mão. Ela tentou me dar um chute na canela, mas eu me desviei com um salto. – Que *merda* você está fazendo, Dina?

– *Você*, você, seu canalha, filho da puta, você me *trancou aqui*. O que eu deveria fazer? Ficar aqui sentada, boazinha, como seu *cachorro*? Você *não* é meu *dono*, não pode me forçar!

Ela fez menção de pegar outro livro. Deixei-me cair de joelhos e segurei seus pulsos.

– Dina. Presta atenção. Escuta. Eu não podia deixar as chaves. Não tenho chave reserva.

Dina riu, um ganido agudo que mostrou seus dentes.

— Claro, claro, claro... Certo. *Você* não tem chave reserva. Um senhor controlador, com todos os livros em ordem *alfabética*, mas não tem chave reserva? Sabe o que eu ia fazer? Pôr *fogo* nisso ali. — Feroz, ela virou o queixo para a pilha de folhas arrancadas à sua frente. — Então vamos ver se alguém não me tiraria daqui, com o alarme de incêndio aos berros, todos os seus vizinhos yuppies, esnobes, ficariam felizes então, não? Aaai, os queridinhos, o *barulho*, numa área residencial...

E ela o teria feito. A ideia fez meu estômago se contrair. Pode ser que eu tenha afrouxado a mão. Dina fez uma investida de lado, quase soltando os pulsos, tentando pegar os livros de novo. Fechei as mãos com mais força e a empurrei de encontro à parede. Ela tentou cuspir em mim, mas não saiu nada.

— *Dina*. Dina. Olha para mim.

Ela resistiu, contorcendo-se, dando chutes e emitindo um zumbido furioso, entre os dentes cerrados, mas eu não a larguei até ela ficar imóvel e seus olhos, azuis e desvairados como os de um gato siamês, encontrarem os meus.

— Presta atenção — disse eu, muito perto do seu rosto. — Precisei ir trabalhar. Achei que você ainda estaria dormindo quando eu voltasse para casa. Não quis acordá-la para abrir a porta para mim. Por isso levei as chaves. Só isso. Essa é a história, certo?

Dina pensou bem. Aos poucos, gradativamente, seus pulsos foram relaxando nas minhas mãos.

— Se você um dia fizer isso de novo — disse ela, com frieza —, uma vez que seja, ligo para seus amigos policiais e digo que você me mantém trancada aqui e que me estupra todos os dias, de todos os modos. Vamos ver como seu *trabalho* vai se segurar nessa hora, sargento detetive.

— Por Deus, Dina.

— É o que vou fazer.

— Sei que sim.

— Ah, e não me olhe com essa cara. Se você me prende como se eu fosse um animal, um louco, a culpa é sua se eu preciso descobrir um jeito para sair. Não é minha. É sua.

A briga tinha terminado. Ela se livrou das minhas mãos como se estivesse espantando mosquitinhos e começou a pentear o cabelo, arrumando-o com a ponta dos dedos.

— Certo — disse eu, com o coração retumbando. — Certo. Peço desculpas.

— Fala sério, Mikey. Foi uma atitude idiota.

— Parece que foi, sim.

— Parece, uma ova. *É claro que foi.* — Dina levantou-se do chão e passou por mim com um empurrão, espanando as mãos e torcendo o nariz com repulsa, enquanto ia abrindo caminho entre os livros espalhados. – Puxa, que *bagunça*!

– Tenho que ir trabalhar amanhã, também, e não pude mandar fazer uma chave reserva. Calculei que você talvez queira ficar com Geri até eu conseguir resolver isso.

Dina gemeu.

– Ai, meu Deus, Geri. Ela vai me contar tudo sobre os filhos. Quer dizer, eu adoro eles e tudo o mais; mas, tipo, a menstruação de Sheila e as espinhas de Colm? É muito mais do que eu quero saber. – Ela se deixou cair no sofá com força e começou a enfiar os pés nas botas de motoqueiro. – Mas não vou ficar aqui se você só tiver um jogo de chaves. Eu podia ficar com Jezzer. Posso usar seu telefone? Estou sem crédito.

Eu não fazia a menor ideia de quem Jezzer era, mas não me pareceu que fosse alguém que eu aprovasse.

– Meu benzinho, preciso de um favor seu. Preciso mesmo. Estou ocupado demais por estes dias e me sentiria muito melhor se soubesse que você estava na casa de Geri. Sei que é bobeira e sei que você vai ficar de saco cheio, mas para mim faria uma enorme diferença. Por favor.

Dina levantou a cabeça e olhou para mim, com aquele seu olhar fixo de siamês, sem piscar, com o cadarço da bota enrolado nas mãos.

– Esse caso – disse ela. – O de Broken Harbour. Ele está perturbando você.

Droga, que idiotice a minha. A última coisa que eu queria era que ela pensasse no caso.

– Não mesmo – disse eu, mantendo a voz despreocupada. – É mais que eu preciso ficar de olho no meu parceiro, o novato de que eu lhe falei. Dá trabalho.

– Por quê? Ele é burro?

Levantei-me do chão. Em algum momento na luta, eu tinha machucado meu joelho, mas deixar que Dina visse não seria uma boa ideia.

– Nem um pouco burro, só novo no serviço. É um bom rapaz, vai ser um bom detetive, mas tem muito a aprender. E minha função é ensinar. Acrescente a isso uns turnos de 18 horas, e esta vai ser uma longa semana.

– Turnos de 18 horas em Broken Harbour. Acho que você devia trocar de caso com algum outro detetive.

Consegui sair do meio da bagunça, tentando não mancar. Devia haver umas cem folhas rasgadas na pilha, supostamente cada uma de um livro diferente. Tentei não pensar no assunto.

– Não é assim que funciona. Estou bem, querida. De verdade.

– Hum. – Dina voltou para seu cadarço, apertando-o com puxões fortes e rápidos. – Eu me preocupo com você. Sabia?

— Não se preocupe. Se quer me ajudar, o melhor que pode fazer é ser legal comigo e passar uma noite ou duas na casa de Geri. Está bem?

Dina amarrou o cadarço com algum tipo criativo de laço duplo e afastou a cabeça para examiná-lo.

— Está bem — disse ela, com um suspiro de profundo sofrimento. — Mas você vai ter que me dar uma carona até lá. Os ônibus me dão muita coceira. E trate de se apressar para providenciar essas chaves.

Deixei Dina na casa de Geri e inventei desculpas para evitar entrar. Geri queria que eu ficasse para jantar e deu como motivo o fato de que eu não ia pegar a virose.

— Colm e Andrea não pegaram. Achei que Colm estava com algum problema no intestino, mais cedo, mas ele diz que está ótimo. Pookie, *no chão!* Não sei o que ele estava fazendo no banheiro aquele tempo todo, mas isso é problema dele... — Dina fez para mim uma careta de berro mudo, por trás do ombro de Geri, e formou as palavras *Você fica me devendo essa,* sem voz, enquanto Geri a guiava para dentro de casa, ainda falando, com o cachorro pulando e dando latidos agudos em volta das duas.

Voltei para casa, pus algumas coisas numa bolsa de viagem, tomei um banho rápido de chuveiro e dormi uma hora. Vesti-me como um garoto no primeiro encontro, com os dedos me atrapalhando e o coração batendo forte, roupas especiais para ele: camisa e gravata, para a eventualidade de eu ter uma chance de interrogá-lo; dois pulôveres grossos para eu poder esperar por ele mesmo com o frio; casaco escuro e pesado para me proteger dele até chegar a hora certa. Eu o imaginei, em algum lugar, vestindo-se para mim e pensando em Broken Harbour. Perguntei-me se ele ainda se considerava aquele que perseguia, ou se compreendia que tinha se transformado na presa.

Richie estava do lado de fora do portão dos fundos do Castelo de Dublin, quando faltavam quinze para as sete, com uma bolsa esportiva e um casaco acolchoado, um gorro de lã e, a julgar pelo seu corpo, todos os agasalhos que possuía. Dirigi no limite de velocidade todo o tempo até Broken Harbour, à medida que os campos iam escurecendo à nossa volta e o ar se tornava perfumado com a fumaça de turfa e o cheiro de terra arada. Estava anoitecendo quando estacionamos no Passeio Ocean View — do outro lado do condomínio em relação à casa dos Spain, nada a não ser andaimes, ninguém para detectar um carro desconhecido — e começamos a andar.

Eu tinha decorado o trajeto a partir de um mapa do condomínio, mas ainda tive a impressão de que estávamos perdidos no instante em que começamos a nos afastar do carro. A noite estava caindo: as nuvens do dia tinham sido sopradas para longe, e o céu estava de um verde-azulado escuro, com um leve brilho branco sobre as cumeeiras das casas, onde a lua estava nascendo; mas as ruas estavam escuras, com pedaços de muros de jardins, postes de iluminação apagados e telas de galinheiro envergadas, surgindo do nada e desaparecendo alguns passos depois. Quando nossas sombras ralas apareciam, elas eram tortas e estranhas, deformadas pelas bolsas de viagem que carregávamos nos ombros. Nossos passos voltavam para nós como os de alguém que nos seguisse, ecoando em paredes nuas e atravessando trechos de lama revirada. Não falávamos. A escuridão que estava ajudando a nos encobrir poderia estar encobrindo outra pessoa, em qualquer lugar.

Naquela penumbra, o som do mar era maior, mais forte, desnorteante, erguendo-se contra nós de todas as direções ao mesmo tempo. O velho Peugeot azul-escuro da patrulha dos estagiários materializou-se atrás de nós, como um carro fantasma, tão perto que nós dois nos sobressaltamos, o ruído do seu motor, abafado por aquele ronco longo e monótono. Quando percebemos de quem se tratava, eles já tinham passado, esgueirando-se entre casas que mostravam estrelas através dos buracos das janelas.

Mais adiante, na Rampa Ocean View, retângulos de luz caíam sobre o calçamento. Um deles iluminou um Fiat amarelo estacionado do lado de fora da casa dos Spain. Nossa dublê de Fiona já estava ali. No alto da alameda Ocean View, empurrei Richie para a sombra do canto da casa, cheguei minha boca bem junto da sua orelha e sussurrei.

– Óculos.

Ele se agachou sobre sua bolsa e tirou um par de óculos com sensores térmicos. Novato ou não, o setor de Suprimentos tinha lhe fornecido o equipamento da melhor qualidade. As estrelas sumiram, e a rua escura saltou para uma meia-vida espectral, trepadeiras claras suspensas em blocos altos de parede cinza, plantas silvestres num zigue-zague branco e rendado no lugar onde deveria ter havido calçadas. Em dois ou três jardins, pequenos vultos brilhantes estavam encolhidos em cantos ou fugiam apressados pelo mato; e três sombras de pombas silvestres dormiam no alto de uma árvore, com a cabeça enfiada debaixo da asa. Não havia nada de sangue quente maior do que isso, em nenhum ponto à vista. A rua estava em silêncio: só se ouviam os sons do mar, o vento atravessando as trepadeiras e o grito de uma ave solitária na praia, do outro lado do muro.

– Parece que está tudo limpo – disse eu, só para Richie. – Vamos. Com cuidado.

Os óculos nos diziam que não havia nada com vida na toca do nosso suspeito, pelo menos não nos cantos que eu podia ver. O andaime estava grosso de ferrugem, e eu o senti balançar sob nosso peso. Lá em cima, a lua brilhava forte através de um buraco de janela, em que o plástico estava afastado como uma cortina. O cômodo tinha sido totalmente esvaziado. A Polícia Técnica tinha levado tudo, para fazer testes em busca de impressões digitais, fibras, cabelos, fluidos corporais. Nas paredes e peitoris de janelas, havia largas faixas pretas de pó para colher digitais.

Todas as luzes na casa dos Spain estavam acesas, transformando o lugar num grande farol que emitia sinais para nosso suspeito. Nossa dublê de Fiona estava na cozinha, ainda enrolada em seu casaco vermelho acolchoado. Ela tinha enchido a chaleira dos Spain e estava encostada no balcão, esperando que a água fervesse, segurando a caneca com as duas mãos e olhando com ar neutro para as pinturas a dedo grudadas na geladeira. No jardim, o luar batia em folhas lustrosas, tornando-as brancas e trêmulas, de modo que parecia que todas as árvores e sebes tinham florescido ao mesmo tempo.

Instalamos nossas coisas onde nosso suspeito tinha posto as dele: encostadas na parede dos fundos do esconderijo, para uma visão desobstruída tanto da cozinha dos Spain – só por segurança – como do buraco da janela da frente, que dava para a praia, e que ele tinha usado como entrada. A lona plástica que cobria os outros buracos nos protegeria de um observador escondido no labirinto ao redor. A noite estava se tornando fria. Haveria geada antes do amanhecer. Abri meu saco de dormir para me sentar em cima, vesti mais um pulôver por baixo do casaco. Richie ajoelhou-se no chão, tirando coisas de dentro de sua bolsa, como um garoto num acampamento: uma garrafa térmica, uma embalagem de chocolate Hobnobs, uma torre ligeiramente esmagada de sanduíches embalados em papel-alumínio.

– *Estou morto de fome* – disse ele. – Quer um sanduíche? Eu trouxe o suficiente para nós dois, caso você não tenha tido oportunidade de comer.

Eu estava prestes a dizer "não" automaticamente, quando percebi que ele tinha razão. Eu não tinha me lembrado de trazer comida, por causa de Dina, e também estava morto de fome.

– Obrigado – respondi. – Um seria ótimo.

Richie fez que sim e empurrou a torre de sanduíches na minha direção.

– Queijo com tomate, peru ou presunto. Pegue alguns.

Peguei o de queijo com tomate. Richie serviu um chá forte na tampa da garrafa térmica e a inclinou para mim. Quando exibi minha garrafa de água, ele tomou o chá de um gole e serviu mais uma tampa. Então, acomodou-se com as costas na parede e atacou seu sanduíche.

Ele não me dava a impressão de estar esperando que aquela noite fosse envolver conversas profundas e significativas, o que era bom. Sei que outros detetives entram em confidências durante campanas. Eu não. Um ou dois novatos tinham tentado, fosse porque gostassem de mim de verdade, fosse porque quisessem puxar o saco do chefe. Cortei o mal pela raiz antes de me dar ao trabalho de descobrir a razão.

– Estão bons – disse eu, pegando mais um sanduíche. – Obrigado.

Antes que ficasse escuro o suficiente para ordens de estado de prontidão, entrei em contato com cada um dos estagiários. A voz da nossa dublê de Fiona estava firme, talvez firme demais, mas ela disse que estava bem, obrigada, nenhuma necessidade de reforço. O Homem de Marlboro e seu amigo disseram que nós tínhamos sido o que ele tinha visto de mais empolgante até então naquela noite.

Richie estava consumindo os sanduíches metodicamente, olhando para a praia escura, depois da última fileira de casas. O aroma reconfortante do seu chá deixava o ambiente mais acolhedor.

– Eu me pergunto se isso aqui chegou a ser um porto mesmo – disse ele, depois de um tempo.

– Foi, sim. – Ele suporia que eu, o senhor Chato, tinha feito minhas pesquisas, usando o pouco que me restava de tempo livre para navegar na internet. – Isso aqui, muito tempo atrás, era uma aldeia de pescadores. Pode ser que você ainda consiga ver o que sobrou do píer, lá para o lado sul da praia, se for procurar.

– É por isso que se chama Broken Harbour? Porque o píer foi destruído?

– Não. O nome vem de *breacadh:* o romper do dia. Suponho, porque teria sido um bom lugar para assistir ao amanhecer.

Richie fez que sim.

– Eu diria que devia ser muito bonito aqui, antes de tudo isso.

– Provavelmente era mesmo – disse eu. O cheiro do mar passava por cima do muro e entrava pelo vão vazio da janela, vasto e indomável, com um milhão de segredos inebriantes. Não confio nesse cheiro. Ele nos fisga em algum ponto mais profundo que a razão ou a civilização, nos fragmentos de nossas células que flutuavam nos oceanos antes que tivéssemos mentes, e nos puxa até que o acompanhemos, sem noção, como animais no cio. Quando eu era adolescente, aquele cheiro costumava me deixar fervendo, acionava meus músculos como eletricidade, fazia com que eu me debatesse dentro do trailer até meus pais me liberarem para obedecer ao impulso, correndo atrás de qualquer possibilidade fascinante, de uma só vez na vida, que ele prometia. Agora, sou mais sabido. Esse cheiro é mau conselheiro. Ele faz com que saltemos de penhascos, nos atiremos contra ondas gigantescas, deixemos para trás quem amamos e enfrentemos milhares de milhas de mar aberto em nome do que talvez esteja na praia distante. Ele estava no nariz de nosso suspeito, duas noites atrás, quando ele desceu pelo andaime e pulou o muro da casa dos Spain.

— Vão dizer que é assombrada agora. Crianças — disse Richie.
— É provável.
— Vão se desafiar uns aos outros para ver quem corre e toca na porta da casa. Quem entra.

Lá embaixo, as luminárias que Jenny tinha comprado para sua aconchegante cozinha de família estavam cheias de borboletas amarelas. Uma delas estava faltando, retirada para ir para o laboratório de Larry.

— Você está falando como se a casa fosse ficar abandonada para sempre — disse eu. — Vá baixando esse pessimismo, meu filho. Jenny vai precisar vendê-la assim que puder. Deseje-lhe sorte. Ela bem que precisa.

— Mais alguns meses, e o condomínio inteiro estará abandonado — disse Richie, sem rodeios. — Isso aqui não tem saída. Ninguém vai comprar aqui tão longe; e, mesmo que comprassem, há centenas de casas para escolher. Acha que iam ficar justamente com aquela? — Ele virou o queixo na direção da janela.

— Não acredito em fantasmas. E você também não, pelo menos não enquanto estiver trabalhando. — Não lhe disse que os fantasmas em que eu acredito estavam presos nas manchas de sangue dos Spain. Eles percorriam o condomínio inteiro em multidão, girando como mariposas enormes, passando para lá e para cá por vãos de portas e pelas extensões de terra rachada, colidindo com as poucas janelas iluminadas, as bocas esticadas em uivos mudos: todas as pessoas que deveriam ter morado aqui. Os rapazes que sonharam em entrar por esses portais com a noiva no colo; os bebês que deveriam ter voltado do hospital para casa, para delicados berços, nesses aposentos; os adolescentes que deveriam ter dado seu primeiro beijo encostados em postes de iluminação que nunca seriam acesos. Com o tempo, os fantasmas de coisas que aconteceram começam a se tornar distantes. Depois que eles o cortaram milhões de vezes, suas lâminas perdem o fio no tecido da cicatriz. Eles se desgastam. Aqueles que continuam a cortar como navalhas para sempre são os fantasmas de coisas que nunca tiveram a oportunidade de acontecer.

Richie tinha devorado metade dos sanduíches e estava fazendo uma bola com papel-alumínio entre as palmas das mãos.

— Posso perguntar uma coisa? — disse ele.

Ele praticamente levantou a mão, o que me deu a sensação de estar ficando coberto de cabelos grisalhos e usando óculos bifocais. Deu para eu ouvir o tom formal na minha voz quando respondi.

— Não precisa pedir permissão, Richie. Faz parte da minha função responder a qualquer dúvida que você tenha.

— Certo. Então eu queria saber por que estamos aqui.

— Aqui na Terra?

Ele não sabia se era para rir ou não.

– Não, quer dizer... Tipo aqui, de campana.

– Você preferia estar em casa, dormindo?

– Não! Estou ótimo aqui. Não existe outro lugar onde eu poderia querer estar. Só estava me perguntando. Quer dizer, não faz nenhuma diferença quem se encontra aqui, certo? Se o cara pintar, ele pinta; qualquer um pode levá-lo para a delegacia. Eu teria esperado que você... Não sei. Que você delegasse.

– É provável que não faça nenhuma diferença para a detenção, não mesmo. Mas poderia fazer diferença para o que vier depois. Se é você quem põe as algemas no suspeito, o relacionamento começa já com o pé direito. Isso mostra quem está mandando logo de cara. Num mundo ideal, seria sempre eu que prenderia o suspeito.

– Mas não é você. Não todas as vezes.

– Não sou mágico, meu amigo. Não posso estar por toda parte. Às vezes preciso dar uma chance a outra pessoa.

– Mas desta vez, não – disse Richie. – Ninguém mais está tendo a chance de dar uma olhada nesse caso enquanto nós dois não desmoronarmos de cansaço. Estou certo?

O sorriso na sua voz me agradava, a sólida confiança em nós dois estarmos nessa juntos.

– Isso mesmo. E eu tenho uma quantidade de comprimidos de cafeína para nos garantir por um bom tempo.

– É por causa das crianças? – O sorriso tinha se apagado.

– Não – respondi. – Se fossem só as crianças, não haveria tanto problema em deixar um estagiário pôr as mãos no camarada. Mas eu quero ser aquele que pega o cara que matou Pat Spain.

Richie esperou, me observando. Quando viu que não continuei, ele perguntou:

– Por quê?

Talvez tenham sido os estalos nos joelhos e a rigidez no pescoço enquanto eu ia subindo pelo andaime, a sensação arrastada de que a velhice e o cansaço estavam se aproximando de mim; talvez tenha sido isso que, de repente, me fez ter uma vontade súbita de saber sobre o que os outros conversam, nas noites prolongadas e entediantes, que os faz entrar no dia seguinte na sala dos detetives andando com o mesmo passo, tomando decisões conjuntas, com não mais que uma inclinação da cabeça ou uma sobrancelha erguida. Talvez tenham sido aqueles momentos, ao longo dos dois últimos dias, momentos em que me flagrei com a impressão de não estar simplesmente mostrando os segredos do ofício a um novato; momentos em que a sensação era a de que Richie e eu estávamos trabalhando juntos, lado a lado. Talvez fosse aquela maresia traiçoeira, corroendo todos os meus "por que não", transformando-os em areia movediça. Talvez fosse apenas a fadiga.

— Me diz aí – disse eu. – O que você acha que teria acontecido se nosso cara tivesse sido só um pouquinho melhor no que fez? Se tivesse limpado este lugar antes de sair à caça, se tivesse se livrado das pegadas, deixado as armas na cena do crime?

— Nós só teríamos Pat Spain.

No escuro, eu mal podia vê-lo, só o ângulo da sua cabeça em contraste com a janela, a inclinação do queixo na minha direção.

— É. É provável que sim. E, mesmo que tivéssemos um palpite de que mais alguém estava envolvido... O que acha que outras pessoas teriam pensado se nós não pudéssemos dar uma descrição, se não pudéssemos apresentar uma única prova de que essa pessoa existiu? Aquela tal de Gogan, Brianstown em peso, o homem comum que acompanha o caso no noticiário. As famílias de Pat e de Jenny. O que todos teriam suposto?

— Pat – disse Richie.

— Isso mesmo, como nós fizemos.

— E o verdadeiro culpado ainda estaria solto por aí. Talvez se preparando para agir de novo.

— Pode ser que sim. Mas para mim essa não é a questão. Mesmo que ele tivesse ido para casa ontem à noite e encontrado um lugar simpático para se enforcar, esse cara ainda teria tornado Pat Spain um assassino. Aos olhos de todos os que ouvissem seu nome, Pat teria sido um cara que matou a mulher que dormia com ele. Os filhos que eles tiveram juntos. – Só dizer essas palavras já fazia aquele zumbido forte vibrar no meu crânio: o mal.

— Ele morreu – disse Richie, quase com delicadeza. – Isso não o atingiria.

— É, ele morreu. Vinte e nove anos de vida foi só o que lhe coube. Ele deveria ter vivido mais 50, 60 anos, mas esse cara decidiu lhe roubar todos eles. E nem mesmo isso lhe bastou: ele quis voltar no tempo e roubar também aqueles míseros 29 anos. Levar embora tudo o que Pat tinha sido. Sem lhe deixar nada. – Eu via aquela perversidade como uma nuvem baixa de poeira negra e grudenta, que se espalhava a partir desse quarto para envolver as casas, os campos, encobrindo o luar. – Isso é doentio. É tão doentio que nem mesmo tenho palavras para descrever.

Ficamos ali sentados, sem falar, enquanto nossa Fiona encontrava a pá de lixo e varria estilhaços de um prato que estava destroçado num canto do piso da cozinha. Daí a um tempo, Richie abriu seu pacote de biscoitos de aveia, ofereceu-me um e, quando não aceitei, foi comendo calmamente até consumir metade do pacote.

— Posso perguntar uma coisa? – disse ele pouco depois.

— Estou falando sério, Richie, você vai precisar perder essa mania. Nosso suspeito não vai sentir muita firmeza em você se, no meio de um interrogatório, você levantar a mão para me perguntar se agora tem permissão para falar.

Dessa vez, ele realmente abriu um sorriso.

— É que é uma pergunta pessoal.

Não respondo a perguntas pessoais, não de colegas em treinamento, mas a verdade é que toda aquela conversa não era do tipo que eu tenho com parceiros em treinamento. Foi uma surpresa para mim como eu estava me sentindo bem e como era fácil abandonar as categorias de veterano e novato, bem como todas as limitações que as acompanham, ir me encaixando na situação de ser simplesmente um de dois sujeitos que estão conversando.

— Vai em frente — disse eu. — Se passar da medida, eu lhe aviso.

— Qual é a profissão do seu pai?

— Ele está aposentado. Foi guarda de trânsito.

Richie não conseguiu conter uma risada.

— O que há de engraçado nisso?

— Nada. É só que... eu tinha imaginado alguma coisa um pouco mais sofisticada. Um professor numa escola particular, tipo, talvez um professor de geografia. Mas, agora que você falou, realmente faz sentido.

— Devo encarar isso como um elogio?

Richie não respondeu. Ele enfiou mais um biscoito na boca e espanou migalhas dos dedos, mas dava para eu perceber que ele estava pensando.

— O que você disse na cena do crime, no outro dia, como as pessoas não são assassinadas a menos que saiam procurando por isso. Que coisas ruins costumam acontecer a pessoas ruins. Esse tipo de pensamento é um luxo. Sabe o que estou querendo dizer?

Afastei a fisgada de alguma coisa mais dolorosa do que a irritação.

— Não posso dizer que sei, não, meu filho. Pela minha experiência, e não quero tripudiar, mas tenho mais experiência do que você, o que se obtém na vida é principalmente o que se semeou. Nem sempre, mas na maior parte das vezes. Se você acha que é um sucesso, você faz sucesso. Se acha que não tem direito a nada, nada é o que vai obter. Sua realidade interior molda sua realidade exterior, a cada dia da sua vida. Está me acompanhando?

Richie observava as aconchegantes lâmpadas amarelas da cozinha lá embaixo.

— Eu não sei qual é a profissão do meu pai. Ele nunca apareceu. — Richie disse isso em tom neutro, como se fosse alguma coisa que tinha precisado dizer muitas vezes antes. — Cresci nos cortiços. É provável que você já soubesse disso. Vi montes de coisas horríveis acontecerem com pessoas que nunca pediram para aquilo acontecer. Montes.

— E olhe aonde chegou. Um detetive na divisão de elite, na função que sempre quis, trabalhando no maior caso do ano e muito perto de resolvê-lo. Não importa de onde você tenha vindo, isso significa sucesso. Acho que você está provando o que eu quero dizer.

Richie não virou a cabeça.

— Eu diria que Pat Spain tinha o mesmo pensamento que você.

— Pode ser que sim. E daí?

— E daí que ele ainda perdeu o emprego. Trabalhou feito um burro de carga, com pensamentos positivos, fez tudo certo e acabou no seguro-desemprego. Como ele semeou isso?

— Isso foi a maior injustiça, e eu sou o primeiro a dizer que não deveria ter acontecido. Mas veja bem: está ocorrendo uma recessão. São circunstâncias fora do padrão.

Richie fez que não.

— Às vezes, coisas ruins simplesmente acontecem — disse ele.

O céu estava coalhado de estrelas. Fazia anos que eu não via tantas. Atrás de nós, o som do mar e o som do vento varrendo o capim alto se fundiam numa carícia tranquilizadora e prolongada nas costas da noite.

— Você não pode pensar dessa maneira. Quer seja verdade, quer não. Você precisa acreditar que, em algum ponto do caminho, de algum modo, a maioria das pessoas recebe o que merece.

— Se não...?

— Se não, como você vai acordar de manhã? Acreditar em causa e efeito não é um luxo. É essencial, como o cálcio ou como o ferro. Dá para viver sem essa crença por um tempo, mas você vai acabar desmoronando, de dentro para fora. Você tem razão: de vez em quando, a vida não é justa. É aí que nós entramos. É para isso que *servimos*. Nós chegamos e consertamos as coisas.

Lá embaixo, a luz se acendeu no quarto de Emma: era a nossa Fiona, mantendo as coisas animadas. A luz deixou as cortinas com um rosa suave e translúcido, iluminando as silhuetas de bichinhos que saltitavam de um lado a outro do tecido. Com a cabeça, Richie mostrou a janela.

— Aquilo ali a gente não vai consertar — disse ele. Aquela manhã no necrotério dominava sua voz.

— Não. Não se tem como consertar aquilo ali. Mas pelo menos podemos nos assegurar de que as pessoas certas paguem e as pessoas certas tenham oportunidade de seguir adiante. Pelo menos, podemos conseguir isso. Sei que não estamos salvando o mundo. Mas nós o estamos melhorando.

— Você acredita nisso?

Com o rosto voltado para o alto, pálido e jovem ao luar. Como ele queria que eu estivesse certo.

— Acredito, sim. Pode ser que eu seja ingênuo. Já me acusaram disso antes, umas duas vezes, mas acredito. Você vai entender o que estou querendo dizer. Espere até pegarmos o cara e até você ir para casa, na noite em que isso acontecer, e ir dormir sabendo que ele está por trás das grades e que vai ficar por lá por três condenações por homicídio. Veja se o mundo em que você se encontra nessa hora não lhe parece melhor que este mundo de agora.

Nossa Fiona abriu as cortinas de Emma e ficou olhando para o jardim, uma silhueta esguia e escura em contraste com o papel de parede cor-de-rosa. Richie a observava.

— Espero que sim — disse ele.

A frágil teia da iluminação que se estendia pelo condomínio tinha começado a se desintegrar, com os fios luminosos das ruas habitadas se apagando aos poucos na escuridão. Richie esfregou as mãos calçadas com luvas, soprou nelas. Nossa Fiona ia para lá e para cá pelos aposentos vazios, acendendo e apagando luzes, abrindo e fechando cortinas. O frio infiltrou-se no concreto do esconderijo, atingiu minha espinha através das costas do casaco.

A noite ia avançando. Algumas vezes, um barulho — um deslizar prolongado pelo mato rasteiro abaixo de nós, um surto de luta desordenada e movimentos confusos na casa do outro lado da rua, um guincho selvagem e estridente — nos levava a ficar em pé, com as costas grudadas nas paredes, prontos para entrar em ação, antes que nossa mente registrasse que tínhamos ouvido alguma coisa. Uma vez, os óculos de visão térmica captaram uma raposa, iluminada e tranquila na rua, com a cabeça erguida, alguma coisa pequena pendurada da boca; outra vez, eles pegaram uma risca sinuosa de luz, se afastando em disparada pelos jardins, entre tijolos e plantas daninhas. Por vezes, fomos lentos demais e não pegamos nada, a não ser o último ruído dos seixos, uma oscilação das trepadeiras, um lampejo branco que desaparecia. A cada vez, demorava mais para nossos batimentos cardíacos voltarem ao normal e nós podermos nos sentar de novo. Estava ficando tarde. Nosso homem estava ali por perto, dividido entre dois modos de agir e se concentrando muito, decidindo.

— Ia me esquecendo — disse Richie, de repente, depois da uma da manhã. — Olha o que eu trouxe. — Ele se debruçou sobre a bolsa de viagem e tirou um binóculo, num estojo preto de plástico.

— Um binóculo? — Estendi minha mão para pegá-lo, abri o estojo e dei uma olhada. Ele parecia barato e não era do setor de Suprimentos. O estojo ainda tinha aquele cheiro de plástico novo. — Você comprou esse binóculo especialmente para esse caso?

— É o mesmo modelo que o suspeito tinha — disse Richie, um pouco intimidado. — Achei que deveríamos ter um igual. Para ver o que ele via, certo?

— Ai, meu Deus. Não me diga que você é daqueles caras cheios de sensibilidade que mergulham na ideia de enxergar através dos olhos do assassino enquanto extraem o maior prazer da sua intuição.

— *Não*. De jeito nenhum. Estou falando "ver" no sentido literal. Tipo, será que ele conseguia ver as expressões faciais? Será que via alguma coisa no computador? Os nomes dos sites que eles frequentavam, ou seja lá o que for. Esse tipo de coisa.

Mesmo ao luar, deu para eu ver como ele enrubesceu forte. Aquilo me tocou: não só a ideia de que ele gastasse do seu próprio dinheiro e tempo para encontrar o binóculo certo, mas também como deixava claro o quanto se importava com o que eu achasse.

— É uma boa ideia – disse eu, com mais delicadeza, devolvendo-lhe o binóculo. – Dá uma olhada. Nunca se sabe o que pode aparecer.

Ele deu a impressão de que queria que o binóculo sumisse, mas ajustou a distância e repousou os cotovelos no peitoril da janela para focalizar a casa dos Spain. Nossa Fiona estava junto da pia, lavando sua caneca.

— O que está vendo?

— Estou vendo o rosto de Janine com muita nitidez. Tipo, se eu soubesse fazer leitura labial, poderia ver qualquer coisa que ela dissesse. Não daria para ver a tela do computador, se ele estivesse ali, o ângulo não permite, mas consigo ler os títulos na estante e aquele pequeno quadro branco com a lista de compras: ovos, chá, gel para banho. Isso poderia ser importante, não? Se todas as noites ele lesse a lista de compras de Jenny, saberia onde ela estaria no dia seguinte...

— Vale a pena verificar. Vamos prestar uma atenção especial aos circuitos fechados dos lugares de sua rota de compras, para ver se alguma pessoa está sempre aparecendo. – Lá na pia, a cabeça da nossa Fiona girou de repente, como se ela estivesse sentindo nosso olhar em cima dela. Mesmo sem o binóculo, vi que ela estremeceu.

— Cara – disse Richie, de repente, alto o suficiente para me dar um sobressalto. – Putz, desculpa. Mas olha só isso.

Ele me passou o binóculo. Mirei a cozinha e ajustei o foco para minha visão, que estava bem pior que a de Richie, o que era deprimente.

— O que estou procurando ver?

— Não é na cozinha. Passa por ela, segue pelo hall. Dá para ver a porta da frente.

— E daí?

— E então – disse Richie –, logo à esquerda da porta da frente.

Virei o binóculo para a esquerda, e lá estava o painel de controle do alarme. Assobiei baixinho. Não dava para ver os números, mas eu não precisava.

Só ver os dedos de alguém se movendo já teria me dito tudo o que eu precisava saber. Jenny Spain podia ter mudado o código todos os dias, se quisesse; e apenas alguns minutos aqui em cima, enquanto ela ou Patrick trancavam a casa, teriam bastado para anular todas as suas precauções.

— Ora, ora, ora... Richie, meu amigo, peço desculpas por ter feito pouco do seu binóculo. Acho que agora sabemos como alguém poderia ter passado pelo sistema de alarme. Bom trabalho. Mesmo que nosso suspeito não apareça, esta noite não foi desperdiçada.

Richie abaixou a cabeça e esfregou o nariz, dando a impressão de estar entre embaraçado e satisfeito.

— Mas nós ainda não sabemos como ele conseguiu as chaves, é claro. O código do alarme de nada adianta sem as chaves.

Foi nesse momento que meu celular vibrou, no bolso do meu casaco: era o Homem de Marlboro.

— Kennedy — disse eu.

Sua voz estava um tom acima de um sussurro.

— Temos alguma coisa, senhor. Avistamos um cara saindo da travessa Ocean View. É uma rua sem saída, que dá de fundos para o muro norte do condomínio. Não tem nada ali a não ser canteiros de obras. O único motivo para alguém estar ali é se ele chegou pulando o muro. Mais para alto, roupa escura, mas não quisemos nos aproximar muito, e é só isso o que conseguimos ver. Nós o acompanhamos de longe até ele virar em Gramados Ocean View. Mais uma rua sem saída, nenhuma das casas está terminada, nenhum motivo razoável para qualquer pessoa entrar ali. Não quisemos ir atrás dele ali, é claro, mas estamos vigiando a entrada de Gramados Ocean View. Até agora nenhum sinal de ninguém saindo, mas a verdade é que ele pode ter pulado um muro outra vez. Íamos dar uma volta e ver se o apanhamos.

Richie tinha se virado e estava olhando para mim, com o binóculo esquecido nas mãos.

— Bom trabalho, detetive. É, não desligue o celular e dê uma volta rápida pela área. Se puderem dar uma boa olhada no cara e nos passar uma descrição, seria ótimo. Mas, pelo amor de Deus, não corram o risco de assustá-lo. Se avistarem alguém, não reduzam a velocidade, não deixem que ele perceba que vocês o estão vigiando. Simplesmente passem por ele, batendo papo entre vocês dois e absorvam o que puderem. Vão em frente.

Eu não podia pôr o telefone em viva-voz, não com nosso suspeito à solta, em qualquer lugar, por toda parte, em cada farfalhada entre as trepadeiras. Apontei para o celular e acenei para Richie se aproximar. Ele se agachou ao meu lado, com a orelha bem perto do telefone.

Sussurros dos estagiários: um deles abrindo um mapa e calculando trajetos; o outro, pondo o carro em movimento, o ronco suave do motor. Alguém estava tamborilando no painel. E então, um minuto depois, uma súbita explosão de tagarelice confusa, em voz alta. "E minha mulher me diz, vai em frente, pode pôr isso no lixo, com tudo o mais!" e uma explosão de riso artificial.

Com as cabeças quase se tocando por cima do telefone, Richie e eu não estávamos respirando. A papagaiada ficou mais alta e foi se calando. Depois de um silêncio que pareceu durar uma semana, o Homem de Marlboro falou, ainda mais baixo, mas com um toque de empolgação crescente transparecendo na voz.

— Senhor, acabamos de passar por um homem, entre 1,75 m e 1,80 m, de compleição magra, seguindo para leste pela avenida Ocean View, que fica do outro lado do muro do final dos Gramados Ocean View. Não há iluminação pública, de modo que não pudemos olhar direito, mas ele está usando um casaco 3/4 escuro, calça jeans escura, chapéu de lã escuro. Pelo jeito de andar, eu diria que está entre os 20 e os 30 anos.

Ouvi um chiado rápido de Richie.

— Ele notou vocês? — perguntei, tão baixo quanto ele.

— Não, senhor. Quer dizer, não posso jurar, mas francamente acho que não notou. Ele olhou ao redor depressa quando nos ouviu atrás dele e então baixou muito a cabeça; mas não saiu correndo e, o tempo todo em que esteve no nosso espelho retrovisor, ele estava simplesmente seguindo pela rua, no mesmo ritmo, na mesma direção.

— A Ocean View é habitada?

— Não, senhor. Só paredes.

Portanto, ninguém poderia dizer que estávamos expondo os moradores a algum perigo, ao deixar essa criatura solta na noite, para acabar chegando a nós. Mesmo que a avenida Ocean View estivesse pululando com famílias felizes e portas destrancadas, eu não teria me preocupado. Esse não era um assassino indiscriminado, que despachasse desta para melhor qualquer um que entrasse no seu campo visual. Ninguém importava para esse cara, ninguém existia, exceto a família Spain.

Richie tinha se aproximado da sua bolsa de viagem, bem agachado para que sua silhueta não aparecesse nos vãos das janelas, e tirou dali um pedaço de papel dobrado. Esticou-o no chão diante de nós, num retângulo de luar: um mapa do condomínio.

— Ótimo — disse eu. — Fale com a detetive... — Estalei os dedos para Richie e apontei para a cozinha dos Spain. Ele fez *Oates* com a boca, sem nenhum som. — A detetive Oates. Diga que parece que vamos entrar em ação a qualquer momento. Diga-lhe que se certifique de que todas as portas estejam trancadas, janelas trancadas e a arma carregada. Então, ela precisa começar a mudar coisas de lugar, papéis, livros, DVDs, não me importa, da frente da casa para a cozinha, do modo mais visível que seja possível. Vocês dois, voltem para o lugar onde avistaram esse cara pela primeira vez. Se ele se assustar e tentar voltar passando por vocês, podem apanhá-lo. Não me liguem de novo, a menos que seja urgente. Fora isso, nós entramos em contato se alguma coisa acontecer por aqui.

Guardei o celular no bolso. Richie fincou um dedo no mapa: avenida Ocean View, lá no canto noroeste do condomínio.

– Aqui – disse ele, com a voz muito baixa, só um murmúrio em comparação com o poderoso murmúrio do mar. – Se ele estiver vindo para cá e se continuar escolhendo ruas vazias e fazendo atalhos pulando muros, vai levar dez, talvez quinze minutos.

– Mais ou menos isso. Imagino que ele não venha direto para cá. Deve estar preocupado com a possibilidade de termos encontrado este lugar. Vai dar uma farejada por aí antes, para decidir se corre o risco de subir aqui. Vai procurar policiais, carros desconhecidos, ver se há alguma atividade... Digamos 25 minutos, no total.

– Se ele decidir que é arriscado demais e fugir, quem vai apanhá-lo são os estagiários, não nós – disse Richie, olhando para mim.

– Por mim tudo bem. A menos que suba aqui, ele não passa de um cara que saiu para uma caminhada à noite no fim do mundo. Podemos descobrir quem ele é e ter uma conversinha com ele, mas, a não ser que ele seja burro o suficiente para usar os tênis ensanguentados ou para nos fazer uma confissão total, não vamos poder prendê-lo. E para mim é ótimo que seja outra pessoa que o detenha e o solte depois de algumas horas. Não queremos que ele tenha a sensação de que conseguiu enrolar nós dois. – O que faríamos se fugisse não tinha importância. Eu sabia que ele estava vindo até nós, sabia isso com tanta certeza como se estivesse sentindo seu cheiro, um forte odor almiscarado que emanava dos telhados e do entulho, aproximando-se em espirais. Desde o instante em que vi aquela toca, eu soube que ele voltaria a ela. Mais cedo ou mais tarde, um animal em fuga corre para casa.

A mente de Richie estava chegando à mesma conclusão.

– Ele vem. Já está mais perto do que chegou a estar ontem à noite. Está louco para descobrir a história. Quando ele vir Janine...

– É por isso que nós estamos fazendo com que ela leve coisas para a cozinha. Aposto que a primeira atitude que ele vai tomar é dar uma olhada na frente da casa dos Spain, a partir dos canteiros de obras do outro lado da rua. A ideia é que ele a aviste de onde está; vai querer saber o que ela está fazendo com todas as coisas; mas, para descobrir, ele terá de vir aqui atrás. As casas são tão juntas que não dá para ele passar espremido entre elas. De modo que ele não tem como pular o muro e entrar pelos fundos. Ele terá de vir pela alameda Ocean View.

O alto da rua estava escuro, sombreado por casas; o trecho baixo ia se curvando para ser iluminado pela lua.

— Fico com o alto da rua e a visão térmica — disse eu. — Você fica com a parte baixa. Qualquer movimento, absolutamente qualquer um, você me avisa. Se ele subir aqui, nos empenharemos ao máximo para não fazer ruído. Seria bom não alertar os moradores de que alguma coisa está acontecendo, mas pode ser que ele não nos dê essa escolha. A única coisa que não podemos esquecer por um segundo que seja é que esse cara é perigoso. Pelo histórico, não há motivo para acreditar que esteja armado, mas vamos agir como se estivesse. Armado ou não, esse é um animal raivoso, e nós estamos na sua toca. Lembre-se exatamente do que ele fez lá embaixo e parta do pressuposto de que, dada a oportunidade, ele faria o mesmo com você e comigo.

Richie fez que sim. Ele me passou os óculos de visão térmica e começou a guardar as coisas de volta na bolsa, com rapidez e eficiência. Dobrei o mapa, enfiei as embalagens da comida de Richie num saco plástico e o guardei num bolso. Daí a alguns segundos, o aposento era só assoalho nu e tijolos de cimento, de novo, como se nunca tivéssemos passado por ali. Levei nossas bolsas para um canto escuro, fora do caminho.

Richie instalou-se junto do vão da janela voltado para a parte baixa da rua, agachado numa sombra inclinada ao lado do peitoril e soltou um cantinho da lona plástica para ver lá fora. Eu verifiquei a casa dos Spain: nossa Fiona entrou na cozinha trazendo uma braçada de roupas, deixou-as na mesa e saiu de novo. Lá em cima, pude ver, meio fraca através da janela de Jack, a claridade de uma luz no quarto de Pat e Jenny. Grudei meu corpo na parede junto da janela que dava para o alto da rua e ergui os óculos de visão noturna.

Eles tornaram o mar invisível, um negrume sem fundo. No alto da rua, a retícula cinzenta de andaimes se estendia ao longe. Uma coruja atravessou a rua, flutuando, pairando nas correntes de ar como uma folha de papel em chamas. A calmaria continuava.

Achei que minhas pálpebras ficaram congeladas e bem abertas, mas eu devo ter piscado. Não havia o menor som. Num momento, o alto da rua estava deserto. No momento seguinte, ele estava lá, parado, num clarão branco e feroz como um anjo entre as ruínas sombreadas dos dois lados. Seu rosto estava quase brilhante demais para se olhar. Ficou ali em pé, escutando, como um gladiador antes de entrar na arena: a cabeça erguida, os braços soltos de cada lado do corpo, as mãos meio fechadas, pronto.

Não respirei. Fiquei de olho nele e ergui a mão para atrair a atenção de Richie. Quando ele voltou a cabeça para mim, apontei a janela e acenei para ele se aproximar.

Richie agachou-se e deslizou pelo chão até o outro lado da minha janela, como se não tivesse peso algum. Quando colou as costas na parede, vi sua mão tocar na coronha da arma.

Nosso suspeito desceu a rua devagar, pondo os pés no chão com cuidado, a cabeça se voltando para cada som ínfimo. Não havia nada nas suas mãos, nenhum equipamento de visão noturna no rosto. Só ele. Nos jardins, os pequenos animais luminosos se desenroscavam e fugiam saltitando, com sua aproximação. Radiante em contraste com aquela teia de metal e concreto, ele parecia ser o último homem que restava na terra.

Quando ele estava a uma casa de distância, larguei os óculos; e aquela figura alta e brilhante, num estalo, passou a ser um amontoado escuro de encrenca, deslizando pela noite para pousar na soleira da sua casa. Fiz um sinal para Richie e me afastei do vão da janela, para o meio das sombras. Richie foi se chegando ao canto oposto, diante de mim. Por pouco tempo, ouvi sua respiração rápida, até ele se dar conta e a controlar. O peso do primeiro toque da mão do nosso suspeito na barra de metal fez o andaime inteiro vibrar, cercando a casa com uma reverberação sinistra.

Ela cresceu à medida que ele escalava, um zumbido baixo como a vibração de um tambor; e então se desfez no silêncio. A cabeça e os ombros dele apareceram na janela, mais escuros que a escuridão por trás dele. Vi seu rosto voltar-se para os cantos, mas o aposento era largo, e as sombras nos esconderam.

Ele se lançou pela janela com uma facilidade que demonstrava que já tinha feito esse movimento mil vezes. No segundo em que seus pés tocaram no chão e seu corpo se voltou na direção da janela de vigia, saí do meu canto e investi contra ele por trás. Ele deu um engasgo rouco e uns passos para a frente, cambaleando. Apliquei-lhe uma chave de cabeça; com a outra mão, torci seu braço para trás e o empurrei contra uma parede. O ar lhe escapou, com um grunhido forte. Quando ele abriu os olhos, estava olhando para a arma de Richie.

– Polícia. Não se mexa – disse eu. Todos os músculos no seu corpo estavam rígidos. Ele dava a impressão de ser feito de vergalhões de aço. Quando falei, minha voz parecia fria e entrecortada, como a de alguma outra pessoa. – Vou algemá-lo para a segurança de todos. Você está portando alguma coisa da qual nós deveríamos ter conhecimento?

Pareceu que ele não me ouviu. Afrouxei o aperto das minhas mãos sobre ele, observando-o. Ele não se mexeu, nem mesmo quando puxei seus pulsos para trás e fechei as algemas. Richie revistou-o, rápido e com firmeza, jogando o que encontrou numa pequena pilha no assoalho: uma lanterna, uma embalagem de lenços de papel, um cilindro de balas de hortelã. Onde quer que tivesse escondido o carro, ele tinha deixado a identidade, o dinheiro e as chaves nele. Quase não trazia nada, certificando-se de que nada denunciaria sua presença, nem mesmo com um tilintar.

– Vou soltar suas algemas para você poder descer pelo andaime. Espero que não tente nenhuma gracinha. Se tentar, ela não vai adiantar nada, além de deixar a mim e a meu parceiro num péssimo humor. Agora vamos até a delegacia para uma conversa. Seus pertences vão lhe ser devolvidos lá. Algum problema com qualquer parte do que eu disse?

Ele estava em outro lugar, ou estava se esforçando muito para estar. Seus olhos, semicerrados diante do luar, estavam fixos em algum lugar no céu, do lado de fora da janela, acima do telhado dos Spain.

– Ótimo – disse eu, quando ficou óbvio que eu não ia conseguir uma resposta. – Vou considerar que você não vê nenhum problema em nada do que eu disse. Se mudar de ideia, fique à vontade para me dizer. Agora vamos.

Richie desceu na frente, meio desajeitado, com uma bolsa de viagem em cada ombro. Eu esperei, segurando a corrente das algemas entre os pulsos do nosso suspeito, até Richie me fazer um sinal de lá do chão de que tudo estava bem. Então, abri as algemas.

– Ande. Nada de movimentos súbitos.

Quando segurei seu ombro e o virei para a direção certa, ele como que acordou e saiu tropeçando pelo chão nu. No vão da janela, ficou parado por um instante. Vi o pensamento lhe passar pela cabeça; mas, antes que eu pudesse dizer qualquer coisa, ele deve ter se dado conta de que, daquela altura, seria uma sorte fraturar alguma coisa além dos tornozelos. Ele se lançou pela janela e começou a descer, dócil como um cachorro.

Um cara que eu conhecia me deu o apelido lá no tempo da escola de formação, quando fiz um gol arrasador em alguma partida de futebol. Deixei o apelido de Campeão pegar por achar que ele me daria um objetivo a alcançar. No segundo em que fiquei sozinho, naquele aposento terrível, cheio de luar, ronco do mar e meses de espera e vigilância, uma parte ínfima no fundo da minha cabeça pensou: *Quarenta e oito horas, quatro crimes resolvidos. Isso é que é um Campeão.* Entendo que muita gente chamaria minha atitude de doente, e entendo por que motivo, mas isso não muda o fato: vocês precisam de mim.

10

Seguimos só pelas ruas desabitadas, Richie e eu com as mãos enfiadas nos cotovelos do suspeito, como se estivéssemos ajudando nosso amigão a ir para casa depois de uma longa noite de excesso de bebida. Nenhum de nós disse uma palavra que fosse – a maioria das pessoas teria pelo menos feito algumas perguntas se alguém as algemasse e as carregasse para um carro da polícia, mas esse cara, não. Aos poucos, o som do mar foi cedendo lugar aos outros sons da noite, o grito agudíssimo de morcegos, o vento repuxando tiras esquecidas de lona; por um tempo, gritos desconexos de adolescentes chegaram a nós, fracos e distantes, tendo reverberado no concreto e nos tijolos. Uma hora ouvi um som áspero de alguém engolindo em seco, que me fez pensar que nosso suspeito estivesse chorando, mas não me virei para olhar. Ele já tinha estado tempo suficiente no controle da situação.

Nós o pusemos na traseira do carro, e Richie se apoiou no capô, enquanto eu saía de perto para dar uns telefonemas: mandar os estagiários em patrulha procurar um carro estacionado em algum lugar perto do condomínio, dizer à estagiária que estava servindo de isca que ela podia ir para casa, informar ao administrador do período noturno que nós íamos precisar de uma sala de interrogatório. Depois voltamos para Dublin em silêncio. O negrume assombrado do condomínio, com os esqueletos de andaimes se agigantando a partir do nada, agressivos em contraste com as estrelas. Depois, a velocidade tranquila da autoestrada, os olhos de gato surgindo e sumindo, enquanto a lua nos acompanhava, ao longe, de um lado, enorme e vigilante. E então, aos poucos, as cores e o movimento da cidade crescendo em torno de nós, bêbedos e lanchonetes, o mundo voltando à vida do lado de fora de nossas janelas lacradas.

A sala dos investigadores estava em silêncio, só os dois caras de plantão, que levantaram os olhos do café quando passamos pela porta, para ver quem tinha estado caçando à noite e o que estava trazendo de volta. Pusemos nosso suspeito na sala de interrogatório. Richie abriu as algemas, e eu informei o suspeito dos seus direitos numa cantilena entediada, como se aquilo fosse só uma burocracia sem sentido. Ao ouvir a palavra "advogado", ele fez que não, abanando a cabeça com violência. Quando pus a caneta em sua mão, ele assinou sem fazer uma única pergunta. A assinatura era um rabisco espasmódico que não revelava nada além de uma inicial – C. Apanhei o papel e saí.

Nós o observamos a partir da outra sala, através do vidro espelhado. Era a primeira vez que eu dava uma boa olhada nele. Cabelo castanho cortado bem curto, malares pronunciados, um queixo saliente com uns dois dias de barba avermelhada por fazer, ele estava com um casaco acolchoado preto que já tinha sido muito usado, um suéter pesado, cinza, de gola rulê e calça jeans desbotada, bem trajado para uma noite de tocaia. Estava usando botas de caminhada: os tênis tinham sumido. Era mais velho do que eu tinha imaginado e mais alto – com seus quase 30 anos e pouco mais de 1,80 m –, mas era tão magro que parecia estar nos últimos estágios de uma greve de fome. Era a magreza que o fazia aparentar ser mais jovem, menor, inofensivo. Essa ilusão poderia ter-lhe aberto a porta da casa dos Spain.

Não havia cortes nem hematomas que eu pudesse ver, mas qualquer coisa poderia estar escondida por baixo de toda aquela roupa. Ajustei o termostato da sala de interrogatório para uma temperatura mais alta.

Era bom vê-lo naquela sala. A maioria de nossas salas de interrogatório poderia se beneficiar de uma limpeza e uma reforma total, mas eu adorava cada centímetro delas. Nosso território luta do nosso lado. Em Broken Harbour, ele tinha sido uma sombra que se movia através de muros, um cheiro de iodo: sangue e água do mar, com estilhaços de luar fincados em seus olhos. Agora, ele era simplesmente um cara. É o que todos eles são, depois que se consegue pô-los entre essas quatro paredes.

Ele estava sentado, rígido, encurvado na cadeira desconfortável, com os olhos fixos nos punhos sobre a mesa, como se estivesse se preparando para ser torturado. Nem mesmo tinha tentado se localizar, olhando para a sala ao seu redor – o linóleo salpicado com velhas marcas de queimaduras de cigarro e protuberâncias de goma de mascar, as paredes grafitadas, a mesa e o arquivo aparafusados ao piso, a luz vermelha baça da câmera de vídeo vigiando-o de um canto alto.

– O que sabemos sobre ele?

Richie o observava com tanta atenção que seu nariz estava quase tocando no vidro.

– Ele não está sob o efeito de nenhuma droga. De início, achei que pudesse estar usando heroína, por ser tão magro, mas não.

– Não neste exato momento, de qualquer modo. O que é bom para nós. Se conseguirmos alguma coisa, não queremos que ele diga que foi a droga que falou. O que mais?

– Solitário. Hábitos noturnos.

– Certo. Tudo indica que ele se sente melhor mantendo distância de outras pessoas, em vez de entrar em contato próximo com elas. O prazer dele estava em assistir. Só entrava na casa quando os Spain estavam fora, mais do que quando estavam dormindo. Por isso, quando chegar a hora de pôr pressão nele, nós vamos querer ficar bem perto, chegar perto do rosto dele, nós dois ao mesmo tempo. E, como ele prefere a noite, vamos querer pressioná-lo quando estiver amanhecendo, na hora em que ele começa a se recolher. Mais alguma coisa?

– Nenhuma aliança. É mais que provável que more sozinho: ninguém para perceber quando ele passa a noite fora, perguntar o que anda fazendo.

– O que teria seu lado positivo e seu lado negativo, no que nos diz respeito. Nenhum colega para depor dizendo que ele chegou às seis da manhã na terça-feira e usou a máquina de lavar por quatro horas sem parar, mas, por outro lado, ninguém de quem ele tenha precisado esconder coisas. Quando descobrirmos onde mora, existe uma possibilidade de ele nos ter deixado um presentinho: as roupas manchadas de sangue, aquela caneta da lua de mel. Talvez um troféu que ele tenha apanhado na outra noite.

O cara se mexeu, apalpou o rosto, esfregou a boca, desajeitado. Seus lábios estavam inchados e rachados, como se ele tivesse passado muito tempo sem água.

– Ele não trabalha em expediente normal. Pode estar desempregado, ser autônomo ou talvez trabalhe em turnos ou em algum bico temporário. Alguma atividade que lhe permita passar a noite lá naquele ninho quando ele quer, sem destruir sua possibilidade de trabalhar no dia seguinte. Pelas roupas, eu diria que é da classe média.

– É o que eu diria também. E ele nunca esteve no sistema. Lembre-se de que suas digitais não foram reconhecidas. É provável que nem mesmo conheça alguém que tenha passado pelo sistema. Deve estar desnorteado e assustado. Isso é bom, mas nós queremos reservar essas sensações para quando precisarmos delas. Queremos que ele fique o mais descontraído possível, para ver até onde isso nos leva. Depois vamos apavorá-lo quando chegar a hora da pressão. O lado positivo é que ele não vai sair daqui antes dessa hora. Cara de classe média, é provável que tenha respeito pela autoridade, não conheça o sistema... Ele vai ficar até que a gente o expulse daqui.

– É. É provável que fique. – Richie estava fazendo desenhos distraídos, abstratos, no local em que sua respiração deixara o vidro embaçado. – E é só isso o que consigo entender sobre ele. Sabe de uma coisa? Esse camarada é organizado o suficiente para instalar aquele posto de vigia, mas desorganizado o suficiente para nem se importar em desmontá-lo. Esperto o suficiente para conseguir entrar na casa, burro o suficiente para levar as armas junto. Tem tanto autocontrole que esperou meses a fio, mas não conseguiu esperar mais de duas noites depois do homicídio para voltar ao esconderijo. E ele devia saber que a gente estaria à espreita, devia saber. Não consigo entender como funciona a cabeça dele.

Ainda por cima, o cara parecia fraco demais para ter feito aquilo. Não me iludi. Muitos dos predadores mais brutais que apanhei pareciam fofos como gatinhos, e eles sempre estão com a atitude mais mansa logo após a carnificina, esgotados e saciados.

— Esse aí não tem mais autocontrole que um babuíno. Nenhum deles tem. Nós todos já tivemos vontade de matar alguém, em algum momento de nossa vida. Não me diga que você não teve. O que torna esses caras diferentes de nós é que eles não se impedem de realmente executar essa vontade. Basta raspar o verniz, e eles são animais: animais que berram, jogam porcaria uns nos outros, rasgam a jugular dos outros. É com esse tipo que lidamos. Nunca se esqueça disso.

Richie não pareceu convencido.

— Você acha que estou sendo duro com eles? Que a sociedade os prejudicou e que eu deveria ter um pouco mais de empatia?

— Não é isso exatamente. É só que... se ele não tem nenhum controle, como foi que conseguiu se refrear por tanto tempo?

— Não se trata disso. Alguma coisa está nos escapando.

— Como assim?

— Como você disse, esse cara passou no mínimo alguns meses, talvez mais que isso, só observando os Spain, talvez de vez em quando entrando sorrateiro na casa, quando eles não estavam. Isso não era seu espantoso autocontrole em ação: era só porque aquilo era tudo que lhe bastava para ele ter seu barato. E então, de repente, ele sai da sua zona de conforto, para o *ataque*: larga o binóculo para mergulhar no contato direto, total. Isso não surgiu do nada. Alguma coisa aconteceu, nesta última semana ou por aí. Alguma coisa importante. Precisamos descobrir o que foi.

Na sala de interrogatório, nosso suspeito massageava os olhos com as juntas dos dedos. Olhou fixamente para as mãos como se estivesse procurando sangue ou lágrimas.

— E vou lhe dizer mais uma coisa — comentei. — Ele se sentia muito ligado aos Spain em termos emocionais.

Richie parou de desenhar.

— Você acha? Eu estava pensando que não era pessoal. O jeito dele de se manter distante...

— Não. Se ele fosse um profissional, já estaria em casa agora. Teria concluído que não tinha sido detido, e não teria sequer entrado no nosso carro.

E também não se trata de um sociopata, que os via como objetos aleatórios que pareciam interessantes... Ele nutria sentimentos por eles. Ele acha que era íntimo deles. É mais do que provável que a única interação real que eles chegaram a ter tenha sido quando Jenny sorriu para ele na fila no supermercado. Mas, pelo menos na cabeça dele, ali houve uma ligação.

Richie soprou de novo no vidro e voltou a desenhar, dessa vez mais devagar.

– Para você está definido que ele é quem procuramos. Não está?

– Ainda é cedo para dizer que qualquer coisa está definida nesse caso – respondi. Não havia como eu dizer a ele que a vibração nos meus ouvidos tinha aumentado tanto, no carro, com o homem ali atrás do meu ombro, que eu quase tive medo de sair da estrada. O homem permeava o ar ao seu redor com uma atmosfera errada, forte e repugnante como nafta, como se ele tivesse ficado de molho nela. – Mas, se você quer saber minha opinião pessoal, então, sim. Puxa, claro que sim. Ele é quem procuramos.

O cara ergueu a cabeça, como se tivesse me ouvido; e seus olhos, injetados com inchaços vermelhos que pareciam doer, passearam pela sala. Por um segundo, eles pousaram no vidro indevassável. Vai ver que ele assistia a uma quantidade suficiente de filmes policiais para saber do que se tratava. Vai ver que a mesma coisa que tinha esvoaçado pelo meu crânio no carro funcionava nas duas mãos e deu um berro como um morcego ali na sua nuca para avisá-lo de que eu estava ali. Pela primeira vez, seus olhos se focalizaram, como se estivessem encarando direto os meus. Ele respirou fundo, rápido, e retesou o queixo, pronto.

A ponta dos meus dedos estava formigando de tanto que eu queria entrar ali.

– Vamos deixá-lo ficar se perguntando mais uns quinze minutos – disse eu. – E aí você entra.

– Eu, sozinho?

– Ele vai achar que você é uma ameaça menor que eu. Mais perto da idade dele. – E havia também a diferença de classe social: um rapaz bem-educado de classe média descartaria como um imbecil acomodado um garoto das regiões mais carentes do centro da cidade. Os outros detetives teriam ficado embasbacados se tivessem me visto deixar um novato totalmente inexperiente conduzir esse interrogatório; mas Richie não era bem o novato de costume, e esse trabalho me dava a impressão de ser uma missão a dois. – Basta que você o tranquilize. Só isso. Descubra seu nome, se conseguir. Dê-lhe uma xícara de chá. Não deixe a conversa se aproximar do caso e, pelo amor de Deus, não o deixe pedir um advogado. Dou-lhe alguns minutos com ele e então entro, OK?

Richie fez que sim.

— Acha que vamos conseguir que ele confesse? — perguntou.

A maioria deles nunca confessa. Você pode lhes mostrar suas digitais na arma inteira, o sangue da vítima nas suas roupas e imagens do circuito de televisão mostrando quando eles deram o golpe na cabeça da vítima, e eles ainda assim continuam a falar em insulto à sua inocência e a uivar por conta de armações. Em nove entre dez pessoas, a autopreservação vai mais fundo que a razão, mais fundo que o pensamento. Você reza para pegar essa décima pessoa, alguém que tenha nascido com uma fissura nessa história de autopreservação, por onde corre alguma coisa ainda mais profunda – a necessidade de ser compreendido, a necessidade de agradar, às vezes, até mesmo, a consciência. Você reza por aquele que, em algum canto ainda mais escuro que a medula óssea, não quer se salvar. Aquele que está parado no alto do penhasco e precisa lutar com a vontade de saltar. Então você descobre essa fissura e a pressiona.

— É o que almejamos. O chefe chega às nove. O que nos dá seis horas. Vamos estar com isso pronto para entregar a ele, todo embrulhado e com um laço de fita.

Richie voltou a fazer que sim. Ele tirou a jaqueta e três pulôveres grossos e os largou numa cadeira, o que o deixou magro e desengonçado como um adolescente, numa camiseta azul-marinho de mangas compridas, que já estava fina de tanto ter sido lavada. Ficou parado diante do vidro, sem nervosismo, observando o cara se curvar mais sobre a mesa até eu olhar no meu relógio e dar a ordem para ele ir em frente. Passou então a mão pelo cabelo, para ele ficar em pé, pegou dois copos d'água no bebedouro e entrou.

Foi simpático. Entrou já oferecendo um copo.

— Desculpa, cara, eu ia trazer isso para você antes, mas fiquei enrolado... Está bem assim? Não vai preferir um chá, hein? — Seu sotaque estava mais forte. A questão da classe também lhe tinha ocorrido.

Nosso suspeito tinha levado um susto enorme quando a porta se abriu, e ainda estava recuperando o fôlego. Ele fez que não.

Richie ficou ali hesitando, parecendo ter uns 15 anos.

— Tem certeza? Um café então?

Outro não.

— Está bem. Você me fala se quiser mais, OK?

O cara concordou em silêncio e estendeu a mão para pegar a água. A cadeira balançou com seu peso.

— Ah, calma aí – disse Richie. – Não é que ele acabou de lhe dar a cadeira quebrada? – Um rápido olhar sub-reptício na direção da porta, como se eu pudesse estar atrás dele. – Vamos: faça a troca. Fique com esta.

O suspeito foi se arrastando, desajeitado, para o outro lado. É provável que não tenha feito diferença. Todas as cadeiras nas salas de interrogatório são escolhidas para serem desconfortáveis. Mas ele agradeceu tão baixo que eu quase não ouvi.

– Obrigado.

– Não há de quê. Detetive Richie Curran. – Ele estendeu a mão, que o suspeito não apertou.

– Eu tenho de lhe dizer meu nome? – perguntou, com a voz baixa e tranquila, boa de escutar, com uma leve aspereza, como se não fosse muito usada ultimamente. O sotaque não me disse nada. Ele poderia ter sido de qualquer lugar.

Richie aparentou surpresa.

– Você não quer dizer seu nome? Por que não?

– ... nenhuma diferença... – disse ele daí a um instante para si mesmo, e depois para Richie, com um aperto de mão mecânico –, Conor.

– Conor de quê?

Uma fração de segundo.

– Doyle. – Não era, mas não importava. Quando amanhecesse, nós descobriríamos sua casa, seu carro ou os dois, e reviraríamos tudo à procura da sua identidade, entre outras coisas. Por ora, tudo de que precisávamos era um nome para chamá-lo.

– Prazer em conhecê-lo, sr. Doyle. O detetive Kennedy virá daqui a pouco, e então vocês vão poder começar. – Richie equilibrou o lado do traseiro num canto da mesa. – Vou lhe dizer uma coisa. Fiquei feliz quando você apareceu. Eu estava louco para sair daquele canto, estava, sim. Conheço gente que paga um bom dinheiro para ir acampar à beira-mar e tudo o mais, mas ficar longe da cidade não é meu estilo, sabe o que estou querendo dizer?

Conor deu de ombros, um movimento discreto e espasmódico.

– Lá é tranquilo.

– Não sou louco por tranquilidade. Urbano é o que sou. Em qualquer circunstância, prefiro o barulho e o trânsito. E além do mais eu estava morrendo congelado lá. Você não é de lá, é?

Conor levantou os olhos, alerta, mas Richie estava bebendo a água e vigiando a porta, só batendo papo enquanto esperava por mim.

– Ninguém é de Brianstown – disse Conor. – As pessoas só se mudam para lá.

– Foi isso o que eu quis dizer. Você mora lá? Meu Deus, nem que me pagassem.

Ele esperou, todo cheio de uma curiosidade branda, inócua, até Conor responder.

– Não. Moro em Dublin.

Não era da região. Richie tinha resolvido uma questão e só ali nos poupado uma trabalheira. Ele levantou o copo num brinde animado.

– Viva Dublin. Não existe lugar melhor. E cavalos desembestados não nos arrastariam daqui, não é mesmo?

Outro encolher de ombros.

– Eu moraria no interior. Depende.

Richie enganchou um tornozelo numa cadeira a mais e a puxou para descansar os pés, acomodando-se melhor para uma conversa interessante.

– Sério? Moraria mesmo? Dependendo do quê?

Conor passou a palma da mão pelo queixo, com força, tentando se recompor. O jeito de Richie instigá-lo estava tirando seu equilíbrio, abrindo pequenos buracos na sua concentração.

– Não sei. Se tivesse uma família. Espaço para as crianças brincarem.

– Ah – disse Richie, apontando um dedo para ele. – É isso aí. Sou solteiro. Preciso de algum lugar onde possa tomar uns tragos, conhecer umas garotas. Não dá para eu viver sem isso, sabe do que estou falando?

Acertei ao mandá-lo entrar. Ele estava descontraído como se estivesse tomando banho de sol e fazendo um belo de um trabalho. Eu me dispunha a apostar que Conor tinha entrado naquela sala com a intenção de não abrir a boca para nada, por anos, se fosse necessário. Todos os detetives, até mesmo Quigley, têm seus talentos, pequenas coisas que cada um faz melhor do que qualquer outro por ali. Todos nós sabemos quem devemos chamar se quisermos que uma testemunha se sinta tranquilizada pelo especialista, ou se precisarmos de uma rápida intimidação do jeito certo. Richie tinha um dos talentos mais raros de todos. Ele podia fazer um depoente acreditar, apesar de todas as evidências, que eles eram simplesmente duas pessoas conversando, do mesmo jeito que nós dois tínhamos conversado enquanto esperávamos naquele esconderijo; que Richie estava vendo, não o processo de solução de um caso, não um cara perigoso que precisava ficar atrás das grades pelo bem da sociedade, mas outro ser humano. Era bom saber isso.

– Acaba perdendo a graça – disse Conor – essa história de sair. Você para de ter vontade.

Richie levantou as mãos.

– Vou acreditar no que você está dizendo, cara. Mas o que a gente começa a querer então?

– Uma casa para onde voltar. Uma mulher. Filhos. Um pouco de paz. Coisas simples.

Alguma coisa permeava sua voz, lenta e pesada, como uma sombra que cresce debaixo de águas escuras: dor. Pela primeira vez, senti um lampejo de empatia pelo cara. O nojo que a acompanhou quase me fez disparar para dentro da sala de interrogatório para começar a trabalhar nele.

Richie exibiu os dois indicadores cruzados.

– Antes você do que eu – disse, animado.

– É só esperar.

– Estou com 23. Falta muito para o relógio biológico se fazer ouvir.

– Espere. Boates, todas as garotas maquiadas para ficarem exatamente iguais umas às outras. Todo mundo bêbedo para poder agir como alguém que eles não são. Depois de um tempo, a gente enjoa disso.

– Ah. Se deu mal, né? Levou para casa uma gatinha e acordou com uma bruxa?

Richie mostrava um largo sorriso.

– Pode ser. Alguma coisa desse tipo – disse Conor.

– Já passei por isso, cara. Olhar através da cerveja é uma droga. E então, onde é que você procura garotas, se as boates não servem para você?

– Não saio muito – disse ele, dando de ombros.

Ele estava começando a tratar Richie com indiferença, a lhe negar contato. Estava na hora de mudar as coisas. Investi contra a sala de interrogatório com violência: escancarando a porta, girando uma cadeira para ficar de frente para Conor – Richie deslizou de cima da mesa e se sentou numa cadeira ao meu lado, rápido, incluindo minha presença, realçando minha posição.

– Conor – disse eu –, não posso falar por você, mas eu adoraria resolver esse assunto bem depressa para todos nós conseguirmos pelo menos dormir um pouco nesta noite. O que acha?

Antes que ele pudesse me dar uma resposta, levantei a mão.

– Epa! Vamos parando por aí, seu apressadinho. Tenho certeza de que você tem muito a dizer, mas sua vez já vai chegar. Deixe-me lhe passar algumas coisas antes. – Eles precisam descobrir que você agora é o dono deles. A partir deste momento, você é quem vai decidir quando eles falam, bebem, fumam, dormem, vão ao banheiro. – Eu sou o detetive Kennedy, esse é o detetive Curran, e você está aqui só para responder a algumas perguntas para nós. Não temos uma ordem de prisão, nada desse tipo, mas precisamos conversar. Tenho certeza de que você sabe do que estamos falando.

Conor fez que não, abanando a cabeça com força. Ele estava resvalando para aquele silêncio pesado, mas por mim tudo bem, pelo menos por enquanto.

– Ah, cara – disse Richie, em tom de censura. – Ora, *vamos*. Você achava que seria sobre *o quê*? O Grande Roubo do Trem.

Nenhuma reação.

– Deixe o homem em paz, detetive Curran. Ele só está fazendo o que lhe disseram para fazer, não é mesmo, Conor? Espere sua vez, eu disse. E é o que ele está fazendo. Gosto disso. É bom deixar claras as regras básicas. – Juntei os dedos, como que em prece, sobre a mesa e olhei para eles, pensativo. – Agora, Conor, sei que passar a noite desse jeito não o deixa feliz. Dá para entender isso. Mas, se você encarar da perspectiva certa, se realmente olhar com atenção, está é sua noite de sorte.

Ele me lançou um olhar agressivo, de pura incredulidade.

– É verdade, meu amigo. Você sabe e nós sabemos que você não deveria ter armado acampamento naquela casa, porque ela não é sua, certo?

Nada.

– Ou vai ver que estou enganado – disse eu, com um início de sorriso. – Vai ver que, se verificarmos com os incorporadores, eles nos dirão que você lhes deu uma boa bolada de entrada, é isso? Devo lhe pedir desculpas, companheiro? Afinal, você também está nessa corrida imobiliária?

– Não.

Estalei a língua e agitei um dedo na sua direção.

– Bem que eu achei que não. Errado. Muito errado. Só porque ninguém está morando lá, meu filho, isso não significa que você pode se mudar para lá, com toda a bagagem. Isso ainda constitui invasão de domicílio, sabia? A lei não fecha os olhos só porque você quer uma casa de férias e mais ninguém a estava ocupando.

Eu estava carregando ao máximo no lado condescendente, e aquilo estava instigando Conor a sair do silêncio.

– Não *arrombei* nada. Só fui entrando.

– Por que não deixamos que os advogados expliquem por que motivo isso não tem nada a ver? Se as coisas chegarem a esse ponto, é claro, ao qual – ergui um dedo – elas não precisam chegar. Porque, como eu disse, Conor, você é um rapaz de muita sorte. O detetive Curran e eu, na realidade, não estamos assim tão interessados numa acusação insignificante de invasão de domicílio, não hoje. Digamos o seguinte: quando dois caçadores saem à noite, eles estão procurando caça grossa. Se, por exemplo, um coelho for tudo o que eles encontrarem, eles ficam com o coelho; mas, se o coelho os conduzir para o rastro de um urso feroz, eles vão deixar o coelhinho seguir seu caminho, enquanto perseguem o urso feroz. Está me entendendo?

Isso me rendeu um olhar de repugnância. Muita gente me considera um idiota metido, satisfeito demais com o som da própria voz, o que não é nenhum problema para mim. Podem desfazer de mim. Podem baixar a guarda.

– O que estou dizendo, meu filho, é que, em termos metafóricos, você é um coelhinho. Se puder nos apontar uma presa maior, estará livre. Se não, sua cabecinha felpuda vai enfeitar a parede acima da lareira.

– Apontar para vocês o quê?

A explosão de agressividade na sua voz por si só já teria me dito que ele não precisava perguntar. Deixei para lá.

— Estamos à cata de informações, e você é a melhor pessoa para isso. Porque, quando você escolheu um domicílio para invadir, teve muita sorte. Como tenho certeza de que você percebeu, seu pequeno abrigo tem vista direta para a cozinha do número 9 da Rampa Ocean View. Como se você tivesse seu próprio canal exclusivo de reality show, as 24 horas do dia, todos os dias da semana.

— O reality show mais *chato* deste mundo – disse Richie. — Você não poderia ter encontrado uma boate com strip-tease? Ou um bando de garotas que fazem topless dentro de casa?

— Nós não sabemos se era chato, não é? – disse eu, apontando um dedo para ele. – É isso que estamos tentando descobrir. Conor, meu amigo, diga aí você. As pessoas que moram no número 9 são chatas?

Conor examinou a pergunta, procurando seus perigos.

— Uma família – disse ele, por fim. – Marido e mulher. Garotinha e garotinho.

— É mesmo, Sherlock? Brincadeira. Isso aí nós já tínhamos sacado sozinhos. Existe um motivo para nos chamarem de detetives. Como eles são? Como passam o tempo? Como se dão? Muito carinho ou brigas aos berros lá embaixo?

— Nada de brigas aos berros. Eles costumavam... – Aquele pesar se manifestando de novo, sombrio e forte, por trás da voz. – Eles costumavam brincar.

— Algum tipo de jogo? Como Banco Imobiliário?

— Agora entendi por que você escolheu esse pessoal – disse Richie, revirando os olhos. – Toda a empolgação, não é?

— Como uma vez eles construíram um forte naquela cozinha, com caixas de papelão e cobertores. Brincaram de faroeste, todos os quatro. As crianças subindo no pai; o batom da mãe servindo de pintura de guerra. Depois do jantar, ele e ela ficavam sentados lá fora no jardim, depois que as crianças estavam dormindo. Uma garrafa de vinho. Ela massageava as costas dele. Eles riam.

Que foi a fala mais longa que tínhamos ouvido dele. O cara estava louco para falar dos Spain, mal se continha. Fiz que sim, saquei meu caderno e minha caneta e fiz uns rabiscos que poderiam ter sido anotações.

— Informações valiosas, Conor, meu amigo. É exatamente desse tipo de coisa que precisamos. Continue. Você diria que eles são felizes? É um bom casamento?

— Eu diria que era um belo casamento. Bonito – disse Conor, baixinho. *Era.*

— Nunca viu o marido fazer nada de ruim com ela?

Isso fez sua cabeça girar de repente para meu lado. Seus olhos eram cinzentos e frios como água, em meio ao inchaço vermelho.

— Tipo *o quê*?

— Você me diga.

— Ele costumava trazer presentes para ela o tempo todo: coisinhas, chocolates legais, livros, velas... Ela adorava velas. Eles se beijavam quando passavam um pelo outro na cozinha. Todos aqueles anos juntos, e ainda eram loucos um pelo outro. Ele teria preferido *morrer* a machucá-la. OK?

— Ei, tudo bem – disse eu, levantando as mãos. – Alguém tem que perguntar.

— E é essa a resposta. – Ele não tinha piscado. Por baixo da barba por fazer, sua pele tinha uma aparência áspera, ressecada pelo vento, como se ele tivesse passado muito tempo exposto ao ar frio do mar.

— E eu agradeço. É para isso que estamos aqui: para elucidar os fatos. – Fiz uma anotação cuidadosa no caderno. – As crianças. Como elas são?

— Ela. – A dor aumentou na sua voz, chegando bem perto da superfície. – Como uma bonequinha, uma menininha num livro. Sempre de cor-de-rosa. Ela tinha asas que gostava de usar, asas de fada...

— "Ela"? Quem é "ela"?

— A garotinha.

— Ora, vamos, cara, não estamos brincando. É claro que você sabe o nome deles. Vai me dizer que eles nunca gritaram o nome um do outro no jardim? A mãe nunca chamou as crianças para entrar para jantar? Use os nomes, pelo amor de Deus. Estou velho demais para acertar toda essa história de "ele" e "ela".

— Emma – disse Conor, baixinho, como se estivesse tratando o nome com delicadeza.

— Certo. Pode falar sobre Emma.

— Emma. Ela adorava as coisas de casa: usar seu aventalzinho, fazer pãezinhos com flocos de arroz. Ela tinha um pequeno quadro-negro. Enfileirava as bonecas diante dele e brincava de professora, ensinando-lhes o alfabeto. Tentou ensinar ao irmão também; só que ele não ficava quieto por tempo suficiente. Derrubava as bonecas e saía correndo. Ela era tranquila. De bem com a vida.

Era mais uma vez.

— E o irmão. Como ele é?

— Barulhento. Sempre rindo, gritando... nem mesmo palavras, só gritando para fazer barulho, porque isso era tão engraçado que fazia ele estourar de rir. Ele...

— O nome.

— Jack. Ele derrubava as bonecas de Emma, como eu disse, mas depois vinha ajudar a irmã a levantar todas elas, dando beijinhos nelas. Dando goles do seu copo de suco. Uma vez, Emma ficou em casa, doente, um resfriado ou coisa semelhante. Ele trazia coisas para ela o dia inteiro, os brinquedos dele, o cobertor. Umas crianças adoráveis, os dois. Crianças boas. Ótimas.

Os pés de Richie mudaram de posição, por baixo da mesa: ele estava fazendo o maior esforço para superar aquela parte. Bati com a caneta nos dentes e analisei minhas anotações.

— Vou lhe dizer uma coisa interessante que eu notei, Conor. Você não para de dizer "costumava". Eles costumavam brincar. Pat costumava trazer presentes... Alguma coisa mudou?

Conor olhou fixamente para sua própria imagem no vidro indevassável, como se estivesse avaliando um desconhecido, perigoso e inflamável.

— Ele perdeu o emprego. Pat.

— Como você sabe?

— Ele ficava em casa durante o dia.

E o mesmo valia para Conor, o que não indicava exatamente que ele fosse uma abelhinha trabalhadeira.

— Acabaram-se as brincadeiras de faroeste depois disso? Nada de amassos no jardim?

Aquela chispa cinzenta e gelada novamente.

— Ficar sem trabalho arrasa com a cabeça das pessoas. Não só a dele. A de muita gente.

O salto rápido em defesa. Não pude dizer se era por conta de Pat ou dele mesmo. Concordei em silêncio, pensativo.

— É assim que você o descreveria? De cabeça arrasada?

— Pode ser. — Aquele depósito de desconfiança estava começando a se acumular de novo, enrijecendo suas costas.

— O que lhe causou essa impressão? Dê alguns exemplos.

Um gesto espasmódico, de um lado só, que poderia ser um encolher de ombros.

— Não me lembro. — O tom definitivo na sua voz dizia que ele não estava planejando se lembrar.

Recostei-me na minha cadeira e tranquilamente simulei fazer anotações, para lhe dar tempo para se acalmar. O ar estava esquentando, fazendo uma pressão em torno de nós, denso e áspero como lá. Richie soprou com força e se abanou com a camiseta, mas pareceu que Conor não notou. Ele ia continuar de casaco.

— Isso aí já faz alguns meses — disse eu —, a perda do emprego de Pat. Quando você começou a passar tempo em Ocean View?

Um segundo de silêncio.
— Faz um tempo.
— Um ano? Dois?
— Talvez um ano. Talvez menos. Não anotei.
— E com que frequência você vai lá?

Um silêncio mais longo dessa vez. A cautela estava começando a se cristalizar.
— Depende.
— De quê?

Dar de ombros.
— Não estou querendo tudo cronometrado e carimbado, Conor. Basta nos dar uma ideia. Todos os dias? Uma vez por semana? Uma vez por mês?
— Umas duas vezes por semana, pode ser. Provavelmente menos.

O que significava no mínimo dia sim, dia não.
— A que hora? De dia ou de noite?
— De noite, na maioria das vezes. Às vezes, de dia.
— E na noite de anteontem? Você chegou a ir à sua casinha de praia?

Conor recostou-se na cadeira, cruzou os braços e focalizou os olhos no teto.
— Não me lembro.

Fim de papo.
— OK – disse eu, concordando. – Você não quer tocar nesse assunto agora. Por nós, tudo bem. Podemos falar sobre outro assunto. Vamos conversar sobre você. O que você faz quando não está dormindo em casas abandonadas? Tem um emprego?

Nada.
— Ai, pelo amor de Deus, cara – disse Richie, revirando os olhos. – Para de bancar o difícil. O que acha que a gente vai fazer? Prender você porque trabalha com informática?
— Não é informática. É web design.

E um web designer teria conhecimento mais do que suficiente para apagar o computador dos Spain.
— Viu, Conor? Foi tão difícil assim? Web design não é nada do que se envergonhar. Ganha-se uma boa grana com isso.

Um sopro de risada, sem humor, voltado para o teto.
— É o que você acha?
— A recessão – disse Richie, estalando os dedos e apontando para Conor. – Acertei? Você estava indo muito bem, todo animado, cheio de trabalhos de web design, e então tudo veio abaixo e bangue, sem mais aquela, você está no seguro-desemprego.

Mais uma vez, a dureza daquela quase risada.

– Quem dera! Sou autônomo. Não existe seguro-desemprego para mim. Quando o trabalho sumiu, o dinheiro sumiu.

– Puxa – disse Richie, de repente, arregalando os olhos. – Você está sem teto, cara? Porque nisso a gente pode lhe dar uma ajuda. Dou alguns telefonemas...

– Não estou sem teto. Estou muito bem, obrigado.

– Não há motivo para ficar embaraçado. Hoje em dia um monte de gente...

– Eu não.

Richie aparentou ceticismo.

– É? Você mora numa casa ou num apartamento?

– Apartamento.

– Onde?

– Killester. – Zona norte: local perfeito para uma ida e volta regular até Ocean View.

– Que você divide com quem? Namorada? Colegas?

– Ninguém. Só eu. Certo?

Richie virou a palma das mãos para o alto.

– Só estava tentando ajudar.

– Não preciso da sua ajuda.

– Tenho uma pergunta, Conor – disse eu, girando a caneta entre os dedos e olhando para ela com interesse. – Seu apartamento tem água corrente?

– Que diferença faz para você?

– Sou policial. Sou enxerido. Tem água corrente?

– Tem. Quente *e* fria.

– Eletricidade?

– *Puta que pariu* – disse Conor, para o teto.

– Cuidado com o linguajar, meu filho. Tem eletricidade?

– Tem. Eletricidade. Calefação. Fogão. Até micro-ondas. E você é o quê, minha mãe?

– Longe disso, cara. Porque minha pergunta é, se você tem um apartamentinho aconchegante de solteiro, com todas as conveniências modernas e até mesmo um micro-ondas, por que cargas d'água joga fora suas noites espiando pela janela de uma ratoeira gelada em Brianstown?

Fez-se um silêncio.

– Vou precisar de uma resposta, Conor.

– Porque eu gosto – disse ele, retesando o queixo.

Richie levantou-se, alongou-se e começou a se movimentar pela periferia da sala, naquele modo de andar ondulante, de joelhos frouxos, que significa *encrenca* em qualquer rua deserta.

— Essa resposta não vai servir, cara. Porque... e me interrompa se isso não for novidade para você... duas noites atrás, quando você não se *lembra* do que estava fazendo, alguém entrou na casa dos Spain e assassinou todos eles.

Ele não se deu ao trabalho de fingir que isso foi um choque. Sua boca crispou-se como se uma cãibra violenta o tivesse atingido, mas nada mais se mexeu.

— Por isso, naturalmente, nós estamos interessados em qualquer pessoa que tenha ligação com os Spain: especialmente qualquer um cuja ligação seja o que poderíamos chamar de fora do comum, e eu diria que sua sala de cinema se encaixa nessa categoria. Até se poderia dizer que nós estamos *muito* interessados. Estou certo, detetive Curran?

— Fascinados — disse Richie, por trás do ombro de Conor. — É essa a palavra que estou procurando, será? — Ele estava deixando Conor nervoso. O jeito perigoso de andar não o intimidava, nada desse tipo, mas perturbava sua concentração, impedindo-o de fechar uma cortina de silêncio em todo o seu redor. Percebi que estava gostando cada vez mais de trabalhar com Richie.

— "Fascinados" serviria muito bem. Até mesmo "obcecados" não estaria fora do contexto. Duas criancinhas morreram. Por mim, e acho que não estou sozinho nisso, estou disposto a fazer o que for necessário para prender o safado do filho da puta que as matou. Gostaria de acreditar que qualquer membro decente da sociedade faria o mesmo.

— Acertou na mosca — disse Richie, com aprovação. Suas voltas estavam ficando mais fechadas, mais rápidas. — Você concorda com a gente a respeito disso, Conor? Você é um membro decente da sociedade, não é?

— Não faço a menor ideia.

— Bem — disse eu, em tom simpático —, vamos descobrir isso, OK? Comecemos com o seguinte: durante esse período de mais ou menos um ano em que cometeu a invasão de domicílio, é claro que você não fez anotações, porque simplesmente gostava de estar lá, por acaso chegou a ver alguém indesejável rondando por Ocean View?

Dar de ombros.

— Isso é um não?

Nada. Richie deu um suspiro ruidoso e começou a arrastar a lateral da sola dos tênis no piso de linóleo, a cada passo, com um horrível guincho. Conor se encolheu.

— É. É um não. Não vi ninguém.

— E anteontem à noite? Porque precisamos parar com a cascata, Conor. Você estava lá, sim. Viu alguém interessante?

— Não tenho nada a lhe dizer.

— Sabe, Conor — disse eu, levantando as sobrancelhas —, duvido disso. Porque só enxergo duas opções aqui. Ou você *viu* o que aconteceu, ou você *é* o que aconteceu. Se a primeira opção for a certa, você precisa começar a falar agora. Se for a segunda... bem, esse seria o único motivo pelo qual você iria querer se manter calado, não é mesmo?

As pessoas costumam reagir, quando você as acusa de homicídio. Ele sugou ar por entre os dentes, ficou olhando para a unha do polegar.

– Se você conseguir ver alguma escolha que não nos ocorreu, meu filho, por favor trate de nos contar. Todas as contribuições são aceitas com gratidão.

O tênis de Richie guinchou alguns centímetros atrás de Conor, que se sobressaltou.

– Como eu disse – e sua voz era cortante –, não tenho nada a lhes dizer. Façam sua própria escolha. O problema não é meu.

Tirei do caminho meu caderno e minha caneta e me debrucei por cima da mesa, direto na cara dele, sem lhe deixar nenhum outro lugar para onde olhar.

– É seu problema, sim, meu filho. E como! Porque eu, o detetive Curran e toda a força policial deste país, cada um de nós individualmente, estamos determinados a apanhar o filho da puta que assassinou essa família. E você está bem na nossa mira. Você é o cara que está no local por nenhum bom motivo, que anda espionando a família Spain há um ano, que está nos passando um monte de baboseiras, quando qualquer homem inocente neste mundo estaria nos ajudando... O que você acha que sua atitude nos diz?

Mais um encolher de ombros.

– Ela nos diz que você é um canalha de um assassino, cara. Para mim, isso é problema seu, sim.

O maxilar de Conor se retesou.

– Se é isso o que você quer pensar, não há nada que eu possa fazer.

– Meu Deus – disse Richie, revirando os olhos. – Quanta pena de si mesmo!

– Chame como quiser.

– Ora, *vamos*. Tem um monte de coisas que você pode fazer. Você poderia nos dar uma ajuda, só para começar: nos contar tudo o que viu acontecer na casa dos Spain, na esperança de que alguma coisa nos ajude a solucionar o caso. Em vez disso, você prefere ficar aí calado, de cara amarrada, como algum garoto apanhado fumando maconha? Tá na hora de crescer, cara. Sério.

Isso rendeu para Richie um olhar fulminante, mas Conor não mordeu a isca. Continuou calado.

Eu me acomodei na cadeira, ajeitei o nó da gravata e mudei para um tom mais suave, quase de curiosidade.

– Será que entendemos tudo errado, Conor? Vai ver que não foi como parece. Nós não estávamos lá, eu e o detetive Curran. Poderia ter acontecido muito mais do que nós percebemos. Isso poderia não ter sido um homicídio doloso de modo algum; poderia ter sido apenas um homicídio culposo. Até mesmo consigo imaginar como tudo poderia ter começado como legítima defesa, e depois as coisas foram escapando ao controle. Estou disposto a aceitar isso. Mas não podemos fazer nada se você não nos contar sua versão da história.

– Não existe porra de história nenhuma – disse Conor, para o ar em algum ponto acima da minha cabeça.

– Ah, mas existe, sim. Aliás, isso nem está em questão, não é? A história poderia ser: "Eu não estava em Brianstown naquela noite, e esse é o meu álibi." Ou ainda: "Eu estava lá e vi alguém estranho por ali, e essa é a descrição do sujeito." Ou: "Os Spain me pegaram entrando na casa, me agrediram e eu precisei me defender." Ou: "Eu estava lá em cima no meu esconderijo, numa boa me drogando, quando tudo ficou escuro, e depois disso a primeira coisa de que me lembro é que eu estava sentado na minha banheira, todo sujo de sangue." Qualquer uma dessas histórias poderia colar de algum modo, mas nós precisamos ouvi-la. Caso contrário, vamos ter que pressupor o pior. Sem dúvida, dá para você perceber isso, não dá?

Silêncio, um silêncio tão carregado de teimosia que você sentia sua agressividade. Existem detetives, mesmo nos dias de hoje, que teriam resolvido esse problema com algumas pancadas rápidas nos rins, fosse numa ida ao banheiro, fosse quando a câmera de vídeo estivesse misteriosamente desligada. Uma vez ou duas, quando era mais jovem, eu tinha sentido essa tentação, mas nunca tinha cedido a ela. Distribuir sopapos é para idiotas como Quigley, que não dispõem de mais nada em seu arsenal – e eu tinha mantido controle sobre esse lado por muito tempo. Mas, naquela calmaria densa e superaquecida, pela primeira vez compreendi exatamente como era tênue a linha que separava uma atitude da outra e como era fácil transpô-la. As mãos de Conor, segurando a beirada da mesa, tinham dedos compridos, fortes, mãos grandes, capazes, com os tendões salientes e as cutículas sangrentas de tão roídas. Pensei no que elas tinham feito, na almofada em forma de gato de Emma e na falha nos seus dentes incisivos, nos cachos macios e claros de Jack. E tive vontade de bater com uma marreta naquelas mãos até elas virarem um monte de carne esmigalhada. A ideia de fazer isso fez o sangue se agitar na minha garganta. Fiquei horrorizado com a intensidade com que desejava isso, com todo o meu ser, e como esse desejo parecia ser simples e natural.

Sufoquei esse desejo com força e esperei até meus batimentos cardíacos terem se acalmado. Então suspirei e abanei a cabeça, mais com tristeza do que com raiva.

– Conor, Conor, Conor. O que acha que vai conseguir com essa sua atitude? Diga-me pelo menos isso. Acredita que nós vamos ficar tão impressionados com essa sua ceninha que o despacharemos para casa e nos esqueceremos dessa história toda? "Gosto de um homem com posições firmes, meu filho, não se preocupe com aqueles assassinatos brutais"?

Ele fixou o olhar no nada, atento, com os olhos semicerrados. O silêncio foi se estendendo. Cantarolei para mim mesmo, batendo o ritmo com a ponta dos dedos na mesa, e Richie se empoleirou na beira da mesa, sacudindo o joelho e estalando as juntas dos dedos com verdadeira dedicação, mas Conor já tinha superado essa fase. Ele mal percebia que estávamos ali.

Por fim, Richie fez um teatro exagerado, espreguiçando-se, gemendo e bocejando, e olhou no seu relógio.

– Olha só, cara, nós vamos ficar nessa lenga-lenga a noite inteira? – quis saber ele. – Porque, se formos, vou precisar de café para me manter acordado. Isso aqui é uma emoção atrás da outra.

– Ele não vai responder, detetive. Está nos dando um gelo.

– E não podemos receber o gelo enquanto estamos na cantina? Juro que vou cair dormindo aqui mesmo, se não tomar um café.

– Não há motivo para não ir. Esse merdinha está me deixando enjoado de qualquer modo. – Fechei minha caneta. – Conor, se você precisa se livrar desse seu mau humor para poder falar com a gente como um ser humano adulto, fique à vontade. Mas nós não vamos ficar aqui sentados, assistindo, enquanto você faz isso. Quer acredite, quer não, você não é o centro do universo. Temos um monte de coisas mais urgentes para fazer do que ficar olhando um homem adulto agir como uma criança mimada.

Nem uma piscada. Prendi a caneta no meu caderno, guardei os dois no bolso e lhe dei um tapinha.

– Nós voltamos quando sobrar um tempo. Se precisar ir ao banheiro, bata com força na porta e torça para alguém ouvir. Nos vemos.

Na saída, Richie tirou o copo de Conor da mesa, segurando o fundo com delicadeza entre o polegar e a ponta do indicador.

– Duas das coisas de que mais gostamos: digitais e DNA – disse eu, apontando para o copo. – Obrigado, cara. Com isso, você nos poupou muito tempo e trabalho. – Então pisquei um olho para ele, fiz um sinal de positivo e bati a porta ao passar.

– Foi certo o que eu fiz? – perguntou Richie na sala de observação. – Forçar a gente a sair de lá? Só achei... quer dizer, tínhamos chegado a um beco sem saída, mais ou menos. E calculei que era mais fácil eu dar a conversa por encerrada sem prejudicar sua imagem, certo?

Ele estava esfregando um pé no tornozelo do outro e parecia apreensivo. Tirei um saco de provas do armário e o joguei para ele.

— Você agiu bem. E tem razão: está na hora de reorganizar nossa tática. Alguma ideia?

Ele deixou o copo cair no saco de provas e olhou ao redor, em busca de uma caneta. Passei-lhe a minha.

— É. Sabe de uma coisa? Ele me faz lembrar alguém. O rosto.

— Você passou muito tempo olhando para ele. Está tarde. Você está um caco. Sem dúvida, sua cabeça o está fazendo ver coisas.

Richie agachou-se ao lado da mesa para identificar o saco.

— É, tenho certeza de que já o vi em algum lugar. Me pergunto se foi quando eu trabalhava na Divisão de Costumes, pode ser.

A sala de observação usa o mesmo termostato que a sala de interrogatório. Afrouxei minha gravata.

— Mas ele não está no sistema.

— Eu sei. Eu me lembraria se o tivesse prendido. Mas você mesmo sabe: um cara atrai seu olhar, e você pode jurar que ele está aprontando alguma, mas não aparece nada de que possa acusá-lo. E você só fica com aquele rosto, à espera de que um dia ele apareça de novo. Estou me perguntando... — Ele fez que não, insatisfeito.

— Deixe isso em banho-maria. Vai voltar à sua cabeça. Quando voltar, me diga. Precisamos identificar esse cara, e rápido. Mais alguma coisa?

Richie rubricou o saco, pronto para entregá-lo na sala de provas periciais, e me devolveu a caneta.

— É. Irritá-lo não vai nos adiantar de nada, não com esse cara. Nós o deixamos puto ali dentro; mas, quanto maior a raiva que ele sente, mais ele se cala. Precisamos de outra abordagem.

— Precisamos mesmo. A perturbação que você fez foi boa, muito bem-feita, mas ela já nos levou aonde conseguiria levar. E a intimidação também não vai funcionar. Eu estava enganado quanto a um ponto: ele não tem medo de nós.

Richie fez que não.

— Não. Ele está na defensiva, tudo bem, muito na defensiva, mas está apavorado? Não. E a verdade é que deveria estar. Eu ainda acho que ele é primário. Não está agindo como se conhecesse os procedimentos. Toda essa história já deveria tê-lo feito se borrar. Por que isso não está acontecendo?

Na sala de interrogatório, Conor estava imóvel e retesado, com as mãos abertas, espalmadas sobre a mesa. Não havia a menor chance de ele ter podido nos ouvir, mas baixei minha voz mesmo assim.

— Excesso de confiança em si mesmo. Ele acha que cobriu todas as pistas; calcula que não temos nada contra ele, a menos que fale.

— Pode ser que sim. Mas ele deve saber que temos uma equipe inteira passando um pente fino naquela casa, à procura de qualquer coisa que ele tenha deixado para trás. Isso deveria ser motivo de preocupação.

— Muitos deles são uns sacanas arrogantes. Acham que são mais espertos que nós. Não deixe que isso o incomode. Com o tempo, essa atitude nos favorece. São esses que desmoronam, quando você lhes mostra alguma coisa que eles não podem ignorar.

— E se... — disse Richie, hesitante, e parou. Estava girando o saco de provas para lá e para cá, olhando para ele, não para mim. — Deixa pra lá.

— E se o quê?

— Eu só ia dizer... Se ele tem um álibi sólido, alguma coisa desse tipo, e sabe que, mais cedo ou mais tarde, nós vamos nos deparar com ele...

— O que você está querendo dizer é "e se ele está se sentindo a salvo porque é inocente?"

— É. Basicamente é isso.

— Não há a menor chance, companheiro. Se ele tivesse um álibi, por que não nos diz simplesmente e vai embora? Você acha que ele está nos dando corda por prazer?

— Poderia ser. Ele não é louco por nós.

— Mesmo que fosse inocente como um bebê, o que ele não é, ele não deveria estar agindo com tanta frieza. Os inocentes ficam tão apavorados quanto os culpados. Muitas vezes, ainda mais, porque não são uns cretinos arrogantes. É óbvio que não deveriam ficar apavorados, mas não há como lhes dizer isso.

Richie olhou para o alto e ergueu uma sobrancelha, com ar evasivo.

— Se eles não fizeram nada de errado — disse eu —, a verdade é que não têm nada a temer. Mas a verdade nem sempre é a questão.

— É. Imagino. — Ele estava esfregando o lado do maxilar, onde a essa altura deveria haver barba por fazer. — Mas tem outra coisa. Por que ele não faz com que pensemos em Pat? Nós lhe demos umas dez oportunidades. Seria facílimo: "É, detetive, agora que você mencionou o assunto, esse cara Pat ficou louco depois que perdeu o emprego. Batia na mulher o tempo todo, surrava as crianças sem dó nem piedade, vi ele ameaçar a mulher com um faca bem na semana passada..." Ele não é burro; deve ter percebido essa oportunidade. Por que não se agarrou a ela?

— Por que acha que fui lhe dando essas chances? — perguntei.

Richie deu de ombros, uma contorção complicada, embaraçada.

— Não sei.

— Você achou que eu estava sendo desleixado e que foi sorte minha esse cara não ter tirado proveito. Errado, meu filho. Eu lhe disse antes de entrarmos ali: nosso suspeito Conor acha que tem alguma ligação com os Spain. Precisamos saber que tipo de ligação. Será que Pat Spain lhe deu uma fechada na estrada e agora ele acha que Pat é culpado por todos os seus problemas, e que só voltará a ter sorte quando Pat estiver morto, fora daqui? Ou será que ele bateu papo com Jenny em alguma festa e decidiu que os astros queriam que os dois ficassem juntos?

Conor não tinha se mexido. A lâmpada fluorescente branca e comprida se refletia no suor no seu rosto. Ela fazia com que ele parecesse branco como cera e estranho, algum ser de outro planeta cuja nave tinha se destroçado, a anos-luz mais perdido do que poderíamos imaginar.

— E nós conseguimos nossa resposta: do seu próprio jeito degenerado, Conor-Sei-Lá-de-Quê se importa com os Spain. Com todos os quatro. Ele não dedurou Pat porque, mesmo para se salvar, não quis sujar o nome de Pat. Ele acredita que ama essa família. E é assim que vamos derrubá-lo.

Nós o deixamos ali por uma hora. Richie levou o copo para a sala de provas periciais e, no caminho de volta, pegou um café aguado. O café da cantina funciona principalmente pelo poder da sugestão, mas é melhor do que nada. Contatei os estagiários da patrulha: eles estavam se espalhando a partir do condomínio. Já tinham detectado uma dúzia de carros estacionados, e todos eles demonstraram ter motivos legítimos para estar na área. O pessoal estava começando a parecer cansado. Disse para continuarem a busca. Então Richie e eu ficamos na sala de observação, com as mangas arregaçadas e a porta bem aberta, olhando para o suspeito.

Eram quase cinco da manhã. Mais adiante, no corredor, para se manterem acordados, os dois rapazes do turno da noite estavam jogando uma bola de basquete para lá e para cá, debochando da mira um do outro. Conor estava sentado imóvel na cadeira, com as mãos protegendo os joelhos. Por um tempo, seus lábios se mexeram, como se ele estivesse recitando alguma coisa, sussurrando, num ritmo regular, tranquilizante.

— Está rezando? — perguntou Richie, baixinho, ao meu lado.

— Esperemos que não. Se Deus estiver dizendo a ele para manter a boca fechada, vamos ter um problemão.

Na sala dos investigadores, a bola derrubou alguma coisa de cima de uma mesa, com estrondo. Um dos caras fez algum comentário criativo, e o outro começou a rir. Conor suspirou, uma onda de respiração profunda que ergueu e soltou seu corpo inteiro. Ele tinha parado de murmurar. Parecia estar entrando em algum tipo de transe.

– Vamos – disse eu.

Entramos animados, fazendo barulho, nos abanando com folhas de depoimentos e reclamando do calor, entregando-lhe um copo de café morno e avisando que aquilo era uma água de batatas: vamos esquecer o que passou, agora somos amigos de novo. Retornamos para o terreno firme antes que o perdêssemos, passamos um tempo remexendo nas bordas das coisas que já tínhamos coberto – você alguma vez viu Pat e Jenny discutindo, chegou a ver qualquer um dos dois gritando, qualquer um dos dois batendo nas crianças?... A possibilidade de falar sobre os Spain atraiu Conor, fazendo-o sair da sua zona de silêncio; mas, no que lhe dissesse respeito, os Spain fariam a Família Sol-Lá-Si-Dó parecer um bando de barraqueiros. Quando passamos disso para seus horários – a que horas você costuma chegar a Brianstown, a que horas você vai dormir –, sua memória voltou a falhar. Ele estava começando a se sentir seguro, começando a pensar que sabia como isso aqui funcionava. Estava na hora de avançar.

– Quando foi a última vez que você pode confirmar que esteve em Ocean View?

– Não me lembro. Poderia ser na última...

– Opa! – disse eu, me empertigando e levantando a mão para interrompê-lo. – Peraí.

Peguei meu BlackBerry, acionei uma tecla para iluminar a tela, tirei-o do bolso e assobiei.

– É do hospital – disse eu a Richie, rápido e com a voz baixa, e com o canto do olho vi a cabeça de Conor se esticar como se ele tivesse levado um chute nas costas. – Pode ser o que estamos aguardando. Suspenda o interrogatório até eu voltar. – E enquanto saía pela porta: – Alô, doutor?

Mantive um olho no relógio e o outro no espelho indevassável. Cinco minutos nunca demoraram tanto para passar, mas eles demoraram mais para Conor. Aquele rígido controle tinha se estilhaçado: ele mudava o traseiro de posição, como se a cadeira estivesse queimando, tamborilava os pés, mordia as cutículas. Richie o observava com interesse e não dizia nada. Finalmente, Conor fez uma pergunta.

– Quem ligou?

– Como eu iria saber? – perguntou Richie, dando de ombros.

– O que vocês estavam esperando, foi o que ele disse.

– Estamos esperando um monte de coisas.

– Do hospital. Que hospital?

Richie esfregou um pouco a nuca.

— Cara — disse ele, meio achando graça, meio embaraçado —, não sei se você não percebeu, mas nós estamos trabalhando num *caso,* aqui, sabe? Não saímos contando às pessoas o que estamos fazendo.

Conor esqueceu que Richie existia. Apoiou os cotovelos na mesa, dobrou os dedos diante da boca e ficou olhando para a porta.

Dei-lhe mais um minuto. E então entrei depressa, bati a porta e falei para Richie.

— As coisas estão avançando.

— É? Maravilha — disse ele, erguendo as sobrancelhas.

Virei uma cadeira para o lado da mesa onde Conor estava e me sentei, com os joelhos quase tocando nos dele.

— Conor — disse eu, pondo o celular direto diante dele. — Diga-me quem você acha que era.

Ele fez que não. Olhava fixamente para o aparelho. Dava para eu sentir sua cabeça a mil, derrapando em curvas enlouquecidas como um carro de corridas desgovernado.

— Preste atenção, camarada: a partir de agora, você não tem tempo para ficar me enrolando. Pode ser que ainda não saiba, mas de repente você está com muita, muita pressa. Por isso me diga: quem você acha que me ligou?

Daí a um instante, Conor respondeu, em voz baixa, pelo meio dos dedos.

— O hospital.

— O quê?

Uma respiração. Ele se forçou a ficar empertigado.

— Você disse. Um hospital.

— Agora está melhor. E por que motivo você acha que um hospital ia me ligar?

Mais uma vez, ele fez que não. Dei um tapa na mesa, só com a força suficiente para fazê-lo dar um pulo.

— Você ouviu o que acabei de dizer sobre tentar me enrolar? Acorde e preste atenção. São cinco horas da manhã. Não existe mais nada neste mundo, a não ser o caso dos Spain, e eu acabei de receber um telefonema de um hospital. Agora, por que cargas d'água você acha que isso aconteceu, Conor?

— Um deles. Um deles está nesse hospital.

— Certo. Você meteu os pés pelas mãos, meu filho. Você deixou um dos Spain vivo.

Os músculos na sua garganta estavam tão tensos que sua voz saiu rouca e áspera.

— Qual deles?

— Você me diz, cara. Quem você gostaria que fosse? Ande. Se tivesse que escolher, qual deles seria?

Ele teria respondido qualquer coisa para eu continuar a falar.

– Emma – disse ele, daí a um instante.

Recostei-me na cadeira e dei um sonora risada.

– Não é um encanto? Claro que é. Aquele amor de garotinha: você calcula que talvez ela merecesse uma oportunidade de viver? Tarde demais, Conor. A hora de pensar nisso passou há duas noites. Emma está numa gaveta no necrotério neste instante. O cérebro dela está num recipiente.

– Então quem...

– Você esteve em Brianstown anteontem à noite?

Em parte, ele estava fora da cadeira, agarrando-se à beira da mesa, meio encurvado e desvairado.

– *Quem...*

– Eu lhe fiz uma pergunta. Anteontem à noite. Você esteve por lá, Conor?

– Sim. Sim. Eu estive lá. Quem... qual deles...

– Diga "por favor", cara.

– *Por favor.*

– Agora, sim. Você falhou com Jenny. Jenny está viva.

Conor olhou para mim, espantado. Sua boca se abriu, mas tudo o que saiu foi uma lufada de ar, como se ele tivesse levado um soco no estômago.

– Ela está viva e fora de perigo; e quem me telefonou foi o médico para me dizer que ela acordou e quer falar conosco. E todos nós sabemos o que ela vai dizer, não sabemos?

Ele mal me ouvia. Arfava, com falta de ar, o tempo todo.

Eu o empurrei para o fundo da cadeira. Ele cedeu como se seus joelhos tivessem virado água.

– Conor. Preste atenção. Eu já lhe disse que você não tem tempo a perder, e eu não estava brincando. Daqui a alguns minutos, nós vamos partir para o hospital para conversar com Jenny Spain. E assim que isso acontecer, nunca mais na minha vida vou dar a menor importância ao que você tiver para dizer. É isso: esta é sua última chance.

Isso o atingiu. Ele ficou olhando, de queixo caído, com um ar desvairado.

Puxei minha cadeira ainda mais para perto, inclinei-me até nossas cabeças quase se tocarem. Richie deslizou para o outro lado e se sentou na mesa, tão perto que sua coxa encostou no braço de Conor.

– Deixe-me lhe explicar uma coisa – disse eu, com a voz baixa e neutra, direto no seu ouvido. Eu podia sentir o cheiro dele, suor e um toque selvagem, como cheiro de lenha. – Por acaso eu acredito que, essencialmente, no fundo, você é um cara legal. Todas as outras pessoas que você conhecer daqui para a frente, cada pessoa em si vai achar que você é um filho da puta, doente, sádico, psicopata, que deveria ser esfolado vivo e exposto ao ar para secar.

Pode ser que eu esteja perdendo a pouca razão que tenho, e posso acabar me arrependendo disso, mas eu não concordo. Acho que você é um cara legal que de algum modo foi acabar numa situação terrível.

Seus olhos estavam desfocados, mas essas palavras produziram um ligeiro tremor nas sobrancelhas: ele estava me escutando.

– Por causa disso e porque sei que mais ninguém vai lhe dar uma oportunidade, estou disposto a lhe propor um acordo. Você prova que estou certo, me conta o que aconteceu, e eu digo aos promotores que você nos ajudou: que agiu da forma correta porque sentiu remorso. Quando chegar a hora de determinar sua pena, isso vai fazer diferença. Num tribunal, Conor, o remorso equivale a penas concomitantes. Mas, se você demonstrar que estou errado, se continuar tentando me enrolar, é isso o que vou dizer aos promotores, e todos nós vamos apostar ou tudo ou nada. Não gosto de me enganar com as pessoas, Conor; isso me deixa puto. Nós vamos acusá-lo de tudo o que nos ocorrer e vamos pedir penas consecutivas. Sabe o que isso quer dizer?

Ele sacudiu a cabeça. Eu não saberia dizer se foi para clarear as ideias ou para fazer que não. Não tenho a menor influência nas penas atribuídas e não muita nas acusações. Além do mais, qualquer juiz que determinasse penas concomitantes para um assassino de crianças estaria precisando de uma camisa de força e um murro na cara. Mas nada disso importava.

– Estou falando de três penas por homicídio, uma depois da outra, Conor, além de mais alguns anos pela tentativa de homicídio, pelos roubos, destruição de patrimônio e qualquer outra coisa que a gente consiga acrescentar. Estamos falando de *no mínimo* 60 anos. Qual é sua idade, Conor? Qual é a probabilidade de você viver para ver uma data de soltura que está a 60 anos daqui?

– Ah, ele talvez até viva tanto assim – contrapôs Richie, inclinando-se mais para perto para examinar Conor com ar crítico. – Eles cuidam bem de você na prisão. Não querem que saia antes da hora, mesmo que seja num caixão. Preciso lhe dar um aviso, cara, a companhia não vai ser grande coisa. Não vão deixar você no meio da população geral, porque ali talvez você durasse uns dois dias. Vão deixá-lo na unidade de segurança máxima com todos os pedófilos, de modo que a conversa vai ser bem degenerada, mas pelo menos você terá muito tempo para fazer amigos.

Mais uma vez aquele tremor da sobrancelha. A mensagem tinha sido recebida.

– Ou então – disse eu –, você poderia evitar todo esse inferno aqui mesmo. Com penas concomitantes, sabe de quantos anos estamos falando? Mais ou menos *15*. Isso não é quase nada. Com que idade você estaria daqui a 15 anos?

— Não sou um gênio da matemática — disse Richie, dando mais uma olhada interessada em Conor —, mas eu diria talvez uns 44 ou 45, e não preciso ser nenhum Einstein para descobrir que existe uma diferença colossal entre sair aos 45 e sair aos 90.

— Meu parceiro, a calculadora humana, está certíssimo, Conor. Quarenta e alguma coisa ainda é uma boa idade para ter uma carreira, se casar, ter meia dúzia de filhos. Ter uma vida. Não sei se você se dá conta, meu rapaz, mas é isso o que estou lhe oferecendo: sua vida. Mas essa é uma oferta única e expira dentro de cinco minutos. Se sua vida vale alguma coisa, qualquer coisa, para você, é melhor começar a falar.

A cabeça de Conor caiu para trás, expondo a longa linha do seu pescoço, o ponto macio na sua base onde o sangue pulsa logo abaixo da pele.

— Minha vida — disse ele, e sua boca se crispou no que poderia ter sido um esgar ou um sorriso terrível. — Façam o que quiserem comigo. Não me importo com nada.

Ele grudou os punhos na mesa, enrijeceu o maxilar e ficou olhando direto para a frente, para o vidro indevassável.

Eu tinha estragado tudo. Dez anos antes, eu teria tentado agarrá-lo, impulsivamente, achando que o tinha perdido, e acabaria por empurrá-lo ainda mais para longe. Agora, como lutei muito para aprender, sei deixar que outras coisas trabalhem comigo; aprendi a ficar quieto, a me recolher e deixar que o trabalho se desenvolva sozinho. Recostei-me na cadeira, examinei uma mancha imaginária na minha manga e deixei o silêncio se estender um pouco enquanto aquela conversa ia se dissipando, era absorvida pelo aglomerado grafitado e pelo linóleo arranhado, desaparecia. Nossas salas de interrogatório já viram homens e mulheres empurrados para além dos limites de sua própria mente, ouviram o forte estalo seco quando eles desabaram, assistiram enquanto eles despejavam coisas que nunca deveriam acontecer no mundo. Essas salas podem absorver qualquer coisa, fechando-se ao redor dela sem deixar vestígios.

Quando o ar estava vazio de tudo menos da poeira, falei, com a voz muito baixa.

— Mas você se importa com Jenny Spain.

O tremor de um músculo, no canto da boca de Conor.

— Eu sei: você não esperava que eu entendesse essa parte. Achou que ninguém entenderia, não é? Mas eu entendo, Conor. Entendo exatamente o quanto você se importava com todos os quatro.

Mais uma vez aquele tique.

— Por quê? — perguntou ele, com as palavras se forçando para sair contra sua vontade. — Por que acha isso?

Pousei meus cotovelos na mesa e me inclinei na direção dele, com as mãos unidas, ao lado das dele, como se fôssemos dois grandes amigos no pub, tendo uma sessão tardia de cara-como-gosto-de-você.

– Porque – disse eu, com delicadeza – eu entendo você. Tudo a respeito dos Spain, tudo a respeito daquele quarto que você instalou, tudo o que você disse hoje. Tudo isso me diz o que eles significavam para você. Não existe nada que signifique mais, existe?

Ele voltou o rosto para mim. Aqueles olhos cinzentos estavam claros como água parada, toda a tensão e a turbulência daquela noite tinham sido esgotadas.

– Não – disse ele. – Ninguém.

– Você os amava, não é?

Um sim mudo.

– Vou lhe contar o maior segredo que aprendi, Conor. Tudo o que precisamos na vida é fazer felizes as pessoas que amamos. Podemos dispensar qualquer outra coisa. Você pode morar numa caixa de papelão debaixo de uma ponte, desde que o rosto da sua mulher se ilumine quando você volta para aquela caixa no fim do dia. Mas, se não conseguir isso...

Com o canto do olho, vi Richie saindo discreto de cima da mesa, nos deixando em nosso círculo.

– Pat e Jenny eram felizes – disse Conor. – As pessoas mais felizes neste mundo.

– Mas a verdade é que isso acabou, e você não tinha como lhes dar isso de volta. É provável que alguém ou alguma coisa por aí pudesse tê-los tornado felizes outra vez, mas não era você. Sei exatamente como é isso, Conor: amar alguém tanto que você faria qualquer coisa, arrancaria o próprio coração para servi-lo com molho de churrasco, se fosse isso o que era necessário para deixar aquela pessoa bem. Mas não resolveria. Não adiantaria nada. E o que você faz quando se dá conta disso, Conor? O que pode fazer? O que resta?

Suas mãos estavam abertas sobre a mesa, com as palmas para cima, vazias.

– Você espera. É só o que pode fazer – disse ele, tão baixo que eu mal o ouvi.

– E quanto mais espera, com mais raiva fica. Raiva de si mesmo, raiva deles, raiva desse mundo errado e terrível. Até não conseguir mais pensar direito. Até mal saber o que está fazendo.

Os dedos dele foram se fechando, com os punhos se retesando.

– Conor – disse eu, tão baixo, que as palavras foram caindo sem peso como penas pelo ar parado e quente. – Jenny acaba de passar por um inferno que nem em doze vidas seria normal alguém enfrentar. A última coisa que eu quero é fazê-la reviver esse inferno. Mas, se você não me contar o que aconteceu, vou precisar ir até aquele hospital e fazer com que ela me conte em seu lugar. Vou forçá-la a reviver cada momento daquela noite. Você acha que ela é forte o suficiente para aguentar?

Ele fez que não.

— Eu também acho que não. Ao que eu saiba, isso poderia forçar tanto sua mente que ela talvez nunca encontrasse o caminho de volta. Mas eu não tenho escolha. Você tem, Conor. Você pode poupá-la disso tudo, pelo menos. Se a ama, agora é a hora de demonstrar. Agora é a hora de acertar. Você nunca terá outra chance.

Conor desapareceu, fugiu para algum lugar por trás daquele rosto tão anguloso e imóvel quanto uma máscara. Sua mente estava de novo em disparada como um carro de corrida, mas agora ele a tinha sob controle, trabalhando com eficiência e a uma velocidade incrível. Fiquei sem respirar. Richie, encostado na parede, estava parado como uma estátua.

E então Conor respirou rápido, passou as mãos pelo rosto e se voltou para olhar para mim.

— Eu invadi a casa deles — disse ele, com clareza, sem emoção, como se estivesse me contando onde tinha estacionado o carro. — E os matei. Ou, de qualquer modo, achei que tinha matado. Era isso o que você queria?

Ouvi Richie suspirar, com um pequeno gemido inconsciente. O zumbido no meu crânio aumentou, guinchando como um remoinho de vespas em mergulho, e se calou.

Esperei pelo resto, mas Conor estava esperando também: só me vigiando, com aqueles seus olhos inchados, injetados, e esperando. A maioria das confissões começa com *Não foi como você está pensando* e parece não ter fim. Assassinos enchem a sala com palavras, tentando encobrir as lâminas cortantes da verdade. Eles provam para você repetidamente que aquilo simplesmente aconteceu ou que foi o que a vítima pediu; que, no lugar deles, qualquer um teria feito o mesmo. A maioria deles não para de provar esse ponto até estourar seus tímpanos, se você deixar. Conor não estava provando nada. Ele tinha terminado.

— Por quê? — eu quis saber.

— Não faz diferença — respondeu ele, abanando a cabeça.

— Vai fazer diferença para a família das vítimas. Vai fazer diferença para o juiz que determinar a pena.

— Não é meu problema.

— Vou precisar de um motivo para incluir no seu depoimento.

— Invente um. Assino o que você quiser.

Em sua maioria, eles relaxam, depois da travessia do rio. Toda a energia que tinham estava dedicada a se agarrar àquela margem de mentiras. Agora que a correnteza os arrancou dali, jogando-os com violência, tontos e sem fôlego, atirados com um tranco de quebrar os dentes contra aquela outra margem, eles acham que a parte difícil acabou e não vai voltar. Isso os deixa sem amarras e sem estrutura. Alguns tremem de modo incontrolável, alguns choram, alguns não conseguem parar de falar ou de rir. Eles ainda não perceberam que a paisagem aqui é diferente. Que as coisas estão se transformando ao redor deles, que rostos conhecidos se dissolvem, que pontos de referência desaparecem ao longe, que nada será igual outra vez. Conor era diferente. Ele ainda estava recolhido como um animal que espera, todo cheio de concentração. De alguma forma que eu não conseguia detectar, a batalha não tinha terminado.

Se eu me engalfinhasse com ele por conta do motivo, ele sairia ganhando, e não se deixa que eles ganhem.

— Como entrou na casa?

— Chave.

— De que porta?

Uma pausa ínfima.

— Dos fundos.

— Onde você a obteve?

Aquela pausa de novo, maior dessa vez. Ele estava tomando cuidado.

— Eu a encontrei.

— Quando?

— Faz um tempo. Alguns meses, talvez mais.

— Onde?

— Na rua, em frente. Pat deixou cair.

Eu estava sentindo na minha pele uma distorção sorrateira na sua voz que me dizia: *Mentira*. Mas não conseguia identificar onde nem por quê. Lá do seu canto, por trás do ombro de Conor, Richie falou:

— Do seu esconderijo não dava para ver a rua. Como soube que ele deixou cair a chave?

Conor pensou bem antes de responder.

— Eu o vi chegar do trabalho ao anoitecer. Mais tarde naquela noite, fui dar uma volta, vi a chave e calculei que era ele que devia tê-la perdido.

Richie veio se aproximando da mesa e puxou uma cadeira diante de Conor.

— Não, isso você não fez, cara. Não tem iluminação na rua. Você é o quê, o Super-Homem? Que enxerga no escuro?

— Foi no verão. Fica claro até tarde.

— Quer dizer que você estava rondando a casa deles enquanto ainda estava claro? Enquanto eles ainda estavam acordados? Ora, vamos. O que você estava querendo, um *jeito* de ser preso?

— Então, vai ver que foi quando estava amanhecendo. Encontrei a chave. Fiz uma cópia. Entrei. Ponto final.

— Quantas vezes? – perguntei.

Aquela pausa minúscula mais uma vez, enquanto ele repassava respostas mentalmente. Fui enérgico.

— Não perca seu tempo, meu filho. Não faz sentido você mentir para mim. Já passamos dessa fase. Quantas vezes você entrou na casa dos Spain?

Conor estava esfregando a testa com o dorso do pulso, tentando se controlar. Aquela muralha de teimosia estava começando a balançar. A adrenalina consegue fazer uma pessoa seguir por um tempo limitado. A qualquer instante, ele estaria exausto demais para se manter sentado direito.

— Algumas. Talvez uma dúzia. Que diferença faz? Eu estava lá anteontem de noite. Já lhes disse.

Fazia diferença porque ele sabia se movimentar pela casa: até mesmo no escuro, teria sido capaz de encontrar a escada para chegar aos quartos das crianças, às suas camas.

— Alguma vez você levou alguma coisa da casa? – perguntou Richie.

Vi Conor procurar a energia para dizer não; e desistir.

— Só coisinhas. Não sou um ladrão.

— Que tipo de coisinha?

— Uma caneca. Um punhado de elásticos. Uma caneta. Nada que valesse nada.

— E a faca. Não vamos nos esquecer da faca. O que você fez com ela?

Essa deveria ter sido uma das perguntas difíceis, mas Conor se virou para mim, como se estivesse grato por ela.

— Joguei no mar. A maré estava alta.

— De onde você a jogou?

— Dos rochedos. Na extremidade sul da praia.

Nós nunca íamos pegar essa faca de volta. Ela já devia estar a meio caminho da Cornualha, em alguma corrente longa e gelada, balançando lá no fundo, em meio a algas e criaturas moles e cegas.

— E a outra arma? A que você usou em Jenny?

— Joguei no mesmo lugar.

— O que era?

A cabeça de Conor caiu para trás e ele entreabriu os lábios. A dor que vinha se acumulando por trás da sua voz, a noite inteira, tinha conseguido vir à tona. Era essa dor, não o cansaço, que estava esgotando a força de vontade dele, corroendo sua concentração. Aquilo o estava comendo vivo, de dentro para fora. Era tudo o que restava.

– Foi um vaso. De metal, de prata, com uma base pesada. Um vaso simples, bonito. Ela o usava para pôr um par de rosas, enfeitar a mesa quando fazia jantares especiais para eles dois...

Ele emitiu um som baixo, entre um engolir em seco e um arquejo, o som de alguém deslizando para debaixo d'água.

– Vamos voltar um pouco, está bem? Comece do momento em que entrou na casa. Que horas eram?

– Quero dormir – disse Conor.

– Assim que você tiver nos contado tudo. Alguém estava acordado?

– Eu quero dormir.

Nós precisávamos da história completa, com a descrição de cada golpe, recheada de detalhes que somente o assassino saberia; mas já eram quase seis da manhã, e ele estava chegando ao nível de cansaço que poderia ser utilizado por um advogado de defesa.

– Está bem. Você está quase lá, meu filho. Vou lhe dizer uma coisa: vamos só registrar por escrito o que você nos disse, e depois levamos você para algum lugar onde possa tirar uma soneca. É justo?

Ele fez que sim, um espasmo de lado, como se sua cabeça de repente estivesse pesada demais para o pescoço.

– É. Vou escrever tudo. Só me deixem sozinho enquanto escrevo. Vocês podem fazer isso?

Ele estava no limite das suas forças, muito além de qualquer tentativa de bancar o esperto com o depoimento.

– Claro – concordei. – Se isso funcionar para você, nenhum problema. Só precisamos saber seu verdadeiro nome. Para o registro do depoimento.

Por um segundo, achei que ele ia nos bloquear de novo, mas toda a sua garra tinha se esgotado.

– Brennan – disse ele, sem ânimo. – Conor Brennan.

– Muito bem – disse eu. Richie foi discretamente até a mesa do canto e me passou uma folha de registro de depoimento. Peguei minha caneta e preenchi o cabeçalho em letras de forma, maiúsculas, fortes: CONOR BRENNAN.

Informei-o de que estava sendo detido, transmiti-lhe a advertência, li mais uma vez seus direitos. Conor nem mesmo levantou os olhos. Pus o registro de depoimento e minha caneta nas suas mãos, e o deixamos ali.

– Ora, ora, ora – disse eu, jogando meu caderno na mesa da sala de observação. Cada célula do meu corpo estava borbulhando, como champanhe, com a pura sensação de triunfo. Tive vontade de dar uma de Tom Cruise, pulando em cima da mesa aos gritos de *Adoro esse trabalho!* – Agora, foi muito mais fácil do que eu estava esperando. Merecemos parabéns, Richie, meu amigo. Sabe o que nós somos? Nós somos uma dupla sensacional.

Dei-lhe um forte aperto de mão e um tapa no ombro. Ele estava com um largo sorriso.

– A minha impressão foi essa mesma.

– Não há o que questionar. Já tive montes de parceiros nesse trabalho, e posso lhe dizer, sob juramento: isso é que foi uma parceria. Alguns caras trabalham juntos há anos e mesmo assim não conseguem atuar com tanta harmonia.

– É bom, sim. É ótimo.

– Quando o chefe chegar, nós já estaremos com aquele depoimento assinado, lacrado e entregue na sua mesa. Não preciso lhe dizer o que isso vai fazer pela sua carreira, preciso? Vamos ver se aquele cretino do Quigley vai importunar você agora. Duas semanas na divisão, e você já está participando da solução do maior caso do ano. Como está se sentindo?

A mão de Richie se soltou da minha depressa demais. Ele ainda exibia o sorriso, mas havia nele um toque de insegurança.

– Que foi? – perguntei.

Com a cabeça, ele mostrou o vidro indevassável.

– Olha só para ele.

– Ele vai redigir a confissão direitinho. Não se preocupe com isso. Vai se arrepender, é claro que vai. Mas essa ideia só vai entrar na sua cabeça amanhã: como uma ressaca emocional. Quando isso acontecer, já estaremos com nosso processo meio pronto para enviar para a Promotoria.

– Não é isso. O estado daquela cozinha... Você ouviu o que Larry disse: a briga foi acirrada. Por que ele não está mais machucado?

– Porque não está. Porque isso aqui é a vida real, e às vezes as coisas não funcionam como se esperava.

– É só... – O sorriso tinha desaparecido. Richie estava com as mãos enfiadas nos bolsos, olhando para o vidro. – Eu preciso perguntar, cara. Você tem certeza de que é ele mesmo?

As borbulhas começaram a se desmanchar nas minhas veias.

– Não é a primeira vez que me faz essa pergunta.

– É, eu sei.

– Então, vamos ouvir o que tem a dizer. O que o está incomodando?

– Não sei – disse ele, dando de ombros. – É só que você teve certeza total o tempo todo.

A raiva me percorreu como um espasmo muscular.

— Richie – disse eu, com muito cuidado, mantendo minha voz sob controle. — Vamos repassar a história rapidinho. Nós temos o posto de observação que Conor Brennan instalou para vigiar os Spain. Temos a própria confissão dele de que invadiu a casa dos Spain várias vezes. E agora, Richie, agora nós temos uma porra de uma *confissão*. Vá em frente e me diga, meu filho: o que mais você quer? O que mais seria necessário para lhe dar certeza?

Richie estava abanando a cabeça.

— Nós temos muita coisa. Não estou questionando isso. Mas, mesmo quando não tínhamos nada, só o esconderijo, você já tinha certeza.

— E *daí*? Eu estava *certo*. Você não percebeu essa parte? Está ficando todo preocupado porque cheguei a essa conclusão antes de você?

— Só me deixa nervoso, ter certeza demais cedo demais. É perigoso.

O tranco me atingiu de novo, com força suficiente para retesar meu queixo.

— Você ia preferir manter a mente aberta. É isso?

— É. Ia preferir mesmo.

— Certo. Boa ideia. Por quanto tempo? Meses? Anos? Até Deus enviar coros de anjos para cantar o nome do cara para você numa harmonia para quatro vozes? Você quer que ainda estejamos aqui parados daqui a dez anos, dizendo um ao outro: "Bem, poderia ser Conor Brennan, mas a verdade é que também poderia ser a máfia russa. Talvez a gente devesse examinar essa possibilidade um pouco mais, antes de tomar decisões precipitadas?"

— *Não*. Só estou dizendo...

— Você *tem* que ter certeza, Richie. É necessário. Não há alternativa. Mais cedo ou mais tarde, ou você caga ou desocupa a moita.

— *Eu sei*. Não estou falando em dez anos.

O calor era do tipo insuportável, que se sente numa cela no auge do verão: denso, parado, entupindo os pulmões como cimento molhado.

— Então do que *é* que está falando? Quanto tempo vai ser preciso? Daqui a algumas horas, quando pusermos as mãos no carro de Conor Brennan, Larry e sua turma vão encontrar o sangue dos Spain por todos os cantos. Mais ou menos à mesma hora, vão descobrir que as digitais dele são as mesmas que encontraram por toda parte no esconderijo. E algumas horas depois, supondo-se que, se Deus quiser, encontremos os tênis e as luvas, eles serão a prova de que aquela pegada e aquelas impressões palmares com sangue foram feitas por Conor Brennan. Eu apostaria o salário de um mês. Isso lhe daria certeza?

Richie esfregou a nuca e fez uma careta.

— Ai, pelo amor de Deus – disse eu. – Certo. Vamos ouvir. Eu lhe garanto que, antes do fim do dia de hoje, nós teremos comprovação física de que ele estava naquela casa quando a família foi morta. Que explicação você planeja dar para esse fato?

Conor estava escrevendo, com a cabeça baixa sobre a folha do depoimento, o braço curvado para protegê-la. Richie o observava.

– Esse cara adorava os Spain. Como você disse. Digamos, vamos só imaginar que ele esteja lá no esconderijo naquela noite. Pode ser que Jenny esteja no computador, e ele a esteja observando. Então Pat desce e a ataca. Conor se descontrola, sai para tentar impedir a briga. Desce correndo do esconderijo, pula o muro e entra pela porta dos fundos. Só que já é tarde demais. Pat está morto ou morrendo. Conor acha que Jenny também. É provável que ele não verifique com muito cuidado, não com todo aquele sangue e o pânico. Pode ser que tenha sido ele quem a trouxe para perto de Pat, para eles poderem ficar juntos.

– Comovente. Como você explica os dados apagados no computador? O desaparecimento das armas? O que isso tudo quer dizer?

– O mesmo motivo, de novo. Ele se importa com os Spain. Não quer que Pat leve a culpa. Limpa o computador porque acha que seja lá o que for que Jenny estava fazendo ali poderia ter feito Pat explodir... ou ele sabe com certeza que foi isso mesmo. E então pega as armas e some com elas, para dar a impressão de que foi um invasor.

Esperei um segundo e uma respiração, para me certificar de não lhe arrancar o couro.

– Bem, até que é uma bela historinha de fadas, meu filho. Tocante, será que essa é a palavra que estou buscando? Mas é só isso. Tudo bem até onde ela chega, mas você está deixando de lado o seguinte: por que cargas d'água Conor confessou?

– Por causa... do que aconteceu ali dentro. – Richie mostrou o vidro com um gesto de cabeça. – Cara, você praticamente disse que ia fazer Jenny Spain passar pelo pão que o diabo amassou se ele não lhe desse o que você queria.

– Você está com algum problema com meu modo de fazer meu trabalho, detetive? – perguntei, e minha voz estava com frieza suficiente para servir de aviso a alguém muito menos inteligente que Richie.

Ele levantou as mãos.

– Não estou procurando erros. Só estou dizendo que foi por isso que ele confessou.

– Não, detetive. Não, não mesmo. Ele confessou *porque foi ele*. Toda aquela cascata que joguei em cima dele sobre seu amor por Jenny, tudo o que aquilo fez foi abrir a fechadura. Eu não pus nada atrás da porta que já *não estivesse lá*. Pode ser que sua experiência tenha sido diferente da minha; pode ser que você simplesmente seja melhor nesse trabalho; mas eu enfrento dificuldade suficiente para conseguir que os suspeitos confessem o que eles *fizeram*. Posso garantir, com segurança, que nunca, em toda a minha carreira, consegui fazer com que um único deles confessasse alguma coisa que *não tivesse feito*. Se Conor Brennan diz que ele é o homem que procuramos, é porque ele é.

— Mas ele não é parecido com a maioria, certo? Você mesmo disse isso, nós dois estivemos dizendo: ele é diferente. Tem alguma coisa esquisita acontecendo nesse caso.

— Ele é esquisito, sim, mas não é *Jesus Cristo*. Não está aqui para dar sua vida pelos pecados de Pat Spain.

— Não é só ele que é esquisito — disse Richie. — E as babás eletrônicas? Não foi o seu suspeito Conor que as instalou. E os buracos nas paredes? Alguma coisa estava acontecendo *dentro* daquela casa.

Encostei-me na parede com um baque e cruzei os braços. Talvez tivesse sido simplesmente o cansaço, ou o tênue cinza-amarelado da alvorada sujando a janela, mas aquela sensação esfuziante de vitória tinha desaparecido totalmente.

— Diga aí, meu filho. Por que todo esse ódio por Pat Spain? É algum tipo de agressividade porque ele era um bom e sólido esteio da comunidade? Porque, se for isso, já vou lhe avisando: livre-se dela rapidinho. Nem sempre você vai conseguir encontrar um cara simpático de classe média a quem atribuir a culpa.

Richie investiu veloz contra mim, com o dedo em riste. Por um segundo, achei que fosse fincar o dedo no meu peito, mas ele ainda teve juízo suficiente para se controlar.

— Não tem nada a ver com classe social. *Nada*. Sou um policial, cara. Igualzinho a você. Não sou algum burro fracassado que vocês aceitaram como um favor porque hoje é o Dia de Levar um Pobretão para o Trabalho.

Ele estava perto demais e furioso demais.

— Então, aja como um policial. Afaste-se, detetive. Controle-se.

Richie ainda me encarou por mais um segundo e então se afastou, jogou-se de volta contra o vidro e enfiou as mãos nos bolsos.

— Então me diga aí, cara. Por que você está tão determinado a provar que *não foi* Patrick Spain? Por que esse amor?

Eu não tinha nenhuma obrigação de me explicar para algum novatinho recém-promovido, mas era isso o que eu queria. Queria dizer isso, enfiar isso no fundo da cabeça de Richie.

— Porque — disse eu — Pat Spain seguiu as regras. Fez tudo o que as pessoas deveriam fazer. Não é assim que os homicidas vivem. Eu lhe disse desde o início: coisas desse tipo não surgem do nada. Toda aquela baboseira que as famílias dizem à imprensa, "Ah, não posso acreditar que ele faria uma coisa dessas, ele é um perfeito escoteiro, nunca fez nada de ruim na vida, eles eram o casal mais feliz deste mundo", tudo isso é lixo. A cada vez, Richie, a cada única vez, revela-se que o cara era escoteiro, sim, só que com um histórico policial do comprimento do seu braço; ou ele nunca tinha feito nada de ruim, com exceção de seu pequeno hábito de aterrorizar a mulher; ou ainda eles eram o casal mais feliz no planeta, tirando o fato insignificante de que ele estava transando com a irmã dela. Não há um sinal, em parte alguma, de que qualquer uma dessas possibilidades se aplicasse a Pat. Foi você que disse: os Spain deram o melhor de si. Pat era empenhado. Era um dos bons.

– Os bons também desmoronam – disse Richie, sem se mexer.

– Raramente. É muito, muito, raro. E existe um motivo para isso. É que os bons têm âncoras que os seguram no lugar, quando as coisas ficam difíceis. Têm emprego, família, responsabilidades. Eles têm as regras que vêm seguindo a vida inteira. Tenho certeza de que tudo isso não lhe parece maneiro, mas o fato é que funciona. Todos os dias, isso impede as pessoas de passarem dos limites.

– Portanto – disse Richie, em tom neutro –, como Pat era um bom sujeito da classe média. Um esteio da comunidade. Por esse motivo, ele não poderia ser um homicida.

Eu não queria ter essa discussão, não numa sala de observação sufocante, a altas horas da madrugada, com o suor grudando a camisa nas minhas costas.

– Porque ele tinha coisas a amar. Tinha uma casa. Tudo bem que era no fim do mundo, mas uma olhada pela casa deveria ter lhe dito que Pat e Jenny adoravam cada centímetro daquele lugar. Ele estava com a mulher que tinha amado desde que os dois estavam com 16 anos; *ainda loucos um pelo outro*, foi o que Brennan disse. Ele tinha dois filhos que subiam no seu colo e brincavam com ele. É isso o que mantém inteiros os bons, Richie. Eles têm lugares aos quais se dedicar. Têm pessoas de quem cuidar. Pessoas a amar. É isso o que os impede de passar dos limites, quando um cara que não tivesse essas âncoras já estaria em queda livre. E você está tentando me convencer de que Pat simplesmente se virou um dia e jogou tudo pelos ares, sem nenhum motivo.

– Não foi sem nenhum motivo. Você mesmo disse: ele podia estar prestes a perder tudo. O emprego já era. A casa estava escapando. A mulher e os filhos poderiam também estar indo embora. Acontece. No país inteiro, vem acontecendo. Os mais empenhados são os que surtam, quando o empenho de nada adianta.

De repente, eu estava exausto, duas noites sem dormir cravavam suas garras em mim, arrastando-me para baixo com todo o seu peso.

— Quem surtou foi Conor Brennan. Esse sim é um homem que não tem nada a perder: sem trabalho, sem casa, sem família, sem nem mesmo sua própria *mente*. Aposto qualquer valor que você queira que, quando começarmos a examinar a vida dele, não vamos encontrar um círculo próximo de amigos e entes queridos. Nada está segurando Brennan no lugar. Ele não tem nada para amar, a não ser os Spain. Ele passou o último *ano* vivendo como um híbrido de ermitão e terrorista, só para poder espreitá-los. Mesmo a sua própria teoria, Richie, tem como pivô o fato de Conor ser um maluco delirante que estava espiando a família às três horas da manhã. O cara não regula direito, Richie. Ele não bate bem. Não há como deixar isso de lado.

Atrás de Richie, na luz branca e agressiva da sala de interrogatório, Conor tinha largado a caneta e estava apertando os olhos com a ponta dos dedos, esfregando-os num ritmo sinistro, implacável. Eu me perguntei quanto tempo fazia que ele não dormia.

— Lembra a nossa conversa? A solução mais simples? Ela está sentada atrás de você. Se você encontrar provas de que Pat era um filho da mãe violento que espancava a família sem piedade enquanto se preparava para abandoná-los com uma ucraniana, modelo de lingerie, então voltamos a falar no assunto. Por enquanto, minha aposta é no espreitador pirado.

— Foi você mesmo que me disse que "não ser bom da cabeça" não é motivo. Toda essa história de estar perturbado por causa da infelicidade dos Spain não significa nada. Eles estavam com problemas havia meses. Você está dizendo que naquela noite, por nenhum motivo, com tanta pressa que nem mesmo teve tempo de esvaziar o esconderijo, ele tomou essa decisão: *Não tem nada na TV hoje. Já sei o que vou fazer. Vou lá na casa dos Spain, acabar com a vida de todos eles?* Ora, cara. De um lado, você diz que Pat Spain não tinha um motivo. Que droga de motivo Conor tinha? Por que cargas d'água ele ia querer matar qualquer um deles?

Um dos muitos aspectos pelos quais o homicídio é um crime singular: ele é o único que nos faz perguntar por quê. O roubo, o estupro, a fraude, o tráfico de drogas, toda aquela ladainha imunda, todos eles já trazem embutidas suas explicações nojentas. Tudo o que se precisa fazer é encaixar o autor do crime no buraco que tem a sua forma. O homicídio exige uma resposta.

Alguns detetives não se importam. Oficialmente, eles estão certos. Se você puder provar quem cometeu o crime, nada na lei diz que precisa provar qual foi o motivo. Quando lidei com o que parecia ser um homicídio decorrente de tiros aleatórios disparados de um carro em movimento, mesmo depois que o atirador estava detido, depois que tínhamos provas suficientes para condená-lo dez vezes, passei semanas tendo conversas profundas com cada criatura monossilábica daquela vizinhança de merda que odiava policiais, até alguém deixar escapar que o tio da vítima trabalhava numa loja e tinha se recusado a vender um maço de cigarros à irmã de 12 anos do atirador. O dia em que paramos de perguntar por quê, o dia em que decidimos ser aceitável que a resposta a uma vida interrompida seja *Porque aconteceu* é o dia em que nos afastamos daquela barreira de um lado a outro na entrada da caverna e convidamos a selvageria a entrar uivando.

– Confie em mim, detetive. Vou descobrir. Temos os colegas de Brennan com quem podemos conversar; temos que fazer uma busca no apartamento dele, temos o computador dos Spain, e o de Brennan, se ele tiver um, para examinar. Temos provas a serem analisadas pela perícia... Em algum lugar, detetive, existe um motivo. Perdoe-me se não consegui pôr todas as pecinhas do quebra-cabeça no lugar nas primeiras 48 horas depois de receber esse caso, mas eu lhe prometo que vou encontrar todas elas. Agora, vamos pegar essa droga de depoimento e vamos para casa.

Dirigi-me para a porta, mas Richie ficou ali parado.

– Parceiros – disse ele. – Foi isso o que você disse hoje cedo, lembra? Nós somos parceiros.

– É. Somos. E daí?

– E daí que você não toma as decisões por nós dois. Nós tomamos as decisões juntos. E eu digo que deveríamos continuar a considerar Pat Spain.

Sua postura – pés bem firmes e afastados, ombros aprumados – me dizia que ele não ia se mexer dali sem uma briga. Nós dois sabíamos que eu podia empurrá-lo de volta para dentro da caixa e bater a tampa na sua cabeça. Bastava um relatório negativo meu, e Richie estaria fora da divisão, de volta à Divisão de Veículos Automotivos ou à de Costumes, por mais alguns anos, talvez para sempre. Tudo o que eu precisava fazer era mencionar o assunto, uma insinuação delicada, e ele recuaria: terminaria a papelada de Conor e deixaria Pat Spain descansar em paz. E esse seria o final daquela experiência que tinha começado no estacionamento do hospital, menos de 24 horas atrás.

Fechei a porta de novo.

– Muito bem – disse eu. Deixei-me encostar na parede e tentei expulsar a tensão dos meus ombros. – Muito bem. Ouça o que sugiro. Precisamos passar a próxima semana, mais ou menos, investigando Conor Brennan, para reforçar nosso caso, quer dizer, supondo-se que ele seja quem procuramos. Sugiro que, durante esse período, você e eu também conduzamos uma investigação paralela sobre Pat Spain. O Superintendente O'Kelly gostaria dessa ideia ainda menos que eu. Ele a chamaria de desperdício de tempo e de energia. Portanto, faremos isso sem nenhum alarde. Se e quando o assunto chegar a ser mencionado, nós só estamos nos certificando de que a defesa de Brennan não encontre nada sobre Pat que possa ser usado como chamariz no tribunal. Vai significar um monte de longas horas de trabalho, mas com isso eu posso lidar, se você puder.

Richie já dava a impressão de estar pronto para adormecer em pé, mas era jovem o suficiente para que algumas horas de sono consertassem a situação.

– Posso lidar com isso também.

– Achei que sim. Se descobrirmos alguma coisa concreta contra Pat, vamos nos reunir para repensar. Que lhe parece?

– Bom – disse ele, fazendo que sim. – Parece bom.

– A palavra para esta semana é *discrição*. Enquanto não tivermos provas concretas e a menos que as tenhamos, não vou cuspir na memória de Pat Spain, chamando-o de assassino diante das pessoas que o amaram; e tampouco vou ver você fazer isso. Se você deixar que qualquer um deles perceba que ele está sendo tratado como suspeito, acabou-se. Fui claro?

– Foi. Totalmente.

Na sala de interrogatório, a caneta ainda estava em cima da folha de depoimento preenchida, e Conor estava caído sobre elas, com a base das mãos pressionando os olhos.

– Todos nós precisamos dormir. Vamos entregá-lo para os procedimentos, mandar datilografar o relatório, deixar instruções para os estagiários e depois vamos para casa dormir algumas horas. Voltamos a nos encontrar aqui ao meio-dia. Agora vamos ver o que ele tem para nós.

Apanhei meus pulôveres da cadeira e me curvei para guardá-los de volta na bolsa de viagem, mas Richie me interrompeu.

– Obrigado – disse ele.

Ele estava estendendo a mão e me encarando direto, com seus olhos verdes, firmes. Quando apertamos as mãos, sua força me pegou de surpresa.

– Não precisa agradecer. É assim que parceiros agem.

A palavra pairou no ar entre nós, brilhante e bruxuleante como um fósforo aceso.

– Ótimo – disse Richie, concordando.

Dei-lhe um tapinha rápido no ombro e voltei a arrumar a bolsa.

– Vamos. Não posso falar por você, mas eu estou louco para ir dormir.

Jogamos nossas coisas nas bolsas de viagem; os copos de papel e colheres para mexer café na lata de lixo; desligamos a luz e fechamos a porta da sala de observação. Conor não tinha se mexido. No final do corredor, a janela ainda estava turva com aquele amanhecer cansado de cidade grande, mas dessa vez o frio não me atingiu. Pode ser que fosse toda aquele energia juvenil ao meu lado: a efervescência da vitória estava de volta nas minhas veias, e eu me sentia bem desperto novamente, com as costas eretas, forte e sólido como rocha, pronto para o que viesse depois.

11

O telefone me puxou do fundo do mar do sono. Vim à tona ofegante e me debatendo. Por um segundo achei que o ruído estridente fosse um alarme de incêndio, me avisando que Dina estava trancada no meu apartamento com as labaredas crescendo.

— Kennedy — disse eu, quando consegui me centrar.

— Isso pode não ter nada a ver com seu caso, mas você disse que devíamos ligar se descobríssemos algum outro fórum. Você sabe o que significa uma mensagem particular, não sabe?

Como-é-mesmo-o-nome, o técnico de informática: Kieran.

— Mais ou menos — respondi. Meu quarto estava escuro. Poderia ter sido qualquer hora do dia ou da noite. Rolei na cama e fui tateando em busca do abajur. O clarão súbito feriu meus olhos.

— Certo, em alguns fóruns, você pode configurar suas preferências de tal modo que, se receber uma mensagem particular, uma cópia dela vai para seu endereço de e-mail. Pat Spain, bem, poderia ser Jennifer, mas estou supondo que seja Pat, você já vai entender o que estou querendo dizer, Pat tinha essa configuração ativada, pelo menos em um fórum. Nosso programa recuperou uma mensagem particular que veio através de um fórum chamado de Wildwatcher, Observador da Natureza, esse é o "WW" no arquivo de senhas, tem que ser, não World of Warcraft. — Parecia que Kieran trabalhava ao som tranquilizante de música house a todo o volume. Minha cabeça já estava latejando. — É de algum sujeito chamado Martin, foi enviada no dia 13 de junho e diz o seguinte, abre aspas: "Não quero entrar em discussões mas, falando sério, se for um vison eu não hesitaria em usar veneno, principalmente se você tem filhos. Esses sacanas são ferozes — escrito errado —, atacariam uma criança sem nenhum problema." Fecha aspas. Tem algum vison no caso?

Meu despertador dizia que eram 10:10. Supondo-se que ainda estivéssemos na manhã de quinta-feira, eu tinha dormido menos que três horas.

— Você deu uma verificada nesse site Wildwatcher?

— Não, preferi ir à minha pedicure. É, eu dei uma verificada. É um site onde as pessoas podem falar sobre animais selvagens que elas avistaram. Quer dizer, não tão *selvagens* assim. É um site com base no Reino Unido.

Portanto, na maior parte das vezes, estamos falando de raposas urbanas? Ou perguntando o que é esse lindo passarinho marrom que fez um ninho na sua glicínia. Por isso, fiz uma busca por vison, e o resultado foi um discussão iniciada por um membro chamado Pat-o-cara, na manhã de 12 de junho. Ele era membro novo no fórum. Parece que se registrou especificamente para fazer a pergunta. Quer que eu leia para você?

— Estou no meio de um negócio – disse eu. Meus olhos davam a impressão de terem sido lixados com areia. Minha boca também. – Dá para você me mandar o link por e-mail?

— Sem problema. Quer que eu faça o que com o Wildwatcher? Verifique tudo rápido ou em profundidade?

— Rápido. Se ninguém tiver sido agressivo com Pat-o-cara, é provável que você possa seguir em frente, pelo menos por enquanto. Essa família não foi assassinada por causa de um vison.

— Por mim, tudo bem. Nos vemos, cara-pálida. – No segundo antes que Kieran desligasse, eu o ouvi aumentar a música para um volume que poderia pulverizar ossos.

Tomei um rápido banho de chuveiro, tornando a água cada vez mais fria até conseguir focalizar meus olhos de novo. Meu rosto no espelho me irritou: eu parecia sinistro e atento, como um homem com os olhos fixos no prêmio, não alguém cujo prêmio já estava a salvo em exposição no seu armário de troféus. Peguei meu laptop, um copázio de água e alguns pedaços de fruta. Dina tinha dado uma mordida numa pera, mudado de ideia e a guardou de volta na geladeira. Então me sentei no sofá para passar os olhos pelo Wildwatcher.

Pat-o-cara tinha entrado no fórum às 9:23 da manhã do dia 12 de junho e iniciou seu tópico de discussão às 9:35. Era a primeira vez que eu ouvia sua voz. Ele dava a impressão de ser um cara legal: prático, direto, sabendo expor os fatos. *Oi, pessoal, tenho uma pergunta. Moro na costa leste da Irlanda, bem junto do mar, se isso fizer diferença. Nas últimas semanas estou ouvindo ruídos esquisitos no sótão. Alguma coisa correndo, muitos arranhões, alguma coisa sólida rolando para lá e para cá, sons que eu só posso descrever como batidinhas ou tique-taques. Fui lá em cima e não vi sinal de nenhum animal. Senti um cheiro leve, difícil de descrever, tipo de fumaça/almiscarado, mas isso também poderia ser simplesmente alguma coisa a ver com a casa (aquecimento excessivo do encanamento?). Encontrei um buraco no beiral que dava para fora, mas ele é menor de 15 cm por 8 cm. Os barulhos parecem ser de alguma coisa maior que isso. Olhei no jardim, nenhum sinal de uma toca, nenhum sinal de qualquer tipo de buraco pelo qual alguma criatura poderia ter passado por baixo do muro (1,5 m de altura). Alguma ideia do que poderia ser/sugestões de como agir? Tenho filhos pequenos. Por isso preciso saber caso exista a possibilidade de ser algum animal perigoso. Obrigado.*

O fórum Wildwatcher não era exatamente um formigueiro, mas o tópico de Pat recebeu atenção: mais de cem respostas. As primeiras lhe disseram que eram ratos ou possivelmente esquilos, e que ele deveria chamar um desratizador. Ele voltou umas duas horas depois com sua resposta: *Obrigado, pessoal. Acho que é só um animal, nunca ouvi barulhos em mais de um lugar de cada vez. Acho que não é rato nem esquilo – foi o que pensei de início, mas armei uma ratoeira com um bom pedaço de manteiga de amendoim. Nada. Houve bastante função naquela noite, mas a ratoeira estava intacta de manhã. Logo, é alguma criatura que não come manteiga de amendoim!*

Alguém perguntou a que horas o animal demonstrava estar mais ativo. Naquela noite, Pat fez um comentário: *No começo, só o ouvia de noite, depois que íamos dormir, mas pode ser que eu não estivesse atento durante o dia. Comecei a prestar atenção há cerca de uma semana, e é a toda hora do dia/noite, sem um padrão. Nos 3 últimos dias percebi um nítido aumento no barulho quando minha mulher está cozinhando, principalmente carne – a coisa fica enlouquecida. Meio assustador, para ser franco. Hoje ela estava fazendo o jantar (ensopado de carne) e eu estava com as crianças no quarto do meu filho, que fica em cima da cozinha. A coisa estava escarafunchando e se debatendo como se estivesse tentando atravessar o forro. Bem acima da cama do meu filho, de modo que estou um pouco preocupado. Mais alguma ideia?*

As pessoas estavam começando a ficar interessadas. Achavam que era um arminho, um vison, uma marta; eles postavam fotos, animais esguios, sinuosos, com a boca aberta para mostrar dentes delicados, cruéis. Sugeriram que Pat espalhasse farinha de trigo no sótão para obter pegadas do animal, tirasse fotos delas e de excrementos para expor no fórum. E então alguém quis saber que problemão era aquele. *Por que vc está aqui??? Trate de botar veneno para ratos no seu sótão e pronto, resolvido. Ou vc é daqueles choramingões que não são partidários de matar animais nocivos?? Se for, então merece o que acontecer.*

Todo mundo se esqueceu do sótão de Pat e começou a berrar entre si a respeito dos direitos dos animais. A discussão pegou fogo – todo mundo chamando todos os outros de assassino; mas, quando voltou no dia seguinte, Pat manteve o equilíbrio e não chegou perto da confusão. *Prefiro não usar veneno, a não ser como último recurso. No piso do sótão há buracos que descem para um espaço (20 cm de profundidade?) entre as vigas e o teto dos quartos embaixo. Já dei uma olhada com uma lanterna e não consegui ver nada esquisito. Mas não quero que o bicho se arraste para ali e morra, porque vai deixar tudo fedendo e eu vou precisar arrancar o piso do sótão para tirar o corpo. Foi por esse mesmo motivo que não fechei o buraco no beiral. Não quis prendê-lo aqui por engano. Não vi excrementos, mas vou me manter alerta e seguir o conselho quanto às pegadas.*

Ninguém prestou a menor atenção ao que ele disse. Alguém, inevitavelmente, tinha comparado alguém a Hitler. Mais tarde naquele dia, o administrador do fórum encerrou o tópico. Pat-o-cara não apareceu mais.

Era óbvio que foi aí que as câmeras e os buracos nas paredes começaram, de algum modo, mas mesmo assim aquilo não estava batendo. Eu não conseguia imaginar aquele cara tranquilo, perseguindo um arminho pela casa, armado com uma marreta, como se fosse alguém saído do *Clube dos pilantras*, mas também não conseguia visualizá-lo sentado de braços cruzados, assistindo numa babá eletrônica, enquanto alguma criatura arrancava pedaços das suas paredes, principalmente com seus filhos a alguns palmos de distância.

Fosse como fosse, isso significava que podíamos deixar para trás os monitores e os buracos. Como eu disse a Kieran, não foi um vison que convenceu Conor Brennan a cometer homicídio múltiplo. O problema era de Jenny ou de seu corretor de imóveis; não nosso. Mas eu tinha dado minha palavra a Richie: nós íamos investigar Pat Spain, e qualquer coisa estranha na vida dele exigia explicação. Disse a mim mesmo que aquilo tudo tinha uma boa quantidade de aspectos positivos. Quanto mais pontas soltas nós conseguíssemos amarrar, menos chances a defesa teria de criar confusão no tribunal.

Fiz para mim cereal e chá – a ideia de Conor tomando seu café da manhã na prisão me atingiu com um golpe forte de um prazer sinistro – e reli o tópico de discussão sem me apressar. Conheço detetives da Homicídios que saem em busca de lembranças desse tipo, procurando qualquer eco ínfimo da voz da vítima, qualquer imagem aguada do seu rosto vivo. Eles querem que a vítima reviva para eles. Eu não. Esses fragmentos não me ajudarão a resolver o caso, e eu não tenho tempo para o sentimentalismo barato disso tudo, a sensação fácil, pungente, excruciante de ver alguém perambulando feliz na direção da beira do precipício. Eu deixo que os mortos continuem mortos.

Pat era diferente. Conor Brennan tinha se esforçado tanto para desfigurá-lo, para soldar para todo o sempre uma máscara de assassino sobre seu rosto destruído, que ver um relance da verdadeira cara de Pat dava a sensação de uma vitória para o lado dos bons.

Deixei uma mensagem no telefone de Larry, pedindo que fizesse seu funcionário amante da natureza verificar o tópico de discussão no Wildwatcher, ir a Brianstown o mais rápido possível e ver o que achava das possibilidades da fauna local. Depois respondi ao e-mail de Kieran. *Obrigado. Depois daquela recepção, parece que Pat Spain levou suas questões sobre a fauna a algum outro site. Precisamos descobrir qual. Mantenha-me informado.*

* * *

Faltavam vinte minutos para o meio-dia quando entrei na sala de coordenação. Todos os estagiários estavam trabalhando na rua ou tinham tirado um intervalo para tomar café, mas Richie estava à sua mesa, os tornozelos enroscados nas pernas da cadeira, como um adolescente, o nariz grudado na tela do computador.

— E aí? — disse ele, sem tirar os olhos da tela. — O pessoal pegou o carro do cara. Um Opel Corsa azul-escuro, 2003.

— O cara tem estilo... — Eu lhe entreguei um copo de café. — Caso você não tenha conseguido um. Onde ele tinha estacionado o carro?

— Valeu. No alto da ladeira, que dá para o lado sul da baía. Estava fora da rua, enfurnado numas árvores, por isso os rapazes só o viram quando amanheceu.

A 1,5 km do condomínio, talvez mais. Conor não estava querendo se arriscar.

— Maravilha. Já foi para o Larry?

— Está sendo rebocado agora.

— Encontrou alguma coisa? — perguntei, virando a cabeça para o computador.

Richie fez que não.

— O cara nunca foi preso, pelo menos não como Conor Brennan. Umas duas multas por excesso de velocidade, mas as datas e locais não combinam com nenhum lugar onde eu estivesse trabalhando.

— Ainda tentando descobrir por que ele lhe parece conhecido?

— É. Acho que poderia ser de muito tempo atrás, porque na minha cabeça ele é mais jovem, tipo talvez uns 20 anos. Pode ser que não seja nada, mas só quero saber.

Joguei o casaco no encosto da cadeira e tomei um gole do café.

— Estou me perguntando se mais alguém conhece Conor de antes, também. Logo, logo, vamos precisar chamar Fiona Rafferty, deixar que ela dê uma olhada nele e observar a reação dela. Ele conseguiu a chave da porta dos Spain de algum modo. Não acredito naquela cascata de que ele a encontrou numa caminhada ao amanhecer. E ela é a única pessoa que esteve com a chave. Para mim, é difícil considerar isso uma coincidência.

Nesse momento, Quigley chegou sorrateiro por trás de mim e bateu no meu braço com seu tabloide matutino.

— Ouvi dizer — disse ele, sussurrando, como se fosse algum segredo imundo — que você ontem à noite prendeu alguém para seu caso importantíssimo.

Quigley sempre me provoca um impulso de ajeitar minha gravata e ver se não estou com alguma migalha nos dentes. Seu cheiro dava a impressão de que ele tinha acabado de tomar o café da manhã em alguma lanchonete barata, o que explicaria muita coisa e o brilho engordurado no seu lábio superior.

— Ouviu certo — disse eu, recuando um passo.

Ele arregalou os olhinhos inchados.

— Foi rápido, não foi?

— É para isso que nos pagam, companheiro: para pegar os culpados. Você deveria tentar um dia desses.

A boca de Quigley se crispou.

— Puxa, você está numa defensiva terrível, Kennedy. Está com alguma dúvida, é isso? Achando que talvez tenha pegado o cara errado?

— Pode acompanhar o caso. Duvido, mas vá em frente e mantenha o champanhe no gelo, para a eventualidade de estar certo.

— Ora, espere aí. Não desconte em mim suas inseguranças. Estou só feliz por você, estou mesmo.

Ele estava apontando para meu peito com seu jornal, bufando com indignação ferida. Sentir-se injustiçado é o combustível que mantém Quigley funcionando.

— Gentileza sua — disse eu, dando-lhe as costas para ir para minha mesa, de modo que ele soubesse que a conversa estava terminada. — Um dia desses, se eu estiver entediado, vou levar você comigo num caso importante para lhe mostrar como se faz.

— Ah, é mesmo. Resolva este, e você vai voltar a ficar com todos os casos importantes, não é? Ah, seria incrível para você, seria, sim. Alguns de nós — disse ele, voltando-se para Richie —, alguns de nós simplesmente querem solucionar homicídios. A atenção da imprensa não tem importância para nós. Mas nosso Kennedy é um pouco diferente. Ele gosta dos holofotes. — Quigley agitou o jornal: ANJINHOS CHACINADOS NA CAMA, uma foto desfocada dos Spain, risonhos, de férias em alguma praia. — Bem, acho que não há nada de errado com isso, desde que a missão seja cumprida.

— Você quer solucionar homicídios? — perguntou Richie, confuso.

Quigley fez que não ouviu e continuou falando comigo.

— Não seria uma maravilha se você acertasse com esse caso? Aí quem sabe todos poderiam se esquecer daquela *outra vez*. — Ele chegou a levantar a mão para afagar meu braço, mas eu fixei os olhos nele, o que o fez desistir. — Boa sorte, hein? Nós todos estamos torcendo para você ter apanhado o cara certo. — Ele me lançou um sorrisinho debochado, acenou com os dedos cruzados e saiu bamboleando para tentar destruir a manhã de alguma outra pessoa.

Richie também acenou para ele, com um sorriso falso e exagerado, e ficou olhando enquanto ele saía dali.

— Que outra vez? — perguntou.

A pilha de relatórios e depoimentos de testemunhas na minha mesa estava crescendo de modo encorajador. Passei os olhos por eles.

– Um dos meus casos deu com os burros na água, uns dois anos atrás. Apostei no cara errado, acabei não prendendo o culpado. Mas a verdade é que Quigley estava jogando conversa fora. A esta altura, ninguém, a não ser ele, se lembra daquilo. Ele está se agarrando a essa história com unhas e dentes porque ela valeu aquele ano para ele.

Richie fez que sim. Não pareceu nem um pouco surpreso.

– A cara que ele fez quando você disse aquilo sobre mostrar a ele como se faz: puro veneno. Isso aí tem história, não tem?

Um dos estagiários tinha o hábito desagradável de digitar tudo em maiúsculas, o que teria de acabar.

– História nenhuma. Quigley é um bosta no que faz, e ele acha que a culpa é de todo mundo, menos dele. Eu recebo casos que ele nunca vai receber, o que faz com que seja minha a culpa por ele ficar com as sobras. E eu os soluciono, o que faz com que ele pareça ainda pior. Logo, só pode ser minha a culpa se ele não conseguir resolver um jogo de Detetive.

– Mais dois neurônios e ele seria uma couve-de-bruxelas – disse Richie. Ele estava recostado na cadeira, roendo a unha do polegar e ainda vigiando a porta por onde Quigley tinha saído. – O que é bom também. Ele adoraria ter uma chance de esmagar você. Se ele não tivesse um cérebro de minhoca, você estaria encrencado.

Pus os depoimentos em cima da mesa.

– O que Quigley andou dizendo a meu respeito?

Os pés de Richie começaram a fazer um sapateado macio, por baixo da cadeira.

– Só aquilo. O que você ouviu ali.

– E antes daquilo? – Richie tentou apresentar um olhar vazio, mas os pés ainda estavam se mexendo. – Richie. Não se trata de poupar meus sentimentos. Se ele está querendo solapar nosso relacionamento de trabalho aqui, eu preciso saber.

– Ele não está. Nem mesmo me lembro do que ele disse. Nada que fosse possível identificar.

– Com Quigley, nunca se pode mesmo. O que ele disse?

Um dar de ombros, contorcido.

– Só alguma besteira sobre o imperador não usar tanta roupa quanto pensa; e quanto maior a altura, maior a queda. Nem fazia muito sentido.

Desejei ter atingido aquele merda com mais força, quando ele me deu a chance.

— Que mais?

— Mais nada. Foi aí que eu me livrei dele. Ele estava me dando o conselho "Devagar se vai ao longe". Perguntei por que devagar não estava funcionando para ele. Ele não gostou.

Fiquei surpreso com a pequena fisgada ridícula de calor humano que senti com a ideia desse garoto defendendo meu canto.

— E não é por isso que você estava preocupado com a possibilidade de eu estar me precipitando com Conor Brennan.

— *Não!* Cara, não teve nada a ver com Quigley. *Nada.*

— Melhor mesmo. Se você acha que Quigley está do seu lado, vai ter uma enorme surpresa. Você é jovem e promissor, o que faz ser culpa sua o fato de ele ser um fracassado de meia-idade. Se ele pudesse escolher, não sei ao certo qual de nós dois ele jogaria primeiro debaixo de um ônibus.

— Sei disso também. Aquele gordo asqueroso me disse outro dia que talvez eu me *sentisse melhor* se voltasse para a Divisão de Veículos Automotivos, a menos que eu tivesse muita *ligação emocional* com os suspeitos por lá. Não dou ouvidos a nada que ele diz.

— Ótimo. Não dê. Ele é um buraco negro. Chegue perto demais, e ele o sugará lá para baixo, junto com ele. Sempre se mantenha longe das pessoas negativas, meu filho.

— Eu me mantenho longe de *imbecis* inúteis. Ele não vai me arrastar para lugar nenhum. Como é possível que ele esteja nesta divisão?

Dei de ombros.

— Há três possibilidades: ele é parente de alguém, está transando com alguém ou sabe de alguma coisa sobre alguém. Pode escolher. Eu, pessoalmente, calculo que, se ele tivesse um pistolão, eu já saberia a esta altura. E também não me parece que ele seja nenhuma mulher fatal. Resta a chantagem. O que lhe dá mais um bom motivo para deixar o Quigley em paz.

As sobrancelhas de Richie se levantaram.

— Você acha que ele é perigoso? Fala sério? Aquele tosco?

— Não subestime o Quigley. Ele é meio burro, certo, mas não tão burro quanto você está pensando, ou não estaria aqui. Ele não é perigoso para mim, nem para você, por sinal, desde que você não faça nenhuma idiotice. Mas isso não é porque ele seja um bobalhão inofensivo. Pense nele como uma disenteria: ele pode fazer sua vida cheirar mal de verdade e você vai levar uma eternidade para se livrar dele. É por isso que vai procurar evitá-lo, mas ele não tem como lhe causar algum dano sério, não se você já não estiver fraco, para começar. É esse o ponto. Se você estiver vulnerável, e ele tiver uma chance de fincar as garras, então, sim, ele poderia ser perigoso.

— Você manda, chefe — disse Richie, todo animado. A imagem o tinha deixado feliz, mesmo que ele não parecesse realmente convencido. — Vou ficar longe do Homem da Diarreia.

Não me dei ao trabalho de tentar não sorrir.

— E tem mais uma coisa. Não o provoque. Sei que todos nós provocamos, e nós também não devíamos. Mas nós não somos novatos. Por mais que Quigley seja um bundão, ser atrevido com ele só faz com que você pareça ser um moleque metido, não só para ele, mas para toda a divisão. Com isso, você está caindo direto no jogo de Quigley.

Richie sorriu também.

— É justo. Mas ele pede.

— Pede, mesmo. Você não precisa atender.

Ele levou a mão ao coração.

— Vou me comportar. Sinceramente. Qual é o plano para hoje?

Voltei para minha pilha de papéis.

— Hoje nós vamos descobrir por que Conor Brennan fez o que fez. Ele tem direito a oito horas de sono, de modo que só vamos poder entrar em contato com ele daqui a no mínimo duas horas. Não estou com pressa. Por mim, vamos deixar que ele espere por nós desta vez. — Depois que um suspeito é detido, você tem até três dias para apresentar uma acusação ou liberá-lo, e eu planejava usar todo o tempo que fosse necessário. É só na televisão que a história termina quando a confissão é gravada e as algemas se fecham. Numa investigação real, o estalido das algemas é só o início. O que muda é o seguinte: seu suspeito despenca do alto da sua lista de prioridades para a parte mais baixa. Você pode passar dias sem ver a cara dele, já que ele está onde você quer que ele esteja. Tudo o que importa é construir as muralhas para mantê-lo ali dentro.

— Vamos falar com O'Kelly agora — disse eu. — Depois, conversamos com os estagiários, para que comecem a trabalhar na vida de Conor e dos Spain. Eles precisam descobrir um ponto de interseção em que os Spain possam atrair a atenção dele: uma festa à qual todos compareceram, uma empresa que contratou Pat para recrutar pessoal e Conor para fazer o web design. Ele diz que está vigiando a família há cerca de um ano, o que significa que os estagiários devem concentrar a atenção em 2008. Enquanto isso, você e eu vamos fazer uma busca no apartamento de Conor, ver se conseguimos preencher algumas lacunas, captar qualquer coisa que possa nos dar um motivo, qualquer coisa que possa nos indicar o caminho pelo qual ele chegou aos Spain ou às chaves.

Richie estava coçando um talho no queixo — barbear-se não teria sido necessário, mas pelo menos mostrava a atitude correta — e tentando descobrir o jeito certo de perguntar.

— Não se preocupe. Não estou deixando Pat para lá. Tenho uma coisa para lhe mostrar.

Liguei meu computador e acessei o Wildwatcher. Richie aproximou depressa a cadeira para poder ler por cima do meu ombro.

— Hum — disse ele, quando terminou. — Acho que isso talvez pudesse explicar as babás eletrônicas. Tem gente desse tipo, não é? Gente que se dedica a observar animais; que monta sistemas inteiros de circuito fechado para ficar de olho nas raposas no quintal dos fundos.

— Tipo assistir ao *Big Brother*, só com concorrentes mais inteligentes. Mas não é isso o que vejo acontecendo aqui. Pat está obviamente preocupado com o animal entrar em contato com as crianças. Ele não estimularia o animal só por prazer. Ele me dá a impressão de simplesmente estar querendo se livrar do bicho.

— Dá, sim. Uma enorme distância disso para meia dúzia de câmeras. — Silêncio, enquanto Richie relia. — Os buracos nas paredes — disse ele, com cuidado. — Seria preciso um animal de bom tamanho para fazer aqueles buracos.

— Pode ser que sim, pode ser que não. Tem um pessoal vendo isso para mim. Alguém levou um fiscal de edificações para olhar a casa, verificar se o terreno está cedendo e coisas semelhantes?

— O relatório está na pilha. Foi Graham quem se encarregou. — Quem quer que fosse Graham. — Resumindo, a casa está caindo aos pedaços: umidade subindo pela metade das paredes, acomodação do terreno, as rachaduras, e tem alguma coisa errada com os encanamentos. Não consegui entender o quê, mas a essência é que seria necessário trocar todo o encanamento da casa dentro de um ano ou dois. Sinéad Gogan não estava errada acerca dos construtores: um bando de aventureiros. Fazem as casas nas coxas, vendem e somem antes que alguém desconfie do seu jogo. Mas o perito diz que nenhum dos problemas explicaria os buracos nas paredes. Aquele no beiral, sim, poderia ter sido devido à acomodação do terreno; os das paredes, não. — Richie levantou os olhos para encontrar os meus. — E se Pat fez ele mesmo os buracos, procurando perseguir um esquilo...

— Não era um esquilo — disse eu. — E nós não sabemos se ele fez ou não. Quem está se precipitando agora?

— Estou só fazendo uma suposição. Abrir buracos nas paredes da própria casa...

— É drástico, sim. Mas diga aí: você está com um animal misterioso correndo de um lado para o outro na sua casa, quer fazer com que ele desapareça, não tem grana para um exterminador de pragas. O que você faz?

— Tapa o buraco no beiral. Se sem querer, tiver prendido o bicho dentro de casa, você lhe dá uns dois dias para ficar com fome, tira as tábuas do buraco, para ele poder fugir, e tapa de novo. Se ainda assim ele não for embora, você espalha veneno. Se ele morre por dentro das paredes e deixa a casa fedendo, aí *sim* você pega uma marreta. Não antes. – Richie se empurrou da minha mesa, de modo que sua cadeira rolasse de volta para sua própria mesa. – Se Pat fez aqueles buracos, cara, então Conor não é o único que não bate bem da bola.

– Como eu disse. Nós vamos descobrir. Enquanto isso...

– Eu sei. Fico de bico calado.

Richie vestiu o paletó e começou a remexer no nó da gravata, tentando ver se estava certo, sem estragá-lo.

– Está uma beleza. Vamos procurar o chefe.

Ele já tinha se esquecido totalmente de Quigley. Eu não. A parte que eu não tinha contado a Richie: Quigley nunca chega a jogar limpo. Seu talento pessoal é ter um faro de hiena para qualquer coisa que esteja fraca ou sangrando; e ele não enfrenta as pessoas a menos que tenha certeza total de que pode derrotá-las. Era óbvio por que motivo ele escolheu Richie para seu alvo. O novato, o garoto da classe operária que precisava se provar em meia dúzia de formas diferentes, o espertinho que não conseguia conter a própria língua: era fácil e seguro instigá-lo enquanto o próprio Richie se encrencava sozinho com sua fala desenfreada. O que eu não conseguia decifrar, o que talvez tivesse me preocupado se eu não estivesse nas nuvens, com uma disposição tão boa, era por que razão Quigley estava fazendo pontaria em mim.

O'Kelly estava feliz como ele só.

– Exatamente quem eu estava esperando – disse ele, girando a cadeira para nos encarar, quando batemos na porta da sua sala. Ele indicou cadeiras, das quais precisamos tirar pilhas de e-mails impressos e formulários de pedido de emprego para podermos nos sentar. A sala de O'Kelly sempre dá a impressão de que a papelada está prestes a sair vitoriosa. Ele exibia uma cópia do nosso relatório. – Vamos. Digam que não estou sonhando.

Passei-lhe os detalhes.

– Que safado – comentou O'Kelly, quando terminei, mas sem convicção. O chefe trabalha na Homicídios há muito tempo e já viu muita coisa. – A confissão bate?

– O que temos bate, sim – disse eu –, mas ele começou a precisar das horas de sono antes que chegássemos aos detalhes. Vamos acioná-lo outra vez, mais tarde ou amanhã.

– Mas o sacana é quem procuramos. Você tem o suficiente a respeito dele para eu poder falar com a imprensa, dizer ao pessoal que os moradores de Brianstown podem voltar a dormir tranquilos, em segurança. É isso o que você está me dizendo?

Richie estava olhando para mim também.

— Eles estão em segurança por lá — disse eu.

— É isso o que gosto de ouvir. Andei precisando me defender dos repórteres. Juro que metade dos filhos da mãe está torcendo para o assassino atacar outra vez, para mantê-los em atividade. Isso vai acabar com a festa deles. — O'Kelly se recostou na cadeira, com um suspiro de satisfação, e apontou um indicador rombudo na direção de Richie. — Curran, vou dar a mão à palmatória e dizer que eu não queria você nesse caso. Kennedy lhe passou isso?

— Não, senhor — disse Richie, abanando a cabeça.

— Bem, eu não queria. Achava que você era inexperiente demais para limpar a própria bunda sem que alguém segurasse o rolo de papel, para ajudar. — Com o canto do olho, vi o tremor na boca de Richie, mas ele fez que sim, sério. — Eu estava errado. Talvez devesse usar novatos com maior frequência, dar àqueles bundões preguiçosos ali fora algo em que pensar. Parabéns.

— Obrigado, senhor.

— E quanto a esse cara — ele apontou o polegar na minha direção —, tem gente aí fora que teria me dito para não deixar ele chegar nem a um quilômetro desse caso, também. Faça com que ele suba degrau por degrau, disseram. Com que ele prove que ainda tem o que é necessário.

Um dia antes eu teria estado louco para encontrar os sacanas e lhes enfiar esse conselho goela abaixo. Agora o noticiário das 18 horas faria isso por mim. O'Kelly estava me observando com um olhar penetrante.

— E espero ter provado isso, senhor — disse eu, tranquilamente.

— Eu sabia que você provaria, ou não teria corrido o risco. Disse a eles onde podiam enfiar o conselho, e eu estava certo. Seja bem-vindo de volta.

— É bom estar de volta, senhor — disse eu.

— Aposto que sim. Eu estava certo a seu respeito, Kennedy, e você estava certo quanto a esse jovem aqui. Muitos caras nesta divisão ainda estariam coçando o saco e esperando que uma confissão caísse dos céus. Quando vocês vão indiciar o filho da mãe?

— Eu gostaria de usar os três dias inteiros — disse eu. — Quero ter certeza de não deixar nenhuma brecha neste caso.

— Esse aí — disse O'Kelly para Richie —, esse aí é o nosso Kennedy de sempre. Uma vez que ele tenha fincado os dentes em alguém, Deus que ajude o pobre coitado. Observe e aprenda. Vá em frente, vá — e ele fez um aceno magnânimo —, demore todo o tempo que for necessário. Você ganhou esse direito. Eu consigo as prorrogações. Mais alguma coisa de que precisa, já que estamos falando nisso? Mais ajuda? Mais horas extras? É só dizer.

— Por enquanto está tudo bem, senhor. Qualquer mudança, eu lhe informo.

— Faça isso — disse O'Kelly. Ele nos cumprimentou com um gesto de cabeça, organizou as páginas do nosso relatório e o pôs numa pilha: conversa encerrada. — Agora saiam daqui e mostrem para o resto daquela cambada como é que se trabalha.

Lá fora no corredor, a uma distância segura da porta de O'Kelly, Richie olhou para mim.

— Quer dizer que isso significa que já tenho permissão para limpar minha própria bunda, certo?

Muita gente debocha do chefe, mas ele é meu chefe e sempre cuidou de mim. E eu levo a sério esses dois fatos.

— É uma metáfora — disse eu.

— Isso eu peguei. E o que será que o papel higiênico significa?

— Quigley? — disse eu, e nós entramos rindo na sala de coordenação.

Conor morava num apartamento de porão, num prédio alto de tijolos, com a tinta descascando nas esquadrias das janelas. A porta ficava nos fundos, depois da descida por uma escada estreita com a balaustrada enferrujada. Lá dentro, o apartamento — quarto, minúscula sala de estar conjugada com cozinha, banheiro ainda menor — dava a impressão de que ele tinha esquecido da sua existência fazia muito tempo. Não era imundo, ou não exatamente, mas havia teias de aranha nos cantos, restos de comida na pia da cozinha e coisas encravadas no linóleo. A geladeira estava cheia de comida pronta e Sprite. As roupas de Conor eram de boa qualidade, mas com uns dois anos de idade, limpas mas mal dobradas em pilhas amarrotadas na parte baixa do guarda-roupa. Sua papelada estava numa caixa de papelão num canto da sala de estar — contas, extratos bancários, notas fiscais, tudo misturado. Alguns envelopes nem tinham sido abertos. Com um pouco de dedicação, era provável que eu tivesse conseguido identificar o mês exato em que ele tinha abandonado a própria vida.

Não havia roupas obviamente ensanguentadas; nenhuma roupa na máquina de lavar; nenhuma roupa pendurada para secar. Não havia nenhuma droga de tênis — absolutamente nenhum tênis —, mas os dois pares de sapatos no guarda-roupa eram tamanho 44.

— Nunca vi um cara da idade dele que não tenha um único par de tênis.

— Jogou fora — disse Richie. Ele tinha virado o colchão de Conor em pé, encostado na parede, e estava examinando o lado de baixo com a mão protegida com luva. — Eu diria que essa foi a primeira coisa que ele fez quando entrou em casa na noite de segunda-feira. Vestiu umas roupas limpas e descartou as sujas o mais rápido que pôde.

– O que significa aqui perto, se tivermos sorte. Vamos mandar alguns rapazes começarem a procurar as latas de lixo da vizinhança. – Eu estava revistando as pilhas de roupas, verificando bolsos e apalpando costuras para ver alguma umidade. Fazia frio ali dentro: o aquecimento – um aquecedor portátil a óleo – estava desligado, e um frio gelado nos atingia direto através do piso. – Mesmo que nunca encontremos as coisas, isso ainda poderia nos ser útil. Se o jovem Conor tentar alegar algum tipo de insanidade como estratégia de defesa, e vamos encarar os fatos, essa é basicamente a única opção que lhe resta, nesse caso nós salientamos que ele tentou encobrir o que tinha feito, o que significa que sabia que estava errado, o que significa que é tão lúcido quanto você e eu. Em termos jurídicos, de qualquer modo.

Fiz uma chamada para que alguns sortudos no pessoal das buscas fossem designados para revirar o lixo. O apartamento era tão perto do subsolo que precisei sair para meu celular apresentar sinal. Conor não teria conseguido falar com seus amigos, mesmo que tivesse amigos. Depois passamos para a sala de estar.

Mesmo com as lâmpadas acesas, a sala era sombria. A janela, à altura da cabeça, dava para um muro cinza opaco. Precisei esticar meu pescoço de lado para conseguir avistar um retângulo estreito de nuvens pesadas. O que havia de mais promissor – um computador monstruoso com flocos de milho no teclado, um celular em péssimo estado – estava na mesa de Conor, mas eram coisas em que não podíamos tocar sem Kieran. Ao lado da mesa, havia um velho caixote de frutas, de madeira, com um rótulo rasgado de uma garota de cabelo escuro, sorrindo com uma laranja na mão. Levantei a tampa. Ali dentro estava o depósito de lembrancinhas de Conor.

Uma echarpe azul quadriculada, desbotada de tanto ser lavada, com alguns fios compridos de cabelo claro ainda presos na trama do tecido. Uma vela verde, pela metade, num pote de vidro, impregnando a caixa com o perfume doce, nostálgico, de maçãs maduras. Uma página de um bloco de anotações pequeno, com as marcas de amassado cuidadosamente alisadas: um desenho feito ao telefone, traços rápidos e fortes, um jogador de rúgbi correndo com a bola debaixo do braço. A caneca, um objeto rachado, manchado de chá, com uma pintura de papoulas. O punhado de elásticos, organizados com perfeição, como se fossem um tesouro. Um desenho de criança, feito com lápis de cor, quatro cabeças amarelas, céu azul, pássaros lá no alto e um gato preto deitado numa árvore em flor. Um ímã de geladeira de plástico verde, na forma de um X, desbotado e mastigado. Uma caneta azul-escura, com letras douradas, floreadas: *Golden Bay Resort – seu portão para o Paraíso!*

Estendi um dedo e afastei a echarpe do canto inferior do desenho. EMMA, naquelas letras maiúsculas, inseguras, com a data ao lado. O marrom enferrujado que borrava o céu e as flores não era tinta. Emma tinha feito o desenho na segunda-feira, provavelmente na escola, restando-lhe apenas um punhado de horas de vida.

Fez-se um longo silêncio. Nós nos ajoelhamos no chão, sentindo o cheiro de madeira e de maçãs.

– Portanto – disse eu –, esta é nossa prova. Ele esteve na casa na noite em que morreram.

– Eu sei – disse Richie.

Mais um silêncio, este ainda mais prolongado, enquanto cada um de nós esperava que o outro o rompesse. No andar superior, batidas rápidas de saltos altos atravessavam um assoalho nu.

– OK – disse eu, arrumando a tampa no caixote com delicadeza. – Vamos ensacar, etiquetar e seguir adiante.

O sofá laranja antiquíssimo estava praticamente invisível por baixo de pulôveres, DVDs, sacos plásticos vazios. Fomos abrindo caminho entre as camadas, procurando por sangue e sacudindo as coisas antes de jogá-las no chão.

– Pelo amor de Deus – disse eu, desenterrando um guia de programação de TV do início de junho e uma embalagem meio cheia de batatas fritas com sabor de sal e vinagre. – Olha só isso.

Richie deu um sorriso amarelo e exibiu um chumaço de toalha de papel que tinha sido usado para limpar alguma coisa parecida com café.

– Já vi coisa pior.

– Eu também. Mas ainda assim não tem desculpa. Não me importa o cara estar duro. O respeito a si mesmo é de graça. Os Spain estavam tão duros quanto ele, e a casa lá estava impecável. – Mesmo quando cheguei ao fundo do poço, logo depois que Laura e eu nos separamos, nunca deixei restos de comida apodrecendo na pia. – Não me parece que ele estava ocupado demais para apanhar um paninho multiuso.

Richie tinha chegado às almofadas do sofá. Ele tirou uma do lugar e passou a mão em torno das bordas da estrutura, em meio às migalhas.

– Vinte e quatro horas por dia neste lugar, sem emprego aonde ir, sem dinheiro para sair. Isso teria arrasado com a cabeça de qualquer um. Também não sei se eu me daria ao trabalho de fazer limpeza.

– Ele não ficava preso aqui dentro 24 horas por dia, lembra? Conor ainda tinha aonde ir. Era um rapaz ocupado, lá em Brianstown.

Richie abriu o zíper da capa da almofada e enfiou a mão ali dentro.

— É verdade — disse ele. — E sabe de uma coisa? É por isso que este lugar está um lixo. Isso aqui não era a casa dele. Aquele esconderijo no condomínio, aquilo era casa para ele. E aquele lugar estava bem limpo.

Fizemos a busca direito: a parte de baixo das gavetas, o fundo das estantes, dentro das caixas de comida pronta vencida no freezer — até usamos o carregador de Conor para ligar o celular de Richie em cada tomada da casa, para nos certificarmos de que nenhuma era um disfarce para um pequeno depósito secreto. A caixa com a papelada ia conosco para nossa base, para a eventualidade de Conor ter usado algum caixa eletrônico dois minutos depois de Jenny, ou ter um recibo do projeto do web site da empresa em que Pat tinha trabalhado; mas nós demos uma olhadinha sem compromisso. Seus extratos bancários seguiam mais ou menos o mesmo padrão deprimente dos de Pat e Jenny: uma renda razoável e uma boa poupança, depois uma renda menor e o encolhimento da poupança e depois duro. Como Conor era autônomo, ele afundou de modo muito menos dramático do que Pat Spain — aos poucos os cheques foram ficando menores; os intervalos entre eles, maiores —, mas tinha acontecido com ele antes. Tudo tinha começado em fins de 2007; em meados de 2008, ele já estava recorrendo à poupança. Fazia meses que nada entrava na sua conta.

Às duas e meia, nós já estávamos terminando, pondo as coisas nos seus lugares, o que nesse caso significava rearrumar tudo, da nossa confusão focalizada de volta para a confusão desnorteada de Conor. A aparência tinha sido melhor do nosso jeito.

— Você sabe o que me impressiona neste lugar? — perguntei.

Richie estava socando livros de volta na estante aos punhados, fazendo voar pequenos redemoinhos de poeira.

— O quê?

— Não há o menor traço de nenhuma outra pessoa aqui. Nenhuma escova de dente de namorada, nenhuma fotografia de Conor com os colegas, nenhum cartão de aniversário, nenhum lembrete para "Ligar para o Papai" ou "8 horas, Joe no pub" na folhinha. Nada que indique que Conor chegou a conhecer outro ser humano nesta vida. — Fui pondo os DVDs no rack. — Lembra o que eu disse sobre ele não ter nada para amar?

— Poderia ser tudo digital. Muita gente da nossa idade guarda tudo nos celulares ou no computador: fotos, compromissos... — Um livro caiu na prateleira com estrondo, e Richie girou para me encarar, boquiaberto, com as mãos subindo para segurar sua nuca. — *Putz* — disse ele. — *Fotos*.

— Meu filho, essa frase termina?

— Droga. Eu *sabia* que já o tinha visto. Não é por nada que ele gostava deles...

– Richie.

Richie esfregou as mãos no rosto, inspirou fundo e soprou forte.

– Lembra ontem de noite, quando você perguntou a Conor quem da família Spain ele esperava que tivesse sobrevivido? E ele disse Emma? Não é surpresa nenhuma, cara. Ele é padrinho dela.

A foto emoldurada na estante de Emma: um bebê não identificável, todo vestido de renda branca, Fiona muito bem-arrumada, um cara de cabelos soltos, junto dela. Lembrei-me dele: meio garoto ainda, sorridente. Não conseguia ver seu rosto.

– Tem certeza?

– Tenho. Tenho certeza, sim. Aquela foto no quarto dela, lembra? Ele era mais jovem. Desde então perdeu muito peso, cortou o cabelo bem curto, mas posso jurar que é ele.

A foto tinha ido para a base, com todas as outras coisas que identificassem qualquer pessoa que tivesse conhecido os Spain.

– Vamos conferir – disse eu. Richie já estava sacando o celular. Nós subimos a escada quase correndo.

Dentro de cinco minutos, o estagiário de plantão na linha para denúncias já tinha encontrado o retrato, tirado uma foto dele com seu celular e a tinha enviado por e-mail para o celular de Richie. Era pequena e estava começando a perder a definição, e Conor estava mais feliz e relaxado do que eu jamais poderia tê-lo imaginado; mas era ele, sim: compacto em seu terno de adulto, segurando Emma no colo, como se ela fosse de cristal, Fiona se estendendo para pôr um dedo numa mãozinha minúscula.

– Puta merda – disse Richie, baixinho, olhando espantado para o telefone.

– É – disse eu. – Parece que isso resume a história.

– Não surpreende que ele soubesse tudo sobre o relacionamento de Pat e Jenny.

– Certo. Que sacana! O tempo todo estava ali relaxado, rindo de nós.

Um canto da boca de Richie estremeceu.

– Não me pareceu que ele estivesse rindo.

– Seja como for, ele não vai rir quando vir essa foto. Mas ele só vai vê-la quando nós estivermos prontos. Quero tudo muito bem organizado, antes que nos aproximemos de Conor de novo. Você queria um motivo? Eu apostaria uma grana em que o rastro começa bem aí.

– E poderia ser muito longo. – Richie deu uma batidinha na tela. – Isso aqui, foi há seis anos. Se Conor e os Spain eram grandes amigos naquela época, eles já se conheciam havia algum tempo. Estamos falando no mínimo da faculdade, provavelmente do colégio. O motivo poderia estar em qualquer ponto do caminho. Alguma coisa acontece, todos se esquecem do fato. Então a vida de Conor vai por água abaixo, e, de repente, alguma coisa de 15 anos atrás parece ter enorme importância de novo...

Ele estava falando como se acreditasse, por fim, que Conor era quem procurávamos. Debrucei-me mais perto do telefone, para esconder um sorriso.

– Ou poderia ser muito mais recente. Em algum momento nos seis últimos anos, o relacionamento degringolou de tal maneira que a única forma de Conor poder ver sua afilhada era através de um binóculo. Eu adoraria saber o que aconteceu, nesse caso.

– Nós vamos descobrir. Falar com Fiona, falar com todos os velhos amigos...

– É, é o que vamos fazer. Já pegamos o filho da mãe. – Tive vontade de agarrar Richie numa chave de cabeça, como se nós fôssemos dois adolescentes imbecis, tentando demonstrar como são unidos, ao cortar a circulação do braço um do outro. – Richie, meu amigo, você acabou de justificar seu salário de um ano inteiro.

Richie sorriu, enrubescendo.

– Ah, não. Nós teríamos descoberto mais cedo ou mais tarde.

– Teríamos, sim. Mas mais cedo é muito, mas muito melhor. Podemos tirar meia dúzia de estagiários da tarefa de descobrir se Conor e Jenny abasteceram o carro no mesmo posto em 2008, e isso nos dá mais meia dúzia de chances de encontrar aquelas roupas antes que o caminhão do lixo as leve... Você é o Melhor do Jogo, meu amigo. Pode se dar os parabéns.

Ele encolheu os ombros, esfregando o nariz para encobrir o rubor.

– Foi só sorte.

– Bobagem. Não existe nada disso. A sorte só revela sua utilidade quando vem junto de bom trabalho investigativo, e foi exatamente isso o que se teve ali. Diga aí: o que você quer fazer em seguida?

– Fiona Rafferty. O mais rápido possível.

– Isso mesmo. Você liga para ela. Ela gostou mais de você do que de mim. – Admitir isso nem chegou a me atingir. – Veja qual é a primeira hora que você consegue que ela venha à base da Divisão de Homicídios. Se ela chegar lá dentro de duas horas, o almoço é por minha conta.

Fiona estava no hospital – ao fundo, aquele bipe constante da máquina – e até mesmo seu "Alô?" pareceu de uma exaustão extrema.

– Srta. Rafferty, é o detetive Curran. Pode me dar um minuto?

Um segundo de silêncio.

– Um momento, por favor – disse Fiona. E então, com a voz abafada, como se o fone estivesse tapado com a mão. – Preciso atender essa ligação.

Vou estar aqui do lado de fora, está bem? Me chama se precisar. – O estalido de uma porta, e o bipe sumiu. – Alô?

– Desculpe por tirá-la de junto de sua irmã – disse Richie. – Como ela está?

Um instante de silêncio.

– Não está bem. Igual a ontem. Foi quando vocês falaram com ela, certo? Antes mesmo que nos permitissem acesso a ela.

A voz de Fiona estava cortante.

– Falamos, sim, por alguns minutos – disse Richie, com calma. – Não quisemos cansá-la demais.

– Vocês vão voltar e continuar a fazer perguntas a ela? Peço que não venham. Ela não tem nada para dizer. Não se lembra de nada. Na maior parte do tempo, não consegue nem *falar*. Fica só chorando. – A voz de Fiona tremia. – Será que vocês poderiam... deixar minha irmã em paz? *Por favor?*

Richie estava aprendendo: ele não lhe deu uma resposta.

– Estou ligando porque temos notícias a lhe dar. Vai aparecer na televisão mais tarde, mas achamos que ia preferir tomar conhecimento antes. Acabamos de prender uma pessoa.

Silêncio.

– Não foi Pat – disse ela, então. – Eu lhes disse. Eu lhes *disse*.

Os olhos de Richie procuraram os meus por um segundo.

– É, disse mesmo.

– Quem.... Ai, meu Deus. Quem foi? *Por que* fez uma coisa dessas? *Por quê?*

– Ainda estamos trabalhando nisso. Calculamos que talvez pudéssemos contar com sua ajuda. Daria para você vir ao castelo de Dublin, para falarmos um pouco? Nós lhe passamos os detalhes lá.

Mais um segundo de vazio, enquanto Fiona tentava absorver tudo aquilo.

– Sim, sim, é claro. Só que, dá para ser mais tarde? Minha mãe foi para casa, dormir um pouco. Não quero deixar Jenny sozinha. Mamãe volta às seis. Eu poderia chegar lá mais ou menos às sete. Seria tarde demais?

Richie levantou as sobrancelhas para mim. Eu concordei.

– Ótimo – disse ele. – E ouça o que lhe digo, srta. Rafferty: faça o favor de não mencionar esse assunto com sua irmã por enquanto. Certifique-se de que sua mãe também não diga nada. Quando o suspeito tiver sido indiciado e tudo o mais, podemos contar para ela. Mas ainda é muito cedo, e não queremos perturbá-la, se alguma coisa der errado. Promete que fará isso?

– Prometo. Não vou dizer nada. – Um arquejo rápido. – Esse cara. Por favor. Quem é?

– Vamos conversar mais tarde – disse Richie, com delicadeza. – Cuide da sua irmã, está bem? E de você mesma. Até mais tarde. – Ele desligou antes que Fiona pudesse insistir.

Olhei no relógio. Eram quase três: quatro horas de espera.

– Nada de almoço de graça, lindinho.

Richie guardou o telefone e me deu um sorriso rápido.

– E eu já estava planejando pedir lagosta.

– Aceita salada de atum? Eu gostaria de ir a Brianstown, ver como estão indo as equipes de busca e tentar mais uma palavrinha com o menino dos Gogan, mas devíamos pegar alguma coisa para comer no caminho. Não vai ser bom para minha imagem se você acabar morrendo de fome.

– Salada de atum está bem. Eu não ia querer destruir sua reputação.

Ele ainda estava sorrindo. Mesmo com sua modéstia, estava feliz.

– Agradeço seu interesse – disse eu. – Você termina lá dentro. Eu ligo para Larry e digo para ele trazer a turma para cá. E então podemos sair daqui.

Richie desceu a escada de volta, pulando de dois em dois degraus.

– *Campeão* – disse Larry, todo animado. – Eu declarei meu amor por você recentemente?

– Não me canso disso. Qual é o motivo agora?

– Esse carro. Tudo o que um homem poderia querer na vida, e hoje nem é meu aniversário.

– Pode me explicar? Se estou lhe mandando presentes, mereço saber o que vai dentro deles.

– Bem, o primeiro item não estava exatamente *dentro* do carro. Quando os rapazes foram rebocá-lo, um chaveiro caiu do ressalto do para-lama. São as chaves do carro, um par de chaves que parecem ser da porta de uma casa: uma Chubb, uma Yale e... rufar de tambores, por favor... uma chave da porta dos fundos dos Spain.

– Ora, adorei essa. – O código do alarme e agora isso. Só precisávamos descobrir onde Conor conseguiu a chave. E uma resposta óbvia estava vindo bater papo conosco daqui a algumas horas. Com isso, toda a difícil questão do acesso à casa estaria solucionada e pronta para ser apresentada. A bela e sólida casa de Pat e Jenny era tão segura quanto uma tenda ao ar livre.

– Achei que você ia gostar. E então, quando realmente entramos no carro, puxa vida! Como adoro carros. Já vi caras que praticamente tomavam banho de água sanitária pura depois de terem terminado suas atividades, mas eles se deram ao trabalho de limpar o carro? Não, não se deram. Esse aqui é um perfeito *ninho* de pelos, fibras, sujeira e tudo o que há de agradável. E se eu gostasse de apostas, apostaria uma grana na possibilidade de conseguirmos *no mínimo* uma prova que ligue o carro à cena do crime. Temos também uma pegada enlameada no tapete do lado do motorista: precisamos trabalhar mais nela para ver o nível de detalhe que vamos conseguir. Mas é de um tênis masculino, tamanho 44 ou 45.

– Adorei mais ainda.

– E então, é claro – disse Larry, em tom reservado –, tem o sangue.

A essa altura, eu nem fiquei surpreso. De vez em quando, este trabalho lhe dá um dia desses, um dia em que todos os dados lhe são favoráveis, em que basta você estender a mão para uma prova gorda e suculenta simplesmente cair nela.

– Quanto?

– Borrões *por toda parte*. Só umas duas manchas na maçaneta da porta e no volante. Ele já tinha tirado as luvas quando conseguiu chegar ao carro, mas o banco do motorista está coberto de sangue. Vamos mandar tudo para o exame de DNA, mas vou me arriscar a dar o palpite de que ele vai combinar com o das vítimas. Diga que eu o deixei feliz.

– O homem mais feliz deste mundo – disse eu. – E em troca, tenho mais um presentinho para você. Richie e eu estamos no apartamento do suspeito, dando uma olhada. Quando você tiver um tempo, seria ótimo que viessem aqui e fizessem uma boa verificação. Desculpe, mas até onde se possa ver não há nenhum sangue; mas temos mais um computador e um celular, para manter ocupado o jovem Kieran. E tenho certeza de que você vai encontrar alguma coisa que também seja do seu interesse.

– Minha taça transborda. Vou aí o mais rápido que puder. Você e seu novo amigo ainda vão estar no local?

– É provável que não. Estamos voltando para a cena do crime. Seu rastreador de texugos está por lá?

– Está sim. Vou dizer para ele esperar vocês. E guardo seu abraço para mais tarde. Tchau, tchau. – Larry desligou.

O caso estava se organizando. Dava para eu perceber, uma verdadeira sensação física, como se fossem minhas próprias vértebras que estivessem entrando em alinhamento com pequenos estalidos confiantes, permitindo que eu me endireitasse e fizesse uma respiração profunda, abdominal, pela primeira vez em dias. Killester fica perto da costa, e, por um instante, achei que captei uma aragem do mar, forte e selvagem, abrindo caminho em meio a todos os cheiros da cidade para vir me encontrar. Quando guardei o celular e comecei a descer a escada, flagrei-me sorrindo, para o céu cinzento e para as aves que voavam em círculos.

Richie estava empilhando a bagunça de volta em cima do sofá.

– O carro de Conor está sendo uma farra para Larry. Cabelos, fibras, uma pegada e, veja só, uma chave da porta dos fundos dos Spain. Richie, meu amigo, hoje é nosso dia de sorte.

— Legal. Legal, mesmo. — Richie não olhou para mim.

— O que foi? — perguntei.

Ele se voltou, como se estivesse se esforçando para sair de um sonho que o sugava.

— Nada. Estou ótimo.

Seu rosto estava contraído e concentrado, voltado para dentro. Alguma coisa tinha acontecido.

— Richie.

— Acho que estou precisando daquele sanduíche. De repente me senti esquisito, sabe? Vai ver que baixou meu açúcar no sangue. E o ar aqui dentro e tudo o mais...

— Richie. Se surgiu alguma coisa, você precisa me dizer.

Richie ergueu os olhos para me encarar. Parecia jovem e totalmente perdido. Quando abriu a boca, eu soube que ele ia pedir ajuda. Mas foi nesse instante que alguma coisa no seu rosto se fechou.

— Não surgiu nada. Sério. Vamos embora, tá?

Quando penso no caso Spain, do fundo de noites intermináveis, é esse o momento de que me lembro. Tudo o mais, cada deslize, cada tropeço ao longo do caminho, poderia ter sido redimido. Esse é o momento ao qual me agarro, por seu corte ser tão afiado. O ar frio, parado, um raio fraco de sol iluminando o muro do lado de fora da janela, o cheiro de pão dormido e maçãs.

Eu sabia que Richie estava mentindo para mim. Ele tinha visto alguma coisa, ouvido alguma coisa, encaixado uma pecinha no lugar e tido um vislumbre de uma cena totalmente nova. Cabia a mim continuar insistindo até ele se abrir. Entendo isso. E entendia naquela hora, naquele apartamento de pé-direito baixo, com a poeira espetando minhas mãos e abafando o ar. Eu entendia, ou deveria ter entendido, se tivesse assumido o controle sobre mim mesmo, apesar do cansaço e de todas as outras coisas que não servem como desculpa, que Richie era minha responsabilidade.

Achei que ele tinha descoberto alguma coisa que provava de uma vez por todas que Conor era quem procurávamos e tinha querido curar o golpe ao seu orgulho, sozinho, por um tempo. Achei que alguma coisa tinha apontado para um motivo, e ele tinha querido avançar mais uns passos por ali, até ter certeza, antes de me chamar para ir junto. Pensei nos outros parceiros da divisão, aqueles que continuam firmes por períodos mais longos que a maioria dos casamentos: o equilíbrio ágil com o qual um se movimentava ao redor do outro; a confiança tão sólida e prática quanto um casaco ou uma caneca, algo que nunca era mencionado porque estava sempre em uso.

— É — disse eu. — Vai ver que você está precisando de mais um pouco de café. Eu sei que estou. Vamos sair daqui.

Richie jogou as últimas peças da bagunça de Conor de volta sobre o sofá, apanhou o grande saco de provas que continha o caixote de laranjas e passou por mim, raspando, tirando uma luva com os dentes. Ouvi-o carregar o caixote com esforço escada acima.

Antes de desligar a luz, lancei mais um último olhar por ali, vasculhando cada centímetro em busca da coisa misteriosa que tinha surgido de repente para ele, vinda do nada. O apartamento estava em silêncio, sombrio, já se fechando sobre si mesmo e voltando a ser um lugar deserto. Não havia nada ali.

12

Richie fez um enorme esforço na ida até Broken Harbour: mantendo o papo, contando uma história comprida e deplorável de quando ele usava farda e precisou lidar com dois irmãos velhíssimos que se espancavam mutuamente por algum motivo ligado a carneiros. Os dois irmãos eram surdos, com o sotaque montanhês difícil demais para Richie entender, ninguém fazia ideia do que estava acontecendo, e a história terminou com eles dois reunindo forças contra o rapaz da cidade, e Richie deixando a casa deles, expulso com estocadas de bengala no traseiro. Ele estava simulando animação, procurando manter a conversa em terreno seguro. Fiz minhas contribuições: trapalhadas insignificantes de quando eu mesmo trabalhava fardado, coisas que um amigo e eu não deveríamos ter aprontado na escola de formação, histórias com finais de impacto. Teria sido uma boa viagem, com boas risadas, se não fosse a sombra tênue que se colocava entre nós escurecendo o para-brisa, adensando-se sempre que permitíamos um silêncio.

A equipe de mergulhadores tinha encontrado um pesqueiro que estava no fundo da enseada havia muito tempo; e eles deixaram claro que esse pesqueiro era o que havia de mais interessante a se esperar encontrar. Nos trajes de mergulho, eles eram criaturas lustrosas e sem rosto, que conferiam uma aparência militar e sinistra ao local. Nós lhes agradecemos, apertamos suas mãos de luvas lisas e dissemos que podiam ir para casa. A equipe de busca, que vinha vasculhando o condomínio inteiro, estava suja, cansada e irritada: eles tinham encontrado oito facas de tamanhos e formatos variados, todas as quais tinham obviamente sido plantadas durante a noite por adolescentes que acreditavam ser gênios da comédia só por prejudicar os trabalhos, adolescentes que precisariam todos ser verificados. Disse à equipe que passassem a busca para o morro onde Conor tinha escondido seu carro. Segundo o relato de Conor, as armas tinham ido parar dentro da água, mas Richie estava certo quanto a um ponto: Conor não estava contando tudo. Enquanto não soubéssemos exatamente quais eram suas intenções e o motivo para elas, tudo o que ele dissesse precisava ser verificado.

Um cara esguio com o cabelo louro num estilo rastafári e uma parca empoeirada estava sentado no muro do jardim dos Spain, fumando um cigarro enrolado a mão, com um ar suspeito.

— Podemos ajudar? – perguntei.

— E aí? – disse ele, esmagando o cigarro com a sola do sapato. – Detetives, né? Eu sou Tom. Larry disse que vocês queriam que eu esperasse até vocês chegarem.

Com o uso de jalecos de laboratório e macacões para acesso a cenas de crimes, e como não lidam com o público, a Polícia Técnica tem um código de vestuário mais frouxo do que nós, mas esse cara ainda era algo especial.

— Detetive Kennedy e detetive Curran. Você está aqui por causa do animal no sótão?

— Isso mesmo. Querem entrar, ver as novidades?

Ele parecia estar totalmente chapado, mas Larry é feroz em exigências quanto às pessoas com quem trabalha. Por isso, tentei não descartar o garoto de cara.

— Vamos, sim – disse eu. – Seus rapazes encontraram um tordo morto no jardim dos fundos. Você deu uma olhada?

Tom guardou a guimba do cigarro na bolsinha de fumo, abaixou-se para passar por baixo da fita de isolamento e foi subindo trôpego pela entrada de carros.

— Dei, é claro, mas não havia muita coisa para ver. Lar disse que vocês queriam saber se ele tinha sido morto por um animal ou por um ser humano, mas toda aquela atividade de insetos destruiu o ferimento. Tudo o que posso dizer é que ele era meio irregular, sabe? Tipo, não foi feito com uma lâmina amolada. Poderia ter sido com uma lâmina serrilhada, provavelmente cega, ou poderia ter sido com dentes. Não há como dizer.

— Dentes de que tipo? – perguntou Richie.

— Não humanos – respondeu Tom, com um sorriso. – O que vocês estavam achando do seu cara, que ele era tipo Ozzy?

Richie retribuiu o sorriso.

— Certo. Feliz Halloween, estou velho demais para morcegos; prefiro um tordo.

— Isso é tão degenerado – disse Tom, alegre. Alguém tinha consertado a porta dos Spain, de modo tosco, com alguns parafusos e um cadeado, para manter do lado de fora curiosos doentios e jornalistas. Ele enfiou a mão no bolso em busca da chave. – Não. Dentes de animais. Poderíamos estar visualizando um rato, uma raposa, só que esses dois provavelmente teriam comido as entranhas e tudo o mais, não só a cabeça. Se foi um animal, eu diria que talvez tenha sido um mustelídeo. Como o arminho e o vison, certo? Um dessa família. Eles não matam só o necessário.

— Foi esse o palpite do detetive Curran, também. Um mustelídeo se encaixaria naquilo que esteve acontecendo no sótão?

O cadeado estalou, e Tom abriu a porta. A casa estava fria – alguém tinha desligado a calefação. E o leve perfume de limão no ar tinha sumido. Em seu lugar, havia suor, o cheiro químico dos macacões de plástico de exame da cena do crime e sangue coagulado. Limpar a cena do crime não está incluído nas nossas atribuições. Nós deixamos os escombros para trás, os do assassino e os nossos, até que os sobreviventes chamem uma equipe de profissionais ou façam a limpeza eles mesmos.

Tom encaminhou-se para a escada.

– É, eu li o tópico da sua vítima no Wildwatcher. É provável que ele esteja certo em descartar camundongos, ratazanas e esquilos. Esses teriam atacado a manteiga de amendoim. A primeira coisa que pensei: ei, será que algum vizinho tem um gato? Apesar de que duas coisas não batem. Um gato não teria só arrancado a cabeça do tordo; e um gato não passaria um monte de tempo no sótão sem denunciar sua presença, miando para descer pelo alçapão ou coisa semelhante. Gatos não são cautelosos diante de humanos, como os animais não domesticados são. Além disso, sua vítima disse que o cheiro era meio almiscarado, não foi? Almiscarado ou de fumaça? Não me parece com o cheiro com que gatos marcam território. Mas a maioria dos mustelídeos, sim. Eles exalam um cheiro almiscarado.

Ele tinha arrumado em algum lugar uma escada de abrir e a instalou no patamar, abaixo do alçapão. Apanhei minha lanterna. As portas dos quartos ainda estavam entreabertas. Vi um relance da cama descoberta de Jack.

– Cuidado – disse Tom, içando-se através do alçapão. Lá em cima, ele acendeu sua lanterna. – Mais para a esquerda, OK? Vocês não vão querer bater nisso.

A armadilha estava no piso do sótão, apenas alguns centímetros à direita do alçapão. Eu já a tinha visto em fotos. Ao vivo, ela era mais poderosa e mais obscena, dentes cruéis bem abertos, a luz da lanterna acompanhando os arcos perfeitos das mandíbulas. Bastava um olhar e você ouvia, o chiado selvagem no ar, o baque destruidor de ossos. Nenhum de nós se aproximou.

Uma corrente comprida se estendia pelo piso, fixando a armadilha a um cano de metal num canto baixo, em meio a castiçais empoeirados e brinquedos velhos de plástico. Tom cutucou a corrente com um dedão, mantendo distância.

– Isso – disse ele – é uma armadilha que prende pela perna. São cruéis. Mais alguns euros e você compra a que vem com acolchoamento ou com garras descentradas, de modo que causará menos estrago, mas essa aqui é do estilo antigo, nada de modernidade. O animal entra para pegar a isca, faz pressão na plataforma, as garras se fecham e não o soltam. Depois de um tempo, o animal sangra até morrer ou morre de estresse e exaustão, a menos que você apareça e o pegue. Talvez ele até arranque a própria perna para se livrar, mas o provável é que a hemorragia o mate antes. A boca dessa armadilha tem uma largura de quase 20cm. Ela poderia prender qualquer coisa, até mesmo um lobo. Sua vítima não tinha certeza do que estava caçando, mas estava mais que decidido a apanhá-lo.

– E você? – disse eu. Desejei que Pat tivesse tido a boa ideia de instalar uma lâmpada no sótão. Eu não queria tirar o facho da minha lanterna daquela armadilha. A impressão era que ela poderia vir se aproximando na escuridão até alguém dar um passo mal calculado. Eu também não estava muito entusiasmado com todos aqueles cantos invisíveis. Dava para eu ouvir o mar, um ruído alto através da fina membrana das telhas e do isolamento do telhado. – O que você acha que ele estava caçando?

– OK. A primeira pergunta, certo, é o acesso. Nenhum problema por aí. – Tom inclinou o queixo para cima. No alto da parede dos fundos, acima do quarto de Jack, ao que eu pudesse calcular, havia um trecho de luz fraca, cinzenta.

Vi o que o fiscal de edificações tinha querido dizer: o buraco era uma brecha irregular que dava a impressão de que a parede simplesmente tinha se afastado do telhado. Richie soprou o ar sem alegria, num ruído meio parecido com o riso.

– Olha só para aquilo – disse ele. – Não surpreende que os construtores não atendam aos telefonemas dos Gogan. Se me derem peças de Lego em quantidade suficiente, eu construo um condomínio melhor que esse.

– Em sua maioria, os mustelídeos – disse Tom – são uns sacaninhas muito ágeis. Eles poderiam pular o muro do jardim e subir ali, sem problemas, se fossem atraídos por calor que estivesse escapando ou por aromas de cozinha. Não me parece que um animal realmente tenha feito o buraco, mas um animal poderia tê-lo ampliado, talvez. Estão vendo aquilo? – A borda superior do buraco, toda dentada e se esfarelando, o isolamento térmico roído. – Dentes e garras poderiam ter feito isso, ou poderia simplesmente ser desgaste causado pelas intempéries. Não há como ter certeza. Temos o mesmo tipo de coisa acontecendo aqui desse lado, também.

O facho da lanterna se abaixou e deu a volta por cima do meu ombro. Quase me virei com um pulo, mas ele estava só iluminando uma viga do telhado no canto mais distante.

– É ou não é legal?

A madeira estava toda riscada com um monte de marcas arranhadas, fundas, em grupos paralelos de três ou quatro. Algumas tinham uns 30 cm de comprimento. A viga parecia ter sido atacada por uma onça.

— Essas marcas poderiam ser de garras, de algum tipo de equipamento, de uma faca ou de um pedaço de madeira com pregos fincados — disse Tom. — Podem escolher.

O garoto estava me deixando irritado — aquela sua atitude de "ei-cara-fica-frio" diante de um assunto que eu pessoalmente estava levando a sério, ou talvez fosse o simples fato de todos os que foram designados para esse caso parecerem ter 14 anos, e eu não ter lido o memo que dizia que agora estávamos recrutando pessoal nos parques de skate.

— Você é o especialista aqui, meu filho. É quem está aqui para nos dar sua opinião. Por que *você* mesmo não faz a escolha?

Tom deu de ombros.

— Se eu precisasse apostar, seria num animal. Mas não tenho como lhes dizer se ele realmente chegou aqui em cima. As marcas poderiam ter sido feitas na época em que tudo isso aqui era um canteiro de obras e a viga estava exposta, ou jogada no chão lá fora. Isso faria mais sentido, já que se trata de uma única viga, certo? Se alguma criatura fez as marcas aqui em cima, então, uau! Estão vendo os espaços entre as marcas?

Ele virou o facho da lanterna para os sulcos outra vez.

— Elas estão a mais de dois centímetros de distância umas das outras. Isso não é um arminho, nem um vison. Alguma coisa com patas enormes fez aquilo. Se era isso que sua vítima estava caçando, então o tamanho da armadilha não foi exagerado, no final das contas.

A conversa estava me afetando mais do que devia. Os cantos escondidos do sótão pareciam apinhados, fervilhando com tique-taques quase inaudíveis e olhinhos vermelhos do tamanho de alfinetes. Todos os meus instintos estavam eriçados e com os dentes à mostra, prontos para dar o bote.

— Mais alguma coisa que precisemos ver aqui em cima? Ou podemos terminar o papo em algum lugar que não dobre minha conta da lavanderia a cada minuto?

Tom pareceu levemente surpreso. Examinou a frente da sua parca, que dava a impressão de que ele tinha praticado luta livre com cotões.

— Ah — disse ele. — Certo. Não, era só isso. Procurei por excrementos, pelos, qualquer sinal de construção de ninho, mas nada. Vamos descer então?

Desci por último, mantendo minha lanterna focalizada na armadilha. Tanto Richie como eu, inconscientemente, nos inclinamos para o lado oposto a ela, quando passamos pelo alçapão.

— Então — disse eu no patamar, pegando um lenço de papel para começar a limpar meu casaco. A poeira era desagradável, marrom e pegajosa, como algum tipo de resíduo industrial tóxico. — Diga-me com que estamos lidando.

Tom se acomodou, apoiando o traseiro na escada, levantou a mão e começou a enumerar com os dedos.

— Certo, vamos escolher os mustelídeos. Não há doninhas na Irlanda. Temos arminhos, mas eles são pequenos, tipo 250 gramas. Não tenho certeza se conseguiriam fazer o tipo de barulho que o cara relatou. Martas são mais pesadas e admiráveis na escalada, mas não há floresta mais perto daqui do que aquele morro no fim da baía. De modo que esse lugar estaria fora do seu território; e eu não encontrei nenhum registro de uma marta ter sido avistada por aqui. Já com um vison, seria possível. Eles gostam de viver perto da água. Quer dizer – ele virou o queixo na direção do mar –, um paraíso, certo? Eles matam desnecessariamente, gostam de escalar, não têm medo de nada, nem mesmo de humanos, e têm mau cheiro.

— E são uns sacanas perigosos – disse eu. – Atacariam uma criança sem problemas. Se você estivesse com um na sua casa, tomaria providências sérias para se livrar dele. Certo?

Tom fez um gesto evasivo com a cabeça.

— Acho que sim. Eles são loucos e agressivos. Ouvi a história de um vison que atacou um carneiro de 25 quilos, foi comendo direto pela órbita do olho até os miolos, passou para o seguinte, e matou umas duas dúzias numa noite. E, quando estão acuados, eles enfrentam qualquer coisa. Sendo assim, sim, você não ficaria feliz se um se mudasse para sua casa. Mas não estou totalmente convencido de que se trata desse animal. Eles podem ter o tamanho de um gato doméstico grande, no máximo. Não haveria motivo para ampliarem o buraco de entrada. Não há como eles pudessem deixar aquelas marcas de garras e não há nenhum motivo para ser necessária uma armadilha daquele tamanho para apanhá-los.

— Mas nada disso é determinante – disse eu. – Como você disse, não podemos supor que o animal no sótão seja responsável pelo buraco ou pela viga. Quanto à armadilha, nossa vítima não sabia o que estava caçando. Por isso, ele pecou pelo excesso de cautela. Um vison ainda está em cogitação.

Tom me examinou com um ar de surpresa discreta, e eu me dei conta de que minha voz tinha saído cortante.

— Bem, sim. Quer dizer, não posso nem jurar que *alguma criatura* tenha estado ali dentro. De modo que nada é determinante. Tudo é hipótese, certo? Só estou dizendo quais peças se encaixam em que lugar.

— Ótimo. E muitas delas se encaixam com um vison. Alguma outra possibilidade?

— Sua outra possibilidade é uma lontra. O mar está logo ali; e elas têm territórios imensos. Tanto que uma poderia morar ali na praia e considerar esta casa parte do seu território. Elas são grandes também, tipo entre 60 e

90 cm de comprimento, talvez uns 10 quilos. Uma lontra poderia ter deixado aquelas marcas na viga e poderia ter precisado aumentar aquele buraco de acesso. E elas podem ser meio brincalhonas, de modo que os barulhos de coisas rolando fariam sentido, se ela encontrasse um daqueles castiçais, brinquedos de bebês ou qualquer coisa, e estivesse brincando com essa coisa no piso do sótão...

– Noventa centímetros e quase 10 quilos – disse eu a Richie. – Correndo para lá e para cá na sua casa, bem acima dos seus filhos. Isso me parece algo que deixaria bastante preocupado qualquer cara lúcido e racional. Estou certo?

– Ei – disse Tom, tranquilamente, levantando as mãos. – Pode desacelerar. Não é como se fosse um acerto perfeito. As lontras marcam território pelo cheiro, mas isso elas fazem com seus excrementos, e seu cara não encontrou nada. Dei uma farejada e também não vi nada. Nada no sótão, nada por baixo do piso do sótão, nada no jardim.

Mesmo fora do sótão, a casa parecia irrequieta, infestada. A parede atrás de mim, a ideia de como o gesso era fino, me dava coceiras.

– E eu também não senti nenhum cheiro. Vocês sentiram? – Richie e Tom fizeram que não. – Pode ser então que não tenha sido o cheiro dos excrementos que Pat sentiu, mas o da própria lontra. E agora que ela não está aqui há um tempo o cheiro sumiu.

– Pode ser. Elas têm um cheiro, sim. Mas... não sei, cara. – Com o olhar perdido ao longe e os olhos semicerrados, Tom enfiou um dedo entre os cachos do seu rastafári para coçar a cabeça. – Não é só a questão do cheiro. Tudo isso aqui não combina com o comportamento das lontras. Ponto final. Elas simplesmente não escalam. Quer dizer, já *ouvi falar* de lontras escalando, mas isso é como uma manchete. Sabe do que estou falando? Mesmo que escalasse, alguma criatura desse tamanho subindo e descendo pela lateral da casa, vocês têm que calcular que ela acabe sendo vista. E elas são *selvagens*. Não são como ratos ou raposas, esses bichos urbanizados que não veem problema em morar bem junto dos seres humanos. As lontras ficam longe da gente. Se você tiver uma lontra aqui, ela é uma degenerada. É aquela que as outras lontras dizem aos filhotes para não invadir seu território.

Richie mostrou com o queixo o buraco acima do rodapé.

– Você viu esses, também?

– Que loucura! – disse ele, fazendo que sim. – As vítimas tinham a casa inteira toda elegante, com tudo *combinando,* mas aceitavam esses buracos enormes nas paredes? As pessoas são esquisitas.

– Uma lontra poderia ter feito esses buracos? Ou um *vison*?

Tom agachou-se e examinou o buraco, inclinando a cabeça em ângulos diferentes, como se tivesse a semana inteira para isso.

— Pode ser — disse ele, por fim. — Ajudaria se tivesse ficado algum resíduo, para a gente pelo menos poder dizer se eles foram feitos de dentro das paredes para fora ou ao contrário, mas suas vítimas levavam a limpeza a sério. Alguém chegou a lixar as bordas, está vendo ali? Portanto, se houve marcas de garras ou de dentes, elas sumiram. Como eu disse: esquisito.

— Vou pedir a nossas próximas vítimas que morem numa pocilga. Enquanto isso, vamos trabalhar com o que temos.

— Sem problema — disse Tom, bem-humorado. — Os visons, preciso dizer que eles não conseguiriam. Cavar realmente não é a praia deles, a menos que se sintam forçados, e com aquelas patinhas... — Ele abanou as mãos. — O gesso é bem fino, mas mesmo assim eles levariam séculos para conseguir fazer um estrago desses. As lontras cavam e são fortes, portanto, sim, elas poderiam ter feito os buracos, com facilidade. Só que em algum momento ela acabaria presa dentro da parede ou mastigaria um fio elétrico e *bzzzz*, churrasco de lontra. Então pode ser que sim, mas provavelmente não. Isso ajudou?

— Você nos deu uma enorme ajuda — disse eu. — Valeu. Nós lhe avisamos se tivermos mais alguma informação.

— Isso mesmo — disse Tom, empertigando-se e me fazendo um sinal de positivo com os dois polegares e um largo sorriso. — Que loucura, isso aqui, né? Adoraria ver mais.

— Que bom que gostou do trabalho. Vou ficar com essa chave, se você não tiver o que fazer com ela.

Estendi a mão. Tom tirou do bolso um emaranhado de lixo, separou a chave do cadeado e a deixou cair na palma da minha mão.

— Com todo o prazer — disse ele, animado, e desceu a escada, com as mechas do cabelo quicando.

Já no portão, Richie perguntou:

— Imaginei que o pessoal fardado teria deixado cópias dessa chave na base para nós, não?

Estávamos vendo Tom ir tranquilo para seu carro, que inevitavelmente era uma Kombi VW, com necessidade urgente de uma mão de pintura.

— É provável que tenham deixado — respondi. — Só não quis que esse sacaninha trouxesse seus colegas observadores de visons numa excursão à cena do crime. — "Tipo: cara, isso é ou não é maneiro?" Isso aqui não é *diversão*.

— A Polícia Técnica — disse Richie, distraído. — Você sabe como eles são. Larry deve ser igualzinho.

— É diferente. Um *adolescente* é o que esse garoto parece. Ele precisa dar um jeito de crescer. Ou vai ver que ultimamente não estou me dando bem com crianças.

— Pois é — disse Richie, afundando as mãos nos bolsos. Ele não estava olhando para mim. — Os buracos... Não é acomodação do terreno. E nenhum animal que o especialista pudesse identificar.

— Não foi isso o que ele disse.

— Mais ou menos.

— "Mais ou menos" não vale neste jogo. Segundo o nosso dr. Dolittle, tanto o vison como a lontra ainda estão em cogitação.

— E você acha que um desses fez os estragos? — perguntou Richie. — Falando sério. Você acha?

Havia o primeiro sopro de inverno no ar. Nas casas pela metade, do outro lado da rua, as crianças que estavam tentando acabar morrendo usavam jaquetas acolchoadas e gorros de lã.

— Eu não sei — respondi. — E francamente não me importo. Porque, mesmo que Pat tenha feito os buracos, não vejo como isso o transformaria num maníaco homicida. Como lhe perguntei ali dentro: digamos que você tivesse um animal misterioso com seus dez quilos, correndo de um lado para outro no seu sótão. Ou digamos que você tivesse um dos predadores mais *loucos e agressivos* da Irlanda, bem acima da cama do seu filho. Você se disporia a abrir uns buracos nas paredes, se achasse que essa era sua melhor chance de se livrar da tal criatura? Isso significaria que havia algo de errado com a sua cabeça?

— Mas essa não seria sua melhor opção. Um veneno...

— Digamos que você tivesse experimentado usar veneno, e o bicho fosse esperto demais para cair nessa. Ou, o que é ainda mais provável: digamos que o veneno tivesse funcionado muito bem, mas o animal tivesse morrido em algum lugar cá embaixo, por dentro das paredes, e você não conseguisse descobrir exatamente onde. Nesse caso, você pegaria a marreta? Isso significaria que você estava pirado o suficiente para chacinar sua própria família?

Tom deu partida na perua, que soltou uma nuvem de emanações nem um pouco amigas da vida selvagem, e acenou para nós pela janela, enquanto ia embora. Richie retribuiu o aceno de um jeito automático, e eu vi seus ombros magricelas subirem e descerem com uma respiração profunda. Ele olhou a hora.

— Será que ainda temos tempo para aquela conversa com os Gogan?

A janela da frente dos Gogan exibia um grupo de morcegos de plástico e, com o nível de bom gosto que eu teria esperado, um esqueleto de plástico, em tamanho natural. A porta foi aberta com rapidez. Alguém estivera nos vigiando.

Gogan era um cara grande, com uma pança mole, balançando por cima da sua calça de moletom azul-marinho, e a cabeça raspada para disfarçar qualquer início de calvície. Era dele que Jayden tinha herdado aquele olhar morto.

– Que foi? – disse ele.

– Sou o detetive Kennedy, e esse é o detetive Curran. Sr. ...?

– Sr. Gogan. O que estão querendo?

O senhor Gogan era Niall Gogan, 32 anos, tinha sido condenado oito anos antes por ter atirado uma garrafa através da janela do bar do local onde morava. Tinha manejado uma empilhadeira num armazém em períodos intermitentes na maior parte da sua vida adulta. E atualmente estava desempregado ou, pelo menos, formalmente desempregado.

– Estamos investigando as mortes na casa vizinha. Podemos entrar por alguns minutos?

– Podem falar comigo aqui.

– Prometi à senhora Gogan – disse Richie – que a manteríamos informada. Ela estava preocupada, né? Temos algumas informações.

Um momento depois, Gogan recuou do portal.

– Sejam rápidos. Estamos ocupados.

Dessa vez, foi a família inteira. Eles estavam assistindo a alguma novela e fazendo alguma refeição que envolvia ovos cozidos e ketchup, a julgar pelos pratos na mesinha de centro e pelo cheiro. Jayden estava jogado num sofá; Sinéad, no outro, com o bebê apoiado num canto, tomando mamadeira. Ele era a prova viva da fidelidade de Sinéad: a cara do pai, careca, olhar morto e tudo o mais.

Afastei-me para um lado e deixei Richie ocupar o centro do palco.

– Sra. Gogan – disse ele, inclinando-se para um aperto de mão. – Não, não se levante. Desculpe interromper sua noite, mas prometi que a manteria informada, não foi?

Sinéad estava praticamente caindo do sofá, de tanta ansiedade.

– Vocês pegaram o camarada, pegaram?

Passei para uma poltrona de canto e saquei meu caderno. Fazer anotações torna a pessoa invisível, se ela souber fazer direito. Richie foi para a outra poltrona, deixando que Gogan tirasse as pernas de Jayden de cima do sofá para abrir lugar para ele.

– Estamos com um suspeito detido.

– Meu Deus – suspirou Sinéad. Aquele ar sôfrego fazia brilhar seus olhos. – É um psicopata?

Richie fez que não.

– Não posso lhe dizer muita coisa sobre ele. A investigação ainda está em andamento.

Sinéad olhou para ele, boquiaberta, revoltada. Sua expressão dizia: *Você me fez desligar o som da televisão em troca disso?*

– Achei que vocês tinham o direito de saber que esse cara está atrás das grades. Assim que eu puder lhes dizer mais, direi. Mas neste momento ainda estamos nos esforçando para garantir que vamos mantê-lo onde está. Por isso, não podemos mostrar nossas cartas.

– Valeu – disse Gogan. – Era só isso, então?

Richie fez uma careta e esfregou a nuca, parecendo um adolescente envergonhado.

– Veja bem... Certo, o caso é o seguinte: eu não estou neste trabalho há muito tempo, tá? Mas de uma coisa eu tenho certeza: a melhor testemunha que se pode ter é um garoto esperto. Eles andam por toda parte, veem tudo. As crianças não passam batido pelas coisas, como os adultos. Qualquer coisa que aconteça, elas percebem. Por isso, quando conheci seu filho Jayden, fiquei contente.

Sinéad apontou um dedo para Richie e começou a falar:

– Jayden não viu... – mas Richie levantou as mãos para interrompê-la.

– Por favor, me dá um segundo. Só para eu não perder minha linha de raciocínio. Veja só, eu sei que Jayden *achou* que não viu nada, ou ele teria nos contado na última vez que estivemos aqui. Mas calculei que talvez ele tenha ficado pensando durante esses dois últimos dias. Essa é outra coisa que acontece com uma criança esperta: tudo fica guardado aqui. – Ele deu uma batidinha na têmpora. – Achei que, se eu tivesse sorte, ele talvez tivesse se lembrado de alguma coisa.

Todos olhamos para Jayden.

– Que foi? – disse ele.

– Você se lembrou de alguma coisa que poderia nos ajudar?

Jayden levou só um segundo a mais para encolher os ombros. Richie tinha razão: ele sabia alguma coisa.

– Aí está sua resposta – disse Gogan.

– Jayden – disse Richie. – Eu tenho um monte de irmãos mais novos. Sei quando um garoto está guardando algum segredo.

Os olhos de Jayden voltaram-se de esguelha para o pai, com uma interrogação.

– Vai ter recompensa? – perguntou Gogan.

Esse não era o momento adequado para um discurso sobre a recompensa de ajudar a comunidade.

– Por enquanto, não – disse Richie –, mas eu digo para vocês se for oferecida alguma. Sei que vocês não querem envolver o menino nessa história. Eu também não ia querer. Tudo o que posso dizer é que o cara que fez isso estava sozinho. Não tem nenhum colega que vá perseguir testemunhas, nada desse tipo. Enquanto ele estiver por trás das grades, sua família está em segurança.

Gogan coçou a barba por fazer debaixo da papada e absorveu essas palavras, absorveu também o que não foi dito.

– Ele não bate bem, é?

Aquele talento de Richie, mais uma vez. Aos poucos, ele estava desfazendo a distinção entre uma entrevista e uma conversa. Richie abriu as mãos.

– Não posso falar sobre ele, cara. Só estou dizendo que você, de vez em quando, precisa sair da casa, certo? Trabalho, entrevistas, reuniões... Se fosse comigo, eu ia ficar mais feliz ao deixar minha família, se soubesse que esse camarada estava bem longe daqui.

Gogan olhou para ele e continuou a coçar o queixo.

– Já estou lhe dizendo agora – atalhou Sinéad, irritada. – Se houver algum assassino em série à solta por aí, você pode esquecer as idas ao pub. Não vou ficar aqui sozinha, esperando que algum pirado...

Gogan olhou para Jayden, que estava jogado bem fundo no sofá, assistindo de boca aberta, e fez um gesto de cabeça na direção de Richie.

– Vamos. Conta pra ele.

– Contar o quê? – perguntou Jayden.

– Não se faça de bobo. O que ele está querendo saber.

Jayden afundou ainda mais no sofá e ficou olhando os dedos dos pés se enfiando no tapete.

– Foi só um cara. Tipo, há séculos.

– É? Quando? – perguntou Richie.

– Antes do verão. Quando as aulas estavam terminando.

– Viu? É disso que estou falando. Lembrar as coisas pequenas. Eu sabia que você era esperto. Em junho, então?

– Pode ser – disse Jayden, encolhendo os ombros.

– Onde ele estava?

Os olhos de Jayden voltaram a procurar o pai.

– Cara, você está fazendo a coisa certa. Não vai ter problema nenhum.

– Conta pra ele – disse Gogan.

– Eu estava na casa número 11. A que é geminada com a das mortes. Eu estava...

– Que merda você estava fazendo lá dentro? – perguntou Sinéad. – Vou acabar com você...

Ela viu o dedo erguido de Richie e cedeu, mantendo o queixo projetado num ângulo que dizia que todos nós estávamos encrencados.

– Como você entrou no número 11? – perguntou Richie.

Jayden contorceu-se. Seu agasalho fez um barulho de pum na imitação de couro do sofá, e ele deu um risinho, mas parou quando ninguém se juntou a ele.

— Eu só estava brincando — disse ele, por fim. — Estava com as minhas chaves e... só estava brincando, OK? Só queria ver se ela funcionava.

— Você experimentou suas chaves em outras casas? — perguntou Richie.

— Mais ou menos — respondeu Jayden, dando de ombros.

— Parabéns. Muito inteligente, muito mesmo. Isso nem passou pela nossa cabeça. — E deveria ter passado. Seria típico da natureza desses construtores escolher fechaduras com desconto, com uma chave servindo para todas. — Todas elas funcionam em qualquer casa, é?

Jayden estava sentado mais empertigado, começando a gostar da sensação de como era esperto.

— Não. As da porta da frente não valem nada. A nossa não funcionou em nenhuma outra casa. E eu experimentei num monte delas. Mas a dos fundos, certo? Ela abre, tipo, metade das...

— Chega — disse Gogan. — Cale a boca.

— Sr. Gogan — disse Richie. — Estou falando sério. O menino não corre nenhum risco.

— Acha que sou idiota? Se ele entrou em outras casas, e ele *não entrou*, isso dá invasão de domicílio.

— Nós nem estamos pensando nisso. E mais ninguém vai pensar. Imagine o favor que Jayden está nos fazendo. Ele está nos ajudando a pôr um *assassino* atrás das grades. Estou na maior felicidade por ele ter ficado brincando por aí com a chave.

Gogan encarou Richie.

— Tente acusar o menino de qualquer coisa mais adiante, e ele retira tudo o que disse.

Richie não pestanejou.

— Não vou fazer isso. Acredite em mim. E também não deixaria mais ninguém fazer. Isso aqui é importante demais.

Gogan resmungou e deu o OK para Jayden continuar.

— É sério? Vocês nunca chegaram a pensar nisso? — perguntou Jayden. Richie fez que não.

— Patetas — disse Jayden, baixinho.

— É disso que estou falando. Foi uma sorte a gente encontrar você. Qual é a história com a chave da porta dos fundos?

— Ela abre, tipo, metade das outras portas dos fundos. Quer dizer, é claro que não tentei em lugar nenhum com gente morando. — Jayden tentou parecer um anjo, mas ninguém caiu nessa. — Mas, nas casas vazias, como as mais adiante aqui na rua e todas as da Esplanada Ocean View, consegui entrar num monte delas. Fácil. Não posso acreditar que mais ninguém pensou nisso.

— E ela abre a número 11. Foi lá que você conheceu o cara?

— Foi. Eu estava lá dentro, de bobeira, e ele bateu na porta dos fundos. Acho que ele pulou o muro do jardim, ou alguma coisa assim. — Ele tinha saído do esconderijo. Tinha descoberto uma oportunidade. — Então eu saí para falar com ele. Quer dizer, eu estava *chateado*. Não tinha nada pra fazer lá dentro.

— O que eu já lhe disse sobre conversar com desconhecidos? — atalhou Sinéad, furiosa. — Seria bem feito se ele te enfiasse numa perua e...

Jayden revirou os olhos.

— Eu pareço idiota? Se ele tivesse tentado me agarrar, eu teria saído *correndo*. Eu estava a dois segundos *daqui*.

— E vocês falaram sobre o quê? — perguntou Richie.

— Não muita coisa — disse Jayden, dando de ombros. — Ele perguntou o que eu estava fazendo ali. Eu disse que não estava fazendo nada. Ele perguntou como eu entrei. E eu expliquei a história das chaves.

Ele estava se exibindo para impressionar o desconhecido com sua esperteza, exatamente como estava se exibindo para Richie.

— E o que ele disse? — perguntou Richie.

— Disse que eu era mesmo muito inteligente. Disse que bem que gostaria de ter uma chave como aquela. Ele morava lá na outra ponta do condomínio, só que a casa dele estava inundada porque os canos tinham estourado ou sei lá o quê. Por isso, ele estava procurando uma casa vazia onde pudesse dormir até a dele ser consertada.

Era uma boa história. Conor sabia o suficiente sobre o condomínio para inventar uma história plausível e tinha criado uma depressa. Jayden tinha todos os motivos para acreditar em canos estourados e consertos que se arrastam para sempre. Pensando de improviso, tirando proveito do que se oferecia: o cara era bom, quando queria alguma coisa com vontade.

— Só que ele disse que todas as casas, ou não tinham nem portas nem janelas, e você morria de frio lá dentro, ou estavam trancadas, e ele não tinha como entrar nelas. Ele me perguntou se podia pegar emprestada minha chave e fazer uma cópia para ele poder entrar num lugar bom. E me disse que me dava uma nota de cinco. Eu disse de dez.

— Você deu nossa chave para algum tarado? — explodiu Sinéad. — Seu *idiota*, filho da mãe...

— Amanhã eu mudo a fechadura — disse Gogan, em tom brusco. — Cala a boca.

– Faz sentido – disse Richie, tranquilo, sem dar atenção a nenhum dos dois. – Então ele lhe deu uma nota de dez e você lhe emprestou a chave, certo?

Jayden mantinha um olho na mãe, esperando o pior.

– É. E daí?

– E o que aconteceu depois?

– Nada. Ele disse para não contar a ninguém, ou ele podia ter problemas com os construtores porque eles são os donos das casas. Eu disse que tudo bem. – Mais uma sacada inteligente: não era provável que os construtores fossem benquistos por ninguém em Ocean View, nem mesmo pelas crianças. – Ele disse que ia pôr a chave debaixo de uma pedra e me mostrou que pedra. Depois foi embora. Agradeceu. Eu tinha que vir pra casa.

– Você viu o cara de novo?

– Não.

– Ele lhe devolveu a chave?

– Devolveu. No dia seguinte. Debaixo da pedra, como combinado.

– Você sabe se a sua chave funciona na porta dos Spain?

O que era um jeito cheio de tato de fazer a pergunta. Jayden encolheu os ombros, com muita tranquilidade e sem veemência suficiente para estar mentindo.

– Nunca experimentei.

Em outras palavras, ele não tinha querido se arriscar a ser apanhado por alguém que sabia onde ele morava.

– O seu cara entrou pela porta dos fundos? – quis saber Sinéad, com os olhos arregalados.

– Estamos analisando todas as possibilidades – disse Richie. – Jayden, como é que era esse cara?

– Magro – disse Jayden, dando de ombros mais uma vez.

– Mais velho que eu? Mais novo?

– Acho que igual a você. Mais novo que ele. – Que eu.

– Alto? Baixo?

– Normal. – Mais um encolher de ombros. – Pode ser mais para alto, como ele. – Eu de novo.

– Você o reconheceria se o visse outra vez?

– Sim. Acho que sim.

Debrucei-me sobre minha pasta e encontrei o mostruário de fotos. Um dos estagiários tinha organizado as fotos para nós naquela manhã e tinha feito um bom trabalho. Seis caras de seus vinte e poucos anos, todos magros, com o cabelo castanho cortado rente e com queixo grande. Jayden precisaria vir à base para um reconhecimento formal, mas nós pelo menos podíamos eliminar a possibilidade de ele ter dado a chave de casa para algum maluco que não estivesse ligado ao crime.

Passei o mostruário para Richie, que o exibiu para Jayden.

– Ele está aqui?

Jayden tirou o maior proveito da situação: inclinando a folha em ângulos diferentes, segurando-a diante dos olhos semicerrados.

– Está – disse ele. – É esse aqui.

Seu dedo apontou para a foto do meio da fileira de baixo: Conor Brennan. Os olhos de Richie encontraram os meus por um segundo.

– Minha nossa – disse Sinéad. – Ele estava conversando com um *assassino*. – Sua voz parecia um misto de assombrada e indignada. Eu podia ver que ela estava tentando descobrir quem poderia ser processado.

– Tem certeza, Jayden? – disse Richie.

– Tenho. É o número cinco. – Richie estendeu a mão para pegar o mostruário de volta, mas Jayden ainda estava olhando fixamente para ele. – Foi esse o cara que matou todos eles?

Vi o rápido tremor nas pálpebras de Richie.

– Vai caber ao tribunal e ao júri decidir o que ele fez.

– Se eu não lhe tivesse dado a chave, ele teria me matado?

Sua voz parecia frágil. Tinha sumido o tom macabro. De repente, ele parecia simplesmente um garotinho assustado.

– Acho que não – disse Richie, com delicadeza. – Não posso jurar, mas aposto que você nunca correu nenhum risco de verdade, nem mesmo por um segundo. Mas sua mãe tem razão. Você não deveria conversar com desconhecidos. Está bem?

– Ele vai voltar?

– Não. Ele não vai voltar.

O primeiro deslize de Richie: não se faz esse tipo de promessa, pelo menos não enquanto ainda se precise aplicar pressão.

– É isso o que nós estamos tentando garantir – disse eu, com a voz mansa, estendendo a mão para pegar o mostruário. – Jayden, você nos ajudou muito, e isso vai fazer uma boa diferença. Mas precisamos de toda a ajuda possível para manter esse cara onde ele está. Sr. Gogan, sra. Gogan: vocês também tiveram uns dois dias para pensar e ver se têm alguma informação que possa nos ajudar. Lembraram alguma coisa? Qualquer coisa que viram, ouviram, qualquer coisa fora do seu lugar? Absolutamente qualquer coisa?

Fez-se silêncio. O bebê começou a fazer pequenos ruídos queixosos, resfolegantes. Sinéad estendeu a mão, sem olhar, e balançou a almofada até a criança parar. Nem ela nem Gogan estavam olhando para ninguém.

— Não consigo pensar em nada – disse Sinéad, finalmente. Gogan fez que não.

Nós deixamos o silêncio crescer. O bebê se debatia e iniciou um gemido agudo, de protesto. Sinéad o pegou no colo e o balançou. Seus olhos do outro lado da cabeça do bebê estavam frios, neutros como os do marido, desafiadores.

Por fim, Richie fez um gesto de aceitação.

— Caso se lembrem de alguma coisa, vocês têm meu cartão. Enquanto isso, façam um favor para a gente, OK? Tem uns jornais que poderiam se interessar pela história de Jayden. Guardem isso com vocês por algumas semanas, OK?

Sinéad ficou tão indignada que perdeu a fala. Era óbvio que ela já estava planejando a farra de compras e decidindo onde ir fazer a maquiagem para as fotos.

— A gente pode falar com quem quiser. Vocês não podem nos impedir.

— Daqui a duas semanas, os jornais ainda vão estar lá – disse Richie, calmamente. – Quando nós tivermos resolvido tudo com esse suspeito, eu aviso e vocês podem ligar para eles. Mas até que isso aconteça, estou lhes pedindo que nos façam o favor de não obstruir nossa investigação.

Gogan entendeu a ameaça, mesmo que a mulher não a tenha entendido.

— Jayden não vai falar com ninguém. É só isso? – Ele se levantou.

— Mais uma coisa – disse Richie – e nós vamos parar de atrapalhar. Vocês podem nos emprestar a chave da porta dos fundos um minuto?

Ela abriu a porta dos fundos dos Spain como se tivesse sido lubrificada. A fechadura abriu com um estalo, e o último elo naquela corrente se encaixou, um fio esticado e cintilante que vinha do esconderijo de Conor, direto para a cozinha invadida. Quase levantei a mão para bater espalmada na de Richie, mas ele estava olhando por cima do muro do jardim, para os vãos vazios das janelas do esconderijo, não para mim.

— E foi assim que as manchas de sangue foram parar nas pedras do calçamento – disse eu. – Ele saiu pelo mesmo caminho por onde tinha entrado.

O nervosismo de Richie tinha voltado. Ele estava tamborilando rápido com a ponta dos dedos no lado da coxa. Não importava o que o estivesse incomodando, os Gogan não tinham resolvido a questão.

— Pat e Jenny. Como eles acabaram aqui?

— Do que você está falando?

— Três da manhã, os dois estão de pijama. Se estivessem dormindo e Conor os atacasse, como eles iam acabar lutando aqui embaixo? Por que não no quarto?

— Eles o pegaram quando ele estava saindo.

— Isso significaria que ele estava só atrás das crianças. Não bate com a confissão: ele só falava sobre Pat e Jenny. E os pais não teriam ido olhar as crianças primeiro, quando ouviram o barulho, não teriam ficado lá em cima, tentando socorrê-las? Você se importaria de um intruso conseguir escapar, se seus filhos estivessem correndo risco?

— Esse caso ainda tem muita coisa que precisa de explicação — disse eu. — Não estou negando isso. Mas, lembre-se, não estamos falando de um intruso qualquer. Esse era seu melhor amigo, ou seu ex-melhor amigo. Isso poderia ter afetado o desenrolar das coisas. Vamos esperar para ver o que Fiona tem a nos dizer.

— Vamos — disse Richie. Ele abriu a porta com um empurrão e o ar frio invadiu a cozinha, arrancando aquela camada estagnada de sangue e produtos químicos, tornando o ambiente, por um átimo, fresco e estimulante como o amanhecer. — Vamos esperar para ver.

Peguei meu celular e liguei para os policiais fardados — eles precisavam mandar quem quer que fosse jeitoso com cadeados, antes que os Gogan resolvessem iniciar uma atividade extra, vendendo lembrancinhas. Enquanto eu esperava que alguém atendesse, falei com Richie.

— O interrogatório foi muito bom.

— Obrigado. — Ele não me parecia nem de longe tão satisfeito consigo mesmo quanto deveria estar. — De qualquer modo, sabemos por que Conor inventou aquela história de ter encontrado a chave de Pat. Não quis encrencar Jayden.

— Bondade dele. Muitos assassinos alimentam cachorrinhos perdidos também.

Richie estava olhando lá para fora, para o jardim, que já tinha começado a assumir um ar de abandonado, com as ervas daninhas crescendo com vigor no meio da grama, um saco de plástico azul, esvoaçando a partir do arbusto para onde o vento o tinha soprado.

— É — disse ele. — É provável que sim. — Ele bateu a porta dos fundos, com a última rajada de ar frio fazendo voar os pedaços de papel deixados soltos no chão, e virou a chave outra vez.

Gogan estava esperando à porta da frente para pegar a chave de volta. Jayden estava atrás dele, se segurando na maçaneta da porta. Quando Richie devolveu a chave, Jayden se contorceu e passou por baixo do braço do pai.

— Senhor — disse ele a Richie.

— Sim?

— Se eu não tivesse dado a chave ao homem, eles não tinham morrido?

Ele estava olhando para o alto, para Richie, com horror verdadeiro e penetrante naqueles olhos claros. Richie respondeu com delicadeza, mas com muita firmeza.

— Isso não foi culpa sua, Jayden. Foi culpa da pessoa que cometeu o assassinato. Ponto final.

— Mas como ele ia poder entrar — disse Jayden, se contorcendo —, se eu não tivesse lhe dado a chave?

— Ele teria descoberto um jeito. Algumas coisas acabam descobrindo um jeito de acontecer. Uma vez que a história tenha começado, não se consegue fazê-la parar, não importa o que se faça. Tudo isso começou muito tempo antes de você conhecer esse cara. Certo?

As palavras escorregaram pelo meu crânio, fincando-se na minha nuca. Eu me mexi, tentando fazer com que Richie se movimentasse, mas ele estava com a atenção concentrada em Jayden. O garoto não pareceu totalmente convencido.

— Acho que sim — disse ele, daí a um instante. Ele voltou a deslizar por baixo do braço do pai e sumiu na penumbra do hall. Um momento antes de Gogan fechar a porta, ele olhou Richie nos olhos e, relutante, fez um pequeno gesto de anuência.

Dessa vez, as duas famílias de vizinhos no fim da rua estavam em casa. Eles eram os Spain, três dias antes: casais jovens, crianças pequenas, pisos limpos e toques modernos para os quais eles tinham poupado seu dinheiro. Casas prontas e acolhedoras para visitas que não viriam. Eles não tinham visto nem ouvido nada. Fomos discretos ao recomendar que trocassem a fechadura da porta dos fundos: apenas uma precaução, um possível defeito de fabricação com que tínhamos nos deparado ao longo da investigação, nada relacionado ao crime.

De cada casal, um estava empregado: longos expedientes e viagens demoradas. Numa família, o marido tinha sido demitido uma semana antes; na outra, a mulher, desde o mês de julho. Ela tinha tentado fazer amizade com Jenny Spain.

— Nós duas estávamos presas aqui o dia inteiro. Achei que seria menos solitário se tivéssemos alguém com quem conversar... — Jenny tinha sido cortês, mas se manteve afastada. Sempre parecia ótima a ideia de tomar um chá, mas ela nunca estava com tempo e nunca tinha certeza de quando ia estar. — Achei que talvez ela fosse tímida, ou não quisesse que nos tornássemos grandes amigas e eu começasse a "aparecer" todos os dias. Ou vai ver que não gostou porque eu nunca tinha tentado antes... Eu nunca tive a oportunidade. Ficava pouquíssimo tempo em casa... Mas se ela estava preocupada com... Quer dizer, foi...? Posso perguntar?

Ela havia considerado líquido e certo que tinha sido Pat, exatamente como eu disse a Richie que todos pensariam.

– Já temos um suspeito detido por conta do crime.

– Ai, meu Deus. – Sua mão procurou a do marido, em cima da mesa da cozinha. Ela era bonita, magra, loura e bem-arrumada, mas tinha estado chorando antes da nossa chegada. – Então não foi... Foi simplesmente... um cara qualquer? Como um assaltante?

– A pessoa detida não é moradora da casa.

Isso fez com que as lágrimas brotassem de novo.

– Então... Ai, meu Deus... – Seus olhos passaram por cima do meu ombro, para o canto afastado da cozinha. Sua filha, de mais ou menos 4 anos, estava sentada de pernas cruzadas no chão, com a cabeça de cabelo louro e liso curvada sobre um tigre de pelúcia, murmurando. – Então poderia ter sido *conosco*. Não havia nada que impedisse isso de acontecer conosco. Tem-se vontade de dizer "Pela graça de Deus," só que não se pode dizer isso, não é mesmo? Porque seria o mesmo que afirmar que Deus quis que fossem eles... Não foi Deus. Foi um acidente; pura sorte. Só por sorte...

As articulações da sua mão estavam brancas nas mãos do marido, e ela se esforçava para conter um soluço. Meu maxilar doeu de tanta tensão por minha vontade de lhe dizer que ela estava errada: que os Spain tinham emitido algum chamado para o vento do mar e Conor tinha respondido, que ela e os seus tinham criado uma vida segura.

– O suspeito está detido – disse eu. – Vai ficar por trás das grades por muito tempo.

Ela fez que sim, sem olhar para mim. Sua expressão dizia que eu não estava entendendo.

– Estávamos querendo sair daqui de qualquer modo – disse o marido. – Já teríamos nos mudado há meses, só que quem ia comprar isso aqui? Agora...

– Não vamos ficar aqui. *Não vamos* – disse a mulher.

O soluço conseguiu escapar. Sua voz e os olhos do marido tinham a mesma farpa de desamparo. Os dois sabiam que não iam a parte alguma.

No caminho de volta para o carro, meu celular vibrou para me avisar que eu tinha uma mensagem. Geri tinha me ligado pouco depois das cinco.

"Mick... Puxa, odeio ter que incomodar você. Sei que está com trabalho até as orelhas, mas achei que ia querer saber. Vai ver que até já sabe, sem dúvida, mas... Dina acabou de escapar de nós. Mick, me perdoa, sei que nós devíamos estar tomando conta dela... e nós estávamos. Eu só deixei Dina com Sheila 15 minutos enquanto fui fazer compras... Ela chegou aonde você está?

Sei que deve estar irritado comigo. E é justificável, mas Mick, se ela estiver com você, dá para me ligar para eu saber? Sinto muito mesmo, do fundo do coração, estou..."

— *Puta merda* — Dina tinha sumido fazia no mínimo uma hora. Não havia nada que eu pudesse fazer acerca disso por pelo menos mais duas horas, até que Richie e eu tivéssemos terminado com Fiona. A ideia do que poderia acontecer com Dina num período desses me dava a sensação de que meu coração estava tentando bater dentro de lama espessa. — *Puta que pariu.*

Só percebi que tinha parado de andar quando vi Richie, uns dois passos adiante de mim, dar meia-volta para me olhar.

— Tudo bem por aí?

— Tudo bem — disse eu. — Nada relacionado ao trabalho. Só preciso de um minuto para esclarecer a situação. — Richie abriu a boca para dizer alguma outra coisa; mas, antes que ele conseguisse falar, eu já tinha lhe dado as costas e estava seguindo pelo caminho a uma velocidade que lhe sugeria não vir atrás.

Geri atendeu ao primeiro toque.

— Mick? Ela está com você?

— Não. A que horas ela foi embora?

— Ai, meu Deus. Eu tinha esperança...

— Não entre em pânico. Ela poderia estar na minha casa ou no trabalho. Passei a tarde inteira em campo. A que horas ela saiu?

— Mais ou menos às quatro e meia. O celular de Sheila tocou, e era Barry, o namorado dela. Por isso ela foi para o quarto, só para ter alguma privacidade e, quando desceu, Dina tinha sumido. Com o delineador, ela escreveu "Valeu, tchau!" na geladeira. E fez o contorno da mão logo abaixo, como que acenando. Levou a carteira de Sheila, com 60 euros, então, está com dinheiro, de qualquer modo... Assim que voltei para casa e Sheila me contou, saí dirigindo pela vizinhança, à procura dela. Juro que olhei por toda parte. Entrei em lojas, olhei nos jardins dos outros e tudo o mais. Mas ela tinha sumido. Eu não sabia em que outro lugar devia procurar. Liguei para ela um monte de vezes, mas o telefone está desligado.

— Como ela estava hoje de tarde? Estava ficando irritada com você ou com Sheila? Se Dina tivesse ficado entediada... Tentei me lembrar se ela teria mencionado o sobrenome de Jezzer.

— Não, ela estava *melhor! Muito melhor.* Não estava zangada, nem assustada, nem ficando tensa... Ela até estava falando coisa com coisa, na maior parte do tempo. Parecia um pouco distraída, tipo: sem prestar atenção de verdade quando você falava com ela. Como se estivesse pensando em alguma outra coisa. *Só isso.* — A voz de Geri estava ficando cada vez mais alta. — Ela estava praticamente ótima, Mick, juro por Deus que estava. Tive certeza de que estava se recuperando ou eu nunca a teria deixado com Sheila, nunca...

– Sei que você não teria. Tenho certeza de que ela está bem.

– Ela não está bem, Mick. Não mesmo. "Bem" é a *última coisa* que ela está.

Olhei para trás por cima do ombro. Richie estava encostado na porta do carro, com as mãos nos bolsos, olhando direto para os canteiros de obra para me dar privacidade.

– Você sabe o que estou querendo dizer. Tenho certeza de que ela só ficou entediada e se mandou para a casa de uma amiga. Amanhã de manhã ela aparece, trazendo croissants para pedir desculpas...

– Isso não faz com que ela esteja bem. Alguém que esteja *bem* não rouba o dinheiro que a sobrinha ganhou tomando conta de crianças. Alguém que esteja *bem* não exigiria que todos nós andássemos na ponta dos pés o tempo...

– Eu sei, Geri. Mas isso não é algo que possamos resolver nesta noite. Vamos só encarar um dia de cada vez, OK?

Por cima do muro do condomínio, o mar estava se tornando mais escuro, rolando constante na direção da noite. As pequenas aves estavam novamente à vista, procurando alimento na beira da água. Geri prendeu a respiração, soltou o ar com um tremor.

– Estou tão *cheia* disso.

Já tinha ouvido aquela nota um milhão de vezes antes, na voz dela e na minha: exaustão, frustração e irritação, tudo temperado com puro terror. Não importava quantas dezenas de vezes você passasse pela mesma conversa sem sentido, você nunca se esquecia de que essa poderia ser a vez em que, finalmente, a história terminaria de outro modo: não com um cartão com desculpas rabiscadas e um buquê de flores roubadas, na entrada da sua casa, mas com um telefonema tarde da noite, um policial novato fardado, treinando seu talento para fazer notificações, um crachá para visitar o necrotério de Cooper.

– Geri, não se preocupe. Tenho mais uma entrevista a fazer antes de sair, mas assim que sair vou resolver esse assunto. Se eu a encontrar me esperando no trabalho, aviso. Você, continue tentando o celular dela. Se conseguir falar, diga para ela ir se encontrar comigo no trabalho e me mande uma mensagem de texto para eu saber que ela está vindo. Caso contrário, assim que terminar, vou descobrir onde ela está, OK?

– Certo. OK. – Geri não perguntou como. Ela precisava acreditar que seria simples assim. Eu também. – Certo, ela não vai ter problemas por mais uma hora ou duas.

– Vá dormir. Dina fica comigo esta noite, mas é possível que eu precise levá-la para aí de novo amanhã.

— Faça isso, é claro. Todo mundo está bem. Colm e Andrea não pegaram, graças a Deus... E eu não vou tirar os olhos de cima dela desta vez. Prometo. Mick, me desculpa por tudo isso.

— Estou falando sério: não se preocupe. Diga a Sheila e Phil que eu espero que eles estejam se sentindo melhor. Vou me manter em contato.

Richie ainda estava encostado na porta do carro, olhando para o quadriculado nítido de paredes e andaimes em contraste com um céu frio, cor de turquesa. Quando destranquei o carro com o controle, ele se endireitou e se virou para mim.

— E aí?

— Resolvido – disse eu. – Vamos.

Abri minha porta, mas ele não se mexeu. Com a claridade que ia se apagando, seu rosto parecia pálido e sábio, muito mais velho do que indicavam seus 31 anos.

— Alguma coisa que eu possa fazer?

No segundo antes de eu abrir a boca, aquilo cresceu dentro de mim, súbito e poderoso como uma enxurrada, e tão perigoso quanto uma: a ideia de contar para ele. Pensei naqueles parceiros de dez anos que se conheciam de cor. O que qualquer um deles teria dito? *Aquela garota do outro dia, está lembrado dela? É minha irmã, não é boa da cabeça, não sei o que fazer para ajudá-la...* Visualizei o pub, o parceiro pegando as cervejas e distribuindo discussões sobre esportes, piadas indecentes, casos parcialmente verdadeiros, até a tensão escorrer dos seus ombros e você se esquecer de que sua cabeça estava entrando em curto-circuito; mandando você para casa no final da noite, com um início de ressaca e a sensação dele, sólida como a face de um penhasco, dando-lhe apoio. A imagem foi tão clara que eu poderia ter aquecido minhas mãos diante dela.

No segundo seguinte recuperei meu controle, e aquilo revoltou meu estômago, a ideia de expor meus assuntos pessoais de família diante dele, implorando que ele me desse um tapinha na cabeça e me dissesse que tudo ia dar certo. Ele não era um companheiro de serviço de mais de dez anos, algum irmão de sangue. Era praticamente um desconhecido que nem se dava ao trabalho de me dizer o que o tinha impressionado no apartamento de Conor Brennan.

— Não há necessidade – retruquei, com rispidez. Cheguei a pensar em pedir a Richie que entrevistasse Fiona sozinho, ou em lhe pedir que digitasse o relatório do dia e adiasse Fiona para a manhã do dia seguinte. Conor não ia sair de onde estava. Mas essas duas alternativas me causavam repulsa por parecerem desprezíveis. – Obrigado pelo oferecimento, mas já estou com tudo sob controle. Vamos ver o que Fiona tem a nos dizer.

13

Fiona estava esperando por nós do lado de fora da base, meio caída, encostada num poste. No círculo de luz amarela enfumaçada, com o capuz do casaco acolchoado levantado para se proteger do frio, ela parecia alguma pequena criatura perdida, saída de histórias para contar ao pé do fogo. Passei a mão pelo cabelo e tranquei Dina bem no fundo da minha cabeça.

– Lembre-se – disse eu a Richie – , ela ainda está no nosso radar.

Richie respirou fundo, como se a exaustão o tivesse apanhado de surpresa, de repente.

– Não foi ela que deu as chaves a Conor.

– Eu sei. Mas ela o conhecia. Existe uma história ali. Precisamos saber muito mais sobre essa história antes de riscar a possibilidade do seu envolvimento.

Fiona endireitou-se quando nos aproximamos. Tinha perdido peso nos dois últimos dias. Seus malares estavam mais pronunciados, através da pele que tinha se desbotado para um tom cinzento de papel. Eu podia sentir nela o cheiro do hospital, desinfetado e poluente.

– Srta. Rafferty, obrigado por ter vindo.

– Será que nós podemos... Tudo bem se essa conversa pudesse ser rápida? Quero voltar para junto de Jenny.

– Compreendo – disse eu, estendendo um braço para guiá-la na direção da porta. – Vamos ser tão rápidos quanto possível.

Fiona não se mexeu. Seu cabelo estava escorrido em torno do rosto em ondas castanhas sem vida. Parecia que ela o tinha lavado numa pia com sabão do hospital.

– Você disse que pegaram o cara. O cara que fez isso. – Ela estava falando com Richie.

– Temos uma pessoa detida por conta dos crimes, sim – disse ele.

– Quero vê-lo.

Richie não estava preparado para essa.

– Receio que ele não esteja aqui – disse eu, tranquilo. – No momento, ele está na prisão.

– Preciso vê-lo. Preciso... – Fiona perdeu sua linha de raciocínio, abanou a cabeça e jogou o cabelo para trás. – Podemos ir lá? À prisão?

— Na realidade, não funciona assim, srta. Rafferty. Estamos fora do expediente, teríamos que preencher a papelada e depois poderiam se passar algumas horas para trazê-lo aqui, dependendo da segurança disponível... Se quiser voltar para junto da sua irmã, vamos precisar deixar isso para outra hora.

Mesmo que eu tivesse deixado espaço para ela argumentar, ela não tinha a energia necessária.

— Outra hora — disse ela, daí a um instante. — Posso vê-lo em outra hora?

— Tenho certeza de que podemos providenciar alguma coisa — disse eu e estendi o braço de novo. Dessa vez, Fiona saiu do círculo da luz do poste e entrou nas sombras, rumo à porta da base.

As instalações de uma das salas de interrogatório são projetadas para serem suaves: carpete no lugar do linóleo, paredes limpas de um amarelo-claro, cadeiras confortáveis que não machucam seu traseiro, um bebedouro, uma chaleira elétrica com uma cesta de pequenos saquinhos de chá, café e açúcar, canecas de louça em vez de copos de isopor. Ela é para as famílias das vítimas, testemunhas frágeis, suspeitos que considerariam as outras salas uma afronta à sua dignidade e iriam embora arrogantes. Levamos Fiona para lá. Richie ficou com ela — era legal ter um parceiro a quem eu podia confiar alguém tão instável — enquanto eu ia até a sala de coordenação para pôr algumas provas numa caixa de papelão. Quando voltei, o casaco de Fiona já estava nas costas da cadeira, e ela estava encurvada sobre uma fumegante caneca de chá, como se seu corpo inteiro estivesse precisando ser aquecido. Sem o casaco, ela era pequena como uma criança, mesmo com os jeans soltos e o cardigã de tamanho exagerado. Richie estava sentado de frente para ela, com os cotovelos na mesa, a meio caminho de uma história longa e reconfortante sobre um parente imaginário que tinha sido salvo de alguma impressionante combinação de ferimentos pelos médicos do hospital em que Jenny estava.

Enfiei a caixa discretamente embaixo da mesa e peguei uma cadeira ao lado de Richie.

— Eu estava só dizendo à senhorita Rafferty que a irmã dela está em boas mãos.

— O médico disse que daqui a dois dias vão começar a baixar a dose de analgésicos. Não sei como Jenny vai reagir. Seja como for, ela está péssima, é claro, mas os analgésicos ajudam. Metade do tempo, ela acha que tudo isso é um pesadelo. Quando parar de tomá-los, e a ficha cair... Será que eles podem dar outra coisa para ela? Antidepressivos, ou coisa semelhante?

— Os médicos sabem o que estão fazendo — disse Richie, com delicadeza. — Eles vão ajudá-la a atravessar essa fase.

— Vou lhe pedir para nos fazer um favor, srta. Rafferty — disse eu. — Enquanto estiver aqui, precisamos que se esqueça do que aconteceu com sua família. Afaste isso da sua cabeça. Trate de se concentrar cem por cento em responder a nossas perguntas. Pode acreditar em mim, sei que isso parece impossível, mas é a única maneira pela qual poderá nos ajudar a manter esse homem por trás das grades. Isso é o que Jenny precisa que você faça agora... o que todos eles precisam de você. Dá para fazer isso por eles?

Esse é o presente que nós oferecemos a eles, a essas pessoas que amavam as vítimas: o descanso. Por uma hora ou duas, elas conseguem ficar ali sentadas, quietas, sem culpa, porque não lhes demos nenhuma escolha, e param de dilacerar sua mente nos estilhaços cortantes do que aconteceu. Entendo como isso é enorme e como não tem preço. Vi as camadas nos olhos de Fiona, como tinha visto em centenas de outros: alívio, vergonha e gratidão.

– Tudo bem. Vou tentar.

Ela nos contaria coisas que nunca tinha querido mencionar, só para ter um motivo para continuar falando.

– Nós lhe agradecemos – disse eu. – Sei que é difícil, mas está agindo certo.

Fiona equilibrou o chá nos joelhos magros, segurando a caneca entre as mãos, e me dedicou sua atenção total. Sua coluna já tinha começado a se endireitar.

– Vamos começar do início. Há uma boa chance de nada disso contribuir para o caso, mas é importante que nós obtenhamos toda a informação possível. Você disse que Pat e Jenny começaram a namorar quando tinham 16 anos, certo? Sabe me dizer como eles se conheceram?

– Não com exatidão. Nós todos somos da mesma região, de modo que nos conhecíamos ali das redondezas desde que éramos criancinhas, tipo da escola primária. Não me lembro da primeira vez exata em que nos encontramos. Quando estávamos com uns 12 ou 13 anos, um grupo de nós começou a andar juntos: a ficar de bobeira na praia, andar de patins, ir até Dun Laoghaire e ficar por lá no píer. Às vezes vínhamos à cidade, para ir ao cinema e depois ao Burger King, ou nos fins de semana íamos às discotecas nas escolas, se houvesse alguma boa. Só coisa de adolescente, mas éramos unidos. Muito unidos.

– Não existe nada igual aos amigos de quando se era adolescente – disse Richie. – Eram quantos na turma?

– Jenny e eu. Pat e o irmão, Ian. Shona Williams. Conor Brennan. Ross McKenna... Mac. Havia mais uns dois que saíam algumas vezes com a gente, mas essa era a turma verdadeira.

Remexi na minha caixa de papelão, encontrei um álbum de fotografias – capa cor-de-rosa, flores feitas de lantejoulas – e o abri num lugar marcado. Sete adolescentes empoleirados num muro, espremidos bem juntos para caber na foto, risos, casquinhas de sorvete erguidas e camisetas coloridas. Fiona usava aparelho; o cabelo de Jenny era um pouquinho mais escuro; Pat estava com os braços em torno de Jenny. Os ombros dele já eram largos como os de um homem adulto, mas seu rosto era o de um menino, franco e corado. E Jenny estava fingindo dar uma mordida enorme no sorvete dele. Conor era só braços e pernas desajeitadas, imitando um chimpanzé palhaço caindo do muro.

— Essa é a turma? — perguntei.

Fiona pôs o chá na mesa — depressa demais; tanto que derramou algumas gotas — e estendeu a mão para pegar o álbum.

— Isso pertence a Jenny.

— Eu sei — disse eu, com delicadeza. — Precisamos pegá-lo emprestado um pouco. — Isso fez com que seus ombros pulassem, a sensação repentina de nossos dedos sondando tão fundo na vida deles.

— Meu Deus — disse ela, involuntariamente.

— Vamos devolvê-lo a Jenny assim que for possível.

— Seria possível... Se vocês terminarem com isso a tempo, será que poderiam simplesmente não dizer para ela que pegaram o álbum? Ela não precisa de mais nada para enfrentar. Essa... — Fiona abriu a mão por cima da foto e falou tão baixo que eu mal a escutei. — Nós éramos realmente felizes.

— Vamos nos esforçar ao máximo — disse eu. — Você também pode ajudar. Se nos der todas as informações necessárias, nós podemos evitar fazer a Jenny essas perguntas.

Ela fez que sim, sem levantar os olhos.

— Muito bem — disse eu. — Agora, esse deve ser o Ian. Certo? — Ian era uns dois anos mais novo que Pat, mais magro e de cabelo castanho, mas a semelhança era óbvia.

— É, esse é o Ian. Puxa, como ele está jovem aí... Ele era muito tímido mesmo naquela época.

Dei uma batidinha no peito de Conor.

— E quem é esse aqui?

— Esse é o Conor.

As palavras saíram rápidas e tranquilas, sem envolver nenhuma tensão.

— Ele é o cara que está segurando Emma no colo na foto do batizado, a que está no quarto dela. É o padrinho?

— É. — A menção ao nome de Emma fez o rosto de Fiona se contrair. Ela fincou a ponta dos dedos na foto como se estivesse tentando penetrar nela.

Passei para o rosto seguinte, com desembaraço.

— O que faz com que esse cara seja Mac, certo? — Meio gorducho, cabelo arrepiado, braços muito abertos e Nikes brancos, imaculados. Só pelas roupas já dava para saber a que geração esses adolescentes pertenciam: nada reaproveitado, nada remendado, tudo novinho em folha, tudo de marca.

– É. E essa é Shona. – Ruiva, do tipo de cabelo que teria sido crespo, se ela não tivesse dedicado muito tempo a usar alisantes, e uma pele que eu teria apostado ser cheia de sardas por baixo do bronzeado artificial e da maquiagem cuidadosa. Por um segundo de estranheza, quase senti pena daqueles garotos. Quando eu tinha aquela idade, meus amigos e eu éramos todos pobres juntos. A situação tinha muito pouco a recomendá-la, mas pelo menos envolvia menos esforço. – Ela e Mac eram os dois que sempre conseguiam nos fazer rir. Eu tinha me esquecido de como ela era na época. Agora está loura.

– Quer dizer que vocês todos continuam em contato? – Flagrei-me com esperança de que a resposta fosse positiva, não por motivos que facilitassem a investigação, mas por Pat e Jenny, ilhados naquele canto deserto e gelado, com os ventos do mar soprando. Teria sido bom saber que algumas raízes ainda se mantinham fortes para eles.

– No fundo, não. Eu tenho o número dos telefones dos outros, mas faz séculos... Eu deveria ligar para eles, contar, mas simplesmente... não consigo. – Ela levou a caneca à boca para esconder o rosto.

– Deixe os números com a gente – disse Richie, solícito. – Nós ligamos. Não há motivo para você precisar dar a notícia.

Fiona assentiu, sem olhar para ele, e remexeu nos bolsos em busca do celular. Richie arrancou uma folha do seu caderno e a passou para ela. Enquanto ela escrevia, fiz outra pergunta, tentando fazê-la voltar para um terreno mais seguro.

– Aqui parece que vocês eram uma turma muito unida. Como acabaram perdendo o contato uns com os outros?

– Foi a vida, principalmente. Uma vez que Pat, Jenny e Conor entraram para a faculdade... Shona e Mac são um ano mais novos que eles; e eu e Ian, mais um ano. Portanto, não estávamos mais na mesma sintonia. Eles podiam frequentar pubs e boates de verdade e estavam conhecendo gente nova na faculdade. E, sem eles três, nós, os restantes, simplesmente não... Não era mais a mesma coisa. – Ela devolveu o papel e a caneta a Richie. – Nós todos tentamos; de início, nós nos víamos o tempo todo. Era esquisito porque, de repente, precisávamos marcar com dias de antecedência, e depois alguém sempre furava na última hora; mas continuávamos a nos ver. Só que, aos poucos, cada vez menos. Até uns dois anos atrás, ainda nos encontrávamos para uma cerveja uma vez por mês, se tanto, mas é só que... não funcionava mais.

Ela estava de novo com a caneca nas mãos, girando-a em círculos e observando o redemoinho do chá. O aroma estava cumprindo sua função, conferindo a esse lugar desconhecido uma sensação caseira e de segurança.

— Na realidade, é provável que tenha parado de funcionar muito tempo antes. Dá para ver nas fotos: nós paramos de nos encaixar como peças de um quebra-cabeça, como nessa foto aí. Em vez disso, nos tornamos um monte de cotovelos e joelhos se projetando uns contra os outros, tudo meio desajeitado... Nós só não queríamos enxergar. Pat, principalmente. Quanto menos funcionava, mais ele se esforçava. Nós podíamos estar sentados no píer ou em algum outro lugar, e Pat se espalhava, até praticamente se esticava, tentando se manter perto de todos nós, causar a sensação de que éramos de novo uma grande turma. Acho que ele tinha orgulho daquilo, de ainda sair com os mesmos amigos que tinha tido desde a adolescência. Aquilo significava alguma coisa para ele. E ele não queria desistir.

Ela era diferente, Fiona: observadora, perspicaz, sensível. O tipo de garota que passaria um bom tempo sozinha refletindo sobre alguma coisa que não entendia, trabalhando naquilo até desembaraçar o nó. Essa característica fazia dela uma testemunha útil, mas eu não gosto de lidar com gente diferente.

— Quatro caras, três garotas — disse eu. — Três casais e um que ficou de fora? Ou só um grupo de amigos?

Fiona quase sorriu para a foto.

— Um grupo de amigos, no fundo. Mesmo quando Jenny e Pat começaram a namorar, as coisas não mudaram tanto quanto se imaginaria. Todo mundo já previa aquilo havia séculos, de qualquer modo.

— Eu me lembro de você ter dito que sonhava com alguém sentir por você o amor que Pat sentia por Jenny. Os outros rapazes não eram grande coisa? Você não se deu ao trabalho de tentar com algum deles?

Ela enrubesceu. O rosa expulsou o cinza do seu rosto, tornando-a jovem e cheia de vida. Por um momento, achei que tivesse sido com Pat, que ele tinha preenchido o lugar que poderia ter sido de outros rapazes, mas ela respondeu:

— Cheguei a tentar. Com Conor... nós namoramos, por pouco tempo. Quatro meses, no verão em que eu estava com 16 anos.

O que naquela idade era praticamente um casamento. Captei o movimento ínfimo dos pés de Richie.

— Mas ele a tratou mal.

Ela ficou ainda mais vermelha.

— Mal não, ele nunca foi grosseiro comigo, nada desse tipo.

— É mesmo? A maioria dos adolescentes nessa idade consegue ser bastante cruel.

— Conor nunca foi. Ele era... ele é um amor de pessoa. Gentil.

— Mas...? — perguntei.

— Mas... — Fiona esfregou o rosto, como se estivesse tentando apagar o rubor. — Quer dizer, fiquei até espantada quando ele me convidou para sair. Sempre tinha me perguntado se ele não estava a fim de Jenny. Não era nada que ele dissesse, só... sabe uma vibração que a gente capta? E depois, quando estávamos namorando, ele... a impressão... quer dizer, nós nos divertíamos muito, mas ele sempre queria programar coisas junto com Pat e Jenny. Como ir ao cinema com eles, ou ficar na praia com eles, ou coisa semelhante. Todo o corpo dele, todos os ângulos dele sempre apontavam para Jenny. E quando ele olhava para ela... seu rosto se iluminava. Ele ia contar uma piada e no fecho olhava para ela, não para mim...

E lá estava nosso motivo, o mais antigo deste mundo. De uma forma estranha, era reconfortante saber que eu estava certo, lá atrás no início: aquilo não tinha chegado do mar aberto, como alguma tempestade assassina que se tivesse abatido sobre os Spain por acaso. Aquilo tinha brotado da própria vida deles.

Eu podia sentir Richie praticamente zumbindo ao meu lado, de tanta vontade de se mexer. Não olhei para ele.

— Você achou que era Jenny que ele queria. Ele estava saindo com você só para ficar mais perto dela. — Tentei suavizar as palavras, mas saiu brutal do mesmo jeito. Ela se encolheu.

— Acho. Mais ou menos. Acho que em parte era isso, e em parte ele tinha esperança de que, se ficássemos juntos, seríamos como eles. Como Jenny e Pat. Eles eram...

Na página oposta à da foto do grupo, havia uma de Pat e Jenny, tirada no mesmo dia, a julgar pelas roupas. Eles estavam lado a lado na mureta, inclinados um para o outro, os rostos virados juntos, tão perto que os narizes se roçavam. Jenny estava sorrindo para Pat; o rosto dele, voltado para baixo para ela, estava absorto, atento, feliz. O ar em torno dos dois era daquele branco quente e agradável do verão. Muito ao longe, atrás dos seus ombros, uma tira de mar aparecia azul, como flores.

A mão de Fiona pairava acima da foto, como se ela quisesse tocá-la mas não pudesse fazer isso.

— Fui eu quem tirou essa aí.
— Ficou muito boa.
— Era fácil tirar fotos deles. Na maior parte do tempo, quando você faz uma foto de duas pessoas, precisa tomar cuidado com o espaço entre elas, de que jeito ele divide a luz. Com Pat e Jenny, era como se a luz não se dividisse, simplesmente continuasse direto por cima desse espaço... Eles eram diferentes. De qualquer modo, os dois tinham um monte de vantagens. Eram realmente benquistos na escola. Pat era ótimo no rúgbi, Jenny sempre teve um

monte de caras atrás dela, mas juntos... Eram uma maravilha. Eu poderia ficar olhando para eles o dia inteiro. Você olhava e pensava: *Isso. É assim que tem que ser.*

A ponta de um dedo tocou nas mãos unidas do casal e se afastou dali.

— Conor... os pais dele eram separados, o pai estava na Inglaterra ou em algum lugar. Não sei ao certo. Conor nunca falava nele. Pat e Jenny eram o casal mais feliz que ele tinha conhecido. Era como se ele quisesse *ser* eles e achasse que, se namorássemos, talvez... Eu não cheguei a pôr tudo isso em palavras na época, nada disso, mas depois achei que podia ser...

— Você comentou isso com ele? — perguntei.

— Não. Eu estava muito constrangida. Quer dizer, minha *irmã*... — Fiona passou as mãos pelo cabelo, puxando-o para a frente para esconder o rosto. — Eu simplesmente desmanchei o namoro. Não foi tão importante assim. Não era como se eu estivesse *apaixonada* por ele. Éramos só adolescentes.

Mas deve ter sido importante, mesmo assim. *Minha irmã...* Richie afastou a cadeira com força e foi ligar a chaleira elétrica novamente.

— Eu me lembro — disse ele, descontraído, de costas —, de você ter dito que Pat tinha ciúme de outros caras que se interessavam por Jenny, naquela época em que vocês eram adolescentes. Isso incluía Conor?

A pergunta fez Fiona levantar a cabeça, mas Richie estava sacudindo um saquinho de café e olhando para ela com puro interesse.

— Ele não sentia ciúme do jeito que você está querendo dizer. Ele só... ele tinha percebido também. Por isso, quando desmanchei com Conor, Pat me pegou sozinha uns dois dias depois e me perguntou qual tinha sido o motivo. Eu não queria contar para ele, mas Pat... é muito fácil falar com ele. Eu sempre lhe contava as coisas. Era como um irmão mais velho. Por isso, acabamos falando sobre o assunto.

Richie assobiou.

— Quando eu era garoto — disse ele —, teria ficado furioso se um amigo meu estivesse a fim da minha namorada. Não sou do tipo violento, mas ele teria levado um tapa na cara.

— Acho que Pat pensou nisso. Quer dizer... — um súbito sinal de alarme — Ele também não era do tipo violento, nunca foi, mas como você disse... Ele estava com bastante raiva. Ele tinha vindo à nossa casa para falar comigo. Jenny tinha saído para fazer compras. E, quando eu lhe contei, ele simplesmente foi embora. Estava *uma fera.* Parecia que o rosto dele era feito de algum material sólido. Fiquei realmente assustada. Não que eu achasse que ele fosse *fazer* qualquer coisa com Conor. Eu sabia que ele não faria, mas eu só... Achei que, se todo mundo ficasse sabendo, seria o fim da nossa turma. Seria horrível. Desejei... — Ela abaixou a cabeça e continuou a falar mais baixo, só para a caneca: – Desejei ter mantido a idiota da minha boca fechada. Ou simplesmente nunca ter chegado perto de Conor, para começo de conversa.

– Não se pode dizer que foi culpa sua – disse eu. – Você não podia ter sabido. Ou podia?

– É provável que não. – Fiona deu de ombros. – Mas eu me senti como se pudesse ter sabido. Tipo, por que ele estaria a fim de mim quando Jenny estava por ali? – Ela afundou mais a cabeça.

E lá estava ele de novo, aquele relance de alguma coisa profunda e enredada, que se estendia entre ela e Jenny.

– Deve ter sido muito humilhante – disse eu.

– Eu sobrevivi. Quer dizer, eu tinha 16 anos; *tudo* era humilhante.

Ela estava tentando transformar aquilo numa piada, mas não teve graça. Richie abriu um sorriso para ela, quando se debruçou sobre seu ombro para apanhar sua caneca, mas ela a passou para ele sem encará-lo.

– Pat não era o único que tinha direito a ficar indignado. Você não ficou com raiva, também? De Jenny, Conor ou dos dois?

– Eu não era esse tipo de garota. Simplesmente achei que a culpa era só minha. Por ser tão idiota.

– E Pat acabou não entrando numa briga física com Conor? – perguntei.

– Acho que não. Nenhum deles estava com hematomas ou qualquer outra coisa, não que eu visse. Não sei exatamente o que aconteceu. Pat me ligou no dia seguinte e disse para eu não me preocupar, para me esquecer de termos tido aquela conversa. Perguntei-lhe o que houve, mas ele só disse que aquilo não ia mais ser um problema.

Em outras palavras, Pat não tinha se descontrolado, tinha lidado com uma situação difícil e reduzido a um mínimo o potencial de dramaticidade. Enquanto isso, Conor tinha sido derrotado totalmente por Pat, humilhado de modo ainda mais excruciante do que Fiona, e sido deixado sem nenhuma dúvida de que nunca teria a menor chance com Jenny. Dessa vez, olhei mesmo para Richie. Ele estava mexendo com os saquinhos de chá.

– E depois disso o problema continuou? – perguntei.

– Não. Nunca. Nenhum de nós jamais disse uma palavra a respeito. Conor foi extremamente gentil comigo por um tempo, como se talvez estivesse tentando compensar o fato de as coisas não terem dado certo... só que ele sempre foi gentil comigo, de qualquer modo... E eu tive a sensação de que estava se mantendo afastado de Jenny. Nada óbvio demais, mas ele se certificava de que nunca ficassem só eles dois juntos, esse tipo de coisa. No fundo, porém, tudo voltou ao normal.

Fiona estava com a cabeça baixa, catando bolinhas de lã da manga do seu cardigã, e o vestígio daquele rubor ainda estava no seu rosto.

— Jenny descobriu?

— Que eu tinha desmanchado com Conor? Seria difícil ela deixar de perceber.

— Que ele tinha estado interessado nela.

O rubor voltou a se intensificar.

— Acho que sim, na verdade. Quer dizer, no fundo, creio que ela sabia o tempo todo. Eu nunca lhe disse, e de modo algum Conor teria contado para ela. Nem Pat: ele é todo protetor e não teria querido deixá-la preocupada. Mas uma noite, umas duas semanas depois daquela história com Pat, Jenny entrou no meu quarto. Nós estávamos prontas para ir dormir; ela já estava de pijama. Simplesmente ficou ali parada, brincando com meus grampos de cabelo, prendendo-os na ponta dos dedos, esse tipo de coisa. Acabou que eu perguntei o que ela queria. E ela disse: "Sinto muito por você e Conor." Eu disse alguma coisa tipo: "Estou bem. Não estou ligando." Quer dizer, já fazia semanas, ela já tinha dito aquilo um monte de vezes. Eu não sabia aonde ela queria chegar. Mas ela disse: "Não, sério. Se foi por minha culpa... se eu pudesse ter feito alguma coisa de outro jeito... quero lhe pedir desculpas, só isso."

Fiona riu, um pequeno suspiro de ironia.

— Puxa, nós duas estávamos *morrendo* de constrangimento. Eu disse: "Não, não foi sua culpa. Por que seria culpa sua? Estou bem. Boa-noite." Eu só queria que ela fosse embora. Por um segundo, achei que Jenny ia dizer mais alguma coisa. Por isso, enfiei a cabeça no guarda-roupa e comecei a remexer nas roupas, como se estivesse tirando o que ia usar no dia seguinte. Quando olhei de novo, Jenny tinha ido embora. Nunca mais falamos sobre esse assunto, mas foi por isso que achei que ela sabia. De Conor.

— E ela estava preocupada com a possibilidade de você achar que ela estava dando corda para ele — disse eu. — Você achava?

— Eu nem mesmo cheguei a pensar nisso. — Fiona viu o ar de questionamento nas minhas sobrancelhas e desviou os olhos. — Bem, quer dizer, cheguei a pensar, mas nunca a culpei por... Jenny gostava de flertar. Gostava de receber atenções dos caras. Estava com 18 anos, é claro que gostava. Acho que ela não incentivou Conor, exatamente, mas acho que sabia que ele estava a fim dela. E acho que gostava de saber. Só isso.

— Você acha que ela fez alguma coisa a respeito? — perguntei.

Fiona levantou a cabeça de repente e olhou firme para mim.

— Tipo o quê? Dizer para ele se esquecer dela? Ou *ficar* com ele?

— Qualquer uma das alternativas — respondi em tom neutro.

— Ela estava namorando *Pat!* Um namoro sério, não brincadeirinha de criança. Eles estavam *apaixonados*. E Jenny não é do tipo de trair... Você está falando da minha *irmã*.

Levantei as mãos.

– Nem por um segundo estou duvidando que eles estivessem apaixonados. Mas uma adolescente, que está começando a se dar conta de que vai passar o resto da vida com o mesmo cara, poderia entrar em pânico, achar que precisava daquele instante com outro cara, antes de se acomodar. Isso não faria dela uma piranha.

Fiona fez que não, com o cabelo voando.

– Você não está entendendo. Quando Jenny faz alguma coisa, ela faz *direito*. Mesmo que não fosse louca por Pat, o que ela era, ela nunca ia enganar ninguém. Nem mesmo um beijo.

Fiona estava dizendo a verdade, mas isso não queria dizer que ela estava certa. Uma vez que a cabeça de Conor tivesse começado a se soltar das amarras, um beijo do passado poderia ter se transformado num milhão de possibilidades maravilhosas, acenando logo ali, fora do seu alcance.

– Muito bem – disse eu. – E o que me diz de Jenny enfrentar Conor? Ela teria feito isso?

– Acho que não. Quer dizer, para quê? De que adiantaria? Teria só deixado todo mundo constrangido e talvez estragado a amizade entre Pat e Conor. Jenny não teria querido isso. Ela não gosta de dramalhão.

Richie serviu a água quente.

– Eu diria que Pat e Conor já estavam com uma amizade bem prejudicada, não? Quer dizer, mesmo que Pat não tivesse dado uns sopapos em Conor naquele dia, ele não era nenhum mártir. Não podia exatamente continuar a ser um bom amigo do outro, como se nada tivesse acontecido.

– Por que não? Não é como se Conor tivesse *feito* alguma coisa. Eles eram grandes amigos. Não iam deixar que uma coisa dessas destruísse tudo. Alguma parte disso tem...? Por quê...? Quer dizer, isso foi uns onze anos atrás.

Fiona estava começando a parecer desconfiada. Richie deu de ombros, jogando um saquinho de chá na lata do lixo.

– Só estou dizendo que eles deviam ser mesmo muito amigos, se conseguiram superar uma coisa dessas. Já tive bons amigos, eu mesmo, mas devo dizer que, se houvesse qualquer confusão desse tipo, eu não ia mais querer saber deles.

– Eles eram muito amigos. Nós todos éramos, mas Pat e Conor, com eles era diferente. Acho... – Richie entregou-lhe outra caneca de chá. Ela girou a colher, distraída. Estava concentrada, procurando as palavras certas. – Sempre achei que era por causa dos pais deles. O de Conor, como eu disse, não aparecia. E o pai de Pat morreu quando ele estava com uns 8 anos... Isso faz diferença. Para garotos, especialmente. Percebo alguma coisa diferente nos caras que tiveram que ser o homem da casa quando não passavam de garotos. Caras que precisaram ser responsáveis demais, cedo demais. Dá para ver.

Fiona olhou para o alto de relance. Nossos olhares se encontraram, e, por algum motivo, o dela se desviou, rápido demais.

— Seja como for — disse ela —, eles tinham isso em comum. Acho que fazia muita diferença para eles dois terem alguém por perto que compreendia. Às vezes, eles saíam para caminhar, só os dois... tipo, pela praia ou em outro lugar. Eu os observava. Às vezes, eles nem mesmo falavam. Só andavam, bem juntos, de modo que seus ombros praticamente se tocavam. Com o passo certo. Eles voltavam parecendo mais calmos, tranquilizados. Um fazia *bem* ao outro. Quando se tem um amigo desse tipo, faz-se de tudo para conservar a amizade.

A súbita e dolorosa explosão de inveja me pegou de surpresa. Eu era um solitário nos meus últimos anos na escola. Ter um amigo desse tipo poderia ter sido bom para mim.

— Certo, sem dúvida — disse Richie. — Eu sei que você disse que a faculdade atrapalhou as coisas, mas eu diria que foi necessário mais que isso para fazer essa turma se dissolver.

— É mesmo — respondeu Fiona, inesperadamente. — Acho que, quando você é adolescente, é menos... definido? Depois, fica mais velho e começa a decidir que tipo de pessoa você quer ser, e nem sempre essa pessoa combina com aquilo em que seus amigos estão se transformando.

— Sei o que está querendo dizer. Eu e meus colegas da escola ainda nos encontramos, mas metade de nós quer falar de shows e de Xbox, enquanto a outra metade quer falar sobre a cor de trecos para bebês. Montes de longos silêncios hoje em dia. — Richie se sentou com tranquilidade, passou uma caneca de café para mim e tomou um bom gole da dele. — E então, na sua turma, quem seguiu que caminho?

— De início, principalmente foram Mac e Ian. Eles queriam ser riquinhos, de cidade grande. Mac trabalha para um corretor de imóveis. Ian faz alguma coisa no setor de bancos, não tenho certeza do quê. Eles começaram a ir a todos os lugares mais na moda, como beber no Café en Seine e depois ir ao Lillie's, lugares desse tipo. Quando nós todos nos encontrávamos, Ian ficava dizendo quanto pagou por cada item de roupa que estava usando, e Mac podia contar *gritando* que alguma garota estava totalmente a fim dele na noite anterior e nada a fazia desgrudar dele; mas, como ele estava disposto a fazer uma caridade, resolveu lhe dar uma chance... Eles achavam que eu era uma idiota por querer fotografar. Principalmente, Mac. E ele não parava de me dizer que eu era idiota, que nunca ia ganhar dinheiro de verdade e que eu devia deixar de ser criança; que eu precisava comprar roupas razoáveis para poder ter uma chance de fisgar um cara que *cuidasse* de mim. E então a firma de Ian o mandou para Chicago, e Mac passava a maior parte do tempo em

Leitrim, vendendo apartamentos naqueles grandes empreendimentos por lá, de modo que perdemos o contato. Calculei...

Ela virou páginas no álbum, deu um sorrisinho triste para uma foto dos quatro rapazes fazendo biquinho de beijinho e simulando gestos de bandidos.

— Quer dizer, uma quantidade enorme de pessoas ficou assim durante a explosão de crescimento. Não é como se Mac e Ian estivessem fazendo o maior esforço para se tornarem babacas. Eles só estavam fazendo o que todos os outros faziam. Imaginei que eles acabariam por superar a fase. Até isso acontecer, a companhia deles não é agradável, mas eles ainda são boas pessoas no fundo. As pessoas que se conheceram quando todos eram adolescentes, aquelas que viram seu corte de cabelo mais ridículo e as coisas mais embaraçosas que você já fez na vida, e continuaram gostando de você depois daquilo tudo, elas não são substituíveis, sabia? Sempre achei que um dia voltaríamos a nos sintonizar. Agora, depois disso... não sei. — O sorriso tinha sumido.

— Conor não frequentava o Lillie's com eles? — perguntei.

Uma sombra momentânea de um sorriso passou pelo seu rosto.

— Meu Deus, não. Não era o estilo dele.

— Ele é mais do tipo solitário?

— Solitário, não. Quer dizer, ele podia estar ali no pub rindo tanto quanto todos nós, mas esse pub não seria o Lillie's. Conor tem um jeito firme. Ele nunca teve paciência para coisas da moda. Dizia que seguir a moda equivalia a deixar que outras pessoas tomassem a decisão no seu lugar, e ele tinha idade suficiente para tomar suas próprias decisões. Além disso, considerava uma idiotice essa competição para ver quem tinha o cartão de crédito com o limite mais alto. Ele disse isso para Ian e Mac, que eles estavam se transformando em dois carneirinhos, atingidos por morte cerebral. Eles não gostaram muito.

— Um rapaz revoltado — disse eu.

Fiona fez que não.

— Revoltado, não. Só... o que eu disse antes. Eles já não estavam sintonizados. E isso perturbava os três. E eles descontavam uns nos outros.

Se eu me detivesse mais em Conor, ela ia começar a se fazer perguntas.

— E Shona? Com quem ela parou de combinar?

— Shona... — Fiona deu de ombros, com eloquência. — Ela está em algum lugar por aí, uma versão feminina de Mac e Ian. Um monte de bronzeado artificial, um monte de roupas de marca, muitas amigas com bronzeado artificial e roupas de marca, e todas são implicantes. Não de vez em quando, como todo mundo é, mas o *tempo todo*. Quando nos encontrávamos, ela não parava de fazer comentários desdenhosos sobre o corte de cabelo de Conor, ou sobre minhas roupas, e fazia com que Mac e Ian rissem junto. Ela era engraçada, sempre foi, mas não costumava ser *ferina*. Então houve uma vez, alguns anos atrás, em que lhe enviei uma mensagem de texto para ver se ela queria tomar umas cervejas, como era normal, e ela simplesmente me respondeu dizendo que tinha ficado noiva. Nós nem tínhamos conhecido o namorado. Tudo o que sabíamos era que ele era montado na grana. E que ela morreria de vergonha se seu noivo chegasse a vê-la com alguém como eu; por isso, me disse para ficar de olho nas crônicas sociais para ver as fotos do seu casamento, tchauzinho! – Mais um dar de ombros, seco e encolhido. – *Ela*, não tenho certeza se um dia vai superar essa fase.

– E Pat e Jenny? – perguntei. – Eles também queriam ser gente sofisticada, da cidade?

A dor atravessou o rosto de Fiona, mas ela sacudiu depressa a cabeça e a espantou, estendendo a mão para pegar a caneca.

– Mais ou menos. Não como Ian e Mac, mas, sim, eles gostavam de ir aos lugares da moda, usar a roupa certa. Só que, com eles, o principal sempre foi o que um era para o outro. Casar, comprar casa, ter filhos.

– Na última vez que conversamos, você disse que você e Jenny se falavam todos os dias, mas que não se viam já havia algum tempo. Vocês também se afastaram. Foi por esse motivo? Porque ela e Pat estavam voltados para sua própria vibração doméstica, que não combinava com a sua?

Ela se encolheu.

– Parece horrível. Mas é, acho que foi isso. Quanto mais eles avançavam por esse caminho, mais se distanciavam do restante de nós. E quando Emma nasceu, eles só falavam em hora de dormir e em reservar matrícula para ela em escolas, e é claro que nós não sabíamos nada desse tipo de coisa.

– Como meu pessoal – disse Richie, concordando. – Troços de bebês e cortinas.

– É. No início, eles tinham como contratar uma babá e vir tomar umas cervejas, então pelo menos nós nos víamos, mas depois que se mudaram para Brianstown... De qualquer maneira, não sei ao certo se eles realmente queriam sair. Estavam ocupados com essa história de família e queriam fazer tudo certo. Não estavam a fim de encher a cara nos pubs e desabar em casa às três da manhã, não mais. Eles nos convidavam para ir à casa deles o tempo todo, mas com a distância e todo mundo cumprindo longos expedientes de trabalho...

– Ninguém conseguia ir lá. Já passei por isso. Quando foi a última vez que eles a convidaram, você se lembra?

– Há meses. Maio, junho. Depois de todas as vezes que eu não consegui vir, Jenny meio que desistiu. – As mãos de Fiona estavam começando a se crispar em torno da caneca. – Eu deveria ter me empenhado mais.

Richie discordou, tranquilo.

— Não há nenhum motivo pelo qual você deveria. Você estava cuidando da sua vida. Eles, da deles. Todo mundo feliz e contente. Eles eram felizes, não eram?

— É. Quer dizer, nos últimos meses, estavam preocupados com o dinheiro, mas eles sabiam que tudo ia dar certo no final. Jenny disse isso para mim umas duas vezes, que ela não ia se deixar ficar toda nervosa, porque sabia que eles iam sair bem dessa, de um modo ou de outro.

— E você achou que ela estava certa?

— Achei, sim. É assim que Jenny é: as coisas funcionam com ela. Algumas pessoas simplesmente são boas nessa história de viver. Elas acertam, mesmo sem pensar muito. Jenny sempre teve o talento.

Por um instante, vi Geri em sua cozinha com aromas apetitosos, examinando o trabalho de casa de Colm, rindo de uma piada de Phil e de olho na bola que Andrea estava quicando por ali. E então vi Dina, descabelada e com os dedos em garra, brigando comigo por nenhum motivo que ela pudesse chegar a identificar. Fiz o esforço de não olhar para meu relógio.

— Sei do que está falando — disse eu. — Eu teria sentido inveja disso. Você sentia?

Fiona pensou um pouco, enrolando o cabelo no dedo.

— Quando éramos mais novas, pode ser. É provável. Sabe quando se é adolescente e ninguém tem noção do que está fazendo? Jenny e Pat sempre souberam o que estavam fazendo. Vai ver que foi essa uma das razões para eu namorar Conor. Eu tinha esperança de ser desse jeito, se fizesse as mesmas coisas que Jenny fazia. Ter certeza das coisas. Eu teria gostado disso. — Ela desenrolou a mecha de cabelo e ficou olhando para ela, torcendo-a para pegar a luz e ficar na sombra. Suas unhas estavam roídas até o sabugo. — Mas... depois que crescemos, não. Eu não queria a vida de Jenny: o trabalho em relações públicas, o casamento tão cedo na vida, os filhos logo em seguida... nada disso. Só que às vezes eu até *desejava* querer aquilo. Teria tornado a vida bem mais simples. Isso faz sentido?

— Claro que faz — disse eu. Na realidade, parecia a choramingação de algum adolescente, *Bem que eu queria fazer as coisas como todo mundo, mas é que sou muito diferente*. Não deixei transparecer o toque de irritação. — E as roupas de marcas famosas? As férias caras? Deve ter doído ver Jenny curtir tudo isso enquanto você não conseguia avançar, dividindo um apartamento e contando as moedas.

Ela fez que não.

— Eu só ia parecer idiota em roupas de marcas famosas. Não sou tão louca assim por dinheiro.

— Ora, srta. Rafferty. Todo mundo quer dinheiro. Não é nada de que se envergonhar.

— Bem, não quero ficar *dura*. Só que o dinheiro não é o que há de mais importante no meu universo inteiro. O que eu quero é ser uma fotógrafa realmente boa. Tão boa que eu não precisaria tentar explicar nada sobre Pat e Jenny, ou sobre Pat e Conor. Era só eu mostrar minhas fotos, e vocês veriam. Se isso me custar alguns anos de trabalho no Pierre's por um salário ridículo enquanto estou aprendendo, tudo bem, é justo. Meu apartamento é legal, meu carro funciona, saio todos os fins de semana. Por que eu ia querer mais dinheiro?

— Mas não era assim que o resto da turma pensava – disse Richie.

— Conor pensa desse jeito, mais ou menos. Ele realmente não liga tanto assim para o dinheiro. Ele faz web design e realmente gosta do que faz. Diz que daqui a cem anos será uma das grandes manifestações da arte. Por isso, ele até trabalharia de graça se fosse alguma coisa que despertasse seu interesse. Mas os outros... não. Eles nunca entenderam. Achavam... creio que até mesmo Jenny achava... que eu estava sendo imatura e que, mais cedo ou mais tarde, ia me tocar.

— Devia ser enlouquecedor. Seus amigos mais antigos, sua própria irmã, todos achando que tudo o que você queria não valia nada.

Fiona suspirou e passou os dedos pelo cabelo, tentando encontrar as palavras certas.

— No fundo, não. Quer dizer, tenho muitos amigos que entendem. A turma do passado... sim, eu gostaria que estivéssemos na mesma sintonia, mas eu não os culpava. Tudo nos jornais, nas revistas, no noticiário... era como se você fosse um deficiente ou uma aberração, se simplesmente quisesse se sentir bem e trabalhar no que gosta. Você não devia pensar desse jeito. Só podia pensar em enriquecer e comprar imóveis. No fundo, eu não podia me irritar com os outros por eles agirem exatamente como se esperava que agissem.

Ela passou a mão pelo álbum.

— Foi por isso que nos afastamos. Não foi a diferença de idade. Pat e Jenny, Ian, Mac e Shona estavam todos fazendo o que se esperava deles. De modos diferentes, tanto que eles também se afastaram; mas todos queriam o que se esperava que quisessem. Conor e eu queríamos alguma coisa diferente. Os outros não conseguiam entender. E, na realidade, nós também não os entendíamos. E foi assim que tudo terminou.

Ela virou as páginas de volta para a foto dos sete na mureta. Não havia rancor na sua voz, só uma espécie de tristeza confusa e assombrada, diante de como a vida pode ser estranha, e definitiva.

— É óbvio que Pat e Conor conseguiram permanecer amigos, não é? Se Pat escolheu Conor para ser padrinho de Emma. Ou essa escolha foi de Jenny?

— Não! Foi de Pat. Eu lhe disse, eles eram grandes amigos. Conor foi padrinho de casamento de Pat. Eles continuaram amigos.

Até o momento em que alguma coisa mudou, e eles já não eram tão amigos.

– Ele era um bom padrinho para Emma?

– Era. Era ótimo. – Fiona sorriu, olhando para o garoto desengonçado na foto. A ideia de contar para ela fez com que eu estremecesse. – Nós costumávamos levar as crianças ao zoológico juntos, ele e eu. E ele contava para Emma histórias sobre as aventuras malucas que os bichos viviam depois que o zoológico era fechado de noite... Uma vez ela perdeu seu ursinho, o que dormia na sua cama. E ficou arrasada. Conor lhe disse que o ursinho tinha ganho uma viagem de volta ao mundo, e ele comprou um monte de cartões-postais de lugares como o Suriname, Maurício e o Alasca. Nem mesmo sei onde ele os conseguiu. Imagino que tenha sido na internet. E ele recortava fotos de um ursinho como o dela e grudava nos cartões, e escrevia mensagens pelo ursinho, tipo "Hoje fui esquiar nesta montanha e depois tomei chocolate quente. Estou lhe mandando um abraço apertado, com amor, Benjy", e mandava esses cartões para ela pelo correio. Emma recebeu aqueles cartões todos os dias, até ficar vidrada por uma boneca nova e não se importar mais com o ursinho.

– Quando foi isso?

– Há uns três anos. Jack era só um bebê, portanto...

Aquela onda de dor atravessou de novo o rosto de Fiona.

– Quando foi a última vez que você esteve com Conor? – perguntei-lhe antes que ela começasse a pensar.

Houve uma súbita faísca de desconfiança nos seus olhos. A concha segura da concentração estava começando a se fragilizar. Ela sabia que alguma coisa estava acontecendo, mesmo que não pudesse identificar o quê. Recostou-se na cadeira e cruzou os braços diante da cintura.

– Não tenho certeza. Faz um tempo. Acho que uns dois anos.

– Ele não veio à festa de aniversário de Emma, em abril?

A tensão nos seus ombros aumentou um pouco.

– Não.

– Por que não?

– Acho que ele não conseguiu.

– Você acabou de nos dizer que Conor se dispunha a ter muito trabalho para agradar à afilhada. Por que ele não se esforçaria para vir à festa de aniversário?

– Pergunte para ele – disse Fiona, dando de ombros. – Eu não sei.

Ela estava novamente catando bolinhas na manga do pulôver, sem olhar para nenhum de nós dois. Eu me recostei, procurei uma posição mais confortável e esperei.

Demorou alguns minutos. Fiona olhou de relance para seu relógio e arrancou fragmentos de lanugem, até se dar conta de que nós podíamos esperar mais do que ela.

— Acho – disse ela, finalmente –, que pode ser que eles tenham tido algum tipo de discussão.

Assenti.

— Discussão sobre o quê? – perguntei.

Um dar de ombros contrafeito.

— Quando Jenny e Pat compraram a casa, Conor achou que eles estavam loucos. Eu também achei, mas eles não queriam saber disso e eu tentei falar umas duas vezes e calei minha boca. Quer dizer, mesmo que eu não tivesse certeza de que funcionaria, eles estavam felizes, de modo que eu quis me sentir feliz por eles.

— Mas Conor não se calou. Por que não?

— Ele não é muito bom nessa história de ficar de bico calado, só fazendo que sim e sorrindo, mesmo quando essa é a melhor atitude possível. Ele acha que é uma hipocrisia. Se ele considerar uma ideia um lixo, vai dizer que a ideia é um lixo.

— E isso irritou Pat, ou Jenny? Ou os dois?

— Os dois. Eles não paravam de dizer: "De que outro modo a gente vai conseguir entrar na corrida imobiliária? De que outro modo vamos conseguir comprar uma casa de tamanho razoável com um jardim para as crianças? É um investimento brilhante. Em alguns anos vai valer tanto que vamos poder vendê-la e comprar alguma coisa em Dublin, mas por ora... Se fôssemos milionários, aí sim, compraríamos uma casa maravilhosa em Monkstown, de cara, mas não somos. Então, a menos que Conor queira nos emprestar algumas centenas de milhares de euros, é isso aqui que vamos comprar." Eles ficaram realmente chateados por ele não apoiar a ideia. Jenny repetia o tempo todo: "Não quero ficar ouvindo todo esse pessimismo. Se todo mundo pensasse assim, o país estaria arruinado. Queremos nos cercar de otimismo..." Ela estava realmente contrariada. Jenny é uma grande defensora da atitude mental positiva. Ela achava que Conor destruiria tudo se eles continuassem a lhe dar ouvidos. Não sei dos detalhes, mas acho que no final houve algum tipo de explosão violenta. Depois disso, Conor nunca estava por lá, e eles não o mencionavam. Por quê? Que diferença faz?

— Conor ainda era apaixonado por Jenny? – perguntei.

Essa era a pergunta de um milhão de dólares, mas Fiona só olhou para mim, como se eu não tivesse ouvido uma palavra do que ela dissera.

— Isso foi há séculos. História de criança, pelo amor de Deus.

— Histórias de criança podem ser muito fortes. Existe um monte de gente por aí que nunca se esqueceu do primeiro amor. Você acha que Conor era um desses?

— Não faço a menor ideia. Você teria de perguntar a ele.

— E você? – perguntei. – Ainda sente alguma coisa por ele?

Eu tinha esperado que ela me respondesse de modo abrupto, mas ela ficou pensando, com a cabeça inclinada sobre o rosto dele no álbum, os dedos enredados de novo no cabelo.

— Depende do que você quer dizer por sentir – disse ela. – Sinto falta dele, sim. Às vezes, penso nele. Fomos amigos desde quando eu tinha 11 anos. Isso é importante. Mas não morro de saudades e me debulho pelo cara que se foi. Não quero voltar a ter nada com ele. Se é isso o que vocês queriam saber.

— Não lhe ocorreu continuar em contato com ele depois da desavença dele com Pat e Jenny? Afinal de contas, parece que você tinha mais em comum com ele do que eles dois.

— Pensei nisso, sim. Deixei passar um tempo, para a eventualidade de Conor precisar se acalmar. Eu não queria me intrometer em nada. Mas aí liguei para ele umas duas vezes. Ele não retornou minhas ligações, por isso não insisti. Como eu disse, ele não era o centro do meu mundo, nem nada disso. Calculei que, da mesma forma que aconteceria com Mac e Ian, nós voltaríamos a nos encontrar mais adiante.

Não era nem nesse lugar nem desse modo que ela teria imaginado a reunião.

— Obrigado – disse eu. – Tudo isso pode ser útil.

Estendi a mão para pegar o álbum, mas a mão de Fiona se estendeu para me impedir.

— Posso... só um segundo...?

Recuei e deixei que ela ficasse com ele. Ela puxou o álbum mais para perto, cercando-o com os antebraços. A sala estava em silêncio. Eu podia ouvir o chiado leve do aquecimento central passando pelas paredes.

— Naquele verão – disse Fiona, com a voz quase inaudível. Estava com a cabeça inclinada sobre a foto, o cabelo fazendo uma cortina. – Nós rimos *tanto*. O sorvete... Havia um pequeno quiosque de sorvete bem perto da praia. Nossos pais já iam lá quando eram pequenos. Naquele verão o proprietário disse que ia subir o aluguel para um valor astronômico, tão alto que o sorveteiro não teria nenhuma condição de pagar. É que o proprietário queria forçá-lo a sair dali para poder vender o terreno para a construção, sei lá, de escritórios, apartamentos ou alguma coisa. Todo mundo nas redondezas ficou *indignado*. Era como se o lugar fosse uma referência, sabe? Crianças tomaram seu primeiro sorvete ali, adolescentes marcaram seu primeiro encontro ali... Pat e Conor tiveram uma ideia. "Só tem um jeito para ele conseguir se manter em atividade. Vamos ver quanto sorvete a gente consegue consumir." Naquele verão, tomamos sorvete todo santo dia. Era como uma missão. Nós mal acabávamos de tomar uma remessa, e Pat e Conor sumiam para voltar com *mais um* punhado de casquinhas, e nós todos gritávamos para eles não chegarem perto de nós com elas. Eles morriam de rir e diziam: "Andem, vocês têm de colaborar. É pela causa. Vamos nos voltar contra o sistema..." Jenny não parava de dizer que ia se transformar numa enorme bola de banha e Pat ia se arrepender daquilo tudo, mas ela tomava o sorvete do mesmo jeito. Nós todos tomávamos.

A ponta do seu dedo roçou na foto, detendo-se no ombro de Pat, no cabelo de Jenny, vindo pousar na camiseta de Conor.

– "Eu vou à JoJo's" – disse ela, com uma risada triste, sussurrada.

Por um segundo, Richie e eu prendemos a respiração.

– JoJo's era a sorveteria, certo? – perguntou Richie, então, tranquilo.

– Era. O cara distribuiu esses distintivos naquele verão para você poder mostrar que o apoiava. "Eu vou à JoJo's" e a imagem de um sorvete de casquinha. Metade de Monkstown usava esses distintivos, velhinhas e tudo o mais. Uma vez nós vimos um *padre* com um deles. – Seu dedo se mexeu, afastando-se de um ponto claro na camiseta de Conor. Era pequeno e fora de foco o suficiente para nós não termos olhado duas vezes. Cada camiseta e blusa colorida tinha um em algum lugar, no peito, na gola, na manga.

Curvei-me para remexer na caixa de papelão, tirei o saquinho plástico de provas que continha o distintivo enferrujado que tínhamos encontrado escondido na gaveta de Jenny. Passei-o para o outro lado da mesa.

– Este é um daqueles distintivos?

– Ai, meu Deus – disse Fiona, baixinho. – Meu Deus, ora vejam só. – Ela inclinou o distintivo para a luz, procurando ver a imagem através do desgaste e do pó de colher impressões digitais que não tinha dado nenhum resultado. – É, sim. Esse é de Pat ou de Jenny?

– Não sabemos. Qual deles teria tido maior probabilidade de guardá-lo?

– Não tenho certeza. Eu teria dito que nenhum dos dois, na verdade. Jenny não gosta de acumular coisas, e Pat não chega a ser tão sentimental assim. Ele é mais prático. É capaz de fazer coisas, como no caso dos sorvetes, mas não guardaria o distintivo só como lembrança. Talvez ele pudesse ter se esquecido dele com um monte de outras coisas... Onde estava?

– Na casa – disse eu. Estendi a mão para pegar o saquinho, mas Fiona não o largou, com os dedos apertando o distintivo através do plástico grosso.

– Como... Por que vocês precisam dele? Ele tem alguma coisa a ver com...?

– Nas primeiras etapas, temos de partir do pressuposto de que qualquer coisa esteja relacionada ao caso.

Antes que ela pudesse fazer mais pressão, Richie fez uma pergunta:

– A campanha funcionou? Vocês conseguiram livrar JoJo do senhorio?

Fiona fez que não.

— Meu Deus, não. Ele morava em Howth ou algum lugar desse tipo. Para ele, não fazia diferença se Monkstown inteira estava enfiando alfinetes num boneco dele para algum vodu. E mesmo que tivéssemos tomado sorvete até cairmos mortos com um ataque cardíaco, JoJo não teria conseguido pagar o que o cara estava pedindo. Acho que sabíamos disso o tempo todo, que ele ia perder. Nós só queríamos... – Ela virou o saquinho nas mãos. – Aquele foi o verão antes de Pat, Jenny e Conor entrarem para a faculdade. Bem no fundo, nós também sabíamos isso: que tudo ia começar a mudar quando eles se fossem. Acho que Pat e Conor começaram tudo aquilo porque queriam tornar aquele verão especial. Era o último. Acho que eles queriam que todos nós tivéssemos alguma coisa boa para ver em retrospectiva. Histórias bobas para contar anos mais adiante. Coisas das quais pudéssemos dizer: "Você se lembra...?"

Ela nunca mais diria isso a respeito daquele verão.

— Você ainda tem o seu distintivo da JoJo's? – perguntei.

— Não sei. Pode ser que tenha em algum lugar. Tenho um monte de coisas em caixas no sótão da minha mãe. Detesto jogar coisas fora. Mas não vejo o meu há anos. Há séculos. – Ela alisou o plástico por cima do distintivo por um instante e então o estendeu para mim. – Quando vocês tiverem terminado, se Jenny não quiser ficar com ele, eu poderia?

— Tenho certeza de que podemos arrumar um jeito.

— Obrigada – disse Fiona. – Eu gostaria muito. – Ela inspirou, tentando voltar de algum lugar envolto no calor do sol e cheio de risos incontroláveis, e olhou para o relógio. – Preciso ir. É só...? Tem mais alguma coisa?

Os olhos de Richie toparam com os meus, com um ar de interrogação.

Nós íamos precisar conversar com Fiona novamente. Precisávamos que Richie continuasse a ser o bonzinho, o cara digno de confiança que não pisava em cada ferida dela.

— Srta. Rafferty – disse eu, baixinho, apoiando-me nos cotovelos –, há uma coisa que preciso lhe dizer.

Ela ficou congelada. A expressão nos seus olhos era de terror: *Ai, meu Deus. Não aguento mais.*

— O homem que está detido – disse eu – é Conor Brennan.

Fiona arregalou os olhos. Quando conseguiu falar, estava arfando.

— Não. Espera aí. *Conor? O quê?...* Detido *por que motivo?*

— Nós o detivemos pela agressão à sua irmã e pelo assassinato dos membros da família.

As mãos de Fiona saltaram. Por um segundo achei que ela ia cobrir as orelhas com elas, mas ela voltou a pô-las sobre a mesa, fazendo pressão.

— Não foi Conor – disse ela, categórica e dura como tijolo batendo em pedra.

Estava tão segura a respeito de Conor, quanto tinha estado acerca de Pat. E precisava estar. Se qualquer um dos dois tivesse feito aquilo, além do seu presente, seu passado se transformaria numa ruína mutilada, sangrenta. Toda aquela paisagem luminosa de sorvetes e brincadeiras da turma, risos estridentes numa mureta, sua primeira dança, seu primeiro drinque e seu primeiro beijo: tudo aquilo teria sido bombardeado, estaria vibrando de tanta radioatividade, seria intocável.

— Ele fez uma confissão completa – disse eu.

— Não me importo. Você... Que *porra* é essa? Por que você não me disse? Simplesmente me deixou ficar aqui sentada, falando nele, deixou que eu tagarelasse à vontade, na esperança de que eu dissesse alguma coisa que piorasse a situação para ele... É *nojento*. *Se* Conor chegou a confessar, deve ter sido só porque vocês confundiram a cabeça dele do mesmo jeito que confundiram a minha. *Não foi ele.* É uma *loucura*.

Boas garotas da classe média não falam desse jeito com detetives, mas Fiona estava furiosa demais para ter cautela. Tinha fechado as mãos em punhos sobre a mesa, e seu rosto parecia desbotado e friável, como uma concha ressecada na areia. Ela me deu vontade de fazer alguma coisa, qualquer coisa, quanto mais idiota, melhor: retirar tudo o que disse, empurrá-la porta afora, girar sua cadeira para a parede para eu não precisar ver seus olhos.

— Não se trata somente da confissão – disse eu. – Temos provas que lhe dão sustentação. Sinto muito.

— Que tipo de prova?

— Receio que não possamos entrar em detalhes. Mas não estamos falando de pequenas coincidências que poderiam ser descartadas com alguma explicação. Estamos falando de provas sólidas, irrefutáveis, incriminadoras. Comprovadas.

O rosto de Fiona fechou-se. Eu podia ver sua mente a mil.

— Certo – disse ela, dali a um minuto. Ela afastou de si a caneca, em cima da mesa, e se levantou. – Preciso voltar para ficar com Jenny.

— Enquanto não houver uma acusação formal, não revelaremos o nome do senhor Brennan para a imprensa. Preferimos que você também não o mencione para ninguém. Isso inclui sua irmã.

— Eu não estava planejando contar mesmo. – Ela tirou o casaco do encosto da cadeira e o vestiu. – Como é que eu saio daqui?

Abri a porta para ela.

— Nós nos manteremos em contato – disse eu, mas Fiona não olhou para mim. Seguiu depressa pelo corredor, com o queixo enfiado na gola como se já estivesse se protegendo do frio.

14

A sala de coordenação tinha quase se esvaziado; só estavam ali o atendente do telefone de denúncias e mais um par de detetives trabalhando até mais tarde, que ao me ver aumentaram a velocidade com que manuseavam os papéis.

– Acho que ela não teve nada a ver com o caso – disse Richie, sem rodeios, quando chegamos a nossas mesas. Ele estava todo preparado para defender sua posição.

– Bem, isso é um alívio – disse eu, dando-lhe um sorriso rápido. – Pelo menos, nisso estamos em sintonia. – Ele não retribuiu o sorriso. – Relaxa, Richie. Eu também acho que não foi ela. É verdade que sentia inveja de Jenny, mas, se fosse perder o controle, teria sido naquela época em que Jenny levava a vida perfeita e protegida, não agora que tudo estava desmoronando e Fiona podia dizer: "Eu bem que avisei." A menos que seu histórico de ligações apresente uma quantidade de chamadas para Conor, ou que sua vida financeira revele alguma dívida arrasadora, acho que podemos cortá-la da nossa lista.

– Mesmo que se fique sabendo que ela está falida, acredito nela – disse Richie. – Fiona não liga para dinheiro. E ela estava se esforçando ao máximo para nos dar todas as informações possíveis, mesmo quando aquilo a feria. Não importa quem tenha feito isso, ela quer que ele fique por trás das grades.

– Bem, ela queria, até descobrir que foi Conor Brennan. Se precisarmos conversar com ela outra vez, ela nem de longe vai ser tão solícita. – Puxei a cadeira para junto da mesa e peguei um formulário de relatório para o chefe. – E esse é mais um ponto a favor da sua inocência. Eu apostaria um bom dinheiro em que ela teve uma reação franca quando lhe contamos. A informação foi totalmente inesperada. Se ela estivesse por trás disso tudo, já teria entrado em pânico por conta de Conor, desde o momento em que soube que tínhamos detido alguém. E é claro que ela não ia querer nos levar na direção de Conor, dando-nos um motivo para o crime.

Richie estava copiando os números de telefone de Fiona no seu caderno.

– Não é um motivo tão forte assim.

— Ora, vamos. Amor não correspondido, com uma dose de humilhação para completar? Eu não poderia ter pedido um motivo melhor, se tivesse encomendado num catálogo.

— Eu poderia. Fiona achou que *talvez* Conor pudesse ter gostado de Jenny dez anos atrás. Para mim, isso não é um grande motivo.

— Ele gostava dela *agora*. Que outro significado você acha que o distintivo da Jojo's tinha? Jenny não teria guardado o dela, nem Pat o dele, mas aposto que eu conheço alguém que teria guardado. E um dia, quando estava passeando pela casa dos Spain, ele resolveu deixar um presentinho para Jenny, que sacana mais nojento. *Lembra-se de mim, daquele tempo em que tudo era lindo e sua vida não era essa merda de agora? Lembra-se de todos aqueles momentos felizes que passamos juntos? Você não sente falta de mim?*

Richie guardou o caderno no bolso e começou a folhear a pilha de relatórios na sua mesa, mas não os estava lendo.

— Mesmo assim, isso não indica que ele a matou. Pat é o cara ciumento. Ele já avisou Conor para não chegar perto de Jenny uma vez e deve estar se sentindo bastante inseguro agora. Se ele descobrisse que Conor estava deixando presentes para Jenny...

Mantive minha voz baixa.

— Mas o fato é que ele não descobriu, certo? Esse distintivo não estava jogado na cozinha, nem enfiado no fundo da garganta de Jenny. Estava escondido na gaveta dela, em local seguro.

— O distintivo, sim. Não sabemos que outras coisas Conor poderia ter deixado.

— É verdade. Mas quanto mais presentinhos ele deixasse para Jenny, mais fica parecendo que ele ainda era louco por ela. Isso é prova contra Conor. Não contra Pat.

— Só que Jenny deve ter sabido quem deixou aquele distintivo. Deve ter. Quantas pessoas teriam um distintivo da JoJo's e a ideia de deixá-lo para ela? E ela o guardou. Não importa qual fosse o sentimento de Conor por ela, não era simplesmente uma via de mão única. Não era como se ela estivesse jogando os presentes dele no lixo, e ele se descontrolou. É Pat quem teria se perturbado com o que estava acontecendo.

— Assim que o médico de Jenny reduzir a dose dos analgésicos — disse eu —, vamos precisar ter mais uma conversa com ela, descobrir exatamente qual foi a história. Ela pode não se lembrar daquela noite, mas não pode ter se esquecido do distintivo. — Pensei no rosto rasgado de Jenny, nos olhos arrasados, e me flagrei com a esperança de que Fiona convencesse os médicos a mantê-la totalmente dopada por um bom tempo.

Richie passava mais depressa pelas folhas dos relatórios.

— E Conor? Você estava pensando em fazer mais uma tentativa com ele hoje à noite?

Olhei no relógio. Já passava das oito.

— Não. Vamos deixá-lo de molho mais um pouco. Amanhã nós o enfrentamos com tudo o que temos.

Isso fez com que os joelhos de Richie começassem a chocalhar, por baixo da sua mesa.

— Vou dar uma ligada para Kieran — disse ele — antes de ir embora. Ver se ele descobriu mais alguma coisa nos sites de Pat. — Ele já estava apanhando o telefone.

— Eu faço isso — disse eu. — Você se encarrega do relatório para o chefe. — Empurrei o formulário para a mesa de Richie antes que ele pudesse questionar.

Mesmo àquela hora, Kieran pareceu realmente satisfeito de ouvir a minha voz.

— Cara-pálida! Eu estava mesmo pensando em você. Uma pergunta: eu sou o bom, ou eu sou demais?

Por um segundo, pensei que tentar imitar o tom brincalhão exigiria de mim mais energia do que eu tinha.

— Vou fazer um esforço e lhe dizer que você é demais. O que tem para mim?

— Você estaria corretíssimo. Para ser franco, quando recebi seu e-mail, fiquei pensando, é, certo, mesmo que o cara tenha levado suas questões de doninhas para outro lugar, a web é enorme. Como se espera que eu o descubra? Pesquisando "doninha" no Google? Mas você se lembra daquele endereço parcial que o software de recuperação revelou? O fórum de casa e jardinagem?

— Lembro. — Fiz um sinal para Richie. Ele deixou o formulário na mesa e rolou sua cadeira para perto da minha.

— Nós fizemos uma verificação naquele dia em que eu lhe contei: repassamos os dois últimos meses de postagens. O mais perto que conseguimos chegar de alguma emoção foi com dois caras no painel de discussão de faça-você-mesmo, numa competição acirrada sobre muros de pedra seca, não importa o que isso seja, o que francamente nem quero saber. Ninguém perseguia ninguém. Há uma boa chance de esse ser o fórum mais chato de todos os tempos. Ninguém era parecido com sua vítima, e ninguém tinha um nome parecido com "jenny-esfuziante". Por isso, nós passamos adiante. Mas aí recebi seu e-mail e tive uma iluminação: nós podíamos estar procurando pela coisa errada, na hora errada.

— Não foi Jenny que entrou no site. Foi Pat — disse eu.

— Na mosca. E não foi nos dois últimos meses também. Foi em junho. Sua última postagem no Wildwatcher foi no dia 13, certo? Se ele tentou mais algum lugar nas duas semanas posteriores, ainda não encontrei nada. Mas no dia 29 de junho ele aparece na seção de "Natureza e Fauna" do site de casa e jardinagem, mais uma vez com o nome de Pat-o-cara. Ele já tinha participado do site, mais ou menos havia um ano e meio... alguma coisa relacionada a um entupimento na privada... de modo que é provável que seja por isso que ele tenha se lembrado do site. Quer que eu lhe encaminhe o link?

— Por favor. Agora, se for possível.

— Repita agora do fundo do coração, cara-pálida: eu sou o bom?

— Você é demais. — O canto da boca de Richie estremeceu. Mostrei-lhe o dedo. Eu sabia que não ia sair impune usando aquele tipo de linguagem, mas não me importava.

— Adoro ouvir isso – disse Kieran. – Link já está seguindo. – E desligou.

O tópico de Pat no site de casa e jardinagem começava da mesma forma que o tópico no Wildwatcher: uma descrição dos fatos, rápida e bem organizada, o tipo de descrição que eu ficaria satisfeito de receber de qualquer um dos meus estagiários. No ponto em que a discussão do Wildwatcher tinha parado, porém, essa aqui continuava:

Procurei por excrementos, mas não tive sorte. A criatura deve estar saindo para fazer isso lá fora. Espalhei farinha para tentar obter marcas de pegadas, mas também não deu em nada. Quando subi lá de novo para checar, a farinha parecia borrada e espanada (posso anexar a foto se ajudar), mas nenhuma pegada. O único sinal físico que vi foi cerca de dez dias atrás, a criatura estava enlouquecida, por isso subi no sótão e bem debaixo do buraco estavam quatro hastes compridas com folhas ainda verdes (pareciam arrancadas de alguma planta mais para o lado da praia? não faço ideia de qual, sou da cidade) e um pedaço de madeira de 10 x 10 cm – com tinta verde descascando um pouco, como talvez um pedaço de tábua de algum barco. Não faço ideia de a) por que qualquer animal ia querer essa madeira; ou b) como ele a levou para o sótão, o buraco no beiral mal tem tamanho suficiente para isso. Nesse caso também posso anexar umas fotos, se for ajudar.

— Nós vimos esses trecos – disse Richie, baixinho. – No guarda-roupa dele. Lembra?

A lata de biscoitos, guardada na prateleira do guarda-roupa de Pat. Eu tinha considerado líquido e certo que se tratava de presentes das crianças, guardados por sua ternura.

— É – disse eu. – Eu me lembro.

Montei outra armadilha naquela noite com um pedaço de frango, mas não deu em nada. Algumas pessoas sugeriram que seja um vison, uma marta ou um arminho, mas todos esses pegariam o frango, certo? E por que eles estariam trazendo folhas e madeira aqui para dentro? Gostaria realmente de saber que animal está lá em cima.

Ele atraiu de imediato a atenção do grupo, exatamente como tinha atraído no Wildwatcher. Dentro de minutos, ele já tinha respostas. Alguém achou que o animal estava se mudando e trazendo toda a família: *O acúmulo de folhas e de madeira poderia indicar o comportamento de montar um ninho. Junho é tarde no ano para isso, mas nunca se sabe. Você verificou se mais algum material que sirva para ninhos foi acrescentado desde então?*

Outra pessoa achou que ele estava fazendo tempestade num copo d'água. *Se eu fosse você, eu não me preocuparia com isso. Caso se tratasse de um predador (em outras palavras, qualquer criatura perigosa), teria sido preciso que fosse um animal esperto o suficiente para evitar carne de graça. Não consigo imaginar nenhum animal que faça isso. Você já pensou em esquilos?? Camundongos?? Ou poderiam ser pássaros? Pegas? Ou talvez, como você está perto do mar, alguma ave como gaivotas??*

No dia seguinte, quando entrou de novo no fórum, Pat não parecia estar convencido. *Oi, é, poderiam ser esquilos, sim, mas devo dizer que, pelos barulhos, deve ser alguma coisa maior. Não considero esse ponto definido, porque a acústica na casa é realmente estranha (alguém pode estar na outra ponta da casa e parecer que está bem ao seu lado), mas, quando ele está pisando forte lá em cima, parece mais ser do tamanho de um texugo, para ser franco. Sei que um texugo não teria como subir lá, mas decididamente é maior que um esquilo ou uma pega e muito maior que um camundongo. Não me agrada muito a ideia de ter em casa um predador esperto demais para cair em armadilhas. Também não me agrada a ideia de ele fazer um ninho lá em cima. Não subo lá há algum tempo, mas acho que vou precisar dar uma verificada.*

O cara que tinha sugerido camundongos ainda não estava impressionado. *Você mesmo disse que a acústica é esquisita. Vai ver que ela só está amplificando os ruídos de uns dois camundongos ou coisa semelhante. Você não mora na África nem em nenhum lugar em que pudesse ser um leopardo ou sei lá o quê. Falando sério, continue com as ratoeiras, experimente tipos diferentes de isca e deixe para lá.*

Pat ainda estava online: *É, é isso o que minha mulher acha. Na verdade, ela acredita que provavelmente seja algum tipo de ave (pombos-torcazes?) porque bicadas explicariam as batidinhas. O problema é que ela ainda não ouviu nada – os barulhos são ou a) tarde da noite quando ela está dormindo (não tenho dormido muito bem ultimamente, por isso me encontro acordado fora de hora) ou b) quando ela está cozinhando e eu fico com as crianças lá em cima para não atrapalhar. Assim, ela não percebe como é alto e basicamente impressionante. Procuro não mencionar o assunto demais / nem lhe dar muita importância, porque não quero que ela fique assustada, mas isso está começando a me dar um pouco nos nervos, para ser franco. Não, não estou preocupado com a possibilidade de que* esse animal nos devore, mas seria um alívio enorme simplesmente saber do que se trata. Vou dar uma olhada no sótão e atualizo as informações o mais rápido possível. Sou grato por toda e qualquer recomendação.

Os estagiários estavam encerrando o expediente, cuidando de fazer o barulho exatamente suficiente para eu perceber como tinham trabalhado até tarde.

— Boa-noite, detetives — disse um deles, quando estavam quase saindo pela porta.

— Bom descanso, nos vemos amanhã — respondeu Richie, automaticamente. Eu levantei uma das mãos e continuei a rolar a tela.

Já era tarde da noite no dia seguinte, quase meia-noite, quando Pat voltou a aparecer online. *OK, subi no sótão e fiz uma inspeção. Nenhum outro material para fazer ninhos nem nada desse tipo. A única coisa é que uma das vigas do telhado está toda coberta com o que parecem ser marcas de garras. Preciso admitir que estou meio apavorado porque elas parecem ser de alguma criatura bem grande. O caso é que não sei bem se eu já tinha inspecionado aquela viga (ela fica longe, mais para o canto dos fundos), de modo que essas marcas podiam estar nela há séculos, mesmo antes de nos mudarmos para cá... pelo menos é essa minha esperança!*

O cara que tinha sugerido que os materiais poderiam ser para a construção de um ninho estava de olho no tópico. Alguns minutos depois da mensagem de Pat, ele apresentou mais uma sugestão: *Suponho que você tenha um alçapão que leve ao sótão. Nessa situação eu deixaria o alçapão aberto, instalaria uma câmera Camcorder voltada para o alçapão e teclaria Record na hora em que fosse dormir ou antes que sua mulher começasse a preparar o jantar. Mais cedo ou mais tarde, o animal vai ficar curioso... e você vai ter imagens dele. Se ficar preocupado com a possibilidade de que ele desça para o corpo da casa e se torne perigoso, caso se sinta acuado, você poderia pregar tela de galinheiro no vão do alçapão. Espero que isso ajude.*

Pat voltou rápido e entusiasmado: só a ideia de poder ver o animal tinha levantado seu ânimo. *Ideia brilhante — milhões de obrigados! A esta altura, ele está nesse entra e sai há mais ou menos um mês e meio, por isso não estou muito preocupado com a possibilidade de ele, de repente, resolver atacar. Na realidade, não me importaria se ele atacasse porque aí eu poderia lhe dar uma lição. Se eu não conseguir derrotá-lo, mereço qualquer coisa que queira fazer comigo, certo?* Depois dessa frase ele inseriu três pequenos *emoticons*, rolando para lá e para cá, rindo. *Eu gostaria de dar uma boa olhada no bicho, não me importa como, só quero ver com o que estou lidando. Além disso, me pergunto se minha mulher não deveria ver também — se ela vir que não se trata de uma ave, calculo que vamos poder nos sintonizar e juntos decidir o que fazer. Também seria legal que ela não se preocupasse com a possibilidade de eu estar perdendo o pouco juízo que tenho! Uma Camcorder fica um pouco fora do meu orçamento no momento, mas nós temos uma babá eletrônica com vídeo que eu poderia instalar ali. Não posso acreditar que não pensei nisso antes. Na verdade é até melhor que uma Camcorder porque ela filma no escuro e não vou precisar deixar o alçapão aberto. Vou só instalar a câmera no sótão e pronto. Dou o monitor para minha mulher olhar enquanto faz o jantar e ficar torcendo. É capaz até de ela me deixar cozinhar pelo menos uma vez!! Deseje-nos boa sorte!* E uma carinha amarela sorridente, acenando.

– "Perdendo o pouco juízo que tenho" – disse Richie.

– É um jeito de falar, meu filho. Esse cara manteve o controle quando seu melhor amigo se apaixonou por sua então futura *mulher*: lidou com a situação, sem drama, com a maior frieza. Você acha que ele ia ter um colapso nervoso por causa de um *vison*? – Roendo a caneta, Richie não respondeu.

E por umas duas semanas foi só essa a participação de Pat. Alguns dos membros constantes do fórum queriam notícias, houve algumas mensagens queixosas sobre desconhecidos que vinham à procura de ajuda e nunca agradeciam, e o tópico foi sendo abandonado.

No dia 14 de julho, porém, Pat estava de volta, e as coisas tinham se agravado um pouco. *Olá, pessoal, eu de novo, realmente preciso de ajuda aqui. Só para vocês ficarem a par, estou tentando com a babá eletrônica, mas até agora nenhum resultado. Tentei fazer com que ela pegasse partes diferentes do sótão, e nada. Sei que o animal não se foi porque ainda o ouço quase todos os dias/noites. O barulho está ficando mais alto – acho que ele está mais confiante ou então pode ser que tenha crescido de tamanho. Minha mulher ainda não o ouviu NEM UMA VEZ. Se eu fosse impressionável, juraria que a criatura espera de propósito que minha mulher não esteja por perto.*

Seja como for, hoje de tarde, subi no sótão para ver se havia mais folhas/madeira/qualquer coisa, e num canto encontrei quatro esqueletos de animais. Não sou especialista, mas me pareceram ratos ou talvez esquilos. Sem cabeça. A loucura é que eles estavam alinhados muito direitinho, como se alguém os tivesse disposto daquele jeito para eu encontrar. Sei que parece maluquice, mas juro que foi essa a impressão. Não quero dizer nada para minha mulher para não deixá-la apavorada, mas, pessoal, acho que se trata, SIM, de um predador e eu PRECISO descobrir de que tipo.

Dessa vez, os frequentadores do fórum foram unânimes: a questão estava fora do alcance de Pat, ele precisava chamar um profissional, e rápido. As pessoas informaram links para serviços de desratização e desinfestação e, de modo menos solidário, para reportagens sensacionalistas em que crianças pequenas tinham sido mutiladas ou mortas de modo inesperado por animais silvestres. Pat pareceu meio relutante (*Eu tinha um pouco de esperança de poder resolver isso por mim mesmo – não gosto da ideia de chamar pessoas para consertar coisas com que eu mesmo deveria poder lidar*), mas no final ele agradeceu a todos e partiu para ligar para os profissionais.

– Nem tanta frieza assim – disse Richie. Não lhe dei atenção.

Três dias mais tarde, Pat estava de volta. *OK, o cara da desratização veio aqui hoje de manhã. Deu uma olhada nos esqueletos e disse que não tem como me ajudar, o animal de maior tamanho com que ele lida são ratos e de jeito nenhum aquilo poderia ter sido obra de um rato, ratos não enfileiram corpos daquele jeito, ratos não arrancam a cabeça de um esquilo e deixam o resto – ele tem bastante certeza de que todos os 4 esqueletos são de esquilos. Nunca viu nada parecido, foi o que ele disse. Disse também que podia ser um vison ou talvez algum animal de estimação exótico do qual algum idiota precisou se livrar e soltou no mato. Possivelmente algum bicho como um lince ou até mesmo um carcaju. Ele disse que eu ficaria espantado como esses caras conseguem passar por espaços minúsculos. Disse também que talvez especialistas pudessem lidar com ele, mas não estou a fim de gastar uma grana para que outra pessoa venha até aqui me dizer que o problema também não é da sua alçada. Além disso, a esta altura estou começando a ter uma sensação de que isso é pessoal: esta casa não tem tamanho suficiente para nós dois!!* As carinhas mais uma vez, rolando e rindo.

Por isso, estou procurando por ideias de como pegá-lo numa armadilha/expulsá-lo da casa/o que usar como isca/como mostrar para minha mulher uma prova de que ele existe. Anteontem à noite achei que tinha essa prova. Estava dando banho no meu filho e a criatura começou a fazer alguma coisa louca acima da nossa cabeça. De início, só alguns arranhões, mas aos poucos o negócio foi aumentando até parecer que ele estava girando em círculos para tentar abrir um buraco ou coisa semelhante no teto. Meu filho ouviu também e quis saber o que era. Eu lhe disse que era um camundongo. Nunca minto para ele normalmente, mas ele estava ficando assustado, e o que se esperava que eu dissesse?? Desci correndo para buscar minha mulher para ouvir o barulho; mas, quando voltamos para o andar superior, ele tinha parado totalmente, nem mais um pio do sacana a noite inteira. Juro por Deus que parecia que ele sabia. Pessoal, estou precisando de AJUDA nesse caso. Essa coisa está assustando meu filho dentro da nossa própria casa. Minha mulher olhou para mim como se eu fosse algum miolo mole. Preciso pegar esse filho da mãe.

O desespero emanava da tela, vapores quentes como os do asfalto debaixo de um sol escaldante. Esse cheiro afetou os participantes do fórum, tornando-os inquietos e agressivos. Eles começaram a espicaçar Pat: ele tinha mostrado os esqueletos à mulher? O que ela estava achando do bicho agora? Ele sabia como os carcajus são perigosos? Ele ia ou não ia contratar o especialista? Ia acabar usando veneno? Ia tampar o buraco no beiral? O que ia fazer em seguida?

Eles – ou, com maior probabilidade, todas as outras coisas na sua vida que o estavam encurralando – começaram a atingir Pat: aquela tranquilidade neutra estava se esgarçando pelas bordas. *Respondendo a suas perguntas: não, minha mulher não sabe dos esqueletos. Marquei a visita do cara da desratização para uma hora em que ela estivesse fazendo compras com as crianças e o cara levou junto os esqueletos. Não posso falar por vocês, mas acho que é minha função cuidar da minha mulher, não deixá-la apavorada. Uma coisa é ela ouvir uns arranhões; outra muito diferente é mostrar-lhe esqueletos sem cabeça. Assim que eu puser minhas mãos nessa criatura, é claro que vou contar tudo para ela. Não fico exatamente feliz com ela achar que estou ficando maluco nesse meio-tempo, mas prefiro isso a que ela se sinta apavorada cada vez que precisar ficar sozinha em casa. Espero que vcs concordem com isso, mas, se não concordarem, não estou nem aí.*

Quanto a especialistas etc.: ainda não me decidi, mas não estou planejando tampar o buraco, nem estou planejando usar veneno. Desculpem, se isso é o que vocês aconselhariam, mas novamente não estou nem aí. Sou eu quem está vivendo a situação e VOU descobrir que bicho é e vou ensiná-lo a não se meter com minha família. DEPOIS, ele pode se mandar e morrer onde quiser, mas até essa hora não quero me arriscar a perdê-lo. Se vcs tiverem alguma ideia que me ajude de fato, por favor, não deixem de mandá-la. Eu adoraria ouvi-la, mas se vcs só estão aqui para me criticar por não ter conseguido controlar a situação, então vão sifu. Para todos os que não estão me derrubando, obrigado, mais uma vez. Vou mantê-los a par dos acontecimentos.

A essa altura, alguém com umas duas mil postagens no fórum disse: *Pessoal. Não alimentem o* troll.

– O que é um *troll*? – perguntou Richie.

– Está falando sério? Puxa, você nunca esteve na internet? Achei que você fosse da geração conectada.

– Eu compro música online – disse ele, dando de ombros. – Fiz umas pesquisas algumas vezes. Mas fóruns de discussão: não. Gosto mais da vida real.

– A internet é a vida real, meu amigo. Todas essas pessoas aqui nesse fórum são tão reais como você e eu. Um *troll* é alguém que posta cascata para causar comoção. Esse cara acha que Pat está mentindo.

Uma vez que foi levantada a suspeita, ninguém quis ser tido como babaca. Pareceu que todos eles tinham se perguntado o tempo todo se Pat-o-Cara era um *troll*, um aspirante a escritor em busca de informação *(Lembra-se daquele cara no ano passado no fórum de Problemas Estruturais, com o quarto emparedado e o crânio humano? O conto apareceu no seu blog um mês depois?*

Fora daqui, troll.*)*, um vigarista com um esquema para ganhar dinheiro. No prazo de duas horas, o consenso era que, se Pat estivesse falando a verdade, ele teria usado veneno muito tempo atrás, e que, a qualquer momento, agora ele voltaria para comunicar que o animal misterioso tinha devorado seus filhos imaginários e pedir ajuda para pagar o enterro.

– Meu Deus – disse Richie. – Eles são meio agressivos.

– Esse tipo de coisa? Nem um pouco. Se você entrasse mais online, saberia que isso aqui não é nada. O que acontece por aí é como uma selva. As regras normais não se aplicam. Pessoas razoáveis e bem-educadas, que nunca levantam a voz em nenhuma circunstância, compram um modem e se transformam em Mel Gibson depois de umas tequilas. Em comparação com muita coisa que se vê por aí, esses caras estão sendo uns queridinhos.

Só que Pat tinha encarado aquilo da perspectiva de Richie: quando voltou, voltou uma fera. *Olha aqui seu bando de sacanas, eu NÃO SOU UM TROLL PORRA NENHUMA, OK???? Sei que vocês passam toda a sua vida neste fórum, mas eu realmente tenho uma VIDA de verdade. Se eu fosse querer perder tempo mexendo com a cabeça de alguém, não seria com a de vcs, seus fracassados. Só estou tentando lidar com o problema do QUE ESTÁ NO MEU SÓTÃO e se vcs, seus palermas, não podem me ajudar, VÃO SIFU.* E ele sumiu do fórum.

Richie assobiou baixinho.

– Isso aí – disse ele. – Isso não é só papo de internet. Como você disse, Pat era um cara equilibrado. Para ficar desse jeito – Richie mostrou a tela com a cabeça –, ele devia estar pirando.

– E tinha motivos para isso. Alguma coisa perigosa estava dentro da sua casa, assustando sua família. E para onde quer que ele se voltasse, as pessoas se recusavam a ajudá-lo. O fórum Wildwatcher, o cara da desratização, esse fórum ali: todos eles praticamente disseram para ele ir catar coquinhos, que o problema não era deles. Ele só podia contar consigo mesmo. No lugar dele, acho que você também teria pirado.

– É. Pode ser. – Richie estendeu a mão para o teclado, com um olhar para mim pedindo permissão, e rolou para cima para reler. Quando terminou, falou com cuidado. – Quer dizer que ninguém além de Pat chegou a ouvir o bicho.

– Pat e Jack.

– Jack tinha 3 anos. Crianças dessa idade não estão na melhor fase para saber o que é real e o que não é.

– Então você concorda com Jenny – disse eu. – Você calcula que Pat estivesse imaginando a coisa toda.

– Esse cara, o Tom. Ele não juraria que um dia houve um animal no sótão.

Já passava das oito e meia. Mais adiante no corredor, o rádio da faxineira tocava música das paradas de sucessos, e ela estava cantando junto. Do lado de fora das janelas da sala de coordenação, o céu estava totalmente negro. Dina tinha sumido sem explicação havia quatro horas. Eu não tinha tempo para isso.

— E ele também não juraria que nunca houve. Mas você acha que de algum modo isso dá sustentação à sua tese de que Pat chacinou a própria família. Estou certo?

— Nós sabemos – disse Richie, escolhendo as palavras – que ele estava sofrendo muita pressão. Não há como ver de outro jeito. Pelo que ele diz aqui, parece que o casamento também não ia às mil maravilhas. Se ele estava tão mal a ponto de imaginar coisas... Sim, creio que isso teria tornado mais provável que ele pirasse de vez.

— Ele não imaginou aquelas folhas nem aquele pedaço de madeira que apareceram no sótão. A não ser que nós também tenhamos imaginado. Posso ter meus problemas, mas acho que ainda não estou tendo alucinações.

— Como os caras no fórum disseram, essas coisas poderiam ter sido trazidas por uma ave. Elas não são comprovação da presença de algum bicho maluco. Qualquer cara que não estivesse estressado pra caramba teria jogado aquilo tudo no lixo e deixado para lá.

— E os esqueletos de esquilos? Aquilo também foi uma ave? Não sou um perito em fauna, do mesmo modo que Pat não era, mas vou lhe dizer uma coisa: se nós tivermos neste país uma ave que decapite esquilos, coma a carne e enfileire os restos, ninguém me contou.

Richie esfregou a nuca e ficou olhando meu protetor de tela formar lentos desenhos geométricos em espirais.

— Nós não vimos os esqueletos – disse ele. – Pat não os guardou. As folhas, sim; os esqueletos, a parte que teria de fato provado que havia alguma criatura perigosa lá em cima, não.

A onda de irritação fez com que meu maxilar se retesasse por um segundo.

— Ora, meu filho. Não sei o que você guarda no seu apartamento de solteiro, mas lhe garanto que um homem casado que disser à mulher que quer guardar esqueletos de esquilos no guarda-roupa está procurando sarna para se coçar e algumas noites dormindo no sofá. E as crianças? Você acha que ele queria que as crianças encontrassem esse tipo de coisa?

— Não sei *o que* o cara queria. Ele só fica falando que quer mostrar para a mulher que o bicho existe, mas quando consegue provas concretas, ele recua direto: ah, não, eu não poderia fazer isso, não ia querer deixá-la apavorada. Ele está louco para dar uma olhada no bicho, mas quando o camarada da desratização diz que ele devia chamar um especialista: ah, não, é jogar dinheiro fora. Ele está implorando que esse fórum o ajude a descobrir o que está lá em cima e oferece fotos da farinha no piso do sótão, fotos das folhas; mas, quando encontra os esqueletos, que até podiam ter tido marcas de dentes neles, não há uma palavra sobre fotos. Ele está agindo... – Richie olhou para mim de esguelha. – Pode ser que eu esteja errado, cara. Mas ele está agindo como se, no fundo, soubesse que não há nada lá em cima.

Por um segundo, tive a vontade forte e passageira de agarrá-lo pelo pescoço e empurrá-lo para longe do computador, dizer-lhe que voltasse para seu posto na Divisão de Veículos Automotivos, que eu cuidaria desse caso sozinho. Segundo os relatórios dos estagiários, Ian, o irmão de Pat, nunca tinha ouvido falar de animal algum. Nem seus antigos colegas de trabalho, os amigos que tinham vindo à festa de aniversário de Emma, as poucas pessoas com quem ele ainda trocava e-mails. Isso aqui explicava o motivo. Pat não conseguia se forçar a contar para eles, para a eventualidade de que eles reagissem como todos os demais, desde desconhecidos em fóruns de discussão até sua própria mulher; para a eventualidade de eles reagirem como Richie.

– Só uma pergunta, meu filho. De onde você acha que os esqueletos se materializaram? O cara da desratização os viu, lembra? Eles não existiram só na cabeça de Pat. Sei que você acha que Pat não estava batendo bem, mas você acredita realmente que ele estivesse arrancando cabeças de esquilos a dentadas?

– Eu não disse isso – retrucou Richie. – Mas também ninguém, a não ser Pat, viu o cara da desratização. Nós só temos aquela mensagem que nos diz que ele um dia chamou alguém. Você mesmo disse: as pessoas mentem na internet.

– Então, vamos encontrar o camarada da desratização. Vamos pegar um estagiário para localizá-lo. Que comece com os telefones que Pat pegou no painel de discussão. Se nenhum deles se confirmar, então será preciso verificar todas as empresas num raio de 160 km. – A ideia de um estagiário tomar conhecimento desse ângulo, mais um par de olhos indiferentes lendo todas aquelas postagens e mais um rosto assumindo a mesma expressão de Richie, retesou minha nuca novamente. – Ou, melhor ainda, nós mesmos fazemos isso. Amanhã de manhã bem cedo.

Richie tocou no meu mouse com um dedo e viu as postagens de Pat voltarem à vida.

– Seria bastante fácil descobrir – disse ele.

– Descobrir o quê?

– Se o animal existe. Umas duas câmeras de vídeo...

– Ah, câmeras de vídeo... E isso funcionou para Pat?

– Ele não tinha câmeras. As babás eletrônicas não gravam. Ele só podia capturar o que estava acontecendo no momento exato, quando tinha a oportunidade de estar de olho. Pegue uma câmera, ponha-a para gravar imagens daquele sótão 24 horas por dia... Dentro de alguns dias, se houver alguma coisa lá, nós deveríamos ter uma imagem dela.

Por algum motivo, a ideia me deu vontade de arrancar sua cabeça a dentadas.

– Vai dar uma impressão maravilhosa no formulário de requisição, não vai? – disse eu. – "Gostaríamos de solicitar um equipamento valioso do departamento e um técnico assoberbado de trabalho, para a hipótese remota de conseguirmos um relance de algum animal que, *quer ele exista, quer não*, não tem absolutamente nada a ver com nosso caso."

– O'Kelly disse, qualquer coisa de que precisássemos...

– Sei que ele disse. A requisição seria aprovada. Não é essa a questão. Você e eu temos uma quantidade de créditos com o chefe neste exato momento, e eu pessoalmente preferiria não gastar tudo de uma vez só para dar uma olhada num *vison*. Vá a uma droga de zoológico.

Richie empurrou a cadeira para trás e começou a dar voltas na sala de coordenação, inquieto.

– Eu preencho o formulário. Assim, só eu é que vou queimar meus créditos.

– Não. Não vai mesmo. Você vai fazer com que Pat pareça ser algum doido de pedra vendo gorilas cor-de-rosa na cozinha. Nós fizemos um acordo: nada de apontar o dedo para Pat enquanto não tivéssemos provas e somente se as tivéssemos.

Richie girou para me enfrentar, as duas mãos batendo no tampo da mesa de alguém, fazendo voar papéis.

– Como se espera que eu *consiga* provas? Se você pisa fundo no freio, sempre que eu começo a pesquisar alguma coisa que poderia levar a algum lugar... ?

– Acalme-se, detetive. E baixe sua voz. Você quer que Quigley venha aqui para descobrir o que está acontecendo?

– O acordo era que nós *investigássemos* Pat. Não que eu *mencionasse* de vez em quando investigar Pat, e você me derrubasse a cada vez. Se existem provas por aí, de que modo vou conseguir chegar a elas? Vamos, cara. Me diz aí. Como?

– O que você acha que estamos fazendo aqui? – perguntei, apontando para meu monitor. – Estamos investigando a droga do Pat Spain. Nós *não* o estamos chamando de suspeito para o mundo todo saber. Foi esse o acordo. Se você achar que não está sendo justo para seu lado...

– *Não.* Estou pouco me lixando se é justo para meu lado. Não me importo. Mas não é justo para com Conor Brennan.

A voz dele ainda estava subindo. Fiz com que a minha se mantivesse normal.

— Não? Não estou vendo de que modo uma câmera de vídeo poderia ajudá-lo. Digamos que a instalemos e não peguemos nada: como a ausência de lontras invalidaria a confissão de Brennan?

— Me diz uma coisa. Se você acredita em Pat, por que não é totalmente favorável às câmeras? Uma imagem de um vison, de um esquilo, até mesmo de um *rato* e você pode me mandar largar do seu pé. Você está igual a Pat, cara: dá a impressão de achar que não há nada lá em cima.

— Não, companheiro. Não mesmo. A impressão que eu dou é que não ligo a mínima se existe alguma coisa lá ou não. Se nós não pegarmos nada, o que isso prova? O animal poderia ter se assustado e fugido, poderia ter sido morto por um predador, poderia estar hibernando... Mesmo que nunca tivesse existido, isso não indica que Pat é culpado. Pode ser que os barulhos estivessem de algum modo relacionados a uma acomodação do terreno, ou aos encanamentos, e ele tivesse reagido de modo exagerado e atribuído um excesso de coisas a eles. Isso faria dele um cara estressado, o que nós já sabíamos. Não faria dele um assassino.

Richie não questionou esse raciocínio. Ele se encostou numa mesa, apertando os olhos com os dedos. Daí a um instante, ele respondeu, com a voz mais baixa:

— Já nos diria alguma coisa. É só isso que estou pedindo.

A discussão, o cansaço ou Dina fizeram a azia vir subindo até minha garganta. Tentei fazê-la voltar para o estômago sem uma careta.

— Está bem — disse eu. — Você preenche o formulário de requisição. Preciso ir, mas eu assino antes... melhor que os nomes de nós dois estejam nele. Não vá pedir nenhuma stripper.

— Estou dando o melhor de mim aqui — disse Richie para dentro das mãos. Havia um tom na sua voz que me chamou a atenção: alguma coisa em carne viva, alguma coisa perdida, como um pedido descontrolado de socorro. — Estou só tentando fazer tudo certo. Cara, juro por Deus que estou tentando.

Todos os principiantes acham que o mundo gira em torno do seu primeiro caso. Eu não tinha tempo para ajudar Richie a superar essa fase; não com Dina solta no mundo, perambulando, lançando aquele brilho fraturado, estroboscópico, que atrai predadores num raio de quilômetros.

— Sei que está — disse eu. — E está se saindo bem. Cuide da ortografia. O chefe é exigente com ela.

— Certo. OK.

— Enquanto isso, vamos encaminhar esse link para... Como-é-mesmo-o-nome-dele, o dr. Dolittle... pode ser que ele descubra alguma coisa.

E eu vou pedir para Kieran verificar a conta de Pat nesse fórum, ver se ele enviou ou recebeu alguma mensagem particular. Alguns desses caras pareciam estar se envolvendo bastante com a história dele. Pode ser que um deles tenha iniciado algum tipo de correspondência com ele, e Pat tenha lhe dado algum detalhe a mais. E vamos precisar descobrir o fórum seguinte ao qual ele recorreu.

– Pode ser que não haja um seguinte. Ele tentou dois fóruns, nenhum dos dois adiantou... Ele pode ter desistido.

– Ele não desistiu – afirmei. Na minha tela, cones e parábolas se movimentavam harmoniosamente entrando e saindo uns dos outros, dobrando-se sobre si mesmos e desaparecendo, para então se desdobrar e começar sua dança vagarosa ainda mais uma vez. – O cara estava desesperado. Você pode encarar isso como quiser, pode dizer que era porque estava com um parafuso a menos, se é nisso que você quer acreditar, mas ainda permanece o fato de que ele precisava de ajuda. Ele teria continuado a procurar online, porque não tinha mais nenhum lugar onde procurar.

Deixei Richie redigindo o formulário de requisição. Eu já tinha na cabeça uma lista de lugares onde procurar Dina, lembranças que tinham restado da última vez, da penúltima e da antepenúltima: apartamentos de ex-namorados, pubs onde o barman gostava dela, inferninhos onde 60 euros lhe comprariam um monte de jeitos de torrar seus miolos por um tempo. Eu sabia que tudo isso era sem sentido – era perfeitamente possível que Dina tivesse tomado um ônibus para viajar até Galway porque o lugar parecia muito bonito em algum documentário, ou tivesse enfeitiçado algum cara e ido à casa dele dar uma olhada nas suas águas-fortes. Só que eu não tinha escolha. Ainda tinha meus comprimidos de cafeína na pasta, da noite de campana: bastaria tomar alguns deles, uma chuveirada, um sanduíche e eu estaria pronto para entrar em ação. Fiz calar aquela vozinha fria que me dizia que eu estava ficando velho demais e cansado demais para isso.

Quando enfiei a chave na fechadura da porta do meu apartamento, eu ainda estava repassando endereços na minha cabeça, calculando os trajetos mais rápidos. Levei um segundo para perceber que havia algo de errado. A porta não estava trancada.

Por um longo minuto, fiquei parado no corredor, escutando: nada. Então pus minha pasta no chão; abri meu coldre e escancarei a porta.

Os acordes delicados da *Catedral submersa*, de Debussy, pairavam na penumbra da sala de estar; a luz de velas refletida nas curvas de copos, um vermelho luminoso e profundo de vinho tinto. Por um segundo incrível, de extinguir o fôlego, pensei: *Laura*. E então Dina desenroscou as pernas do sofá onde estava e se inclinou para a frente para pegar seu copo.

– Oi – disse ela, erguendo o copo para mim. – Já não é sem tempo.

Meu coração estava batendo no fundo da minha garganta.

– *Puta merda!*

– Meu Deus, Mikey. Tome um tranquilizante. Isso aí é um *revólver?*

Precisei tentar umas duas vezes para conseguir fechar o coldre de novo.

– Como foi que você conseguiu entrar aqui?

– Você é o quê? Rambo? A reação não está um pouco exagerada?

– Minha nossa, Dina. Você quase me matou de susto.

– Sacando a arma contra a própria irmã. E aqui estava eu pensando que você ficaria feliz de me ver.

O beicinho era de brincadeira, mas o cintilar nos seus olhos à luz das velas dizia que eu devia tomar cuidado.

– Estou feliz – disse eu, baixando meu tom de voz. – Só não estava esperando encontrar você aqui. Como conseguiu entrar?

Dina lançou-me um sorrisinho sabido e sacudiu o bolso do cardigá, que retiniu alegremente.

– Geri tinha as chaves de reserva da sua casa. Na verdade, sabe de uma coisa? Geri tem as chaves de reserva de Dublin inteira. A Senhorita Confiável, desculpe, a *Senhora* Confiável. Não é exatamente ela quem você gostaria que fosse ver se está tudo bem, se sua casa fosse arrombada durante suas férias, ou coisa semelhante? Tipo, se você estivesse criando a pessoa que tem a chave de reserva de todo mundo, ela não seria exatamente como a Geri? Meu Deus, você precisava ver. E até daria uma risada. Ela tem todas as chaves penduradas em ganchos na lavanderia, tudo arrumadinho e etiquetado com sua melhor caligrafia. Eu poderia ter roubado coisas de metade da vizinhança, se tivesse tido vontade.

– Geri está louca de preocupação com você. Nós dois estávamos.

– Há, há, foi por isso que vim para cá. Por isso, e pra te animar um pouco. No outro dia, você estava tão estressado que, se eu tivesse um cartão de crédito, juro que teria contratado uma prostituta pra você. – Ela se debruçou sobre a mesa e ofereceu o outro copo de vinho. – Toma, preferi trazer isso.

Comprado com o dinheiro que Sheila ganhou trabalhando como babá, ou roubado de alguma loja – Dina considera irresistível tentar me induzir a beber vinho roubado, comer brownies de maconha, ir passear no carro sem documento de seu último namorado.

– Obrigado – disse eu.

– Então se senta e bebe. Você está me deixando nervosa, aí parado desse jeito.

Minhas pernas ainda estavam tremendo com a descarga de adrenalina, esperança e alívio. Apanhei minha pasta e fechei a porta.

– Por que você não está na casa de Geri?

– Porque Geri enche o saco de qualquer um, por isso. Fiquei lá, o quê, um dia, e já ouvi absolutamente *tudo* o que Sheila, Colm e Coisinha já fizeram na vida. Ela me dá vontade de ligar as trompas. Senta *aí*.

Quanto mais rápido eu conseguisse fazê-la voltar para a casa de Geri, mais tempo eu poderia dormir; mas, se eu não demonstrasse interesse por essa pequena cena, ela poderia pirar até só Deus sabe que horas da madrugada. Deixei-me cair na minha poltrona, que me envolveu com tanto carinho que achei que nunca mais conseguiria me levantar dali. Dina debruçou-se sobre a mesinha de centro, equilibrando-se numa das mãos, para me dar o vinho.

– Toma. Aposto que Geri achou que eu estava morta em alguma vala.

– Não se pode culpá-la.

– Se eu estivesse me sentindo mal demais para sair, eu não teria *saído*. Puxa, sinto pena de Sheila, você não sente? Aposto que, toda vez que ela vai à casa de alguma amiga, precisa ligar para casa de meia em meia hora, ou Geri vai achar que ela foi vendida como escrava.

Dina sempre conseguiu me fazer sorrir, mesmo quando estou fazendo o maior esforço para não achar graça.

– O vinho é em homenagem a isso? Um dia com Geri, e de repente você me admira?

Ela voltou a se enroscar no canto do sofá e deu de ombros.

– Senti vontade de ser legal com você. O vinho é por causa disso. Ninguém cuida de você o suficiente, desde que você e Laura se separaram.

– Dina, eu estou bem.

– Todo mundo precisa de alguém que cuide de si. Quem foi a última pessoa que fez alguma coisa legal para você?

Pensei em Richie me oferecendo o café, derrubando o Quigley quando ele tentou falar mal de mim.

– Meu parceiro – disse eu.

– Aquele? – As sobrancelhas de Dina subiram com a surpresa. – Achei que ele era algum principiantezinho ainda de fraldas. É provável que ele só estivesse puxando o saco.

– Não – retruquei. – Ele é um bom parceiro. – Ouvir a palavra fez com que uma onda de afabilidade me percorresse. Nenhum dos meus outros estagiários teria discutido comigo por causa da câmera. Uma vez que eu tivesse dito não, isso teria sido o ponto final. De repente a discussão pareceu uma dádiva, o tipo de discussão acirrada que parceiros podem ter todas as semanas por vinte anos a fio.

— Hum – disse Dina. – Sorte a dele. – Ela se esticou para pegar a garrafa e completou seu copo.

— Isso é bom – disse eu, e uma parte de mim estava falando sério. – Obrigado, Dina.

— Eu sei que é. Então por que você não está bebendo? Está com medo de que eu esteja tentando envenenar você? – Ela abriu um sorriso, mostrando seus pequenos dentes brancos de gato. – Como se eu fosse previsível a ponto de pôr veneno no vinho. Respeite minha inteligência.

Retribuí o sorriso.

— Aposto que você seria muito criativa. Mas hoje não posso encher a cara. Tenho trabalho de manhã cedo.

Dina revirou os olhos.

— Ai, meu Deus, lá vamos nós, trabalho, trabalho, trabalho. Não aguento mais. É só você dizer que está doente.

— Bem que eu gostaria.

— Então diga. Vamos fazer alguma coisa legal. O Museu de Cera acabou de reabrir. Sabe que na minha vida inteira eu nunca estive no Museu de Cera?

Isso não ia terminar bem.

— Eu adoraria, mas vai ter de ser na semana que vem. Preciso começar a trabalhar bem cedo amanhã, e o dia pode ser longo. – Tomei um gole do vinho e segurei o copo no alto. – Muito bom. Vamos terminar isso, e então vou levar você de volta para a casa de Geri. Sei que ela é chata, mas ela se esforça ao máximo. Dá algum desconto para ela, está bem?

Dina fez que não ouviu.

— Por que você não pode dizer que está doente amanhã? Aposto que deve ter um ano inteiro de férias acumuladas. Aposto que nunca disse que estava doente em toda a sua vida. O que eles vão fazer, botar você no olho da rua?

A sensação agradável estava desaparecendo rápido.

— Estou com um cara detido e tenho até domingo de manhã cedo para apresentar a acusação ou liberá-lo. Vou precisar de cada minuto desse tempo para organizar meu caso. Sinto muito, querida. O Museu de Cera vai ter que esperar.

— Seu caso – disse Dina. Sua expressão estava mais aguçada. – A história de Broken Harbour?

— Isso mesmo. – Não fazia sentido negar.

— Achei que você ia trocar com outra pessoa.

— Não dá.

— Por que não?

— Porque não é assim que funciona. Vamos ao Museu de Cera assim que eu tiver terminado tudo, OK?

— Estou me lixando para o Museu de Cera. Eu preferia furar meus próprios olhos a ficar olhando para alguma droga de boneco de Ronan Keating.

— Então a gente faz alguma outra coisa. Você escolhe.

Com o bico da bota, Dina empurrou a garrafa de vinho mais para perto de mim.

— Bebe mais um pouco — disse ela.

Meu copo ainda estava cheio.

— Vou precisar levar você de carro à casa de Geri. Vou beber o que está no copo. Obrigado.

Dina batia com uma unha na borda do copo, um tim-tim agudo e monótono, e me vigiava por trás da franja.

— Geri recebe os jornais todos os dias de manhã. É claro. Por isso eu os li.

— Certo — disse eu, reprimindo a bolha de raiva. Geri deveria ter prestado mais atenção, mas tem muito o que fazer, e Dina é escorregadia.

— Como está Broken Harbour agora? Na fotografia estava um lixo.

— Mais ou menos, isso mesmo. Alguém começou a construir o que poderia ter sido um belo condomínio, mas ele nunca foi terminado. A esta altura, é provável que nunca seja. As pessoas que moram lá não estão satisfeitas.

Dina enfiou um dedo no vinho e ficou girando.

— Puta merda. Que ideia mais detestável.

— Os incorporadores não sabiam que as coisas iam acabar desse jeito.

— Aposto que sabiam, sim. Ou, seja como for, não se importavam. Mas o que eu quis dizer não foi isso. O que eu quis dizer com "ideia mais detestável" foi levar pessoas para se mudar para Broken Harbour. Eu ia preferir morar num aterro sanitário.

— Tenho um monte de boas recordações de Broken Harbour — disse eu.

Ela chupou o dedo e o tirou da boca com um estalo.

— Você só pensa isso porque sempre precisa achar que tudo é maravilhoso. Senhoras e senhores, meu irmão, Pollyanna.

— Nunca vi o que há de tão ruim em se concentrar no lado positivo — disse eu. — Vai ver que não é maneiro o suficiente para você.

— Que lado positivo? Era legal pra você e Geri, porque vocês podiam ficar com seus amigos. Eu era obrigada a ficar ali com mamãe e papai, enchendo minha bunda de areia e fingindo que estava me divertindo enquanto chapinhava em água que praticamente me enregelava.

— Bem — disse eu, com muito cuidado —, você só tinha 5 anos na última vez que fomos lá. Como vai conseguir se lembrar bem?

Um olhar azul chispado, por trás da franja.

— Lembro o suficiente para saber que era uma droga. Aquele lugar me dá *arrepios*. Aqueles morros, eu sempre achei que estavam olhando para mim, como alguma coisa se arrastando no meu pescoço. Eu não parava de querer... Ela deu um tapa na própria nuca, um golpe forte, por reflexo, que fez com que eu me encolhesse. – E o *barulho*, meu Deus. O mar, o vento, as gaivotas, todos aqueles ruídos que nunca se conseguia saber *o que* eram... Quase todas as noites eu tinha pesadelos com algum monstro marinho que enfiava os tentáculos pela janela do trailer e começava a me estrangular. Aposto qualquer coisa que alguém morreu na construção desse condomínio de merda, como no *Titanic*.

– Achei que você gostava de Broken Harbour. Parecia que sempre estava se divertindo muito.

– Eu não me divertia, não. Isso aí é só o que você quer pensar. – Por um segundo, a contração na boca de Dina fez com que ela ficasse quase feia. – A *única* coisa boa era que mamãe era muito feliz lá. E veja só no que deu.

Houve um momento de silêncio cortante como uma faca amolada. Quase deixei tudo para lá, voltei a beber meu vinho e a lhe dizer como estava delicioso. Talvez eu devesse ter feito isso. Não sei. Mas não consegui.

– Falando desse jeito, você dá a impressão de que já estava tendo problemas naquela época.

– Tipo eu já estava louca. É isso o que você quer dizer.

– Se for assim que quiser descrever. Naquele tempo em que íamos a Broken Harbour, você era uma criança feliz e estável. Podia ser que não estivesse passando as melhores férias da sua vida, mas no geral você estava bem.

Eu precisava ouvir isso da sua própria boca.

– Eu nunca estive bem. Teve uma vez em que eu estava cavando um buraco na areia, baldinho, pá e tudo lindinho, e no fundo do buraco tinha uma cara. Como a cara de um homem, toda esmagada e fazendo caretas, como se estivesse tentando tirar a areia dos olhos e da boca. Dei um berro e mamãe veio, mas àquela altura ele tinha sumido. E também não era só em Broken Harbour. Um dia eu estava no meu quarto e...

Eu não podia ficar ouvindo mais nada daquilo.

– Você tinha uma imaginação fantástica. Não é a mesma coisa. Todas as crianças pequenas imaginam coisas. Foi só depois que mamãe morreu...

– Não, Mikey. Você não sabia porque, quando eu era pequena, sempre era possível dizer que "Ah, crianças imaginam coisas", mas foi sempre assim. A morte de mamãe não teve nada a ver com isso.

– Bem – disse eu. Minha cabeça me parecia muito estranha, estremecendo como uma cidade num terremoto. – Então pode ser que não tenha sido exatamente a morte de mamãe. De modo intermitente, ela esteve deprimida a maior parte do tempo, depois que você nasceu. Nós nos esforçamos ao máximo para esconder isso de você, mas as crianças percebem as coisas. Pode ser que no fundo tivesse sido melhor se não tivéssemos tentado...

— É mesmo, vocês se esforçaram ao máximo, e sabe de uma coisa? Seu trabalho foi perfeito. Eu quase não me lembro de me preocupar com mamãe, de modo algum. Eu sabia que ela ficava doente às vezes, ou triste, mas não fazia ideia de que fosse alguma coisa importante. Não é por causa disso que sou do jeito que sou. Você não para de tentar me *organizar,* de me classificar direitinho, para fazer sentido, como se eu fosse um dos seus casos. Eu não sou um dos seus *casos*, porcaria nenhuma.

— Não estou tentando organizar você – disse eu. Minha voz estava misteriosamente calma, gerada de modo artificial em algum lugar remoto. Lembranças ínfimas vinham flutuando pela minha cabeça, luminosas como ciscos de cinza incandescente: Dina, aos 4 anos, berrando feito louca, agarrada à mamãe, porque o frasco de xampu estava chiando para ela. Na ocasião achei que ela só estava tentando evitar uma lavada de cabeça. Dina, sentada entre mim e Geri, no banco traseiro do carro, lutando com o cinto de segurança e roendo os dedos com um barulho horrendo e repetitivo até eles ficarem inchados, roxos, sangrando. Eu não conseguia me lembrar do motivo. – Só estou dizendo que é claro que foi por causa de mamãe. Que outra razão havia? Você nunca sofreu abusos, isso eu posso jurar por minha vida. Você nunca foi espancada, nem passou fome. Acho que você nunca levou uma palmada no traseiro. Nós todos a adorávamos. Se não foi por causa de mamãe, então por quê?

— Não existe nenhum *"porquê"*. É isso o que quero dizer quando falo em você tentar me organizar. Não sou biruta por causa de *nada*. Simplesmente sou.

A voz dela estava clara, firme, neutra, e ela estava olhando direto para mim, com alguma coisa que quase poderia ter sido compaixão. Disse a mim mesmo que o modo de Dina apreender a realidade era no mínimo capenga; que, se ela entendesse os motivos pelos quais era louca, ela não seria louca para começo de conversa.

— Sei que não é nisso que você quer acreditar – disse ela.

Meu peito dava a impressão de ser um balão sendo enchido com hélio, fazendo com que eu balançasse perigosamente. Minha mão estava grudada no braço da poltrona como se ele pudesse me ancorar.

— Se você acredita nisso – disse eu –, que isso simplesmente acontece com você por nenhuma razão específica, como consegue conviver com essa ideia?

Dina deu de ombros.

— Simplesmente consigo. Como você aceita o fato de estar tendo um dia ruim?

Ela estava voltando a se relaxar no canto do sofá, tomando seu vinho. Tinha perdido o interesse. Respirei.

— Tento entender por que estou tendo um dia ruim, para poder corrigir o que estiver errado. Concentro-me no lado positivo.

— Certo. Então, se tudo era tão maravilhoso em Broken Harbour, se você tem esse monte de lembranças fantásticas e se tudo é tão positivo, por que voltar lá está fazendo tanto mal à sua cabeça?

— Eu nunca disse que estava.

— Não precisa dizer. Você não deveria estar trabalhando nesse caso.

Parecia uma salvação, voltar à mesma briga de sempre, estar de novo em território conhecido, com aquele cintilar de esguelha novamente nos olhos de Dina.

— Dina. É um homicídio, exatamente como todas as dezenas de outros casos em que trabalhei. Não há nada de especial nele, a não ser a localização.

— Localização, localização, localização... você é o quê? Um corretor de imóveis? Essa localização está lhe fazendo *mal*. Deu para eu saber no instante em que o vi na outra noite. Você estava todo errado; com um cheiro esquisito, como de alguma coisa queimando. Olhe só para você agora: parece que algum bicho cagou na sua cabeça e ateou fogo em você. Esse caso está acabando com você. Ligue para o trabalho amanhã e diga para eles que não vai continuar.

Naquele momento, eu quase a mandei à merda. Fiquei espantado com a forma súbita e violenta com que as palavras bateram na minha boca fechada. Em toda a minha vida adulta, eu nunca disse nada dessa natureza a Dina.

Só falei quando tive certeza de que minha voz estava totalmente isenta de qualquer sinal de raiva.

— Não vou desistir desse caso. Tenho certeza de que estou com péssima aparência, mas isso é porque estou exausto. Se quiser fazer alguma coisa para ajudar, fique quieta na casa de Geri.

— Não posso. Estou *preocupada* com você. Cada segundo que você está no mundo lá fora pensando naquela *localização*, dá para eu sentir como tudo isso está prejudicando sua cabeça. Foi por esse motivo que voltei para cá.

A ironia era suficiente para fazer qualquer um rolar de rir, mas Dina estava falando sério: bem empertigada no sofá, sentada sobre as pernas dobradas, pronta para me enfrentar quanto tempo fosse necessário.

— Estou bem, Dina. Obrigado por se preocupar comigo, mas não há necessidade. Juro.

— Há, sim. Você é tão complicado quanto eu. Só esconde melhor.

— Pode ser. Eu prefiro pensar que me esforcei o suficiente para, a esta altura, eu não ser realmente uma complicação só, mas quem sabe? Vai ver que você está certa. Seja como for, o resultado é que sou perfeitamente capaz de lidar com esse caso.

— Não. De jeito e maneira. Você gosta de pensar que é o fortão. É por isso que adora quando eu saio do sério, porque faz você se sentir todo perfeitinho. Mas é mentira. Aposto que às vezes, quando seu dia não está lá essas coisas, você tem esperança de que eu apareça diante da sua porta, falando besteira, só para fazer com que se sinta melhor consigo mesmo.

Parte do terror que é Dina está no fato de que, mesmo quando você sabe que aquilo ali é uma baboseira, mesmo quando você sabe que quem está falando são os pontos sombrios de corrosão no cérebro dela, as palavras ainda ferem.

— Espero que você saiba que isso não é verdade. Se amputar meu braço pudesse ajudar você a melhorar, eu o faria sem pestanejar.

Ela voltou a se sentar nos calcanhares e pensou no que eu tinha dito.

— É mesmo?

— É. Eu o faria.

— Ahhhh — disse Dina, mais com admiração que com sarcasmo. Ela se deitou de costas no sofá, com as pernas jogadas por cima do braço, me observando. — Não estou me sentindo bem. Desde que li aqueles jornais, as coisas estão parecendo esquisitas de novo. Dei a descarga no seu banheiro e veio um barulho de pipoca.

— Não me surpreende. É por isso que precisamos que você volte para a casa de Geri. Se estiver se sentindo péssima, vai querer ter alguém por perto.

— Eu realmente quero alguém por perto. Quero você. Geri me dá vontade de pegar um tijolo e bater com ele na minha cabeça. Mais um dia com ela, e é isso o que vou fazer.

Com Dina, você não pode se dar ao luxo de considerar qualquer coisa um exagero.

— Então descubra um jeito de não lhe dar atenção. Respire fundo. Leia um livro. Eu lhe empresto meu iPod e você pode fingir que Geri simplesmente não existe. Nós podemos carregar nele qualquer música que você queira, se você achar meu gosto meio antiquado.

— Não posso usar fones de ouvido. Eu começo a ouvir coisas e não sei dizer se estão na música ou dentro dos meus ouvidos.

Ela estava batendo um calcanhar na lateral do sofá num ritmo implacável e enlouquecedor que destoava da fluidez harmoniosa de Debussy.

— Então eu lhe empresto um bom livro. Pode escolher.

— Não preciso de um bom livro. Não preciso de uma caixa de DVDs. Não preciso de uma droga de xícara de chá, nem de uma revista de *sudoku*. Preciso de *você*.

Pensei em Richie à mesa de trabalho, roendo a unha do polegar e verificando a ortografia do formulário de requisição, naquele pedido desesperado de socorro na sua voz; em Jenny em sua cama de hospital, envolvida num pesadelo que não teria fim; em Pat, estripado como um animal a ser empalhado, aguardando numa das gavetas de Cooper que eu me certificasse de que ele não seria rotulado de *Assassino* na cabeça de milhões de pessoas; em seus filhos, pequenos demais até mesmo para saber o que era morrer. Aquela raiva represada se avolumou outra vez, me empurrando.

– Eu sei disso. Mas, neste exato momento, outras pessoas precisam mais.

– Você está dizendo que essa história de Broken Harbour é mais importante que sua família? É isso o que está querendo dizer? Você nem mesmo enxerga como isso é desequilibrado, enxerga? Você nem mesmo vê que nenhum cara normal neste mundo *diria* isso, a menos que fosse obcecado por algum lugar no quinto dos infernos que estivesse destroçando seu cérebro. Você sabe perfeitamente bem que, se me mandar de volta para a casa de Geri, ela vai me chatear até eu perder o juízo e fugir de lá. E então ela vai ficar louca de preocupação, mas você nem se importa, não é mesmo? Ainda vai me fazer voltar para lá.

– Dina, não tenho tempo para essa babaquice. Tenho, digamos, umas 50 horas para acusar esse cara. Daqui a mais ou menos 50 horas, farei qualquer coisa que você precise: vou buscá-la na casa de Geri ao amanhecer do dia, vou acompanhá-la a qualquer museu que você queira, mas, até esse momento, você tem razão: você não é o centro do meu universo. Não pode ser.

Dina olhou para mim, espantada, apoiada nos cotovelos. Ela nunca tinha ouvido aquele estalo de chicote na minha voz. A expressão embasbacada no seu rosto fez aumentar aquele balão dentro do meu peito. Por um momento apavorante, achei que ia rir.

– Me diz uma coisa – disse ela. Seus olhos estavam semicerrados: agora a briga ia ser séria. – Você às vezes deseja que eu morra? Tipo: quando eu chego na hora errada, como agora. Você deseja que eu *simplesmente* morra? Você tem a esperança de que alguém lhe telefone de manhã e diga: "Sinto muito, senhor, mas um trem acabou de esmigalhar sua irmã?"

– É claro que eu não quero que você morra. Minha esperança é que *você* me ligue de manhã e diga: "Adivinha só, Mick, você estava certo, no fundo Geri não é uma forma de tortura proibida pela Convenção de Genebra. De algum modo, eu sobrevivi..."

– Então por que está agindo como se desejasse que eu morresse? Na realidade, aposto que você não quer um trem. Você quer que seja tudo *organizado*, não é? Tudo bem certinho... Como você espera que seja? Que eu me enforque? É assim que você gostaria? Ou de uma overdose...

Eu não estava mais sentindo vontade de rir. Minha mão estava segurando o copo de vinho com tanta força que achei que ele se quebraria.

— Não seja ridícula. Estou agindo como se quisesse que você tivesse um pouco de autocontrole. Só o suficiente para aguentar Geri por dois dias, cacete. Você realmente acha que estou pedindo demais?

— Por que eu deveria fazer isso? É algum tipo de sensação idiota de *conclusão*? Se você resolver esse caso, isso compensaria o que aconteceu com mamãe? Porque, se for isso, *eca!* Não consigo nem *suportar* você. Vou vomitar bem em cima deste seu sofá neste exato...

— Não tem *nada* a ver com ela. Essa foi uma das coisas mais idiotas que ouvi na minha vida. Se você não consegue dizer nada que faça mais sentido que isso, seria melhor calar a boca.

Eu não perdia o controle desde a adolescência, não desse jeito e decididamente não com Dina; e a sensação foi de seguir pela autoestrada a 160km por hora, depois de seis doses puras de vodca: algo imenso, letal e delicioso. Dina estava sentada, inclinando-se para a frente por cima da mesinha de centro, apontando os dedos para mim.

— Viu? É disso que eu estou falando. É *isso* o que esse caso está fazendo com você. Você nunca fica furioso comigo, e agora olhe só. Olhe só para você, olhe para seu estado. Está querendo bater em mim, não é? Vamos, diga, até que ponto vai sua vontade de...

Ela estava certa: eu queria, sim. Queria lhe dar um tapa na cara. Alguma parte de mim compreendia que, se eu batesse nela, eu ficaria com ela, e ela sabia disso também. Coloquei meu copo sobre a mesinha, com muita delicadeza.

— Não vou bater em você.

— Vamos, vá em frente, tanto faz. Qual é a diferença? Se você me jogar naquele inferno da Casa de Geri e eu fugir e não puder voltar para você e não conseguir me controlar e acabar saltando para dentro do rio, de que modo isso seria melhor? — Metade dela já estava em cima da mesinha de centro, empurrando o rosto para perto de mim, bem ao alcance do meu braço. — Você se recusa a me dar um tapinha porque, puxa, não, você é bom demais para isso, Deus o livre de se sentir um canalha, pelo menos uma vez. Mas tudo bem me fazer pular de uma ponte, certo, tudo bem, muito bem...

Saiu de mim um som misto de risada e berro.

— Puta que pariu! Não sei nem como começar a lhe dizer como estou cheio de ouvir essa história. Está achando que *você* vai vomitar? O que dizer de mim, que tenho que engolir essa merda todas as vezes que faço um movimento? *Você não quer me levar ao Museu de Cera, acho que vou me matar. Você não quer me ajudar a tirar todas as coisas do meu apartamento às quatro da manhã, acho que vou me matar. Você não quer passar a noite escutando meus problemas em vez de fazer uma última tentativa de salvar seu casamento, acho que vou me matar*. Sei que a culpa é minha. Sei que sempre cedi no segundo em que você recorria a essa chantagem de merda, mas, desta vez, não. Você quer se matar? Mate-se. Você não quer se matar, não se mate. A decisão é sua. De qualquer modo, nada que eu faça vai dar um resultado diferente. Então, *não jogue a culpa em cima de mim*.

Dina ficou olhando para mim, boquiaberta. Meu coração ricocheteava nas minhas costelas. Eu mal conseguia respirar. Daí a um instante, ela jogou seu copo de vinho no chão – ele quicou no tapete e foi rolando num arco vermelho como sangue esguichado –, levantou-se e se dirigiu para a porta, apanhando sua bolsa no caminho. De propósito, passou tão perto de mim que seu quadril deu um encontrão no meu ombro. Ela estava calculando que eu a agarraria, que lutaria com ela para fazê-la ficar. Não me mexi.

– É melhor você descobrir um jeito de mandar o trabalho se danar – disse ela, à porta. – Se não vier me procurar até amanhã à noite, vai se arrepender.

Não me virei. Daí a um minuto, a porta foi fechada com violência atrás dela, e ouvi quando ela lhe deu um chute antes de sair correndo pelo corredor. Fiquei parado por um bom tempo, segurando com força os braços da poltrona para fazer com que minhas mãos parassem de tremer. Eu ouvia meu coração pulsando forte nos meus ouvidos e o chiado das caixas de som depois que a peça de Debussy terminou, enquanto tentava escutar os passos de Dina de volta.

Minha mãe quase levou Dina junto. Era algum momento depois da uma da manhã, em nossa última noite em Broken Harbour, quando ela acordou Dina, saiu sorrateira do trailer e foi andando para a praia. Sei disso porque cheguei à meia-noite, deslumbrado e ofegante de ficar deitado nas dunas com Amelia, debaixo de um céu que era como uma enorme cuba negra, cheia de estrelas. E, quando abri devagar a porta do trailer, a faixa do luar iluminou todos eles quatro, bem enrolados e aquecidos em seus beliches, Geri roncando baixinho. Dina virou-se e murmurou alguma coisa enquanto eu entrava na minha cama sem trocar de roupa. Eu tinha subornado um dos caras mais velhos para nos comprar uma garrafa de dois litros de sidra, de modo que eu estava meio alto, mas deve ter se passado uma hora para aquele prazer atordoado parar de vibrar na minha pele e eu conseguir adormecer.

Passadas algumas horas, acordei de novo, para me certificar de que tudo ainda era verdade. A porta estava escancarada, o luar e os barulhos do mar, entrando por ali para encher o trailer, e dois beliches estavam vazios. O bilhete estava em cima da mesa. Não me lembro do que dizia. É provável que a polícia o tenha levado. Eu até poderia procurar por ele nos Arquivos, mas não vou fazer isso. Tudo de que me lembro é do P.S.: *Dina é pequena demais para não precisar da mamãe.*

Nós sabíamos onde procurar: minha mãe amava o mar. Nas poucas horas desde que eu tinha estado ali, a praia tinha se transformado totalmente, tornando-se sinistra e uivante. Um vento forte começava a soprar, nuvens passavam velozes encobrindo a lua, conchas afiadas cortavam meus pés descalços enquanto eu corria sem sentir dor. Geri tentando recuperar o fôlego ao meu lado; meu pai atirando-se para dentro d'água ao luar, com os pijamas panejando e agitando os braços, um espantalho lúgubre e grotesco. Ele gritava "Annie Annie Annie", mas o vento e as ondas rolavam o som para longe, até transformá-lo em nada. Nós nos agarrávamos às mangas do seu pijama como criancinhas.

– Pai! Pai! Vou chamar ajuda! – gritei no seu ouvido.

Ele segurou meu braço e o torceu. Meu pai nunca tinha machucado nenhum de nós.

– *Não!* – disse ele, rugindo. – Ninguém. Não se atreva! – Seus olhos pareciam nublados. Demorei anos para perceber: ele ainda achava que íamos encontrá-las vivas. Estava tentando poupá-la, salvá-la de todas as pessoas que a internariam se soubessem.

Por isso, nós as procuramos sozinhos. Ninguém nos ouviu gritar *Mamãe, Annie, Dina, Mamãe, Mamãe, Mamãe,* não com todo aquele vento e o barulho do mar. Geraldine ficou na terra, subindo e descendo a praia, vasculhando as dunas de areia e tentando abrir moitas de capim. Eu entrei com meu pai na água, até a altura da coxa. Quando minhas pernas ficaram dormentes, tornou-se mais fácil continuar.

Durante o resto daquela noite – nunca cheguei a calcular quanto demorou, mais tempo do que nós teríamos tido condições de sobreviver –, lutei contra a correnteza para continuar em pé e estendia as mãos às cegas, quando a água se avolumava e passava por mim. Uma hora meus dedos se enredaram em alguma coisa, e eu dei um berro porque achei que tinha segurado uma delas pelo cabelo; mas o que saiu da água foi só um bolo parecido com uma cabeça decapitada, e eram só algas, que se enrolaram nos meus pulsos, grudando-se a mim quando tentei jogá-las de volta para a água. Mais tarde, encontrei uma fita gelada daquilo, ainda enrolada no meu pescoço.

Quando a madrugada começou a clarear o mundo num tom de cinza desbotado e árido, Geraldine encontrou Dina, enfiada de cabeça numa moita de capim de dunas, os braços enterrados na areia até a altura dos cotovelos. Geri dobrou para trás as folhas compridas do capim, uma a uma, e foi retirando punhados de areia, como se estivesse desenterrando alguma coisa que pudesse se esfacelar. Finalmente Dina estava sentada na areia, tremendo. Seus olhos se focalizaram em Geraldine.

– Geri – disse ela –, tive um sonho horrível. – Viu então onde estava e começou a berrar.

Meu pai não quis sair da praia. Por fim, enrolei Dina com minha camiseta, que estava molhada da água do mar, e só pioraram seus tremores. Pendurei-a no meu ombro e a levei de volta para o trailer. Geraldine vinha tropeçando ao meu lado, ajudando a segurar Dina, quando minha mão escorregava.

Tiramos a camisola de Dina – ela estava fria como um peixe e toda coberta de areia – e a enrolamos em tudo que fosse quentinho que pudemos encontrar. Os cardigãs de mamãe tinham o cheiro dela. Vai ver que foi isso que fez Dina gemer como um cachorrinho que levou um chute; ou pode ser que nossa falta de jeito a estivesse machucando. Geraldine tirou a roupa como se eu não estivesse ali e entrou no beliche de Dina com ela, puxando o acolchoado por cima da cabeça das duas. Deixei-as ali e fui procurar ajuda.

A claridade estava ficando amarelada, e os outros trailers estavam começando a acordar. Uma mulher num vestido de verão estava enchendo a chaleira na torneira, com um par de criancinhas pequenas dançando ao redor dela, molhando um ao outro e dando risinhos gritados. Meu pai tinha se deixado cair na areia à beira da água, com as mãos inúteis de cada lado, olhando para o sol que nascia no mar.

Geri e eu estávamos cobertos de cortes e arranhões da cabeça aos pés. Os socorristas limparam os piores – um deles assobiou baixinho quando viu meus pés. Só compreendi o motivo muito depois. Dina foi levada para o hospital, onde disseram que ela estava bem em termos físicos, mas com uma leve hipotermia. Deixaram que Geri e eu a levássemos para casa e cuidássemos dela, enquanto se certificavam de que meu pai não estava planejando "fazer nenhuma bobagem" e decidiam que podiam liberá-lo. Nós inventamos tias e dissemos aos médicos que elas ajudariam.

Duas semanas depois, o vestido de nossa mãe apareceu nas redes de um pesqueiro da Cornualha. Eu o identifiquei – meu pai não conseguia sair da cama, eu não estava disposto a deixar Geri fazer isso, o que fez com que sobrasse para mim. Era seu melhor vestido de verão, de seda creme com flores verdes – mamãe tinha juntado dinheiro para comprá-lo. Ela costumava usá-lo para ir à missa, quando estávamos em Broken Harbour, depois para o almoço de domingo no Lynch's e nossa caminhada pelo passeio ao longo da praia. Nele, ela parecia uma bailarina; como uma garotinha risonha num cartão-postal antigo. Quando vi o vestido estendido sobre uma mesa na delegacia, ele estava todo raiado de marrom e verde, de todas as coisas inomináveis que tinham se enredado nele na água, que o tinham tocado, afagado, ajudado a seguir na longa viagem. Eu poderia não ter sequer reconhecido o vestido, só que eu sabia o que procurar. Geri e eu tínhamos dado por falta dele, quando arrumamos as coisas para sair do trailer.

Foi isso o que Dina tinha ouvido no rádio, com minha voz girando ao redor, no dia em que peguei esse caso. *Morte, Broken Harbour, descobriu o corpo, legista está no local.* A quase impossibilidade daquilo nunca lhe teria ocorrido; todas as regras da probabilidade e da lógica, aqueles padrões certinhos de faixas contínuas no centro da pista e refletores do tipo olho de gato que mantêm todos nós na estrada, quando as condições do tempo estão terríveis, tudo isso não tem o menor significado para Dina. Naquele momento, sua cabeça saiu espiralando em destroços fumegantes de baboseiras e barulhos de fogueira, e ela veio me procurar.

Dina nunca nos tinha contado o que aconteceu naquela noite. Geri e eu tentamos alguns milhares de vezes pegá-la desprevenida – fazendo-lhe perguntas quando ela estava meio adormecida diante da televisão, ou sonhando acordada enquanto olhava pela janela do carro. Não conseguimos nada além daquele categórico "Tive um sonho horrível", e seus olhos se esquivando dali para o vazio.

Quando ela estava com 13 ou 14 anos, começamos a perceber – aos poucos e realmente sem muita surpresa – que havia alguma coisa errada. Noites em que ela se sentava na minha cama ou na de Geri, falando a mil por hora até o amanhecer, acelerada, a ponto de uma histeria, por alguma coisa que nós praticamente não conseguíamos traduzir, furiosa conosco por não nos importarmos o suficiente para entender. Dias em que a escola ligava para avisar que ela estava com o olhar fixo e vidrado, apavorada, como se seus colegas de turma e seus professores tivessem se transformado em vultos sem sentido que faziam gestos e matraqueavam; arranhões das suas unhas criando casca nos seus braços. Eu sempre tinha considerado líquido e certo que aquela noite era a coisa incrustada no fundo da cabeça de Dina, corroendo tudo. O que mais poderia ter causado um estrago daqueles?

Não existe nenhum porquê. Aquela vertigem me dominou outra vez. Pensei em balões desamarrados e subindo, explodindo no ar rarefeito sob a pressão de sua própria falta de peso.

No corredor, passos iam e vinham, mas nenhum parou diante da minha porta. Geri ligou duas vezes; não atendi. Quando consegui me levantar, sequei o tapete com as toalhas de papel da cozinha até chupar todo o vinho possível. Espalhei sal na mancha e deixei que ele cumprisse sua função. Despejei o resto do vinho na pia, joguei a garrafa na lata de lixo reciclável e lavei os copos. Depois procurei um rolo de fita adesiva e uma tesoura de unha. Sentei-me no chão da sala de estar, colando folhas de volta em livros e aparando a fita até ela ficar apenas a um fio de cabelo do papel, até que o monte de livros destruídos se transformou numa pilha organizada de livros consertados, e eu pude começar a devolvê-los para as estantes, em ordem alfabética.

15

Dormi no sofá para ter certeza de que mesmo a mais discreta virada de chave na fechadura me acordaria. Quatro ou cinco vezes naquela noite, encontrei Dina: enroscada dormindo na soleira da porta da casa do meu pai, dando risadas estridentes numa festa enquanto alguém dançava descalço ao som de tambores enlouquecidos; de olhos arregalados e boquiaberta por baixo de uma película transparente de água da banheira, o cabelo se ondulando em leque. A cada vez, eu acordava, já de pé e a meio caminho da porta.

Dina e eu tínhamos brigado antes, quando ela estava mal. Nunca desse modo, mas de vez em quando alguma coisa que eu considerava inofensiva a fizera entrar numa espiral de fúria, geralmente atirando alguma coisa em cima de mim no caminho até a porta. Eu sempre tinha ido atrás dela. Na maioria das vezes, eu a pegava em segundos, demorando-se ali fora, à minha espera. Mesmo nas ocasiões em que conseguira escapar, ou em que tinha brigado e gritado comigo até eu recuar antes que alguém chamasse a polícia e ela acabasse trancafiada numa enfermaria psiquiátrica, eu tinha ido atrás dela, procurado, telefonado e enviado mensagens de texto até conseguir falar com ela e, de algum modo, coagi-la a voltar para minha casa ou para a de Geri. No fundo, era só isso o que ela queria: ser encontrada e levada para casa.

Acordei cedo, tomei banho, me barbeei, preparei alguma coisa para comer e fiz um monte de café. Não liguei para Dina. Quatro vezes estive com um texto meio digitado, mas apaguei todos eles. No caminho até o trabalho, não fiz um desvio para passar pelo apartamento dela, nem corri o risco de bater com o carro para esticar meu pescoço para cada garota magra de cabelo escuro por quem eu passasse. Se ela quisesse falar comigo, sabia onde me encontrar. Minha própria audácia me deixava ofegante. Sentia minhas mãos trêmulas; mas, quando olhei para elas no volante, estavam firmes e fortes.

Richie já estava à sua mesa, com o telefone grudado na orelha, balançando a cadeira para a frente e para trás, ouvindo alguma música animada para aguardar atendimento, tão alto que eu também a ouvia.

— Empresas de desratização — disse ele, mostrando com o queixo uma lista impressa à sua frente. — Tentei todos os números que Pat obteve no fórum de discussão: sem resultado. Isso aqui é uma lista de todos os desratizadores de Leinster. Vamos ver o que aparece.

Sentei-me e peguei meu telefone.

– Se você não conseguir nada, não podemos supor que não exista nada a conseguir. Um monte de gente está trabalhando sem registro hoje em dia. Se alguém não declarou um serviço para a Receita, acha que vai declarar para nós?

Richie começou a dizer alguma coisa, mas a música parou naquele instante e ele se voltou para sua mesa.

– Bom-dia, aqui é o detetive Richard Curran. Estou precisando de informações...

Nenhuma mensagem de Dina – não que eu tivesse esperado encontrar uma. Afinal, ela nem sabia meu telefone do trabalho, mas de qualquer modo uma parte de mim tinha tido essa esperança. Uma mensagem do dr. Dolittle e seu cabelo rastafári, dizendo que ele tinha verificado o fórum de casa e jardinagem e, uau, algumas coisas bem malucas por lá. Segundo ele, os esqueletos enfileirados pareciam alguma coisa que um *vison* poderia fazer, mas a ideia de algum animal de estimação exótico abandonado também era muito maneira. E é claro que havia caras soltos por aí que se disporiam a trazer um carcaju de contrabando e só depois se preocupariam com o aspecto de cuidados aos animais. Ele estava planejando dar uma volta por Brianstown durante o fim de semana e ver se conseguia encontrar algum sinal de "alguma coisa interessante". E uma mensagem de Kieran, que, às oito da manhã numa sexta-feira, já tinha começado a encher seu mundo de música eletrônica, me dizendo para ligar para ele.

Richie desligou, fez que não para mim e começou a discar outro número. Liguei de volta para Kieran.

– Cara-pálida! Peraí um pouquinho. – Uma pausa, enquanto o volume da música era baixado para um nível que significava que ele praticamente não precisava gritar. – Verifiquei a conta do nosso Pat-o-cara naquele fórum de casa e jardinagem: nenhuma mensagem particular, nem enviada, nem recebida. Ele poderia ter apagado todas elas, mas para saber isso precisaríamos de um mandado para os proprietários do site. Resumindo, liguei para lhe dizer isso: estamos sem material para trabalhar aqui. O programa de recuperação terminou seu trabalho, e nós já verificamos tudo o que ele nos deu. Não houve outras postagens sobre doninhas ou coisa semelhante em lugar nenhum que esteja no histórico do computador. Na realidade, a coisa mais interessante que pegamos foi algum idiota encaminhando para Jenny Spain um e-mail sobre estrangeiros raptando uma criança num shopping center e cortando seu cabelo no banheiro, o que só é interessante porque deve ser a mais antiga lenda urbana do mundo; e eu não posso acreditar que as pessoas realmente ainda caíam nela. Se realmente quer saber o que estava morando no sótão do seu cara e imagina que ele contou a alguém na internet, o próximo passo é entrar com um pedido para o provedor das vítimas e torcer para que eles guardem informações sobre sites visitados.

Richie desligou outra vez. Manteve uma das mãos no telefone, mas, em vez de discar novamente, ele ficou me olhando, aguardando.

– Não temos tempo para isso – disse eu. – Temos menos de dois dias para apresentar uma acusação contra Conor Brennan ou liberá-lo. Alguma coisa no computador dele de que eu deveria tomar conhecimento?

– Por enquanto, não. Nenhuma ligação com as vítimas. Nada dos mesmos websites, nada de e-mails enviados ou recebidos. E não estou vendo nada apagado durante os últimos dias, de modo que não parece que ele limpou o que poderia interessar quando soube que estávamos chegando. A menos que tenha feito uma limpeza tão boa que nem eu mesmo consiga ver. E me perdoe se pareço arrogante, mas acho que não. Na verdade, ele mal tocou no computador nos últimos seis meses. Eventualmente, deu uma olhada nos e-mails, fez manutenção de design em dois ou três websites e assistiu online a um punhado de documentários da *National Geographic* sobre animais, mas só isso. Esse cara adorava emoções fortes.

– Certo – disse eu. – Continue vasculhando o computador dos Spain. E me mantenha informado.

Pude ouvir o encolher de ombros na voz de Kieran.

– Tudo bem, Cara-pálida. Mais uma agulha no palheiro. Nos falamos mais tarde.

Por um segundo traiçoeiro, pensei em deixar para lá. Não importava o que Pat tivesse dito a respeito do problema com esse animal no ciberespaço, que diferença fazia? Tudo o que isso produziria seria mais uma desculpa para classificar Pat como algum tipo de biruta. Mas Richie estava me observando, esperançoso como um cachorrinho vigiando sua guia, e eu lhe tinha feito uma promessa.

– Continue com isso – disse eu, indicando com a cabeça a lista de desratizadores. – Tive uma ideia.

Mesmo sob estresse, Pat tinha sido um cara organizado, eficiente. No lugar dele, eu não teria me dado ao trabalho de digitar novamente toda a minha história quando passasse de um fórum para outro. Pat podia não ter sido nenhum gênio da informática, pelos critérios de Kieran, mas eu estava disposto a apostar que ele sabia copiar e colar.

Peguei suas postagens originais, a do Wildwatcher e do fórum de casa e jardinagem, e comecei a copiar frases no Google. Depois de apenas quatro tentativas, apareceu uma postagem de Pat-o-cara.

— Richie — disse eu. Ele já estava rolando a cadeira para chegar à minha mesa.

O website era americano, um fórum para caçadores. Pat tinha aparecido por lá no final de julho, quase duas semanas depois de ter se descontrolado no site de casa e jardinagem. Tinha passado esse tempo lambendo as feridas, procurando o lugar certo ou simplesmente foi esse o tempo que demorou para sua necessidade de ajuda chegar a um ponto que ele não pudesse ignorar.

Pouca coisa tinha mudado. *Ouço o barulho quase todos os dias, mas sem nenhum padrão – às vezes poderia ser 4/5 vezes num dia/noite, às vezes nada por 24 horas seguidas. Estou com uma babá eletrônica armada no sótão já faz algum tempo, mas sem resultado. Estou me perguntando se talvez o animal não esteja de fato entre o piso do sótão e o teto por baixo. Tentei verificar com uma lanterna, mas não dá para ver nada. Por isso estou planejando deixar o alçapão do sótão aberto e focalizar outra babá eletrônica nesse vão, ver se a coisa ganha coragem e decide sair explorando novo terreno. (Vou fechar a abertura com tela de galinheiro, para evitar que o bicho apareça no travesseiro de um dos meus filhos, não se preocupem, não estou totalmente desequilibrado... pelo menos ainda não!)*

— Peraí — disse Richie. — Lá no site de casa e jardinagem, Pat ficou maluco falando sobre como não queria que Jenny tomasse conhecimento de nada disso. Ele não queria que ela se assustasse. Lembra? Mas agora ele vai instalar a babá eletrônica no patamar da escada. Como ele estava planejando esconder isso dela?

— Pode ser que não estivesse. Os casais costumam conversar de vez em quando, meu filho. Pode ser que Pat e Jenny tivessem tido uma boa conversa, cheia de franqueza, e ela já soubesse de tudo sobre a criatura no sótão.

— É — disse Richie, com um dos joelhos começando a tremer. — Pode ser.

Mas, como o primeiro monitor não foi um grande sucesso, estive me perguntando se alguém tem alguma outra ideia. Tipo: de que espécie poderia se tratar ou que isca poderia atraí-lo. POR FAVOR, pelo amor de Deus, não me digam para usar veneno ou chamar um desratizador, ou coisa semelhante, porque isso está fora de cogitação, ponto final. Fora isso, quaisquer ideias serão bem-vindas!!!

Os caçadores lhe deram a lista costumeira de suspeitos, desta vez com uma forte tendência para o vison. Eles concordavam com o dr. Dolittle quanto aos esqueletos enfileirados. No entanto, no que dizia respeito a soluções, foram muito mais radicais que os outros fóruns. No prazo de algumas horas, um cara tinha dito a Pat: *OK, esquece essa bobagem de ratoeira. Hora de honrar as calças que veste e recorrer a armas sérias. O que você está precisando aí é de uma armadilha de verdade. Dê uma olhada nisso aqui.*

O link levava a um site que faria a alegria de qualquer um que se dedique a caçar com armadilhas: páginas e mais páginas de armadilhas destinadas a tudo, de camundongos a ursos, e a todos, de amigos dos animais a sádicos assumidos, cada uma descrita num jargão afetuoso e meio incompreensível. *Três escolhas. 1. Você pode preferir uma armadilha que mantenha a presa viva, aquelas que parecem gaiolas de arame. Não machucam a presa. 2. Pode querer uma armadilha que prenda a pata, aquela que provavelmente já viu em algum filme. Ela segura a presa até você chegar. Mas cuidado. Dependendo do que você apanhar, o animal poderia fazer muito barulho. Se isso for incomodar sua mulher ou seus filhos, então pode ser melhor deixar para lá. 3. Pode preferir uma armadilha do tipo Conibear. Ela quebra o pescoço da presa, matando-a praticamente de imediato. Seja lá qual for sua escolha, você vai querer uma abertura de mandíbula de uns 10 cm. Boa sorte. Cuidado com os dedos.*

Pat voltou parecendo muito mais feliz. Novamente, a perspectiva de um plano tinha feito toda a diferença. *Cara, muito obrigado mesmo. Você está salvando minha vida. Fico lhe devendo. Acho que vou preferir a que prende a pata. Parece esquisito, mas não quero matar o bicho, pelo menos não quero matá-lo antes de dar uma boa olhada nele. Tenho o direito de olhar na cara dele depois de tudo isso. Ao mesmo tempo, depois de todo o trabalho que ele me deu, não tenho vontade de fazer o maior esforço para me certificar de que não vou tocar num pelo da sua preciosa cabecinha! Para ser franco, estou pouco me lixando. Já estou há muito tempo levando a pior nessa situação. Agora chegou a minha vez de fazer com que o bicho leve a pior, e não vou perder a oportunidade, certo?*

– Que gracinha – disse Richie, as sobrancelhas levantadas.

Eu quase desejei ter cedido à tentação de deixar toda essa parte com Kieran.

– O tempo todo, caçadores usam armadilhas que prendem pela perna. Isso não faz com que sejam sádicos psicopatas.

– Está lembrado do que Tom disse, hein? Dá para comprar umas que fazem menos estrago, não machucam tanto o animal, mas Pat não escolheu uma desse tipo. Tom disse que elas custam poucos euros a mais. Calculei que fosse pelo preço. Agora... – Richie estalou a língua nos dentes e abanou a cabeça. – Acho que eu estava errado, cara. Não foi pelo dinheiro. Pat queria causar estragos.

Fui rolando a tela. Mais alguém não estava convencido: *Uma armadilha de prender pela perna é uma ideia ruim para dentro de casa. Pense muito bem, OK? O que você vai fazer com sua presa? Tudo bem que queira dar uma olhada no bicho ou seja lá o que for, mas e depois?? Você não pode simplesmente pegá-lo no colo e levá-lo lá para fora, ou ele pode arrancar sua mão fora. No meio da floresta, basta você lhe dar um tiro, mas não recomendo que faça isso no seu sótão. Por mais legal que sua mulher seja... em geral as mulheres não gostam de buracos de bala no teto da casa.*

Isso não perturbou Pat. *Vou ser franco, você está certo. Eu nem tinha chegado a pensar no que fazer com o bicho depois que o apanhasse! Vinha só pensando em como ele vai se sentir quando eu subir lá e o vir na armadilha. Juro que não me lembro de quando foi a última vez que senti tanta expectativa na minha vida. É como ser uma criancinha esperando por Papai Noel!! Não tenho certeza do que vou fazer depois. Se eu resolver matá-lo, poderia simplesmente bater na cabeça dele com alguma coisa dura, acho.*

– "Bater na cabeça dele com alguma coisa dura" – disse Richie. – Como alguém fez com Jenny.

Continuei a ler. *De outro modo, se eu decidir soltá-lo, poderia deixá-lo na armadilha até ele ficar esgotado demais para me atacar, então enrolar um cobertor ou coisa semelhante nele, carregá-lo para os montes e soltá-lo por lá, certo? Quanto tempo levaria para ele se cansar o suficiente para deixar de ser perigoso? Algumas horas ou alguns dias?* Senti uma contração na espinha. Os olhos de Richie estavam voltados para mim. Pat, o esteio da sociedade, sonhando acordado com a possibilidade de deixar um animal se esvair ao longo de três dias, ali acima da cabeça da sua família. Não olhei para ele.

O cara que tinha lá suas dúvidas sobre a armadilha de prender pela pata ainda não estava convencido: *Não há como saber. São muitas as variáveis. Depende de qual for a presa, de quando ela comeu/bebeu pela última vez, do estrago causado pela armadilha, se o animal vai tentar arrancar a pata para fugir. E mesmo que pareça seguro mexer com o bicho, ele pode se reanimar uma última vez, quando você tentar soltá-lo, e ainda lhe arrancar um naco. Estou falando sério, cara... Faço esse tipo de coisa há muito tempo e estou lhe dizendo que essa ideia não é boa. Arrume outra coisa. Não uma armadilha de prender pela pata.*

Passaram-se dois dias até Pat voltar com uma resposta. *Tarde demais, já fiz a encomenda! Escolhi uma um pouco maior do que você recomendou. Achei que seguro morreu de velho, certo?* Carinhas rindo e rolando. *Vou simplesmente ter que esperar até pegar o bicho e depois penso no que vou fazer com ele. Provavelmente ficar olhando para ele um tempo e ver se me ocorre alguma inspiração.*

Dessa vez, Richie não olhou para mim. O mesmo cara cético salientou que a caça com armadilhas não era destinada a ser um esporte para espectadores: *Veja bem, uma armadilha não foi feita para tortura. Qualquer caçador razoável vai apanhar a presa o mais rápido possível. Desculpa, cara, mas isso é piração. Não importa o que esteja dentro das suas paredes, você tem problemas muito maiores.*

Pat estava se lixando. *É mesmo, mas é com esse problema que estou lidando agora, OK? Quando eu vir esse animal ali dentro, quem sabe se não sinto pena dele? Mas, falando sério, duvido que sinta. Meu filho está com 3 anos, ele já o ouviu algumas vezes, é um garotinho valente, não se assusta com facilidade, mas ficou apavorado. Hoje ele me disse: Você pode matar ele com um revólver, não pode? O que eu deveria responder: Não, meu filho, é uma pena mas não consegui nem mesmo ver o sacana? Eu lhe disse: É claro que posso. Por isso, é verdade estou tendo alguma dificuldade para me imaginar sentindo muita pena pelo que quer que ele seja. Nunca machuquei ninguém deliberadamente na minha vida (bem, meu irmão menor, quando éramos pequenos, mas quem não machucou?). Só que isso aqui é diferente. Se você não aceita, problema seu.*

A armadilha demorou para chegar, e a espera afetou Pat. No dia 25 de agosto, ele estava de volta: *OK, parece que estou com um problema aqui (bem, com mais que um problema). A coisa saiu do sótão e está descendo por dentro das paredes. Comecei a ouvir o ruído na sala de estar, sempre num ponto específico junto do sofá, então resolvi abrir um buraco na parede bem ali e instalei uma babá eletrônica. Nada, só que a criatura passou para a parede do corredor. Quando instalei outra babá lá, ela passou para a cozinha e assim por diante. Juro que parece que o bicho está confundindo minha cabeça de propósito para zombar de mim. Sei que não pode ser, mas é o que parece. Seja como for, ele está ficando nitidamente mais corajoso. De certo modo, acho que é bom, porque se ele sair da parede para o campo aberto vai ser mais provável que eu consiga vê-lo, mas eu não deveria me preocupar com a possibilidade de ele nos atacar??*

O cara que tinha sugerido o website de armadilhas ficou impressionado. *Meu Deus! Buracos nas paredes? Sua mulher não é deste mundo. Se eu dissesse à minha garota que eu queria abrir buracos nas paredes, ela me poria no olho da rua.*

Pat ficou satisfeito – uma série de carinhas verdes sorridentes. *É, cara, ela é uma perfeita pérola. Uma em um milhão. Ela não está assim tão feliz, principalmente porque AINDA não ouviu nenhum dos barulhos realmente sérios, só um pouco de arranhados que poderiam ser de um camundongo, uma pega ou qualquer coisa. Mas ela diz que está OK, se for isso o que você precisa fazer, então vá em frente. Agora está vendo por que eu TENHO que pegar essa coisa, certo? Ela merece. Na realidade, ela merece um casaco de vison, não um corpo semimorto de* vison/*qualquer coisa; mas se isso for o melhor que eu puder lhe dar, é isso o que ela vai ganhar!*

– Veja só a hora – disse Richie, baixinho. A ponta de um dedo pairou junto da tela, foi descendo pela marca da hora ao lado das postagens. – Pat está acordado terrivelmente tarde, não está? – O fórum estava configurado para o fuso horário da Costa Oeste dos Estados Unidos. Fiz as contas: Pat estava postando às quatro da manhã.

O cético quis saber: *Que história é essa com babás eletrônicas? Pode acreditar em mim, não sou especialista nelas, mas elas não gravam, certo? Quer dizer que o animal poderia tipo dançar uma polca no seu sótão, mas, se naquele momento você tiver ido ao banheiro e não estiver realmente ali para ver, não adiantou nada. Por que não instala umas câmeras de vídeo e grava imagens de verdade??*

Pat não gostou disso. *Porque não QUERO "gravar imagens", OK? Quero realmente pegar o animal de verdade na minha casa de verdade. Quero realmente mostrá-lo para minha mulher de verdade. Qualquer um pode obter imagens gravadas de algum animal, o YouTube está cheio delas. Eu preciso do ANIMAL em si. Seja como for, não lhes pedi conselhos sobre minha tecnologia, OK? Foi só sobre o que fazer a respeito dessa coisa que está por dentro das paredes. Se você não está com vontade de me ajudar, tudo bem. É um dirieto seu. Tenho certeza de que tem um monte de outras discussões que poderiam se valer da sua genialidade.*

O cara das armadilhas tentou acalmá-lo: *Olhe só, não se preocupe se a criatura entrar entre as paredes. Simplesmente feche os buracos e se esqueça do assunto até receber sua armadilha. Enquanto ela não chegar, qualquer coisa que você faça vai ser como cuspir para o alto. Procure se acalmar e espere.*

Pat não pareceu convencido. *É, pode ser. Eu o mantenho informado. Obrigado.*

— Mas ele não consertou os buracos, certo? — disse Richie. — Se tivesse instalado tela de galinheiro ou alguma coisa para tapá-los, nós teríamos visto as marcas. Ele deixou tudo aberto. — A continuação do raciocínio ficou implícita: em algum momento, as prioridades de Pat tinham mudado.

— Vai ver que ele pôs a mobília na frente deles — disse eu. Richie não respondeu.

No último dia de agosto, a armadilha de Pat finalmente chegou.

Recebi a encomenda hoje!!!! É uma belezinha. Escolhi mesmo uma daquelas antiquadas, com dentes — ora, de que adianta comprar um armadilha se não se pode ter aquela do tipo que via nos filmes quando era criança? — Minha vontade é só ficar aqui alisando-a como algum vilão dos filmes de James Bond — mais carinhas risonhas —, mas o melhor é eu instalar isso antes que minha mulher volte. Ela já está com suas dúvidas sobre essa ideia, e o treco parece muito perigoso, o que para mim é ótimo, mas pode ser que ela não pense do mesmo jeito! Algum conselho?

Algumas pessoas disseram para ele ter cuidado e não ser apanhado com uma coisa daquelas: parece que elas estavam proibidas por lei na maior parte do mundo civilizado. Eu me perguntei como ela teria passado pela Alfândega. Provavelmente o vendedor a identificou como "uma antiguidade: objeto de decoração" e ficou torcendo para ela passar.

Pat não aparentou preocupação. *É. Bem, vou correr o risco. A casa ainda é minha (até o banco chegar e pegá-la de volta), e para protegê-la posso instalar* qualquer armadilha que eu queira. Mantenho vocês informados dos resultados. Mal consigo ESPERAR.

Eu estava tão cansado que meus sentidos estavam se confundindo. As palavras saltavam da tela como uma voz nos meus ouvidos, jovem, determinada, superempolgada. Flagrei-me inclinando-me mais para a frente, para escutar.

Ele voltou daí a uma semana, mas dessa vez estava bem mais contido. *OK, tentei carne moída crua como isca, não deu em nada. Cheguei a tentar um bife cru porque tem mais sangue e achei que isso fosse ajudar, mas não. Deixei a carne lá uns três dias para ela ficar com um cheiro bem forte, e nada. Estou começando a ficar preocupado. Não sei o que vou fazer se isso não funcionar. Minha próxima tentativa vai ser com isca viva. Não estou brincando, caras, por favor torçam para que funcione, OK?*

E ainda tem outra coisa esquisita. Hoje de manhã quando subi para tirar o bife (antes que minha mulher começasse a sentir o cheiro ruim, o que não seria legal), encontrei uma pequena pilha num canto do sótão. Seis seixos, lisos como se tivessem sido tirados da praia, e três conchas, brancas, velhas, ressecadas. Tenho certeza absoluta de que aquilo não estava lá antes. Que é isso?!

Pareceu que ninguém no fórum se importou. A opinião geral era que Pat estava dedicando tempo demais e energia mental demais a essa história, e quem se importava com algumas pedras terem ido parar no sótão dele? O cético quis saber por que toda aquela saga ainda continuava: *Sério, cara, por que está transformando isso numa tremenda novela? O que você precisa é espalhar uma droga de veneno aí, sair para tomar umas cervejas e esquecer toda essa história. Podia já ter feito isso há uns dois meses. Existe algum enorme motivo secreto para não fazer simplesmente isso?*

Às duas da manhã no dia seguinte, Pat voltou e perdeu as estribeiras: *OK, se vcs querem saber por que eu me recuso a usar veneno, aí vai a razão. Minha mulher acha que fiquei maluco. OK? Ela não para de dizer que não, que eu só estou estressado, que vou melhorar, mas eu a conheço e posso dizer que sim. Ela não entende. Tenta entender mas acha que estou imaginando essa história toda. Preciso mostrar esse bicho para ela, só ouvir os ruídos não vai ser suficiente a esta altura. Ela precisa VER o animal em carne e osso para saber que eu não a) estou tendo alucinações com isso tudo nem b) exagerando alguma coisa insignificante como camundongos ou sei lá o quê. Se eu não fizer isso, ela vai me deixar e levar as crianças com ela. NEM MORTO VOU PERMITIR QUE ISSO ACONTEÇA. Ela e nossos filhos são tudo o que tenho. Se eu espalhar veneno, o animal poderia fugir para algum lugar para morrer, e minha mulher nunca vai saber que ele realmente existiu. Só vai achar que eu antes estava louco e depois melhorei. E ela vai sempre estar alerta para a próxima vez que eu começar a não bater bem. Antes que vocês digam qualquer coisa, SIM, eu já pensei em tapar o buraco no beiral antes de espalhar o veneno; mas e se eu prender o bicho do lado de fora, em vez de dentro da casa, e ele fugir de uma vez???? Por isso, como vocês perguntaram, não estou usando veneno porque amo minha família. Agora LARGUEM DO MEU PÉ.*

Um pequeno suspiro soprado de Richie, ali inclinado ao meu lado, mas nenhum de nós dois tirou os olhos da tela. O cético postou uma carinha revirando os olhos; algum outro postou uma que dava batidinhas na têmpora; mais alguém disse a Pat para tomar os comprimidos na ordem certa. O Cara das Armadilhas disse a todos para darem um tempo: *Pessoal, parem com isso. Eu quero saber o que está na casa dele. Se vocês o deixarem emputecido e ele nunca mais voltar, danou-se. Pat-o-cara, não faça caso desses palermas. A mãe deles nunca lhes deu educação. Trate de arrumar uma isca viva e faça uma tentativa. Os* visons *gostam de matar. Se for um* vison, *ele não vai conseguir resistir. Depois volte e nos diga o que conseguiu.*

Pat sumiu. Ao longo de alguns dias, houve algumas brincadeiras sobre o Cara das Armadilhas ir à Irlanda para ele mesmo pegar a criatura, algumas especulações parcialmente solidárias acerca do estado mental de Pat e do seu casamento *(É por causa desse tipo de merda que continuo solteiro)*, e então todos seguiram em frente. A exaustão estava fazendo com que as coisas perdessem o rumo na minha cabeça: por um átimo de segundo desnorteado, eu me preocupei com o fato de Pat não estar fazendo postagens e me perguntei se não deveríamos ir a Broken Harbour para ver como ele estava. Peguei minha garrafa de água e apertei sua superfície fria na minha nuca.

Duas semanas mais tarde, no dia 22 de setembro, Pat voltou e estava muito pior. *LEIAM POR FAVOR!!! Tive dificuldade para conseguir a isca viva. Por fim, fui a uma loja de animais de estimação e comprei um camundongo. Grudei o bichinho numa dessas placas adesivas e a coloquei na armadilha. O pobre coitado guinchava feito louco, eu me senti um merda, mas o que tem de ser feito tem de ser feito, certo?? Fiquei olhando o monitor praticamente TODOS OS SEGUNDOS DA NOITE INTEIRA. Juro pela alma da minha mãe que só fechei os olhos por sei lá uns 20 minutos mais ou menos às 5 da manhã. Não era o que eu pretendia fazer, mas estava morto de cansaço e simplesmente cochilei. Quando acordei, o troço tinha SUMIDO. O camundongo e a placa adesiva SUMIRAM. A armadilha de pegar pela pata NÃO TINHA SIDO ACIONADA. AINDA ESTAVA BEM ABERTA. Assim que minha mulher saiu para levar as crianças à escola hoje de manhã, subi para verificar e, sim, a armadilha está aberta, e o camundongo/placa adesiva NÃO ESTÃO EM PARTE ALGUMA DO SÓTÃO. Como é possível??!!! De que modo qualquer ANIMAL teria como fazer uma coisa dessas??? E agora o que eu faço??? Não posso contar para minha* mulher. Ela não entende. Se eu lhe contar, ela só vai achar que fiquei maluco de vez. *O QUE FAÇO AGORA????*

Tive uma súbita sensação de nostalgia por apenas três dias antes, aquela primeira passada pela casa, quando eu tinha imaginado que Pat fosse algum fracassado que escondia drogas dentro das paredes e que Dina estava em segurança, preparando sanduíches para executivos. Se você for bom neste serviço, o que sou, cada passo num caso de homicídio avança numa direção: rumo à ordem. Jogam em cima de nós estilhaços de destroços sem sentido, e nós os reunimos até conseguirmos extrair a imagem da escuridão e exibi-la à luz clara do dia, sólida, completa, nítida. Por trás de toda a papelada e da política, é esse o nosso trabalho. É esse seu núcleo frio e luminoso que eu amo com todas as fibras do meu coração. Esse caso era diferente. Ele estava andando para trás, arrastando-nos com ele em algum violento refluxo da maré. Cada passo nos mergulhava mais fundo num caos negro, nos enroscava mais em tentáculos de loucura e nos puxava mais para baixo.

O dr. Dolittle e Kieran, o especialista em informática, estavam se divertindo a valer – a insanidade sempre parece ser uma aventura incrível, quando tudo o que se precisa fazer é molhar a ponta de um dedo aqui e ali, ficar boquiaberto com a confusão, lavar qualquer resíduo na segurança da sanidade da sua casa e depois ir ao pub e contar aos amigos a história maneira. Eu estava me divertindo muito menos que eles. Com uma pitada de desconforto, ocorreu-me que Dina talvez tivesse tido até algum tipo de razão acerca desse caso, mesmo que não fosse do jeito imaginado por ela.

Em sua maioria, os caçadores tinham desistido de Pat e de sua saga – mais carinhas dando tapinhas na cabeça, alguém perguntando se na Irlanda estava na fase da lua cheia. Alguns deles começaram a debochar:

Ai, cara, acho que vc tem 1 desses aqui!!! Faça o possível para não deixá-lo entrar em contato com água!!! O link ia dar numa imagem de um gremlin mostrando os dentes.

O Cara das Armadilhas ainda estava tentando um tom tranquilizador. *Aguente firme, Pat-o-cara. Pense no lado positivo. Pelo menos agora você sabe que tipo de isca atrai o bicho. Da próxima vez, é só grudar melhor o camundongo. Você está chegando lá.*

Mais uma coisa para pensar. Não acusando ninguém de nada – só raciocinando. Quantos anos têm seus filhos? Têm idade suficiente para achar que enganar o pai poderia ser engraçado?

Às 4:45 da manhã seguinte, Pat escreveu: *Deixa pra lá. Obrigado, sei que está tentando ajudar, mas essa história de armadilha não está funcionando. Não faço ideia do que tentar agora. Resumindo, estou ferrado.*

E foi assim que terminou. Os participantes habituais brincaram um pouco com "Que bicho está no sótão de Pat-o-cara?" – com imagens do Pé Grande, de duendes, Ashton Kutcher, e o inevitável link para Rickroll. Quando se entediaram, o tópico se extinguiu.

Richie afastou-se do computador, esfregando algum mau jeito no seu pescoço, e olhou de esguelha para mim.

– Pois é – disse eu.

– É.

– A que conclusão você chega?

Ele roeu a articulação de um dedo e ficou olhando para a tela, mas não estava lendo. Estava concentrado, pensando. Daí a um instante, ele respirou fundo.

– Minha conclusão é que Pat tinha pirado. Nem faz diferença se havia ou não alguma coisa na casa. Fosse como fosse, ele já estava totalmente desequilibrado.

Sua voz estava simples e grave, quase triste.

– Pat estava passando por muito estresse. Não é necessariamente a mesma coisa – disse eu, bancando o advogado do diabo; mas no fundo eu sabia. Richie não concordou.

– Não, cara. Não. Aquilo ali – ele deu um peteleco na borda do meu monitor –, aquele ali não é o mesmo cara do verão passado. Em julho, naquele fórum de casa e jardinagem, Pat só fala de proteger Jenny e as crianças. Na hora em que chegou a este fórum, ele já não liga a mínima se Jenny vai ficar apavorada, não liga a mínima se a criatura vai ter acesso às crianças, desde que ele consiga pôr as mãos nela. E ainda por cima, ele vai deixá-la numa armadilha, uma armadilha que ele escolheu especificamente para provocar os piores ferimentos possíveis, e vai ficar olhando todo o tempo que o animal levar para morrer. Não sei como os médicos chamariam isso, mas ele não bate bem, cara. Não bate.

As palavras ressoaram como um eco na minha cabeça. Levei um momento para me lembrar do motivo. Eu tinha dito essas mesmas palavras para Richie, somente duas noites antes, a respeito de Conor Brennan. Eu não conseguia focalizar meus olhos; o monitor parecia estar caído para um lado, como um monte de peso morto, que fazia o caso balançar em ângulos perigosos.

– Não – disse eu. – Eu sei. – Tomei um gole de água. O frio ajudou, mas fiquei com um sabor desagradável, de ferrugem, na minha língua. – Mas você precisa ter em mente que isso não o torna necessariamente um assassino. Não há nada ali sobre machucar a mulher ou os filhos, e há muito sobre o quanto ele os ama. É por isso que ele está tão determinado a pôr as mãos no animal: acha que essa é a única maneira de salvar sua família.

— "É minha função cuidar da minha mulher" — disse Richie. — Foi isso o que ele disse naquele fórum de casa e jardinagem. Se ele achasse que não conseguia mais cumprir essa função...

— "E agora o que eu faço?" — Eu sabia o que vinha depois. O pensamento rolou pesado no meu estômago, como se a água tivesse estado contaminada. Fechei meu navegador e vi a tela assumir um azul brando, inócuo. — Termine os telefonemas mais tarde. Precisamos falar com Jenny Spain.

Ela estava sozinha. O quarto quase dava uma impressão de verão: o dia estava luminoso, e alguém tinha aberto um pouco a janela, de modo que uma brisa brincava com as persianas, e o cheiro forte de desinfetante tinha se dissipado, deixando um leve perfume de limpeza. Jenny estava sentada apoiada em travesseiros, com o olhar fixo no desenho inconstante de luz e sombra na parede, as mãos soltas e imóveis sobre o cobertor azul. Sem maquiagem, ela estava mais jovem e mais sem graça do que nas fotos do casamento; e de algum modo parecia ter mais identidade, agora que as pequenas peculiaridades apareciam — uma pinta na bochecha sem curativo, um lábio superior irregular que lhe conferia o ar de estar pronta para sorrir. Não era de modo algum um rosto notável, mas tinha uma agradável pureza de linhas que lembrava churrascos no verão, *golden retrievers*, jogos de futebol em grama recém-cortada, e eu sempre me deixei fisgar pelo magnetismo do que é comum, pela beleza infinitamente acalentadora, fácil de não ser notada, do corriqueiro.

— Sra. Spain — disse eu. — Não sei se a senhora se lembra de nós: detetive Michael Kennedy e detetive Richard Curran. Tudo bem se nós entrarmos por alguns minutos?

— Ah... — Os olhos de Jenny, injetados e inchados, passaram por nossos rostos. Consegui não estremecer. — É. Eu me lembro. Acho que... sim. Entrem.

— Está sem acompanhante hoje?

— Fiona está no trabalho. Minha mãe tinha uma consulta marcada para verificar a pressão. Ela deve voltar daqui a pouco. Estou bem.

Sua voz ainda estava rouca e engrolada, mas ela levantou os olhos depressa quando entramos. Sua cabeça estava começando a se desanuviar, que Deus a ajude. Ela parecia calma, mas eu não poderia dizer se era decorrente do entorpecimento do choque ou do verniz quebradiço da exaustão.

— Como está se sentindo? — perguntei.

Não houve resposta. Jenny tentou um movimento semelhante a um dar de ombros.

– Minha cabeça está doendo, e meu rosto também. Estão me dando analgésicos. Acho que funcionam. Vocês descobriram alguma coisa sobre... o que aconteceu?

Fiona tinha ficado de bico calado, o que era bom, mas interessante. Lancei um olhar de advertência para Richie. Eu não queria mencionar Conor, não enquanto Jenny estivesse tão desacelerada e com a mente tão anuviada que sua reação não valesse nada. Mas Richie estava com o olhar voltado para o sol que entrava pelas persianas. E havia uma tensão no seu queixo.

– Estamos seguindo uma linha de investigação definida – disse eu.

– Uma linha... Que linha?

– Nós a manteremos informada. – Havia duas cadeiras junto da cama, com almofadas enfiadas nos ângulos, onde Fiona e a sra. Rafferty tinham tentado dormir. Peguei a mais próxima de Jenny e empurrei a outra na direção de Richie. – Pode nos dizer mais alguma coisa sobre a noite de segunda-feira? Qualquer coisinha?

Jenny fez que não.

– Não consigo me lembrar. Estive tentando. Estou tentando o tempo todo... Mas metade do tempo simplesmente não consigo pensar por causa da medicação, e na outra metade minha cabeça dói demais. Acho provável que quando suspenderem os analgésicos e me deixarem sair daqui... quando eu for para casa... Vocês sabem quando...?

A ideia dela entrando naquela casa me fez estremecer. Teríamos de conversar com Fiona sobre a contratação de uma equipe de limpeza, Jenny ficaria no apartamento dela, ou as duas coisas.

– Sinto muito – disse eu. – Não temos nenhuma informação sobre isso. E quanto ao período anterior à noite de segunda? Consegue se lembrar de qualquer coisa fora do comum que tenha acontecido recentemente... qualquer coisa que a tenha preocupado?

Mais um não de Jenny. Somente partes do seu rosto apareciam por trás do curativo. Isso tornava difícil interpretar sua expressão.

– Na última vez que nos falamos – disse eu –, começamos a analisar as invasões de domicílio que ocorreram nos últimos meses.

Jenny voltou o rosto na minha direção, e eu captei uma centelha de cautela: ela sabia que havia algo de errado – tinha relatado apenas uma invasão a Fiona –, mas não conseguia identificar o quê.

– Aquilo? Que importância tem aquilo?

– Precisamos examinar a possibilidade de que as invasões estejam relacionadas ao ataque.

As sobrancelhas de Jenny se uniram. Ela poderia estar entrando num devaneio, mas alguma imobilidade dizia que estava se esforçando ao máximo para pensar através daquele nevoeiro.

— Eu lhe disse – respondeu ela, depois de um longo momento, quase desfazendo do fato. – Não foi nada significativo. Para ser franca, nem tenho certeza se chegou a haver alguma invasão. É provável que tenham sido as crianças mexendo nas coisas.

— Poderia nos dar os detalhes? Datas, horários, coisas que pareceram estar faltando? – Richie pegou seu caderno.

Sua cabeça movimentou-se inquieta sobre o travesseiro.

— Meu Deus, eu não me lembro. Não sei, pode ser que tenha sido em julho? Eu estava arrumando as coisas, e uma caneta e umas fatias de presunto tinham sumido. Ou foi o que pensei, de qualquer modo. Todos nós tínhamos saído naquele dia. Por isso, só fiquei um pouco nervosa com a possibilidade de ter esquecido alguma coisa sem trancar e alguém ter entrado. Há invasores morando em algumas das casas vazias, e às vezes eles rondam por aí. Só isso.

— Fiona disse que a senhora a acusou de usar as chaves dela para entrar.

Os olhos de Jenny se voltaram para o teto.

— Já lhe disse: Fiona faz tudo parecer maior do que é. Eu não a *acusei* de nada. Só *perguntei* se tinha estado em nossa casa, porque ela é a única pessoa que tinha as chaves. Ela disse que não. Assunto encerrado. Não foi, tipo, um dramalhão.

— A senhora não ligou para a polícia?

— Para dizer o quê? – perguntou Jenny, dando de ombros. – Que não consigo encontrar minha caneta e que comeram umas fatias de presunto da geladeira? Eles teriam rido de mim. Qualquer um teria rido.

— A senhora mudou as fechaduras?

— Mudei o código do alarme, só por segurança. Eu não ia mandar trocar todas as fechaduras se nem mesmo tinha certeza de que alguma coisa tinha *acontecido*.

— Mas, mesmo depois da troca do código do alarme, houve outros incidentes – disse eu.

Ela conseguiu dar um risinho, frágil o suficiente para se estilhaçar no ar.

— Ai, meu Deus, *incidentes?* Não estamos falando de uma zona de guerra. Desse jeito, a impressão é de que alguém estava bombardeando nossa sala de estar.

— Pode ser que eu tenha entendido errado os detalhes – disse eu, em tom conciliador. – O que acontecia exatamente?

— Eu nem mesmo me lembro. Nada de importante. Isso poderia esperar? Estou morrendo de dor de cabeça.

— Só precisamos de mais alguns minutos, sra. Spain. Poderia me esclarecer os detalhes?

Hesitante, Jenny levou a ponta dos dedos à nuca e se encolheu. Senti que Richie movimentava os pés e olhava para mim, pronto para se retirar, mas eu não me mexi. É uma sensação estranha, a de ser manipulado pela vítima. É antinatural olhar para uma criatura ferida que supostamente devemos ajudar, e ver nela um adversário cuja inteligência precisamos superar. Aceito bem esta situação. Em qualquer circunstância, prefiro um desafio a um monte de dor em carne viva.

Depois de um instante, Jenny deixou a mão cair de volta sobre o colo.

– Só o mesmo tipo de coisa – disse ela. – Até mesmo, menor. Como umas duas vezes encontrei as cortinas na sala de estar puxadas do jeito errado. Eu as aliso quando as prendo na alça, para elas ficarem com o caimento certo. Mas umas duas vezes as encontrei todas torcidas. Está vendo o que eu quero dizer? Era provável que fossem as crianças brincando de esconder nelas, ou...

A menção às crianças fez com que ela tentasse recuperar o fôlego.

– Mais alguma coisa? – perguntei depressa.

Jenny expulsou o ar lentamente, retomando o controle.

– Só... coisas desse tipo. Eu mantenho velas em uso, para que a casa sempre tenha um cheiro bom. Tenho um punhado delas num dos armários da cozinha, todas com perfumes diferentes, e eu as troco de vez em quando. Uma vez no verão, talvez em agosto, fui pegar a vela de maçã e tinha sumido. E eu sabia que ela estava ali na semana anterior. Eu me lembrava de tê-la visto. Mas Emma sempre adorou essa vela, a de maçã. Ela poderia ter apanhado a vela para brincar no jardim ou coisa semelhante, e a esquecido por lá.

– A senhora perguntou a ela?

– Não me lembro. Isso foi há meses. Não era nada de *importante*.

– Na verdade, parece muito perturbador. A senhora não ficou assustada?

– *Não*. Não fiquei. Quer dizer, mesmo que estivéssemos com algum tipo de ladrão esquisito, ele só pegava coisas como velas e presunto. Isso não é realmente apavorante, é? Pensei que, *se* houvesse alguém mesmo, devia ser só uma das crianças do condomínio... Algumas delas andam soltas, sem nenhum controle. São como macacos, gritando e jogando coisas no carro quando você passa. Pensei que fosse um deles, numa aposta com os outros. Mas provavelmente nem isso. As coisas se perdem nas casas. O senhor liga para a polícia cada vez que uma meia some na roupa lavada?

– E mesmo quando os incidentes continuaram, a senhora ainda assim não trocou as fechaduras.

– Não. Não troquei. Se alguém estava entrando, se é que isso estava acontecendo, eu queria apanhar a pessoa. Não queria que ela passasse adiante para perturbar mais alguém. Queria que ela parasse. – Essa lembrança levantou o queixo de Jenny, conferiu um ar de resistência ao seu maxilar; e aos seus olhos, uma determinação fria e pronta para a luta. Ela fez sumir aquele aspecto comum, tornou-a forte e cheia de vida. Jenny e Pat tinham sido feitos um para o outro: lutadores. – Depois de um tempo, às vezes, quando nós saíamos, eu nem acionava o alarme, de propósito. Para que, se alguém realmente entrasse, ficasse lá dentro até eu voltar e apanhá-lo. Está vendo? Eu não estava *apavorada*.

– Entendi. A que altura a senhora contou para Pat?

– Não contei – disse Jenny, dando de ombros.

Fiquei esperando. Daí a um instante, ela continuou.

– Simplesmente não contei. Não quis incomodá-lo.

– Não estou querendo criticá-la em retrospectiva, sra. Spain, mas essa decisão parece estranha. A senhora não teria se sentido mais segura se Pat soubesse? Na verdade, ele mesmo não teria estado mais seguro se soubesse?

Um dar de ombros que a fez se encolher de dor.

– Ele já tinha preocupações suficientes.

– Por exemplo?

– Ele tinha sido demitido. Estava dando o melhor de si para conseguir outro emprego, mas não estava tendo sorte. Nós estávamos... nós não tínhamos um monte de dinheiro. Pat estava um pouco estressado.

– Mais alguma coisa?

– Isso já não basta? – perguntou ela, dando de ombros.

Esperei novamente, mas dessa vez ela não ia ceder.

– Encontramos uma armadilha no sótão da sua casa. Uma armadilha para um animal.

– Ai, meu Deus. *Aquilo*. – De novo aquela risada, mas deu para eu perceber alguma chispa brilhante – pavor, talvez, ou fúria – que emprestou vida à sua expressão por um segundo. – Pat achava que estávamos com um arminho, uma raposa ou coisa semelhante, entrando e saindo da casa. Estava louco para ver o que era. Nós fomos criados na cidade. Até mesmo os coelhos lá nas dunas de areia nos deixavam empolgados assim que nos mudamos. Pegar uma raposa viva de verdade teria sido demais.

– E ele pegou alguma coisa?

– Ai, meu Deus, não. Ele nem mesmo sabia que tipo de isca usar. Como eu disse, fomos criados na cidade.

Sua voz tinha a leveza de um bate-papo num coquetel, mas seus dedos estavam crispados no cobertor.

– E os buracos nas paredes? – perguntei. – Um projeto do tipo "faça-você-mesmo" foi o que a senhora disse. Tinha alguma coisa a ver com o arminho?

– Não. Quer dizer, um pouco, mas no fundo não. – Jenny estendeu a mão para pegar o copo d'água na mesinha de cabeceira, bebeu devagar.

Pude ver seu esforço para acelerar o pensamento. – Os buracos simplesmente aconteceram, sabe? Aquelas casas têm algum problema nos alicerces. Buracos simplesmente *aparecem*. Pat ia consertá-los, mas antes queria trabalhar em alguma coisa... na fiação, pode ser? Não me lembro. Não entendo dessas coisas. – Ela me lançou um olhar de autodepreciação, tipo mulherzinha toda indefesa. Mantive minha expressão impassível. – E ele se perguntava se talvez o arminho, ou fosse lá o que fosse, não poderia descer por dentro das paredes e nós o pegaríamos desse jeito. Só isso.

– E isso não a incomodava? O adiamento do conserto das paredes, a possibilidade de animais nocivos na casa?

– No fundo, não. Para ser franca, nem por um segundo eu acreditei que de fato houvesse um arminho ou qualquer coisa grande, ou eu não teria deixado uma criatura dessas perto das crianças. Achei que podia ser um pássaro ou um esquilo. As crianças teriam adorado ver um esquilo. Quer dizer, é claro que teria sido legal se Pat tivesse decidido construir um barracão de ferramentas no jardim ou alguma coisa desse tipo em vez de ficar mexendo nas paredes – aquela risada de novo, tão esforçada que doía ouvir –, mas ele precisava fazer alguma coisa para se manter ocupado, certo? E eu pensei, tudo bem, não importa, existem hobbies piores.

Poderia ter sido verdade; poderia ter sido apenas uma versão distorcida da mesma história que Pat relatou na internet. Eu não conseguia decifrá-la, com todas as coisas que estavam atrapalhando. Richie mexeu-se na cadeira.

– Nós temos informações – disse ele, escolhendo as palavras, – de que Pat estaria bastante perturbado com o esquilo, raposa ou seja lá o que fosse. A senhora poderia nos falar disso?

Mais uma vez, aquela faísca de alguma emoção forte passou pelo rosto de Jenny, depressa demais para se captar.

– Que informações? De quem?

– Não podemos entrar em detalhes – disse eu, em tom tranquilizador.

– Bem, sinto muito, mas suas *informações* estão erradas. Se for Fiona de novo, desta vez ela não está só fazendo um dramalhão, mas está inventando essa história toda. Pat nem mesmo tinha certeza se havia alguma coisa entrando, ou poderiam ter sido simplesmente camundongos. Um homem adulto não fica *perturbado* com camundongos. Quer dizer, você ficaria?

– Não – admitiu Richie, com um toque de sorriso. – Só estou confirmando. Outra coisa que eu queria perguntar: a senhora disse que Pat precisava de alguma coisa para se manter ocupado. O que ele fazia o dia inteiro depois que foi demitido? Além do "faça-você-mesmo"?

Jenny encolheu os ombros.

– Procurava emprego. Brincava com as crianças. Corria muito... não tanto desde que o tempo esfriou, mas no verão. Ocean View tem umas paisagens lindas. Ele vinha trabalhando feito louco desde que saímos da faculdade. Foi bom para ele tirar uma folga.

A declaração saiu só um pouco fácil demais, como se ela a tivesse recitado antes.

– A senhora disse mais cedo que ele estava estressado – disse Richie. – Estressado até que ponto?

– Ele não gostava de estar sem trabalho, é claro. Quer dizer, sei que tem gente que gosta, mas Pat não é assim. Ele teria se sentido mais feliz se soubesse quando conseguiria um novo emprego, mas tirou o melhor partido da situação. Nós acreditamos em ter uma atitude mental positiva. AMP, o tempo todo.

– É? Hoje em dia tem um monte de caras que estão sem trabalho e têm muita dificuldade para se ajustar. Não é nada de que se envergonhar. Alguns ficam deprimidos ou irritadiços. Pode ser que bebam um pouco além da conta ou percam a paciência com mais facilidade. É claro que é natural. Não quer dizer que sejam fracos ou estejam perdendo o juízo. Pat passou por alguma coisa desse tipo?

Richie estava se esforçando para conseguir a intimidade tranquila que tinha conseguido derrubar a guarda de Conor e dos Gogan, mas não estava funcionando: o ritmo estava errado, e a voz tinha um tom forçado. Em vez de deixar Jenny relaxada, ele conseguira fazer com que ela se empertigasse, com os olhos azuis chispando de raiva.

– Minha nossa, *não*. Não era como se ele estivesse tendo um *colapso nervoso* ou coisa que o valha. Quem quer que tenha dito...

Richie ergueu as mãos.

– Não haveria nada de mais se ele estivesse, é só o que estou dizendo. Poderia acontecer com o melhor dos homens.

– Pat estava bem. Precisava de um emprego. Não estava maluco. OK, detetive? Dá para aceitar isso?

– Não estou dizendo que ele estava maluco. Só estou perguntando se a senhora alguma vez ficou preocupada com ele. Com a possibilidade de ele se ferir? Talvez mesmo ferir a senhora? Com o estresse...

– *Não!* Pat nunca faria isso. Nem em um milhão de anos. Ele... Pat estava... O que você está fazendo? Está tentando... – Jenny tinha caído de volta nos travesseiros, com a respiração rasa, ofegante. – Será que podíamos... deixar isso para outra hora? Por favor?

Seu rosto ficou cinzento e murcho de repente, e suas mãos tinham perdido a força com que seguravam o cobertor: dessa vez ela não estava fingindo.

Olhei de relance para Richie, mas ele estava com a cabeça baixa sobre o caderno e não levantou os olhos.

— Claro que podemos — disse eu. — Obrigado por sua atenção, sra. Spain. Por favor, aceite nossos pêsames, mais uma vez. Espero que não esteja sentindo muita dor.

Ela não respondeu. Seus olhos estavam toldados. Ela já não estava por ali conosco. Saímos das cadeiras e do quarto no maior silêncio possível. Quando fechei a porta atrás de nós, ouvi Jenny começar a chorar.

Lá fora, o céu estava inconstante, com sol apenas o suficiente para enganar as pessoas, fazendo-as achar que estavam aquecidas. Os morros estavam malhados com manchas de luz e de sombra em movimento.

— O que houve lá dentro? — perguntei.

Richie estava enfiando o caderno de volta no bolso.

— Meti os pés pelas mãos.

— Por quê?

— Foi ela. O estado dela me tirou do sério.

— Na quarta, você se saiu bem com ela.

— É, pode ser — disse ele, com um tremor no ombro. — Era uma coisa quando nós achávamos que isso era obra de algum estranho, sabe? Mas, se vamos precisar lhe dizer que seu próprio marido fez isso com ela, com os filhos... acho que eu estava esperando que ela já soubesse.

— *Se* tiver sido ele. Vamos nos preocupar com um passo de cada vez.

— Eu sei. Eu só... Estraguei tudo. Desculpe.

Ele ainda estava enrolado com o caderno. Parecia pálido e encolhido, como se estivesse esperando uma bronca. Um dia antes, era provável que tivesse levado uma, mas naquela manhã eu não me lembrava do motivo pelo qual eu deveria gastar essa energia.

— Nem tanto estrago assim — disse eu. — Seja como for, qualquer coisa que ela diga agora não vale. Ela está tomando doses suficientes de analgésicos para que qualquer depoimento seja descartado num piscar de olhos. Foi uma boa hora para sair.

Achei que isso o tranquilizaria, mas seu rosto continuou tenso.

— Quando vamos tentar de novo com ela?

— Quando os médicos reduzirem a dosagem. Pelo que Fiona disse, não deveria demorar muito. Amanhã a gente confirma.

— Pode se passar um bom tempo até ela estar em condições razoáveis para falar. Você a viu: ela estava praticamente inconsciente ali.

— Richie, ela está em melhores condições do que tenta parecer. No final, sim, ela apagou depressa, mas até então... Ela está sentindo dores e não está pensando com clareza, certo, mas já melhorou muito do outro dia para cá.

— Ela me pareceu péssima — disse Richie.

Ele estava se dirigindo para o carro.

— Espera um pouco — disse eu. Ele estava precisando respirar um pouco de ar puro, e eu também. Eu estava cansado demais para ter essa conversa e dirigir em segurança ao mesmo tempo. — Vamos tirar uns cinco minutos.

Fui andando até o muro onde tínhamos nos sentado na manhã das autópsias — aquilo parecia ter sido dez anos atrás. A ilusão do verão não se manteve: o sol estava ralo e trêmulo; e o ar, tão cortante que o frio atravessava meu sobretudo. Richie se sentou ao meu lado, fazendo subir e descer o zíper da sua jaqueta.

— Ela está escondendo alguma coisa — disse eu.

— Pode ser. É difícil ter certeza, com toda a medicação.

— Tenho certeza. Ela está fazendo um esforço exagerado para fingir que a vida era perfeita até a noite de segunda-feira. As invasões não tinham importância. O animal de Pat não tinha importância. Tudo estava simplesmente bem. Ela estava tagarelando como se nós três tivéssemos nos reunido para tomar café.

— Algumas pessoas... é assim que elas funcionam. Tudo está sempre bem. Não importa o que esteja errado, ela nunca vai admitir. Basta cerrar os dentes, continuar dizendo que está tudo uma maravilha e torcer para que seja verdade.

Ele estava com os olhos em mim. Não consegui conter um sorriso irônico.

— É mesmo. É difícil se livrar de hábitos antigos. E você tem razão, Jenny parece ser assim. Mas, numa hora como esta, seria de imaginar que ela estivesse revelando tudo o que sabe. A menos que tenha uma razão muito boa para não fazê-lo.

— A razão óbvia — disse Richie, depois de um segundo —, é que ela se lembra da noite de segunda-feira. Se for isso, a indicação é para Pat. Pelo marido, ela talvez mantivesse a boca fechada. Para alguém que ela não via fazia anos, nem pensar.

— Então por que ela está desfazendo das invasões? Se realmente não ficou apavorada, por que não ficou? Qualquer mulher neste mundo, se suspeitar de que alguém tem acesso à casa onde ela e os filhos moram, *vai fazer* alguma coisa para resolver o assunto. A não ser que ela saiba muito bem quem está entrando e saindo e não veja nenhum problema nisso.

Richie mordeu uma cutícula e refletiu sobre isso, semicerrando os olhos voltados para o sol fraco. Seu rosto estava recuperando um pouco de cor, mas sua coluna ainda estava curvada com a tensão.

— Então por que ela contaria para Fiona?

— Porque de início não sabia. Mas você ouviu o que ela disse: ela estava tentando pegar a pessoa. E se pegou? E se Conor ganhou coragem e decidiu deixar um bilhete para Jenny, em algum momento? Lembre-se de que existe ali uma história. Fiona acha que nunca houve nada de romântico entre os dois, ou pelo menos é o que ela diz que acha. Mas eu duvido de que ela soubesse se tivesse havido. No mínimo, eles foram amigos, amigos íntimos por muito tempo. Se Jenny descobriu que Conor estava no pedaço, ela poderia ter resolvido retomar a amizade.

— Sem contar a Pat?

— Vai ver que ela ficou com medo de ele subir pelas paredes e dar uma surra em Conor. Ele tinha antecedentes de ciumento, lembra? E pode ser que Jenny soubesse que ele tinha do que ter ciúme. — Dizer isso em voz alta fez uma carga de eletricidade me percorrer, uma carga que quase me levantou da mureta. Por fim, e já não era sem tempo, esse caso estava começando a se encaixar em um dos modelos, o mais antigo e desgastado de todos.

— Pat e Jenny eram loucos um pelo outro — disse Richie. — Se tem uma coisa sobre a qual todos concordam, é isso.

— É você que está dizendo que ele tentou matá-la.

— Não é a mesma coisa. Há quem mate a pessoa pela qual ele é louco. Acontece o tempo todo. Mas não há quem traia a pessoa por quem é louco.

— A natureza humana é a natureza humana. Jenny está presa no fim do mundo, sem amigos por perto, sem trabalho, com preocupações financeiras até os cabelos. Pat está obcecado por algum animal no sótão. E de repente, exatamente quando ela mais precisa, Conor aparece. Alguém que a conheceu naquela época em que era a garota dourada com a vida perfeita; alguém que a adorou durante metade da sua vida. Seria preciso ser uma santa para não se sentir tentada.

— Pode ser — disse Richie, ainda rasgando aquela cutícula. — Mas digamos que você tenha razão, certo? Isso não nos conduz a um motivo para Conor.

— Jenny resolveu terminar o caso.

— Esse seria um motivo para matar Jenny, só. Ou talvez só Pat, se Conor achasse que isso faria Jenny voltar para ele. Não a família inteira.

O sol tinha sumido. Os montes estavam se desbotando num tom de cinza, e o vento soprava folhas caídas em círculos vertiginosos antes de atirá-las de novo no chão úmido.

— Depende do quanto ele queria castigá-la — disse eu.

— OK — disse Richie. Ele tirou a unha da boca e enfiou as mãos nos bolsos, abrigando-se melhor na jaqueta. — Pode ser. Mas então por que Jenny não diz nada?

— Porque não se lembra.

— Não se lembra da noite de segunda, talvez. Mas, dos últimos meses, ela se lembra muito bem. Se estivesse tendo um caso com Conor, ou mesmo só passando tempo com ele, ela se lembraria. Se estivesse planejando terminar com ele, ela saberia.

— E você acha que ela ia querer ser exposta nas manchetes? "Mãe de Crianças Assassinadas Teve Caso com Acusado, Informou Tribunal". Acha que ela ia se dispor a ser a Vagabunda da Semana para a imprensa?

— Acho que sim. Você está dizendo que ele matou os dois *filhos* dela, cara. Não teria como ela encobrir isso.

— Ela poderia, se sua sensação de culpa fosse suficiente — disse eu. — Um caso faria ser dela a culpa de Conor estar na vida deles, faria ser dela a culpa por ele ter feito o que fez. Muita gente teria grande dificuldade para conciliar isso na própria cabeça, imagine contar o fato para a polícia. Nunca subestime o poder da culpa.

Richie não concordou.

— Mesmo que você tenha razão quanto ao caso, isso não acusa Conor, mas acusa Pat. Ele já não estava batendo bem... você mesmo disse isso. Depois, descobre que a mulher está transando com seu ex-melhor amigo e surta. Mata Jenny como um castigo, apaga as crianças junto, para elas não precisarem viver sem os pais, e acaba consigo mesmo porque não lhe resta nenhuma razão para viver. Você viu o que ele disse no fórum: *Ela e nossos filhos são tudo o que tenho.*

Dois estudantes de medicina que deviam ter mais conhecimento de causa tinham saído para fumar aqui fora, com suas olheiras e barbas por fazer. Tive um surto repentino de impaciência, tão violento que fez desaparecer o cansaço, com tudo o que estava ao meu redor: o cheiro absurdo da fumaça dos cigarros, os passinhos de dança cheios de tato de nossa conversa com Jenny, a imagem de Dina insistente me perturbando num canto da minha cabeça, Richie e sua confusão teimosa e incompreensível de objeções e hipóteses.

— Bem — disse eu, levantando-me e espanando meu casaco. — Vamos começar tentando descobrir se estou certo ou errado quanto ao caso entre os dois, OK?

— Conor?

— Não — respondi. Eu queria tanto enfrentar Conor que quase conseguia sentir seu cheiro forte e resinoso, mas é aí que o controle mostra sua utilidade. — Vamos deixá-lo para mais tarde. Só vou chegar perto de Conor Brennan quando eu puder usar toda a minha munição. Vamos conversar de novo com os Gogan. E dessa vez sou eu que vou falar.

* * *

A cada vez, Ocean View parecia pior. Na terça-feira, sua aparência era a de um lugar abandonado à espera de seu salvador, como se somente fosse necessário um incorporador cheio da grana e com muita disposição para entrar ali e tornar realidade todas aquelas formas vibrantes de seu projeto. Agora, ele parecia o fim do mundo. Quando parei, eu mais ou menos esperava que cães selvagens viessem sorrateiros cercar o carro, últimos sobreviventes a sair cambaleantes e aos gemidos de esqueletos de casas. Pensei em Pat correndo em círculos por aquela devastação, tentando tirar da cabeça aqueles ruídos do seu sótão; em Jenny escutando o assobio do vento nas janelas, lendo livros com capas cor-de-rosa para manter sua AMP e se perguntando para onde tinha ido seu final feliz.

Sinéad Gogan estava em casa, é claro.

– O que vocês querem? – perguntou ela, na soleira da porta. Estava usando a mesma legging cinza da terça-feira. Reconheci uma mancha de gordura numa coxa flácida.

– Gostaríamos de trocar umas palavras com a senhora e seu marido.

– Ele saiu.

O que era uma droga. Gogan era o que podia se chamar de cérebro naquela casa. Eu tinha contado com ele para se dar conta de que eles precisavam falar conosco.

– Tudo bem – disse eu. – Podemos voltar para falar com ele mais tarde, se for preciso. Por enquanto, vamos ver o quanto a senhora pode nos ajudar.

– Jayden já lhes contou...

– É, contou, sim – disse eu, passando por ela e me encaminhando para a sala de estar, com Richie atrás. – Desta vez, não é em Jayden que estamos interessados. É na senhora.

– Por quê?

Jayden estava de novo sentado no chão, atirando em mortos-vivos.

– Faltei porque estou passando mal – disse ele, imediatamente.

– Desligue isso aí – eu lhe disse, instalando-me numa das poltronas. Richie ocupou a outra. Jayden fez uma cara de nojo, mas, quando apontei para o controle e estalei os dedos, ele obedeceu. – Sua mãe tem alguma coisa para nos contar.

– Não tenho, não – disse ela, permanecendo na soleira da porta.

– Claro que tem. A senhora está escondendo alguma coisa desde a primeira vez que entramos aqui. Hoje é o dia em que vai botar isso para fora. O que foi, sra. Gogan? Alguma coisa que viu? Que ouviu? O que foi?

– Não sei de nada sobre o camarada. Nem mesmo cheguei a vê-lo.

– Não foi isso o que lhe perguntei. Não me importa se não tiver nada a ver com aquele *camarada*, ou com qualquer outro. Quero ouvir de qualquer maneira. Sente-se.

Percebi que Sinéad pensou em começar uma ladainha de não-me-dê-ordens-na-minha-própria-casa; mas lhe lancei um olhar que dizia que essa seria uma péssima ideia. Por fim, ela revirou os olhos e se deixou cair no sofá, que gemeu com o peso.

— Preciso acordar o bebê daqui a pouco. E não sei de nada que tenha a ver com nada. OK?

— Não é a senhora que decide isso. Funciona assim: a senhora nos diz tudo o que sabe. *Nós* decidimos o que está ligado ao caso. É por isso que somos policiais. Portanto, vamos falando.

Ela deu um suspiro ruidoso.

— Eu... não... sei... de nada. O que vocês querem que eu diga?

— Até onde vai sua estupidez? – perguntei.

O rosto de Sinéad ficou mais feio, e ela abriu a boca para me atacar com alguma baboseira desgastada sobre respeito, mas eu continuei jogando as palavras em cima dela até ela se calar de novo.

— A senhora me dá engulhos. O que acha que estamos investigando? Furtos a lojas? Lixo jogado na rua? Isso aqui é um caso de *homicídio*. Homicídio múltiplo. Como é que isso ainda não entrou nessa sua cabeça dura?

— Não me chame de...

— Me diga uma coisa, sra. Gogan. Estou curioso. Que tipo de lixo humano deixa um assassino de crianças em liberdade só porque não gosta de policiais? A que ponto uma pessoa pode ser sub-humana para achar que isso é certo?

— Você vai deixar ele falar comigo desse jeito? – perguntou Sinéad, indignada, dirigindo-se a Richie. Ele mostrou as mãos abertas.

— Estamos sofrendo uma pressão brutal, sra. Gogan. A senhora viu os jornais, não viu? O país inteiro está esperando que nós resolvamos o caso. Precisamos fazer o que for necessário.

— Sem brincadeira – disse eu. – Por que a senhora pensa que não paramos de voltar aqui? Porque não conseguimos ficar longe de seu lindo rostinho? Nós estamos aqui porque prendemos um cara e precisamos de provas para mantê-lo por trás das grades. Pense bem, se conseguir. O que a senhora calcula que vai acontecer se ele for solto?

Sinéad estava com os braços cruzados sobre a pança e os lábios crispados numa expressão de quem se sente insultada. Não esperei pela resposta.

— A primeira coisa é que eu vou ficar muito emputecido; e até mesmo a senhora sabe que emputecer um policial é uma ideia ruim. Será que seu marido algum dia faz serviços sem recibo, sra. Gogan? Sabe quanto tempo ele poderia pegar de cadeia por fraude à previdência? Jayden não me parece doente. Com que frequência ele falta às aulas? Se eu me esforçar... e pode acreditar em mim, é isso o que vou fazer... a senhora consegue calcular todos os problemas que posso lhe causar?

— Somos uma família honrada...

— Me poupe. Mesmo que eu acreditasse na senhora, eu não sou seu maior problema. A segunda coisa que vai acontecer, se a senhora continuar nos enrolando, é que *esse camarada vai ser solto*. Deus sabe que eu não espero que a senhora se importe com a justiça ou com o bem da sociedade, mas achei que pelo menos tivesse inteligência para cuidar de sua própria família. Esse homem sabe que Jayden poderia nos falar da chave. A senhora acha que ele não sabe onde Jayden mora? Se eu disser para ele que alguém tem alguma coisa para contar e poderia falar a qualquer instante, quem a senhora acha que ia ocorrer a ele imediatamente?

— Mãe — disse Jayden, em voz baixa. Ele tinha se arrastado pelo chão para se encostar no sofá e estava olhando fixamente para mim. Eu podia sentir a cabeça de Richie voltada para mim também, mas ele teve o bom senso de se manter calado.

— Será que deixei bem claro? Quer que eu explique em palavras mais simples? Porque, a menos que seja burra demais para continuar viva, suas próximas palavras vão ser não importa o que seja que esteve escondendo.

Sinéad estava enfurnada no sofá, de queixo caído. Jayden estava agarrado à barra da sua legging. O medo no rosto dos dois fez com que voltasse aquele surto vertiginoso, descentrado da noite passada; fez com que ele seguisse em disparada pelo meu sangue como uma droga sem nome.

Não costumo falar dessa maneira com testemunhas. Meu jeito de lidar com as pessoas pode não ser o mais gentil. Eu posso ter a reputação de ser frio, brusco ou não importa como as pessoas chamem, mas em toda a minha carreira eu nunca tinha feito nada semelhante a isso. Não que não tivesse sentido vontade. Não se iluda: nós todos temos um traço de crueldade. Costumamos mantê-lo bem reprimido, seja por termos medo da punição, seja por acreditarmos que isso de algum modo vai fazer uma diferença, vai tornar o mundo um lugar melhor. Ninguém vai punir um detetive por amedrontar um pouco uma testemunha. Já ouvi muitos dos rapazes fazerem pior que isso, e nada aconteceu com eles.

— Fale — disse eu.

— *Mãe.*

— Foi aquele treco ali — disse Sinéad, mostrando com a cabeça a babá eletrônica, caída de lado na mesinha de centro.

— Foi o quê?

— Às vezes, tem uma interferência com os fios, ou sei lá como se diz.

— São as frequências — disse Jayden. Muito mais satisfeito agora que sua mãe estava falando. — Não são os fios.

— Cala a boca. Tudo isso é culpa sua, você e a droga dos dez euros. — Jayden foi se arrastando pelo chão, para longe dela, e parou de cara amarrada. — Não importa como se chame, acontece uma interferência. Às vezes, não o tempo todo. Pode ser de duas em duas semanas, esse treco pegava a transmissão deles, em vez da nossa. Desse jeito, dava para a gente ouvir o que estava acontecendo por lá. Não era de propósito nem nada. Não fico escutando escondido as pessoas — Sinéad conseguiu assumir uma aparência de superioridade moral que não combinava com ela —, mas não podíamos deixar de ouvir.

— Certo — disse eu. — E o que a senhora ouviu?

— Já lhe disse. Não fico xeretando as conversas dos outros. Não prestei atenção. Só desliguei o monitor e liguei de novo para voltar ao normal. Só cheguei a ouvir alguns segundos, mais ou menos.

— Você passava séculos escutando — disse Jayden. — Até me fazia baixar o som do meu jogo para ouvir melhor.

Sinéad lançou um olhar sobre ele que dizia que ele estava ferrado assim que nós saíssemos. Por isso, ela estava disposta a deixar um assassino ser liberado: para ela poder dar a impressão de ser uma boa dona de casa respeitável, para si mesma se não para nós, em vez de uma mulherzinha enxerida, mesquinha, sorrateira. Eu já tinha visto isso centenas de vezes, mas ainda tive vontade de arrancar a tapas do seu rosto feio aquele ar de virtude de quarta mão.

— Não ligo a mínima se a senhora tivesse passado todos os seus dias escutando debaixo da janela dos Spain, com uma corneta acústica. Só quero saber o que ouviu.

— Qualquer um teria escutado, é claro — disse Richie, sem dar importância. — É a natureza humana. Seja como for, de início, a senhora não teve escolha: precisava descobrir o que estava acontecendo com seu monitor. — Sua voz estava tranquila: ele estava em plena forma novamente.

Sinéad fez que sim, com vigor.

— Isso mesmo. A primeira vez que aconteceu, eu quase tive um ataque do coração. No meio da noite, de repente vem uma voz de criança: "Mamãe, mamãe, vem cá", direto no meu ouvido. Primeiro, achei que era Jayden, só que a criança parecia muito menor, e, de qualquer modo, ele não me chama de mamãe. E o bebê tinha acabado de nascer. Aquilo quase me matou de susto.

— Ela deu um berro — disse Jayden, debochando. Parecia que ele tinha se recuperado. — Achou que era um fantasma.

— Achei, sim. E daí? Meu marido acordou nessa hora e descobriu o que era, mas qualquer pessoa teria ficado apavorada. E daí?

– Ela ia chamar uma vidente. Ou um desses caçadores de fantasmas.

– Cala a boca.

– Quando foi isso?

– O bebê está agora com dez meses. Deve ter sido em janeiro, fevereiro.

– E depois a senhora ouviu de duas em duas semanas, umas vinte vezes ao todo. O que ouviu?

Sinéad ainda estava com raiva suficiente para me dar uma garrafada, mas era impossível resistir a um pouco de fofoca sobre os vizinhos metidos.

– Na maioria das vezes uma chateação só. No início, era ele lendo alguma *história* para fazer dormir uma das crianças. Ou era o garotinho pulando na cama, ou a menina conversando com as bonecas. Mais para o fim do verão, eles devem ter mudado os aparelhos para o andar de baixo ou alguma coisa desse tipo, porque nós começamos a ouvir outras coisas. Como eles vendo televisão, ou ela ensinando a menina a fazer biscoitos com gotas de chocolate... não comprava na loja como todo mundo, era boa demais para isso... E uma vez, também no meio da noite, eu a ouvi dizer "Vem dormir. Por favor", como se estivesse implorando, e ele respondeu: "Já vou." Não o culpo também. Seria como trepar com um saco de batatas. – Sinéad tentou compartilhar um olhar de deboche com Richie, mas ele continuou impassível. – Como eu disse. Muito chato.

– E as vezes em que não era chato? – perguntei.

– Foi só uma vez.

– Vá falando.

– Era uma da tarde. Ela tinha acabado de chegar, acho que tinha ido buscar a menina na escola. Estávamos aqui, o bebê dormindo, e eu com a babá aqui fora. E, de repente, lá vem a mulher tagarelando. Eu quase desliguei porque juro que ela daria enjoo em qualquer um, mas...

Sinéad encolheu os ombros, com ar de desafio.

– O que Jennifer Spain estava dizendo? – perguntei.

– Estava falando pelos cotovelos. Assim: "Agora, vamos nos aprontar! O papai está chegando da caminhada a qualquer instante; e, quando ele entrar, nós vamos estar felizes. Muito, muito felizes." Toda *para cima* – Sinéad crispou os lábios – como alguma animadora de torcida americana. Não sei que motivo ela tinha para ser tão otimista. Ela estava como que *organizando* as crianças, dizendo para a menina se sentar bem aqui num piquenique com as bonecas e o garotinho se sentar logo ali, sem jogar as peças do Lego, para pedir com educação se quiser ajuda. "Tudo vai estar um amor. Quando o papai entrar, vai ficar tão feliz. É isso o que vocês querem, não é? Vocês não querem o papai infeliz, certo?"

– *"Mamãe e papai"* – disse Jayden, baixinho, bufando com desprezo.

— Ela ficou falando desse jeito séculos, até a transmissão ser interrompida. Estão vendo o que quero dizer sobre ela? Parecia aquela mulher do *Desperate Housewives*, aquela que precisa que tudo esteja perfeito ou ela perde a cabeça. Era tipo: pelo amor de Deus, *relaxa*. Meu marido comentou: "Sabe do que ela está precisando? De uma boa..."

Sinéad lembrou com quem estava falando e se interrompeu, com um olhar firme para mostrar que não estava com medo de nós. Jayden reprimiu um risinho.

— Para ser franca — disse ela —, ela parecia não estar batendo bem.

— Quando foi isso? — perguntei.

— Faz um mês, acho. Meados de setembro. Estão vendo o que eu quero dizer? Nada a ver com nada.

Não era parecido com ninguém do *Desperate Housewives*; era como uma vítima. Como cada mulher e homem com quem eu tinha lidado no tempo em que trabalhava na Divisão de Violência Doméstica. Cada uma das vítimas tinha tido certeza de que seus cônjuges ficariam felizes e a vida seria um mar de rosas, se ao menos elas conseguissem agir certo. Cada uma delas tinha ficado apavorada, a um ponto entre a histeria e a paralisia, de errar alguma coisa e deixar o papai insatisfeito.

Richie ficou imóvel, nada de agitação dos pés. Ele também tinha captado.

— É por isso que a primeira coisa que a senhora pensou, quando viu nosso pessoal do lado de fora, foi que Pat Spain tinha matado a mulher? — perguntou Richie.

— É. Achei que podia ser que, quando ela não estava com a casa limpa ou quando as crianças eram respondonas, ele lhe desse uns tapas. Incrível, não é? Lá estava ela, toda cheia de si, com sua roupa elegante e seu sotaque da elite, enquanto o tempo todo ele a espancava para valer. — Sinéad não conseguiu esconder o sorriso nos cantos da boca. Tinha gostado da ideia. — Por isso, quando vocês apareceram, achei que tinha que ser isso. Ela queimou o jantar ou coisa semelhante, e ele subiu pelas paredes.

— Alguma outra coisa fez a senhora pensar que ele podia estar espancando a mulher? — perguntou Richie. — Qualquer coisa que tenha ouvido? Que tenha visto?

— As babás estarem no andar de baixo. Isso é esquisito, sabe do que estou falando? No início, não consegui pensar em nenhum motivo pelo qual elas pudessem estar em qualquer lugar que não fosse nos quartos das crianças. Mas, quando ouvi a mulher falando daquele jeito, achei que podia ser que ele tivesse espalhado as câmeras pela casa para poder manter controle sobre ela. Tipo, se ele estivesse em cima ou lá fora no jardim, poderia levar junto os receptores e ouvir tudo o que ela fizesse. — Um pequeno gesto de cabeça cheio de satisfação. Ela estava encantada com seu próprio talento investigativo. – É ou não é assustador?

– Mais nada?

– Nada de manchas roxas ou coisa semelhante – disse ela, dando de ombros. – Nem gritaria, não que eu ouvisse. Ela realmente tinha a cara amarrada, sempre que eu a via do lado de fora. Antes costumava ser toda *alegre*, mesmo quando as crianças estavam se comportando mal ou sei lá o quê, ela sempre estava com um enorme sorriso falso no rosto. Isso desapareceu ultimamente. Ela parecia estar no fundo do poço o tempo todo. Tipo, desligada. Achei que podia ser que estivesse tomando tranquilizantes. Calculei que fosse porque ele estava desempregado: ela não estava feliz por precisar viver como o resto da população, sem utilitário esportivo, sem roupas de marca. Mas, se ele estivesse batendo nela, poderia ter sido isso.

– Alguma vez a senhora viu alguma outra pessoa na casa, que não fossem os quatro Spain? Visitas, parentes, vendedores? – perguntei.

Isso iluminou o rosto desbotado de Sinéad.

– Minha nossa! A mulherzinha estava pulando a cerca, é? Deixando alguém entrar enquanto o marido estava fora? Não surpreende que ele estivesse controlando tudo. Quanta audácia dela, agindo como se nós fôssemos alguma sujeira grudada na sola do seu sapato, quando ela estava...

– A senhora ouviu ou viu alguma coisa que indicasse que isso estava acontecendo? – perguntei.

Ela pensou bem.

– Não – disse ela, entristecida. – Só ouvi eles quatro.

Jayden estava mexendo com o controle, acionando botões, mas sem coragem suficiente para ligar o jogo de novo.

– Teve o assobio – disse ele.

– Isso foi em outra casa.

– Não foi. Elas ficam longe demais.

– Seja como for – disse eu –, nós gostaríamos de saber.

Sinéad mudou de posição no sofá.

– Foi só uma vez. Acho que em agosto. Pode ser que tenha sido antes. Bem cedo de manhã. Ouvimos alguém assobiando. Não uma música, nem nada, só como quando um cara assobia enquanto está fazendo alguma outra coisa. – Jayden fez uma demonstração, um som baixo, sem melodia, distraído. Sinéad deu-lhe um empurrão no ombro. – Para com isso. Você está me dando dor de cabeça. O pessoal do número 9 tinha saído... Ela também, de modo que não poderia ter sido o cacho dela. Achei que tinha que ser de uma das casas lá no fim da rua. São duas famílias lá, e as duas com crianças. Portanto, eles também teriam babás eletrônicas.

— Não achou, não — disse Jayden. — Achou que era um fantasma. De novo.

— Tenho o direito de achar o que quiser — disse Sinéad, irritada, para mim, Richie ou para nós dois. — Vocês podem continuar a olhar para mim como se eu fosse bronca; vocês não precisam morar aqui. Experimentem morar aqui um tempo e depois venham falar comigo.

Sua voz estava agressiva, mas o medo nos seus olhos era real.

— Vamos trazer nossos próprios caça-fantasmas — disse eu. — E na noite de segunda, a senhora ouviu alguma coisa nas babás? Qualquer coisa?

— Não. Como eu disse, passavam-se semanas sem acontecer nada.

— É melhor ter certeza.

— Eu tenho. Certeza absoluta.

— E seu marido?

— Ele também não. Ele teria dito.

— Então é só isso? Mais nada que nós poderíamos querer saber?

Sinéad negou.

— Só isso — disse ela.

— Como posso ter certeza?

— Porque não quero ver vocês voltarem aqui, falando de mim desse jeito na frente do meu filho. Já lhes disse tudo. Então tratem de se mandar e nos deixar *em paz*. OK?

— Com o maior prazer — disse eu, me levantando. — Acredite em mim. — O braço da poltrona deixou alguma coisa pegajosa na minha mão. Não me dei ao trabalho de disfarçar a expressão de nojo.

Quando saímos, Sinéad plantou-se no vão da porta atrás de nós, fazendo uma cara que tinha a intenção de ser um olhar de autoridade, mas que fez com que ela parecesse um cachorro pug eletrocutado. Quando estávamos a uma distância segura da casa, ela gritou para nós.

— Você não pode falar comigo desse jeito! Vou apresentar uma queixa!

Sem interromper meus passos, tirei meu cartão do bolso, balancei-o acima da cabeça e o deixei cair na entrada de carros para ela o apanhar do chão.

— Nos vemos então — gritei para trás. — Mal posso esperar.

Calculei que Richie fosse dizer alguma coisa a respeito da minha nova técnica de interrogatório — chamar uma testemunha de lixo humano não está em nenhum lugar no manual de procedimentos —, mas ele tinha mergulhado de novo em algum canto da sua cabeça. Voltou para o carro a passos pesados, com as mãos enfiadas nos bolsos, a cabeça baixa enfrentando o vento. Meu celular tinha três chamadas perdidas e uma mensagem de texto, todas de Geri — o texto começava: *Desculpa, Mick, mas alguma notícia de...* Apaguei tudo.

Quando chegamos à autoestrada, Richie voltou à tona o suficiente para falar, cheio de cuidado, direto para o para-brisa.

– Se Pat estava batendo em Jenny...

– Se minha tia tivesse colhões, ela seria meu tio. Aquela cachorra da Gogan não sabe tudo sobre a vida dos Spain, por mais que ela queira pensar que sim. Felizmente, para nós, existe um cara que sabe, e nós sabemos exatamente onde encontrá-lo.

Richie não respondeu. Tirei uma das mãos do volante para lhe dar um tapa no ombro.

– Não se preocupe, meu amigo. Vamos conseguir a informação com Conor. Quem sabe, pode até ser divertido.

Captei seu olhar de esguelha. Eu não deveria ter me sentido tão entusiasmado, não depois do que Sinéad Gogan nos tinha passado. Eu não sabia como lhe dizer que não se tratava de bom humor, não do jeito que ele imaginava. Era aquele afluxo impetuoso ainda em disparada pelas minhas veias: era o medo no rosto de Sinéad, e Conor à minha espera no final daquela viagem. Pus meu pé no pedal e o mantive ali, vendo o ponteiro do velocímetro ir subindo. O BMW seguia melhor do que nunca, voando direto como um falcão que mergulha para a presa, como se essa velocidade fosse aquilo por que ele vinha ansiando o tempo todo.

16

Antes que mandássemos trazer Conor para falar conosco, folheamos tudo que tinha vindo parar na sala dos investigadores: relatórios, mensagens telefônicas, depoimentos, denúncias, tudo. A maior parte era um monte de inutilidade – os estagiários que procuravam por parentes e amigos de Conor não descobriram ninguém além de uns dois primos, a linha telefônica para denúncias tinha atraído o costumeiro bando de malucos que queriam falar sobre o Livro do Apocalipse, sobre matemática complexa e mulheres despudoradas. Mas havia ali algumas pérolas. Shona, a antiga amiga de Fiona, estava em Dubai nesta semana e nos processaria a todos individualmente se seu nome aparecesse na imprensa, associado de algum modo a essa lambança, mas ela manifestou sua opinião de que Conor tinha sido louco por Jenny quando eles eram adolescentes e que nada tinha mudado desde então. Por que outro motivo ele nunca tinha tido um relacionamento que durasse mais de seis meses? E os rapazes de Larry tinham encontrado um sobretudo enrolado, um pulôver, um par de jeans, um par de luvas de couro e um par de tênis, tamanho 44, enfiados no latão de lixo de um prédio de apartamentos a um quilômetro e meio do apartamento de Conor. Todas as peças estavam cobertas de sangue. Os tipos sanguíneos eram os de Pat e Jenny Spain. A marca do pé esquerdo do tênis batia com a marca de sangue no carro de Conor e era idêntica à pegada no sangue no chão da cozinha dos Spain.

Na sala de interrogatório, uma das pequenas e apertadas, sem sala de observação e quase sem espaço para nos movimentarmos, esperamos que os policiais fardados trouxessem Conor. Alguém a tinha usado: havia embalagens de sanduíche e copos de isopor espalhados na mesa; no ar, um leve cheiro cítrico de loção após-barba, suor e cebola. Eu não conseguia ficar parado. Andava ao redor da sala, amassando o lixo e o jogando na lata.

– A esta altura, ele já deveria estar bem nervoso – disse Richie. – Um dia e meio sentado lá dentro, se perguntando o que estamos esperando...

– Precisamos ter uma clareza total sobre o que queremos descobrir. Quero um motivo.

Richie enfiou saquinhos vazios de açúcar num copo de isopor.

– Pode ser que não consigamos nenhum.

– É. Eu sei. – Dizer isso provocou em mim mais uma onda daquela vertigem. Por um segundo, achei que precisaria me apoiar na mesa até recuperar o equilíbrio. – Pode ser que não haja um motivo. Você tem razão: às vezes as coisas simplesmente acontecem. Mas isso não vai me impedir de me esforçar ao máximo para descobrir.

Richie pensou nisso, examinando uma embalagem de plástico que ele tinha catado do chão.

– Se for possível que não consigamos um motivo – disse ele –, que outra coisa estamos querendo?

– Respostas. Por que Conor e os Spain brigaram alguns anos atrás? Seu relacionamento com Jenny. Por que ele apagou aquele computador? – A sala estava tão limpa quanto seria possível. Encostei-me na parede e fiquei parado. – Quero ter certeza. Quando você e eu sairmos desta sala, quero que nós dois estejamos sintonizados e certos de quem estamos buscando. Só isso. Se pudermos chegar a esse ponto, o resto se encaixará sozinho.

Richie ficou me olhando. Sua expressão era indecifrável.

– Achei que você tivesse certeza – disse ele.

Meus olhos estavam arranhando de cansaço. Desejei ter tomado mais um café, quando paramos para almoçar.

– Eu tinha – disse eu.

Ele concordou em silêncio. Jogou o copo na lata de lixo e veio se encostar na parede ao meu lado. Daí a pouco, pegou uma caixinha de balas de hortelã do bolso e me ofereceu. Peguei uma, e ficamos ali, chupando bala, lado a lado, até a porta da sala de interrogatório se abrir, e o policial fardado fazer Conor entrar.

Ele estava com péssima aparência. Talvez fosse só porque dessa vez não estava usando o casaco acolchoado, mas parecia ainda mais magro, magro o suficiente para eu me perguntar se deveríamos requisitar um médico para examiná-lo, os ossos do rosto dolorosamente salientes através da barba avermelhada por fazer. Mais uma vez, ele tinha estado chorando.

Ficou sentado curvado para a frente, com os olhos fixos nos punhos grudados na mesa, sem se mover, nem mesmo quando o aquecimento central começou a funcionar com um ruído estridente. De certo modo, isso me tranquilizou. Os inocentes não param quietos, tremem e quase pulam de onde estão sentados ao menor ruído. Eles estão loucos para falar com você e conseguir esclarecer toda a situação. Os culpados estão se concentrando, cerrando todas as forças em torno do baluarte interior e se preparando para o combate.

Richie esticou-se para ligar a câmera de vídeo e falou para ela:

— Detetive Kennedy e detetive Curran interrogando Conor Brennan. Interrogatório iniciado às 16:43. — Li a declaração de direitos. Conor a assinou sem olhar, recostou-se e cruzou os braços. No que lhe dissesse respeito, tínhamos terminado.

— Ai, Conor — disse eu, também me recostando na minha cadeira e abanando a cabeça com tristeza. — Conor, Conor, Conor. E cá estava eu achando que tínhamos nos dado tão bem na outra noite.

Ele me observava e se mantinha calado.

— Você não estava sendo franco conosco, cara.

Isso fez com que um lampejo de medo percorresse seu rosto, forte demais para disfarçar.

— Eu estava.

— Não estava, não. Já ouviu falar da verdade, toda a verdade e nada mais que a verdade? Você nos decepcionou pelo menos num desses pontos. Agora, por que você quis fazer isso?

— Não sei do que está falando — disse Conor. Fechou a boca com firmeza, numa linha dura, mas seus olhos ainda estavam fixos em mim. Ele estava com medo.

Richie, encostado na parede abaixo da câmera, estalou a língua, numa atitude de repreensão.

— Vamos começar com o seguinte: você nos deu a impressão de que, até a noite de segunda-feira, o mais perto que tinha chegado dos Spain era através do binóculo. Não lhe ocorreu que talvez fosse uma boa ideia mencionar que vocês eram grandes amigos desde a adolescência?

Um leve rubor surgiu nos seus malares, mas ele não pestanejou. Não era disso que estava com medo.

— Não era da sua conta.

Dei um suspiro e agitei um dedo na direção dele.

— Conor, você tem bastante juízo. Não importa o que seja, agora é da nossa conta.

— E que diferença fazia? — ressaltou Richie. — Você tinha que saber que Pat e Jenny tinham fotografias, cara. Tudo o que conseguiu foi nos atrasar umas duas horas e nos deixar emputecidos.

— Meu colega tem razão — disse eu. — Dá para você se lembrar disso da próxima vez que sentir a tentação de nos enrolar?

— Como Jenny está? — perguntou Conor.

— Que diferença faz para você? — perguntei, bufando. — Se estivesse tão preocupado com o bem-estar dela, você poderia simplesmente, sei lá, não ter esfaqueado a pobre coitada. Ou está com esperança de que ela termine o serviço para você?

Seu maxilar estava retesado, mas ele manteve a calma.

– Quero saber como ela está passando.

– E eu não ligo a mínima para o que você quer. Mas vou lhe dizer o seguinte: temos algumas perguntas para você. Se você responder a todas elas como um bom menino, sem nenhuma babaquice, pode ser que meu humor melhore e eu tenha vontade de lhe dar a informação. Parece justo?

– O que vocês querem saber?

– Vamos começar com as coisas fáceis. Fale sobre Pat e Jenny, desde quando vocês eram adolescentes. Como Pat era?

– Ele era meu melhor amigo, desde que estávamos com 14 anos. Vai ver que vocês já sabem isso – disse Conor. Nenhum de nós dois respondeu. – Ele era íntegro. Só isso. O cara mais íntegro que cheguei a conhecer. Gostava de rúgbi, de rir, de estar com os amigos. Gostava da maioria das pessoas; e todos gostavam dele. Quando se está com essa idade, muitos dos caras mais populares são uns sacanas, mas nunca vi Pat desfazer de ninguém. Pode ser que nada disso pareça especial para vocês. Mas é.

Richie estava jogando um saquinho de açúcar para o alto e o apanhando no ar.

– Então, vocês eram grandes amigos?

Conor apontou o queixo para Richie e para mim.

– Vocês são parceiros. Isso quer dizer que devem estar dispostos a confiar a própria vida ao outro, certo?

Richie pegou o saquinho e ficou imóvel, deixando que eu respondesse.

– É como os bons parceiros são. Isso mesmo.

– Então vocês sabem como Pat e eu éramos. Contei coisas para ele que acho que me mataria se qualquer outra pessoa tivesse descoberto. E de qualquer modo contei para ele.

Ele não tinha percebido a ironia, se é que ela existia. A onda de inquietação quase me fez saltar da cadeira e começar de novo a dar voltas na sala.

– Que tipo de coisa?

– Você deve estar brincando. Assunto de família.

Dei uma olhada de relance para Richie – nós poderíamos descobrir o que era de outro modo, se precisássemos –, mas seus olhos estavam fixos em Conor.

– Vamos falar sobre Jenny – disse eu. – Como ela era naquela época?

A expressão de Conor abrandou-se.

– Jenny – disse ele, baixinho. – Ela era diferente.

– É, nós vimos as fotos. Parece que os problemas da adolescente comum não a afetaram, certo?

– Não é isso o que quero dizer. Ela entrava num ambiente e tornava as coisas melhores. Ela sempre queria tudo bonito, todo mundo feliz; e sempre sabia a coisa certa a fazer. Jenny tinha esse dom, nunca vi nada parecido. Como uma vez em que todos nós estávamos numa discoteca, uma daquelas para menores de idade, e Mac, um garoto que costumava andar com a gente, estava tentando se aproximar de uma garota, mais ou menos dançando em volta dela e tentando fazer com que ela dançasse com ele. E ela fez uma careta para ele e disse alguma coisa. Não sei o que foi, mas ela e as colegas todas caíram na risada. Mac voltou para onde nós estávamos, todo vermelho. Arrasado. As garotas ainda estavam apontando para ele e dando risinhos. Dava para ver que ele simplesmente queria desaparecer. E Jenny se volta para Mac, estende as mãos e diz: "Adoro essa música, mas Pat detesta. Quer dançar comigo, por favor?" E eles saem dançando, e, logo em seguida, Mac está sorrindo; Jenny está rindo de alguma coisa que ele disse; eles estão se divertindo. Isso calou a boca das garotas. Jenny era dez vezes mais bonita do que a garota que zombou de Mac, sob qualquer aspecto.

– Isso não incomodou Pat? – perguntei.

– Jenny dançar com Mac? – Ele quase riu. – Não. Mac era um ano mais novo. Gorducho, de cabelo feio. E seja como for, Pat sabia o que Jenny estava fazendo. Eu diria que ele gostava ainda mais dela por fazer aquilo.

Aquela ternura tinha se infiltrado na sua voz. Parecia a voz de um amante, uma voz para penumbra e música relaxante, para apenas um ouvinte. Fiona e Shona estavam certas.

– Parece um bom relacionamento – comentei.

– Era maravilhoso – disse Conor, com simplicidade. – É a única palavra que se pode usar. Sabe quando se é adolescente e a maior parte do tempo se tem a sensação de que o mundo inteiro é uma droga? Eles dois davam alguma esperança.

– Lindo – disse eu. – É, de verdade.

Richie tinha voltado a brincar com o saquinho de açúcar.

– Você chegou a namorar a irmã de Jenny, Fiona, não foi? Quando você estava com, digamos, 18 anos?

– Cheguei. Só por uns meses.

– Por que vocês desmancharam?

– Não estava dando certo – disse Conor, encolhendo os ombros.

– Por que não? Ela era insuportável? Vocês não tinham nada em comum? Ela se recusava a fazer sexo?

– Não. Foi ela quem terminou. Fiona é legal. Nós nos dávamos muito bem. Só não estava funcionando.

– É, bem... – disse Richie, secamente, apanhando o açúcar. – Posso ver como não funcionaria. Se você estivesse apaixonado pela irmã dela.

Conor ficou paralisado.

– Quem disse isso?

– Quem se importa?

– Eu me importo. Porque isso é um monte de baboseira.

– Conor – disse eu, como aviso. – Lembra-se do nosso acordo?

Ele deu a impressão de estar com vontade de dar um chute na boca de nós dois, mas daí a pouco falou:

– Não era como você está fazendo parecer.

E se isso não era um motivo, pelo menos, no mínimo, estava a um passo de ser. Não pude deixar de olhar de relance para Richie, mas ele tinha jogado o açúcar longe demais e estava se esticando para apanhá-lo.

– É mesmo? – Ele quis saber. – Como é que eu faço parecer?

– Como se eu fosse algum sacana que estivesse querendo me meter entre os dois. Eu não estava. Se eu tivesse podido separar os dois, só apertando um botão, eu nunca teria feito isso. Qualquer outra coisa, o que eu sentia: isso era assunto meu.

– Pode ser – disse eu. Fiquei satisfeito com o som da minha voz, vagaroso, divertido. – De qualquer modo, até Jenny descobrir. E ela descobriu, não foi?

Conor ficou vermelho. Depois de todos esses anos, ele já deveria ter se curado.

– Eu nunca disse nada para ela.

– Não precisava dizer. Jenny adivinhou. As mulheres sabem, meu filho. Qual foi a reação dela?

– Não teria como eu saber.

– Ela lhe deu o velho chega pra lá? Ou será que apreciou a atenção e lhe deu alguma corda? Nunca aconteceu um beijinho e uns amassos quando Pat não estava olhando?

Os punhos de Conor estavam cerrados sobre a mesa.

– *Não*. Eu já disse. Pat era meu melhor amigo. Já contei como eles dois eram juntos. Acha que um de nós dois, eu ou Jenny, seria capaz de uma coisa dessas?

Dei uma sonora risada.

– Ora, essa. Acho que sim. Eu também já fui adolescente. Eu teria vendido minha própria mãe por um rabo de saia.

– É provável que você tivesse. Eu, não.

– Muito respeitável de sua parte – disse eu, com uma levíssima sombra de ironia. – Mas Pat não entendeu que você só estava tendo a nobreza de idolatrar de longe, não foi? Ele o enfrentou a respeito de Jenny. Você quer nos contar sua versão do que ocorreu?

– O que você *quer*? – perguntou Conor. – Já lhe disse que eu os matei. Tudo isso, da época em que éramos jovens, não tem nada a ver com o assunto. – As articulações dos seus dedos estavam brancas.

– Você se lembra do que eu lhe disse? – perguntei, calmamente. – Nós gostamos de decidir por nós mesmos o que é pertinente e o que não é. Portanto, vamos ouvir o que ocorreu entre você e Pat.

Seu maxilar se mexeu, mas ele manteve o controle.

– Não *ocorreu* nada. Um dia de tarde eu estou em casa, alguns dias depois de Fiona romper comigo, e Pat aparece e me convida para fazer uma caminhada. Eu sabia que alguma coisa tinha acontecido porque ele estava com uma expressão aborrecida e não olhava para mim. Fomos andar pela praia, e ele me perguntou se Fiona tinha desmanchado comigo porque eu estava a fim de Jenny.

– Puxa – disse Richie, fazendo uma careta. – Esquisito.

– Você acha? Ele estava realmente chateado. Eu também.

– Cara controlado, esse Pat, não é mesmo? – disse eu. – Se fosse comigo, você teria perdido alguns dentes.

– Achei que era provável que ele fizesse isso. E por mim, tudo bem. Calculei que era o que eu merecia. Mas Pat não era do tipo de perder o controle, nunca. Ele só disse: "Sei de muitos caras que estão a fim dela. Não é culpa deles. Não vejo problema, desde que se mantenham a distância. Mas você... minha nossa, cara, nunca nem pensei em me preocupar com você."

– E o que você respondeu?

– O mesmo que disse a vocês. Que eu preferia morrer a me meter entre eles. Que eu nunca deixaria Jenny saber. Que tudo o que eu queria era encontrar alguma outra garota, ser como eles dois, esquecer que um dia tinha tido esse sentimento.

A sombra da antiga paixão na sua voz me disse que cada palavra sua era verdadeira, se é que isso valia alguma coisa. Levantei uma sobrancelha.

– E foi só isso? Está falando sério?

– Foram horas. Andando pela praia para cima e para baixo, conversando. Mas o essencial foi isso.

– E Pat acreditou em você?

– Ele me conhecia. Eu estava dizendo a verdade. Ele acreditou em mim.

– E depois?

– Depois fomos ao pub. Enchemos a cara, acabamos voltando para casa, um se apoiando no outro. Dizendo todas aquelas besteiras que os caras dizem em noites desse tipo.

Gosto de você, cara, não de um jeito gay, *mas gosto de você. Você sabe disso. Eu faria qualquer coisa por você, qualquer coisa...* Aquele desconforto me atingiu por inteiro, mais violento dessa vez.

— E tudo voltou a ser um mar de rosas — disse eu.

— Isso mesmo. Voltou a ser — disse Conor. — Fui padrinho de casamento de Pat, alguns anos depois. Sou padrinho de Emma. Pode verificar na papelada, se não acreditar em mim. Você acha que Pat teria me escolhido se ele achasse que eu estava tentando alguma coisa com sua mulher?

— As pessoas fazem coisas estranhas, cara. Se não fizessem, eu e meu parceiro estaríamos desempregados. Mas vou aceitar sua palavra: melhores amigos, de novo, como irmãos, toda essa coisa boa. E depois, alguns anos atrás, a amizade foi por água abaixo. Gostaríamos de ouvir sua versão sobre o que aconteceu naquela época.

— Quem disse que ela foi por água abaixo?

— Você está ficando previsível, cara — disse eu, com um sorriso. — A: nós fazemos as perguntas. B: não revelamos nossas fontes. E C: você mesmo disse, entre outras pessoas. Se você ainda fosse tão amigo dos Spain, não teria necessidade de ficar congelando o traseiro numa obra inacabada para ver como eles estavam indo.

— Foi a merda daquele lugar — disse Conor, daí a um instante. — Ocean View. Como eu queria que eles nunca tivessem ouvido falar dele.

Sua voz estava com um tom diferente, selvagem.

— Eu soube de imediato. Desde o início. Talvez uns três anos atrás, não muito depois de Jack ter nascido, fui uma noite jantar na casa de Pat e Jenny. Naquela época, eles estavam alugando uma casa geminada pequena em Inchicore; eu morava na mesma rua a dez minutos deles. E ia lá o tempo todo. Chego lá, e os dois estão felicíssimos. Mal eu entro pela porta, e eles me empurram um folheto de casas: "Olha! Olha só para isso! Demos o sinal hoje de manhã. A mãe de Jenny cuidou das crianças para a gente poder passar a noite acampado na frente do escritório da imobiliária, fomos o número dez na fila. Conseguimos exatamente a que queríamos!" Desde que tinham ficado noivos, eles estavam loucos para comprar alguma coisa, e eu estava disposto a ficar feliz por eles, certo? Mas aí dei uma olhada no folheto e o condomínio é em *Brianstown*. Eu nunca tinha ouvido falar. Parecia um desses buracos no fim do mundo ao qual o incorporador dá seu próprio nome ou o nome de um filho, fazendo de conta que é um pequeno imperador. E o folheto dizia alguma coisa tipo "Apenas a 40 minutos de Dublin", só que eu dei uma olhada no mapa e concluí que isso só valia se você tivesse um helicóptero.

— Muito longe de Inchicore — disse eu. — Nada de poder aparecer para jantar algumas vezes por semana.

— Esse não era um problema. Eles poderiam ter encontrado um lugar para morar em *Galway,* e eu teria ficado feliz por eles, desde que aquilo os deixasse felizes.

— O que eles achavam que esse lugar deixaria.

— Não havia lugar *nenhum*. Olhei melhor para o folheto e vi que não se tratava de casas, mas de maquetes. Perguntei se o condomínio já estava construído. E Pat respondeu que estaria quando eles se mudassem.

Conor abanou a cabeça, com o canto da boca tremendo. Alguma coisa tinha mudado. Broken Harbour tinha invadido nossa conversa como uma violenta rajada de vento, deixando-nos todos tensos e alertas. Richie tinha guardado o saquinho de açúcar.

— Apostar anos da vida deles num campo vazio no fim do mundo.

— Quer dizer que eles eram otimistas. Isso é bom – disse eu.

— É? Existe o otimismo e existe a loucura pura e simples.

— Você achou que eles não tinham idade suficiente para tomar essa decisão sozinhos?

— Achei, sim. Por isso, fiquei calado. Dei os parabéns, estou feliz por vocês, mal posso esperar para ver o lugar. Eu concordava e sorria sempre que eles tocavam no assunto, quando Jenny me mostrava retalhos de tecidos para cortina, quando Emma fazia um desenho de como seu quarto ia ser. Eu *queria* que fosse maravilhoso. *Rezava* para que fosse tudo o que eles queriam.

— Mas não foi – disse eu.

— Quando a casa ficou pronta, os dois me levaram lá para ver o lugar. Um domingo: um dia antes de eles assinarem os contratos definitivos. Faz dois anos, um pouco mais, porque foi no verão. Estava quente, um calor grudento, nublado, e as nuvens forçavam o ar para baixo em cima da sua cabeça. O lugar era... – Um som desagradável que poderia ter sido uma risada. – Vocês viram. Àquela altura, a aparência era melhor. As ervas daninhas não tinham tomado conta, e ainda havia muito trabalho em andamento. De modo que, pelo menos, não causava a sensação de um cemitério. Mas mesmo assim não era um lugar onde qualquer um ia querer *morar*. Quando nós saltamos do carro, Jenny disse: "Olha, dá para ver o mar! Não é lindo?" Eu respondi: "É, bela paisagem", mas não era. A água parecia suja, oleosa. Uma brisa deveria ter soprado do mar para nos refrescar, mas era como se o ar estivesse morto. A casa até que era bonita, se você gosta do estilo arrumadinho, mas bem do outro lado da rua havia um terreno baldio e uma pá mecânica. O lugar inteiro era horrendo. Me deu vontade de dar meia-volta e sair dali em disparada, arrastando Pat e Jenny comigo.

— E eles? Estavam felizes? – perguntou Richie.

— Parecia que sim – disse Conor, dando de ombros. – Jenny disse que a obra do outro lado da rua ia estar terminada dentro de dois meses. Não era o que me parecia, mas não abri a boca. E ela continuou: "Vai ficar lindo. O pessoal da hipoteca nos deu 110% do valor para podermos mobiliar a casa.

Estive pensando num tema marinho para a cozinha, para combinar com o mar. Você não acha que seria legal?"

"Eu disse que achava mais seguro pegar só os 100%, ir mobiliando aos poucos. Jenny deu uma risada, que me pareceu forçada, mas poderia ter sido o jeito com que o ar abafava tudo. 'Ai, Conor, relaxa. Nós temos como pagar. Não vamos comer fora tanto. De qualquer modo, não há nem aonde ir. Quero que tudo fique perfeito.'

"Eu respondo: 'Só estou dizendo que seria mais seguro. Para qualquer eventualidade.' Eu não devia ter dito nada, mas aquele lugar... A impressão era de que havia um cachorro enorme vigiando você, começando a se aproximar, e você simplesmente sabe que, nesse exato momento, você precisa se mandar dali. Pat só ri e pergunta: 'Cara, você sabe com que rapidez os preços dos imóveis estão subindo? Nós ainda nem nos mudamos para cá, e a casa já vale mais do que o que estamos pagando. No instante em que decidirmos vender, sairemos lucrando.'"

– Se eles estavam malucos – disse eu, ouvindo o tom pretensioso na minha voz –, então todo o resto do país também estava. Ninguém percebeu a chegada da crise.

– Você acha? – perguntou Conor, com uma sobrancelha tremendo.

– Se alguém tivesse percebido, o país não estaria nesta merda.

Ele encolheu os ombros.

– Não entendo nada de finanças. Sou um simples web designer. Mas eu sabia que ninguém queria milhares de casas naquele fim de mundo. As pessoas só as compravam porque lhes diziam que, dentro de cinco anos, poderiam vendê-las pelo dobro do que tinham pagado e se mudar para um lugar razoável. Como eu disse, não passo de um idiota, mas até eu sei que um esquema de pirâmide acaba não conseguindo atrair mais otários.

– Bem, vejam só nosso Alan Greenspan – disse eu. Conor estava começando a me irritar: porque ele estava certo e porque Pat e Jenny tinham todo o direito de acreditar que ele estava errado. – É fácil ter a opinião certa quando se examina o passado. Você não teria perdido nada se tivesse sido um pouco mais otimista com seus amigos.

– Quer dizer, se eu lhes desse um pouco mais de papo furado? Isso eles já estavam recebendo aos montes. Dos bancos, dos incorporadores, do governo: *Vamos, comprem, o melhor investimento de sua vida...*

Richie fez uma bolinha com o saquinho de açúcar e a atirou na lata do lixo com um ruído seco.

– Se eu tivesse visto meus melhores amigos correndo rumo àquele precipício – disse Richie –, eu também teria dito alguma coisa. Podia ser que não os impedisse, mas talvez a queda fosse um choque menor.

Os dois olhavam para mim como se estivessem do mesmo lado, como se eu fosse o adversário. Richie só estava empurrando Conor discretamente na direção do que a crise tinha feito a Pat, mas aquilo era desagradável do mesmo jeito.

– Continue falando – disse eu. – O que aconteceu em seguida?

Conor mexeu com o queixo. A lembrança o estava deixando cada vez mais tenso.

– Jenny sempre detestou brigas. E então disse: "Você precisa ver o tamanho do jardim dos fundos! Estamos pensando em instalar um escorrega para as crianças, e no verão vamos fazer churrasco. Você pode passar a noite aqui depois, para não ter que se preocupar por ter tomado algumas cervejas..." Só que, naquele momento exato, ouviu-se um enorme estrondo do outro lado da rua, como se um fardo inteiro de telhas de ardósia tivesse despencado do alto do andaime, alguma coisa desse tipo. Todos nós demos um pulo daqueles. Quando nos recuperamos do susto, eu disse: "Você está decidido quanto a isso, não está?" E Pat respondeu: "Estamos, sim. É melhor estarmos: na desistência, perde-se o sinal."

Conor abanou a cabeça.

– Pat estava tentando fazer uma piada. Eu disse: "Que se dane o sinal. Vocês ainda podem mudar de ideia." E Pat simplesmente *explode* comigo. "Puta que pariu! Não dá para você só *fingir* que está feliz por nós?" E Pat não era assim, não mesmo. Como eu disse, ele nunca perdia a paciência. Por isso, eu soube que ele estava tendo suas dúvidas, grandes dúvidas. Perguntei então: "Você realmente quer esta casa? Diga só isso."

"Ele responde que sim, que quer, que sempre quis: 'Você sabe que sim. Só porque você se contenta em alugar um apartamentinho de solteiro pelo resto da vida...' Eu o interrompi: 'Não. Não *uma casa qualquer*. *Esta casa*. Você a quer? Você gosta dela? Ou só está comprando porque é o que se espera que faça?'

"Pat disse: 'E daí que ela não seja perfeita? Isso eu já sabia muito bem. O que você quer que a gente faça? Nós temos *filhos*. Quando você tem uma família, precisa de um *lar*. Qual é o seu problema com isso?'"

Conor passou a mão pelo maxilar, com força suficiente para deixar uma marca vermelha.

– Nós estávamos aos berros. Lá no lugar onde crescemos, àquela altura já teria havido uma meia dúzia de velhotas, esticando o nariz para fora da porta para xeretar. Naquele fim de mundo, nada se mexia. "Se você não consegue comprar alguma coisa que realmente queira comprar, então continue alugando até conseguir." Pat respondeu: "Meu Deus, Conor, não é assim que *funciona*! Precisamos entrar na corrida imobiliária!" E eu disse: "Desse jeito? Assumindo uma dívida imensa por um buraco que talvez nunca venha a ser um lugar legal para morar? E se houver uma reviravolta e você não tiver como sair?"

"Jenny enfia a mão no meu cotovelo e diz: 'Conor, está tudo certo. Juro por Deus que está. Sei que você só está tentando nos proteger ou seja lá o que for, mas você está sendo totalmente antiquado. Todo mundo está fazendo isso hoje em dia. *Todo mundo.*'"

Ele riu, um som único, seco, arranhado.

– Ela disse aquilo como se tivesse algum significado. Como se aquilo encerrasse a discussão, ponto final. Eu não podia acreditar no que estava ouvindo.

– Ela estava com a razão – disse Richie, baixinho. – Na nossa geração, quantos estavam fazendo exatamente a mesma coisa? Milhares, cara. Milhares e mais milhares.

– *E daí?* Quem liga a mínima para o que os outros fazem? Eles estavam comprando uma *casa*, não uma camiseta. Não um *investimento.* Sua *casa.* Se você deixar que os outros decidam o que você deve pensar a respeito de uma coisa desse tipo, se você simplesmente seguir com o rebanho porque está na moda, então quem é você? Quando o rebanho mudar de direção amanhã, o que se faz? Joga-se fora tudo o que se pensava e se recomeça, porque outras pessoas determinaram? Nesse caso, o que você é, no fundo? Você é nada. Você é ninguém.

Aquela fúria, densa e fria como pedra. Pensei na cozinha, destruída e ensanguentada.

– Foi isso o que você disse para Jenny?

– Não pude dizer nada. Pat deve ter visto no meu rosto. Ele disse: "É verdade, cara. Pergunte a qualquer um no país: 99% da população diria que estamos agindo certo."

Aquele riso arranhado e bruto mais uma vez.

– Fiquei ali de boca aberta, com o olhar fixo. Eu não podia... Pat nunca tinha sido assim. Nunca. Nem quando estávamos com *16 anos*. É, às vezes, ele fumava um cigarro ou um baseado, só porque todo mundo na festa estava fumando, mas no fundo ele sabia quem ele *era*. Ele nunca teria feito nada totalmente chapado, entrado num carro com o motorista de porre ou qualquer coisa desse tipo, só porque alguém o tivesse pressionado a fazer isso. E agora ali estava ele, uma droga de adulto, balindo como um carneirinho: "Mas *todo mundo* está fazendo isso!"

– E o que você disse?

– Não havia o que dizer. – Conor abanou a cabeça. – Isso eu já sabia. Aqueles dois... Eu já não fazia ideia de quem eles eram, não mesmo. Não eram pessoas com quem eu quisesse ter nada a ver. De qualquer modo, eu tentei, idiota que sou: "Que merda aconteceu com vocês dois?"

"Pat respondeu: 'Nós crescemos. Foi isso o que aconteceu. É *assim* que se é um adulto. Segue-se o regulamento.'

"E eu retruquei: 'Não, não é assim *porra nenhuma*. Quando se é adulto, cada um pensa com sua própria cabeça. Você enlouqueceu? Virou um morto-vivo? Em que você se transformou?'

"Nós estávamos um diante do outro, como se estivéssemos prontos para nos engalfinharmos. Achei que isso ia acontecer. Achei que ele ia me dar um murro a qualquer instante. Mas aí Jenny segurou de novo meu cotovelo e me deu um puxão, aos gritos: 'Cala a boca! Só cala a boca! Você está estragando tudo. Não consigo suportar todo esse pessimismo. Não quero isso nem *perto* dos meus filhos. Não quero! É *doentio*. Se todo mundo começar a pensar como você, o país inteiro vai por água abaixo; e, aí sim, vamos ter problemas. *Quando isso acontecer,* você vai ficar feliz?'"

Conor passou a mão pela boca de novo; vi que ele mordeu a carne na sua palma.

– Ela estava chorando. Comecei a dizer alguma coisa, nem mesmo sei o quê, mas Jenny cobriu as orelhas com as mãos e foi embora, depressa, pela rua. Pat olhou para mim como se eu fosse merda. Ele disse: "Valeu, cara. Foi ótimo." E foi atrás dela.

– E você fez o quê? – perguntei.

– Fui embora. Andei umas duas horas por aquela bosta de condomínio, procurando alguma coisa que me fizesse ligar para Pat e dizer: *Desculpa, cara. Eu estava totalmente enganado, este lugar vai ser um paraíso.* Tudo o que encontrei foi mais porcaria. No final, liguei para um outro amigo meu e pedi que ele me apanhasse. Nunca mais ouvi falar deles. Também não tentei entrar em contato com eles.

– Hum – disse eu. Recostei-me na minha cadeira, batendo com a caneta nos dentes e refleti sobre isso. Já ouvi falar de amizades desfeitas por conta de coisas estranhas, sim. Mas por causa do preço dos imóveis? Fala sério.

– Acabou que eu estava com a razão, não estava?

– Você ficou feliz com isso?

– *Não*. Eu teria adorado estar errado.

– Porque você se importava com Pat. Para não falar em Jenny. Você se importava com Jenny.

– Com todos os quatro.

– Especialmente com Jenny. Não, peraí. Ainda não terminei. Sou um cara simples, Conor. Pergunte aqui ao meu parceiro, e ele vai confirmar: eu sempre fico com a solução mais simples, e geralmente ela é a certa. De modo que estou aqui pensando que você *poderia* ter brigado com os Spain por conta da escolha da casa, do valor da hipoteca e do que aquilo representava sobre sua visão de mundo e tudo o mais que você acabou de dizer... perdi uma parte: mais tarde você pode me repassar. Mas, levando-se em conta os antecedentes, é muito mais simples vocês terem brigado porque você ainda estava apaixonado por Jenny Spain.

– Isso nunca chegou a ser mencionado. Não falávamos sobre isso desde aquela única vez, depois que Fiona rompeu o namoro comigo.

– Quer dizer que você ainda estava apaixonado por ela.

Daí a um instante, ele falou com a voz baixa, dolorida.

– Eu nunca encontrei ninguém como ela.

– Que é o motivo pelo qual seus namoros nunca duram, certo?

– Não desperdiço anos da minha vida com alguma coisa que eu não queira. Não importa quem diga que eu deveria. Eu vi Pat e Jenny; sei como é um relacionamento verdadeiro. Por que eu ia querer qualquer coisa diferente?

– Mas você está tentando me dizer que a discussão não foi por essa razão – disse eu.

Um chispar enojado de olhos cinzentos, semicerrados.

– Não foi. Acha que eu ia deixar que eles suspeitassem, qualquer um dos dois?

– Eles desconfiaram antes.

– Porque eu era mais novo. Eu não conseguia esconder nada naquela época.

Dei uma boa risada.

– Como um grande livro aberto, não é? Parece que Pat e Jenny não foram os únicos que mudaram quando se tornaram adultos.

– Eu ganhei mais juízo. Mais controle. Não me transformei numa *pessoa* diferente.

– Isso quer dizer que você ainda está apaixonado por Jenny?

– Não falo com ela há anos.

O que era uma questão totalmente diferente, mas as duas podiam esperar.

– Pode ser que não. Mas você a tem visto bastante, de lá do seu esconderijo. Como isso começou, já que estamos tocando no assunto?

Calculei que Conor fosse se esquivar, mas ele respondeu rápido e com tranquilidade, como se fosse uma mudança bem-vinda. Qualquer assunto era melhor do que seus sentimentos por Jenny Spain.

– Quase por acaso. As coisas não estavam indo muito bem, no fim do ano passado. O trabalho estava escasseando. Era o início da crise. Ninguém dizia nada, não naquela época, você era um lesa-pátria se percebesse o que estava acontecendo, mas eu sabia. Quem trabalha como freelancer, como eu... nós fomos os primeiros a sentir o tranco. Eu fiquei basicamente sem dinheiro. Precisei me mudar do meu apartamento, conseguir um conjugado de merda... é provável que vocês já o tenham visto. Viram?

Nenhum de nós dois respondeu. No seu canto, Richie estava imóvel, tentando não aparecer, para me dar o maior espaço possível. O canto da boca de Conor tremeu.

— Espero que tenham gostado. Dá para ver por que não passo muito tempo lá, se houver um jeito de evitar.

— Mas me pareceu que você também não morria de amores por Ocean View. Como foi acabar parando por lá?

Ele deu de ombros.

— Eu tinha todo o tempo do mundo. Estava deprimido... Não parava de pensar em Pat e Jenny. Era com eles que eu sempre conversava, se alguma coisa dava errado. Eu sentia falta deles. Eu só... queria ver como eles estavam indo. Simplesmente comecei a me perguntar.

— Até aí dá para eu entender. Mas um cara comum, se quiser voltar a entrar em contato com velhos amigos, não monta acampamento com vista para a janela dos fundos deles. Ele simplesmente pega o telefone e liga. Desculpe se a pergunta é idiota, meu filho, mas isso não lhe passou pela cabeça?

— Não sabia se eles iam querer falar comigo. Nem mesmo sabia se ainda tínhamos o suficiente em comum para nos entendermos bem. Eu poderia não ter aguentado descobrir que não tínhamos. — Por um segundo, pareceu que ele era um adolescente, frágil e inexperiente. — É, eu poderia ter ligado para Fiona e ter perguntado por eles, mas não sabia o que eles tinham contado para ela, não quis envolvê-la... Um fim de semana, simplesmente resolvi que ia fazer um passeio até Brianstown, ver se conseguia dar uma olhada neles, voltar para casa. Era só isso.

— E você deu sua olhada.

— Dei. Subi naquela casa, onde vocês me encontraram. Eu estava só pensando na possibilidade de vê-los saindo para o jardim dos fundos ou coisa parecida, mas as janelas naquela cozinha... eu conseguia ver tudo. Eles quatro à mesa. Jenny, prendendo o cabelo de Emma com um elástico para ele não cair no seu prato. Pat, contando alguma história. Jack, rindo, com o rosto todo lambuzado de comida.

— Quanto tempo você ficou lá em cima? — perguntei.

— Talvez uma hora. Foi legal. A coisa mais legal que eu tinha visto em nem sei quanto tempo. — A recordação amenizou a tensão na voz de Conor, abrandou-a. — Tranquilo. Fui para casa, tranquilo.

— Por isso, você voltou para outra dose.

— Voltei. Umas duas semanas depois. Emma estava com as bonecas lá fora no jardim, fazendo com que se revezassem em algum tipo de dança, ensinando como elas deviam dançar. Jenny estava pendurando roupa. Jack, brincando de ser um avião.

— E aquilo foi tranquilo também. Por isso, você não parou de voltar lá.

— É. Que outra coisa eu ia fazer o dia inteiro? Ficar sentado no conjugado, com os olhos fixos na televisão?

— E quando você percebeu — disse eu —, já estava todo instalado com saco de dormir e um binóculo.

— Sei que parece maluquice — disse Conor. — Você não precisa me dizer.

— Parece, sim. Mas até agora, cara, também parece inofensivo. O ponto em que tudo isso se transforma numa atividade totalmente enlouquecida é quando você começa a invadir a casa deles. Quer nos contar sua versão dessa parte?

Ele não pensou duas vezes. Mesmo invasão de domicílio era um terreno mais seguro do que falar sobre Jenny.

— Encontrei a chave da porta dos fundos, como eu disse. Não estava planejando fazer nada com ela. Eu só gostava da ideia de tê-la. Mas um dia de manhã eles todos saíram. Eu tinha passado a noite inteira lá. Estava úmido. Estava morrendo de frio. Isso foi antes de eu comprar um saco de dormir dos bons. Pensei, *Por que não? Só por cinco minutos, para eu me aquecer...* Mas estava agradável lá dentro. Havia um cheiro de roupa passada, de chá e bolos, e algum tipo de perfume floral. Tudo estava limpo e reluzente. Fazia muito tempo que eu não entrava num lugar como aquele. Um lar de verdade.

— Quando foi isso?

— Na primavera. Não me lembro da data.

— E então você simplesmente continuou a entrar — disse eu. — Você não é muito bom nessa história de resistir a tentações, certo, meu filho?

— Eu não estava fazendo mal a ninguém.

— Não? E o que você fazia lá dentro?

Conor encolheu os ombros. Estava com os braços cruzados, e desviou o olhar de nós. Estava começando a se sentir embaraçado.

— Não muita coisa. Tomava uma xícara de chá e comia um biscoito. Às vezes, um sanduíche. — O sumiço das fatias de presunto de Jenny. — Às vezes eu... — Ele estava enrubescendo de novo. — Eu fechava as cortinas na sala de estar para que os idiotas dos vizinhos não me vissem, e assistia a um pouco de televisão. Coisas desse tipo.

— Você estava fingindo que morava ali.

Conor não retrucou.

— Alguma vez foi ao andar de cima? Entrou nos quartos?

Silêncio novamente.

– Conor.

– Umas duas vezes.

– E fez o quê?

– Só olhei no quarto de Emma e no de Jack. Parei no vão da porta, olhando. Só queria conseguir imaginá-los ali.

– E no quarto de Pat e Jenny? Você chegou a entrar?

– Entrei.

– E?

– Não é o que você está pensando. Deitei-me na cama deles, tirando meus sapatos antes. Só por um instante. Fechei os olhos. Só isso.

Ele não estava olhando para nós. Estava mergulhando na memória. Eu podia sentir a tristeza emanando dele, como o frio emana do gelo.

– Não lhe ocorreu – disse eu, com aspereza – que você pudesse estar deixando os Spain mortos de medo? Ou será que essa era uma vantagem a mais?

Minha pergunta o trouxe de volta.

– Eu não os estava assustando. Sempre me certifiquei de sair de lá muito antes que eles voltassem. Guardava tudo no lugar exatamente como tinha encontrado: lavava minha xícara, secava e a guardava. Limpava o chão se tivesse havido terra nos meus sapatos. As coisas que eu pegava eram ínfimas. Ninguém vai dar por falta de um par de elásticos de cabelo. Ninguém teria sabido que eu tinha estado ali.

– Só que nós soubemos – disse eu. – Não se esqueça disso. Diga-me uma coisa, Conor, e não me venha com cascata. Você tinha uma inveja daquelas, não tinha? Dos Spain. De Pat.

Conor fez que não, um movimento abrupto, impaciente, como se estivesse espantando uma mosca.

– *Não*. Você não está entendendo. Da mesma forma que não entendeu aquela história de quando tínhamos 18 anos. Não era desse jeito.

– Então de que jeito era?

– Eu não queria que nada de mau acontecesse a eles, nunca. Eu simplesmente... Eu sei que lhes dei a maior bronca por fazerem o que todo mundo estava fazendo. Mas, quando comecei a observá-los...

Ele respirou fundo. O aquecimento tinha se desligado novamente. Sem seu zumbido, a sala caiu num silêncio como o de um vácuo. Os sons fracos da respiração eram absorvidos por aquele silêncio, dissolvendo-se até não restar nada.

– Vista de fora, a vida deles era exatamente igual à de todo mundo, alguma coisa tirada de algum filme horrendo com clones. Mas, quando você a acompanhava de dentro, você via... Por exemplo, Jenny costumava usar aquela droga de bronzeamento artificial que todas as garotas usam e que fazia com que ela ficasse igual a todo mundo. Mas depois ela trazia o frasco para a cozinha, e ela e as crianças pegavam uns pincéis pequenos e faziam desenhos nas mãos. Estrelas, carinhas sorridentes ou suas iniciais. Uma vez ela pintou listras de tigre nos braços de Jack, até os ombros. Ele adorou e foi um tigre a semana inteira. Ou depois que as crianças tinham ido dormir, Jenny ficava arrumando a bagunça deles; ela, como todas as donas de casa neste mundo. Só que às vezes Pat vinha lhe dar uma ajuda, e eles acabavam se divertindo com os brinquedos. Como uma vez em que estavam tendo uma luta com os bichinhos de pelúcia e dando risadas. E, quando se cansaram, deitaram no piso juntos e ficaram olhando para a lua pela janela. De lá de cima, dava para se ver que eles ainda eram eles mesmos. Ainda eram os mesmos de quando tínhamos 16 anos.

Os braços de Conor estavam relaxados; suas mãos, em concha em cima da mesa, com as palmas voltadas para cima; a boca, entreaberta. Ele estava observando alguma vagarosa sequência de imagens passar diante de uma janela acesa, distante e intocável, brilhando com a riqueza de ouro e esmalte.

— As noites demoram a passar, quando se está lá fora, sozinho. Você começa a ter pensamentos estranhos. Eu podia ver outras luzes, em outras casas de um lado a outro do condomínio. Às vezes, eu ouvia música. Alguém costumava por para tocar rock'n'roll antigo a todo o volume; outra pessoa tinha uma flauta e ensaiava com ela. Comecei a pensar em todas as outras pessoas que moravam lá. Todas aquelas vidas diferentes. Mesmo que estivessem só preparando o jantar, um cara podia estar fazendo o prato preferido da filha para animá-la depois de um dia ruim na escola; um casal poderia estar comemorando a descoberta de uma gravidez... Todos eles, fazendo o jantar por lá, cada um deles estava pensando em alguma coisa só sua. Amando alguém só seu. Cada vez que eu subia lá, aquilo me causava mais impacto. Aquele tipo de vida: é lindo, afinal de contas.

Conor respirou fundo mais uma vez e espalmou as mãos na mesa.

— Só isso — disse ele. — Não era inveja. Simplesmente... isso.

— Mas a vida dos Spain — disse Richie, do seu canto — não continuou linda. Não depois que Pat perdeu o emprego.

— Eles estavam ótimos.

O imediato tom cortante na voz de Conor, correndo em defesa de Pat, fez aquela inquietação ricochetear dentro de mim novamente. Richie se descolou da parede e sentou meio de lado na mesa, perto demais de Conor.

— Na nossa última conversa, você disse que aquilo arrasou com a cabeça de Pat. O que você quis dizer com isso, exatamente?

— Nada. Eu conheço Pat. Sabia que ele ia odiar ficar desempregado. Só isso.

— Cara, o pobre coitado estava em frangalhos, OK? Você não está nos revelando nada que nós já não soubéssemos. E então o que você viu? Alguma atitude estranha dele? Ele chorando? Brigando com Jenny?

— Não. — Um silêncio curto e tenso, enquanto Conor refletia sobre o que iria nos entregar. Ele estava de novo com os braços cruzados sobre o peito. — No princípio, ele estava bem. Depois de alguns meses, mais ou menos durante o verão, ele começou a ficar acordado até mais tarde, a dormir até mais tarde. Não saía tanto. Antes costumava correr todos os dias, mas isso foi deixado para lá. Alguns dias, ele nem se dava ao trabalho de trocar de roupa ou de fazer a barba.

— Para mim, parece uma depressão.

— Ele estava mesmo de asa caída. E daí? Era culpa dele?

— Mesmo assim, você não chegou a pensar em entrar em contato com eles, pensou? — perguntou Richie. — Quando as coisas deram errado para você, você quis ver Pat e Jenny. Mas nunca pensou que eles pudessem querer ver você, quando as coisas se tornaram difíceis para eles?

— Pensei, sim — disse Conor. — Pensei muito nisso. Achei que talvez eu pudesse ajudar... sair com Pat para tomar umas cervejas e rir um pouco; ou ficar com as crianças enquanto eles dois tiravam um tempo para ficar juntos... Mas não consegui. Teria sido como se eu dissesse: *Ha-ha, eu não disse que tudo isso ia para o beleléu?* Em vez de melhorar, eu teria piorado a situação.

— Meu Deus, cara. O quanto mais ele poderia ter piorado?

— Muito. E daí que ele não se exercitava o suficiente? Não tinha importância. Isso não significava que ele estivesse entrando em colapso. — A irritabilidade defensiva ainda estava ali.

— Você não pode ter ficado feliz com o fato de Pat não estar saindo – disse eu. — Se ele estava em casa o tempo todo, foi o fim do chá e dos sanduíches para você. Você ainda teve oportunidade de passar algum tempo na casa nos dois últimos meses?

Ele se virou para mim, depressa, ficando de costas para Richie, como se eu o estivesse salvando.

— Menos. Mas pode ser que uma vez por semana, todos eles saíam, como se fossem apanhar Emma na escola e então ir às compras. Pat não tinha *pavor* de sair de casa. Ele só queria estar lá dentro para poder ficar de olho naquele vison ou seja lá o que for. Não era algum tipo de fobia, nada disso!

Não olhei para Richie, mas percebi que ele ficou imóvel. Conor não deveria ter tido conhecimento do animal de Pat.

— Você alguma vez viu o animal? — perguntei, tranquilo, antes que ele se desse conta.

– Como eu disse, eu não entrava muito na casa.

– Claro que entrava. Não estou falando só dos dois últimos meses. Estou me referindo a todo o tempo em que você entrava e saía. Você o viu? O ouviu?

Conor estava começando a ficar desconfiado, mesmo sem ter certeza do motivo para isso.

– Ouvi arranhões, umas duas vezes. Achei que podiam ser camundongos ou um pássaro que tivesse entrado no sótão.

– E de noite? Era nessa hora que o animal estaria caçando, cruzando ou fazendo o que quisesse, e você estava bem ali do lado de fora, com seu pequeno binóculo. Alguma vez viu um vison em suas andanças? Uma lontra? Até mesmo uma ratazana?

– Há criaturas que vivem por lá, sim. Ouvi muitas se movimentando à noite. Algumas eram grandes. Não tenho a menor ideia do que eram porque não vi nenhuma delas. Era escuro.

– E isso não o preocupava? Você está lá num fim de mundo, cercado por animais selvagens que não consegue ver, sem nada com que se proteger.

Conor deu de ombros.

– Os animais não me incomodam.

– Homem corajoso – disse eu, em tom de aprovação.

Richie coçou a cabeça, confuso, parecendo o novato desnorteado tentando entender as coisas.

– Peraí um segundo – disse ele. – Acho que perdi alguma coisa. Como você sabe que Pat estava procurando por esse bicho?

Conor abriu a boca por um instante e então a fechou, pensando rápido.

– Qual é o problema? – perguntei. – Não se trata de uma pergunta complicada. Alguma razão para você não querer nos contar?

– Não. É só que eu não me lembro como soube disso.

Richie e eu nos entreolhamos e começamos a rir.

– Maravilha – disse eu. – Juro por Deus que, por mais experiência que eu tenha neste serviço, essa piada nunca perde a graça. – O maxilar de Conor se retesou. Ele não gostava de ser alvo de riso. – Desculpa, cara. Mas você precisa entender que a gente se depara com muita amnésia por aqui. Às vezes eu me preocupo com o que o governo está pondo na água. Quer tentar de novo?

A cabeça de Conor estava a mil.

– Ora, vamos, cara. Qual é o problema? – disse Richie, com o sorriso ainda na voz.

– Escutei uma noite junto da janela da cozinha – disse Conor. – Ouvi Pat e Jenny falando sobre isso.

Nenhuma iluminação pública, nenhuma luz externa no jardim dos Spain. Uma vez que escurecesse, ele poderia ter pulado o muro e passado a noite encostado nas janelas deles, escutando. A privacidade deveria ter sido a menor preocupação dos Spain, no meio de todo aquele entulho, trepadeiras e sons do mar, a quilômetros de autoestrada de qualquer um que chegasse a se importar com eles. Em vez disso, absolutamente nada tinha sido só deles. Conor, passeando pela sua casa, cercando cada vez de mais perto seu vinho e seus amassos tarde da noite. Os dedos engordurados dos Gogan participando das suas discussões, penetrando nas leves fendas do seu casamento. As paredes da sua casa tinham sido como lenços de papel, que se rasgavam e se desmanchavam, transformando-se em nada.

– Interessante – disse eu. – E como foi que lhe pareceu essa conversa?

– Como assim?

– Quem disse o quê? Eles estavam preocupados? Irritados? Discutindo? Aos berros e gritos? Como foi?

O rosto de Conor tinha ficado impassível. Ele não tinha se preparado para isso.

– Não ouvi tudo. Pat disse alguma coisa sobre uma armadilha não estar funcionando. E acho que Jenny fez alguma sugestão sobre tentar usar uma isca diferente. E Pat disse que, se ao menos pudesse ver o animal, então saberia que isca usar. Eles não pareciam irritados, nada disso. Um pouco preocupados, pode ser, mas qualquer um estaria. Decididamente não foi uma discussão. Não pareceu ser nada de importância.

– Certo. E quando foi isso?

– Não me lembro. Provavelmente, durante o verão. Pode ter sido mais tarde.

– Interessante – disse eu, afastando minha cadeira da mesa com um empurrão. – Já vamos voltar a falar sobre isso. Agora vamos sair para ter uma conversa a seu respeito. Interrogatório suspenso. Detetives Kennedy e Curran deixando a sala.

– Esperem – disse Conor. – Como Jenny está? Ela está... – Ele não conseguiu terminar.

– Ah – disse eu, jogando meu paletó por cima do ombro. – Eu estava esperando por isso. Você se saiu bem, Conor, meu velho. Aguentou muito tempo até simplesmente ter que perguntar. Achei que você estaria implorando em 60 segundos. Eu o subestimei.

– Respondi a todas as suas perguntas.

– Respondeu mesmo, não foi? Mais ou menos. Bom garoto. – Levantei uma sobrancelha de interrogação para Richie, que deu de ombros, deslizando de cima da mesa. – É, por que não? Jenny está viva, amigo. Está fora de perigo. Mais uns dias, e ela deveria sair do hospital.

Eu esperava alívio ou medo, talvez até mesmo raiva. Em vez disso, ele recebeu a notícia com uma respiração rápida e chiada, baixando a cabeça de modo abrupto, sem dizer nada.

– Ela nos deu algumas informações muito interessantes – disse eu.

– O que ela disse?

– Ora, cara, Você sabe que não podemos lhe contar. Mas digamos que agora você deve querer ter muito cuidado para não nos contar nada que Jenny Spain possa desmentir. Pense nisso enquanto estiver sozinho. Pense muito bem.

Dei uma última olhada em Conor enquanto mantinha a porta aberta para Richie passar. Ele estava olhando para o vazio e respirando por entre os dentes. E, exatamente como eu tinha mandado, estava concentrado, pensando.

– Você ouviu aquilo? – perguntei, no corredor. – Existe um motivo ali em algum lugar. Não é que existe? Graças a Deus. E eu vou descobrir qual é, nem que eu tenha que dar uma surra nesse maluco.

Meu coração batia forte. Senti vontade de dar um abraço em Richie, de bater na porta para fazer Conor se sobressaltar, não sabia bem o quê. Richie estava passando uma unha para lá e para cá pela tinta verde da parede, em péssimo estado, enquanto olhava para a porta.

– Você acha isso mesmo?

– Acho isso, *mesmo*. No instante em que ele cometeu o deslize acerca do animal, ele começou a mentir de novo. Essa conversa sobre armadilha e iscas, ela nunca aconteceu. Se chegou a haver uma briga aos gritos e Conor estivesse praticamente com a orelha grudada na janela, é provável que ele pudesse ter ouvido uma boa parte dela. Mas lembre-se de que os Spain tinham vidraças duplas. Some-se a isso o ruído do mar, e, mesmo de bem perto, não haveria como ele conseguir ouvir uma conversa normal. Pode ser que ele esteja simplesmente mentindo sobre o tom da conversa. Vai ver que eles estavam aos berros, e ele não quer nos dizer isso, não importa por que razão. Mas, se não foi assim que ele tomou conhecimento do animal, então como foi?

– Ele encontrou o computador ligado – disse Richie – numa das vezes em que invadiu a casa. Deu uma lida.

– Poderia ser. Faz mais sentido do que essa conversa fiada que ele está nos passando. Mas por que ele não diz logo a verdade?

– Ele não sabe que se recuperou nada do computador. Não quer que se saiba que Pat estava entrando em parafuso, para que a gente não saque que ele está tentando acobertar Pat.

— *Se* ele estiver. *Se...* — Eu sabia que Richie ainda não estava em sintonia comigo, mas ouvir aquilo alto e bom som fez que com que eu começasse a andar em círculos apertados ali no corredor. Cada músculo em mim estava crispado por eu ter me forçado a ficar muito tempo sentado àquela mesa. — Já lhe ocorreu de que modo ele poderia ter sabido?

— Ele e Jenny estariam tendo um caso — disse Richie. — Jenny teria lhe falado do animal.

— É. Pode ser. Poderia ser. Nós vamos descobrir. Mas não é nisso que estou pensando. *Entrando em parafuso,* foi o que você disse: Pat estava entrando em parafuso. E se isso fosse o que Pat deveria pensar de si mesmo, também?

Richie jogou-se encostado na parede e enfiou as mãos nos bolsos.

— Prossiga — disse ele.

— Você se lembra do que aquele caçador disse na internet, aquele que recomendou a armadilha? Ele quis saber se havia alguma chance de que os filhos de Pat estivessem zoando com ele. Ora, nós sabemos que as crianças eram pequenas demais para isso, mas havia alguém que não era. Alguém que tinha acesso.

— Você acha que Conor soltou o animal da armadilha? Que tirou do lugar a isca de camundongo?

Eu não conseguia parar de dar voltas. Desejei que tivéssemos uma sala de observação, algum lugar onde eu tivesse mais espaço para me movimentar e não precisasse manter a voz baixa.

— Talvez isso. Talvez até mais do que isso. Para começar, o fato é que, no mínimo, Conor estava bagunçando a cabeça de Jenny. Consumindo sua comida, roubando suas bugigangas: ele pode repetir o quanto quiser que não queria assustá-la, mas a realidade é que foi isso o que fez. Ele a deixou apavorada. Fez com que Fiona achasse que Jenny não estava batendo bem. É provável que a própria Jenny achasse a mesma coisa. E se ele fez o mesmo com Pat?

— Como? De que modo?

— Como é mesmo o nome dele? O dr. Dolittle disse que não poderia jurar que algum dia algum animal esteve naquele sótão. Você entendeu isso como uma afirmação de que Pat Spain estava imaginando toda a história. E se nunca houve nenhum animal porque tudo era obra de Conor?

Isso fez com que alguma coisa forte passasse pelo rosto de Richie: ceticismo, alguma atitude defensiva, algo que não pude identificar.

— Cada sinal que Pat mencionou, tudo o que nós vimos, poderia ter sido forjado por alguém que tivesse acesso àquela casa. Você ouviu o dr. Dolittle, o que ele disse acerca daquele passarinho: os dentes de um animal poderiam ter lhe arrancado a cabeça, mas uma faca também poderia ter feito a mesma coisa. Aqueles sulcos na viga do sótão: poderiam ser marcas de garras, de um objeto cortante ou de pregos. Os esqueletos: um animal não é a única criatura que pode arrancar a carne de esquilos, deixando apenas os ossos.

– Os barulhos?

– Ah, é mesmo. Não vamos nos esquecer dos barulhos. Lembra-se do que Pat postou no fórum do Wildwatcher, bem lá no início? Existe um vão de cerca de 20 cm de profundidade entre o piso do sótão e o teto logo abaixo dele. Qual seria a dificuldade de pegar um aparelho de MP3 acionado por controle remoto e um bom par de alto-falantes, instalar tudo nesse espaço e tocar uma faixa com sons de baques e arranhões, cada vez que Pat fosse lá para cima? Esconder tudo por trás de pedaços do material de isolamento, para que não visse nada, quando desse uma olhada nesse espaço com uma lanterna, o que ele fez. De qualquer maneira, não é como se ele estivesse procurando algum aparelho eletrônico. Ele procurava pelos, excrementos, um animal, sem a menor chance de ele avistar nada disso. Se você quiser se divertir um pouco mais, desligue o som sempre que Jenny estiver por perto, de tal modo que ela comece a se perguntar se Pat está pirando de vez. Troque as baterias cada vez que entrar na casa... ou simplesmente descubra um jeito de instalar o sistema usando a energia da própria casa. E você poderá continuar com sua brincadeirinha pelo tempo que for necessário.

– Mas ele não ficou só no sótão – ressaltou Richie. – O animal, se é que houve algum animal, desceu por dentro das paredes. Pat o ouviu em praticamente todos os ambientes.

– Pat *achou* que ouviu. Lembra-se de outra postagem dele? Ele não conseguia ter certeza de onde o animal estava, porque a acústica na casa era estranha. Digamos que Conor mude os alto-falantes de lugar de vez em quando, fazendo parecer que o bicho está se movimentando de um lado do sótão para o outro. Depois, um dia ele se dá conta de que, quando posiciona os alto-falantes de um jeito específico, o som desce pelo espaço vazio entre as paredes de tal modo que dá a impressão de ser emitido de um ambiente do andar térreo... Até mesmo a casa serviu direto às intenções de Conor.

Richie estava roendo uma unha, pensando.

– É uma distância enorme daquele esconderijo. Será que um controle remoto chegaria a funcionar?

Eu não conseguia desacelerar.

– Tenho certeza de que se pode comprar um que consiga. Ou, se não puder, pode-se sair do esconderijo. Depois do anoitecer, você pode se sentar no jardim dos Spain e apertar as teclas. Durante o dia, pode operar o controle remoto a partir do sótão da casa vizinha e só fazer tocar os sons quando sabe que Jenny não está em casa ou está cozinhando. É muito menos preciso já que você não pode vigiar os Spain, mas no final ele cumpre sua função.

— Uma trabalheira.

— Seria, sim. Também foi uma trabalheira montar aquele esconderijo.

— O pessoal da Polícia Técnica não encontrou nada semelhante. Nada de aparelho de MP3, nada de alto-falantes, nada.

— Quer dizer que Conor levou embora a aparelhagem e a enfiou em alguma lata de lixo por aí. Antes de matar os Spain. Se tivesse sido depois, ele teria deixado manchas de sangue. E isso significa que os assassinatos foram planejados. Cuidadosamente planejados.

— Cruéis — disse Richie, quase distraído, ainda roendo aquela unha. — Mas por quê? Por que inventar um animal?

— Porque ele ainda é louco por Jenny e calculou ser mais provável que ela fugisse com ele, se Pat estivesse pirando de vez. Porque ele queria mostrar para os dois como tinham sido idiotas de comprar a casa em Brianstown. Porque ele não tinha nada de melhor a fazer.

— Mas o caso é que Conor se importava com Pat, tanto quanto com Jenny. Você mesmo disse isso, desde o início. Acha que ele ia tentar deixar Pat enlouquecido?

— Importar-se com eles não o impediu de matá-los. — Os olhos de Richie encontraram os meus por um segundo e se desviaram, mas ele não disse nada. — Você ainda acha que não foi ele, certo?

— Acho que ele os amava. É só isso que estou dizendo...

— "Amava" não significa a mesma coisa para Conor, que significa para você e para mim. Você ouviu o que ele disse ali dentro: ele queria *ser* Pat Spain. Quis isso desde que eles eram adolescentes. Foi por isso que ele teve um ataque quando Pat começou a tomar decisões que não eram do seu agrado. Ele tinha a sensação de que a vida de Pat era dele, Conor. Como se ele a possuísse. — Quando passei pela sala de interrogatório, dei-lhe um chute com mais força do que eu pretendia. — No ano passado, quando a vida do próprio Conor foi pro brejo, ele finalmente precisou encarar a verdade. Quanto mais ele observava os Spain, ficava maior sua compreensão de que, deixando de lado suas queixas sobre o estilo arrumadinho e os mortos-vivos, era isso que ele queria: os filhos adoráveis, a boa casa, o emprego sólido, Jenny. A vida de Pat. — A ideia me impulsionava cada vez mais. — Lá no alto, no seu mundinho, Conor era Pat Spain. E quando a vida de Pat degringolou, Conor teve a sensação de que tudo aquilo lhe estava sendo roubado.

— E esse é o motivo? Vingança?

— Mais complicado que isso. Pat já não está cumprindo sua parte, segundo a visão de Conor. Conor não está recebendo sua transfusão de felizes-para-sempre de segunda mão, e está desesperado por recebê-la. Por isso, ele decide se intrometer e fazer com que as coisas voltem ao rumo certo.

Cabe a ele consertar a situação para Jenny e as crianças. Talvez não para Pat. No pensamento de Conor, Pat rompeu o contrato e não está cumprindo sua função. Ele já não merece a vida perfeita. Ela deveria ir para alguém que vá tirar dela o melhor proveito.

— Então, não teria sido vingança — disse Richie, com um tom neutro. Ele estava prestando atenção, mas não estava convencido. — Mas resgate.

— Resgate. Vai ver que Conor tem toda uma fantasia complicada que envolva levar Jenny e as crianças para a Califórnia, a Austrália, algum lugar onde um web designer possa ter um bom emprego e manter uma linda família em alto estilo e com muito sol. Mas, para entrar na história, ele precisa tirar Pat do caminho. Precisa destruir o casamento. E nesse ponto vou tirar o chapéu: ele foi inteligente no modo de agir. Pat e Jenny já estão sob pressão, as rachaduras estão começando a aparecer, e Conor usa o que está à mão: ele aumenta a pressão. Ele descobre formas de tornar os dois paranoicos: a respeito da casa, a respeito um do outro e de si mesmos. Ele tem talento, esse rapaz. Ele dedica tempo ao serviço. Vai aumentando a pressão aos pouquinhos. E, antes que se perceba, não resta nenhum lugar onde Pat e Jenny se sintam seguros. Não quando estão um com o outro, não dentro da própria casa, nem com seus próprios pensamentos.

Com uma espécie de distanciamento surpreso, percebi que minhas mãos estavam tremendo. Enfiei-as nos bolsos.

— Ele foi bem esperto — disse eu. — Foi competente.

Richie tirou a unha da boca.

— Vou lhe dizer o que está me incomodando — disse ele. — O que aconteceu com a solução mais simples?

— Do que você está falando?

— De a gente se ater à resposta que exija o menor número de acréscimos. Foi o que você disse. Aparelho de MP3, alto-falantes, controle remoto; mais entradas na casa para mudar os trecos de lugar; sorte à beça para Jenny nunca ouvir os barulhos... Cara, isso é um monte de acréscimos.

— É mais fácil partir do pressuposto de que Pat ficou biruta — disse eu.

— Não é mais fácil; mais simples. É mais simples partir do pressuposto de que ele estivesse imaginando toda a história.

— Será que é? E o cara que estava espreitando a família, perambulando pela casa, comendo suas fatias de presunto, exatamente ao mesmo tempo em que Pat se transformava de um cara sensato num pirado das ideias? É só uma coincidência? Uma coincidência desse tamanho, meu amigo, é um enorme acréscimo.

Richie fez que não.

— A recessão atingiu os dois. Nenhuma grande coincidência por esse lado. Já essa história do MP3 seria um acerto em um milhão, conseguir se certificar de que Pat sempre ouvisse os ruídos, e Jenny não. Estamos falando das 24 horas do dia, por meses. E aquela casa não é alguma mansão imensa, onde as pessoas podem estar a quilômetros de distância umas das outras. Por mais cuidadoso que ele fosse, mais cedo ou mais tarde, Jenny ouviria alguma coisa.

— É – disse eu. – É provável que você esteja certo. – Dei-me conta de que tinha parado de me mexer, já havia um bom tempo ao que me pareceu. – Vai ver que ela ouviu.

— O que você está dizendo?

— Pode ser que eles dois estivessem juntos nisso: Conor e Jenny. Isso torna tudo muito mais simples, não é mesmo? Nenhuma necessidade de Conor se preocupar em manter os ruídos longe de Jenny. Se Pat perguntar a ela se ela ouviu alguma coisa, basta que ela faça uma expressão neutra e pergunte: "Ouvi o quê?" Nenhuma necessidade de se preocupar com a possibilidade de as crianças ouvirem também. Jenny pode convencê-las de que estão simplesmente imaginando coisas e que não deveriam falar nisso na frente do papai. E nenhuma necessidade de Conor entrar lá para mudar o equipamento de lugar. Jenny pode se incumbir disso tudo.

À luz das lâmpadas fluorescentes, o rosto de Richie tinha a aparência igual à daquela luz baça da manhã do lado de fora do necrotério: um branco descorado, corroído até os ossos. Ele não estava gostando da conversa.

— Isso explica por que ela não está atribuindo importância ao estado mental de Pat. Explica por que ela não comentou as invasões nem com ele nem com os policiais locais. Explica por que Conor apagou do computador as referências ao animal. Explica por que ele confessou: para proteger a namorada. Explica por que ela não o está denunciando: por culpa. Na realidade, meu filho, eu diria que essa hipótese explica praticamente tudo. — Eu podia ouvir as peças se encaixando nos seus lugares em toda a minha volta, um tamborilar delicado e perfeito, como gotas leves de chuva. Tive vontade de levantar o rosto para ela, deixar que ela me lavasse, beber daquela água.

Richie não se mexeu e, por um instante, achei que ele sentia o mesmo, mas então ele respirou rápido e fez que não.

— Não estou entendendo.

— Está claro como o dia. É lindo. Você não está entendendo, porque não quer entender.

— Não é isso. Como você passa desse ponto para os homicídios? Se o objetivo de Conor era enlouquecer Pat, tudo estava funcionando perfeitamente. Ele tinha fundido a cuca do pobre coitado. Por que Conor iria abandonar todos os seus planos e matá-lo? E se o que ele queria era Jenny e as crianças, por que ele acaba matando-as também?

— Vamos — disse eu, já seguindo a passos largos pelo corredor, tão depressa que estava quase correndo. Richie precisou trotar para acompanhar meu passo. — Lembra-se daquele distintivo da JoJo's?

— Lembro.

— O sacana — disse eu. Desci a escada que levava à sala de provas periciais de dois em dois degraus.

Conor ainda estava na cadeira, mas havia marcas vermelhas em um polegar, onde ele o estivera roendo. Ele sabia que tinha pisado na bola, mesmo que não soubesse realmente como. Por fim, e já não era sem tempo, ele estava para lá de nervoso.

Nenhum de nós se deu ao trabalho de se sentar.

— Detetive Kennedy e detetive Curran reiniciando o interrogatório com Conor Brennan — recitou Richie para a câmera. Depois ele se encostou num canto no limite do campo visual de Conor, cruzou os braços e ficou batendo um calcanhar na parede num ritmo lento, irritante. Nem mesmo tentei ficar parado. Dei voltas na sala, apressado, empurrando cadeiras que estivessem no caminho. Conor tentava olhar para nós dois ao mesmo tempo.

— Conor — disse eu —, precisamos conversar.

— Quero voltar para a cela — disse ele.

— E eu quero um encontro com Anna Kournikova. A vida é uma merda. Você sabe o que mais eu quero, Conor?

Ele fez que não sabia.

— Quero descobrir por que isso aconteceu. Quero saber por que Jenny Spain está no hospital e sua família está no necrotério. Você quer facilitar as coisas e simplesmente me contar tudo agora?

— Vocês já têm tudo de que precisam — respondeu ele. — Eu disse que fui eu. Quem se importa com os motivos?

— Eu me importo. E o detetive Curran também. O mesmo vale para um monte de outras pessoas, mas é conosco que você precisa se preocupar neste momento.

Ele deu de ombros. Quando passei por trás dele, tirei o saco de provas do meu bolso e o atirei sobre a mesa diante de Conor, com tanta força que ele quicou.

— Explique isso.

Conor não se encolheu: ele estava preparado para isso.

— É um distintivo.

— Não, Einstein. Não é *um* distintivo. É *esse* distintivo. — Debrucei-me por cima do seu ombro, bati na mesa com a fotografia de verão e fiquei ali, praticamente de rosto colado com o dele. Ele cheirava a sabão grosseiro de cadeia. — Este distintivo aqui, que você está usando nesta foto aqui. Nós o encontramos nas coisas de Jenny. Onde ela o conseguiu?

Ele apontou para a foto com o queixo.

— Ali. Ela o está usando. Todos nós tínhamos um.

— Você é a única pessoa que tinha este aqui. A análise da fotografia mostra que a imagem no seu está descentrada, exatamente no mesmo ângulo que a imagem neste aqui. Nenhum dos outros bate. Por isso, vamos tentar de novo: como seu distintivo foi parar no meio das coisas de Jenny Spain?

Adoro *CSI*: nossa Polícia Técnica não precisa fazer milagres hoje em dia, porque todos os leigos acreditam que ela faça. Depois de um instante, Conor afastou-se de mim.

— Eu o deixei na casa deles — disse ele.

— Onde?

— No balcão da cozinha.

Eu me aproximei de novo.

— Achei que você tinha dito que não estava tentando apavorar os Spain. Achei que você tinha dito que ninguém jamais saberia que você tinha entrado na casa. Então que porra é essa? Você imaginou que eles pensariam que o broche tinha se materializado do nada? Como?

Conor estendeu a mão para cobrir o distintivo, como se fosse alguma coisa íntima.

— Calculei que Jenny o encontraria. Ela é sempre a primeira a descer de manhã.

— Tira suas mãos da prova. Encontraria e o *quê*? Pensaria que as fadinhas o tinham deixado ali?

— Não. — Ele não tinha recolhido a mão. — Eu sabia que ela adivinharia que era eu. Queria que ela adivinhasse.

— Por quê?

— Porque sim. Só para ela saber que não estava sozinha naquele fim de mundo. Para ela saber que eu ainda estava por perto. Que ainda me importava com ela.

— Ai, meu Deus. E então ela abandonaria Pat, correria para os seus braços e vocês viveriam felizes para sempre. Você usa drogas, cara?

Uma faísca rápida e rancorosa, cheia de nojo, antes que os olhos de Conor voltassem a se desviar dos meus.

— Nada desse tipo. Só achei que Jenny ficaria feliz ao vê-lo, OK?

– É assim que você a deixa feliz? – Dei-lhe um tapa na mão e fiz com que o saco de provas fosse escorregando por cima da mesa, fora do seu alcance. – Não com um cartão pelo correio, não com um e-mail que dissesse: *Ei, andei pensando em você*. Mas invadindo a casa dela e deixando alguma quinquilharia enferrujada da qual era provável que ela já tivesse se esquecido totalmente. Não admira que você continue solteiro, filhinho.

– Ela não tinha se esquecido – disse Conor, com certeza absoluta. – Naquele verão, naquela foto, nós éramos felizes. Todos nós. Acho que nunca na minha vida estive mais feliz. Isso a gente não esquece. Isso aí era para fazer Jenny se lembrar da felicidade.

– Por quê, cara? – perguntou Richie, lá do seu canto.

– O que você quer dizer com por quê?

– Por que ela precisava de um lembrete? Por que precisava que alguém lhe dissesse que se importava com ela? Ela tinha Pat. Não tinha?

– Ele estava um pouco pra baixo. Já lhes disse.

– Você nos disse que ele estava um pouco pra baixo havia meses, mas você não estava a fim de entrar em contato porque não queria piorar as coisas. O que mudou?

Conor estava tenso. Ele estava onde nós queríamos: andando na ponta dos pés, tentando adivinhar cada passo, para evitar pisar numa mina.

– Nada. Eu só mudei de ideia.

Debrucei-me diante dele, arranquei o saco de provas de cima da mesa e comecei a dar voltas na sala outra vez, jogando o saco de uma mão para a outra.

– Você por acaso não reparou numa enorme quantidade de babás eletrônicas instaladas por toda a casa, reparou? Enquanto estava tomando seu chá e comendo sanduíches?

– É isso o que eles eram? – Mais uma vez, a expressão de Conor estava de uma impassibilidade meticulosa. Ele tinha se preparado para essa pergunta também. – Achei que eram walkie-talkies ou coisa parecida. Alguma brincadeira entre Pat e Jack, quem sabe?

– Não eram. Pode me dizer por que motivo você acha que Pat e Jenny poderiam ter meia dúzia de babás eletrônicas espalhadas pela casa?

– Eu não teria como saber – respondeu ele, dando de ombros.

– Certo. E os buracos nas paredes? Você percebeu esses?

– É. Eu vi. O tempo todo eu sabia que aquela casa era uma porcaria. Eles deveriam ter processado o filho da mãe que a construiu. Só que é provável que ele tenha pedido falência e ido embora para a Costa del Sol para passar mais tempo com suas contas em paraísos fiscais.

— Mas essa culpa você não vai poder jogar na construtora, filhinho. Pat abriu aqueles buracos nas paredes da própria casa, porque estava dominado pela loucura de querer apanhar o tal vison, ou fosse lá o que fosse. Ele encheu a casa de babás eletrônicas porque estava obcecado com a ideia de conseguir ver essa criatura que estava dançando sapateado lá em cima. Você está tentando nos dizer que, em todas as suas horas de espionagem, de algum modo você deixou de perceber isso?

— Eu sabia do animal. Já lhes disse isso.

— E não é que você sabia mesmo? Só que você deixou para lá a parte em que o coitado do Pat estava enlouquecendo. – Deixei o saco cair e o chutei para o alto para apanhá-lo de novo com a mão. – Ups!

Richie pegou uma cadeira e se sentou, do outro lado da mesa, diante de Conor.

— Cara, nós recuperamos todas as informações do computador. Sabemos em que estado ele se encontrava. "Deprimido" nem começa a contar a história.

Conor estava respirando mais rápido, com as narinas tensas.

— Computador?

— Vamos pular essa parte em que você finge ser idiota – disse eu. – É chata, não faz sentido e me deixa totalmente emputecido. – Joguei o saco de provas para ricochetear na parede. – Estamos combinados?

Ele calou a boca.

— Então vamos começar de novo – disse Richie. – Alguma coisa mudou para fazer você deixar esse treco para Jenny. – Agitei o saco de provas para Conor, entre arremessos. – Foi Pat, não foi? Ele estava piorando.

— Se vocês já sabem, por que estão me perguntando?

— São os procedimentos, cara – disse Richie, tranquilo. – Nós só estamos conferindo se sua história bate com o que conseguimos de outras fontes. Se tudo se encaixar, ótimo, nós acreditamos em você. Se você estiver nos dizendo uma coisa, e as provas nos disserem outra... – Ele deu de ombros. – Aí estaremos com um problema, e vamos precisar continuar a pesquisar até encontrarmos a solução. Está me entendendo?

— Está bem – disse Conor, daí a um instante. – Pat estava piorando. Ele não tinha *surtado,* não estava berrando para o animal sair da toca e lutar abertamente, nada desse tipo. Estava só passando por um período difícil, certo?

— Mas alguma coisa deve ter acontecido. Alguma coisa fez com que você, de repente, entrasse em contato com Jenny.

— Ela parecia tão solitária – disse Conor, com simplicidade. – Pat não lhe dirigia uma palavra que fosse havia uns dois dias, não que eu visse. Ele passava todo o seu tempo sentado à mesa da cozinha, com aqueles monitores enfileirados à sua frente, só olhando. Ela tinha tentado falar com ele umas duas vezes, mas ele nem levantou os olhos. Também parecia que eles não compensavam durante a noite. Na noite anterior, ele tinha dormido na cozinha, no pufe.

Mais para perto do final, Conor tinha ficado no esconderijo praticamente em plantão permanente. Parei de brincar com o saco de provas e fiquei parado, atrás dele.

— Jenny... eu a vi na cozinha, esperando que a chaleira fervesse. Apoiando as mãos no tampo do balcão, como se estivesse arrasada demais para se manter em pé. Olhando para o nada. Jack puxava a perna dela, tentando lhe mostrar alguma coisa. Ela nem sequer percebeu. Parecia estar com 40 anos, ou mais. Perdida. Quase desci correndo daquela casa e pulei o muro para lhe dar um abraço.

— E então — disse eu, mantendo a voz neutra — você decidiu que o que ela realmente precisava, nesse momento difícil da vida, era descobrir que alguém a espreitava.

— Eu só estava tentando ajudar. Pensei em fazer uma visita, telefonar ou lhe mandar um e-mail, mas Jenny... — Ele abanou a cabeça, pesaroso. — Quando as coisas não estão uma maravilha, ela não quer tocar no assunto. Ela não teria querido bater um papo, não com Pat todo... Então eu simplesmente pensei: alguma coisa para ela saber que eu estava presente. Fui para casa e peguei o distintivo. Pode ser que tenha sido errado. Pode me processar. Na hora pareceu uma boa ideia.

— A que horas, exatamente?

— Como?

— Quando você deixou o distintivo na casa dos Spain?

Conor tinha respirado para responder, mas alguma coisa o impediu. Vi o enrijecimento súbito dos seus ombros.

— Não me lembro — disse ele.

— Nem pense em tentar essa, rapaz. Não tem mais nenhuma graça. Quando você deixou o distintivo lá?

— No domingo à noite — respondeu ele, daí a pouco.

Meus olhos se cruzaram com os de Richie, por cima da cabeça de Conor.

— Neste último domingo à noite — disse eu.

— Foi.

— A que horas?

— Talvez às cinco da manhã.

— Com todos os Spain em casa, dormindo, a poucos metros de distância. Vou lhe dizer uma coisa, cara: você é macho paca.

— Só entrei pela porta dos fundos, pus o distintivo no balcão e fui embora. Esperei que Pat fosse dormir. Naquela noite, ele não ficou lá embaixo. Não foi nada de mais.

— E o alarme?

— Eu sei o código. Vi quando Pat o digitou.

Surpresa, surpresa.

— Mesmo assim – disse eu. – Foi arriscado. Você devia estar bastante desesperado para fazer isso, certo?

— Eu queria que ela ficasse com ele.

— É claro que queria. E vinte e quatro horas depois, Jenny está moribunda e sua família morreu. Nem mesmo tente me dizer que isso é uma coincidência, Conor.

— Não estou tentando lhe dizer nada.

— Então o que aconteceu? Ela não ficou feliz com seu presentinho? Não demonstrou gratidão suficiente? Ela o enfiou no fundo de uma gaveta em vez de usá-lo?

— Ela o guardou no bolso. Não sei o que fez com ele depois disso e não me importo. Eu só queria que ela ficasse com ele.

Pus as duas mãos no encosto da cadeira de Conor e falei direto no seu ouvido, com a voz baixa, dura.

— Você diz tanta mentira que me dá vontade de enfiar sua cabeça na privada e dar a descarga. Você sabe muito bem o que Jenny achou do distintivo. Você sabia que ele não ia assustá-la, porque você mesmo o pôs na mão dela. Era assim que vocês estavam funcionando, vocês dois? Ela descia sorrateira, tarde da noite, deixava Pat dormindo, e vocês dois trepavam no pufe das crianças?

Ele se virou de repente para me encarar, os olhos como estilhaços de gelo. Ele não estava inclinado para trás, afastado de mim, não dessa vez. Nossos rostos estavam quase se tocando.

— Você me dá nojo. Se acha isso, se você sinceramente acha isso, tem alguma coisa errada nessa sua cabeça.

Ele não estava com medo. Foi um choque para mim: você se acostuma a que as pessoas sintam medo de você, sejam elas inocentes ou culpadas. Talvez, quer admitamos, quer não, todos nós gostemos disso. Não restava a Conor razão alguma para ter medo de mim.

— Muito bem. Quer dizer que não era no pufe. E no seu esconderijo? O que vamos encontrar, quando analisarmos a fundo aquele saco de dormir?

— Pode analisar tudo o que quiser. Fique à vontade. Ela nunca esteve lá.

— Então onde, Conor? Na praia? Na cama de Pat? Onde é que você e Jenny transavam?

Ele estava com os punhos cerrados nas dobras do jeans para se impedir de me esmurrar. Isso não poderia durar, e eu mal podia esperar.

– Eu nunca teria tocado nela. Ela nunca teria tocado em mim. Nunca. Isso é difícil demais para você compreender?

Ri na cara dele.

– É claro que você teria. Ai, coitadinha da Jenny, enfurnada tão longe naquele condomínio infernal. Ela só precisava saber que alguém se importava com ela. Não foi isso o que você disse? Você estava louco para ser esse cara. Toda essa cascata sobre a solidão dela não passava de um pretexto conveniente para você comer Jenny, sem se sentir culpado com relação a Pat. Quando começou?

– Nunca. Se você se dispusesse a fazer isso, problema seu. Se você nunca teve um amigo de verdade, nunca se apaixonou, problema seu.

– Que belo amigo de verdade você foi. Aquele animal que fez Pat pirar... aquilo foi você, o tempo todo.

Mais uma vez aquele olhar gélido, incrédulo.

– O que você está...

– Como você fez? Não estou preocupado com os barulhos. Vamos descobrir o lugar onde você comprou o equipamento de som, mais cedo ou mais tarde. Mas eu simplesmente adoraria saber como você tirou a carne daqueles esquilos. Com uma faca? Água fervente? Seus dentes?

– Não faço a menor ideia do que você está falando.

– Ótimo. Vou deixar que nosso laboratório me dê a informação sobre os esquilos. O que quero saber mesmo é o seguinte: essa história do animal, era só você? Ou Jenny também participou?

Conor empurrou a cadeira para trás com tanta violência que ela caiu no chão e atravessou a sala, determinado. Fui atrás dele tão rápido que nem mesmo senti que estava me movimentando. Meu impulso o prendeu contra a parede.

– Você não pode sair sem que eu dê permissão. Estou falando com você, filhinho. Quando eu falo, trate de escutar.

Seu rosto estava rígido, uma máscara esculpida em madeira de lei. Ele olhava para além de mim, com os olhos semicerrados, focalizados no vazio.

– Ela estava ajudando você, não estava? Vocês dois deram boas risadas sobre isso, lá no seu esconderijo? Aquele idiota do Pat, aquele panaca, acreditando em cada palhaçada que vocês lhe apresentavam...

– Jenny não fez nada.

– Tudo estava indo tão bem, não estava? Pat ficando mais biruta a cada dia, Jenny se aconchegando a você cada vez mais. E então aconteceu isso.

– Pus o saco de provas diante dele, tão perto que quase rocei na sua bochecha. Com o maior esforço consegui não esfregá-lo na sua cara. – Acabou se revelando um grande erro, não foi? Você achou que seria um lindo gesto romântico, mas tudo o que fez foi causar uma terrível culpa em Jenny. Como você disse, ela estava feliz naquele verão. Feliz com Pat. E você foi fazer com que ela se lembrasse disso. De repente, ela se sentiu uma bosta por ficar nessa piranhagem e decidiu que isso tinha que parar.

– Ela não estava em piranhagem nenhuma...

– Como ela lhe contou? Com um bilhete no esconderijo? Nem mesmo se deu ao trabalho de romper cara a cara?

– Não havia *nada* a romper. Ela nem mesmo sabia que eu...

Joguei o saco de provas em algum canto e bati com as mãos na parede de cada lado da cabeça de Conor, prendendo-o ali. Minha voz estava subindo e eu não me importava.

– Foi nesse instante que você decidiu acabar com todos eles? Ou você só ia pegar Jenny e depois calculou que tanto fazia acabar com a raça toda? Ou será que esse resultado não foi o que você planejou o tempo todo: Pat e as crianças, mortos; Jenny, viva e passando por um inferno?

Nada. Soltei as mãos da parede e as bati de novo. Ele nem se sobressaltou.

– Tudo isso, Conor, tudo isso, porque você queria ter a vida de Pat, em vez de viver a sua própria. Valeu a pena? A trepada com essa mulher é tão boa assim?

– Eu nunca...

– Cala a boca. Eu *sei* que vocês estavam trepando. Sei. Tenho certeza. Sei porque esse é o único jeito de todo esse pesadelo fazer sentido.

– Afaste-se de mim.

– Faça com que eu me afaste. Vamos, Conor. Bata em mim. Pode me empurrar. Basta um empurrão. – Eu estava gritando direto na cara dele. Eu batia com as palmas das minhas mãos na parede sem parar, e o impacto reverberava pelos meus ossos; mas, se havia dor, eu não estava sentindo. Nunca tinha feito nada semelhante e não me lembrava do motivo, porque a sensação era incrível, era como uma alegria pura e selvagem. – Você foi bem macho quando transou com a mulher do seu melhor amigo, muito macho quando sufocou um menininho de 3 anos... Cadê o machão agora que você está diante de alguém do seu próprio tamanho? Vamos, machão, mostre seus documentos...

Conor não movia um músculo. Seus olhos semicerrados ainda estavam fixos no vazio por cima do meu ombro. Nós quase estávamos nos tocando da cabeça aos pés, com poucos centímetros entre nós, talvez nem isso. Eu sabia que a câmera de vídeo nunca pegaria a imagem, só um murro no estômago, uma joelhada, Richie me apoiaria.

— Vamos, seu sacana, filho da mãe, bata em mim. Estou lhe implorando, me dê um pretexto...

Uma coisa era quente e sólida: alguma coisa no meu ombro, me segurando no lugar, prendendo meus pés no chão. Eu quase a atirei para longe antes de me dar conta de que era a mão de Richie.

— Detetive Kennedy — disse sua voz branda, no meu ouvido. — Esse cara está firme na posição de que não havia nada entre ele e Jenny. Imagino que ele tenha esse direito. Certo?

Olhei para ele como um idiota, boquiaberto. Eu não sabia se lhe dava um murro ou se me agarrava a ele como uma tábua de salvação.

— Eu gostaria de ter um bate-papo rápido com Conor. Tudo bem? — disse Richie, em tom neutro.

Eu ainda não conseguia falar. Fiz que sim e recuei. As paredes tinham deixado sua textura grosseira em marcas fundas nas palmas das minhas mãos.

Richie virou duas cadeiras para longe da mesa, de modo que uma ficasse de frente para a outra, a alguns palmos de distância entre si.

— Conor — disse ele, fazendo um sinal para uma delas. — Pode se sentar.

Conor não se mexeu. Seu rosto ainda tinha aquela rigidez. Eu não saberia dizer se ele tinha ouvido as palavras.

— Vamos. Não vou lhe perguntar qual foi o motivo, e acho que você e Jenny não estavam fazendo o que não deviam. Juro por Deus. Só preciso esclarecer uns detalhes, só para mim mesmo, OK?

Daí a um instante, Conor deixou-se cair na cadeira. Alguma coisa no movimento, a frouxidão repentina dele, como se suas pernas tivessem cedido debaixo do seu peso, fez com que eu percebesse que, no final das contas, eu tinha quase chegado a derrubá-lo. Por um triz, ele não tinha perdido o controle: gritando comigo, me agredindo, eu nunca viria a saber de que modo. Era possível que eu tivesse estado a uma distância ínfima da resposta.

Tive vontade de urrar, de fazer Richie sumir dali e pôr minhas mãos no pescoço de Conor. Em vez disso, fiquei ali parado, com as mãos inertes de cada lado do corpo, a boca aberta, olhando embasbacado para eles dois. Um instante depois, vi o saco de provas, todo amassado num canto, e me curvei para apanhá-lo. O movimento fez com que a azia subisse veloz à minha garganta, quente e corrosiva.

— Tudo bem com você? — perguntou Richie a Conor.

Conor estava com os cotovelos fincados nos joelhos e as mãos bem unidas.

— Estou bem.

— Aceita um chá? Café? Água?

— Estou bem assim.

— Ótimo – disse Richie, tranquilo, pegando a outra cadeira e se ajeitando até encontrar uma posição confortável. – Eu só quero me certificar de que entendi direito algumas coisas. OK?

— Como queira.

— Maravilha. Só para começar: exatamente a que ponto chegou a perturbação de Pat?

— Ele estava deprimido. Não estava subindo pelas paredes, mas estava abatido, sim. Eu já disse isso.

Richie raspou alguma coisa no joelho da calça, inclinou a cabeça para ver melhor.

— Vou lhe dizer uma coisa que eu percebi. Cada vez que começamos a falar sobre Pat, você parte imediatamente para nos dizer que ele não estava louco. Você já se deu conta disso?

— É porque ele não estava.

Richie concordou em silêncio, ainda inspecionando a calça.

— Na segunda à noite, quando você entrou lá, o computador estava ligado?

Conor estudou a pergunta de todos os ângulos antes de responder.

— Não. Estava desligado.

— Ele tinha uma senha. Como você superou isso?

— Adivinhei. No passado, antes mesmo de Jack nascer, eu dei uma bronca em Pat pela ideia de usar "Emma" como senha. Ele só riu, disse que era perfeito. Imaginei que havia uma boa chance de qualquer senha, desde que Jack nasceu, ter sido "EmmaJack".

— Parabéns. Quer dizer que você ligou o computador, apagou todo o histórico da internet. Por quê?

— Não era da conta de vocês.

— Foi no computador que você descobriu a história do animal, não foi?

Os olhos de Conor, esvaziados de tudo, menos de desconfiança, se levantaram para encontrar os de Richie. Richie não pestanejou.

— Já lemos tudo – disse Richie, com a voz firme. – Já sabemos.

— Um dia, uns dois meses atrás – disse Conor –, entrei e encontrei o computador ligado. Algum fórum cheio de caçadores, todos tentando descobrir o que havia na casa de Pat e Jenny. Percorri o histórico do navegador: mais sobre o mesmo assunto.

— Por que não nos contou logo de cara?

— Não queria que vocês entendessem errado.

— Você está dizendo que não queria que nós achássemos que Pat enlouqueceu e matou a família. Certo?

— Porque ele não matou. Fui eu.

— É justo. Mas aquela história no computador tinha que lhe mostrar que Pat não estava nada bem. Não é mesmo?

— Estamos falando da internet – disse Conor, mexendo a cabeça. – Não se pode acreditar no que as pessoas dizem online.

— Mesmo assim. Se fosse um amigo meu, eu teria ficado preocupado.

— Eu fiquei.

— Imaginei isso, sim. Você o viu chorar alguma vez?

— Vi. Duas vezes.

— Discutir com Jenny?

— Sim.

— Dar-lhe uns tapas? – O queixo de Conor subiu veloz, cheio de raiva, mas Richie estava com a mão levantada, para que ele não falasse. – Peraí. Não estou inventando isso da minha cabeça. Temos provas que demonstram que ele batia nela.

— É um monte de...

— Só me dê um segundo, OK? Quero ter certeza de que estou sendo claro. Pat vinha cumprindo as regras o tempo todo, fazendo tudo o que lhe diziam, e de repente as regras o largaram na maior merda. Como você mesmo disse: quem ele era, quando aquilo aconteceu? As pessoas que não sabem quem são, cara, são perigosas. Elas poderiam fazer qualquer coisa. Acho que ninguém ficaria chocado se Pat perdesse o domínio de si mesmo, de vez em quando. Não estou desculpando essa atitude, nem nada semelhante. Só estou dizendo que dá para ver como isso poderia acontecer até mesmo com um cara legal.

— Posso responder agora? – perguntou Conor.

— Vá em frente.

— Pat *nunca* agrediu Jenny. Também nunca machucou as crianças. Certo, ele estava destroçado. É, eu o vi dar um soco na parede umas duas vezes; na última, ele não conseguiu usar aquela mão por alguns dias; é provável que tenha sido grave o suficiente para ele ter precisado ir ao hospital. Mas ela, as crianças... *nunca*.

— Por que você não entrou em contato com ele, cara? – perguntou Richie, aparentando uma curiosidade autêntica.

— Eu tive vontade – disse Conor. – Pensava nisso o tempo todo. Mas Pat é muito teimoso. Se as coisas estivessem indo às mil maravilhas para ele, ele teria tido um enorme prazer em ter notícias minhas. Mas, com tudo indo para o brejo, mostrando que eu tive razão... ele teria batido a porta na minha cara.

— De qualquer modo, você poderia ter tentado.

— É, poderia, sim.

A amargura ardia na sua voz. Richie estava inclinado para a frente, com a cabeça perto da de Conor.

— E você se sente mal acerca disso, certo? De não ter nem mesmo tentado.

— É. Eu me sinto um lixo.

— Eu também me sentiria, cara. O que você se disporia a fazer para compensar isso?

— Qualquer coisa. Absolutamente qualquer coisa.

As mãos unidas de Richie estavam quase tocando as de Conor.

— Você foi incrível com Pat — disse ele, com muita delicadeza. — Foi um bom amigo. Cuidou bem dele. Se existe algum lugar depois da morte, ele agora deve estar agradecido.

Conor olhava fixamente para o chão e mordeu o lábio inferior com vontade. Estava tentando não chorar.

— Mas Pat morreu, cara. Onde ele está agora, nada mais pode afetá-lo. Não importa o que as pessoas saibam sobre ele, não importa o que as pessoas pensem: nada faz diferença para ele agora.

Conor recuperou o fôlego, arfando com força, e mordeu o lábio inferior de novo.

— Hora de me contar, cara. Você estava lá em cima no esconderijo e viu Pat atacar Jenny. Desceu correndo, mas chegou tarde demais. Foi isso o que aconteceu, não foi?

Outra respiração forçada, espremendo seu corpo como um soluço.

— Sei que você gostaria de ter feito mais do que isso, mas está na hora de parar de tentar remediar a situação. Você já não precisa proteger Pat. Ele está a salvo. Está tudo certo.

Richie parecia um melhor amigo, como um irmão, como a única pessoa no mundo que se importava. Conor conseguiu erguer os olhos, com a boca aberta, arquejando. Naquele instante, eu tive certeza de que Richie o tinha apanhado. Eu não saberia dizer qual sentimento era mais forte: o alívio, a vergonha ou a raiva.

E então Conor se recostou na cadeira e arrastou as mãos pelo rosto.

— Pat nunca tocou neles — disse ele, por entre os dedos.

Daí a um instante, Richie também se relaxou na cadeira.

— OK — disse ele, assentindo com a cabeça. — OK. Ótimo. Só mais uma pergunta, e eu me mando e deixo você em paz. Basta que você responda a esta pergunta, e Pat está inocentado. O que você fez com as crianças?

— Peça aos médicos que lhe digam.

— Eles já disseram. Como eu lhe disse, só estou conferindo.

Ninguém tinha subido da cozinha depois que começou o derramamento de sangue. Se Conor tinha vindo correndo quando viu a briga, ele tinha entrado pela porta dos fundos, para a cozinha e tinha saído da mesma forma, sem jamais subir ao andar de cima. Se ele soubesse como Emma e Jack tinham morrido, era porque ele era o culpado.

Conor cruzou os braços, encostou um pé na mesa e empurrou sua cadeira de modo que ela se virasse para mim, dando as costas a Richie. Seus olhos estavam vermelhos.

— Eu fiz isso – disse ele – porque era louco por Jenny, e ela não queria saber de mim. É esse o motivo. Ponha isso numa declaração e eu a assino.

O corredor estava frio como uma ruína. Precisávamos digitar o depoimento de Conor e devolvê-lo para sua cela, atualizar as informações para o chefe e os estagiários, redigir nossos relatórios. Nenhum de nós dois se afastou da porta da sala de interrogatório.

— Tudo bem com você? – perguntou Richie.

— Tudo bem.

— Foi certo? O que fiz? Eu não tinha certeza se... – Ele deixou a frase por acabar.

— Obrigado – disse eu, sem olhar para ele. – Valeu.

— De nada.

— Você trabalhou bem ali dentro. Achei que você o tinha apanhado.

— Eu achei também – disse Richie. Sua voz parecia estranha. Nós dois estávamos quase esgotados.

Peguei meu pente e tentei ajeitar o cabelo de volta no lugar, mas estava sem um espelho e não conseguia me concentrar.

— Esse motivo que ele está nos dando é balela. Ele ainda está mentindo para nós.

— Está.

— Ainda tem alguma coisa que a gente não percebeu. Temos o dia de amanhã e a maior parte da noite de amanhã se for necessário. – A ideia me deu vontade de fechar os olhos.

— Você queria ter certeza – disse Richie.

— Queria.

— E tem?

Procurei por aquela sensação, aquele delicado tamborilar de coisas se encaixando em todos os lugares certos. Não a encontrei. Parecia ser alguma fantasia ridícula, como as histórias que uma criança conta sobre seus bichinhos de pelúcia lutando contra monstros no escuro.

— Não – disse eu, com os olhos ainda fechados. – Não tenho certeza.

* * *

Naquela noite, acordei ouvindo o oceano. Não as idas e vindas incessantes, insistentes, das ondas em Broken Harbour; esse era um som como o de uma mão gigantesca afagando meu cabelo, a arrebentação de quilômetros de extensão em alguma praia mansa no Pacífico. Ele vinha do lado de fora da porta do meu quarto.

Dina, disse a mim mesmo, sentindo meu coração pulsar no céu da boca. *Dina, vendo alguma coisa na TV, para poder adormecer.* O alívio me deixou sem fôlego. E então eu me lembrei: Dina estava em algum outro lugar, no sofá pulguento de Jezzer, num beco fedorento. Por um segundo de total inversão, meu estômago se contraiu de puro terror, como se fosse eu que estava sozinho, sem ninguém para manter sob controle os impulsos loucos da minha mente, como se fosse ela que existisse para me proteger.

Mantive os olhos fixos na porta e abri sem ruído a gaveta da minha mesinha de cabeceira. O peso frio do revólver era sólido, tranquilizador. Do lado de fora da porta, as ondas prosseguiam reconfortantes, serenas.

Num único movimento, eu estava com a porta do quarto aberta, minhas costas grudadas na parede e minha arma pronta para disparar. A sala de estar estava escura e vazia; nas janelas, retângulos de um quase preto desbotado; meu casaco, amontoado sobre o braço do sofá. Havia uma linha fina de luz branca em torno da porta da cozinha. O som das ondas ficou mais forte. Ele vinha da cozinha.

Mordi a parte interna da bochecha até sentir o gosto de sangue. Então atravessei a sala, com o tapete espetando a sola dos meus pés, e abri a porta da cozinha com um chute.

A iluminação fluorescente ao longo da parte inferior dos armários estava ligada, dando um brilho estranho a uma faca e metade de uma maçã que eu tinha deixado no balcão. O ronco do oceano aumentou e rolou por cima de mim, quente como o sangue e macio como a pele, como se eu pudesse ter largado minha arma e me deixado mergulhar nele, me deixado ser levado junto.

O rádio estava desligado. Todos os aparelhos da cozinha estavam desligados, só a geladeira zumbia implacável para si mesma. Precisei me aproximar muito para captar o som, por baixo do barulho das ondas. Quando consegui ouvir esse som e o dos meus dedos estalando, soube que não havia nada de errado com minha audição. Grudei minha orelha na parede do vizinho: nada. Fiz mais pressão, na esperança de ouvir um murmúrio de vozes ou um trecho de um programa de televisão, alguma coisa que provasse que meu apartamento não tinha se transformado num volume sem peso, à deriva, que eu ainda estava ancorado num edifício sólido, cercado do calor da vida. Silêncio.

Por muito tempo esperei que o som sumisse. Quando compreendi que ele não ia sumir, desliguei a iluminação fria, fechei a porta da cozinha e voltei para meu quarto. Fiquei sentado na beira da cama, formando círculos na palma da mão com o cano da arma, desejando ter alguma coisa em que pudesse atirar, escutando as ondas suspirarem como algum grande animal adormecido e tentando me lembrar de ter ligado a luz fria da cozinha.

17

Não ouvi o despertador tocar. Minha primeira visão do relógio – quase nove da manhã – fez com que eu me atirasse da cama, com o coração aos saltos. Não conseguia me lembrar da última vez que tinha feito isso, por mais exausto que estivesse. Eu me treinei para estar acordado e sentado ao primeiro toque. Vesti minha roupa de qualquer maneira e saí, sem banho, sem fazer a barba, sem café da manhã. O sonho, ou fosse lá o que fosse, tinha ficado enganchado num canto da minha cabeça, arranhando para chamar minha atenção, como alguma coisa terrível que estivesse acontecendo logo ali, fora do meu alcance. Quando o trânsito parou – estava chovendo forte – precisei reprimir o impulso de deixar o carro onde estava e percorrer em disparada o resto do caminho. A corrida do estacionamento até o prédio da base me deixou com as roupas pingando.

Quigley estava no primeiro patamar, espalhado ao longo da balaustrada, usando um horrível paletó quadriculado e estalando nos dedos um saco de provas de papel pardo. Num sábado, eu deveria estar livre de Quigley – não era como se ele estivesse trabalhando em algum caso importante que exigisse atenção permanente. Mas ele está sempre atrasado com a papelada. Era provável que tivesse vindo tentar intimidar um dos meus estagiários a fazer a tarefa para ele.

– Detetive Kennedy. Posso dar uma palavrinha com você?

Ele estava me esperando. Esse deveria ter sido meu primeiro aviso.

– Estou com pressa – disse eu.

– Isso aqui, detetive, sou eu lhe fazendo um favor. Não o inverso.

O eco fez sua voz subir girando pelo poço da escada, muito embora ele estivesse mantendo o volume baixo. Aquele tom pegajoso, comedido, deveria ter sido meu segundo aviso, mas eu estava encharcado, apressado e tinha preocupações maiores que Quigley na cabeça. Quase continuei a andar. Foi o saco de provas que me fez parar. Era um dos pequenos, do tamanho da palma da minha mão. Eu não conseguia ver a janela. Seu conteúdo poderia ter sido qualquer coisa. Se Quigley tivesse nas mãos alguma coisa ligada ao caso, e se eu não inflasse seu pequeno ego de lesma, ele poderia se certificar de que um probleminha de classificação impedisse aquela prova de chegar a mim por semanas.

— Desembucha – disse eu, mantendo um ombro voltado para o próximo lance da escada, para ele saber que essa conversa não seria prolongada.

— Boa escolha, detetive. Por acaso você conhece uma mulher jovem, de 25 a 35 anos, talvez com 1,60 m de altura, compleição muito esbelta, cabelo escuro, cortado à altura do queixo? Eu talvez devesse dizer muito atraente, para quem gosta delas meio desarrumadas.

Por um segundo, achei que teria de me agarrar ao corrimão. O golpe de Quigley só resvalou em mim. Tudo em que eu conseguia pensar era numa mulher não identificada, com meu número no seu celular, um anel tirado de um dedo gelado e enfiado num saco de provas para identificação.

— O que aconteceu com ela?

— Quer dizer que você a conhece?

— Sim, eu a conheço. O que aconteceu?

Quigley demorou o máximo que pôde, arqueando as sobrancelhas e tentando assumir um ar enigmático, até um segundo antes que eu o tivesse empurrado contra a parede.

— Ela entrou aqui como se fosse a casa da sogra de manhã cedinho. Queria falar imediatamente com Mikey Kennedy, *se* você não se importa. Não aceitou a resposta de que isso seria impossível. *Mikey,* não é? Eu teria apostado que você gostaria de mulheres mais limpas, mais respeitáveis; mas gosto não se discute.

Ele sorriu zombando de mim. Não pude responder. O alívio me dava a sensação de ter sugado minhas entranhas.

— Bernadette disse que você não estava e que ela devia se sentar e esperar, mas isso não era o suficiente para a Senhorita Emergência. Ela começou a criar confusão, levantando a voz e tudo o mais. Um perfeito escândalo. Imagino que algumas pessoas gostem de garotas exageradas, mas isto aqui é um recinto da polícia, não uma boate.

— Onde ela está? – perguntei.

— Suas namoradas não são responsabilidade minha, detetive Kennedy. Só aconteceu que eu estava entrando aqui e vi o alvoroço que ela estava causando. Achei que estaria lhe dando uma ajuda ao mostrar à moça que ela não podia entrar aqui como se fosse a rainha da cocada preta, exigindo isso, aquilo e mais alguma coisa. Por isso, eu lhe disse que era um amigo seu e que ela podia me dizer qualquer coisa que quisesse lhe contar.

Eu estava com as mãos enfiadas nos bolsos do casaco para esconder os punhos cerrados.

— Você está dizendo que a coagiu a falar com você.

Os lábios de Quigley se encolheram.

— Não queira usar esse tom comigo, detetive. Eu não a *coagi* a fazer nada. Levei-a a uma sala de interrogatório, e conversamos rapidamente. Foi preciso convencê-la um pouco, mas no final ela concluiu que sempre se está melhor quando se cumprem as ordens da polícia.

— Você ameaçou detê-la — disse eu, mantendo minha voz neutra. A ideia de ser presa teria causado em Dina um pânico incontrolável. Eu quase podia ouvir o palavrório desconexo aumentando na sua cabeça. Mantive meus punhos onde estavam e me concentrei na ideia de apresentar todos os tipos de queixas possíveis contra o bundão do Quigley. Eu não me importava se ele tinha o comissário chefe nas mãos e se eu acabasse investigando ladrões de carneiros em Leitrim pelo resto da minha vida, desde que minha queda arrastasse esse bosta para o buraco também.

— Ela estava de posse — disse Quigley, cheio de retidão — de material policial roubado. Eu não podia deixar isso passar, podia? Se ela se recusasse a me entregar o material, era meu dever dar-lhe voz de prisão.

— Do que você está falando? Que material policial roubado? — Tentei pensar no que eu poderia ter levado para casa, uma pasta, uma foto, alguma coisa da qual eu não tivesse dado por falta àquela altura. Quigley me lançou um sorrisinho nojento e exibiu o saco de provas.

Eu o inclinei na direção da luz fraca, perolada, que entrava pela janela do patamar. Ele não o soltou. Por um segundo, não entendi o que estava vendo. Era uma unha de mulher, lixada com perfeição, com um esmalte bege rosado bem aplicado. Tinha sido arrancada no sabugo. Preso numa rachadura estava um fiapo de lã rosa pink.

Quigley estava dizendo alguma coisa em algum lugar, mas eu não o ouvia. O ar tinha se tornado espesso e selvagem, batendo no meu crânio, tagarelando com milhares de vozes sem sentido. Eu precisava virar o rosto, empurrar Quigley para o chão e sair correndo. Mas não conseguia me mexer. Eu tinha a impressão de que meus olhos tinham sido pregados bem abertos.

A letra no saco de provas era conhecida, firme e inclinada para a frente, não a garatuja de semianalfabeto de Quigley. *Colhida na sala de estar, residência de Conor Brennan...* O ar frio, cheiro de maçãs, o rosto contraído de Richie.

Quando consegui ouvir de novo, Quigley ainda estava falando. A acústica da escada tornava sua voz sibilante e incorpórea.

— De início, pensei, puxa vida, o grande Campeão Kennedy deixando provas jogadas para seu rabo de saia pegar na saída... Quem teria imaginado? — Ele deu um risinho debochado. Quase dava para eu senti-lo, escorrendo pelo meu rosto como gordura rançosa. — Mas aí, enquanto esperava que você nos honrasse com sua presença, dei uma lidinha no arquivo do seu caso. Eu nunca me intrometeria, mas dá para entender por que eu precisava saber onde este treco poderia se encaixar, para eu poder decidir qual era a atitude correta a tomar. E não é que descobri uma coisa interessante? Essa letra aqui: não é sua. Claro, eu conheço a sua, depois de todo esse tempo. Mas essa letra aparece muito nos autos. Ele deu uma pancadinha na têmpora. – Não me chamam de detetive por nada, não é mesmo?

Senti vontade de esmagar o saco nas mãos até ele virar pó e sumir, até que a própria imagem dele fosse expulsa da minha cabeça.

– Eu sabia que vocês dois estavam como unha e carne, você e o jovem Curran, mas nunca imaginei que compartilhassem tanto *assim*. – O deboche de novo. – E então fico me perguntando se a mocinha apanhou isso de você ou de Curran.

Em algum ponto, lá no fundo da minha mente, um canto estava voltando a se movimentar, com método como uma máquina. Vinte e cinco anos dando um duro danado para aprender a me controlar. Amigos já zombaram de mim por isso, policiais novatos reviraram os olhos quando lhes passei o sermão. Que se danem todos. Valeu a pena, só por essa conversa no patamar cheio de correntes de ar, em que consegui me controlar. Quando esse caso põe suas garras a riscar círculos dentro do meu crânio, a única coisa que me resta dizer a mim mesmo é que poderia ter sido pior.

Quigley estava adorando a situação, cada segundo dela, e eu podia me valer disso. Ouvi minha voz, fria como gelo:

– Não me diga que você se esqueceu de perguntar a ela.

Eu estava certo. Ele não conseguiu resistir.

– Minha nossa, quanto drama! Não quis me dizer o nome, não quis me dar nenhuma informação sobre onde e como se apossou disso aqui... Quando aumentei a pressão, só um pouquinho, ela simplesmente ficou histérica. Não estou brincando: ela arrancou um monte de cabelo pela raiz, gritando comigo que ela ia lhe dizer que eu é que tinha feito aquilo. Ora, isso não me preocupou. Qualquer homem racional acreditaria na palavra de um policial e não na alegação de alguma mocinha, mas a garota é doidinha da silva. Eu poderia tê-la feito falar com bastante facilidade, mas não fazia sentido. Não se poderia confiar numa palavra que ela dissesse. Estou lhe dizendo, por mais gostosa que ela seja, o lugar dela é numa camisa de força.

– Pena que você não tinha uma à mão – disse eu.

– Eu teria lhe feito um favor, teria, sim.

A porta da sala dos investigadores abriu-se de repente acima de nós e três dos rapazes seguiram pelo corredor rumo à cantina, queixando-se com expressões pitorescas de alguma testemunha que de repente tinha desenvolvido amnésia. Quigley e eu nos encostamos na parede, como conspiradores, até as vozes desaparecerem.

– Em vez disso, o que você fez com ela? – perguntei.

— Eu lhe disse que ela precisava se controlar e que estava livre para ir embora. E ela se mandou. Ainda fez um gesto obsceno para Bernadette na saída. Um amor. — De braços cruzados e com os queixos recolhidos com azedume, ele parecia alguma velha gorda reclamando do despudor da juventude moderna. Aquele meu canto gelado, distanciado, quase teve vontade de sorrir. Dina tinha deixado Quigley apavorado. De vez em quando, a maluquice pode ser útil. — É sua namorada? Ou alguma piranha que você comprou? Quanto você acha que ela teria pedido por esse troço, se tivesse encontrado você aqui de manhã?

— Seja educado, companheiro — disse eu, agitando um dedo na sua direção. — Ela é uma garota adorável.

— Ela é uma garota de *sorte*, por eu não lhe ter dado voz de prisão pelo roubo. Só como um favor a você, é claro. Acho que você me deve um sincero "muito obrigado".

— Parece que ela deu uma animada numa manhã chata. Vai ver que você é que deveria me agradecer.

A prosa não estava tomando o rumo que Quigley tinha planejado.

— E então — disse ele, tentando recuperar o comando. Ele exibiu o saco de provas e deu uma pequena espremida no alto com aqueles dedos gordos e brancos. — Diga aí, detetive. Isso aqui. Até que ponto você precisa dessa prova?

Ele não tinha descoberto. O alívio me envolveu como uma onda na arrebentação. Espanei um pouco de chuva da manga do casaco e dei de ombros.

— Quem vai saber? Obrigado por tirá-la das mãos da moça, e tudo o mais, mas não acho que seja exatamente um material que possa determinar nada.

— Mas você ia querer ter certeza, não é mesmo? Porque, assim que a história se tornar oficial, a prova não terá mais nenhum valor.

De vez em quando nós nos esquecemos de entregar provas. Isso não deve acontecer, mas acontece. Você está tirando o terno de noite e encontra um volume no bolso, onde você enfiou um envelope quando uma testemunha pediu para dar uma palavra com você; ou você abre o porta-malas do carro, e ali está o saco que você pretendia entregar na noite anterior. Desde que ninguém mais tenha tido acesso aos seus bolsos, ou chaves para abrir seu carro, não é o fim do mundo. Mas Dina tinha ficado com essa prova por horas ou talvez dias. Se nós um dia tentássemos usá-la num tribunal, um advogado de defesa alegaria que ela poderia ter feito qualquer coisa, desde respirar contaminando a prova até trocá-la por alguma coisa totalmente diferente.

As provas não chegam a nós intactas, a partir da cena do crime. Testemunhas as entregam semanas mais tarde. Elas ficam num terreno levando chuva meses a fio até um cachorro desenterrá-las. Nós trabalhamos com o que temos e procuramos meios para rechaçar os argumentos da defesa. Isso aqui era diferente. Nós mesmos tínhamos contaminado a prova, de modo que ela contaminava tudo o mais que tocasse. Se tentássemos usá-la, cada movimento que tínhamos feito nessa investigação estaria exposto a questionamento: uma prova poderia ter sido plantada, alguém poderia ter sido intimidado, nós poderíamos ter inventado algo que nos fosse conveniente. Nós tínhamos desrespeitado as regras uma vez. Por que as pessoas deveriam acreditar que aquela vez tinha sido a única?

Dei um peteleco desdenhoso no saquinho – tocá-lo fez minha espinha dar um salto.

– Poderia ter sido bom ter essa prova, se ela revelasse ser uma ligação entre nosso suspeito e a cena do crime. Mas, de qualquer modo, já temos muita coisa que comprova isso. Acho que vamos sobreviver.

Os olhinhos penetrantes de Quigley estavam examinando meu rosto, detidamente.

– Seja como for – disse ele, afinal, tentando esconder um tom de irritação. Eu o tinha convencido. – Mesmo que o ocorrido não faça seu caso ir por água abaixo, isso poderia ter acontecido. O chefe vai ficar uma arara quando souber que uma de suas equipes fantásticas andou distribuindo provas como se fossem docinhos. E logo nesse caso, entre tantos outros neste mundo. O das pobres criancinhas. – Ele fez que não, estalando a língua numa atitude de repreensão. – Você gosta do jovem Curran, não gosta? Você não ia querer vê-lo voltar a usar farda antes mesmo que ele dê os primeiros passos. Toda aquela promessa, toda essa maravilhosa *relação de trabalho* que vocês dois têm, tudo desperdiçado. Não seria uma pena?

– Curran já é grandinho. Ele pode se cuidar sozinho.

– Ha-ha – disse Quigley, presunçoso, apontando um dedo para mim, como se eu tivesse cometido um deslize e revelado algum segredo importante. – Devo supor então que foi ele quem pisou na bola, no final das contas?

– Suponha o que quiser, companheiro. E se gostar, repita a dose.

– É claro que não faz diferença. Mesmo que tenha sido Curran, ele está apenas num estágio de experiência. Era você que deveria estar cuidando dele. Se alguém descobrisse essa história... Não seria uma hora terrível, com você logo agora voltando a entrar em ascensão? – Quigley tinha se aproximado tanto que eu via o molhado dos seus lábios, o brilho de sujeira e gordura entranhadas na gola do seu paletó. – Ninguém quer que isso aconteça. Tenho certeza de que podemos chegar a um acordo.

Por um instante, achei que ele estava falando de dinheiro. Por um átimo desonroso, ainda mais curto, pensei em concordar. Tenho uma poupança, para o caso de alguma coisa me acontecer, e Dina precisar de cuidados. Não muito, mas o suficiente para calar a boca de Quigley, salvar Richie, salvar a mim mesmo, fazer o mundo voltar ricocheteando para sua órbita e todos nós podermos prosseguir como se nada tivesse acontecido.

Então, eu entendi. Ele estava atrás de mim, e não havia como voltar à segurança. Ele queria trabalhar comigo nos bons casos, ganhar crédito por qualquer coisa que eu descobrisse, e despejar os casos insolúveis em cima de mim. Ele queria aproveitar enquanto eu o elogiava para O'Kelly, queria me avisar com uma levantada significativa de sobrancelhas quando alguma coisa não estivesse suficientemente boa, regalar-se com a visão do Campeão Kennedy à mercê da sua vontade. Aquilo nunca teria fim.

Quero acreditar que essa não foi a razão pela qual rejeitei a proposta de Quigley. Sei que uma quantidade de gente ia achar a coisa mais natural que fosse assim tão simples, que meu ego não me permitisse passar o resto da carreira atendendo solícito a cada assobio dele e me certificando de fazer seu café exatamente do jeito que ele gosta. Eu ainda rezo para acreditar que não aceitei porque essa era a decisão certa.

— Eu não entraria num acordo com você, nem se você amarrasse uma bomba no meu peito.

Isso fez com que Quigley recuasse um passo, afastando-se da minha frente, mas ele não ia desistir com tanta facilidade. Sua presa estava tão perto que ele estava praticamente babando.

— Não vá me dizer nada de que possa se arrepender, detetive Kennedy. Ninguém precisa saber onde isso aqui estava ontem à noite. Você pode se entender com seu rabo de saia; ela não dirá nada. Curran também não abrirá a boca, se tiver algum juízo naquela cabeça. Isso pode ir direto para a sala de provas periciais, como se nada tivesse acontecido. — Ele sacudiu o saco. Ouvi o som seco da unha no papel. — Esse será nosso segredinho. Pense nisso antes de me desrespeitar.

— Não há necessidade de pensar em nada.

Um instante depois, Quigley se recostou na balaustrada.

— Vou lhe dizer uma coisa, Kennedy — disse ele. Seu tom tinha mudado; toda aquela camada pegajosa de falso amigo tinha desmoronado. — Eu sabia que você ia meter os pés pelas mãos nesse caso. No instante em que você voltou da sala do chefe, na terça-feira, eu soube. Você sempre se achou especial, não é mesmo? O sr. Perfeitinho nunca andou fora da linha. E olhe só como você está. — Aquele risinho de novo, dessa vez quase um rosnado, vibrando com a malevolência que ele já não se dava ao trabalho de ocultar. — Eu só adoraria saber: o que foi que o fez sair do sério nesse caso? Será que foi simplesmente porque, tendo sido um santinho por tanto tempo, você agora imaginou que poderia sair impune com qualquer coisa que fosse, que ninguém jamais suspeitaria do grande Campeão Kennedy?

Não tinha sido a papelada afinal, nada a ver com a chance de pegar emprestado um dos meus estagiários. Quigley tinha vindo trabalhar numa manhã de sábado para não perder por nada neste mundo o momento em que eu desabasse.

— Eu queria lhe dar essa felicidade, meu filho. Parece que consegui.

— Você sempre me achou um pateta. Vamos todos debochar do Quigley, o tremendo idiota, claro que ele nem vai perceber. Vamos, diga aí: se você é o herói e eu sou o babaca, como foi acontecer de você estar afundado na merda e eu ser o único que previu isso o tempo todo?

Ele estava errado. Eu nunca o tinha subestimado. Sempre soube do único talento de Quigley: seu faro de hiena, o instinto que o atrai para farejar, com água na boca, na direção de suspeitos abalados, testemunhas assustadas, novatos hesitantes, qualquer criatura que deixe transparecer pontos fracos ou tenha cheiro de sangue. Meu erro foi o acreditar que isso não me incluía. Todos aqueles anos de intermináveis sessões de terapia excruciante, de vigilância permanente diante de cada movimento, palavra e pensamento... Eu tinha certeza de que estava recuperado, com todas as feridas curadas, limpo de todos os vestígios de sangue. Eu sabia que tinha conquistado meu direito à segurança. Eu tinha acreditado piamente que isso significava que eu estava a salvo.

No momento em que eu disse *Broken Harbour* para O'Kelly, cada cicatriz apagada na minha cabeça tinha se iluminado como um farol. Eu tinha percorrido as linhas cintilantes daquelas cicatrizes, obediente como um animal de fazenda, desde aquele instante até este. Tinha me movimentado por esse caso brilhando como Conor Brennan brilhara naquela rua escura, um sinal chamejante para atrair predadores e carniceiros de todos os cantos.

— Você não é um pateta, Quigley, mas uma desonra. Eu poderia pisar na bola a cada hora do dia, de agora até minha aposentadoria, e ainda assim seria um policial melhor do que você jamais será. Tenho vergonha de servir na mesma divisão que você.

— Que sorte a sua, então, não é mesmo? Talvez você não precise me suportar por muito tempo. Não depois que o chefe vir isso.

— Daqui em diante essa prova fica comigo. — Estendi a mão para pegar o envelope, mas Quigley o tirou do meu alcance com um puxão veloz. Ele crispou a boca e ficou pensando, balançando a bolsa entre o dedo indicador e o polegar. — Não tenho certeza se posso lhe dar isso agora. Como vou saber onde essa prova vai parar?

— Você me dá nojo — disse eu, quando recuperei o fôlego.

A expressão de Quigley se azedou, mas ele viu no meu rosto alguma coisa que o fez se calar. Ele deixou cair o envelope na minha mão como se fosse alguma coisa imunda.

— Vou apresentar um relatório completo – informou-me ele. – Assim que possível.

— Faça isso mesmo – disse eu. – Só não fique no meu caminho. – Enfiei o saco de provas no bolso e deixei Quigley ali.

Subi até o último andar, tranquei-me num reservado no sanitário masculino e encostei minha testa no plástico grudento da porta. Minha cabeça tinha se tornado escorregadia e traiçoeira como gelo que não se vê. Eu não conseguia me firmar. Cada pensamento parecia me lançar para a frente em água enregelante, me debatendo em busca de terra firme e não encontrando nada. Quando por fim minhas mãos pararam de tremer, abri a porta e desci para a sala de coordenação do caso.

Ela estava excessivamente aquecida e vibrando, com estagiários atendendo telefonemas, atualizando dados no quadro branco, tomando café, rindo de alguma piada obscena e tendo alguma discussão sobre trajetórias de respingos de sangue. Toda aquela energia me deixou tonto. Fui atravessando o alvoroço, com a impressão de que, a qualquer instante, meus joelhos poderiam ceder debaixo de mim.

Richie estava à sua mesa, as mangas arregaçadas, remexendo em relatórios sem realmente vê-los. Joguei meu casaco encharcado no encosto da minha cadeira e me debrucei na direção dele.

— Nós vamos cada um pegar algumas folhas de papel – disse eu, baixinho – e sair da sala, como se estivéssemos com pressa, mas sem atrair muita atenção. Vamos.

Ele olhou espantado para mim por um segundo. Estava com os olhos injetados e com a aparência horrível. Então fez que sim, apanhou um punhado de relatórios e empurrou a cadeira para trás.

Há uma sala de interrogatório no final do corredor do último andar que nós nunca usamos, a menos que seja necessário. O aquecimento não funciona – até mesmo no auge do verão a sala parece gelada, subterrânea – e algum defeito na fiação faz com que as lâmpadas fluorescentes emitam um clarão brutal, de ferir os olhos, e simplesmente queimem de duas em duas semanas, ou até com mais frequência. Fomos para lá.

Richie fechou a porta atrás de nós. Permaneceu ao lado dela, com o maço de papéis sem sentido esquecido na mão, os olhos evasivos como os de um menino de rua. Era isso o que ele parecia ser: algum moleque desnutrido, todo encolhido, encostado num muro grafitado, mantendo guarda para traficantes pés de chinelo em troca de uma dose. Eu tinha começado a pensar nesse cara como meu parceiro. Seu ombro magricela junto do meu tinha começado a dar a sensação de alguma coisa que fazia sentido. A sensação tinha sido boa, aconchegante. Nós dois estávamos me dando náuseas.

Tirei o saco de provas do bolso e o coloquei em cima da mesa. Richie mordeu os lábios, mas não se espantou nem se encolheu. O último resquício de esperança fugiu de mim. Ele estava esperando por isso.

O silêncio se estendeu por séculos. É provável que Richie pensasse que eu estava usando o silêncio para fazer pressão sobre ele, como eu teria feito com um suspeito. Minha sensação era a de que o ar na sala tinha se tornado cristalino, quebradiço e que, quando eu falasse, ele se partiria em milhões de estilhaços afiados como navalhas que cairiam sobre nós, retalhando totalmente nós dois.

— Uma mulher entregou isso aqui hoje de manhã — disse eu, por fim. — A descrição bate com a da minha irmã.

Isso atingiu Richie. Ele levantou a cabeça de repente e olhou assustado para mim, com um ar doentio e se esquecendo de respirar.

— Eu gostaria de saber de que modo ela conseguiu pôr as mãos nisso.

— Sua *irmã?*

— A mulher que você viu esperando por mim aqui, do lado de fora, na terça à noite.

— Eu não sabia que ela era sua irmã. Você não disse nada.

— E eu não sabia que era da sua conta. Como ela acabou pegando isso aqui?

Richie deixou-se cair encostado na porta e passou a mão de um lado a outro da boca.

— Ela apareceu na minha casa — disse ele, sem olhar para mim. — Ontem de noite.

— Como ela sabia onde você morava?

— Não sei. Ontem fui para casa a pé... Eu precisava de um tempo para pensar. — Um olhar de relance para a mesa, rápido, como se doesse. — Acho que ela devia estar esperando do lado de fora de novo, por mim ou por você. Ela deve ter me visto sair e ter me seguido até minha casa. Não fazia cinco minutos que eu tinha entrado, quando ouvi a campainha.

— E você a convidou para entrar para tomar uma boa xícara de chá e bater um papinho? É isso o que você faz normalmente quando mulheres desconhecidas aparecem à sua porta?

— Ela perguntou se podia entrar. Estava morrendo de frio. Deu para eu ver que estava tremendo. E não se tratava de qualquer uma. Eu me lembrava dela, da noite de terça. — É claro que se lembrava. Os homens, em particular, não se esquecem rapidinho de Dina. — Eu não ia deixar alguma amiga sua congelando na soleira da minha porta.

— Você é um perfeito santinho. Não lhe ocorreu, sei lá, *me telefonar* e me dizer que ela estava na sua casa?

— Me ocorreu, *sim*. Eu ia fazer isso. Mas ela... ela não estava muito bem, não, cara. Ela agarrava meu braço e não parava de repetir: "Não diga a Mikey que estou aqui. Não se atreva a contar para Mikey. Ele vai ficar uma fera..." Eu teria contado de qualquer maneira, só que ela não me deu nenhuma oportunidade. Mesmo quando fui ao banheiro, ela me fez deixar meu telefone com ela... e meus colegas de apartamento tinham ido ao pub. Eu não tinha como fazer algum sinal para eles ou pedir que conversassem com ela, enquanto eu lhe enviava uma mensagem de texto. No final, pensei, não foi nada, ela está em local seguro por esta noite, você e eu poderíamos conversar de manhã.

— "Não foi nada" – disse eu. – É assim que você chama isso? – Um silêncio breve, contorcido. – O que ela queria?

— Ela estava preocupada com você – disse Richie.

Dei uma risada tão alta que surpreendeu nós dois.

— Ah, estava, sim, não estava? Essa é a melhor de todas. Acho que a esta altura você já conhece Dina bem o suficiente para ter detectado que, se alguém precisa ser alvo de preocupação, é *ela*. Você é um detetive, companheiro. Isso significa que você deveria perceber o óbvio ululante. Minha irmã é igual ao Chapeleiro Maluco. Ela tem todos os parafusos frouxos. Ela sobe pelas paredes e se pendura no lustre. Por favor, não me diga que você deixou de notar isso.

— Ela não me pareceu biruta. Irritada, sim, a mil, mas isso porque ela estava preocupada com você. Tipo, realmente preocupada. Fora de si de tão preocupada.

— É exatamente disso que estou falando. Isso é loucura. Preocupada com o *quê*?

— Esse caso. O que ele estava fazendo com você. Ela disse...

— A única coisa que Dina sabe acerca desse caso é que ele *existe*. Só isso. E mesmo isso bastou para ela surtar. – Eu nunca digo a ninguém que Dina é louca. Houve quem mencionasse essa possibilidade para mim vez por outra. Nenhum deles cometeu esse erro de novo. – Quer saber como eu passei a noite de terça-feira? Escutando Dina se queixar sem parar sobre como ela não podia dormir no apartamento dela porque a cortina do chuveiro estava tiquetaqueando como um relógio de carrilhão. Quer saber como eu passei a noite de quarta-feira? Tentando convencê-la a não tacar fogo na pilha de papéis que restou dos meus livros.

Richie mudou de posição, constrangido, encostado na parede.

— Não sei de nada disso. Ela não estava assim na minha casa.

Alguma coisa se fechou apertando meu estômago.

— É claro que não estava. Ela sabia que você pegaria o telefone num piscar de olhos, e isso não era conveniente para seus planos. Ela é maluca, mas não é burra. E tem uma força de vontade admirável, quando está com vontade de ter.

— Ela disse que tinha passado as últimas noites na sua casa, conversando com você, e que esse caso tinha fundido sua cuca. Ela... — Ele me olhou de relance, escolhendo as palavras com cuidado. — Ela disse que você não estava bem. Disse que você sempre tinha sido legal com ela, sem nunca ter agido de outra forma que não fosse com delicadeza, mesmo quando ela não merecia, foi isso o que ela disse. Mas que, no outro dia, de noite, ela o assustou quando apareceu, e você sacou sua arma. Ela disse que foi embora porque você lhe disse para ela se matar.

— E você acreditou nisso.

— Calculei que ela estivesse exagerando. Mas mesmo assim... Ela não estava inventando a história de você estar estressado, cara. Ela disse que você estava desmoronando; que esse caso o estava demolindo, e que não havia jeito de você desistir dele.

Em meio a toda essa confusão enredada e sombria, eu não poderia dizer se aquilo era alguma vingança de Dina por alguma coisa real ou imaginária que eu tivesse feito a ela; ou se tinha visto alguma coisa que eu não tinha notado, alguma coisa que a levou a bater na porta de Richie, como algum passarinho em pânico batendo numa janela. Eu também não poderia dizer qual das duas hipóteses seria a pior.

— Ela me disse: "Você é o parceiro dele, ele confia em você. Você precisa cuidar dele. Ele não quer deixar que eu cuide. Não quer deixar que a família cuide. Pode ser que ele deixe você cuidar."

— Você dormiu com ela? — Eu tinha tentado não perguntar. A fração de segundo de silêncio depois que Richie abriu a boca me disse tudo o que eu precisava saber. — Não se dê ao trabalho de responder.

— Veja bem, cara, você nunca disse que ela era sua irmã. Ela também não disse. Juro por Deus, se eu tivesse sabido...

E eu tinha estado prestes a lhe contar. E me refreei só porque, Deus me livre, achei que aquilo me tornaria vulnerável.

— O que você achou que ela era? Minha namorada? Minha ex? Minha filha? Exatamente de que modo qualquer uma dessas opções teria sido melhor?

— Ela disse que era uma velha amiga sua. Disse que conhecia você desde quando vocês eram crianças. Que sua família e a família dela costumavam alugar trailers juntos em Broken Harbour para o verão. Foi o que ela me disse. Por que eu ia imaginar que ela estivesse mentindo?

— O que acha de só porque ela é doida varrida? Ela chega tagarelando sobre um caso do qual não faz a menor ideia, afundando você numa cascata de que eu estaria tendo um colapso nervoso. Noventa por cento do que ela diz não faz sentido. Nem chegou a lhe ocorrer que os outros 10% poderiam não estar corretos?

— Mas não era uma baboseira sem sentido. Ela estava falando a verdade: esse caso está atingindo você. Achei isso desde o início, praticamente.

Cada respiração doía quando o ar entrava.

— Que amor. Estou comovido. E você achou que a resposta adequada fosse comer minha irmã.

Richie deu a impressão de que deceparia o próprio braço com prazer se isso fizesse desaparecer essa conversa.

— Não foi assim.

— Como você tem a coragem de dizer que *não foi assim*? Ela drogou você? Ela o algemou à cabeceira da cama?

— Não entrei ali planejando... Acho que ela também não.

— Fala sério, você está tentando me dizer como minha irmã pensa? Depois de uma única noite?

— *Não*. Só estou dizendo...

— Porque eu a conheço muito melhor do que você, companheiro, e até mesmo eu luto para descobrir uma pista do que acontece na cabeça dela. Acho que é mais do que possível que ela tenha ido à sua casa planejando fazer exatamente o que fez. Tenho 100% de certeza de que a ideia foi dela e não sua. Mas isso não significa que você tivesse que acompanhar. Puta merda, no que você estava pensando?

— Juro por Deus, foi só que uma coisa levou a outra. Ela estava apavorada de medo de que esse caso acabasse com você. Ficou dando voltas na minha sala de estar, chorando. Ela não conseguia se sentar, de tão abalada. Dei-lhe um abraço, só para acalmá-la...

— E é neste momento que você cala a boca. Não preciso dos detalhes explícitos. — E não precisava mesmo. Eu podia ver exatamente como tudo tinha acontecido. É de uma facilidade tão mortal ser arrastado para a loucura de Dina. Num minuto você só vai fincar os dedos na beira, para poder segurar a mão dela e puxá-la para fora dali. No minuto seguinte, você está se afogando, se debatendo sem conseguir respirar.

— Estou só dizendo que simplesmente aconteceu.

— A irmã do seu parceiro — disse eu. De repente, me senti exausto, exausto e nauseado, alguma coisa subiu do meu estômago e queimou na minha garganta. Encostei a cabeça na parede e apertei meus olhos com os dedos. — A irmã maluca do seu parceiro. Como isso poderia parecer certo?

— Não parece – disse Richie, baixinho.

A escuridão debaixo dos meus dedos era profunda e tranquilizadora. Eu não queria abrir os olhos para aquela luz crua, ferina.

— E quando você acordou hoje de manhã, Dina tinha sumido, da mesma forma que o saco de provas. Onde ele estava?

— Na minha mesinha de cabeceira – disse ele, depois de um instante de silêncio.

— À vista de qualquer um que por acaso entrasse ali. Colegas de apartamento, ladrões, transas de uma noite. Brilhante, meu filho.

— A porta do meu quarto tem chave. E durante o dia ela fica comigo no bolso da minha jaqueta.

Todas aquelas nossas discussões, Conor X Pat, animais meio imaginários, antigas histórias de amor: o lado de Richie sempre tinha sido de mentira. Ele era detentor da resposta o tempo todo, tão perto que eu poderia ter estendido a mão para tocá-la.

— E não é que funcionou bem? – disse eu.

— Nunca pensei que ela fosse levá-lo. Ela...

— Você não estava pensando em nada. Não na hora em que ela entrou no seu quarto.

— Ela era sua *amiga,* ou eu achei que era. Não imaginei que ela fosse *roubar* coisas, especialmente não aquilo. Ela se importava com você, muito. Isso estava óbvio. Por que ela iria querer arrasar com esse seu caso?

— Ah, não, não mesmo. Não foi ela quem arrasou com esse caso. – Tirei as mãos do rosto. Richie estava vermelho. – Ela afanou o envelope porque mudou de ideia a respeito de você, companheiro. E ela não é a única. No instante em que ela avistou esse envelope, ocorreu-lhe que talvez você não fosse o cara maravilhoso, confiável, íntegro, que ela vinha imaginando, o que significava que, na realidade, era possível que você não fosse a melhor pessoa para *cuidar de mim*. De modo que ela concluiu que sua única saída era fazer isso por si mesma, trazendo-me a prova que meu parceiro tinha decidido escamotear. Dois coelhos com uma só cajadada: eu retomo o comando do caso e descubro a verdade sobre a pessoa com quem estou lidando. Louca ou não, parece que ela detectou alguma coisa importante.

Richie, de olhos fixos nos sapatos, não disse nada.

— Você estava planejando me contar algum dia? – perguntei.

Isso fez com que ele se empertigasse de imediato.

— Estava, sim. Quando encontrei isso aí, eu estava, quase decididamente. Foi por isso que o pus no envelope e escrevi a etiqueta. Se eu não estivesse planejando lhe mostrar, poderia ter jogado no sanitário e dado a descarga.

— Ora, parabéns, meu filho. O que você quer, uma medalha? — Mostrei o envelope com um gesto de cabeça. Eu não conseguia olhar para ele. No canto do meu olho, ele parecia estar prendendo bem apertado alguma criatura viva e feroz, algum enorme inseto vibrando em contato com o papel fino e o plástico, se esforçando para estourar as junções do papel e atacar. "Colhida na sala de estar, residência de Conor Brennan." Enquanto eu estava lá fora, ao telefone com Larry. Certo?

Richie olhou para os papéis na sua mão, com um ar vazio, como se não conseguisse se lembrar do que eles eram. Ele abriu a mão e deixou que se espalhassem no chão.

— Certo — respondeu ele.

— Onde estava?

— Devia estar no carpete. Eu estava devolvendo ao lugar tudo o que tinha estado no sofá, e isso aí estava pendurado na manga de um pulôver. Não estava lá quando tiramos as roupas do sofá. Nós demos uma boa examinada em todas elas, lembra, para o caso de alguma estar suja de sangue. Ela deve ter se enganchado no pulôver quando ele roçou no chão.

— Pulôver de que cor? — perguntei. Eu me lembraria se o guarda-roupa de Conor Brennan tivesse incluído malhas de tricô rosa pink.

— Verde. Meio cáqui.

E o carpete era creme, com espirais sujas amarelas e verdes. Os rapazes de Larry podiam examinar o apartamento inteiro com lupas, à procura de alguma coisa que batesse com aquele fiapo cor-de-rosa, e não encontrar nada. No momento em que vi aquela unha, eu soube onde estava o tecido que combinava com aquele fiapo.

— E como você interpretou essa descoberta? — perguntei. Fez-se um silêncio. Richie estava olhando para o nada. — Detetive Curran — disse eu.

— A unha, pelo formato e pelo esmalte, bate com as de Jenny Spain. A lã que está presa nela... — Um canto da sua boca estremeceu. — Pareceu que era a mesma do bordado no travesseiro que sufocou Emma.

O fio encharcado que Cooper tinha tirado da garganta da menina, enquanto mantinha aberto seu maxilar frágil, entre o polegar e o dedo indicador.

— E o que você achou que isso significava?

— Achei que isso significava — disse Richie, em tom neutro e com a voz muito baixa — que Jennifer Spain poderia ser nossa suspeita.

— Poderia ser, não. É.

Seus ombros se mexeram inquietos, encostados na porta.

— Não é definitivo. Ela poderia ter apanhado a lã de algum outro modo. Mais cedo, quando pôs Emma para dormir...

— Jenny se mantém bem-arrumada. Nem um fio de cabelo fora do lugar. Você acha que ela ia ficar com uma unha quebrada, se enganchando em coisas a noite inteira, que teria ido dormir com a unha ainda quebrada? Que teria deixado um pouco de lã enganchado ali por horas a fio?

— Ou poderia ter sido transferido de Pat para ela. Ele fica com o fiapo de lã preso no paletó do pijama quando está usando o travesseiro em Emma. Depois, quando está brigando com Jenny, ela quebra uma unha; a lã fica presa nela...

— Aquela única fibra específica, entre as milhares e mais milhares dentro do pijama dele, na parte externa do pijama dele, no próprio pijama dela, espalhadas por toda a cozinha. Qual é a probabilidade?

— Poderia acontecer. Não podemos simplesmente deixar a culpa toda cair sobre Jenny. Cooper foi taxativo, lembra? Os ferimentos dela não foram infligidos por ela mesma.

— Sei – disse eu. – Eu vou falar com ela. – A ideia de ter de lidar com o mundo do lado de fora dessa sala me causou a sensação de um cassetete na parte de trás dos joelhos. Sentei-me à mesa pesadamente. Não conseguia ficar mais um segundo em pé.

Richie tinha captado o que eu disse: *Eu vou falar com ela,* não *nós vamos.* Ele abriu a boca e depois a fechou de novo, procurando a pergunta certa.

— Por que você não me disse? – perguntei. Eu ouvia o tom da dor, sem disfarces, mas não me importava.

Os olhos de Richie foram se afastando dos meus. Ele se ajoelhou no chão e começou a recolher os papéis que tinha largado.

— Porque eu sabia o que você ia querer fazer.

— Como assim? Prender Jenny? Não acusar Conor de um homicídio triplo que ele não cometeu? Como, Richie? Que parte dessa história é tão terrível que você simplesmente não poderia deixar que ela acontecesse?

— Não terrível. É só que... prender Jenny... Não sei, cara. Não tenho certeza se essa é a decisão certa nesse caso.

— É isso o que nós *fazemos.* Nós prendemos assassinos. Se você tiver um problema com a descrição das suas funções, deveria ter arrumado uma merda de emprego diferente.

Isso fez com que Richie voltasse a firmar sua posição.

— É exatamente isso aí. É por isso que eu não lhe contei. Eu sabia que era isso o que você ia dizer. Eu sabia. Com você, cara, tudo é preto ou branco. Nenhum questionamento; basta seguir as regras e ir para casa. Precisei pensar nisso porque eu sabia que, no instante em que você soubesse, seria tarde demais.

— Está totalmente certa essa sua história de preto ou branco. Você chacina sua família, você vai para a cadeia. Onde você consegue enxergar tons de cinza aí?

— Jenny está no inferno. Cada segundo da sua vida, ela vai sentir um tipo de dor que eu não quero nem imaginar. Você acha que a prisão vai ser uma punição pior do que a da própria cabeça dela? Não há nada que ela possa fazer, ou que nós possamos fazer, para consertar o que ela fez, e não me parece que precisemos prendê-la para impedir que ela faça isso outra vez. O que uma prisão perpétua vai resolver nesse caso?

E eu que estava pensando que esse era o talento de Richie, seu dom especial: levar testemunhas e suspeitos a acreditar, por mais impossível e absurdo que fosse, que ele os via como seres humanos. Eu tinha ficado tão impressionado com seu jeito de convencer os Gogan de que eles eram mais do que uns mequetrefes irritantes, seu jeito de convencer Conor Brennan de que ele era mais do que simplesmente outra fera selvagem que precisávamos tirar das ruas. Eu deveria ter percebido, naquela noite no esconderijo quando nos tornamos nada mais do que dois caras conversando. Eu deveria ter sabido e ter reconhecido o perigo: não se tratava de teatro.

— E era por isso que você estava todo voltado para Pat Spain. E eu, pensando que era tudo em nome da verdade e da justiça. Como fui tolo.

Richie fez o favor de enrubescer.

— Não foi assim. De início, eu sinceramente achei que devia ter sido ele. A ideia de ter sido Conor não funcionava para mim. Também não me parecia que poderia ter sido mais ninguém. E então, quando vi esse treco aí, pensei...
— Ele foi se calando.

— A ideia de prender Jenny ofendia sua sensibilidade delicada, mas você concluiu que simplesmente não seria legal enfiar Conor na prisão por toda a vida por alguma coisa que ele não fez. Bonito você se importar. Por isso você decidiu encontrar um jeito de jogar toda essa droga nos ombros de Pat. Aquela sua bela atuação com Conor ontem: era ali que você estava tentando fisgá-lo. E ele quase caiu na sua. Deve ter arrasado seu dia quando ele resolveu não morder a isca.

— Pat está *morto*, cara. Nada pode atingi-lo. Sei o que você disse sobre todo mundo acreditar que ele foi um assassino; mas você se lembra do que ele disse naquele fórum, sobre só querer cuidar de Jenny. Se ele pudesse escolher, o que você acha que ele ia preferir? Assumir a culpa ou trancá-la atrás das grades pelo resto da vida? Ele estaria nos implorando que o chamássemos de assassino, cara. Ele nos pediria de joelhos.

— E era isso o que você estava fazendo com aquela fulaninha da Gogan, também. E com Jenny. Toda aquela cascata sobre Pat estar perdendo a paciência com mais frequência, se ele estava tendo um colapso nervoso, se ela sentiu medo de que ele pudesse feri-la... Você estava tentando fazer com que Jenny empurrasse Pat para o meio do tiroteio. Só acaba se vendo que uma culpada de tríplice homicídio tem mais noção de honra do que você.

O rosto de Richie ficou de um vermelho ainda mais forte. Ele não respondeu.

— Digamos só por um segundo que nós façamos as coisas do seu jeito. Jogamos essa prova na fragmentadora de papéis, empurramos a culpa para cima de Pat, fechamos o arquivo e deixamos Jenny sair do hospital. O que você acha que vai acontecer em seguida? Não importa o que tenha acontecido naquela noite, ela amava os filhos. Ela amava o marido. O que você acha que ela vai fazer, no instante em que tiver força suficiente?

Richie pôs os relatórios em cima da mesa, a uma distância segura do envelope, e acertou as bordas da pilha.

— Ela vai terminar o serviço — disse ele.

— Isso mesmo — disse eu. A luz estava queimando o ar, causando uma névoa branca na sala, com uma confusão de contornos incandescentes suspensos no ar. — É exatamente isso o que ela fará. E dessa vez não vai falhar. Se nós a deixarmos sair do hospital, dentro de 48 horas, ela estará morta.

— É. É provável.

— Como você pode achar isso certo? — perguntei. Ele levantou um ombro, num gesto de indiferença. — É alguma vingança? Ela merece morrer e nós não temos a pena de morte, tanto faz, vamos deixar que ela se encarregue disso. É essa a sua ideia?

Richie levantou os olhos para me encarar.

— É a melhor coisa que poderia acontecer com ela.

Eu quase saí da minha cadeira e o agarrei pela frente da camisa.

— *Você não pode dizer isso.* Quantos anos de vida Jenny ainda tem, 50, 60? Você acha que a melhor coisa que ela pode fazer com eles é entrar na banheira e cortar os pulsos?

— É, 60 anos, talvez. Metade deles na prisão.

— Que é o melhor lugar para ela. A mulher precisa de tratamento. Precisa de terapia, medicação, sei lá o quê, mas há médicos que sabem. Se estiver presa, vai ter tudo isso. Pagará sua dívida para com a sociedade, dará um jeito na cabeça e sairá com algum tipo de vida pela frente.

Richie fazia que não, com veemência.

— Não, ela não vai sair. Não vai. Você ficou maluco? Não existe nada adiante dela. Ela matou os *filhos*. Ela os manteve imobilizados até sentir que tinham parado de lutar. Esfaqueou o marido e ficou ali deitada ao lado enquanto ele se esvaía. Nem todos os médicos neste *mundo* poderiam consertar isso. Você viu o estado dela. Ela já se foi, cara. Deixe que se vá. Tenha um pouco de compaixão.

— Você quer falar sobre compaixão? Jenny Spain não é a única pessoa nesta história. Está lembrado de Fiona Rafferty? Da mãe delas? Não sente nenhuma compaixão por elas? Pense no que elas já perderam. Então olhe para mim e diga que elas merecem perder Jenny também.

— Elas não mereciam *nada* disso. Você acha que seria mais fácil para elas saber o que Jenny fez? Elas a perdem de qualquer modo. Pelo menos, desse jeito, tudo acaba de uma vez.

— Não vai acabar de uma vez – disse eu. Pronunciar essas palavras sugou o fôlego de mim, me deixou oco, como se meu peito estivesse se dobrando sobre si mesmo. — Nunca vai estar acabado para elas.

Isso calou a boca de Richie. Ele se sentou diante de mim e ficou olhando seus dedos acertarem os relatórios repetidamente. Daí a um tempo, ele falou:

— Sua dívida para com a sociedade: não sei o que isso significa. Diga-me o nome de uma única pessoa que estará em melhor situação se Jenny passar 25 anos na prisão.

— Trate de calar a boca – disse eu. — Você não chega nem mesmo a *formular* essa pergunta. Cabe ao juiz proferir sentenças; não a nós. É para isso que a droga do sistema *serve*: para impedir que merdinhas arrogantes como você brinquem de ser Deus, passem sentenças de morte quando tiverem vontade. A nós cabe cumprir as regras, entregar as provas e deixar que a porra do sistema cumpra sua função. Não cabe a nós jogar fora a vida de Jenny Spain.

— Não se trata de jogar fora a vida dela. Fazê-la passar anos nesse tipo de dor... Isso é tortura, cara. É errado.

— Não. *Você* acha que é errado. Quem sabe por que motivo você acha isso? Porque você está certo, ou porque esse caso lhe parte o coração? Porque você sente uma culpa enorme, porque Jenny lhe lembra a senhorita Kelly que era sua professora quando você tinha 5 anos? É por isso que temos regras, para começo de conversa, Richie: porque não se pode confiar na própria cabeça para lhe dizer o que é certo e o que é errado. Não num caso como este. As consequências, se você cometer um erro, são grandes demais e horríveis demais para se cogitar, imagine para se conviver com elas. As regras determinam que prendamos Jenny. Tudo o mais é bobagem.

Ele estava fazendo que não.

— Ainda assim é errado. Prefiro confiar na minha própria cabeça neste caso.

Eu poderia ter rido ou uivado.

— É mesmo? Olhe aonde sua atitude o levou. Regra número zero, Richie, a regra que encerra todas as outras: a cabeça da gente é lixo. Ela é uma confusão fraca, destruída, ferrada, que o deixará na mão nos piores momentos. Você acha que a cabeça da minha irmã não disse que ela estava agindo certo quando o seguiu até sua casa? Você acha que a cabeça de Jenny não acreditava que ela estava agindo certo na segunda de noite? Se você confiar na sua cabeça, vai se ferrar e vai se ferrar demais. Cada coisa certa que fiz na minha vida foi porque não confiei na minha cabeça.

Richie levantou os olhos para mim. E foi preciso se esforçar.

– Sua irmã me falou da sua mãe.

Naquele instante, eu quase lhe dei um murro na cara. Vi que ele se preparou para essa possibilidade, vi a explosão de medo ou esperança. Quando meus punhos se relaxaram e eu consegui voltar a respirar, o silêncio já tinha se prolongado.

– Ela lhe contou exatamente o quê? – perguntei.

– Que sua mãe morreu afogada, no verão em que você estava com 15 anos. Quando vocês estavam de férias em Broken Harbour.

– Ela chegou a mencionar de que modo ela morreu?

Ele não estava mais olhando para mim.

– Sim. Ela disse que sua mãe entrou na água sozinha. Tipo: de propósito.

Esperei, mas ele tinha terminado.

– E você concluiu que isso significava que eu estava a um passo de uma camisa de força. Certo?

– Eu não...

– Não, meu filho. Estou curioso. Trate de me contar qual foi a linha de raciocínio que o levou a essa conclusão. Você supôs que fiquei tão traumatizado para o resto da vida que chegar a um quilômetro de Broken Harbour estava me fazendo entrar em algum surto psicótico? Você concluiu que a loucura era hereditária, e que eu de repente poderia ter o impulso de tirar a roupa e começar a berrar sobre gente-lagarto de cima dos telhados? Ficou preocupado com a possibilidade de eu estourar os miolos no seu horário de trabalho? Acho que mereço saber.

– Nunca achei que você fosse maluco – disse Richie. – Nunca me passou pela cabeça. Mas aquele seu jeito com Brennan... Aquilo me preocupou, mesmo antes... antes da noite de ontem. E é claro que eu falei com você. Achei que você exagerou.

Eu estava louco para me levantar da cadeira com um empurrão e começar a dar voltas na sala, mas sabia que, se chegasse mais perto de Richie, eu ia agredi-lo e sabia que isso seria ruim, mesmo que tivesse dificuldade para me lembrar do motivo. Fiquei onde estava.

– Certo. Você disse mesmo. E depois de conversar com Dina, você descobriu por quê. Não só isso: você descobriu que estava livre para manipular a prova. Aquele babaca, você pensou, aquele velho biruta, em estafa, nunca vai imaginar isso sozinho. Ele está muito ocupado abraçado ao travesseiro enquanto se debulha por causa da mamãe que morreu. Estou certo, Richie? É mais ou menos isso?

– Não. *Não*. Achei... – Ele respirou fundo, rápido. – Achei que podia ser que fôssemos ser parceiros por um bom tempo. Sei que isso dá uma impressão, tipo, quem eu penso que sou, mas eu simplesmente... achei que estava funcionando. Eu tinha a esperança... – Encarei-o firmemente até ele deixar essa frase por terminar. – Pelo menos, nesta semana – preferiu ele dizer –, fomos parceiros. E ser parceiro significa que, se você tem um problema, eu tenho um problema.

– Isso seria adorável, só que *eu não tenho problema nenhum,* companheiro. Ou, pelo menos, eu não tinha até você decidir dar uma de esperto com provas. Minha mãe não tem *nada a* ver com isso. Está entendendo? Está percebendo?

Seus ombros se contorceram.

– Só estou dizendo... Imaginei que talvez... Dá para eu ver por que você não gostaria da ideia de Jenny terminar o serviço.

– Não me agrada que *pessoas sejam assassinadas.* Por elas mesmas ou por qualquer outra pessoa. É isso o que estou fazendo aqui. Isso não exige nenhuma explicação psicológica profunda. A parte que está implorando por um bom terapeuta é aquela em que você fica aí de braços cruzados argumentando que deveríamos ajudar Jenny Spain a pular de cabeça do alto de algum edifício.

– Ora, vamos, cara. Isso não faz sentido. Ninguém está dizendo que devíamos ajudá-la. Só estou dizendo... para deixar a natureza seguir seu curso.

De certo modo, foi um alívio; pequeno e amargo, mas um alívio mesmo assim. Ele nunca teria sido um bom detetive. Se não tivesse sido isso, se eu não tivesse sido burro, fraco e lastimável a ponto de só ver o que eu queria ver e deixar o resto passar, mais cedo ou mais tarde teria sido alguma outra coisa.

– Não sou nenhum David Attenborough. Não fico sentado do lado de fora observando a *natureza seguir seu curso.* Se eu um dia me flagrasse pensando desse jeito, seria eu que trataria de procurar um edifício alto. – Ouvi o toque cruel de repulsa na minha voz e vi Richie se encolher, mas tudo o que senti foi um prazer gelado. – O assassinato faz parte da natureza. Você não tinha percebido? Pessoas mutilam umas às outras, estupram umas às outras, matam umas às outras, fazem tudo o que os animais fazem. É a natureza em ação. A natureza é o demônio contra o qual eu luto, companheiro. A natureza é meu pior inimigo. Se não é o seu, então você está no trabalho errado.

Richie não respondeu. Estava de cabeça baixa, passando uma unha pela mesa em desenhos geométricos, tensos, invisíveis. Lembrei-me dele fazendo garatujas no vidro indevassável da sala de observação, como se tivesse sido muito, muito tempo atrás.

– Então o que você está planejando fazer? – perguntou ele, pouco depois. – Simplesmente entregar o envelope ao pessoal da sala de provas periciais, como se nada tivesse acontecido, e seguir a partir daí?

Você, não *nós*.

– Mesmo que esse fosse meu jeito de agir, não tenho essa opção. Quando Dina chegou aqui hoje de manhã, eu ainda não estava aqui. Em vez de entregar a mim, ela entregou isso a Quigley.

Richie olhou para mim, espantado.

– Puta merda – disse ele, como se tivesse levado um soco e não conseguisse respirar.

– É: puta merda, mesmo. Pode acreditar em mim. Quigley não tem a menor intenção de deixar isso passar. O que eu lhe disse, só faz dois dias? *Quigley adoraria ter uma oportunidade de nos derrubar a nós dois. Não caia no jogo dele.*

Ele tinha ficado ainda mais branco. Alguma parte sádica de mim, escapando sorrateira do seu depósito escuro, porque não me restava nenhuma energia para mantê-la trancafiada, estava adorando vê-lo daquele jeito.

– O que vamos fazer? – perguntou ele. Sua voz tremia. As palmas das mãos estavam voltadas para cima como se eu fosse o herói esplêndido que poderia consertar essa confusão medonha, fazer com que tudo desaparecesse.

– *Nós* não vamos fazer nada – disse eu. – Você vai para casa.

Richie me observava, inseguro, tentando decifrar o que eu queria dizer. A sala fria fazia com que ele tremesse por estar só de camisa, mas parecia que ele não percebia.

– Pegue suas coisas e vá para casa. Fique lá até eu lhe dizer para voltar. Você pode usar o tempo livre para pensar, se quiser, em como vai justificar seus atos para o chefe, apesar de eu duvidar que vá fazer alguma diferença.

– O que você vai fazer?

Levantei-me, apoiando meu peso na mesa como um velho.

– Não é problema seu.

– O que vai acontecer comigo? – perguntou Richie daí a um instante.

Era um pequeno detalhe favorável a ele o fato de ser essa a primeira vez que perguntou.

– Você vai voltar a ser um policial fardado. E assim vai permanecer.

Eu ainda estava olhando fixamente para minhas mãos grudadas na mesa, mas, com a visão periférica, pude vê-lo concordar em silêncio, fazendo que sim repetidamente, de modo mecânico, tentando absorver tudo o que aquilo significava.

– Você estava certo. Juntos, nós trabalhamos bem. Teríamos nos tornado bons parceiros.

– É – disse Richie. A força da tristeza na sua voz quase me desequilibrou. – Nós teríamos.

Ele apanhou o maço de relatórios e se levantou, mas não se dirigiu para a porta. Não olhei.

– Quero pedir desculpas – disse ele, daí a um minuto. – Sei que não conta para nada a esta altura; mas, mesmo assim, peço desculpas, sinceramente, por tudo.

– Vá para casa – disse eu.

Continuei olhando para minhas mãos, até elas saírem de foco e se transformarem em criaturas brancas e estranhas agachadas na mesa, deformadas e semelhantes a larvas, prontas para atacar. Finalmente ouvi a porta se fechar. A luz me arranhava, vindo de todas as direções, ricocheteava na janela de plástico do envelope para picar meus olhos. Eu nunca tinha estado numa sala tão vazia, que parecesse de uma claridade tão feroz.

18

Foram tantos os recintos. Salas decrépitas em delegacias minúsculas na região da serra, cheirando a mofo e a chulé; salas de estar apertadas com estofados floridos, santinhos com sorrisos tímidos, todas as medalhas reluzentes da respeitabilidade; cozinhas de apartamentos cedidos pelo governo local, onde o bebê gemia através de uma mamadeira de Coca e o cinzeiro transbordava sobre a mesa com sua crosta de cereais matinais; nossas próprias salas de interrogatório, tranquilas como santuários, tão conhecidas que, de olhos vendados, eu poderia ter posto minha mão naquele grafite, naquela rachadura na parede. São os cômodos onde eu encarei um assassino, olho no olho, e disse: *Você. Foi você quem fez isso.*

Lembro-me de cada um deles. Eu os guardo, um baralho de cartas ricamente coloridas a serem preservadas em veludo e examinadas quando o dia foi longo demais para permitir o sono. Sei se o ar estava frio ou quente em contato com a pele, como a luz era absorvida pela tinta amarela ou iluminava o azul de uma caneca, se os ecos da minha voz subiam até os cantos mais altos ou caíam abafados por cortinas pesadas e bibelôs escandalizados de porcelana. Conheço o veio das cadeiras de madeira, a inclinação de uma teia de aranha, o suave gotejar de uma torneira, como o carpete cedia debaixo dos meus sapatos. *Na casa de meu pai, há muitas mansões.* Se de algum modo eu merecer uma, será a que eu tiver construído a partir dessas salas.

Sempre gostei da simplicidade. *Com você, tudo é preto ou branco,* Richie tinha dito, como uma acusação. Mas a verdade é que quase todos os casos de homicídio são, se não simples, pelo menos capazes de simplicidade; que isso é não só necessário mas também emocionante; pois, se milagres existem, esse é sem dúvida um deles. Nessas salas, o vasto emaranhado sibilante de sombras deste mundo é extinto. Todos os seus cinzas traiçoeiros são concentrados até atingir a pureza brutal de uma lâmina exposta, com dois gumes: causa e efeito, bem e mal. Para mim, essas salas são lindas. Entro nelas como um boxeador entra no ringue: atento, invencível, como se estivesse em casa.

O quarto de hospital de Jenny Spain foi o único desses recintos que chegou a me inspirar medo. Eu não saberia dizer se era porque a escuridão ali dentro estava mais concentrada e cortante do que qualquer coisa que eu já tivesse tocado um dia, ou porque algo me dizia que ela não tinha sido concentrada de modo algum, que aquelas sombras ainda estavam se entrecruzando e se multiplicando, e dessa vez não havia como detê-las.

As duas estavam lá, Jenny e Fiona. Elas viraram a cabeça para a porta quando eu a abri, mas nenhuma conversa foi interrompida no meio de alguma frase. Elas não estavam conversando, só estavam ali juntas, Fiona junto da cabeceira, sentada numa cadeira de plástico pequena demais, segurando a mão de Jenny sobre o cobertor ralo. Elas fixaram em mim os olhos azuis, vazios; os rostos magros, marcados por sulcos onde a dor estava se instalando para ficar. Alguém tinha dado um jeito de lavar a cabeça de Jenny — sem os alisantes, o cabelo estava macio e esvoaçante como o de uma menininha — e seu bronzeado artificial estava desbotado, deixando-a ainda mais pálida do que Fiona. Pela primeira vez, vi ali uma semelhança.

— Peço que me desculpem por perturbá-las — disse eu. — Srta. Rafferty, preciso trocar algumas palavras com a sra. Spain.

— Eu fico — disse ela, apertando ainda mais a mão de Jenny. Ela sabia.

— Sinto muito, mas não é possível — disse eu.

— Então ela não vai querer falar com o senhor. De qualquer maneira, ela não está em condições de conversar. Não vou deixar que a intimide.

— Não planejo intimidar ninguém. Se a sra. Spain quiser a presença de um advogado durante a entrevista, ela pode solicitar um, mas eu não posso permitir nenhuma outra pessoa no quarto. Tenho certeza de que a senhorita entende isso.

Jenny soltou sua mão, com delicadeza, e deixou a de Fiona no braço da cadeira.

— Está tudo bem — disse ela. — Estou ótima.

— Você não está, *não*.

— Estou. Sinceramente, estou, sim. — Os médicos tinham reduzido os analgésicos. Os movimentos de Jenny ainda tinham uma qualidade subaquática, e seu rosto parecia extraordinariamente calmo, quase relaxado, como se alguns músculos importantes tivessem sido cortados. Mas ela conseguia focalizar os olhos, e as palavras saíam fracas e lentas, mas nítidas. Ela estava lúcida o suficiente para dar um depoimento, se eu chegasse até esse ponto. — Pode ir, Fi. Volte daqui a pouco.

Segurei a porta aberta até Fiona se levantar, relutante, e tirar o casaco do encosto da cadeira.

— Por favor, não deixe de voltar — disse eu, enquanto ela o vestia. — Preciso falar com a senhorita também, assim que sua irmã e eu tivermos terminado. É importante.

Fiona não respondeu. Seus olhos continuavam voltados para Jenny. Quando Jenny abaixou a cabeça, fazendo que sim, Fiona passou por mim e seguiu pelo corredor. Fiquei esperando até ter certeza de que ela estava longe antes de fechar a porta.

Pus minha pasta no chão junto da cama, tirei meu casaco e o pendurei atrás da porta, aproximei a cadeira tanto de Jenny que meus joelhos tocavam em seu cobertor. Ela me observava, cansada, sem curiosidade, como se eu fosse mais um médico alvoroçado ao redor dela, remexendo em coisas que emitiam bipes, luzes e doíam. O curativo espesso na sua bochecha tinha sido substituído por uma tira fina e caprichada. Ela estava usando alguma roupa macia e azul, uma camiseta ou uma blusa de pijama, com mangas compridas que se enrolavam em torno das mãos. Um tubo fino de borracha descia a partir de uma bolsa suspensa para medicação intravenosa e entrava numa das mangas. Do lado de fora da janela, uma árvore alta fazia girar espirais de folhas luminosas contra o pano de fundo de um céu azul ralo.

— Sra. Spain — disse eu. — Acho que precisamos conversar.

Ela me observava, com a cabeça encostada de novo no travesseiro. Estava esperando paciente que eu terminasse e fosse embora, deixando-a a se hipnotizar com o movimento das folhas, até conseguir se dissolver nelas, tornar-se uma chispa de luz jogada, um sopro de brisa, sumir.

— Como está se sentindo? — perguntei.

— Melhor. Obrigada.

Ela parecia melhor. Seus lábios estavam ressecados do ar do hospital, mas o tom rouco e engrolado tinha sumido da sua voz, deixando-a aguda e doce como a de uma menina. E seus olhos já não estavam vermelhos. Ela havia parado de chorar. Se estivesse transtornada, aos berros, eu teria sentido menos medo por ela.

— Bom saber disso. Quando os médicos estão planejando deixá-la ir para casa?

— Disseram que talvez depois de amanhã. Talvez no dia seguinte.

Eu tinha menos de 48 horas. O tique-taque do tempo e a proximidade dela insistiam para que eu me apressasse.

— Sra. Spain, vim lhe informar que houve algum progresso na investigação. Prendemos uma pessoa pelo ataque à senhora e à sua família.

Isso fez surgir uma pequena chama de vida e surpresa nos olhos de Jenny.

— Sua irmã não lhe contou?

Ela fez que não.

— Vocês... ? Prenderam *quem*?

— Pode lhe causar um pequeno choque, sra. Spain. É alguém que a senhora conhece, alguém que foi um grande amigo por muito tempo. — A pequena chama pegou fogo, alastrando-se em medo. – A senhora pode me dar alguma razão para Conor Brennan querer fazer mal à sua família?

– *Conor?*

– Nós o prendemos pelos crimes. Ele será acusado neste fim de semana. Sinto muito.

– Ai, meu Deus... Não. Não, não e não. Vocês entenderam tudo *errado*. Conor nunca iria nos atacar. Ele nunca atacaria ninguém. – Jenny estava se esforçando para se erguer do travesseiro: com uma das mãos estendida na minha direção, os tendões salientes como os de uma velha, e eu vi aquelas unhas quebradas. – Vocês precisam soltá-lo.

– Acredite ou não – disse eu –, concordo plenamente com a senhora. Também acho que Conor não é um assassino. Mas, infelizmente, todas as provas apontam para ele, e ele confessou os crimes.

– *Confessou?*

– Não posso descartar isso. A menos que alguém me dê provas concretas de que Conor não matou sua família, não terei escolha a não ser a de apresentar uma acusação formal contra ele. E pode acreditar em mim, o caso se sustentará num tribunal. Ele vai passar muito tempo na prisão.

– Eu estava lá. Não foi ele. Isso não é prova concreta o suficiente?

– Achei que a senhora não se lembrava daquela noite – disse eu, com delicadeza. – Isso só a afetou por um segundo.

– Eu não me lembro. E se tivesse sido Conor, me lembraria. Por isso, não foi ele.

– Já ultrapassamos essa etapa, sra. Spain. Tenho quase certeza de que sei o que aconteceu naquela noite. Muita certeza de que a senhora sabe. E bastante certeza de que ninguém mais que esteja vivo sabe, além de Conor. Isso faz com que a senhora seja a única pessoa que pode salvar a pele de Conor. A menos que queira vê-lo condenado por homicídio, a senhora precisa me contar o que aconteceu.

Lágrimas brotaram nos olhos de Jenny. Ela piscou para reprimi-las.

– Eu não me lembro.

– Dedique um tempinho a pensar no que estará fazendo com Conor se mantiver essa atitude. Ele se importa com a senhora. Ele gosta de Pat e da senhora há muito tempo. Acho que a senhora sabe o quanto ele a ama. Como ele se sentirá ao descobrir que a senhora está disposta a deixá-lo passar o resto da vida na cadeia por algo que ele não fez.

Sua boca tremeu, e, por um segundo, achei que a dominara, mas então ela crispou os lábios.

– Ele não vai para a cadeia. Não fez nada de errado. Vocês vão ver.

Esperei, mas ela já terminara. Richie e eu estávamos certos. Ela estava planejando seu bilhete. Ela se importava com Conor, mas sua chance de morrer significava mais para ela do que qualquer pessoa que ainda estivesse viva.

Curvei-me para minha pasta, abri-a rapidamente e tirei dela o desenho de Emma, aquele que tínhamos encontrado escondido no apartamento de Conor. Pus o desenho no cobertor sobre o colo de Jenny. Por um segundo, achei que tivesse sentido o perfume fresco e agradável de madeira e maçãs na colheita.

Jenny fechou os olhos com força. Quando eles se abriram, ela ficou olhando pela janela lá para fora, com o corpo contorcido para se afastar do desenho, como se ele pudesse dar um bote.

– Emma fez esse desenho durante o dia em que morreu – disse eu.

Novamente aquele espasmo, forçando o fechamento dos olhos. Depois, nada. Ela olhava para as folhas que desviavam a luz, como se eu não estivesse ali.

– Esse animal na árvore. Do que se trata?

Dessa vez, nenhuma reação. Tudo o que restava de energia a Jenny estava se dedicando a me isolar. Logo ela nem mesmo me ouviria.

Debrucei-me tão perto que sentia o cheiro artificial de flores do seu xampu. Estar tão perto dela eriçou os pelos na minha nuca numa onda lenta e fria. Era como estar de rosto colado com uma alma penada.

– Sra. Spain. – Pus meu dedo no envelope plástico, na criatura sinuosa e negra, enrolada ao longo de um galho. Ela sorria para mim, de olhos cor de laranja, a boca aberta revelando dentes brancos triangulares. – Olhe para o desenho, sra. Spain. Diga-me o que é isso.

Minha respiração na sua bochecha fez tremer seus cílios.

– Um gato.

Era isso o que eu tinha pensado. Não podia acreditar que eu um dia tivesse visto aquele desenho como algo fofo e inofensivo.

– Vocês não têm um gato. Nem nenhum de seus vizinhos.

– Emma queria um. Por isso ela o desenhou.

– Isso não me parece um bichinho aconchegante. Me parece um animal selvagem. Uma criatura feroz. Não alguma coisa que uma menininha fosse querer encontrar enroscada na sua cama. O que é, sra. Spain? Vison? Carcaju? Que bicho?

– Não sei. Alguma coisa que Emma inventou. Que diferença faz?

– Faz diferença porque, de tudo que ouvi a respeito de Emma, sei que ela gostava de coisas bonitas. Coisas macias, fofas, cor-de-rosa. Então, como ela acabou inventando um bicho como esse?

– Não faço a menor ideia. Vai ver que foi na escola. Na televisão.

— Não, sra. Spain. Ela encontrou isso em casa.

— Não, ela não encontrou. Eu não deixaria meus filhos por perto de algum animal selvagem. Vá em frente: examine nossa casa. Não vai encontrar nada desse tipo.

— Só que já encontrei. A senhora sabe que Pat participava de fóruns de discussão na internet?

A cabeça de Jenny virou-se para mim tão veloz que eu me encolhi. Ela me encarou, com os olhos fixos, arregalados

— Não, ele não participava.

— Nós encontramos as postagens dele.

— Não encontraram, não. Na internet, qualquer um pode dizer que é qualquer um. Pat não entrava online. Só para enviar e-mails para o irmão e procurar emprego.

Ela começara a tremer, um tremor minúsculo, incontrolável, que sacudia sua cabeça e suas mãos.

— Encontramos as postagens no computador da sua casa, sra. Spain. Alguém tentou apagar o histórico da internet, mas não conseguiu fazer um bom serviço. Nosso pessoal não demorou nada para recuperar toda a informação. Antes de Pat morrer, fazia meses que ele vinha procurando formas de pegar, ou pelo menos identificar, o predador que estava morando dentro das paredes.

— Era uma brincadeira. Ele estava entediado, tinha todo o tempo do mundo, estava só de bobeira, para ver o que as pessoas online iriam dizer. Só isso.

— E a armadilha para lobos no seu sótão? Os buracos nas paredes? Os monitores de babá eletrônica? Tudo isso era brincadeira também?

— Não sei. Eu não me lembro. Os buracos nas paredes simplesmente aconteceram; a construção daquelas casas é uma porcaria; elas estão todas caindo aos pedaços. As babás eletrônicas, aquilo era só uma brincadeira de Pat e das crianças, só para ver se...

— Sra. Spain, preste atenção. Nós estamos sozinhos aqui. Não estou gravando nada. Não lhe informei seus direitos. Qualquer coisa que a senhora diga nunca poderá ser usada como prova.

Muitos detetives fazem esse jogo com regularidade, apostando na probabilidade de que, se o suspeito falar uma vez, a segunda vez será mais fácil; ou que a confissão inutilizável lhes indicará alguma coisa que eles possam usar. Não gosto de apostas, mas eu não tinha nada de concreto e não podia perder tempo. Jenny nunca iria me dar uma confissão formal, nem que eu esperasse cem anos. Eu não tinha nada a lhe oferecer que ela quisesse mais do que o frio suave de giletes, o fogo purificador do formicida, o mar que a chamava;

e eu não tinha nenhuma ameaça a fazer que fosse mais apavorante do que a ideia de mais 60 anos de vida.

Se na sua cabeça ela tivesse nutrido a menor expectativa de um futuro, Jenny não teria nenhum motivo para me contar nada, não importava se aquilo fosse mandá-la ou não para a cadeia. Mas eis o que aprendi acerca das pessoas que estão se preparando para saltar do precipício da própria vida: elas querem que alguém saiba como chegaram ali. Pode ser que queiram saber que, quando se dissolverem em terra e água, seu último fragmento estará salvo, armazenado num canto da cabeça de alguém. Ou pode ser que só queiram uma oportunidade de jogar sua história, pulsante e ensanguentada, nas mãos de outra pessoa, para não se sentirem sobrecarregadas ao partir. Elas querem deixar sua história para trás. Ninguém neste mundo sabe disso melhor do que eu.

Essa era a única coisa que eu podia oferecer a Jenny Spain: um lugar para sua história. Eu teria ficado sentado ali enquanto aquele céu azul ia escurecendo até a noite fechada, teria ficado ali enquanto, do outro lado dos montes, em Broken Harbour, as sorridentes abóboras de Halloween iam se apagando e as luzes do Natal começavam a piscar sua celebração desafiadora, se esse fosse o tempo necessário para ela me contar. Enquanto ela estivesse falando, estaria viva.

Silêncio. Jenny deixou a ideia circular na cabeça. Os tremores tinham parado. Aos poucos, suas mãos foram saindo das mangas macias e se estenderam para o desenho no seu colo. Os dedos passaram, como os de uma cega pelas quatro cabeças amarelas, pelos quatro sorrisos, pelo EMMA em letras de forma, no canto inferior.

– Ele estava saindo – disse ela, com um fiapo de sussurro escorrendo pelo ar parado.

Devagar, para não assustá-la, eu me recostei na minha cadeira e lhe dei mais espaço. Foi só quando me afastei que percebi com que intensidade eu vinha tentando não respirar o ar em volta dela, e como esse esforço tinha me deixado tonto.

– Vamos começar do início – disse eu. – Como foi que começou?

A cabeça de Jenny mexeu-se pesada no travesseiro, de um lado para o outro.

– Se eu soubesse, poderia ter impedido o que foi acontecendo. Fico aqui deitada, pensando sem parar, mas não consigo identificar como foi.

– Quando a senhora percebeu pela primeira vez que alguma coisa estava perturbando Pat?

– Faz muito tempo. Séculos. Em maio? Início de junho? Eu dizia alguma coisa para ele, e ele não respondia. Quando eu olhava para ele, ele estava ali com o olhar perdido no vazio, como se estivesse tentando ouvir alguma coisa. Ou as crianças começavam a fazer barulho, e Pat se virava de repente e mandava que calassem a boca. E, quando eu lhe perguntava qual era o problema, porque aquilo era totalmente atípico dele, ele dizia: "Não é nada. Só que eu deveria poder ter um pouco de paz e sossego na minha própria casa. Esse é o único problema." Eram coisas insignificantes. Nenhuma outra pessoa teria percebido. E ele dizia que estava bem, mas eu conhecia Pat. Eu o conhecia pelo avesso. E sabia que havia algo de errado.

– Mas não sabia do que se tratava.

– Como se esperava que eu soubesse? – A voz de Jenny apresentou um súbito tom defensivo. – Ele algumas vezes tinha feito comentários sobre barulhos de arranhões no sótão, mas eu nunca ouvia nada. Achei provável que fosse alguma ave entrando e saindo. Achei que não fosse nada de importante. Tipo: por que haveria de ser? Calculei que Pat estivesse deprimido por estar sem trabalho.

Nesse meio-tempo, Pat aos poucos tinha sentido cada vez mais medo de que ela achasse que ele estava ouvindo coisas. Ele considerou líquido e certo que o animal estivesse atacando a mente dela também.

– Ele estava sendo atingido pelo desemprego? – perguntei.

– Sim. Muito. Nós estávamos... – Inquieta, Jenny mudou de posição na cama, prendeu a respiração de repente, quando sentiu uma fisgada em algum ferimento. – Nós vínhamos tendo problemas a esse respeito. Nunca tínhamos costumado brigar. Mas Pat adorava ser o provedor para todos nós. Ficou felicíssimo quando parei de trabalhar; estava todo orgulhoso por ter condição de me permitir isso. Quando perdeu o emprego... De início, ele só pensava positivo: "Não se preocupem, meus amores, antes que vocês percebam, já estarei com outro emprego. Você trate de comprar aquela blusa que anda querendo e não se preocupe nem um segundo." Eu também achei que ele conseguiria alguma coisa... quer dizer, ele é bom no que faz, trabalha feito um louco, é *claro* que ele conseguiria, não é mesmo?

Ela ainda estava se mexendo, passando a mão pelo cabelo, puxando com mais força os fios embaraçados.

– É assim que *funciona*. Todo mundo sabe: se você não tem emprego, é porque é incompetente no que faz ou porque no fundo não quer ter um emprego. Ponto final.

– Estamos no meio de uma recessão – disse eu. – Durante uma recessão, há exceções para a maioria das regras.

– Simplesmente fazia *sentido* que ele encontraria alguma coisa, sabe? Mas as coisas já não fazem sentido. Não importava o que Pat merecia: era só que não havia postos vagos por aí. Quando a ficha começou a cair, nós já estávamos praticamente duros.

Essa palavra fez um vermelho forte e quente subir pelo seu pescoço.

– E isso estava pondo uma pressão sobre vocês dois?

– Estava. Não ter dinheiro... é *horrível*. Eu disse isso uma vez para Fiona, mas ela não entendeu. Ela só disse: "E daí? Mais cedo ou mais tarde, um de vocês arruma outro emprego. Até que isso aconteça, vocês não vão passar fome, vocês têm muita roupa, as crianças nem sabem a diferença. Vai dar tudo certo." Quer dizer, pode ser que, para ela e para seus amigos artistas, o dinheiro não seja importante, mas, para a maioria de nós, aqui na vida real, ele realmente faz diferença. Para coisas reais, de verdade.

Jenny lançou um olhar de desafio na minha direção, como se não esperasse que o velhote fosse entender.

– Coisas de que tipo? – perguntei.

– Tudo. *Tudo*. Por exemplo, antes, nós costumávamos convidar as pessoas para um jantar especial ou para churrascos no verão. Mas não se pode fazer isso, se tudo o que se tem a oferecer é chá com biscoitos. Pode ser que Fiona não se importasse, mas eu teria morrido de vergonha. Algumas das pessoas que conhecemos conseguem ser totalmente insuportáveis. Elas estariam dizendo: "Ai, meu Deus, você viu a qualidade do vinho? Você viu que o utilitário se foi? Viu que ela estava usando roupas do ano passado? Da próxima vez que viermos visitá-los, eles estarão com agasalhos esportivos brilhosos e comendo só no McDonald's." Mesmo os que não tivessem essa atitude sentiriam pena de nós, e isso eu não ia conseguir aceitar. Se não pudéssemos fazer as coisas direito, eu não ia fazer nada. Por isso, simplesmente paramos de convidar as pessoas para virem aqui.

Aquele vermelhão tinha coberto seu rosto, fazendo com que parecesse inchado e dolorido.

– E além disso também não tínhamos dinheiro para sair. Portanto, basicamente paramos de ligar para as pessoas. Era *humilhante* estar no meio de um bate-papo normal e agradável com alguém e então, quando a pessoa dissesse "E aí, quando vamos nos ver?", precisar inventar alguma desculpa sobre Jack estar gripado. E depois de algumas desculpas repetidas, as pessoas pararam de ligar para nós também. O que até me agradou... tornava as coisas mais simples... mas mesmo assim...

– Deve ter sido um período de muita solidão.

O vermelho ficou mais escuro, como se isso fosse alguma coisa de que se envergonhar. Ela abaixou bem a cabeça e uma nuvem de cabelo escondeu seu rosto.

– Foi, sim. Solidão de verdade. Se estivéssemos na cidade, eu poderia ter me encontrado com outras mães no parque, esse tipo de coisa, mas lá naquele fim de mundo... Às vezes, eu passava uma semana inteira sem dizer uma palavra para outro adulto, que não fosse Pat, só "Obrigada" na loja. Na época em que nos casamos, nós saíamos três, quatro noites por semana. Nossos fins de semana eram sempre movimentados. Tínhamos muitos amigos. E agora ali estávamos nós, um olhando para o outro como um casal de fracassados, sem amigos.

Sua voz estava ganhando velocidade.

— Começamos a implicar um com o outro por coisas pequenas, idiotas: como eu dobrava a roupa lavada ou o volume alto da televisão. E cada coisa isolada se transformava numa briga sobre dinheiro. Nem mesmo sei como acontecia, mas sempre acontecia. Por isso, calculei que tinha que ser aquilo o que estava perturbando Pat. Toda aquela história.

— Você não perguntou para ele?

— Eu não queria pressioná-lo com isso. Estava óbvio que aquilo já era uma grande preocupação. Eu não quis torná-la ainda maior. Por isso, só pensei: *Muito bem. Certo. Vou deixar tudo perfeito para ele. Vou lhe mostrar que estamos bem.* — Com a lembrança, Jenny levantou o queixo, e eu captei aquela faísca de aço. — Eu sempre mantinha a casa bem-arrumada, mas comecei a mantê-la perfeita, tipo sem uma migalha num cantinho que fosse. Mesmo que estivesse morta de cansada, eu limpava a cozinha inteira antes de ir dormir, para que, quando Pat descesse para o café da manhã, ela estivesse impecável. Eu ia com as crianças apanhar flores do campo para termos alguma coisa para pôr nos vasos. Quando as crianças precisavam de roupas, eu as comprava de segunda mão, no eBay. Roupas boas, mas, uns dois anos antes, eu teria preferido *morrer* a vesti-las com roupas usadas. Só que isso significava que me restava dinheiro suficiente para comprar comida razoável de que Pat gostava: bife para o jantar às vezes. Era como se eu dissesse: *Viu, tudo está funcionando, certo? Nós podemos lidar com isso. Não vamos nos tornar uns encostados da noite para o dia. Nós ainda somos nós.*

É provável que Richie tivesse visto nisso uma princesa mimada da classe média que era superficial demais para sobreviver sem salada ao molho *pesto* e sapatos de marca. Eu via uma bravura frágil, condenada ao fracasso, que me partia o coração. Via uma mulher que achava que tinha construído uma fortaleza contra o mar revolto, postada junto da porta com todas as suas armas de dar pena, lutando até a morte enquanto a água se infiltrava, passando por ela.

— Mas tudo não estava OK — disse eu.

— Não. Não estava OK, de modo algum. Lá pelo início de julho... Pat começou a ficar mais nervoso e mais... era mesmo como se ele não desse atenção a mim e às crianças exatamente. Era mais como se ele tivesse se esquecido de que existíamos, porque havia alguma coisa imensa ocupando sua mente. Ele falou sobre os barulhos no sótão algumas vezes mais, chegou até mesmo a instalar um monitor de uma babá eletrônica velha, mas eu ainda não entendia. Eu só pensava... rapazes e seus brinquedos, sabe? Achei que Pat estava só descobrindo formas de preencher o tempo ocioso. Àquela altura eu já sabia que não era só o fato de estar desempregado que o estava afetando, mas... Ele passava cada vez mais tempo ao computador, ou de bobeira no andar de cima quando eu estava com as crianças lá embaixo. Fiquei apavorada com medo de que ele estivesse viciado em algum tipo de pornografia esquisita, tendo um desses casos online ou mandando mensagens de sexo para alguém pelo celular.

Jenny emitiu um som que era um misto de riso e de soluço, áspero e doído o suficiente para me dar um sobressalto.

— Puxa vida, quem dera. É provável que eu devesse ter sacado a história da babá eletrônica, mas... não sei. Eu também tinha minhas preocupações.

— As invasões.

Um movimento desconfortável dos seus ombros.

— Isso. Bem, ou seja lá o que tenham sido. Elas começaram mais ou menos nessa época ou, de qualquer modo, foi quando comecei a percebê-las. Fiquei com dificuldade para pensar direito. Eu passava o tempo todo procurando para ver se alguma coisa estava faltando, ou se alguma coisa tinha mudado de lugar. Mas, quando realmente detectava alguma coisa, eu me preocupava com a possibilidade de simplesmente estar ficando paranoica; e então me preocupava com a possibilidade de estar sendo paranoica também com Pat...

E as dúvidas de Fiona não tinham ajudado. Eu me perguntei se Fiona tinha percebido, bem no fundo, que estava fazendo com que Jenny perdesse o equilíbrio, ou se tinha sido uma franqueza inocente. Se é que alguma coisa em família consegue ser inocente.

— E eu simplesmente tentei deixar tudo para lá e seguir em frente. Eu não sabia o que mais podia fazer. Limpava a casa ainda mais; no instante em que as crianças desarrumavam alguma coisa, eu arrumava de novo ou a lavava. Passava esfregão no chão da cozinha três vezes por dia. Já não era só para dar ânimo a Pat. Eu precisava manter tudo perfeito para que, se alguma coisa aparecesse fora do lugar, eu soubesse de imediato. Quer dizer — um lampejo de desconfiança —, não era tão importante assim. Como eu já disse, eu sabia que aquilo era provavelmente Pat mudando as coisas de lugar e se esquecendo. Eu só estava me certificando.

E cá estava eu pensando que ela estava protegendo Conor. Nem tinha chegado a lhe ocorrer que ele estivesse envolvido. Ela estava certa de que tinham sido alucinações. E agora só conseguia pensar no pesadelo da possibilidade de que os médicos descobrissem que tinha enlouquecido e a mantivessem internada. O que ela estava protegendo era o que lhe restava de mais precioso: seu plano.

— Entendo — disse eu. Sob o pretexto de mudar de posição, dei uma olhada no meu relógio: estávamos ali havia vinte minutos. Mais cedo ou mais tarde, Fiona, especialmente se eu estivesse certo a respeito dela, não conseguiria se forçar a esperar mais. — E então...? O que mudou?

— Então — disse Jenny. O quarto estava sufocante e ficando cada vez pior, mas ela estava com os braços em torno do corpo, como se estivesse com frio. — Uma noite, bem tarde, entrei na cozinha, e Pat quase derrubou o computador da mesa, na tentativa de desligar não importa o que estivesse fazendo. Por isso, eu me sentei ao lado dele e disse: "OK, você precisa me dizer o que está acontecendo. Não importa o que seja, nós vamos conseguir resolver, mas eu preciso saber." De início, ele só disse: "Ah, está tudo bem. Tudo sob controle, não se preocupe." É claro que isso me deixou num pânico total. "Ai, meu Deus, o que foi? O que é? Nenhum de nós vai sair desta mesa enquanto você não me disser o que está acontecendo." E, quando Pat viu como eu estava apavorada, simplesmente *despejou* tudo: "Eu não queria assustar você. Achei que poderia pegar o animal, e você nunca ia precisar saber..." E toda uma história sobre visons e furões, ossos no sótão e pessoas online cheias de ideias...

Aquela meia risada áspera, de novo.

— Sabe de uma coisa? Fiquei *felicíssima*. "Peraí, é só isso? *Isso* é tudo o que há de errado?" Lá estava eu me preocupando com casos e, sei lá, doenças terminais, e Pat me diz que talvez estivéssemos com um *rato* ou coisa semelhante na casa. Eu quase caí chorando de tanto alívio. E disse: "Então vamos ligar para um desratizador amanhã. Não me importo de pegar dinheiro emprestado no banco. Vai valer a pena."

"Mas Pat não quis saber. 'Não, preste atenção, você não está entendendo.' Ele disse que já tinha tentado um desratizador, mas o cara lhe disse que o bicho que tínhamos aqui, qualquer que fosse, estava fora do seu alcance. E eu respondi: 'Ai, meu *Deus*, Pat, e você simplesmente nos deixou continuar morando aqui? Ficou maluco?' Ele olhou para mim como um garotinho que lhe traz seu último desenho, e você o joga na lata de lixo. Ele disse: 'Você acha que eu deixaria que você e as crianças ficassem aqui se não fosse seguro? Estou de olho nele. Não precisamos de nenhum desratizador mexendo com veneno por aqui e nos cobrando alguns milhares de euros. *Eu* vou pegar essa criatura.'"

Jenny abanou a cabeça.

— E eu disse: "Há, há, Até agora você nem mesmo conseguiu dar uma *olhada* no bicho", e ele respondeu: "Bem, é verdade, mas foi só porque eu não podia fazer nada que pudesse lhe dar uma dica. Agora que você sabe, tem um monte de coisas que eu posso fazer. Meu Deus, Jen, é um alívio imenso para mim!"

"Ele estava rindo: relaxado na cadeira, esfregando a cabeça, de um jeito que o deixou todo despenteado, e rindo. Eu mesma não via exatamente nada de que se pudesse rir, mas ainda assim..." Algo que poderia ter sido um sorriso se não estivesse tão permeado de tristeza. "Era bom vê-lo daquele jeito, sabe? Bom de verdade. E então eu perguntei: 'Que tipo de coisa?'

"Pat apoiou os cotovelos na mesa, todo acomodado como quando nós planejávamos sair de férias ou coisa semelhante, e disse: 'Bem, está óbvio que a babá eletrônica no sótão não está funcionando, certo? O animal está se desviando dela. Vai ver que ele não gosta do infravermelho, não sei. Então o que precisamos fazer é pensar como o animal. Está entendendo o que eu quero dizer?'

"Respondi que não estava entendendo nada, e ele riu de novo. E disse: 'OK, o que ele *quer*? Não sabemos ao certo... poderia ser alimento, aquecimento, até mesmo companhia. Mas, seja lá o que for, o animal acha que vai encontrar isso nesta casa, ou ele não estaria aqui, certo? Ele quer alguma coisa que acha que vai conseguir com a gente. Por isso, precisamos lhe dar a chance de se aproximar.'

"Eu disse: 'Nem *pensar*,' mas Pat contestou: 'Não, não e não, não se preocupe, não tão perto assim! Estou falando de uma chance *controlada*. *Nós* vamos controlá-la o tempo todo. Eu instalo uma babá no patamar do andar de cima, apontada direto para o alçapão do sótão, certo? Deixo o alçapão aberto, mas com tela de galinheiro pregada de um lado a outro, para o bicho não poder descer para a casa. Nós deixamos acesa a luz do corredor, para que haja luz suficiente e eu não precise usar o infravermelho, caso seja isso o que o está espantando. E então, só precisamos esperar. Mais cedo ou mais tarde, ele vai se sentir tentado, vai precisar se aproximar de nós, vai se dirigir para o alçapão e pronto: nós o vemos no monitor. Viu? É perfeito.'"

Jenny virou a palma das mãos para o alto, em desamparo.

– Não estava me parecendo exatamente perfeito. Mas, quer dizer... Supostamente eu deveria apoiar meu marido, certo? E, como eu disse, aquele era o momento em que ele esteve mais feliz havia meses. Por isso eu disse: "OK, muito bem. Siga em frente."

Essa história deveria ter sido transmitida em fragmentos incoerentes e sem sentido, pronunciados entre soluços. Em vez disso, ela era cristalina. Jenny a estava contando para mim com a mesma precisão implacável e ferrenha que tinha forçado sua casa a ficar perfeita todas as noites, antes que ela pudesse dormir. Talvez eu devesse ter admirado seu controle ou, no mínimo, me sentido grato por ele. Antes daquela primeira entrevista, eu tinha imaginado que Jenny desmoronando em uivos de dor seria meu pior pesadelo. Essa voz calma e neutra, como uma coisa incorpórea que o acorda no meio da noite para sussurrar sem parar nos seus ouvidos, era muito pior. Precisei pigarrear para conseguir falar.

– Quando foi essa conversa?

– Mais ou menos no fim de julho? Meu Deus... – Eu a vi engolir em seco. – Menos de três meses. Não dá para acreditar... Parece que foram três *anos*.

O fim de julho batia com as postagens de Pat nos fóruns de discussão.

– A senhora partiu do pressuposto de que o animal existia? Ou será que lhe ocorreu, apenas como uma possibilidade, que seu marido pudesse estar imaginando tudo aquilo?

– Pat não é louco – retrucou Jenny de imediato.

– Nunca achei que ele fosse. Mas a senhora acabou de me dizer que ele estava passando por muito estresse. Nessas circunstâncias, a imaginação de qualquer um poderia ficar um pouco agitada demais.

Jenny mudou de posição, inquieta.

– Não sei. Pode ser que eu tenha me perguntado mais ou menos. Quer dizer, eu nunca tinha ouvido nada. Por isso... – Ela deu de ombros. – Mas eu no fundo não me importava. Tudo que me interessava era voltar ao normal. Calculei que, uma vez que Pat tivesse instalado a babá, as coisas melhorariam. Ou bem ele conseguiria ver o tal bicho, ou bem ele concluiria que a criatura não estava lá... porque tinha ido para outro lugar, ou porque nunca esteve lá para começo de conversa. E de qualquer modo, ele se sentiria melhor porque estava fazendo alguma coisa e porque estava falando comigo, certo? Eu ainda acho que isso faz sentido. Que não foi um pensamento absurdo, foi? Qualquer um teria pensado assim. Certo?

Ela estava com os olhos voltados para mim, enormes e suplicantes.

– É exatamente assim que eu teria pensado – disse eu. – Mas não foi isso o que aconteceu?

– As coisas *pioraram*. Pat continuava sem ver nada; mas, em vez de simplesmente desistir, ele concluiu que o bicho sabia que a babá estava ali. Eu disse: "OK, acorda cara, *como ele sabe?*" E ele: "Seja lá o que for, ele não é burro. Está muito longe de ser burro." Ele disse que não parava de ouvir os arranhados na sala de estar, quando estava vendo televisão. Por isso, achou que o animal tinha ficado com medo da câmera e descido por dentro das *paredes*. E disse: "Aquele alçapão fica muito exposto. Não sei no que eu estava pensando. Nenhum animal selvagem vai se expor tanto assim. É *claro* que ele se mudou para dentro das paredes. O que eu realmente preciso fazer é instalar uma babá apontada para dentro da parede da sala de estar."

"Eu disse que não, nem pensar. Mas Pat argumentou: 'Ora, Jen, estamos falando de um buraquinho de nada. Vou abri-lo escondido, por trás do sofá. Você nem vai saber que ele está ali. Só por alguns dias, no máximo uma semana. Só até a gente dar uma olhada nesse bicho. Se não resolvermos isso agora, ele poderia ficar entalado dentro das paredes e morrer; e aí eu ia precisar demolir metade da casa para tirar o corpo. Você não quer isso, quer?'"

Os dedos de Jenny repuxavam a bainha do lençol, fazendo minúsculas preguinhas nela.

— Para ser franca, eu não estava assim tão preocupada com essa possibilidade. Vai ver que sua suposição estava certa. Mas só por precaução... E aquilo era tão importante para ele. Por isso concordei. — Seus dedos estavam mais rápidos. — Pode ser que esse tenha sido meu erro. Pode ser que, se eu tivesse fincado meu pé naquela hora, ele tivesse deixado o bicho para lá. Concorda comigo?

Esse apelo desesperado atingiu-me como algo escaldante na pele, como alguma coisa que eu nunca ia conseguir arrancar.

— Duvido que ele tivesse deixado tudo para lá — disse eu.

— É mesmo? Não acha que, se eu simplesmente não tivesse concordado, tudo teria se acertado?

Eu não conseguia aguentar o olhar dela.

— E então Pat fez um buraco na parede? — perguntei.

— Fez. Nossa linda casa, que tínhamos nos esforçado tanto para comprar e manter bonita, a casa que *adorávamos*, e agora ele a estava destruindo. Eu tinha vontade de chorar. Pat viu minha expressão e disse num tom realmente *macabro*: "Que diferença faz? Mais uns dois meses, e de qualquer modo ela vai ficar para o banco." Antes, nós dois sempre dizíamos que íamos descobrir um jeito, que tudo ia dar certo... E a expressão dele... Não havia nada que eu pudesse dizer. Só dei meia-volta, saí dali e o deixei martelando a parede. Ela se desmanchou como se fosse feita de papel.

Com o canto do olho, vi a hora no meu relógio. Ao que me fosse dado saber, Fiona já estava com a orelha grudada na porta, tentando decidir se devia ou não entrar. Para que Jenny não levantasse a voz, cheguei minha cadeira ainda mais perto dela, o que fez com que o cabelo no alto da minha cabeça se eriçasse.

— E então a nova babá eletrônica também não pegou nada. E uma semana depois, as crianças e eu chegamos das compras, e lá estava mais um buraco, no hall. Eu perguntei o que era aquilo, e Pat só disse: "Me dá a chave do carro. Preciso de mais uma babá, depressa. Ele está indo para lá e para cá entre a sala de estar e o hall. Juro que ele está fazendo isso de propósito para me ferrar. Mais uma babá, e eu pego o filho da mãe!" Talvez eu devesse ter fincado o pé naquela hora, pode ser que ali fosse o momento quando eu devia ter feito isso, mas Emma ficava só perguntando: "Que foi? Que foi? O que está indo pra lá e pra cá?" e Jack estava aos berros de: "Filho da mãe, filho da mãe!" E a única coisa que eu queria era tirar Pat dali para poder acalmar as crianças. Dei as chaves para ele, e ele praticamente saiu correndo pela porta.

Um sorrisinho amargo, só para um lado.

– Fazia meses que eu não o via tão empolgado. Eu disse às crianças: "Seu pai acha que vai pegar um camundongo. Não se preocupem com isso." E quando Pat voltou, com *três* babás eletrônicas, só por precaução, isso quando Jack estava usando calça jeans de segunda mão, eu lhe disse: "Você não pode falar sobre isso perto das crianças, ou elas vão ter pesadelos. Estou falando sério." E ele: "É mesmo, claro. você tem razão, como sempre, sem problema." Isso durou o quê? Duas horas? Naquela *mesma noite*, eu estava na sala de jogos, lendo para as crianças, e Pat entrou correndo com uma daquelas drogas de babás na mão, dizendo: "Jen, ouve só. Ele está fazendo um chiado louco lá dentro, ouve!" Lancei um olhar fulminante para ele, mas ele nem mesmo percebeu. Foi só quando eu disse: "Falamos sobre isso mais tarde", que ele pareceu realmente emputecido.

Sua voz estava subindo. Fiquei com raiva de mim mesmo por não ter trazido alguém, qualquer um, até Richie, para ficar de guarda do lado de fora da porta.

– E na tarde do dia seguinte ele está no computador e as crianças estão *bem ali ao lado,* eu estou preparando um lanche, e Pat diz: "Puxa, Jen, ouve só essa! Um cara na Eslovênia criou um tipo de vison gigante, do tamanho de um cachorro. Eu me pergunto se algum poderia ter escapado e..." Como as crianças estavam ali, eu precisei responder: "Que interessante! Por que você não me conta a história toda mais tarde?", quando por dentro minha vontade era dizer: *Não me importo! Estou pouco me lixando! Só quero que você cale a boca perto das crianças!*

Jenny tentou respirar fundo, mas seus músculos estavam tensos demais para permitir isso.

– E é claro que as crianças entenderam. Pelo menos, Emma entendeu. Uns dois dias depois, nós estávamos no carro, ela, eu e Jack, e ela perguntou: "Mamãe, o que é um vison?" Respondi que era um animal, e ela indagou se havia um dentro da nossa parede.

"Eu me fiz de despreocupada. 'Acho que não. Mas, se houver, seu pai vai se livrar dele.' Pareceu que as crianças aceitaram bem, mas eu poderia ter *espancado* Pat. Cheguei em casa e falei com ele aos berros. Eu tinha mandado as crianças para o jardim para elas não ouvirem. E Pat só disse: 'Puxa, desculpa. Mas vou lhe dizer uma coisa. Agora que elas sabem, até podiam me ajudar. Não consigo ficar de olho em todos esses monitores ao mesmo tempo. Vivo preocupado por ter perdido alguma coisa. Será que as crianças não podiam ficar olhando, uma para cada um?' Proposta que era tão *absurda* que eu mal consegui *falar*. Só disse: 'Não, não e não. Nem pensar. Nunca mais sugira uma coisa dessas' e ele não sugeriu, mas mesmo assim... E é claro que, apesar de Pat dizer que tinha babás demais, ele não conseguiu ver nada na parede do hall, de modo que abriu mais buracos, instalou mais babás. Cada vez que eu olhava ao meu redor, havia mais um buraco na nossa *casa*!"

Fiz algum barulho sem sentido, com intenção tranquilizadora. Jenny não percebeu.

— E era só isso o que ele fazia: vigiar as babás. Ele comprou uma *armadilha*, não uma simples ratoeira, mas uma coisa horrível, enorme, com dentes, que instalou no sótão. Quer dizer, acho que vocês a viram. Ele agia como se aquilo fosse um grande *mistério* e dizia: "Não se preocupe, querida, o que os olhos não veem o coração não sente", mas ele próprio estava felicíssimo com o treco, como se fosse um Porsche novinho em folha ou alguma varinha de condão que fosse resolver todos os nossos problemas para sempre. Ele teria ficado vigiando aquela armadilha as 24 horas do dia, todos os dias, se tivesse conseguido. Pat não brincava mais com as crianças. Eu não podia sequer deixar Jack com ele alguns minutos enquanto levava Emma à escola, ou voltava para casa e encontrava Jack, tipo, pintando o chão da cozinha com molho de tomate, com Pat sentado ali, a um metro dele, com os olhos fixos naquelas telinhas e a boca aberta. Tentei fazer com que ele as desligasse na presença das crianças, e, na maior parte das vezes, ele fazia isso, mas o resultado era que, no exato instante em que as crianças iam para a cama, Pat precisava ficar sentado diante dos monitores pelo resto da noite. Umas duas vezes, tentei fazer um jantar especial, com velas, flores e os talheres finos, e me arrumei, como se fosse um encontro, sabe? Mas ele só enfileirou os monitores diante do seu prato e não tirou os olhos deles o tempo todo em que estávamos comendo. Disse que era importante: que o bicho ficava agitado quando sentia cheiro de comida, que ele precisava estar pronto. Quer dizer, eu achava que *nós* também éramos importantes, mas parecia que não.

Pensei nas mensagens nervosas postadas nos fóruns: *Ela não entende, não saca...*

— A senhora tentou dizer a Pat como estava se sentindo?

As mãos de Jenny subiram de repente, com o tubo da medicação intravenosa balançando a partir daquele enorme hematoma roxo.

— *Como?* Ele se recusava a ter qualquer tipo de conversa para não perder nada na porra daqueles monitores. Quando eu tentava falar com ele, até mesmo pedir que pegasse alguma coisa numa prateleira, ele fazia *psiu*, para eu calar a boca. Ele nunca tinha feito isso antes. Eu não sabia dizer se deveria me abrir, ou se isso faria Pat explodir comigo ou se afastar de mim ainda mais. E eu não sabia dizer *por que razão* eu não sabia. Se era porque eu estava tão estressada que não estava pensando direito ou se simplesmente não havia uma resposta certa...

— Entendo — disse eu, em tom tranquilizador. — Eu não estava insinuando... — Jenny não parou.

— E de qualquer maneira nós praticamente nem mesmo nos *víamos* mais. Pat dizia que a criatura ficava "mais agitada" de noite, de modo que ele ficava acordado até tarde e dormia a metade do dia. Nós sempre tínhamos ido dormir juntos, sempre, mas as crianças acordam cedo, e eu não podia ficar acordada com ele. Ele queria que eu ficasse, não parava de dizer: "Vamos, sei que vai ser hoje, a noite em que vamos conseguir dar uma olhada nele. Dá para eu sentir." Ele sempre estava com uma ideia que decididamente ia pegar a criatura, como alguma isca nova, ou algum treco como uma tenda por cima do buraco e da câmera da babá, para o animal se *sentir seguro*. E ele dizia: "Por favor, Jenny, por favor, estou implorando. Basta uma olhada, e você ficará tão mais feliz. Vai parar de se preocupar comigo. Eu sei que você não acredita em mim, mas, se ficar acordada só esta noite, você vai ver..."

— E a senhora ficou? — Mantive a voz baixa na esperança de que Jenny percebesse a dica, mas a dela continuou subindo cada vez mais.

— Eu *tentei!* Eu detestava até a ideia de *olhar* para aqueles buracos. Como eu os detestava, mas achei que, se Pat estivesse certo, eu lhe devia isso. E se ele estivesse errado, era melhor que eu tivesse certeza, sabe? E de qualquer modo nós dois estaríamos fazendo *alguma coisa* juntos, mesmo que não fosse exatamente um jantar romântico. Mas eu estava ficando tão exausta que umas duas vezes achei que ia cair dormindo enquanto dirigia. Eu não podia continuar fazendo aquilo. Por isso, eu ia dormir à meia-noite, e Pat subia na hora em que estivesse cansado demais para manter os olhos abertos. De início, era por volta das duas da manhã, mas depois passou a ser às três, quatro, cinco, às vezes nem mesmo isso. De manhã, eu o encontrava jogado no sofá, com todos os monitores enfileirados na mesinha de centro. Ou na cadeira junto do computador, porque tinha passado a noite inteira online lendo a respeito de animais.

— "Se ele estivesse certo." A essa altura, a senhora estava com dúvidas.

Jenny prendeu a respiração e, por um segundo, achei que ela fosse me dar mais uma resposta irritada, mas então ela relaxou a espinha e se recostou nos travesseiros.

— Não — disse ela, baixinho. — Àquela altura, eu já sabia. Sabia que não havia nada ali. Se tivesse havido, como era possível que eu nunca ouvisse nada? Com todas aquelas câmeras de babás, como podia ser que nunca tivéssemos visto nada? Eu tentava dizer a mim mesma que a criatura ainda poderia ser real, mas eu sabia. Só que, àquela altura, era tarde demais. Nossa casa destroçada, eu e Pat mal chegando a conversar. Eu não conseguia me lembrar da última vez em que tínhamos nos beijado, um beijo de verdade. As crianças nervosas o tempo todo, muito agitadas, mesmo sem entender por quê.

Ela mexeu a cabeça de um lado para o outro, às cegas.

– Eu sabia que deveria fazer alguma coisa, parar com toda aquela história... Não sou burra, não sou maluca. Àquela altura, eu sabia isso. Mas não sabia o que fazer. Não existe livro de autoajuda para um caso como esse. Não existe grupo na internet. Ninguém nos disse o que fazer num caso semelhante no nosso curso de preparação para o casamento.

– A senhora não pensou em conversar com alguém? – disse eu.

Aquele brilho de aço no olhar.

– Não. De jeito nenhum. Está brincando?

– Era uma situação difícil. Muita gente poderia ter achado que conversar com alguém fosse útil.

– Conversar com quem?

– Sua irmã, quem sabe?

– Fiona... – Uma torcida irônica na boca de Jenny. – Hum, nem pensar. Adoro Fi, mas, como eu disse antes, tem coisa que ela simplesmente não entende. E seja como for, ela sempre foi... Quer dizer, existe inveja entre irmãs. Fi sempre teve a impressão de que, para mim, tudo era fácil; como se as coisas caíssem no meu colo, enquanto ela precisava se matar de trabalhar por tudo. Se eu lhe tivesse dito alguma coisa, uma parte dela teria pensado: *Ha-ha, agora você sabe como é.* Ela não teria dito, mas eu teria sabido. Como isso poderia ter ajudado?

– E amigas?

– Eu não tenho esse tipo de amiga, não mais. E o que eu ia dizer? *Oi, Pat está tendo alucinações com algum animal que mora nas paredes da nossa casa. Acho que ele está pirando.* É, certo. Não sou idiota. Uma vez que você conte a uma única pessoa, a coisa se espalha. Já lhe disse, eu não ia querer de modo algum que as pessoas rissem de nós ou, ainda pior, que sentissem *pena* de nós. – Pensar nisso fez com que ela projetasse o queixo, pronta para uma briga. – Eu não parava de pensar numa garota, Shona, com quem saíamos quando éramos adolescentes. Ela agora é uma perfeita víbora. Não estamos mais em contato, mas, se ela tivesse ouvido falar nisso, teria corrido para o telefone para me ligar. Sempre que eu sentia a tentação de dizer alguma coisa a Fi ou a quem quer que fosse, era isso o que eu ouvia: Shona. *Jenny! Oi! Minha nossa, ouvi dizer que Pat está totalmente desequilibrado, tipo vendo elefantes cor-de-rosa no teto. Todo mundo está... Uau, quem teria imaginado? Eu me lembro de que todos nós achávamos que vocês eram o par perfeito, sr. e sra. Chatinhos, felizes para sempre... Puxa, como estávamos enganados! Preciso ir, está na hora da minha massagem de pedras quentes. Só precisava dizer cooomo estou triste de tudo ter dado errado para vocês. Tchaaaau!*

Jenny estava rígida na cama, a palma das mãos pressionando o cobertor, os dedos se agarrando nele.

— Essa era a *única* coisa que ainda nos favorecia: ninguém sabia. Eu não parava de dizer isso para mim mesma: *Pelo menos, temos isso*. Desde que as pessoas achassem que estávamos bem, nós tínhamos uma chance de nos levantar e dar a volta por cima. Se as pessoas acham que você é algum tipo de maluco fracassado, elas começam a tratá-lo como um maluco fracassado, e aí você está ferrado. Totalmente ferrado.

E se é assim que todos o tratam, eu tinha dito a Richie, *então é assim que você se sente. De que modo é assim tão diferente?*

— Existem profissionais. Psicólogos, terapeutas. Qualquer coisa que a senhora dissesse a um profissional desses teria sido mantida em sigilo.

— E fazer com que ele declarasse Pat maluco e o mandasse ser levado para um hospício, onde ele realmente teria enlouquecido? Não. Pat não precisava de terapia. Pat só precisava de um *emprego*, para não ter todo aquele tempo livre para se preocupar com nada, para precisar dormir num horário razoável em vez de...— Jenny afastou de si o desenho, com tanta violência que ele saiu voando de cima do leito, vindo pousar junto do meu pé, com um som feio e áspero. — Eu só precisava manter as coisas sob controle até ele conseguir outro emprego. Só isso. E eu não teria *como* fazer isso se todo mundo soubesse. Quando eu apanhava Emma na escola e sua professora sorria para mim e dizia: "Ah, como Emma está lendo cada vez melhor", ou algum comentário semelhante, exatamente como se eu fosse uma mãe normal voltando para uma casa normal, esse era o único momento em que eu me *sentia* normal. Eu *precisava* daquilo. Essa era a única coisa que me ajudava a seguir. Se a professora tivesse me dado um horrível sorriso de solidariedade e um tapinha no braço, porque tinha descoberto que o pai de Emma estava internado num asilo de loucos, eu teria me encolhido e morrido, ali mesmo no chão da sala de aula.

O calor fazia o ar parecer sólido. Por uma fração de segundo, me vi com Dina, talvez eu com 14 e ela com 5, eu torcendo o braço dela para trás junto do portão da escola: *Cale a boca, trate de calar a boca. Nunca fale de nossa mãe fora de casa, ou eu quebro seu braço*. O berro estridente, como um apito de fábrica, que ela deu; e o prazer vertiginoso, nauseante, de puxar seu pulso ainda mais para cima. Abaixei-me para apanhar o desenho e poder esconder meu rosto.

— Eu nunca quis tanta coisa assim – disse ela. – Não era dessas garotas ambiciosas que querem fazer sucesso como cantoras, executivas ou celebridades. Eu só queria ser normal.

Toda a força tinha se esvaído da sua voz, deixando-a esgotada e abatida. Devolvi o desenho para cima da cama. Pareceu que ela não notou.

— Foi por isso que a senhora não matriculou Jack no maternal, não foi? O motivo não foi o dinheiro. Foi porque ele estava dizendo que tinha ouvido o animal, e a senhora ficou com medo de ele dizer isso lá.

Jenny encolheu-se como se eu tivesse levantado a mão para ela.

— Ele não parava de falar nisso! No início do verão, tinha sido de vez em quando e só porque Pat o estava incentivando. Eles descem a escada, e Pat já vinha dizendo: "Viu, Jen, não estou ficando maluco. Jack acabou de ouvir o bicho agora mesmo, não foi, Jack, o cara?" E é claro que Jack dizia: "É, mamãe, eu ouvi o bíssio no teto!" Se você diz a um menino de 3 anos que ele ouviu alguma coisa, e se ele sabe que você *quer* que ele tenha ouvido, *é claro* que ele vai acabar se convencendo de ter ouvido mesmo. Naquele momento, eu nem mesmo achei que fosse importante. Só disse: "Não se preocupe, é só um passarinho, vai sair de novo daqui a pouco." Mas aí...

Alguma coisa fez com que seu corpo se contraísse com tanta força que achei que ela fosse vomitar. Levei um segundo para me dar conta de que tinha sido um arrepio.

— Ele então começou a repetir aquilo cada vez mais. "Mamãe, o bíssio ficou arranhando na minha parede sem parar! Mamãe, o bíssio ficou pulando desse jeito!" "Mamãe, o bíssio isso, o bíssio aquilo..." E então, numa tarde, acho que em agosto, mais para o fim de agosto, eu o levei para brincar na casa do seu amigo Karl. E, quando voltei para apanhá-lo, os dois estavam no jardim, berrando e fingindo bater em alguma coisa com paus. Aisling, a mãe de Karl, me disse que Jack estava falando de um bicho grande que rosna, e Karl disse que eles deviam matá-lo. "E é isso o que eles estão fazendo. Tudo bem? Você não se importa?"

Aquele arrepio torturante outra vez.

— Ai, meu Deus. Achei que eu ia desmaiar. Graças a Deus, Aisling supôs que fosse só alguma coisa que Jack tinha inventado. A preocupação dela era com a possibilidade de eu achar que ela os estava incentivando a fazer crueldade com animais, ou coisa semelhante. Não sei como consegui sair de lá. Levei Jack para casa e me sentei no sofá com ele no colo. É assim que fazemos quando a conversa é séria. Eu disse: "Jack, olhe para mim. Lembra-se da nossa conversa sobre como o Lobo Mau não é de verdade? A história que você contou para Karl sobre esse bicho é do mesmo tipo da história do Lobo Mau.

É faz de conta. Você sabe que não existe nenhum bicho de verdade, não sabe? Você sabe que é só de brincadeira. Não sabe?"

"Ele não queria olhar para mim. Não parava de se debater, tentando descer do meu colo. Jack sempre detestou ficar parado, mas não era só isso. Segurei seus braços com mais força ainda. Fiquei com pavor de machucá-lo de verdade, mas eu precisava ouvi-lo dizer que sim. Finalmente ele gritou: 'Não! Ele rosna por dentro da parede! Odeio você!' Jack me deu um chute na barriga para se soltar e saiu correndo."

Jenny alisou com cuidado o cobertor sobre seus joelhos.

— Por isso, liguei para o maternal e disse que Jack não ia continuar lá. Deu para eu ver que eles acharam que o motivo era falta de dinheiro. Não fiquei feliz com isso, mas não consegui pensar em nada melhor. Quando Aisling ligou depois, não atendi a ligação. Ela deixou mensagens, mas eu simplesmente as apaguei. Depois de um tempo, ela parou de ligar.

— E Jack? — perguntei. — Ele continuou a falar sobre o animal?

— Depois daquilo, não. Uma vez ou duas, só fez pequenas menções, mas do mesmo jeito que falaria de Balu ou de Elmo, sabe? Não como se fosse alguma criatura na sua vida real. Eu sabia que isso podia ser simplesmente porque dava para ele saber que eu não queria ouvir falar, mas por mim tudo bem. Jack era muito pequeno. Desde que ele soubesse que não devia agir como se o bicho fosse de verdade, não fazia assim tanta diferença que ele soubesse por quê. Uma vez que tudo estivesse acabado, ele se esqueceria totalmente.

— E Emma? — perguntei, cheio de cuidado.

— Emma — disse Jenny, com tanta delicadeza, como se quisesse segurar a palavra com as duas mãos em concha e impedir que se derramasse. — Eu morria de medo por Emma. Ela ainda era pequena o suficiente para eu saber que poderia acabar acreditando nessa criatura, se Pat continuasse insistindo. Mas não era tão pequena que qualquer outra pessoa concluísse que era só uma brincadeira, como Aisling fez com Jack. E ainda por cima eu não poderia tirá-la da escola. E quando alguma coisa perturba Emma, ela não consegue deixar para lá. Ela fica perturbada semanas a fio e não para de tocar no assunto o tempo todo. Se ela começasse a ser tragada pela história, eu não saberia *o que* ia fazer. Quando eu tentava pensar nisso, simplesmente me dava um branco.

"Por isso, quando eu a estava pondo para dormir, naquela noite em agosto depois que conversei com Jack, tentei explicar para ela. Eu disse: 'Meu amorzinho, sabe esse animal, esse que papai não para de falar dele? O do sótão?'

"Emma me lançou um olhar rápido, discreto, cheio de cautela. Foi de partir o coração. Minha filha nunca deveria precisar ter cautela comigo. Mas, ao mesmo tempo, eu de fato me alegrei por ela saber que devia ter cuidado. Ela disse: 'Sei. O que arranha as coisas.' E eu perguntei se ela alguma vez o tinha ouvido. E ela fez que não e disse: 'Não.'"

O peito de Jenny encheu-se e se esvaziou.

– Que alívio. Meu Deus, que alívio. Emma não sabe mentir bem. Eu teria percebido. Eu disse: "Certo. Está certo porque ele não está lá de verdade. Papai está só um pouco confuso por enquanto. Às vezes as pessoas têm ideias bobas, quando não se sentem bem. Lembra quando você estava gripada e chamava suas bonecas pelo nome errado, porque tudo ficou misturado na sua cabeça? É assim que seu pai está se sentindo agora. Por isso, nós precisamos cuidar muito bem dele e esperar que ele melhore.

"Emma entendeu. Ela gostava de me ajudar a cuidar de Jack, quando ele estava doente. Ela disse: 'Vai ver que ele precisa de remédio e canja de galinha.' Eu respondi: 'OK, vamos tentar isso. Mas, se não funcionar de uma vez, você sabe qual é a coisa mais importante que se pode fazer para ajudar? Não contar para ninguém. Para ninguém, nunca. Logo seu pai vai melhorar. E, quando isso acontecer, é muito importante que ninguém saiba disso, para não pensarem que ele foi muito bobo. O animal precisa ser um segredo da família. Você está entendendo?'"

Seu polegar foi passando pelo lençol, acariciando, um movimento mínimo, de ternura.

– Emma disse: "Mas é certo que ele não está lá?", e eu respondi: "Certo, *certíssimo*. É só uma bobagenzinha, e nós nem vamos falar nisso, nunca, OK?" Emma pareceu muito mais feliz. Ela se aconchegou na cama e disse: "OK. Psssiu." Levou um dedo à boca e deu um sorriso por cima...

Jenny prendeu a respiração e jogou a cabeça para trás. Seus olhos estavam descontrolados, sem se fixar em nada.

– E ela não voltou a mencionar o animal? – perguntei rápido.

Ela não me ouviu.

– Eu só estava tentando manter as crianças bem. Era só o que eu podia fazer. Manter a casa limpa, manter as crianças seguras e continuar a me levantar de manhã. Alguns dias eu achava que não conseguiria nem isso. Eu sabia que Pat não ia melhorar. Nada ia melhorar. Ele tinha parado de procurar emprego. E de qualquer maneira, quem iria contratá-lo naquele estado? E nós precisávamos de dinheiro; mas, mesmo que eu conseguisse um emprego, como poderia deixar as crianças com ele?

Tentei fazer algum barulhinho tranquilizador, mas não sei o que saiu. Jenny não parou de falar.

– Sabe como era? Era como estar no meio de uma nevasca. Não se vê o que está bem diante do seu nariz. Não se ouve nada além daquele ronco de ruído branco incessante. Não se tem a menor ideia de onde se está, nem para onde se está indo. E a neve não para de investir contra você, vindo de todas as direções, simplesmente não para nunca. Tudo o que lhe resta fazer é continuar dando um passo atrás do outro, não porque isso vá levá-lo a algum lugar, mas só para você não se deitar ali e morrer. Era assim que era.

Sua voz estava cheia, inchada do pesadelo relembrado, como alguma coisa escura e podre, pronta para estourar.

— Vamos passar adiante. Isso foi em agosto? — disse eu, para o bem dela ou para o meu, eu não sabia nem me importava em saber.

Eu era só uns sons fracos e sem sentido, uns choramingos nos limites da nevasca.

— Eu estava tendo vertigens. Ia subindo a escada e de repente minha cabeça começava a girar. Eu precisava me sentar no degrau e pôr a cabeça sobre os joelhos até aquilo passar. E comecei a me esquecer das coisas, coisas que tinham *acabado* de acontecer. Tipo: eu dizia para as crianças vestirem o casaco porque íamos fazer compras, e Emma me lançava um olhar esquisito e dizia: "Mas nós fomos hoje de manhã." E eu olhava nos armários e era verdade, tudo que eu achava que precisávamos estava bem ali, mas eu ainda não me lembrava de nada, de ter guardado as compras, de ter feito as compras, nem mesmo de ter saído de casa. Ou eu ia entrar no chuveiro e, quando tirava a blusa, percebia que meu cabelo estava molhado. Eu tinha *acabado* de tomar banho, tinha de ter sido menos que uma hora atrás, mas não conseguia me lembrar. Eu teria achado que estava perdendo o juízo, só que eu não tinha espaço na minha cabeça para essa preocupação. Eu não conseguia guardar nada a não ser o segundo que estava realmente transcorrendo.

Naquele instante, pensei em Broken Harbour: no meu abrigo de verão, tomado pelas curvas da água e os mergulhos das aves marinhas, bem como das longas quedas de luz de um dourado cintilante pelo ar ameno; na lama, crateras e paredes de arestas brutas para onde seres humanos tinham vindo se retirar. Pela primeira vez na vida, vi o lugar como ele realmente era: mortífero, moldado e aprimorado para a destruição, de modo tão primoroso quanto a armadilha à espreita no sótão dos Spain. Aquela ameaça me deixou cego, zumbiu como marimbondos nos ossos do meu crânio. Nós precisamos de linhas retas que nos mantenham em segurança; precisamos de paredes. Nós construímos caixas sólidas de concreto, postes de sinalização, silhuetas de edifícios lotando o horizonte, porque precisamos deles. Sem nenhuma dessas estruturas para ancorá-las, a mente de Pat e a de Jenny saíram voando, impetuosas, ziguezagueando por território ainda não mapeado, amarradas a nada.

— A pior parte — disse Jenny — era conversar com Fi. Nós sempre conversávamos de manhã. Se eu tivesse parado, ela teria sabido que alguma coisa estava errada. Mas era tão *difícil*. Havia tanta coisa para eu me lembrar. Por exemplo, eu tinha que me certificar de que Jack estivesse lá fora no jardim ou lá em cima no quarto dele antes que ela ligasse, porque eu não estava disposta a contar para ela que ele não estava frequentando o maternal. Por isso, eu não podia permitir que ela ouvisse a voz dele. E eu precisava me lembrar do que tinha dito para ela antes. Por um tempo, eu fazia anotações enquanto conversávamos, para poder tê-las por ali no dia seguinte e ter certeza de acertar tudo, mas fiquei paranoica com a possibilidade de Pat ou as crianças as encontrarem e quererem saber do que se tratava. E eu precisava parecer *animada* o tempo todo, mesmo que Pat estivesse desmaiado em cima do sofá, porque tinha ficado sentado ali até as cinco da manhã com os olhos fixos na droga daquele buraco na parede. Era horrível. Chegou...

Ela enxugou uma lágrima do rosto, distraída, como se estivesse espantando uma mosca.

– Chegou a um ponto em que eu acordava com medo daquele telefonema. Não é um absurdo? Minha própria irmã, que eu amo de montão, e eu ficava sonhando com a possibilidade de arrumar alguma briga com ela tão séria que ela parasse de falar comigo. E eu teria feito isso, sim, só que não conseguia me concentrar o suficiente para criar nenhum pretexto.

– Sra. Spain – disse eu, mais alto, pondo um tom cortante na voz. – Quando as coisas chegaram a esse ponto?

Daí a um instante, seu rosto se voltou para mim.

– Como?... Não tenho certeza. Minha impressão era a de que passei séculos desse jeito, anos, mas... não sei. Setembro? Algum momento em setembro?

– Vamos avançar então para a última segunda-feira – disse eu, firmando meus pés com força no chão.

– Segunda-feira – disse Jenny. Seus olhos foram resvalando na direção da janela e, por um instante assustador, achei que eu a tinha perdido outra vez. Mas então ela respirou fundo e enxugou mais uma lágrima. – É. Certo.

Lá fora, a luz tinha mudado. Com um clarão laranja, translúcido, ela incendiava as folhas que giravam, transformando-as em sinais incandescentes de perigo que fizeram minha adrenalina saltar. Ali dentro, o ar parecia desprovido de oxigênio, como se o calor e os desinfetantes tivessem crestado tudo, deixado o quarto seco e oco. Todas as roupas que eu estava usando causavam uma coceira feroz na minha pele.

– Não foi um bom dia. Emma se levantou de mau humor. Sua torrada estava com um gosto esquisito, e a etiqueta na blusa a estava incomodando, e queixas, queixas e mais queixas... E Jack captou a mesma disposição de ânimo, de modo que ele também estava insuportável. Não parava de repetir que queria ser um animal para a festa de Halloween. Eu tinha uma fantasia de pirata prontinha para ele. Fazia *semanas* que ele corria de um lado para outro, dizendo que era um pirata, mas de repente ele decidiu que ia ser o "o bicho assustador do papai". O dia inteiro ele não parou de falar nisso. Eu tentei de tudo para distraí-lo, dei-lhe biscoitos, deixei que visse televisão e prometi que ele ganharia batatas fritas quando fôssemos ao mercado... Sei que estou parecendo uma péssima mãe, mas normalmente ele não come esse tipo de coisa. Eu simplesmente não conseguia ouvir aquilo, não naquele dia.

Era tão despretensioso o tom de ansiedade na sua voz, o pequeno sulco entre as sobrancelhas enquanto ela olhava para mim. Tão comum. Nenhuma mulher quer que algum desconhecido considere que ela é uma mãe censurável por subornar seu filhinho com porcarias. Precisei conter um estremecimento.

– Entendo – disse eu.

– Mas ele não *parava*. Até mesmo no mercado, juro que ele estava falando sobre o bicho com a garota do caixa. Eu teria dito para ele calar a boca, e essa é outra coisa que não faço nunca, só que eu não queria que ela me visse dar importância demais àquilo. Depois que saímos do mercado, eu não disse uma palavra a Jack em todo o caminho até nossa casa e também não lhe dei as batatas fritas. Ele berrava tanto que quase explodiu os meus tímpanos e os de Emma, mas eu simplesmente não lhe dei atenção. Nem sei como consegui chegar em casa sem bater com o carro. É provável que eu pudesse ter lidado com isso de um jeito melhor, mas foi só que... – A cabeça de Jenny se virou sem sossego, no travesseiro. – Eu também não estava na minha melhor forma.

Noite de domingo. Para ela se lembrar da felicidade.

– Alguma coisa tinha acontecido – disse eu. – Naquela manhã, quando a senhora desceu pela primeira vez.

Ela não perguntou como eu sabia. As fronteiras da sua vida vinham se tornando esgarçadas e permeáveis havia tanto tempo que mais um invasor não era nada de estranho.

– Aconteceu. Eu fui pôr a chaleira para ferver, e, bem ao lado dela, no tampo do balcão, havia... havia um broche. Como um distintivo, desses que os adolescentes prendem nas jaquetas. Ele dizia: "Eu vou à JoJo's." Eu tinha um desses, mas não o via fazia *anos*. É provável que eu o tenha jogado fora quando saí da casa dos meus pais, nem mesmo me lembro. Eu tinha certeza absoluta de que ele não estava ali na noite anterior. A última coisa que fiz antes de dormir foi arrumar tudo. A cozinha estava impecável. Eu tinha certeza absoluta.

– Então como a senhora achou que ele tinha ido parar ali?

A lembrança acelerou sua respiração.

– Eu não conseguia pensar em *nada*. Só fiquei ali parada como uma idiota, olhando fixamente para ele, de queixo caído. Pat também tinha um daqueles, e eu estava tentando dizer a mim mesma que ele devia tê-lo encontrado em algum lugar e posto ali para mim, com algum sentido romântico, para me fazer lembrar os bons velhos tempos, para pedir desculpas por como tudo tinha se tornado horrível... É o tipo de coisa que ele poderia ter feito, antes... Só que Pat também não guarda esse tipo de coisa. E mesmo que tivesse guardado, ele estaria numa caixa no sótão, e aquela droga de tela de arame ainda estava pregada tampando o alçapão do sótão. Como ele poderia ter apanhado aquilo sem que eu percebesse?

Ela estava examinando minha expressão, esquadrinhando meu rosto em busca de qualquer partícula de dúvida.

— Juro por Deus que não foi imaginação minha. Vocês podem procurar. Eu enrolei o broche num pedaço de lenço de papel. Eu nem mesmo queria tocar nele. E o enfiei no bolso. Quando Pat acordou, eu estava torcendo para ele dizer alguma coisa, tipo: "Ei, encontrou seu presente?" Mas é claro que não disse nada. Por isso, eu o levei lá para cima e o enrolei num pulôver, na minha gaveta de baixo. Vão olhar. Ele está lá.

— Eu sei — disse eu, com delicadeza. — Nós o encontramos.

— Viu? Viu? Ele era de verdade! Eu cheguei... — O rosto de Jenny se desviou do meu por um segundo. Sua voz, quando ela recomeçou a falar, estava meio abafada. — Eu de início cheguei a me perguntar. Eu estava... Já lhe disse qual era minha situação. Achei que podia estar vendo coisas. Por isso, finquei fundo o pino do broche no meu polegar, e ele sangrou um tempão. Eu sabia que não poderia estar imaginando aquilo, certo? O dia inteiro, não consegui pensar em mais nada. Até passei direto por um sinal vermelho quando fui buscar Emma na escola. Mas, pelo menos, quando eu começava a ficar com medo de ter tido uma alucinação com aquele distintivo, eu podia olhar para meu dedo e pensar: *OK, uma alucinação não fez isso.*

— Mas a senhora ainda estava perturbada.

— Bem, estava, sim. É óbvio que estava. Só me ocorriam duas respostas, e as duas eram... eram ruins. Ou aquela mesma pessoa tinha invadido a casa de novo e deixado o broche ali, só que eu verifiquei o alarme, e ele estava ligado. E fosse como fosse, como alguém teria conhecimento da JoJo's? Teria que ser alguém que estivesse me espreitando, descobrindo tudo sobre minha vida inteira, e agora essa pessoa queria que eu *soubesse* que ela sabia... — Ela estremeceu. — Eu me sentia maluca até mesmo de pensar no assunto. Esse tipo de coisa não acontece; só em filmes. Mas a única outra explicação que me ocorria era que realmente ainda tinha meu distintivo em algum lugar e que eu tinha feito aquilo tudo sozinha: tinha ido e tirado o broche do lugar, colocado na cozinha. E não me lembrava de nada disso. O que significaria...

Jenny olhou fixamente para o teto, piscando para reprimir as lágrimas.

— É uma coisa realizar tarefas de rotina, tipo em piloto automático, e depois se esquecer, como ir às compras ou tomar banho, coisas que eu teria feito de qualquer modo. Mas, se eu estava catando coisas como aquele distintivo, coisas aleatórias que não faziam o menor sentido... então eu seria capaz de fazer qualquer coisa. Qualquer coisa. Eu poderia acordar um dia de manhã, olhar no espelho e perceber que tinha raspado a cabeça ou pintado meu rosto de verde. Eu poderia um dia ir apanhar Emma na escola e descobrir que a professora e todas as outras mães não falavam comigo, e eu não teria ideia do motivo.

Ela arquejava, lutando para conseguir respirar, como se um soco lhe tivesse tirado o fôlego.

— E as *crianças*. Ai, meu Deus, as crianças. Como se esperava que eu as *protegesse*, se eu não podia dizer o que ia fazer no segundo seguinte? Como eu sequer poderia saber que as estava mantendo em segurança ou se eu, eu... Eu nem sabia o que eu sentia medo de fazer, porque só saberia depois que *acontecesse*. Pensar nisso me dava náuseas. Era como se eu pudesse sentir o broche lá em cima, se contorcendo, tentando sair da gaveta. Cada vez que eu punha a mão no bolso, sentia pavor de encontrá-lo ali.

Para ela se lembrar da felicidade. Conor, flutuando em sua fria bolha de concreto, com nada a firmá-lo a não ser as imagens luminosas e mudas dos Spain passando pelas janelas e a corda grossa da âncora do seu amor por eles. Conor nunca tinha imaginado que seu presente talvez não surtisse o efeito pretendido. Que talvez Jenny não reagisse do modo que ele tinha planejado. Que, com todas as melhores intenções deste mundo, ele pudesse destruir os frágeis andaimes que a mantinham em pé.

— Então, aquilo que a senhora me disse quando nos vimos pela primeira vez, sobre aquela noite ter sido uma noite normal, que a senhora e Pat deram banho nas crianças, e Pat fez Jack rir, brincando com o vestido de Emma? Essa não era a verdade.

Um meio sorriso desbotado, amargo.

— Puxa, isso. Esqueci que disse isso. Eu não queria que vocês achassem que nós estávamos... Deveria ter sido a verdade. Muito antes, era o que costumávamos fazer. Mas não foi assim. Eu dei banho nas crianças. Pat ficou lá embaixo na sala de estar. Disse que estava "cheio de esperança" pelo buraco junto do sofá. A esperança era tanta que ele nem mesmo tinha jantado conosco, para a eventualidade de o buraco fazer alguma coisa surpreendente naquele meio-tempo. Ele disse que não estava com fome, que comeria um sanduíche ou qualquer coisa mais tarde. Assim que nos casamos, nós ficávamos deitados na cama conversando sobre quando tivéssemos filhos: como eles seriam, que nomes lhes daríamos. Pat brincava dizendo que todos nós jantaríamos juntos em família em volta da mesa todas as noites, não importava o que acontecesse, mesmo quando as crianças se tornassem adolescentes detestáveis que não suportassem nossa cara...

Jenny ainda estava com os olhos fixos no teto, piscando muito, mas uma lágrima escapou e escorreu pela têmpora para seu cabelo macio.

— E agora cá estávamos nós, com Jack batendo com o garfo na mesa e repetindo sem parar, aos berros: "Papai, papai, papai, vem cá!", porque Pat estava na sala de estar, ainda com o pijama da noite anterior, vigiando um buraco. E Emma, com os dedos nos ouvidos, gritando com Jack para ele se calar, e eu nem mesmo tentando fazer os dois se acalmarem, porque me faltava energia. Eu estava fazendo o maior esforço para conseguir terminar o dia sem fazer mais nenhuma loucura. Só queria dormir.

Eu e Richie, naquele primeiro percurso pela casa, à luz da lanterna, vendo o edredom desarrumado e sabendo que alguém tinha estado na cama na hora em que tudo deu errado.

— Então a senhora deu banho nas crianças e as pôs para dormir. E depois...?

— Só fui dormir, também. Dava para eu ouvir Pat se movimentando lá embaixo, mas eu não estava em condições de encará-lo. Eu não poderia lidar com toda aquela história do que o animal estava fazendo, não naquela noite. Por isso, fiquei no andar de cima. Tentei ler meu livro por um tempo, mas não conseguia me concentrar. Tive vontade de pôr alguma coisa na frente da gaveta onde o broche estava, tipo alguma coisa pesada, mas eu sabia que seria loucura fazer isso. Foi assim que acabei por desligar a luz e tentar dormir.

Jenny parou. Nenhum de nós dois queria que ela prosseguisse.

— E então?

— Emma começou a chorar. Não sei que horas eram. Eu estava cochilando e acordando, à espera de que Pat subisse, tentando ouvir o que ele estava fazendo lá embaixo. Emma sempre teve pesadelos, desde que era bem pequena. Achei que fosse só isso, um simples pesadelo. Levantei-me e entrei no quarto dela. Ela estava sentada na cama, totalmente *apavorada*. Estava chorando tanto que mal conseguia respirar. Ela tentou me dizer alguma coisa, mas não conseguia falar. Eu me sentei na cama e lhe dei um abraço. Ela se agarrou a mim, com soluços de cortar o coração. Quando se acalmou um pouco, eu disse: "O que houve, meu amorzinho? Diga para a mamãe, que eu dou um jeito." E ela respondeu...

Jenny respirou fundo, pela boca.

— Ela disse: "Ele está no meu guarda-roupa, mamãe. Ele estava vindo me pegar." E eu perguntei: "O que está no seu guarda-roupa, querida?" Eu ainda achava que era só um sonho ou talvez uma aranha. Ela odeia aranhas. Mas

Emma disse: "*O animal.* Mamãe, o animal. É o animal. Ele está rindo para mim com seus dentes..." Ela estava começando a se descontrolar de novo. Eu disse: "Não tem nenhum animal aqui; foi só um sonho", e ela deu um *uivo*, um grito agudo e medonho que nem parecia humano. Eu a agarrei e até a sacudi. Nunca fiz isso antes, nunca. Eu estava morrendo de medo de ela acordar Jack, mas não foi só isso. Eu estava... – Aquele forte arquejo outra vez. – Eu estava com medo do animal. De que ele a ouvisse e viesse atrás dela. Eu sabia que não havia nada lá. Sabia isso. Mesmo assim, só de pensar, meu Deus, eu precisava fazer Emma calar a boca antes... Ainda bem que ela parou de gritar, mas ainda estava chorando e se agarrando a mim. Estava também apontando para a bolsa da escola, no chão ao lado da cama. Tudo o que consegui entender foi "ali dentro, ali dentro". Por isso acendi a luz da mesinha de cabeceira e tirei tudo de dentro da bolsa. Quando Emma viu esse...

O dedo de Jenny pairou sobre o desenho.

– Quando ela viu esse desenho, disse: "É *isso* aí, mamãe. Ele está no meu guarda-roupa!"

Os arquejos tinham terminado. Sua voz estava tranquila, mais lenta, só uma pontinha de vida arranhando o silêncio denso do quarto.

– O abajur da cabeceira é bem pequeno, e o papel estava na sombra. Tudo o que eu podia ver eram os olhos e os dentes, no meio da massa negra. Perguntei o que era, mas eu já sabia.

"Emma estava começando a recuperar o fôlego, mas ainda como que soluçava. Ela disse: 'O animal. O animal que papai quer pegar. Desculpa, mamãe, desculpa mesmo.'

"Assumi minha voz racional e disse: 'Não seja boba. Não tem por que você pedir desculpas. Mas nós já conversamos sobre esse animal. Ele não é de verdade, lembra? É só uma brincadeira do papai. Ele só está um pouco confuso. Isso você já sabe.' Ela ficou tão arrasada. Emma é impressionável. As coisas que ela não entende simplesmente a dilaceram por dentro. Ela se ajoelhou na cama, me abraçou pelo pescoço e sussurrou direto no meu ouvido, como se estivesse morrendo de medo de que alguma criatura a ouvisse: 'Eu vejo ele. Já faz muitos dias. Desculpa, mamãe. Eu tentei não ver...'

"Minha vontade era morrer. Eu queria simplesmente me derreter, transformando-me numa pocinha e me infiltrando para dentro do carpete. Eu achava que estava mantendo meus filhos em *segurança*. Era só isso o que queria. Mas aquele animal, aquela *criatura*, tinha chegado a todos os cantos. Ele estava dentro de Emma, dentro da cabeça dela. Eu o teria matado se tivesse podido, eu o teria matado com minhas próprias mãos, mas não podia fazer isso porque o animal não *existia*. Emma estava dizendo: 'Sei que eu não deveria falar sobre isso, mas a senhorita Carey mandou cada um desenhar sua casa, e ele simplesmente apareceu. Desculpa, desculpa...' Eu sabia que precisava afastar as crianças daquilo tudo, mas não havia aonde eu pudesse levá-las. O animal tinha escapado. Tinha conseguido sair da casa também. Não havia mais nenhum lugar seguro. E nada que eu fizesse teria nenhuma valia, porque eu já não podia ter certeza de que faria as coisas direito."

Jenny pôs as pontas dos dedos no desenho, de leve e com uma espécie de assombro desolado: essa coisinha ínfima, essa folha de papel e lápis de cor que tinha mudado o mundo.

– Eu me mantive muito calma e disse para Emma: "Tudo bem, meu amorzinho. Sei que você tentou. Mamãe vai dar um jeito nisso tudo. Agora trate de dormir. Vou ficar bem aqui ao seu lado para o animal não poder pegar você, OK?" Abri o guarda-roupa e olhei em todos os cantos, para ela poder ver que não havia nada lá. Guardei tudo de volta na sua bolsa da escola. Depois desliguei o abajur de novo e fiquei sentada na cama, segurando sua mão até ela adormecer. Demorou um pouco porque ela não parava de abrir os olhos para verificar se eu ainda estava ali, mas ela estava exausta por ter se assustado tanto. Por fim, dormiu. E então eu peguei o desenho e desci para procurar Pat.

"Ele estava no chão da cozinha. Tinha aberto a porta do armário, o tal armário no qual ele tinha feito um buraco no fundo, e estava *agachado* diante dele como um animal, como um enorme animal pronto para atacar. Uma das suas mãos estava no armário, espalmada na prateleira. Na outra mão, ele segurava um vaso de prata, nosso presente de casamento da minha avó. Eu costumava pô-lo no peitoril da janela no nosso quarto com rosas cor-de-rosa, como as do meu buquê de noiva, para nos lembrarmos do dia do nosso casamento... Pat estava segurando o vaso pelo gargalo, no alto, como se estivesse prestes a esmagar alguma coisa com ele. E ali no chão bem ao lado dele estava também uma *faca*, uma dessas facas de cozinha realmente afiadas que nós compramos na época em que fazíamos as receitas de Gordon Ramsay. Eu disse: 'O que você está fazendo?'

"Pat respondeu: 'Cala a boca e ouve.' Tentei escutar, mas não ouvi nada. Não havia *nada* ali! Por isso eu disse: 'Não há nada aí.'

"Pat riu, sem nem mesmo olhar para mim. Estava com os olhos fixos no interior do *armário*. E disse: 'É nisso que ele quer que você acredite. Ele está logo ali, dentro da parede. Eu o estou ouvindo. Se você calasse a boca um segundo, também o ouviria. Ele é esperto, fica muito quieto até eu estar pronto para desistir e bem nesse instante faz um barulhinho rápido, só para me manter alerta. É como se estivesse rindo de mim. Bem, que se dane, sou mais esperto que ele. Estou um passo adiante. É, se ele tem planos, eu tenho planos também. Estou de olho na vitória. Pronto para a luta.'

"Eu pergunto do que ele está falando, e ele responde, todo encurvado na minha direção, quase sussurrando, como se achasse que a criatura pudesse *entender*. Finalmente descobri o que ele quer. Ele quer *me* pegar. As crianças também, e você, ele quer todos nós, mas acima de tudo o assunto dele é comigo. É isso o que ele está procurando. Não surpreende que eu não conseguisse apanhá-lo, se tentava atraí-lo com manteiga de amendoim e carne moída. Portanto, aqui estou. Venha, seu sacana. Estou bem aqui, venha me pegar!' Pat está como que *acenando* para o buraco, com a mão dentro do armário, como um cara tentando fazer com que outro cara invista contra ele. Ele diz: 'Ele sente meu cheiro. Estou tão perto que ele praticamente sente meu gosto, e isso o deixa maluco. Ele é esperto, sim, é cauteloso, mas, mais cedo ou mais tarde... não, sinto que vai ser mais cedo, a qualquer instante... ele vai querer tanto me pegar que já não poderá ter cautela. Ele vai perder o controle e enfiar a cabeça por aquele buraco para dar uma grande mordida na minha mão. É nessa hora em que eu o agarro e *pá, pá, pá, não é tão esperto assim, seu sacana, cadê sua espertéza agora?...*'"

Jenny tremia com a lembrança.

— O rosto dele estava todo vermelho, todo coberto de suor, os olhos quase saindo das órbitas. Ele baixava a mão com o vaso repetidamente como se estivesse esmagando alguma coisa. Parecia *louco*. Gritei para ele calar a boca e disse: "Isso tem que acabar. Para mim, chega. Olhe só para isso. *Olhe...*" E empurrei essa folha diante do seu nariz. — Jenny estava com as duas mãos sobre o desenho, apertando-o contra o cobertor. — Eu estava tentando controlar a voz porque não queria acordar as crianças: não podia deixar que vissem o pai daquele jeito; mas acho que falei alto o suficiente para, pelo menos, conseguir atrair a atenção de Pat. Ele parou os movimentos com o vaso, segurou o papel e olhou fixamente para ele por um tempo. E depois disse: "E daí?"

"Eu disse: 'Emma fez esse desenho. Na escola.' Ele ainda estava olhando para mim, como se me perguntasse que importância isso tinha. Minha vontade era *berrar* com ele. Pat e eu não temos brigas aos berros, não somos assim... não éramos. Mas ele estava ali agachado, como se tudo isso fosse perfeitamente *normal*, e me fez... Eu mal consegui continuar ali em pé olhando para ele. Ajoelhei-me ao seu lado no chão e disse: 'Pat. Presta atenção. Você precisa escutar o que vou lhe dizer. Essa história vai parar agora. Não existe *nada ali dentro*. Nunca existiu nada. Antes que as crianças acordem amanhã de manhã, você trate de fechar cada um desses buracos de merda, e eu vou levar essas porcarias de babás eletrônicas até a praia para jogar no mar. E depois nós vamos esquecer tudo isso e nunca mais vamos mencionar esse assunto, nunca, nunca, *nunca mais*.'

"Realmente achei que ele tinha entendido. Pat pôs o vaso no chão e tirou do armário sua mão que estava servindo de *isca*. Ele se inclinou para mim e segurou minhas mãos; e eu achei..." Uma respiração rápida que pegou Jenny desprevenida e sacudiu seu corpo inteiro. "Elas estavam tão quentinhas, as mãos dele. Tão fortes, como sempre, como sempre tinham sido desde que éramos adolescentes. Ele olhava diretamente para mim, como deve ser. Parecia que tinha voltado a ser Pat. Por um segundo, achei que estava tudo certo. Achei que Pat ia me dar um abraço, um longo abraço apertado, que nós íamos descobrir juntos um jeito de consertar os buracos, e depois iríamos dormir, abraçados um ao outro. E um dia, quando fôssemos velhos, riríamos de toda essa maluquice. Cheguei a pensar nisso."

A dor na sua voz me atingiu tão fundo que precisei desviar o olhar, para não vê-la se abrir diante de mim, uma cratera negra que se precipitava até o centro da terra. Bolhas na tinta cor de magnólia na parede. Folhas vermelhas farfalhando e tentando arranhar a janela.

— Só que então Pat diz: "Jenny. Minha amada. Minha linda mulherzinha. Sei que ultimamente tenho sido uma droga de marido. Puxa, como eu sei. Não consegui cuidar de você, não consegui cuidar das crianças; e vocês me apoiaram enquanto eu ficava aqui parado deixando a gente afundar cada vez mais na merda todos os dias."

"Tentei dizer para ele que não era o dinheiro; o dinheiro já não fazia a menor diferença, mas ele não me deixou. Não, ele precisava falar: 'Espera um pouco. Eu preciso dizer isso, OK? Sei que você não merece viver desse jeito. Você merece todas as roupas maravilhosas e cortinas caras deste mundo. Emma merece ter aulas de dança. Jack merece entradas para jogos do Manchester United. E o que está me matando é eu não poder dar tudo isso a vocês. Mas pelo menos isso aqui, *isso* eu posso fazer. Posso pegar esse sacaninha. Nós vamos mandar empalhar e deixá-lo em exibição na parede da sala de estar. O que acha?'

"Ele afagava meu cabelo, meu rosto, e *sorria* para mim, sorria de verdade. Juro por Deus que ele parecia feliz. *Alegre,* como se a resposta para todos os nossos problemas estivesse se apresentando brilhantemente bem ali diante dele e ele soubesse exatamente como pôr as mãos nela. Ele disse: 'Confie em mim. Por favor. Eu finalmente sei o que estou fazendo. Nossa linda casa, Jen, ela vai voltar a ser um lugar seguro. As crianças vão estar em segurança. Não se preocupe, querida. Está tudo certo. Não vou deixar essa coisa pegar vocês.'"

A voz de Jenny estava totalmente descontrolada; suas mãos em punhos cerrados nas cobertas.

— Eu não sabia como dizer a ele que aquilo era *exatamente* o que ele estava fazendo. Ele estava deixando aquela criatura, aquele animal, aquele animal idiota, biruta, *imaginário, que nem mesmo existia*, estava deixando que ele devorasse Jack e Emma vivos. Cada segundo que ele ficava sentado ali de olhos fixos naquele buraco, ele estava dando ao animal mais um pedacinho da cabeça das crianças. Se ele não queria que o animal dominasse as crianças, *tudo o que precisava fazer* era se levantar! Consertar os buracos! *Guardar* a droga do vaso!

Sua voz estava tão engrolada com o sofrimento, o choro e uma histeria crescente que eu mal conseguia distinguir as palavras. Pode ser que alguma outra pessoa tivesse lhe dado um tapinha no ombro e a lembrado do comentário perfeito a fazer. Eu não tinha como tocar nela. Peguei o copo d'água da mesinha de cabeceira e o ofereci a ela. Jenny afundou o rosto nele, engasgando e tossindo até conseguir engolir alguma água, e os barulhos terríveis se reduziram.

Ela falou, diretamente para o copo:

– E então só fiquei ali ao lado dele, no chão. Fazia muito frio, mas eu não conseguia me levantar. Estava tonta demais. Foi a pior vertigem que tive. Tudo não parava de deslizar e se inclinar. Achei que, se tentasse ficar em pé, eu cairia de cara para a frente e bateria com a cabeça num dos armários. E isso eu sabia que não podia fazer. Acho que fiquei ali sentada umas duas horas, não sei. Eu só não largava isso aqui – o desenho respingado de água a esta altura – e olhava fixamente para ele. Morria de medo de parar de olhar para ele por um segundo que fosse e me esquecer de que ele tinha existido; porque nesse caso eu me esqueceria de que precisava fazer alguma coisa a respeito dele.

Ela enxugou o rosto, da água ou de lágrimas, eu não poderia dizer.

– Eu não parava de pensar no broche da JoJo's, lá em cima na gaveta. Como éramos felizes naquela época. Como devia ter sido por isso que eu o tinha desencavado de alguma caixa: porque eu estava tentando encontrar alguma coisa feliz. Também não parava de pensar em como tínhamos chegado àquela situação. Minha impressão era a de que devia ter sido alguma coisa que nós tínhamos feito, Pat e eu, que levou àquele resultado. E, se eu ao menos conseguisse descobrir o que tinha sido, talvez pudesse corrigi-la, e tudo seria diferente. Mas não consegui descobrir nada. Tentei me lembrar desde a primeira vez em que tínhamos nos beijado, aos 16 anos. Foi na praia em Monkstown. Tinha anoitecido, mas era verão e ainda estava claro e quente, o ar quente nos meus braços. Estávamos sentados numa pedra, conversando, e Pat simplesmente se aproximou de mim e... Repassei todos os momentos de que pude me lembrar, cada momento único, mas não descobri nada. Não consegui concluir como foi que tínhamos chegado àquela situação, no chão da cozinha, a partir de onde tínhamos começado.

Ela estava mais calma. Por trás da fina nuvem dourada de cabelo, seu rosto estava tranquilo, ensimesmado. Sua voz estava firme. Quem estava com medo era eu.

— Tudo me parecia tão esquisito — disse Jenny. — Pareceu que a luz foi ficando cada vez mais forte, até se transformar em holofotes por toda parte. Ou como se tivesse havido algum problema com meus olhos por meses a fio, algum tipo de bruma que os tivesse enevoado e agora de repente tivesse sumido e eu pudesse enxergar de novo. Tudo parecia tão brilhante e tão nítido que doía, e tudo estava tão *bonito*... coisas comuns como a geladeira, a torradeira e a mesa, tudo parecia ser feito de luz, flutuando no ar, como se fossem objetos angelicais que fariam você se desintegrar em átomos se os tocasse. Então eu também comecei a levitar. Eu estava levitando, solta do chão, e soube que tinha de agir rápido, antes que fosse levada embora pela janela, e Pat e as crianças fossem deixadas ali para serem devorados vivos. Eu disse: "Pat, precisamos sair agora", pelo menos acho que falei. Não tenho certeza. De qualquer modo, ele não me ouviu. Não percebeu quando me levantei, nem mesmo se deu conta de que eu estava indo embora. Ele estava sussurrando alguma coisa para aquele buraco, não pude ouvir o quê... Levei uma eternidade para subir a escada porque meus pés não tocavam no chão. Eu não conseguia avançar, ficava ali parada tentando subir em câmera lenta. Sabia que deveria estar com medo de não chegar lá a tempo, mas não estava. Não estava sentindo nada, a não ser entorpecimento e tristeza. Tanta tristeza.

O fiapo ensanguentado da sua voz, percorrendo a escuridão daquela noite até seu cerne monstruoso. As lágrimas tinham parado. Esse era um lugar muito além das lágrimas.

— Dei beijos neles, em Emma e Jack. Disse para eles: "Está tudo certo. Tudo bem. Mamãe ama vocês tanto, tanto. Já estou chegando. Esperem por mim. Estarei com vocês assim que puder."

Talvez eu devesse tê-la feito dizer. Não pude abrir a boca. O zumbido era uma serra guinchando no meu crânio. Se eu me mexesse, se respirasse, ia me fragmentar em mil pedaços. Minha mente se debatia à procura de outra coisa, qualquer coisa. Dina. Quigley. Richie, de rosto lívido.

— Pat ainda estava no chão da cozinha. A faca estava logo ali ao lado dele. Eu a apanhei e, quando ele se voltou, eu a finquei no seu peito. Ele se levantou e disse: "O quê...?" Ele estava olhando fixamente para o próprio peito e parecia tão espantado, como se não pudesse decifrar o que tinha acontecido, ele simplesmente não conseguia entender. Eu disse: "Pat, precisamos ir", e o esfaqueei de novo. Ele então agarrou meus pulsos, e nós ficamos lutando pela cozinha inteira. Ele estava tentando não me ferir, só me conter, mas era tão mais forte que eu, e eu estava com pavor de que ele tirasse a faca da minha mão. Eu o chutava e gritava: "Pat, depressa, precisamos nos apressar." E ele dizia: "Jenny, Jenny, Jenny." Ele estava novamente parecido com Pat. Olhava para mim direito, e era terrível. Por que antes ele não tinha olhado para mim daquele jeito?

O'Kelly. Geri. Meu pai. Desfoquei meus olhos até Jenny não passar de um borrão branco e dourado. Sua voz nos meus ouvidos continuava implacavelmente nítida, aquele fio fino me puxando para a frente, cortando fundo.

– Havia sangue por toda parte. Parecia que Pat estava ficando mais fraco, mas eu estava também... estava tão *cansada*... Eu disse: "Pat, para por favor. Precisamos ir buscar as crianças. Não podemos deixá-las sozinhas lá", e ele simplesmente ficou imóvel, no meio do chão, olhando espantado para mim. Dava para eu ouvir a respiração de nós dois, uns arquejos fortes, feios. Pat falou... sua voz, puxa vida, o som da sua voz... ele disse: "Ai, meu Deus, o que você fez?"

"As mãos dele ficaram frouxas nos meus pulsos. Eu me livrei dele e o golpeei com a faca de novo. Ele nem mesmo percebeu. Começou a seguir para a porta da cozinha e tombou. Simplesmente caiu. Tentou engatinhar por um segundo, mas parou."

Os olhos de Jenny se fecharam por um instante. E os meus também. A única esperança que eu vinha nutrindo por Pat, a única coisa que restava para esperar, era que ele nunca tivesse tomado conhecimento do que aconteceu com as crianças.

– Eu me sentei ao lado dele e enfiei a faca no meu peito e depois na minha barriga, mas não *funcionou*. Minhas mãos estavam totalmente, totalmente escorregadias, e eu tremia tanto e não tinha *força* suficiente! Eu estava chorando e tentei no rosto, no pescoço e em todos os lugares, mas não adiantou. Meus braços estavam como gelatina. Eu já nem conseguia me manter sentada. Estava caída no chão, mas ainda estava *consciente*. Eu... meu Deus. – O arrepio galvanizou seu corpo inteiro. – Achei que ia ficar presa ali. Achei que os vizinhos teriam ouvido nossa briga e chamado a polícia. Que uma ambulância ia chegar e... Nunca fiquei tão apavorada. Nunca. Nunca.

Ela estava rígida, os olhos fixos nas dobras e vales daquele cobertor gasto, vendo coisas.

– Eu rezei – disse ela. – Sabia que não tinha esse direito, mas rezei assim mesmo. Achei que talvez Deus me matasse por eu estar rezando, mas de qualquer modo era isso que eu estava pedindo. Rezei para a Virgem Maria. Achei que talvez ela compreendesse. Rezei a Ave-Maria... Eu não me lembrava de metade das palavras, fazia tanto tempo que eu não rezava, mas pronunciei as partes de que me lembrei. Eu repetia *Por favor, por favor*, sem parar.

– E foi aí que Conor chegou – disse eu.

A cabeça de Jenny se ergueu, e ela olhou para mim, confusa, como se tivesse se esquecido de que eu estava ali. Daí a um instante, ela fez que não.

— Não. Conor não fez nada. Não vejo Conor desde... há anos...

— Sra. Spain, podemos provar que ele esteve na casa naquela noite. Podemos provar que algumas lesões suas não foram feitas pela senhora mesma. Isso responsabiliza Conor pelo menos por uma parte do ataque. Neste exato momento, ele está sendo acusado por três homicídios e uma tentativa. Se a senhora quiser livrá-lo desse problema, a melhor coisa que pode fazer por ele é me dizer exatamente o que aconteceu.

Não consegui incutir nenhuma força na minha voz. Aquilo parecia uma luta por baixo d'água, desacelerada, esgotada. Nós dois estávamos cansados demais para nos lembrarmos do motivo pelo qual estávamos lutando, mas continuávamos porque não havia mais nada a fazer.

— Quanto tempo ele demorou para chegar lá? — perguntei.

Jenny estava mais exausta do que eu. Sua combatividade acabou primeiro. Daí a um instante, seus olhos se desviaram mais uma vez.

— Não sei — disse ela. — Me pareceu que foram séculos.

Sair do saco de dormir, descer pelo andaime, pular o muro, subir pelo jardim e girar a chave na porta dos fundos: um minuto, talvez dois, no máximo. Conor devia ter estado cochilando, bem agasalhado em seu saco de dormir e na certeza de que a vida dos Spain seguia em frente lá embaixo, naquele barquinho iluminado. Talvez a briga o tivesse acordado: os berros abafados de Jenny, os gritos de Pat, os baques surdos da mobília ao cair. Eu me perguntei o que ele tinha visto quando se debruçou no peitoril, bocejando e esfregando os olhos. Quanto tempo ele tinha levado para entender o que estava acontecendo e para se dar conta de que ele próprio era real o suficiente para derrubar a parede de vidro que o tinha mantido afastado dos seus melhores amigos por tanto tempo.

— Ele deve ter entrado pela porta dos fundos — disse Jenny. — Senti o vento quando a porta se abriu. Tinha o cheiro do mar. Ele me levantou do chão, levantou minha cabeça, me puxou para seu colo. Ele estava fazendo um barulhinho, como que gemendo ou ganindo, como um cachorro que foi atingido por um carro. De início, eu nem o reconheci. Estava tão magro e tão branco, com uma aparência tão assustadora. Seu rosto estava todo com formas erradas, ele nem mesmo me pareceu humano. Achei que era alguma outra coisa... um anjo talvez, porque eu tinha pedido tanto, ou alguma coisa medonha, que tivesse vindo do mar. E então ele disse: "Ai, meu Deus, Jenny, ai, meu Deus, o que aconteceu?" E sua voz era a mesma de sempre. A mesma de quando éramos adolescentes.

Ela fez um movimento indefinido na direção da barriga.

— Ele estava puxando minha roupa aqui, meu pijama. Acho que estava tentando ver... Ele estava todo coberto de sangue, mas eu não conseguia entender por quê, se eu não estava sentindo nenhuma dor. Eu disse: "Conor, me ajuda, você precisa me ajudar." No início, ele não entendeu e disse: "Tudo bem, tudo bem, vou chamar uma ambulância" e ele estava tentando alcançar o telefone, mas eu dei um berro. Agarrei-o e gritei: "Não!" até ele parar.

E a unha que tinha se rachado quando Emma lutava pela vida, que tinha se enganchado por um instante na lã cor-de-rosa da sua almofada bordada, foi arrancada, ficando presa na trama grossa do pulôver de Conor. Nem ele nem Jenny tinham percebido. Como poderiam? E mais tarde, em casa, quando Conor tirou as roupas ensanguentadas e as jogou no chão, ele nunca teria visto aquele fragmento cair no seu carpete. Ele estava cego, marcado com ferro quente, só rezando para um dia ser capaz de ver outra coisa que não fosse aquela cozinha.

— Eu disse: "Você não está entendendo. Nada de ambulância. Não quero saber de ambulância." E ele, "Vai dar tudo certo; eles vão dar um jeito em você rapidinho..." Ele me abraçava com tanta força que meu rosto estava grudado no seu pulôver. Tive a sensação de que demorei uma eternidade para conseguir me afastar o suficiente para poder falar com ele.

Jenny ainda estava olhando para o vazio, mas sua boca estava entreaberta, relaxada como a de uma criança, e seu rosto estava quase tranquilo. Para ela, o pior já tinha passado. Aquilo ali parecia um final feliz.

— Eu não estava mais com medo. Sabia exatamente o que era preciso fazer, como se estivesse tudo escrito em detalhes diante de mim. O desenho estava ali no chão, aquele desenho medonho de Emma, e eu disse: "Esse desenho ali, leve embora daqui. Ponha no bolso e queime quando chegar em casa." Conor o enfiou no bolso. Acho que ele nem mesmo viu o que era. Só fez o que eu disse. Se alguém o tivesse encontrado, teria podido adivinhar, como vocês adivinharam, e eu não podia deixar ninguém descobrir, podia? Todos pensariam que Pat estava louco. Ele não merecia isso.

— Não — disse eu. — Ele não merecia. — Mas quando Conor mais tarde, em casa, encontrou o desenho, ele não conseguiu queimar essa última mensagem da sua afilhada: ele a tinha guardado, como uma lembrança final.

— Então eu lhe disse o que eu precisava que ele fizesse. Eu disse: "Aqui, pegue a faca. Vá em frente, Conor. Por favor, você tem que fazer isso." E eu entreguei a faca na sua mão. A expressão dele. Ele olhou para a faca e depois para mim, como se estivesse com medo de mim, como se eu fosse a coisa mais aterradora que ele tinha visto na vida. E disse: "Você não está raciocinando direito", mas eu retruquei: "Estou, sim. Estou." Eu estava tentando gritar com ele de novo, mas saiu só um sussurro. Eu disse: "Pat morreu. Eu o esfaqueei, e agora ele está morto." Conor me perguntou: "*Por quê?* Jenny, meu Deus, o que *aconteceu*?"

Jenny emitiu um ruído áspero e dolorido, que poderia ter sido algum tipo de riso.

– Se nós tivéssemos um mês ou dois, então quem sabe?... Eu só disse: "Nada de ambulância. Por favor." E Conor: "'Peraí. Só um instante." Ele me deitou no chão e foi se arrastando até Pat. Virou a cabeça de Pat e fez alguma coisa, não sei o quê, tentou abrir os olhos dele ou coisa semelhante. Ele não disse nada, mas eu vi seu rosto. Vi a expressão no seu rosto. E soube. Fiquei satisfeita com isso, pelo menos.

Eu me perguntei quantas vezes Conor teria repassado mentalmente esses poucos minutos, com os olhos fixos no teto da sua cela, fazendo alguma mudança minúscula a cada vez: *Se eu não tivesse adormecido. Se eu tivesse me levantado no instante em que ouvi barulhos. Se eu tivesse corrido mais depressa. Se eu não tivesse me atrapalhado ao enfiar a chave na fechadura.* Se ele tivesse conseguido entrar naquela cozinha só alguns minutos antes, teria chegado a tempo de pelo menos salvar Pat.

– Mas então Conor – disse Jenny – começou a tentar se levantar. Estava tentando se apoiar na mesa do computador, mas sempre caía de volta no chão, como se estivesse escorregando no sangue ou talvez estivesse tonto, mas eu pude ver que ele estava querendo chegar à porta da cozinha. Estava querendo ir ao andar de cima. Segurei-o pela perna da calça e disse: "Não. Não vá lá em cima. Eles estão mortos, também. Precisei tirá-los daqui." Conor simplesmente caiu de quatro. Ele estava com a cabeça baixa, mas mesmo assim eu ouvi quando ele disse: "Ai, meu Deus."

Até aquele momento, ele devia ter pensado que aquilo ali era uma briga doméstica que tinha se tornado terrível: o amor, sob todas aquelas toneladas de pressão, transformado em alguma coisa dura como diamante, que cortava carne e osso. Pode ser que ele até tivesse imaginado uma legítima defesa, que a cabeça de Pat teria finalmente pirado e ele teria investido contra Jenny. Quando ela falou das crianças, não sobrou espaço para respostas, para consolação, ambulâncias, médicos ou amanhãs.

– Eu disse: "Preciso estar com meus filhos. Preciso estar com Pat. Por favor, Conor, por favor, me tira daqui." Conor fez um ruído de tosse, como se fosse vomitar, e disse: "Não posso." Parecia que ele estava com esperanças de que tudo aquilo fosse algum tipo de pesadelo, como se estivesse tentando descobrir um jeito de acordar e fazer tudo desaparecer. Consegui me aproximar dele. Precisei me arrastar, minhas pernas estavam dormentes e tremendo. Segurei seu pulso e disse: "Conor, você tem que fazer isso. Não posso ficar aqui. Por favor, depressa. Por favor."

A voz de Jenny estava sumindo, era pouco mais do que uma vibração sonora rouca. Jenny tinha chegado ao fim das suas forças.

– Ele se sentou ao meu lado e virou minha cabeça para que meu rosto se encostasse de novo no seu peito. E disse: "Está bem. Está bem. Fecha os olhos." Ele estava afagando meu cabelo. Eu disse: "Obrigada" e fechei os olhos.

Jenny abriu as mãos, com as palmas para cima, sobre o cobertor.

– Foi só isso – disse ela, simplesmente.

Conor tinha acreditado que aquela era a última coisa que faria por Jenny. E, antes de sair, ele prestou dois últimos serviços a Pat: limpou o computador e levou embora as armas. Não admira que a tarefa de apagar o computador tenha sido rápida e imperfeita. Cada segundo que Conor permaneceu naquela casa estava destroçando sua mente. Mas ele sabia que, se lêssemos aquela enxurrada de loucura no computador, e se não houvesse nenhuma prova de que outra pessoa tinha estado na casa, nós nunca teríamos procurado ninguém além de Pat.

Ele devia ter sabido também que, se empurrasse toda a culpa para cima de Pat, sairia tranquilo, ou pelo menos mais tranquilo. Só que Conor tinha o mesmo modo de pensar que eu: não se pode fazer uma coisa dessas. Ele tinha perdido a oportunidade de salvar a vida que Pat deveria ter tido. Em vez disso, tinha se disposto a assumir a culpa, para que aqueles 29 anos não fossem estigmatizados com uma mentira.

Quando chegamos a ele, Conor tinha confiado no silêncio, nas luvas, na esperança de que não pudéssemos provar nada. E então eu lhe disse que Jenny estava viva. E ele tinha feito mais uma coisa por ela, antes que eu a tivesse forçado a contar a verdade. É provável que uma parte dele tivesse acolhido bem essa oportunidade.

– Entende? – disse Jenny. – Conor só fez o que eu queria que ele fizesse.

Sua mão estava lutando para passar por cima do cobertor de novo, procurando me alcançar, e havia um fogo de urgência na sua voz.

– Ele agrediu a senhora. Tanto pelo relato dele como pelo seu, ele tentou matá-la. Isso é crime. O consentimento não é uma defesa para a tentativa de homicídio.

– *Eu o forcei.* Vocês não podem prender Conor por isso.

– Depende – disse eu. – Se a senhora confirmar tudo isso num depoimento no tribunal, sim, há uma boa chance de Conor ser absolvido. Os jurados são apenas seres humanos. Às vezes eles flexibilizam as normas, preferindo seguir sua própria consciência. Mesmo que a senhora me preste um depoimento formal, é provável que eu possa fazer alguma coisa com ele. Mas, no pé em que as coisas estão, tudo em que podemos nos basear são as provas e a confissão de Conor. E elas dizem que ele cometeu um triplo homicídio.

— Mas ele não *matou* ninguém! Já lhe *contei* o que aconteceu. O senhor disse que, se eu lhe contasse...

— A senhora me contou sua versão. Conor me contou a dele. As provas não excluem nem uma nem a outra, e Conor é quem está disposto a prestar um depoimento formal. Isso quer dizer que a versão dele tem muito mais peso que a sua.

— Mas o senhor acredita em mim. Certo? Se acredita em mim...

Sua mão tinha alcançado a minha. Ela agarrou meus dedos como uma criança. Os dela eram tão magros que eu podia sentir o movimento dos ossos, e estavam terrivelmente frios.

— Mesmo que eu acredite, não há nada que eu possa fazer a respeito disso. Não sou um leigo num júri. Não me cabe o luxo de agir segundo minha consciência. Minha função é agir de acordo com as provas. Se a senhora não quiser que Conor seja preso, sra. Spain, precisará comparecer ao tribunal para salvá-lo. Depois do que ele fez pela senhora, creio que a senhora lhe deve pelo menos isso.

Ouvi a mim mesmo: bombástico, presunçoso, enfadonho, o tipo de espertinho metido que passa seu tempo de estudante dando aulas aos colegas de turma sobre os males do álcool e fazendo com que batam com sua cabeça em portas de armários. Se eu acreditasse em maldições, acreditaria que essa é a minha: quando é mais importante, nos momentos em que eu sei, com a maior clareza, exatamente o que precisa ser feito, tudo o que digo sai errado.

— Vai dar tudo certo para ele – disse Jenny, para os aparelhos, as paredes e o ar, tanto quanto para mim. Ela estava novamente planejando seu bilhete.

— Sra. Spain, eu entendo um pouco do que a senhora está sofrendo. Sei que é provável que a senhora não acredite em mim, mas juro por tudo que é sagrado que é a verdade. Compreendo o que a senhora quer fazer. Mas ainda existem pessoas que precisam da senhora. Ainda existem coisas que precisa fazer. A senhora não pode simplesmente deixar para lá. Elas lhe pertencem.

Só por um segundo, achei que Jenny tinha me ouvido. Seus olhos encontraram os meus, espantados e lúcidos, como se naquele instante ela tivesse visto de relance que o mundo continuava a girar, fora desse quarto estanque: crianças em crescimento precisando de roupas maiores, velhos se esquecendo de mágoas antigas, amantes se unindo e se separando, marés desgastando a rocha para transformá-la em areia, folhas caindo para cobrir sementes em germinação enterradas na terra fria. Por um segundo, achei que, por algum milagre, eu tinha encontrado as palavras certas.

Então seus olhos se desviaram, e ela recolheu a mão. Até aquele instante eu não tinha percebido que a estava apertando com força suficiente para machucá-la.

– Nem mesmo sei o que Conor estava fazendo lá. Quando acordei aqui dentro, quando comecei a me lembrar do que aconteceu, achei provável que ele nunca tivesse estado lá. Achei provável que eu o tivesse imaginado. Até a hora em que o senhor disse o nome dele hoje, eu acreditava nisso. O que ele estava... ? Como ele chegou lá?

– Ele vinha passando tempo em Brianstown. Quando viu que a senhora e Pat estavam com problemas, ele foi ajudar.

Vi as peças começando a se encaixar no lugar, de modo lento e doloroso.

– O broche – disse Jenny. – O broche da JoJo's. Isso foi... ? Foi *Conor*?

Restava-me pouquíssima agilidade mental para eu calcular que resposta teria maior probabilidade de mantê-la atenta, ou qual seria menos cruel. O segundo de silêncio lhe deu a resposta.

– Meu Deus. E eu achei... – Um rápido grito sufocado, como o de uma criança que se machuca. – As invasões também?

– Não posso tocar nesse assunto.

Jenny fez que sim. Aquele ímpeto de combatividade tinha acabado de esgotar suas forças. Ela quase dava a impressão de que não se mexeria mais. Daí a um tempo, falou baixinho.

– Coitado do Conor.

– É – disse eu. – Acho que sim.

Ficamos ali sentados muito tempo. Jenny não falava; nem olhava para mim. Tinha terminado. Recostou a cabeça nos travesseiros e ficou olhando os dedos que acompanhavam as rugas no lençol, lentamente, com firmeza, sem parar. Daí a pouco seus olhos se fecharam.

No corredor, duas mulheres passaram conversando e rindo, com os saltos batendo vigorosos no piso de cerâmica. Minha garganta doía com a secura do ar. Do lado de fora da janela, a luz tinha seguido adiante. Eu não me lembrava de ter ouvido chuva, mas as folhas estavam escuras e encharcadas, trêmulas contra um céu manchado, enfarruscado. A cabeça de Jenny caiu para um lado. Pequenos tremores irregulares sacudiam seu peito, até que o ritmo da sua respiração fez com que desaparecessem.

Ainda não sei por que fiquei ali. Talvez minhas pernas não quisessem se mexer, ou talvez eu estivesse com medo de deixar Jenny sozinha. Ou talvez alguma parte de mim ainda tivesse esperanças de Jenny se virar dormindo e sussurrar a senha secreta, a que decifraria o código que, por mágica, transformaria em branco e preto aquela confusão ininteligível de sombras e me mostraria como tudo isso fazia sentido.

19

Fiona estava no corredor, encolhida numa daquelas cadeiras de plástico dispostas meio esparsas ao longo da parede, enrolando nos pulsos um velho cachecol listrado. Para além de onde ela estava, o brilho da cera verde do piso se estendia pelo que pareciam ser quilômetros.

Sua cabeça se levantou de repente quando, com um clique, fechei a porta atrás de mim.

– Como está Jenny? Está bem?

– Está dormindo. – Puxei outra cadeira e me sentei ao lado de Fiona. O casaco vermelho acolchoado cheirava a fumo e ar frio. Ela havia saído para fumar um cigarro.

– Eu devia entrar. Ela fica apavorada quando acorda e ninguém está lá.

– Há quanto tempo você sabe?

Imediatamente o rosto de Fiona ficou com uma expressão vazia.

– Sei o quê?

Havia milhares de formas inteligentes de fazer aquilo. Não me restava energia para nenhuma delas.

– Sua irmã acaba de confessar os assassinatos da família. Tenho bastante certeza de que essa não é uma grande surpresa para você.

A expressão vazia não foi afetada.

– Ela está fora de si por conta de tantos analgésicos. Não tem a menor ideia do que está dizendo.

– Acredite em mim, srta. Rafferty, ela sabia muito bem o que estava dizendo. Todos os detalhes da história que me contou batem com as provas.

– O senhor a intimidou. No estado em que ela se encontra, seria fácil fazê-la dizer qualquer coisa. Eu poderia apresentar uma queixa.

Ela estava tão exausta quanto eu. Não conseguiu sequer dar um tom cortante ao que disse.

– Srta. Rafferty, por favor, não vamos entrar nessa. Qualquer coisa que me diga aqui é em caráter não oficial. Não posso nem mesmo provar que tivemos essa conversa. O mesmo se aplica à confissão da sua irmã. Em termos jurídicos, ela não existe. Estou só tentando descobrir um jeito de encerrar essa confusão antes que ocorram maiores estragos.

Fiona esquadrinhou meu rosto, com os olhos vermelhos cansados tentando entrar em foco. A iluminação agressiva deixava sua pele acinzentada e cheia de marcas. Ela parecia mais velha e menos saudável que Jenny. Mais adiante no corredor, uma criança estava chorando, soluços imensos, desamparados, como se o mundo tivesse desmoronado ao seu redor.

Alguma coisa, não sei o quê, disse a Fiona que eu estava falando sério. Diferente, eu a tinha considerado quando a entrevistamos, observadora. Naquela ocasião, eu não tinha gostado, mas no final acabou me sendo útil. Ela já não tinha combatividade alguma, e sua cabeça caiu para trás, encostada na parede.

– Por que ela fez aquilo...? Ela os amava *tanto*. Por que cargas d'água...? *Por quê?*

– Não posso lhe dizer isso. Quando você soube?

Fiona deixou passar um instante, antes de responder.

– Quando o senhor me disse que Conor confessou que tinha sido ele, eu sabia que não tinha sido. Não importava o que lhe tivesse acontecido desde que nos vimos pela última vez, por mais que ele tivesse tido mais uma briga com Pat e Jenny, mesmo que ele tivesse perdido completamente o juízo, ele não faria uma coisa daquelas.

Não havia dúvida na sua voz, nem um fiapo. Por um momento estranho e exausto, senti inveja deles dois, dela e de Conor Brennan. Praticamente tudo nesta vida é traiçoeiro, pronto para se contorcer e mudar de forma a qualquer segundo. Eu tinha a impressão de que o mundo inteiro seria um lugar diferente se cada um tivesse alguém de quem pudesse ter certeza, certeza até a medula; ou se cada um pudesse ser isso para alguma outra pessoa. Conheço maridos e mulheres que são isso um para o outro. Conheço parceiros de trabalho.

– De início – disse Fiona –, achei que era uma invenção sua, mas costumo ter uma boa intuição de quando as pessoas estão mentindo. Por isso, tentei imaginar por que Conor diria uma coisa daquelas. Era provável que ele tivesse feito isso para proteger Pat, para Pat não ser preso; mas Pat tinha morrido. Sobrava Jenny.

Ouvi o som baixo e dolorido dela engolindo em seco.

– Foi assim que eu soube.

– E foi por isso que não contou a Jenny que Conor tinha sido preso.

– Foi. Eu não sabia o que ela faria. Se ela ia tentar confessar, se ia pirar de uma vez e ter uma recaída ou alguma coisa semelhante...

– Você teve certeza de que ela era a culpada, de cara. Teve certeza de que Conor nunca faria uma coisa dessas, mas não teve a mesma certeza em relação à sua própria irmã.

— O senhor acha que eu deveria ter tido.

— Não sei o que você deveria ter achado – disse eu. Regra número sei lá qual: suspeitos e testemunhas precisam acreditar que você é onisciente. Você nunca deve deixar que eles o vejam com qualquer atitude que não seja de certeza total. Eu já não conseguia me lembrar da razão pela qual isso era importante. – Estou só me perguntando o que causou a diferença.

Ela torcia o cachecol na mão, em busca das palavras. Daí a um instante, respondeu:

— Jenny faz tudo certo, e tudo dá certo para ela. Foi assim que a vida dela sempre funcionou. Quando alguma coisa acabou dando errado, quando Pat perdeu o emprego, ela não soube lidar com a situação. É por isso que eu tinha medo de que ela estivesse ficando maluca, naquela ocasião em que me falou de alguém entrando na casa. Eu estava preocupada desde que Pat perdeu o emprego. E eu estava certa: ela estava desmoronando. Foi isso...? Foi por isso que ela...?

Não respondi.

— Eu devia ter sabido – disse Fiona, com a voz baixa e feroz, apertando ainda mais o cachecol. – Ela conseguiu disfarçar muito bem, depois daquele dia, mas se eu tivesse prestado mais atenção, se tivesse feito mais visitas por lá...

Não havia nada que ela pudesse ter feito. Mas eu não lhe disse isso. Eu precisava da culpa que ela estava sentindo.

— Você tocou nesse assunto com Jenny? – preferi perguntar.

— *Não.* Meu Deus, não. Ou ela ia me mandar para o inferno e ficar por lá, ou ia me dizer... – Um estremecimento. – Acha que eu quero ouvi-la falar sobre isso?

— E com qualquer outra pessoa?

— Não. Com quem, por exemplo? Esse não é exatamente o tipo de coisa que se conta para as colegas de apartamento. E eu não quero que mamãe saiba. Nunca.

— Você tem alguma comprovação dessa suspeita? Qualquer coisa que Jenny tenha dito, qualquer coisa que tenha visto? Ou é só intuição?

— Não. Não tenho nenhuma comprovação. Se eu estiver enganada, vou me sentir, puxa, tão feliz!

— Não creio que esteja enganada. Mas o problema é o seguinte: eu também não tenho comprovação. A confissão que Jenny me fez não pode ser usada no tribunal. As provas que temos não são suficientes para prendê-la, muito menos para condená-la. A menos que consigamos mais alguma coisa, ela vai sair em liberdade deste hospital.

— Ótimo. – Fiona captou alguma coisa na minha expressão, ou achou que tivesse captado, e deu de ombros, cansada. – O que o senhor espera de mim? Sei que provavelmente ela deveria ser presa, mas não me importo. É minha irmã e eu a amo. Se ela fosse presa, minha mãe descobriria. Sei que não deveria ter esperança de que alguém saia impune de um crime desses, mas eu tenho essa esperança. É isso aí.

— E Conor? Você me disse que ainda se importa com ele. Está mesmo pretendendo deixar que ele passe o resto da vida na prisão? Não que vá ser muito longa. Sabe o que outros criminosos pensam dos assassinos de crianças? Quer saber o que eles fazem com eles?

Ela arregalou os olhos.

— Peraí. O senhor não vai mandar Conor para a *cadeia*. Sabe que *não* foi ele quem fez isso.

— Eu, não, srta. Rafferty. O sistema. Não posso simplesmente desprezar o fato de que tenho provas mais do que suficientes para uma acusação formal. Se ele vai ser condenado ou não, caberá aos advogados, ao juiz e ao júri. Eu só trabalho com o que tenho. Se não tenho nada que aponte para Jenny, terei que acusar Conor.

Fiona fez que não.

— O senhor não vai fazer isso — disse ela.

Aquela certeza ecoou novamente na sua voz, nítida como uma batida no bronze. Parecia uma dádiva estranha, acolhedora como uma chama diminuta, nesse lugar frio onde eu nunca teria esperado encontrá-la. Essa mulher com quem eu nem deveria estar falando, essa mulher de quem eu nem mesmo gostava. Logo para ela, eu era uma certeza.

— Não — disse eu, sem conseguir me forçar a mentir para ela. — Não vou.

Ela concordou.

— Ótimo — disse ela, com um pequeno suspiro de cansaço.

— Não é com Conor que você deveria estar preocupada. Sua irmã está planejando se matar na primeira oportunidade que se apresentar.

Falei com o tom mais brutal possível. Calculei que a reação seria de choque, talvez pânico, mas Fiona nem mesmo olhou para mim. Continuou com os olhos fixos no corredor, nos pôsteres desbotados que proclamavam o poder salvador do antisséptico para mãos.

— Enquanto Jenny estiver no hospital, ela não fará nada — disse Fiona.

Ela já sabia. Ocorreu-me que, na realidade, ela pudesse querer que isso acontecesse, como um ato de misericórdia, como Richie tinha encarado, como um castigo, ou como resultado de algum feroz emaranhado de emoções entre irmãs que nem ela mesma jamais entenderia.

— E o que planeja fazer quando ela receber alta?

— Vigiá-la.

— Sozinha? Todas as horas do dia, todos os dias da semana?

— Eu e minha mãe. Ela não sabe, mas acha que, depois do que aconteceu, Jenny poderia... — Sua cabeça fez um movimento abrupto, e Fiona se concentrou ainda mais nos pôsteres. — Nós vamos vigiá-la — repetiu ela.

— Por quanto tempo? — perguntei. — Um ano, dois, dez? E quando a senhorita precisar ir trabalhar e sua mãe for tomar banho ou tirar uma soneca?

— Podem-se contratar enfermeiras. Cuidadoras.

— Se ganhar na loteria, vai poder, sim. Já se informou dos preços que cobram?

— Vamos arranjar o dinheiro, se for preciso.

— Do seguro de vida de Pat? — Isso fez com que se calasse. — E o que vai acontecer quando Jenny dispensar a enfermeira? Ela é adulta e livre. Se não quiser alguém tomando conta dela, e nós dois sabemos que ela não vai querer, não vai haver nada que vocês possam fazer a esse respeito. É uma decisão entre a cruz e a espada, srta. Rafferty: não vai conseguir mantê-la em segurança, a menos que ela seja presa.

— A prisão não é assim tão segura. Nós vamos cuidar dela.

O tom cortante na sua voz dizia que eu estava conseguindo atingi-la.

— É provável que cuidem por um tempo. Vão conseguir fazer isso por algumas semanas, ou até meses. Mas, mais cedo ou mais tarde, vai acontecer uma distração. Pode ser que seu namorado lhe ligue querendo bater papo, ou seus amigos não parem de insistir numa saída para beber um pouco e se divertir, e o pensamento que lhe ocorrerá será: *Só desta vez. Só desta vez, a vida vai me dar essa folga. Não vou ser castigada por querer ser um ser humano normal, só por uma hora ou duas. Eu mereço.* Pode ser que Jenny só fique sozinha um minuto. Um minuto é suficiente para encontrar o desinfetante ou as giletes. Se uma pessoa está determinada a se matar, ela descobrirá um jeito de fazê-lo. E se isso acontecer no seu turno, você passará o resto da vida se torturando.

Fiona enfiou as mãos pelo punho oposto das mangas do casaco.

— O que quer que eu faça?

— Preciso que Conor Brennan seja franco sobre o que aconteceu naquela noite. Quero que você lhe explique exatamente o que ele está fazendo. Ele não está simplesmente obstruindo a justiça; ele está lhe dando um chute na cara. Está deixando que Pat, Emma e Jack sejam enterrados enquanto a pessoa que os assassinou sai totalmente impune. E está deixando Jenny morrer.

— É uma coisa fazer o que Conor tinha feito num momento de pesadelo, de horror e pânico ululante, com Jenny o agarrando com as mãos ensanguentadas e implorando; é outra bem diferente ficar de braços cruzados, à fria luz do dia, e deixar que alguém que você ama se jogue diante de um ônibus. — Se eu falar, ele vai achar que estou só tentando confundir sua cabeça. Vindo de você, ele vai aceitar.

O canto da boca de Fiona se contorceu no que foi quase um sorrisinho irônico.

– O senhor realmente não entende Conor, não é mesmo?

Eu poderia ter rido.

– Tenho quase certeza de que não entendo, não.

– Ele não dá a mínima para obstruir a justiça ou não, para a dívida de Jenny para com a sociedade ou qualquer coisa semelhante. Ele só se importa com Jenny. Ele precisa saber o que ela quer que ele faça. Se ele fez a confissão para vocês, foi por esse motivo: para ela poder ter essa oportunidade. – Aquele quase sorriso torto de novo. – É provável que ele me considerasse egoísta, por tentar salvá-la só porque a quero por aqui. Pode ser que eu seja. Não estou nem aí.

Tentar salvá-la. Ela estava do meu lado, se eu ao menos conseguisse encontrar um jeito de usar isso.

– Então diga a ele que Jenny já morreu. Ele sabe que ela vai sair do hospital qualquer dia desses. Diga-lhe que ela recebeu alta e aproveitou a primeira oportunidade que se ofereceu. Se ela já não estiver viva para ser protegida, quem sabe se ele não se disporia a salvar a própria pele?

Fiona já estava fazendo que não.

– Ele saberia que eu estava mentindo. Ele conhece Jenny. De modo algum, ela teria... Ela não se mataria sem deixar um bilhete para inocentá-lo. Ela nunca faria isso.

Nós tínhamos baixado a voz, como conspiradores.

– Então, acha que poderia convencer Jenny a dar um depoimento formal? Implorando, fazendo com que sinta culpa, falando das crianças, de Pat, de Conor? Dizendo o que for necessário dizer? Eu não tive sorte, mas, vindo de uma irmã...

Ela ainda fez que não.

– Jenny não vai me dar ouvidos. No lugar dela, o senhor daria?

Tanto os olhos dela como os meus se voltaram para aquela porta fechada.

– Não sei – respondi. Eu teria estado explodindo de frustração... Por um instante pensei em Dina, roendo o próprio braço... Se me restasse alguma energia. – Não faço ideia.

– Não quero que ela morra.

De repente, a voz de Fiona ficou embargada e trêmula. Ela estava prestes a cair no choro.

– Então precisamos de provas – disse eu.

– O senhor disse que não tem nenhuma.

– Não tenho mesmo. E a esta altura não vamos conseguir nada.

– Então vamos fazer *o quê*? – Ela apertou as bochechas, enxugando as lágrimas.

Quando respirei, tive a impressão de inspirar alguma coisa mais volátil e violenta do que o ar, alguma coisa que abria caminho queimando pelas membranas para entrar no meu sangue.

– Só consigo pensar numa única solução possível – disse eu.

– Então, vá em frente. Por favor.

– Não é uma boa solução, srta. Rafferty. Mas, só como exceção, circunstâncias desesperadas exigem medidas desesperadas.

– De que tipo?

– Raramente, e estou falando *muito* raramente, uma prova de importância crucial nos chega pela porta dos fundos. Através de canais que se poderiam considerar menos que 100% admissíveis.

Fiona olhava fixamente para mim. As faces ainda estavam molhadas, mas ela tinha se esquecido do choro.

– O senhor está dizendo que poderia... – Ela parou e recomeçou com mais cuidado. – OK. O que está querendo dizer?

Acontece. Não com muita frequência, nem de longe com a frequência que as pessoas acham provável, mas acontece. Acontece porque algum policial fardado deixa algum espertinho irritá-lo demais; acontece porque algum preguiçoso como Quigley fica com inveja dos detetives de verdade e de seus índices de casos solucionados; acontece porque um detetive tem uma informação segura de que um cara vai fazer a mulher ir parar no hospital ou está querendo prostituir uma garota de 12 anos. Acontece porque alguém decide confiar na sua própria cabeça, em detrimento das regras que nós todos juramos cumprir.

Eu nunca tinha agido assim. Sempre tinha acreditado que, se você não consegue solucionar um caso como deve ser, não merece receber esse caso de modo algum. Eu nunca tinha sido o cara que olha para o outro lado enquanto o lenço de papel sujo de sangue passa para o lugar certo, o papelote de cocaína cai ali ou a testemunha recebe instruções do que dizer. Ninguém nunca me pediu para fazer isso, provavelmente para que eu não o entregasse à Corregedoria, e eu era grato a todos por não me levarem a agir assim. Mas eu sabia.

– Se você me entregasse logo uma prova que ligasse Jenny ao crime, digamos, hoje de tarde, eu poderia pedir a prisão dela antes que ela receba alta do hospital. Desse momento em diante, ela estaria sob vigilância especial para impedir o suicídio. – Todo aquele tempo que passei em silêncio olhando Jenny dormir, eu estava pensando nisso.

Vi a piscada rápida dos olhos quando a ficha caiu.

– Eu? – perguntou Fiona depois de um bom tempo.

– Se eu conseguisse bolar um jeito de fazer isso sem sua ajuda, eu não estaria falando com você.

Sua expressão estava tensa, alerta.

– Como vou saber que não é uma armação contra mim?

– Com que objetivo? Se eu simplesmente quisesse resolver um caso e estivesse procurando alguém para ser o bode expiatório, não precisaria de sua ajuda. Já tenho Conor Brennan, todo prontinho para ser entregue. – Um auxiliar passou empurrando um carrinho barulhento pelo fim do corredor, e nós dois nos sobressaltamos. Com a voz ainda mais baixa, eu continuei: – E estou correndo no mínimo tanto risco quanto você. Se um dia você decidir contar essa história a qualquer um, seja amanhã, no mês que vem ou daqui a dez anos, sou eu que vou enfrentar no mínimo uma investigação com a Corregedoria e, na pior das hipóteses, terei pela frente uma revisão de todos os casos de que cheguei a participar, além de ser eu mesmo responsabilizado criminalmente. Estou pondo nas suas mãos tudo o que tenho, srta. Rafferty.

– Por quê?

Havia respostas demais. Por causa daquele momento, ainda bruxuleando com sua chama pequena e de um brilho cáustico dentro de mim, aquele instante em que ela disse que tinha certeza sobre mim. Por causa de Richie. Por causa de Dina, com os lábios escuros, manchados de vinho tinto, me dizendo: *Não existe nenhum "porquê"*. No final, eu lhe dei a única resposta que conseguiria suportar compartilhar com ela.

– Nós tínhamos uma prova que talvez tivesse sido suficiente, mas ela acabou destruída. A culpa foi minha.

– O que vão fazer com Jenny? – perguntou Fiona, dali a um instante. – Se ela for presa. Quanto tempo... ?

– De início, pelo menos, ela será mandada para um hospital psiquiátrico. Se for considerada capaz para ser julgada, sua defesa alegará inocência ou insanidade. Nesse caso, ela voltará para o hospital até que os médicos decidam que ela já não representa perigo para si mesma ou para outros. Se for declarada culpada, é provável que fique presa por dez ou quinze anos. – Fiona estremeceu. – Sei que parece muito, mas nós podemos nos certificar de que ela receba o tratamento de que precisa; e, quando ela estiver com a minha idade, já terá saído. Ela pode retomar a vida, com você e Conor para ajudá-la.

O alto-falante deu sinal de vida com um guincho e chamou o dr. Fulano de Tal ao setor de Acidentes e Emergências, por favor. Fiona não se mexeu. Por fim, ela fez que sim. Cada músculo no seu corpo ainda estava retesado ao máximo, mas aquela desconfiança tinha sumido do seu rosto.

– OK – disse ela. – Pode contar comigo.

– Preciso que tenha certeza.

– Tenho certeza.

— Então, eis o que vamos fazer – disse eu. As palavras pareciam pesadas como pedras, me afundando. – A senhorita vai mencionar para mim que está indo até Ocean View, para apanhar coisas para sua irmã, quimono, artigos de toalete, seu iPod, livros, qualquer coisa que ache que ela possa precisar. Vou lhe dizer que a casa ainda está lacrada e que ninguém pode entrar lá. Me ofereço para ir lá eu mesmo, entrar na casa, pegar o que for que Jenny precise. Vou levá-la junto para que se certifique de eu ter apanhado as coisas certas. Pode preparar uma lista para mim no caminho. É preciso pôr tudo por escrito para eu poder mostrá-la a quem quer que pergunte.

Fiona concordou. Ela estava me observando como um estagiário recebendo instruções, alerta e atenta, guardando de cor cada palavra.

— Ver a casa de novo vai sacudir sua memória. De repente, vai se lembrar de que, na manhã em que você e os policiais fardados encontraram os corpos, quando entrou na casa atrás dos policiais, você pegou alguma coisa que estava caída na parte mais baixa da escada. Seu gesto foi automático: a casa ficava sempre tão arrumada que qualquer coisa no chão parecia fora do lugar. Por isso, enfiou aquilo no bolso do casaco sem nem mesmo registrar o que estava fazendo. Afinal de contas, sua cabeça estava com outras preocupações. Tudo isso parece lhe fazer sentido?

— A coisa que eu peguei do chão. O que era?

— Jenny tem um monte de pulseiras na caixa de joias. Existe alguma que ela use com frequência? Não uma das inteiriças, como é que se diz, escravas? Precisamos de uma de corrente. Uma corrente forte.

Fiona pensou.

— Ela tem uma pulseira de berloques. A corrente é de ouro, uma corrente grossa. Parece bem forte. Pat a deu a Jenny no aniversário dela de 21 anos. E depois ele lhe dava berloques quando qualquer coisa importante acontecia, como um coração quando eles se casaram, letras iniciais quando as crianças nasceram e uma casinha quando eles compraram a casa. Jenny usa muito essa pulseira.

— Ótimo. Esse é o outro motivo para tê-la apanhado do chão. Você sabia que ela significava muito para Jenny. Ela não ia querer que ficasse rolando no chão. Quando você viu o que tinha acontecido, aquilo expulsou a pulseira totalmente da sua cabeça. É bastante natural que não tenha pensado nela desde aquele dia. Mas, enquanto estiver me esperando sair da casa, ela voltará à sua mente. Você vai revirar os bolsos do casaco e vai encontrá-la. Quando eu voltar para o carro, vai entregá-la a mim, na remota possibilidade de que talvez seja útil.

— Como vai ser útil? – perguntou Fiona.

— Se tudo tiver acontecido do jeito que estou descrevendo, você não teria como saber de que modo a pulseira se encaixaria na nossa investigação. Portanto, é melhor que não saiba isso agora. Menos chance de cometer algum deslize. Vai precisar confiar em mim.

— E o senhor tem certeza, também, certo? Isso vai funcionar. Não vai dar tudo errado. O senhor tem certeza.

— Não é perfeito. Algumas pessoas, o que possivelmente inclui o promotor, vão pensar que você sabia disso o tempo todo e ocultou a informação de propósito. E algumas pessoas vão se perguntar se essa história toda não é só um pouquinho conveniente demais para ser verdadeira. Questões de política no departamento. Você não precisa saber os detalhes. Posso me certificar de que você não enfrente nenhum problema real. Por exemplo, você não será presa por ocultar provas ou por obstruir a justiça, nada desse tipo, mas não posso garantir que não vá passar por um mau pedaço com o promotor, ou com o advogado de defesa, se chegar a esse ponto. Eles podem até tentar insinuar que você deveria ser uma suspeita, considerando-se que teria sido a beneficiária se Jenny tivesse morrido.

Os olhos de Fiona se arregalaram de repente.

— Não se preocupe — disse eu. — Garanto que isso não tem como seguir adiante. Você não vai se encrencar. Só estou avisando com antecedência: o plano não é perfeito. Mas é o melhor que me ocorreu.

— OK — disse Fiona, respirando fundo. Ela se endireitou na cadeira e afastou o cabelo do rosto com as duas mãos, pronta para agir. — O que fazemos agora?

— Precisamos executar o plano, conversas e tudo o mais. Se cumprirmos todas as etapas, você vai se lembrar dos detalhes quando der seu depoimento, ou quando for interrogada. Você parecerá sincera porque estará dizendo a verdade.

Ela fez que sim.

— Então, srta. Rafferty, aonde está indo?

— Se Jenny estiver dormindo, eu deveria ir até Brianstown. Ela está precisando de algumas coisas da casa.

Sua voz estava seca e vazia, sem lhe restar nada além de um resquício de tristeza.

— Receio que não vá poder entrar na casa — disse eu. — Ela continua sendo a cena de um crime. Se for ajudar, posso levá-la à casa e retirar o que for necessário.

— Seria ótimo, obrigada.

— Vamos, então — disse eu.

Levantei-me, apoiando-me na parede como um velho.

Fiona fechou o casaco, enrolou o cachecol no pescoço e o apertou bem. A criança tinha parado de chorar. Ficamos ali em pé no corredor, por um instante, escutando junto da porta de Jenny por um chamado, um movimento, qualquer coisa que nos mantivesse ali, mas nada veio.

Pelo resto da minha vida, vou me lembrar daquela viagem. Foi o último momento em que eu poderia ter dado meia-volta: apanhado os pertences de Jenny, dito a Fiona que eu tinha detectado uma falha no meu grande plano, largado Fiona no hospital na volta e me despedido. No caminho até Broken Harbour naquele dia, eu era o resultado da dedicação de toda a minha vida adulta: um detetive da Homicídios, o melhor da divisão, o que conseguia resolver os casos e os resolvia sem sair da linha. No caminho de volta, eu já era outra coisa.

Fiona aconchegou-se junto da porta do carona, olhando lá para fora. Quando entramos na autoestrada, tirei a mão do volante, encontrei meu caderno e caneta e os passei para ela. Ela equilibrou o caderno no joelho, e eu mantive a velocidade regular enquanto ela escrevia. Quando terminou, ela os devolveu para mim. Olhei de relance para o papel: sua letra era nítida e arredondada, com pequenos floreios nos remates. *Creme hidratante (o que estiver na mesinha de cabeceira ou no banheiro). Jeans. Blusa. Pulôver. Sutiã. Meias. Sapatos (tênis). Casaco. Cachecol.*

— Ela vai precisar de roupas para sair do hospital. Seja lá para onde for que vão levá-la.

— Obrigado — disse eu.

— Não posso acreditar que estou fazendo isso.

Você está fazendo o que é certo, foi o que quase saiu automaticamente. Mas preferi dizer outra coisa.

— Você está salvando a vida da sua irmã.

— Eu a estou pondo na cadeia.

— Você está fazendo o melhor que pode. É só isso que qualquer um de nós consegue fazer.

De repente, ela falou, como se as palavras tivessem forçado o caminho para sair.

— Quando éramos pequenas, eu costumava rezar pedindo para Jenny fazer alguma coisa horrível. Eu estava sempre encrencada... nada de importante, eu não era algum tipo de marginal, só coisas pequenas como ser respondona com mamãe ou conversar na sala de aula. Jenny nunca fez nada de errado, nunca. Ela não era uma santarrona. Era como se fosse natural nela. Eu rezava pedindo que ela fizesse alguma coisa realmente horrível, só uma vez. E aí eu poderia contar e ela estaria encrencada. E todos diriam: "Muito bem, Fiona. Você fez o que era certo. Boa menina."

Ela estava com as mãos unidas no colo, bem juntas, como uma criança se confessando.

– Não me repita essa história, srta. Rafferty. – Minha voz saiu mais áspera do que eu pretendia. Fiona voltou a olhar pela janela.

– Eu não repetiria.

Depois disso, não conversamos. Quando entrei em Ocean View, um homem saiu de repente de uma rua transversal, correndo com disposição; pisei firme no freio, mas ele era um praticante de jogging, de olhos fixos, sem enxergar, as narinas dilatadas como as de um cavalo desembestado. Por um segundo, achei que ouvi suas grandes arfadas através do vidro. Depois ele sumiu. Foi a única pessoa que vimos. O vento que vinha do mar sacudia o aramado das cercas, mantinha as ervas altas nos jardins numa inclinação forte, batia nas janelas do carro.

– Li no jornal que estão cogitando demolir esses lugares, os condomínios fantasma – disse Fiona. – Só derrubar tudo, ir embora e fingir que nunca aconteceu.

Por um último segundo, vi Broken Harbour do jeito que deveria ter sido. Os cortadores de grama zumbindo e os rádios ensurdecedores tocando hits rápidos e agradáveis enquanto homens lavavam carros na entrada da casa, criancinhas dando berros e fazendo manobras em patinetes; garotas correndo com o rabo de cavalo balançando; mulheres debruçadas sobre a cerca do jardim trocando notícias; adolescentes dando empurrões, reprimindo risos e paquerando em cada esquina. Explosões de cores de vasos com gerânios, carros novos e brinquedos de crianças; cheiro de tinta fresca e de churrasco soprado pelo vento do mar. A imagem saltou na minha frente, tão forte que eu a vi com mais clareza do que todos os canos enferrujados e os buracos na terra batida.

– É uma pena.

– E já vão tarde. Isso deveria ter acontecido quatro anos atrás, antes que começassem a construir isso aqui: deveriam ter queimado as plantas e ido embora. Antes tarde do que nunca.

Eu tinha aprendido como era o condomínio. Cheguei à casa dos Spain na primeira tentativa, sem pedir orientação a Fiona. Ela estava imersa em pensamentos, e fiquei feliz de deixá-la assim. Quando estacionei o carro e abri minha porta, o vento entrou rugindo, enchendo meus ouvidos e meus olhos como água fria.

– Volto daqui a alguns minutos. Faça como se estivesse encontrando alguma coisa no bolso, só para a eventualidade de alguém estar espiando. –

As cortinas dos Gogan não tinham se mexido, mas era só uma questão de tempo. – Se alguém se aproximar, não fale com a pessoa. – Fiona fez que sim, pela janela.

O cadeado ainda estava no lugar. Os necrófilos e os caçadores de suvenires estavam dando tempo ao tempo. Encontrei a chave que tinha tirado do dr. Dolittle. Quando entrei na casa, deixando o vento lá fora, o silêncio imediato ecoou nos meus ouvidos.

Remexi nos armários da cozinha, sem me preocupar em evitar os respingos de sangue, até encontrar um saco de lixo. Levei-o lá para cima e fui jogando coisas nele, trabalhando rápido. Era presumível que Sinéad Gogan estivesse àquela altura grudada na janela da frente, e que tivesse o prazer de contar, a qualquer um que perguntasse, exatamente quanto tempo fiquei ali dentro. Quando terminei, calcei as luvas e abri a caixa de joias de Jenny.

A pulseira de berloques estava num pequeno compartimento separado, pronta para ser usada. O coração de ouro, a casinha de ouro, reluzindo à luz suave que atravessava a cúpula creme do abajur; o E com arabescos, lascas de diamantes cintilando; o J, com esmalte vermelho; o pingente de diamante que devia ter sido para o aniversário de 21 anos de Jenny. Na pulseira, restava muito espaço para todas as coisas fantásticas que ainda teriam estado por acontecer.

Deixei o saco de lixo no chão e levei a pulseira para o quarto de Emma. Liguei a luz. Eu não ia fazer uma coisa dessas com as cortinas abertas. O quarto estava do jeito que Richie e eu o tínhamos deixado quando terminamos nossa busca: arrumado, cheio de carinho, amor e cor-de-rosa, apenas com a cama sem colcha a denunciar que alguma coisa tinha acontecido ali. Na mesinha de cabeceira, a babá eletrônica estava piscando com um aviso: *12°. FRIO DEMAIS.*

A escova de cabelo de Emma – rosa, com um pônei na parte de trás – estava em cima da cômoda. Escolhi os fios de cabelo com cuidado, combinando o comprimento, segurando-os no alto – eles eram tão finos e louros que, em certo ângulo, desapareciam à luz – para descobrir quais deles ainda estavam com a raiz presa, arrancados por uma passada forte demais da escova. No final, eu tinha oito.

Alisei-os juntos numa pequena mecha, segurei as raízes entre o polegar e o indicador e enrolei a outra ponta na pulseira de berloques. Precisei tentar algumas vezes, na corrente, no fecho, no coraçãozinho de ouro, até os fios ficarem tão enganchados, na argola que prendia o J esmaltado, que um puxão tirou os fios dos meus dedos e os deixou esvoaçando no ouro.

Pus a pulseira em torno da mão e puxei até um elo se romper. Fiquei com uma marca vermelha na palma da mão, mas os pulsos de Jenny tinham ficado cobertos de contusões e arranhões de quando Pat tentava se defender. Qualquer um deles, tornado menos nítido pelos outros, poderia ter sido causado pela pulseira.

Emma tinha lutado. Cooper já nos dissera isso. Por um instante, ela tinha conseguido tirar o travesseiro de cima da cabeça. Enquanto Jenny se esforçava para pô-lo de volta no lugar e Emma sacudia a cabeça, o cabelo de Emma se enganchou na pulseira de Jenny. Emma tinha agarrado a pulseira, puxado com força até um elo fraco se romper. E então ela perdeu a força. Sua mão estava presa de novo debaixo do travesseiro, sem restar nada nela a não ser uns fios do próprio cabelo.

A pulseira tinha ficado no pulso de Jenny enquanto ela terminava o que estava fazendo. Quando desceu para procurar Pat, o elo amassado tinha se soltado.

Talvez não bastasse para uma condenação. O cabelo de Emma poderia ter se enganchado na pulseira quando Jenny o estava escovando antes de dormir, naquela última noite. O elo poderia ter se rompido na maçaneta de uma porta quando ela desceu correndo para ver que comoção era aquela. A história inteira estava carregada de pontos questionáveis. Mas, aliada a tudo o mais, seria suficiente para prendê-la, acusá-la, mantê-la em prisão preventiva, enquanto aguardava o julgamento.

Isso pode levar um ano ou mais. Até essa hora, Jenny teria passado bastante tempo com psiquiatras e psicólogos, que a encheriam de remédios, terapia e tudo o mais que lhe desse uma chance de recuar daquela borda de precipício, varrida pelo vento. Se mudasse de opinião quanto a morrer, ela admitiria a culpa: não havia mais nada que a levasse a precisar sair da cadeia. E uma confissão de culpa retiraria a sombra de suspeita que pairava sobre Pat e Conor. Se não mudasse de ideia, alguém detectaria o que ela estava planejando – apesar do que algumas pessoas pensam, a maioria dos profissionais de saúde mental sabe o que está fazendo – e faria o que fosse necessário para mantê-la em segurança. Eu tinha dito a verdade a Fiona: não era perfeito, longe disso, mas não restava espaço para a perfeição nesse caso.

Antes de sair do quarto de Emma, abri uma das cortinas e fiquei parado à janela, olhando para as fileiras de casas pela metade e a praia depois delas. O inverno estava começando a se fazer sentir. Mal se tinha chegado às três da tarde, e a luz já estava acumulando aquela melancolia do anoitecer; e o azul do mar tinha se desbotado, deixando-o de um cinza inquieto, raiado de espuma branca. No esconderijo de Conor, a lona plástica panejava com o vento. As casas ao redor lançavam sombras desencontradas na rua sem calçamento. O lugar parecia Pompeia, como algum achado arqueológico preservado para deixar turistas perambularem por ali, de queixo caído e pescoço esticado, tentando visualizar o desastre que tinha extinguido a vida ali – só por alguns anos, até que ele se desfizesse em pó, formigueiros se formassem no meio do piso de cozinhas, e hera se enroscasse em lustres e luminárias.

Fechei a porta do quarto de Emma atrás de mim, com delicadeza. No piso do patamar, ao lado de uma extensão de fio elétrico que entrava no banheiro, a inútil câmera de vídeo de Richie estava apontada para o alçapão do sótão, piscando com um olhinho vermelho para mostrar que estava gravando. Uma pequena aranha cinza já tinha construído uma teia em formato de rede entre a câmera e a parede.

Lá em cima, no sótão, o vento entrava pelo buraco por baixo do beiral, com um uivo agudo e trêmulo, como uma raposa ou o lamento de algum espectro. Forcei os olhos para enxergar além do alçapão aberto. Por um instante, achei que tinha visto alguma coisa se mexer – um deslocamento e uma aglutinação do negrume, um ondular musculoso, proposital – mas, quando pisquei, só havia a escuridão e o jorro de ar gelado.

No dia seguinte, quando o caso estivesse fechado, eu mandaria o técnico de Richie de volta ali para recolher a câmera, examinar cada tomada da filmagem e me escrever um relatório em triplicata sobre qualquer coisa que visse. Não havia motivo para eu não acionar a tela embutida e fazê-la passar a filmagem em velocidade acelerada, de joelhos ali no patamar, mas não o fiz. Eu já sabia que não havia nada ali.

Fiona estava encostada do lado de fora da porta do carona, olhando impassível para o esqueleto de casa onde tínhamos conversado com ela naquele primeiro dia, com um fino filete de fumaça subindo a partir do cigarro entre seus dedos. Quando cheguei, ela jogou o cigarro num buraco meio cheio de água suja.

— Aqui estão as coisas da sua irmã – disse eu, mostrando-lhe o saco de lixo. – Era isso o que estava pretendendo levar, ou prefere alguma coisa diferente?

— Isso aí está bem. Obrigada.

Ela não olhou sequer de relance. Por um segundo estonteante, achei que ela tivesse mudado de ideia.

— Está com algum problema?

— Olhar para a casa me fez lembrar – disse Fiona. – No dia em que nós os encontramos, Jenny, Pat e as crianças, eu peguei isso aqui no chão.

Ela tirou a mão do bolso, enrolada como se estivesse segurando alguma coisa. Eu estendi a palma da minha mão, em concha para proteger a pulseira de observadores e do vento, e ela abriu sua mão vazia acima da minha.

— Seria bom tocar nela, só por segurança.

Ela segurou a pulseira, firme, por um instante. Mesmo através das luvas, pude sentir o gelo nos seus dedos.

— Onde pegou isso?

— Naquele dia de manhã, quando os policiais entraram na casa, eu fui atrás. Queria saber o que estava acontecendo. Vi essa pulseira ao pé da escada, tipo bem junto do primeiro degrau. E a apanhei. Jenny não ia querer que ela fosse chutada para lá e para cá. Eu a enfiei no bolso do casaco. Tem um buraco no bolso. A pulseira foi parar no forro. Eu me esqueci dela. Até agora.

Sua voz estava fraca e monótona. O rugido incessante do vento a empurrou dali, para o concreto exposto e o metal enferrujado.

— Obrigado — disse eu. — Vou dar uma olhada.

Dei a volta até o lado do motorista e abri a porta. Fiona não se mexeu. Foi só depois que eu pus a pulseira num envelope de provas periciais, preenchi com cuidado a etiqueta e o enfiei no bolso do casaco que ela se empertigou e entrou no carro. Continuou sem olhar para mim.

Dei a partida, e saímos de Broken Harbour, desviando dos buracos e de restos de arame, com o vento ainda batendo forte nas janelas, como um bola de demolição. Foi fácil assim.

O local onde ficava o trailer era mais afastado da praia que a casa dos Spain, talvez uns cem metros para o norte. Quando Richie e eu fomos andando pelo escuro até o esconderijo de Conor Brennan e voltamos com ele entre nós dois, com o caso totalmente solucionado, é provável que tivéssemos cruzado o ponto em que o trailer da minha família costumava ficar.

A última vez que vi minha mãe foi do lado de fora do trailer, na nossa última noite em Broken Harbour. Minha família tinha ido ao Whelan's para um grande jantar de despedida. Eu tinha feito para mim mesmo uns dois sanduíches de presunto na nossa pequena cozinha e estava pronto para sair, para me encontrar com a turma lá na praia. Tínhamos garrafões de sidra e maços de cigarros malocados nas dunas, com o local marcado por sacos plásticos azuis amarrados nas moitas de capim. Alguém ia levar um violão. Meus pais tinham dito que eu podia ficar até a meia-noite. O cheiro do desodorante Lynx Musk pairando no trailer, a luz baixa e dourada que entrava pelas janelas e batia no espelho de modo que eu precisava me abaixar de lado para aplicar gel nos espetos que tinha feito com cuidado no cabelo; a mala de Geri aberta e já meio arrumada no seu beliche, o chapeuzinho branco e os óculos escuros de Dina jogados no dela. Em algum lugar crianças estavam rindo e uma mãe as chamava para jantar; um rádio distante estava tocando "Every

Little Thing She Does Is Magic", e eu cantava, bem baixinho, com minha nova voz grave, e pensava no jeito de Amelia empurrar o cabelo para trás.

Vesti a jaqueta jeans, desci correndo a escada do trailer e então parei. Minha mãe estava sentada lá fora, numa dessas pequenas cadeiras dobráveis, com a cabeça inclinada para trás para ver o céu se tornar cor de pêssego e dourado. Seu nariz estava bronzeado e seu cabelo louro e macio estava caindo do coque, de um dia inteiro passado deitada ao sol, construindo castelos de areia com Dina, andando pela beira da água de mãos dadas com meu pai. A brisa levantava e turbilhonava a bainha da sua saia comprida, de algodão azul-claro salpicado com flores brancas.

Mikey, disse ela, sorrindo para mim. *Você está muito bonito.*

Achei que todos estavam no pub.

Gente demais. Essa deveria ter sido minha primeira pista. *Está tão lindo aqui. Tão tranquilo. Olha.*

Só para constar, dei uma olhada no céu. *É. Bonito. Vou até a praia, lembra do que eu disse? Vou estar...*

Senta aqui um pouquinho comigo. Ela estendeu a mão, acenando.

Preciso ir. Os caras estão...

Eu sei. Só uns minutinhos.

Eu deveria ter sabido. Mas ela parecia tão feliz ao longo daquelas duas semanas. Ela sempre ficava feliz em Broken Harbour. Essas eram as únicas semanas do ano em que eu podia ser simplesmente um garoto normal. Sem me preocupar com qualquer perigo, a não ser o de dizer alguma coisa idiota diante da turma; sem nenhum segredo à espreita no fundo da minha cabeça, só os pensamentos sobre Amelia que me deixavam vermelho sempre na hora errada; sem precisar estar alerta para nenhum perigo, a não ser o do grande Dean Gorry, que também gostava dela. Eu estava relaxado. O ano inteiro, eu tinha vigiado e trabalhado muito. Achava que merecia isso. Tinha me esquecido de que Deus, o mundo, ou seja lá o que for que escreve as regras na pedra, não lhe dá folga por bom comportamento.

Sentei-me na beira da outra cadeira e tentei não me mostrar ansioso. Mamãe recostou-se e suspirou, um som satisfeito, sonhador. *Olha só para aquilo ali*, disse ela, estendendo os braços na direção dos movimentos da água. Era um anoitecer ameno, ondas violáceas lambiam a areia, e o ar estava doce e salgado como caramelo, com só uma névoa rala e alta no pôr do sol a nos dizer que o vento poderia se virar contra nós e trazer frio em algum momento da noite. *Não existe lugar como este. É claro que não existe. Eu queria nunca precisar voltar para casa. Você também não queria?*

É. Pode ser. É legal aqui.

Me diz uma coisa. Aquela menina loura, a que tem um pai simpático que nos deu leite quando o nosso acabou. Ela é sua namorada?

Meu Deus! Mamãe! Eu me contorcia de constrangimento.

Ela não percebeu. *Bom. Isso é bom. Às vezes eu me preocupo, achando que você não tem namoradas porque...* Mais um pequeno suspiro, enquanto ela afastava o cabelo da testa. *Ah, isso é bom. Ela é uma menina linda; com um lindo sorriso.*

É. O sorriso de Amelia, o jeito dela de olhar de lado para seus olhos encontrarem os meus; a curva do seu lábio que me dava vontade de lhe dar uma mordida. *Acho que sim.*

Cuide bem dela. Seu pai sempre cuidou bem de mim. Minha mãe sorriu, estendeu a mão pelo espaço entre as cadeiras para afagar a minha. *Você também cuidou. Espero que essa menina saiba a sorte que tem.*

Só estamos saindo há alguns dias.

E vão continuar se vendo?

Encolhi os ombros. *Não sei. Ela é de Newry.* Eu já me via mandando fitas gravadas para Amelia, escrevendo seu endereço com minha melhor caligrafia, imaginando o quarto de menina onde ela as escutaria.

Mantenha-se em contato. Vocês teriam filhos lindos.

Mamãe! Nós só acabamos de nos conhecer...

Nunca se sabe. Alguma coisa passou pelo seu rosto, alguma coisa veloz e frágil como a sombra de um pássaro na água. *Nesta vida, nunca se sabe.*

Dean tinha um milhão de irmãozinhos e irmãzinhas. Seus pais não se importavam com seu paradeiro. Ele já estaria lá na praia, pronto e à espera para agarrar sua oportunidade. *Mamãe, preciso ir. OK? Posso ir?*

Eu estava só meio sentado, com as pernas preparadas para me atirar pelas dunas. Sua mão se estendeu mais uma vez para cobrir o espaço, segurou a minha. *Ainda não. Não quero ficar sozinha.*

Olhei de relance para o caminho que levava ao Whelan's, rezando, mas não vinha ninguém. *Papai e as meninas estarão de volta num instante.*

Nós dois sabíamos que demoraria mais que isso. O Whelan's era aonde iam todas as famílias do acampamento de trailers: Dina devia estar correndo, brincando de pique, dando gritos agudos com as outras crianças, papai entraria numa partida de dardos, Geri estaria sentada no muro lá fora, paquerando só mais um minuto. A mão de mamãe ainda estava segurando a minha. *Preciso conversar com você. Sobre algumas coisas. É importante.*

Eu só conseguia pensar em Amelia, em Dean, no cheiro selvagem do mar que ia crescendo no meu sangue, em todo aquele mundo da noite, risos e mistério, com gosto de sidra, que esperava por mim naquelas dunas. Achei que ela queria falar sobre o amor, garotas, quem sabe, Deus me livre, sobre sexo. *É, tudo bem, só que agora não dá. Amanhã, quando estivermos em casa... Agora eu preciso ir, mamãe, sério. Vou me encontrar com Amelia...*

Ela vai esperar por você. Fique comigo. Não me deixe sozinha.

O primeiro tom de desespero transparecendo na sua voz, contaminando o ar como fumaça tóxica. Puxei minha mão de repente como se a dela por cima da minha me tivesse queimado. Amanhã em casa eu estaria disposto para essa conversa, mas ali não, naquela hora não. A injustiça daquilo tudo me atingiu como uma chicotada na cara, me deixou atordoado, indignado, cego. *Mamãe. Não faça isso.*

Sua mão ainda estendida na minha direção, pronta para agarrar. *Por favor, Mikey. Preciso de você.*

E daí? Aquilo saiu de mim como uma explosão, tirando todo o meu fôlego e me deixando arfando. Minha vontade era dar-lhe um soco para tirá-la da minha frente, do meu mundo. *Estou tão cheio de cuidar de você! É você quem deveria cuidar de mim!*

Seu rosto, abalado, boquiaberto. O pôr do sol dourando o grisalho do seu cabelo, tornando-a jovem e luminosa, pronta para desaparecer naquele brilho ofuscante. *Ai, Mike. Ai, Mike, sinto muito...*

É. Eu sei. Também sinto. Eu estava me mexendo na cadeira, vermelho de vergonha, vontade de desafiar e um constrangimento medonho, ainda mais louco para sair dali. *Esquece o que eu disse. Não era o que eu queria dizer.*

Era, sim. Sei que era. E você está certo. Você não deveria ter que... Ai, meu Deus. Ai, meu amor, sinto muito mesmo.

Tudo bem. Sem problema. Relances de cor viva estavam se movimentando nas dunas, sombras de pernas compridas que se estendiam à frente enquanto elas corriam para a água. Uma garota riu. Não deu para eu saber se tinha sido Amelia. *Posso ir?*

Pode. É claro. Pode ir. Sua mão contorcendo-se entre as flores da saia. *Não se preocupe, Mike, querido. Não vou fazer isso de novo. Eu juro. Aproveite bem esta noite.*

Quando fiquei em pé de um salto, já levantando a mão hesitante para ver como estava meu cabelo, passando a língua pelos dentes para me certificar de que estavam limpos, ela me segurou pela manga. *Mamãe, eu preciso...*

Eu sei. Só um segundo. Ela me puxou para eu me abaixar, pôs as mãos nas minhas bochechas e me deu um beijo na testa. Tinha o cheiro de bronzeador de óleo de coco, de sal, de verão, da minha mãe.

Depois, as pessoas culparam meu pai. Nós tínhamos sido eficientes, ele, eu e Geri, ao manter nosso segredo seguro entre quatro paredes. Eficientes demais. Ninguém jamais tinha desconfiado dos dias em que minha mãe não conseguia parar de chorar, das semanas em que ela não saía da cama, com os olhos fixos na parede. Mas naquela época os vizinhos cuidavam uns dos outros, ou cuidavam da vida dos outros, não sei bem qual é a descrição correta. A rua inteira sabia que havia semanas em que ela não saía da casa, dias em que só conseguia fazer um leve cumprimento ou em que abaixava a cabeça e fugia apressada dos seus olhares curiosos.

Os adultos tentavam ser sutis, mas cada manifestação de condolências tinha uma pergunta suspensa nas entrelinhas. Os garotos na escola, na metade das vezes, nem mesmo tentavam. Todos queriam saber as mesmas coisas. Quando ela mantinha a cabeça baixa, estava escondendo olhos roxos? Quando ficava dentro de casa, estava esperando a cura de uma costela quebrada? Quando entrou na água, foi porque meu pai a fez entrar?

Eu calava a boca dos adultos com um olhar frio e impassível. E dava surras homéricas nos colegas que falassem demais, até o dia em que se esgotou a consideração pela minha perda, e os professores começaram a me deixar de castigo depois da hora por brigar. Eu precisava estar em casa na hora, para ajudar Geri com Dina e com o serviço da casa. Meu pai não conseguia fazer nada. Mal conseguia falar. Eu não podia me permitir ficar de castigo. Foi aí que comecei a aprender a me controlar.

Bem no fundo, eu não os culpava por perguntar. Parecia uma simples curiosidade suja, mas já naquela época eu entendia que era mais que isso. Eles precisavam saber. Como eu disse a Richie, causa e efeito não são artigos de luxo. Basta tirar isso, e nós ficamos paralisados, agarrados a uma jangada minúscula, jogada loucamente para lá e para cá num oceano negro e sem fim. Se minha mãe podia entrar na água só porque sim, então a mãe deles também podia, qualquer noite, a qualquer instante; eles também poderiam. Quando não conseguimos ver um desenho maior, encaixamos as peças até que alguma história ganhe forma, porque é disso que precisamos.

Eu brigava com eles porque a história que eles estavam vendo era a errada; e eu não conseguia me forçar a lhes contar qualquer outra história. Mas sabia que eles estavam certos quanto a um ponto: as coisas não acontecem sem que haja um motivo. Eu era a única pessoa no mundo que sabia que o motivo era eu.

E tinha aprendido a conviver com aquilo. Tinha encontrado um jeito, devagar e com uma quantidade imensa de esforço e dor. Eu não tinha como viver sem esse jeito.

Não existe nenhum "porquê". Se Dina estivesse certa, era impossível viver neste mundo. Se estivesse errada, se – e era preciso que essa fosse a verdade – se o mundo fosse racional e fosse só a estranha galáxia dentro da sua cabeça que girasse enlouquecida, fora de qualquer eixo, nesse caso tudo isso era por minha causa.

Deixei Fiona diante do hospital. Quando estava parando o carro, falei:

– Vou precisar que venha prestar um depoimento formal sobre como encontrou a pulseira. – Vi que ela fechou os olhos por um segundo.

– Quando?

– Agora, se não se importar. Posso esperar aqui, enquanto leva as coisas da sua irmã.

– Quando o senhor vai...? – Seu queixo se inclinou na direção do prédio. – Contar para ela?

Prendê-la.

– O mais rápido possível. Provavelmente amanhã.

– Então eu presto o depoimento depois. Até lá, fico com Jenny.

– Talvez seja mais fácil fazer isso esta noite – disse eu. – Pode lhe parecer difícil ficar com Jenny neste exato momento.

– É, talvez sim – disse Fiona, em tom neutro. Ela então saltou do carro e foi embora, abraçando o saco de lixo com os dois braços, inclinada para trás como se ele fosse pesado demais para carregar.

Devolvi o BMW à frota à nossa disposição e esperei do lado de fora do muro do castelo, meio escondido nas sombras como um desocupado, até o turno terminar e os rapazes irem embora para casa. Depois fui procurar o chefe.

O'Kelly ainda estava à sua mesa, a cabeça baixa num círculo de luz do abajur, passando a caneta pelas linhas de uma folha de depoimento. Estava com os óculos de leitura na ponta do nariz. A aconchegante luz amarela realçava as rugas fundas em torno dos seus olhos e da boca, as faixas brancas no seu cabelo. Ele dava a impressão de ser algum velhinho bondoso num livro de histórias, o avô experiente que sabe dar um jeito em tudo.

Do lado de fora da janela, o céu estava de um sólido tom negro de inverno, e as sombras começavam a se adensar em torno das pilhas esfarrapadas de processos, inclinadas nos cantos. O escritório parecia ser um lugar com o qual eu tinha sonhado quando era menino e que tinha passado anos tentando encontrar, um lugar cujos detalhes inestimáveis eu deveria ter acumulado na minha memória; um lugar que já estava se dissolvendo entre meus dedos, já perdido.

Apresentei-me no vão da porta, e O'Kelly levantou a cabeça. Por um átimo de segundo ele pareceu cansado e triste. E então tudo isso foi afastado, e seu rosto se tornou neutro, totalmente sem expressão.

– Detetive Kennedy – disse ele, tirando do rosto os óculos de leitura. – Feche a porta.

Fechei-a atrás de mim e permaneci em pé até O'Kelly, com a caneta, mostrar uma cadeira.

— Quigley veio me ver de manhã.

— Ele deveria ter deixado o assunto comigo — disse eu.

— Foi o que eu disse a ele. Ele fez aquela cara de freira e disse que não acreditava que você confessasse tudo.

Que sacana.

— Mais provável que ele quisesse dar sua versão primeiro.

— Ele mal podia esperar para sujar sua reputação. Quase gozou nas calças com a oportunidade. Mas tem um detalhe: Quigley se dispõe a distorcer uma história de um modo que lhe seja conveniente, tudo bem, mas nunca soube que ele fosse capaz de criar uma história do zero. Por não querer deixar o dele na reta.

— Ele não inventou a história. — Apanhei o saquinho de provas no bolso. Parecia que fazia dias que eu o tinha posto ali. E o coloquei em cima da mesa de O'Kelly. Ele não o pegou.

— Dê-me sua versão. Vou precisar dela numa declaração escrita, mas quero ouvir a história antes.

— O detetive Curran encontrou isso aqui no apartamento de Conor Brennan, enquanto eu estava do lado de fora dando um telefonema. O esmalte combina com o de Jennifer Spain. A lã bate com a do travesseiro que foi usado para sufocar Emma Spain.

O'Kelly assobiou.

— Puta merda. A mamãe. Você tem certeza?

— Passei a tarde com ela. Ela não dará uma confissão oficial, mas me contou informalmente tudo o que aconteceu.

— O que, sem isso, não tem utilidade nenhuma para nós. — Ele mostrou o envelope com um gesto de cabeça. — Como isso foi parar no apartamento de Brennan, se ele não é o culpado?

— Ele estava na cena. Foi ele quem tentou terminar o serviço em Jennifer Spain.

— Dê graças a Deus por isso. Pelo menos, você não prendeu um santinho inocente. Seja como for, é menos um processo contra nós. — O'Kelly refletiu um pouco, resmungou. — Continue. Curran encontra isso, saca o que significa. E depois? Por que cargas d'água ele não seguiu o procedimento?

— Ele ficou em dúvida. Aos olhos dele, Jennifer Spain já sofreu o suficiente, e de nada adiantaria ela ser presa: a melhor solução seria liberar Conor Brennan e encerrar o caso, deixando implícito que Patrick Spain foi quem cometeu os crimes.

O'Kelly bufou.

— Maravilha. Uma perfeita maravilha. Que espertinho de merda. Por isso, ele sai andando por aí, frio como ele só, com esse troço no bolso.

— Ele estava guardando a prova enquanto decidia o que fazer com ela. Na noite de ontem, uma mulher que eu também conheço esteve na casa do detetive Curran. Ela viu o envelope e achou que ele não deveria estar ali. Por isso, quando saiu, ela o levou. Ela tentou entregá-lo a mim hoje de manhã, mas Quigley a interceptou.

— A tal jovem – disse O'Kelly. Ele estava clicando o botão da sua caneta com o polegar, olhando para ela como se fosse fascinante. – Quigley tentou me dizer que vocês três estavam em algum tipo maluco de *ménage à trois*. Disse que estava preocupado porque a divisão deveria preservar seus padrões morais, toda essa palhaçada de coroinha. Qual é a história real?

O'Kelly sempre foi bom para mim.

— Ela é minha irmã – disse eu. Isso atraiu sua atenção.

— Deus do céu. Imagino que, a esta altura, Curran tenha perdido alguns dentes, certo?

— Ele não sabia.

— Isso não é desculpa. Que mulherengo mais sujo!

— Senhor, eu gostaria de manter minha irmã fora dessa história, se for possível. Ela não está bem.

— Foi isso mesmo o que Quigley disse. – Só que supostamente não com essas palavras. – Não há necessidade de incluí-la. A Corregedoria talvez queira falar com ela, mas vou lhes dizer que não há nada que ela possa acrescentar. Você trate de se certificar de que ela não vá sair tagarelando com algum filho da mãe da imprensa, e estará tudo certo para o lado dela.

— Obrigado, senhor.

O'Kelly assentiu.

— Isso aqui – disse ele, levantando o envelope com a caneta. – Você pode jurar que só o viu pela primeira vez hoje?

— Juro, senhor. Eu não sabia da existência dessa prova até Quigley segurá-la diante do meu nariz.

— Quando Curran a coletou?

— Na quinta de manhã.

— Quinta de manhã – repetiu O'Kelly. Algo de ameaçador estava crescendo na sua voz. – Quer dizer que ele guardou o segredo para si pela maior parte de dois dias. Vocês dois estão passando o tempo todo juntos, quando estão acordados, estão falando sobre mais nada a não ser esse caso, ou pelo menos espero que seja assim. E Curran está o tempo todo com a resposta no bolso do seu agasalho lustroso. Diga aí, detetive: como foi que você deixou passar isso?

— Eu estava concentrado no caso. Percebi, sim...

— Puta que pariu — explodiu O'Kelly. — O que isso aqui parece que é? Fígado picado? Isso *é* a porra do caso. E não estamos falando de qualquer caso insignificante de drogados em que ninguém se importa se você se distrair um instante. Aqui *crianças* foram assassinadas. Você achou que essa não seria uma boa hora para agir como um detetive decente e ficar de olho no que está acontecendo à sua volta?

— Eu sabia que Curran estava pensando em alguma coisa, senhor. Não deixei de perceber isso. Mas acreditei que fosse só porque não estávamos de acordo. Eu achava que Brennan era o assassino e que procurar em qualquer outro lugar era desperdício de tempo. Curran achava, ou dizia que achava, que Patrick Spain era um suspeito mais provável e que nós deveríamos dedicar mais tempo a investigá-lo. Para mim, era só isso o que estava acontecendo.

O'Kelly respirou fundo para continuar a bronca, mas não estava tão animado assim.

— Ou Curran merece um Oscar — disse ele, já sem energia na voz — ou você, uma boa surra. — Ele esfregou os olhos com o polegar e o indicador. — De qualquer modo, onde está o sacana?

— Mandei-o para casa. Eu não estava disposto a deixar que ele tocasse em mais nada.

— Tem toda a razão. Entre em contato com ele, diga-lhe que se apresente a mim, o mais cedo possível, amanhã de manhã. Se ele sobreviver a isso, vou lhe conseguir uma boa mesa onde ele poderá arquivar papelada até a Corregedoria terminar o assunto com ele.

— Sim, senhor. — Eu mandaria uma mensagem de texto para Richie. Não tinha a menor vontade de falar com ele, nunca mais.

— Se sua irmã não tivesse surrupiado a prova, será que Curran teria resolvido, por fim, entregá-la? Ou teria se desfeito dela num vaso sanitário e dado a descarga, ficando de bico fechado para sempre? Você o conheceu melhor do que eu. O que acha que ele faria?

Ele a teria entregado hoje, senhor. Eu apostaria meu salário do mês que sim... Todos aqueles parceiros que eu tinha invejado teriam dito isso sem pensar duas vezes, mas Richie já não era meu parceiro, se é que algum dia tinha sido.

— Não sei, senhor. Não faço a menor ideia.

O'Kelly deu um resmungo.

— Como se fosse fazer diferença. Curran está acabado. Eu lhe daria um chute de volta para o conjunto habitacional do governo de onde ele veio, se eu pudesse fazer isso sem que a Corregedoria, os superiores e a imprensa ficassem atrás de mim. Como não posso, ele vai voltar a um posto como policial fardado, e eu vou encontrar para ele um belo buraco cheio de drogados e pistolas, onde ele possa aguardar sua aposentadoria. Se Curran souber o que é bom para ele, vai engolir isso calado.

Ele deixou um espaço para a eventualidade de eu querer lutar por Richie. Seu olhar me dizia que não faria sentido, mas eu, por mim mesmo, não teria lutado.

— Creio que esse é o resultado correto.

— Não se precipite aí. A Corregedoria e os superiores não vão estar assim tão felizes com você. Curran ainda está no período de experiência. Você é que está no comando. Se essa investigação foi por água abaixo, a culpa é toda sua.

— Concordo, senhor. Mas acho que ela ainda não foi por água abaixo. Enquanto eu estava no hospital com Jennifer Spain, topei com Fiona Rafferty, a irmã dela. Ela apanhou isso aqui no hall de entrada dos Spain, na manhã em que fomos chamados à cena do crime. Tinha se esquecido disso até hoje.

Peguei o envelope com a pulseira dentro e o coloquei em cima da mesa, ao lado do outro. Uma parte de mim, pequena e imparcial, foi capaz de sentir prazer ao ver como minha mão estava firme.

— Ela identificou a pulseira como sendo de Jennifer Spain. Pela cor e pelo comprimento, o cabelo preso nela poderia pertencer a Jennifer ou a Emma, mas os peritos não teriam dificuldade para nos dizer de qual das duas é. O de Jennifer é pintado. Se esse cabelo for de Emma, e eu apostaria que é, então ainda temos o que fazer nesse caso.

O'Kelly ficou me observando por muito tempo, clicando a mola da sua caneta, com aqueles seus olhinhos penetrantes fixos nos meus.

— Isso é conveniente demais.

Era uma pergunta.

— Só tivemos muita sorte, senhor.

Depois de mais um longo silêncio, ele fez que sim.

— Melhor jogar na loto hoje. Você é o cara mais sortudo da Irlanda. Precisa que eu lhe diga o inferno em que você ia se encontrar, se esse treco não tivesse aparecido?

O Campeão Kennedy, o mais reto dos retos, vinte anos de serviço sem nunca ter saído da linha. Depois daquele sopro de suspeita, O'Kelly acreditava que eu estava limpo como neve amontoada. E todos acreditariam também. Até mesmo a defesa não perderia tempo tentando impugnar a prova. Quigley se queixaria e faria insinuações, mas ninguém dá ouvidos a Quigley.

— Não, senhor — disse eu.

— Entregue o envelope na sala de provas periciais antes que arrume um jeito de contaminar essa prova também. E vá para casa. Trate de dormir.

Você vai precisar estar com a cabeça preparada para a Corregedoria na segunda. – Ele enfiou os óculos de leitura no nariz e voltou a curvar a cabeça sobre a folha de depoimento. A conversa estava encerrada.

– Senhor, tem mais uma coisa que precisa saber.

– Ai, meu Deus. Se for mais alguma merda a ver com essa porcaria, não quero nem ouvir.

– Nada disso, senhor. Quando este caso estiver fechado, vou pedir demissão.

Isso fez com que O'Kelly levantasse a cabeça.

– Por quê? – perguntou ele, dali a um instante.

– Acho que está na hora de mudar.

Aqueles olhos penetrantes estavam cravados em mim.

– Você não completou trinta de serviço. Não vai receber aposentadoria nenhuma enquanto não fizer 60 anos.

– Eu sei, senhor.

– E que outra coisa você vai fazer?

– Ainda não sei.

Ele ficou me olhando, batendo com a caneta na folha à sua frente.

– Acho que o devolvi ao campo cedo demais. Achei que você estava em perfeita forma de novo. Poderia ter jurado que estava louco para sair do banco de reservas.

Havia alguma coisa na sua voz, que poderia ter sido preocupação, ou talvez mesmo compaixão.

– Eu estava.

– Eu deveria ter detectado que você não estava pronto. Agora essa merda está abalando sua determinação. É só isso. Algumas boas noites de sono, algumas canecas com os rapazes, e você estará perfeito.

– Não é tão simples assim, senhor.

– Por que não? Você não vai passar os próximos anos dividindo uma mesa com Curran, se é com isso que está preocupado. Esse foi meu erro. Vou dizer isso aos superiores. Não quero que você seja chutado para trabalho burocrático, da mesma forma que você não quer. Ia me deixar aqui atolado com esse monte de idiotas lá fora. – O'Kelly virou a cabeça de repente na direção da sala dos detetives. – Não quero que ferrem com você. Vai levar uma bronca, vai perder alguns dias de férias. É claro que você tem uma boa reserva deles, de qualquer modo, certo? E tudo voltará ao normal.

– Obrigado, senhor. Agradeço mesmo, mas não tenho nenhum problema em aceitar o que me couber. Eu deveria ter percebido.

– Então é isso? Você está amuado porque deixou de ver uma trapaça? Pelo amor de Deus, cara, todos nós já passamos por isso. Você vai ser alvo de zombaria dos rapazes: o Detetive Perfeito pisou numa casca de banana e caiu de pernas para o ar. Eles estariam querendo ser santos se deixassem para lá uma oportunidade como essa. Você vai sobreviver. Trate de se controlar e não me venha com discurso de despedida.

Não era só que eu tivesse contaminado tudo em que tocasse um dia. Se aquilo fosse revelado, nenhum caso resolvido por mim estaria a salvo. Não era só porque eu soubesse, em algum lugar mais fundo do que a lógica, que eu não ia resolver o caso seguinte, o outro, nem o outro depois dele. A questão era que eu era perigoso. Meu passo fora da linha tinha sido tão fácil, quando vi que não havia nenhum outro jeito. Foi tão natural. Você pode dizer a si mesmo o quanto quiser *Foi só desta vez, nunca vai acontecer de novo, isso aqui foi diferente*. Sempre vai haver outra única vez, outro caso especial que exija só mais um passinho adiante. Basta que se abra aquele primeiro furinho no dique, tão pequeno que não faça mal algum. A água vai encontrá-lo. Ela penetrará na rachadura, empurrando, erodindo, incessante e irracional, até que o dique que você construiu desmorone e se transforme em pó; e o mar inteiro passe rugindo por cima de você. A única chance de impedir que isso aconteça é lá no início.

— Não estou amuado, senhor. Quando meti os pés pelas mãos antes, aceitei as zombarias. Não gostei, mas sobrevivi. Pode ser que o senhor esteja certo: vai ver que perdi minha determinação. Tudo o que posso dizer é que este não é mais o lugar certo para mim.

O'Kelly rolou a caneta entre as articulações e ficou olhando para ver o que eu não estava dizendo.

— Você deve querer ter certeza absoluta. Depois que sair, se você se arrepender, não terá o direito de voltar. Pense nisso. Pense muito e com afinco.

— Vou pensar, senhor. Não irei enquanto o julgamento de Jennifer Spain não estiver encerrado e terminado.

— Ótimo. Enquanto isso, não direi nada disso a ninguém. Venha falar comigo para me dizer que mudou de ideia, quando quiser, e não se fala mais no assunto.

Nós dois sabíamos que eu não ia mudar de ideia.

— Obrigado, senhor. Agradeço sua atenção.

O'Kelly assentiu.

— Você é um bom policial. Só escolheu o caso errado para pisar na bola, certo, mas é um bom policial. Não se esqueça disso.

Dei uma última olhada no escritório, antes de fechar a porta depois de passar. A luz caía suave na enorme caneca verde que O'Kelly tem desde que entrei para a divisão, nos troféus de golfe que ele mantém na estante, na placa de latão com os dizeres SUPERINT. DET. G. O'KELLY. Eu costumava ter esperança de que esse escritório viesse a ser meu um dia. Eu o tinha imaginado tantas vezes: os porta-retratos com fotografias de Laura e dos filhos de Geri na minha mesa, meus velhos livros mofados de criminologia nas estantes, talvez um bonsai ou um pequeno aquário para peixes tropicais. Não que eu estivesse desejando a saída de O'Kelly. Eu não estava. Mas é preciso manter os sonhos claros, ou eles se perderão ao longo do caminho. Esse tinha sido o meu.

Entrei no carro e segui para a casa de Dina. Tentei seu apartamento e todos os outros no pulgueiro do prédio em que ela mora, empurrei meu distintivo na cara barbuda daqueles fracassados: nenhum deles a tinha visto fazia dias. Tentei quatro casas de ex-namorados, com todo tipo de reação, desde um porteiro eletrônico desligado na minha cara a um: "Quando ela aparecer, diga para ela ligar para mim." Percorri todos os cantos da vizinhança de Geri, entrando em cada pub cujas janelas iluminadas pudessem ter atraído seu olhar, todos os espaços verdes que pudessem ter lhe parecido tranquilizadores. Tentei minha casa, e todos os becos próximos, onde seres sub-humanos abjetos vendem todo tipo de coisa abjeta em que consigam pôr as mãos. Tentei o telefone de Dina umas vinte vezes. Pensei em ir a Broken Harbour, mas Dina não dirige, e a distância é grande demais para um táxi.

Em vez disso, circulei pelo centro da cidade, inclinando a cabeça para fora da janela do carro para verificar o rosto de cada garota pela qual eu passasse. Era uma noite fria, todo mundo estava enrolado em chapéus, cachecóis e capuzes. Umas dez vezes, alguma garota magra com um caminhar gracioso quase me deixou engasgado de esperança, até eu esticar meu pescoço o suficiente para ver um relance do seu rosto. Quando uma morena bem pequena com saltos altíssimos e fumando um cigarro berrou para eu me mandar dali, percebi que passava da meia-noite e o que eu aparentava ser. Parei na beira da rua e fiquei sentado ali um bom tempo, ouvindo a mensagem de correio de voz de Dina e vendo minha respiração se tornar vapor no frio do carro, até conseguir me forçar a desistir e ir para casa.

Em algum momento depois das três da manhã, quando eu estava deitado já fazia muito tempo, ouvi um barulho na porta do apartamento. Depois de algumas tentativas, uma chave girou na fechadura, e uma faixa de luz esbranquiçada do corredor se alargou no chão da minha sala de estar.

– Mikey? – sussurrou Dina.

Não me mexi. A faixa de luz se encolheu e sumiu, e a porta foi fechada. Passos cuidadosos atravessaram a sala na ponta dos pés. E então sua silhueta apareceu no vão da porta do meu quarto, uma condensação esguia de escuridão, oscilando um pouco, insegura.

— Mikey — disse ela, só um pouco mais alto que um sussurro dessa vez. — Você está acordado?

Fechei os olhos e respirei normalmente. Daí a pouco, Dina suspirou, uma pequeno som exausto, como o de uma criança depois de um longo dia brincando ao ar livre.

— Está chovendo — disse ela, quase para si mesma.

Ouvi-a sentar no chão e tirar as botas, o baque de cada uma no assoalho de laminado. Ela subiu na cama ao meu lado e puxou o edredom para nos cobrir, prendendo bem as pontas. Cutucou meu peito com suas costas insistentemente, até eu pôr meu braço em torno dela. Depois, suspirou mais uma vez, aconchegou a cabeça mais fundo no travesseiro e enfiou a ponta da gola do casaco na boca, pronta para dormir.

Em todas aquelas horas que Geri e eu tínhamos passado fazendo-lhe perguntas, ao longo de todos aqueles anos, essa era a pergunta que nunca tínhamos conseguido fazer. À beira da água, com as ondas já se enrolando nos seus tornozelos, você se afastou? Você torceu seu braço para se livrar dos dedos quentes dela e voltou correndo para a escuridão, para o meio do capim sibilante das dunas, que se fechou em torno de você e a escondeu bem dos chamados dela? Ou foi essa a última coisa que ela fez, antes de entrar no caminho sem volta: ela abriu a mão e soltou você? Ela gritou para você correr, correr? Eu poderia ter perguntado naquela noite. Acho que Dina teria respondido.

Fiquei escutando os pequenos ruídos dela chupando a gola do casaco, sua respiração se desacelerando e se aprofundando com o sono. Ela cheirava a um ar frio, silvestre, cigarros e amoras-pretas. Seu casaco estava encharcado de chuva, que molhava meu pijama e resfriava minha pele. Fiquei ali deitado imóvel, olhando para o escuro e sentindo seu cabelo molhado no meu rosto, à espera do amanhecer.

Impressão e Acabamento:
GRÁFICA STAMPPA LTDA.
Rua João Santana, 44 - Ramos - RJ